Federico Axat *Die Verwandlung des Schmetterlings*

Federico Axat

Die Verwandlung des Schmetterlings

Aus dem Spanischen
von Karolin Viseneber

Langen*Müller*

Die Originalausgabe »El pantano de las mariposas« erschien 2013 bei Destino.

Dieses Werk wurde im Rahmen des »Sur«-Programms zur Förderung von Übersetzungen des Außenministeriums der Republik Argentinien verlegt.

MIX
Papier aus verantwortungsvollen Quellen
FSC® C014496
FSC
www.fsc.org

Umschlaggestaltung: Wolfgang Heinzel
Umschlagmotiv: Magdalena Berny
Satz: Buch-Werkstatt GmbH, Bad Aibling
Gesetzt aus: 11,75/14,35 pt. Adobe Garamond
Druck und Binden: GGP Media GmbH, Pößneck
Printed in Germany
ISBN 978-3-7844-3399-8

Auch als ebook

www.langen-mueller-verlag.de

Für meine Eltern
Luz L. Di Pirro und Raúl E. Axat

Ich hatte später nie solche Freunde wie damals,
als ich zwölf war. Aber, mein Gott, wer hat die schon?

Gordie Lachance in dem Film
Stand by Me – Das Geheimnis eines Sommers

Prolog

1974

Meine Hände recken sich wie zwei weiße Blüten empor und spielen mit der süßlichen Luft, die vom Geruch der Ledersitze durchtränkt und durch die Heizung angenehm temperiert ist. Mama fährt, von Zeit zu Zeit dreht sie sich zu mir um und wirft mir ein Lächeln zu. Sie redet über den Regen, der auf das Autodach trommelt, über ein kaum sichtbares Schild und Dinge, die ich nicht verstehe. Die meiste Zeit jedoch erzählt sie vom Pinto, ein Wort, das ich schnell gelernt habe und begeistert wiederhole.

»Pinto!«

»Ja!«, antwortet Mama. »Er gehört jetzt uns. Ist er nicht schön? Wir müssen nie wieder den Bus nehmen.«

»Bus.« Noch ein Wort, das ich schon verstehe, auch wenn ich es nicht richtig aussprechen kann. Deshalb reiße ich nur die Augen auf und beobachte Mama im Rückspiegel, der so eingestellt ist, dass sie mich jederzeit sehen kann. Daran baumelt ein hölzerner Rosenkranz. Einen Moment lang zieht er mich in seinen Bann.

»Pinto!«, rufe ich erneut.

Wabernde Dunkelheit hält uns fest umschlossen. Die Scheibenwischer laufen bereits auf Hochtouren, können den sintflutartigen Wassermassen jedoch kaum standhalten. Als plötzlich ein Lichtstrahl die Nacht zerreißt, ragt eine Krone aus blauschwarzen Ästen an unser Auto heran. Blitze jagen mir Angst ein, und dieser erschreckt mich so sehr, dass ich zusammenzucke. Dabei fällt Boo, mein Kuschelbär, der mich überallhin begleitet, vom Rücksitz. Ich warte den Donnerschlag ab, dann versuche ich, mich zu bücken. Von Boo ist nur ein unförmiger, grauer Umriss zu erkennen. Die Gurte von meinem Kindersitz halten mich zurück. Verzweifelt und dem Weinen nahe beobachte ich Mama, die leicht nach vorne gebeugt das Lenkrad umklammert hält und versucht, der kaum erkennbaren Straßenführung zu folgen. Ich habe das Gefühl, dass ich sie jetzt besser nicht stören sollte. Ich bin gerade mal ein Jahr alt, trotzdem nehme ich solche Dinge bereits wahr.

Ich schaue mich im Auto um. Aus dem Augenwinkel erhasche ich einen Blick auf mein Spiegelbild rechts auf der beschlagenen Fensterscheibe. Meine weiße Wollmütze sieht aus wie das Segel eines Schiffes, das durch den dunklen Wald da draußen fährt. Ich strecke meinen Arm aus, aber trotz aller Bemühungen reichen meine Finger nicht bis ans Fenster heran. Stattdessen stelle ich fest, dass ich in der Lage bin, dieses gespenstische Dreieck aus der Ferne zu beherrschen. Heftig schüttele ich den Kopf, und das Segel des imaginären Schiffes tut es mir gleich, es weicht geschickt den schwarzen und heimtückischen Wellen der Nacht aus. Immer und immer wieder lasse ich es sich bewegen und perfektioniere mit jedem Versuch meine Kommandogewalt.

»Da hinten scheint sich ja jemand großartig zu amüsieren.«

Ich halte in meinem wilden Schütteln inne. Mamas Stimme hat diese Wirkung. Wenn sie beginnt zu sprechen, scheint die Welt stillzustehen. Über die Schulter hinweg lächelt Mama mir liebevoll zu.

Mein Wortschatz ist noch recht klein, er reicht nicht aus, um zu erklären, dass ich mir ein Segelschiff vorgestellt habe, das uns begleitet, und noch viel weniger, um auszudrücken, dass ich es durch die Bewegungen meines Kopfes selbst steuern kann. Deshalb antworte ich mit einem Lächeln. Dann zucke ich zusammen. Boo fällt mir wieder ein, der mit dem Gesicht nach unten auf dem Boden liegt.

»Boo«, bringe ich heraus.

»Was ist passiert?«, fragt Mama, während sie einen Augenblick lang die Straße außer Acht lässt und mich anschaut. Sofort versteht sie, was los ist. Sie guckt wieder nach vorne und greift dabei mit dem rechten Arm zwischen den Vordersitzen durch. Ihre Hand klopft zuerst den Sitz und dann meine Turnschuhe ab. Ich lächele, als ihre Finger sachte meinen kleinen Fuß umfassen.

»Boo, bist du das?«, fragt sie verschmitzt.

Ich gluckse fröhlich und versuche, meinen Fuß durch einen ungelenken Tritt aus ihrem sanften Griff zu befreien. Soweit es die Anschnallgurte erlauben, beuge ich mich nach vorne und beobachte Mamas Hand – noch weit von Boo entfernt –, die den Fußraum abtastet. Ich würde ihr gerne helfen, aber die Suche zieht mich zu sehr in ihren Bann. Mamas Finger sehen aus wie eine riesige weiße Spinne. Wie schon das Spiegelbild meiner Mütze kurz zuvor, weckt sie in mir eine unbekannte Neugierde. Als sie endlich den richtigen Weg einschlägt, freue ich mich. Die große Spinne bewegt sich langsamen, aber bestimmten Schrittes auf ihre Beute zu. Mama muss sich noch etwas weiter nach hinten verrenken und verlangsamt die Geschwindigkeit des Wagens, um weiterhin über das Armaturenbrett hinweg die Sicht auf die Straße zu behalten. Sie stöhnt ein wenig, als sie sich immer weiter streckt und schließlich mit einem Daumen das Ohr von Boo erreicht. Das ist jedoch noch nicht genug, so viel verstehe auch ich schon. Mamas Daumen kratzt über den Boden und versucht dabei, das Stück Stoff mit sich zu ziehen, bekommt es jedoch nicht richtig zu fassen.

»Boo«, murmele ich erneut mit erstickter Stimme. Gerne würde ich Mama sagen, dass ich ihn nicht brauche und ruhig bis zu Hause auf ihn warten kann. Doch mir bleibt nichts anderes übrig, als seinen Namen zu wiederholen.

Dann geschieht etwas, das in mir einen instinktiven Mechanismus in Gang setzt. Eine irrationale Angst überkommt mich und lässt meinen kleinen, robusten Körper wie Herbstlaub bei einem eisigen Windstoß erzittern. Ein Gefühl, wie ich es auch bei Dunkelheit oder Einsamkeit empfinde, jedoch diesmal viel stärker. Mama hat sich noch etwas mehr verdreht und hat die Straße nicht mehr im Blick. Ihre Hand sucht nach Boo und kann ihn endlich greifen, wodurch der Pinto gefährlich ins Schlingern gerät.

Ich reiße die Augen auf. Mein Blick ist fest auf den Rückspiegel geheftet. Der Rosenkranz schwingt bedrohlich hin und her.

Nach einem kurzen Zögern zieht Mama ihre Hand mit Boo rasch wieder nach vorne. Ihr Umriss gewinnt seine ursprüngliche Haltung zurück, und Mama umfasst das Lenkrad mit beiden Händen. Der Pinto nimmt den Kurs wieder auf und beschleunigt. Meine Atmung beruhigt sich. Das Unwetter wird immer heftiger, der Donner grollt in der Ferne und das Autodach erbebt unter dem Prasseln des Regens, doch im Inneren des Pinto verflüchtigt sich langsam das Gefühl von Gefahr.

Mama dreht sich mit einem beruhigenden Lächeln um und reicht mir meinen Kuschelbären, den ich fest an mich drücke. Unsere Blicke finden sich. Es ist einer dieser telepathischen Momente zwischen Mutter und Kind, in denen auch ohne Worte alles gesagt ist. Mamas Lächeln wird noch breiter. Sie ist wunderschön, denke ich und mustere ihr glattes Gesicht mit den großen Augen, dem schmalen Kinn und den rosigen Wangen, das von ihren vollen roten Haaren eingerahmt wird. Jede Einzelheit prägt sich tief in mein Gedächtnis ein, um sich später in meinen Träumen zu wiederholen.

Und dann passiert es. Die Windschutzscheibe des Pinto verwandelt sich in eine leuchtende Kugel. Ein schwerer Schlag gegen eine der Seitenwände drückt den Wagen gefährlich in eine Richtung, als hätte ihn die unbedachte Handbewegung eines Riesen getroffen. Die Karosserie dreht sich um sich selbst und zerteilt die Nacht beim Überqueren der Fahrbahn in die Gegenrichtung. Das gleißende Licht wird von einer dunklen Masse aus Ästen und Baumstämmen abgelöst, die vor der Windschutzscheibe wirbeln, bis der Wagen für einen kurzen Augenblick kopfüber zum Stehen kommt. Ich spüre den Druck der Anschnallgurte meines Kindersitzes, die meinen Brustkorb zerquetschen. Boo rutscht mir aus der Hand. Mama schreit. Ihr Körper bewegt sich hin und her. Ein Augenblick der Hoffnung, dann durchschneidet der neue Pinto, für den Mama überteuerte Raten bezahlt – eine Herkulesaufgabe für eine alleinerziehende Krankenschwester –, spiralförmig die Luft, prallt gegen eine Eiche und wird wie eine Getränkedose zusammengedrückt. Die Karosserie dreht sich noch ein Stückchen weiter, der Wagen stößt gegen einen anderen Baum und das Dach wird eingedrückt.

Innerhalb von Sekunden ist alles vorbei. Es folgt eine unheimliche Stille, in der noch nicht einmal Regen und Donnergrollen zu hören sind.

Zuerst ist alles schwarz. Ich blinzele mehrmals und kann trotzdem nichts erkennen. Das Rauschen des Sturmes ist die einzige Verbindung zur Welt. Ich will mich bewegen, aber die Gurte halten mich zurück. Entsetzt stelle ich fest, dass ich noch nicht einmal richtig schreien oder weinen kann, ein stechender Schmerz verhindert das. Ich atme flach, schüttele den Kopf. Die Fröhlichkeit, mit der ich noch kurz zuvor das Segel tanzen ließ, ist vergangen, und ich möchte mich nur aus dieser unerträglichen, alles umschließenden Dunkelheit befreien. Meine Stirn stößt gegen irgendetwas. Ich halte inne, während die Umrisse wieder Form annehmen. Vor mir sehe ich eine Ausbeulung des Daches, die sich wie durch ein Wunder genau um meinen Körper gelegt hat. Mama muss auf der anderen Seite sein, denke ich verzweifelt. Ich kann sie nicht hören, aber sie muss dort sein.

Der Wagen ist auf einer Seite liegen geblieben, mein Kindersitz steht jedoch weiterhin fest auf der Rückbank. Ich versuche meinen Hals so weit es geht zu strecken, um einen Blick an dem Autodach vorbei zu erhaschen, und kann die Lücke zwischen den Vordersitzen erkennen. Was ich sehe, lässt mich erstarren.

Mamas Gesicht hat sich in eine weiße Scheibe verwandelt, ausdruckslose Augen gefangen in einem roten Spinnennetz. Ihr leerer Blick geht durch mich hindurch.

»Mami«, flüstere ich leise.

Ich kann nicht aufhören, sie anzusehen. Mein Nacken schmerzt in dieser Position, aber ich kann mich nicht von dem einzigen geliebten Wesen abwenden, das ich auf dieser Welt habe.

Ich muss das Bewusstsein verloren haben.

Irgendwann höre ich etwas auf der anderen Seite. Mein Versuch zu schreien wird von einem furchtbaren Schmerz in der Brust unterdrückt.

Mamas Körper wird aus dem Auto gezogen. Ihr blutverschmiertes Gesicht verschwindet.

Jemand hat sie mitgenommen.

Jemand … oder etwas.

Erster Teil

Vermutung
1985

1

Das Haus in der Maple Street stand schon immer leer. Unzählige Male hatte ich von meinem Fahrrad aus seine düstere Fassade hinter der dicken Steinmauer gesehen.

In der Schule ging das Gerücht um, jemand habe sich mitten in der Nacht mit ein paar Freunden hineingeschlichen, von Geheimwegen und unterirdischen Gängen war die Rede und dass es dort wohl nicht mit rechten Dingen zugehe. Man munkelte, dass sich nachts wie von Geisterhand die noch vorhandenen Fenster und Türen öffneten und schlossen, fahle Gespenster in den Winkeln und Ecken ihr Unwesen trieben und die steinernen Engel, die im Garten die Springbrunnen zierten, von ihren Säulen hinabstiegen und durch den verwilderten Park wandelten. Diese Geschichten wurden wie von selbst weitergesponnen und durch die Fantasie sowie den Wunsch nach Aufmerksamkeit einiger Kinder weitergetragen. Mich persönlich ließen sie jedoch kalt. Ich hielt mich gerne in der Nähe des Eingangstores auf und betrachtete das Stahlschloss, den zu dem eindrucksvollen Gebäude führenden, steinernen Weg oder den angebauten Wintergarten, von dem nahezu alle Glasscheiben zerbrochen waren.

Eines Tages traf ich dort auf ein Heer von Männern, die Möbel und Kisten aus zwei riesigen Lieferwagen luden, und war irgendwie enttäuscht. Der Umzug fand mitten im Schuljahr statt, und wegen meiner ganzen Verpflichtungen fiel es mir nicht leicht, mich aus dem Staub zu machen. Dennoch gelang es mir, den Ereignissen so oft wie möglich von einem

Baum aus beizuwohnen, der zu meinem Aussichtspunkt geworden war.

Damals sichtete ich auch erstmals den vermeintlichen Eigentümer: ein schlanker Mann, gekleidet wie ein Diplomat mit streng zurückgekämmten Haaren, der wie ein Polizist auftrat. Er sah einige Male während des gesamten Umzugs nach dem Rechten, gab Anweisungen, hielt sich ansonsten jedoch zurück. Der Rest wurde von einem Mann um die vierzig koordiniert, dessen Gesicht mir irgendwie bekannt vorkam und der sich eifrig der ganzen Sache annahm. Zusätzlich zu den Möbelpackern gab es noch ein Putzkommando, bestehend aus einer Truppe von Frauen, die ameisengleich überall umherwimmelten. Sie hatten Oberarme wie Rocky und riesige Hinterteile wie Sitzkissen. Ein Gärtnerbataillon hatte – wie ich von meinem erhöhten Aussichtspunkt gut beobachten konnte – mit dem Wildwuchs der Gartenanlage alle Hände voll zu tun. Tagelöhner kümmerten sich darum, fehlende Dachziegel zu ersetzen, die Außenwände zu streichen, den Marmor der Freitreppen zu polieren und vieles mehr. In nur einem Monat hatte das Haus seinen charakteristischen verzauberten Charme verloren.

Die Familie bezog das Anwesen an einem warmen Herbsttag. Ich war glücklicherweise gerade vor Ort. Ein schwarzer Mercedes hielt vor der Treppe am Haupteingang und der Diplomat stieg aus, ging um den Wagen herum und öffnete die Beifahrertür. Eine divenhafte junge Frau betrachtete abschätzig die Fassade; sie trug eine dunkle Sonnenbrille und hatte ein auffälliges, buntes Tuch um den Hals gebunden. Auf dem Arm hielt sie ein Baby. Ihr Mann zeigte voller Stolz auf das Haus, als sich die hintere Wagentür öffnete und ein Mädchen ungefähr in meinem Alter ausstieg. Von diesem Moment an wusste ich, dass hinter meinem außergewöhnlichen Interesse an der Ankunft dieser reichen Familie eine göttliche Vorsehung gesteckt hatte.

So lernte ich Miranda kennen, in die ich mich in diesem ersten Augenblick unsterblich verliebte.

Es dauerte nicht lange, bis sich die Neuigkeit herumsprach und die tatsächliche Geschichte der Familie Matheson erzählt wurde. Diese war nicht annähernd so haarsträubend wie die Gerüchte, die auf dem Schulhof kursierten. Preston Matheson, nicht etwa Diplomat, sondern Geschäftsmann, war aus Kanada in das Haus seiner Familie zurückgekehrt, das er mit neunundzwanzig Jahren verlassen hatte. Niemand wusste etwas über die Gründe für seine Rückkehr, noch warum er damals ausgewandert war. Er war nicht einmal zurückgekommen, als seine Eltern noch relativ jung an schweren Krankheiten gestorben waren. Im Geschäft von Donovan hörte ich, wie erzählt wurde, das sei in vermögenden Familien nicht unüblich. Mit so etwas kannte ich mich nicht aus, wir vom Hof hatten nie Geld.

Ich war wie besessen von Miranda. Seitdem ich sie das erste Mal neben dem glänzenden Auto gesehen hatte, verwandelte sich jeder beobachtete Moment in einen geheimen Schatz, den es zu bewachen galt: Miranda, die durch den Garten lief, Miranda hinter dem Vorhang ihres Zimmers oder im Wintergarten, in dem sie Privatunterricht bekam. Ich prägte mir ihre Kleider, Frisuren und Gesten ein und stellte mir ihre Stimme vor, ihre Lieblingsspiele und all das, was aus der Ferne nur zu erahnen war. Von einer alten Ulme aus konnte ich unentdeckt am Leben der Familie Matheson teilhaben. Der Baum stand an einer Straßenecke außerhalb des Grundstücks, wodurch ich einen fantastischen Blick auf den Eingangsbereich und eine Seite des Anwesens hatte. Schon bald konnte ich blitzschnell den Baumstamm hinaufklettern und wusste, welche Äste für meine jeweiligen Zwecke geeignet waren. Auf einigen konnte ich es mir gemütlich machen, um einen Blick auf Mirandas blondes Haar zu erhaschen, ihre Silhouette oder sonst irgendetwas hinter einem der Fenster zu erspähen. Die meiste Zeit verbrachte ich in meinem grünen Paradies jedoch mit Warten.

Gegen Ende des Frühlings hatte ich die siebte Klasse der weiterführenden Schule problemlos hinter mich gebracht und gleichzeitig einen beachtlichen Wissensschatz über die Gewohnheiten der Familie Matheson angesammelt. Seit zwei Monaten beobachtete ich sie, wann immer ich konnte, und war mittlerweile mutig genug, einen Plan in die Tat umzusetzen, den ich bereits bei ihrem Einzug gefasst hatte. Es wehte eine angenehme Brise und die sommerliche Hitze hatte uns noch nicht fest im Griff. Wie immer versteckte ich mein Fahrrad hinter einer Reihe von Mülltonnen und wurde dabei ein bisschen traurig: Mein altes Optimus-Rad fiel zwischen dem ganzen Abfall überhaupt nicht auf. Falls jemand das Fahrrad entdecken sollte, würde er vermutlich denken, eine der wohlhabenden Familien dieser Gegend habe sich endlich davon getrennt, nachdem es aus unerfindlichen Gründen lange auf dem Dachboden herumgelegen hatte. Mit dem Rucksack bepackt lief ich so unauffällig wie möglich die Maple Street entlang. Es war ein ruhiger Nachmittag, weit und breit keine Menschenseele, und nichts und niemand hielt mich von der Ausführung meines irrsinnigen Plans ab. Wenn an einem dieser riesigen Kästen mit den endlosen Grundstücken irgendeine Rotznase aufgetaucht wäre, hätte ich sicher auf dem Absatz kehrtgemacht und die ganze Sache vergessen. Selbst ohne abfällige Blicke oder Kommentare über meine abgenutzte Kleidung wäre die bloße Anwesenheit eines anderen Menschen genug gewesen, um meinem verschreckten Unterbewusstsein den sofortigen Rückzug anzuordnen.

Bevor ich den Redwood Drive überquerte, heftete ich meinen Blick fest auf die Ulme, die mir Tag für Tag als Versteck diente. Ohne nach rechts oder links zu schauen, ging ich weiter und wägte dabei ernsthaft ab, ob ich meinen Plan nicht vielleicht doch auf einen anderen Tag verschieben sollte. Plötzlich wurde die Luft um mich herum aufgewirbelt, ein Motor heulte auf und empörtes Gehupe war zu hören. Ich blieb wie angewurzelt stehen. Während das Auto, das gerade in der Maple Street gewendet hatte und mich dabei fast umgefahren hätte, in der Ferne verschwand, rang ich nach Atem. Betrübt stellte ich fest, dass es ein Pinto war. Vor fünf Jahren hatte Ford die Produktion dieser Schrotthaufen eingestellt, und trotzdem wimmelte es nur so davon. Ich hasste sie.

Ich holte tief Luft. Die Daumen in die Gurte meines Rucksacks gehakt, setzte ich meinen Weg entlang der Mauer des Grundstücks der Familie Matheson fort, bis ich den Eingang des herrschaftlichen Anwesens erreichte. Das imposante gusseiserne Tor war der wunde Punkt in meinem Plan, da man mich hier von jedem Fenster aus sehen konnte. Mir klopfte das Herz bis zum Hals, als mir einfiel, dass sich das Päckchen noch in meinem Rucksack befand. Es hier wie auf dem Präsentierteller herauszunehmen schien mir unmöglich. Ich entschied mich, einige Schritte weiter zu gehen, den Rucksack abzusetzen und zu durchsuchen, bis ich das kleine Pappschächtelchen fand, das ich am Abend zuvor darin verstaute hatte. Dann ging ich weiter, täuschte einem nicht existierenden Publikum vor, etwas vergessen zu haben und näherte mich erneut dem Tor. Dieses Mal hielt ich die Schachtel in der Hand. Ich legte sie auf den Briefkasten und fuhr mit dem Finger über die sieben Buchstaben.

Miranda.

Als ich mich endlich wieder hoch oben im Schutz der Ulme

befand, nagte die Unsicherheit an mir und ich war zwei Mal kurz davor, hinabzuklettern und das Päckchen zurückzuholen. Der Gedanke, dass eine der Angestellten jeden Augenblick vom Markt zurückkommen müsste, hielt mich jedoch davon ab. Die Situation würde sich deutlich verkomplizieren, wenn man mich in der Nähe des Tores erwischte. Außerdem wollte ich um nichts in der Welt Mirandas Nachmittagsunterricht verpassen, der gerade begonnen hatte.

Der Wintergarten war eine gläserne Verlängerung des Ostflügels, und die Gärtner hatten ihn zur Freude von Sara Matheson mit prächtigen Pflanzen ausgestattet. Sie hatte diesen Winkel des Hauses scheinbar zu ihrem Ort der Entspannung auserkoren. In einer Ecke, getrennt von den Regalen voller Blumentöpfe und Gartenutensilien, stand ein runder Tisch, der für Mirandas nachmittägliche Lerneinheiten gedacht war. Eine düster aussehende Frau, der ich den Spitznamen Mrs Grusel gegeben hatte, unterrichtete Miranda zwei Mal pro Woche. Die restlichen Tage lernte sie alleine für sich, was ihr jedoch nur mit zweifelhaftem Erfolg gelang, wie ich aus den ständigen Unterbrechungen folgerte. Es war einer dieser Tage, an dem sie ganz auf sich gestellt war und das Buch, das aufgeschlagen vor ihr lag, schien sie nicht besonders zu interessieren. Die Umstände hätten nicht besser sein können.

Aus dem Rucksack holte ich überaus vorsichtig einen Lederbehälter, als hantierte ich mit Sprengstoff. Ich öffnete ihn und zwei riesige gläserne Augen schauten mich anklagend an. Beim Herausnehmen des Fernglases kam mir plötzlich der Gedanke, dass meine Zukunft auf dem Hof der Carrolls gemeinsam mit diesem Wunderwerk der Optik auf dem Bürgersteig zerschellen würde, falls es mir aus den Händen gleiten sollte. Das Fernglas gehörte Randall Carroll, der es von seinem Vater und dieser wiederum von seinem Vater geerbt hatte. Es heimlich von seinem Nachttisch zu entwenden war eine sehr riskante und vermutlich auch dumme Handlung gewesen. Die Auswirkungen, falls ich erwischt würde, wollte ich mir lieber nicht vorstellen.

Ich zwang mich, nicht weiter über mögliche Konsequenzen nachzudenken und stattdessen die Vorteile des Fernglases zu genießen. Das Band sicher um den Nacken gelegt, setzte ich mich auf einer Astgabel zurecht. Durch eine Lücke im Laubwerk hatte ich einen spektakulären Blick auf den Wintergarten und insbesondere auf die Ecke, in der Miranda vorgab zu lernen.

Zu Beginn verwirrten mich die schachbrettartig angelegten Glasscheiben. Mein Blick glitt über den Wintergarten hinweg, hielt sich nicht lange an den vielfarbigen Pflanzen auf, um dann auf einen von Büchern bedeckten Tisch zu treffen, auf dem schließlich auch einer von Mirandas Armen sichtbar wurde. Während ich das Bild scharf stellte, klopfte mein Herz vor Aufregung. Ich sah alles überdeutlich. Als ich zu Mirandas Gesicht gelangte, lief es mir kalt den Rücken hinunter. Ein Schimmer von einem Lächeln tauchte auf ihren Lippen auf und verschwand sofort wieder, wie die Sonne an einem bewölkten Tag. Noch nie hatte ich mich Miranda so nah gefühlt. Unbemerkt befand ich mich an ihrer Seite und teilte diese Momente mit ihr. »Als wäre ich unsichtbar«, dachte ich zugleich fasziniert und beschämt. Ich setzte das Fernglas ab, und sofort kam mir die Sicht aus der Ferne, die mir zuvor immer so viel Vergnügen bereitet hatte, völlig unzureichend und langweilig vor. Schnell schaute ich wieder durch das Zauberglas und vertiefte mich in eine genaue Erforschung dieses wunderschönen Mädchens. Stück für Stück erkundete ich ihr Gesicht, durchkämmte ein ums andere Mal ihr Haar und die Falten ihres rosafarbenen Kleides. Ich kostete jeden Moment aus, da sich diese Erfahrung nicht wiederholen würde. Ich konnte schließlich nicht erneut das Risiko eingehen, das Fernglas zu nehmen.

Zu meiner großen Überraschung sprang Miranda plötzlich auf und warf einen Blick in den Garten, wie um sich davon zu überzeugen, dass die einzigen Beobachter die reglosen versteinerten Engel waren, aus deren Mündern Wasser sprudelte. Sie lief in den breiten Gang in der Mitte des Wintergartens, blieb stehen und begann nach einer angedeuteten Verbeugung anmutig zu tanzen, schüttelte ihr langes blondes Haar und strich ihren Rock mit den Händen glatt. Gazellengleich vollführte sie Sprünge in alle Richtungen, während sie die Lippen bewegte oder sang, das konnte ich von meinem Platz aus nicht entscheiden. Von Zeit zu Zeit drehte sie sich mit ausgestreckten Armen wie ein Kreisel, und ihr Kleid bauschte sich auf und gab den Blick auf ihre schlanken Beine frei. Wie gebannt folgte ich dem Tanz. Dann jedoch geschah irgendetwas. Miranda hielt plötzlich mitten in einer Pirouette inne und lief zurück an den Tisch. Sie strich sich die Haare glatt und vertiefte sich in das erstbeste Buch. Ich legte das Fernglas beiseite, um mir einen Überblick über die Situation zu verschaffen, und sah den Grund für die unerwartete Unterbrechung. In der Tür stand eine der Bediensteten, und zum zweiten Mal innerhalb von wenigen Minuten blieb mir beinahe das Herz stehen. Jene kleine Frau mit angsterfülltem Gesicht hatte ich eigentlich auf dem Markt vermutet. Wenn sie bereits zurück war, dann …

Ich drückte mir das Glas so fest gegen das Gesicht, bis mir die Augenhöhlen schmerzten. Verzweifelt musterte ich die Uniform der Angestellten, die weiße Schürze und ihr schuldbewusstes Gesicht. Die Frau sagte etwas, vermutlich entschuldigte sie sich für die Störung. In ihren Händen hielt sie das Päckchen. Sie näherte sich dem Tisch, legte es dort ab und ging wieder.

Miranda schaute die Schachtel eine ganze Weile lang an. Kurz dachte ich, sie würde sie einfach dort liegen lassen. Was für ein Unsinn, niemand, nicht einmal ein Mädchen aus reichem Hause, das alles haben konnte, was das Herz begehrte, war einem Geheimnis oder einer Überraschung gegenüber gleichgültig. Endlich nahm sie den Karton in die Hand und löste das himmelblaue Band. Sie betrachtete ihren Namen auf dem Deckel, und dann tat sie etwas Erstaunliches. Sie hob den Kopf und schaute erneut suchend in den Garten hinaus, als würde sie dort einen Beobachter vermuten. Als sie sich versichert hatte, dass dort niemand war, entfernte sie den Deckel und legte ihn beiseite. Die Hände im Schoß, den Kopf gesenkt, musterte sie eingehend die kleine Schachtel, als würde sie einen Ameisenpfad untersuchen. Ihre Hand kam zum Vorschein und nahm die silberglänzende Halskette heraus. Sie hielt sie vor sich und sah dabei nicht gerade überzeugt aus. Ich zwang mich jedoch zu glauben, dass der Gesichtsausdruck der Überraschung geschuldet war und nicht etwa bedeutete, dass ihr das Geschenk missfiel. Auch wenn ich Wochen dafür gespart hatte, so war es nichts anderes als wertloser Ramsch aus Blech, einfacher Modeschmuck. Der winzige, dünne Halbmond, der an der Kette baumelte, war trotz der Vergrößerung durch das Fernglas aus meiner Position nicht zu erkennen. Was hatte ich mir eigentlich dabei gedacht, ihr so ein Geschenk zu machen? Es war lächerlich zu glauben, Miranda mit einem drei Dollar teuren Prachtstück vom Basar Les Enfants beeindrucken zu können. Warum war mir das nicht vorher klar geworden? Miranda legte die Kette beiseite und entdeckte, dass noch etwas anderes in der Schachtel lag. Sie faltete das Blatt Papier auseinander und las.

Während sich ihre Lippen bewegten, sprach ich auswendig die Zeilen mit.

Mir reicht es dein Lächeln zu erträumen,
deine Haut in einem Blütenblatt zu erspüren,
mir dein Gesicht im Regen vorzustellen.
Die Vernunft kann das Herz nicht täuschen.

Unerträglich große Unsicherheit überkam mich. Miranda legte das Briefchen beiseite und nahm erneut die Kette in die Hand. Nach anfänglichen Schwierigkeiten öffnete sie den Verschluss und legte sie sich um. Mit einer Hand auf dem Halbmond lächelte sie.

Ich ahmte ihre Geste nach, legte eine Hand auf die Brust und fühlte unter meinem T-Shirt einen identischen Halbmond. Mir kamen die Tränen. Ich ließ das Fernglas sinken, setzte mich auf dem Ast der Ulme zurecht und betrachtete das Herzchen, das ich an einer Stelle in die Rinde geschnitzt hatte, an der niemand anders es jemals finden würde.

2

Unter anderen Umständen hätte ich vermutlich den restlichen Nachmittag mit meinem Freund Billy Pompeo im Wald verbracht, aber das Fernglas wog so schwer, dass ich mich an der Cook Street dazu entschloss, den Weg zum Hof der Carrolls einzuschlagen. Es weiter als nötig mit mir herumzuschleppen war ungefähr so, wie eine Handgranate erst im letzten Augenblick abzuwerfen. Nachmittags war der Hof ein einigermaßen friedlicher Ort und wenn ich Glück hatte, ergab sich sogar eine Gelegenheit, das Fernglas zurück auf Randalls Nachttisch zu legen.

Ich wohnte auf dem Hof, seit ich ein Jahr alt war, und dennoch fiel es mir schwer, ihn »mein Zuhause« zu nennen. Er lag zwei Kilometer von der Stadt entfernt, und man erreichte ihn über einen staubigen Weg namens Paradise Road, was angesichts dieses ärmlichen Ackerlandes geradezu lächerlich klang. Fröhlich radelte ich zurück und freute mich über den Erfolg meines Geschenks, bis ich Randall Carroll erblickte, der gegen den Zaun gelehnt auf jemanden wartete. Auf mich? Sofort wusste ich, dass irgendetwas vorgefallen war. Er trug wie gewöhnlich seine Arbeitshosen mit Hosenträgern und den ewig gleichen Strohhut. Ein weißes Blümchen baumelte zwischen seinen Lippen.

Der Schäferhund Rex, der wie kein anderer den Gemütszustand der Menschen erspüren konnte, lag zu Füßen seines Herrn und hatte die Schnauze auf die Vorderpfoten gebettet.

»Hallo Sam«, sagte Randall.

Ich stieg vom Fahrrad.

»Hallo. Alles in Ordnung?«, fragte ich, meine Ungeduld überspielend.

Randall nahm den Stiel aus dem Mund und betrachtete mich mit einer Mischung aus Schwermut, Geduld und Resignation.

»Wir haben auf dich gewartet, Sam.«

»Wer?«

»Wir alle.«

Ich musste schlucken. Es gab nur zwei Gründe für eine Versammlung der gesamten Gruppe: Entweder sollte ein neuer Mitbewohner vorgestellt werden, was jedoch normalerweise frühzeitig angekündigt wurde und auch nicht Randalls seltsames Verhalten erklärte. Oder es gab eine neue disziplinarische Maßnahme. Hoffentlich ging es nicht um eine Einschränkung unserer Ausgangszeiten, die meine Besuche bei Mirandas Haus erschweren würde.

»Ein neuer Mitbewohner?«, fragte ich.

Randall richtete sich auf. Er war noch keine fünfundvierzig, doch in diesem Augenblick lag in seinem Gesichtsausdruck eine uralte Müdigkeit. Er kam auf mich zu und legte mir eine Hand in den Nacken, direkt neben den Rucksack.

Ich blieb abrupt stehen.

Das Fernglas.

War etwa das Fernglas der Grund? Vielleicht dachte Randall, ich könnte etwas mit der Sache zu tun haben und gab mir so eine Möglichkeit zu gestehen? Er war mir immer schon sehr wohlgesonnen gewesen. Vielleicht hatte er deshalb hier draußen auf mich gewartet und nicht zusammen mit den anderen. Ich wollte gerade den Mund öffnen und beichten, als ich es mir doch noch einmal anders überlegte. Vielleicht sollte ich erst mal abwarten, bevor ich mich selbst mit Dreck bewarf.

»Ich stell mal eben das Fahrrad in der Scheune ab«, sagte ich.

»Nein, lass es einfach hier auf der Veranda. Du kannst es später immer noch wegstellen.«

Ich nickte.

Wir gingen hinein.

3

Drinnen bot sich mir ein beunruhigender Anblick. Es handelte sich nicht um die Vorstellung eines neuen Mitbewohners. Zumindest war weit und breit kein unbekanntes Kind zu entdecken, das, verschreckt und in seine besten Kleider gesteckt, darauf wartete, willkommen geheißen zu werden. Stattdessen blickte ich in wütende und verärgerte Gesichter.

»Auch unsere Hoheit gibt sich nun endlich die Ehre«, stieß Mathilda Brundgage in ihrem gewohnt verächtlichen Tonfall hervor. Hier und da kicherte jemand.

»Ruhe!«, zischte Amanda Carroll.

Amanda stand in der Mitte des riesigen Speisesaals. Zu beiden Seiten saßen die dreizehn Bewohner des Hauses, sechs Jungen und sieben Mädchen, von denen ich einige zu meinen guten Gefährten und andere zu meinen erbitterten Feinden zählte. Ich näherte mich der Gruppe und warf Mathilda einen hasserfüllten Blick zu. Sie war ein Jahr älter als ich und eine richtige Nervensäge. Zwischen uns gab es immer Streit, und nun hatte sie Amandas Unaufmerksamkeit genutzt, um mir die Zunge rauszustrecken. Im Gegenzug kratzte ich mich am Ohr und zeigte ihr dabei den Mittelfinger. Dann suchte ich nach meinem Freund Randy. Er war acht Jahre alt. Als er vor einigen Jahren auf den Hof gekommen war, hatte ich mich seiner angenommen und ihn vor den Gefahren gewarnt. Seitdem konnte ich immer auf ihn zählen. Gerade kauerte er sich jedoch wie ein verschrecktes, nasses Küken zusammen, und als sich unsere Blicke kreuzten, senkte er sichtbar aufgewühlt den Kopf. Randy konnte sich der lähmenden Angst nicht entziehen, die Amanda Carroll in ihrer Wut verbreitete.

Und wütend war sie. Mit ihrer durchdringenden Tenorstimme und dem unerschütterlichen Charakter war sie eine eindrucksvolle Erscheinung. Jedes neue Kind auf dem Hof lernte sofort, dass sie es war, die hier die Hosen anhatte. Alle mussten nach ihrer Pfeife tanzen, ausnahmslos immer. Soweit ich weiß, hat Amanda niemals ein Kind geschlagen, sie konnte einen jedoch fertig machen und mit ihren Blicken vernichten. Und dann gab es natürlich noch die Strafen, die im schlimmsten Fall auf die Waisenhäuser Milton Home oder High Plains hinausliefen, gegen die der Hof der Carrolls ein wahres Wunderland war. In den letzten Jahren mussten vier oder fünf Pechvögel eine Zeit in diesen Zweigstellen der Hölle verbringen. Amanda beließ es nicht bei leeren Drohungen.

Als sie mit der Faust auf den Tisch schlug, war die Anspannung in den Gesichtern deutlich zu erkennen. Das galt auch für mich.

»Ich bin entsetzt!«, dröhnte ihre Stimme durch den Saal.

Die kleine Flora schluchzte, sie war kaum acht Monate alt und erst vor vier Monaten hier angekommen. Die Älteste von uns, Claire, hielt sie auf dem Arm.

»Ich muss sie hinlegen«, entschuldigte sich Claire, die mit ihren achtzehn Jahren beinahe ein Mutterersatz für Flora war.

»Gut, dann geh«, sagte Amanda, »aber komm zurück.«

»Ist es wirklich nötig, dass ich dabei bin?«

»Ja.«

Claire biss die Zähne zusammen und ging mit der Kleinen auf dem Arm Richtung erste Etage. Sie war schon so lange hier und hatte ganz andere Aufgaben als der Rest, sodass wir sie manchmal gar nicht als Teil von uns wahrnahmen.

»Die Regeln in diesem Haus sind unmissverständlich«,

fuhr Amanda ernsthaft fort, »ihr müsst sie nicht gut finden, aber ich erwarte, dass ihr sie befolgt.«

Die Stirn in tiefe Falten gelegt, presste sie jedes Wort zwischen den Lippen hervor. Eindringlich prüfte sie ein Gesicht nach dem anderen, ihre Augen versprühten Feuer und sie wirkte angriffslustig. Randall hatte sich anscheinend entschieden, im Hintergrund zu bleiben, und hatte auf einem Sessel nahe des Fensters Platz genommen. Wir alle machten uns Sorgen um die Konsequenzen und folgten ängstlich Amandas Worten, da immer noch nicht klar war, worum es bei dieser Versammlung eigentlich ging. Da fiel mein Blick auf Orson, einen dreizehnjährigen Jungen mit dem Hormonhaushalt einer ganzen Fußballmannschaft. Auf seinen Lippen lag ein kaum sichtbares Lächeln, das mich schaudern ließ. Mathilda war unter den Mädchen mit Abstand diejenige, mit der ich die meisten Probleme hatte. Und bei den Jungen nahm Orson zweifelsfrei diese Rolle ein. Vor fünf Monaten hatte er es durch schwülstige Briefe und vorgetäuschte gute Führung geschafft, die Carrolls so zu umgarnen, dass sie ihn aus Milton Home mit zu sich nahmen. Mir war klar, dass der Nichtsnutz ihnen nur etwas vorspielte und sich hinter seinem falschen Lächeln ein perverser Charakter verbarg.

Ich versuchte, ein verräterisches Zeichen in seinem Gesicht zu erkennen, und ließ mich durch seine starke Akne und sein versteinertes Auftreten nicht einschüchtern.

»Sam, hörst du mir zu?«, vernahm ich Amanda.

Seufzend nickte ich. Schon wieder kicherten ein paar Kinder nervös. Ich glaubte, dass Orson etwas mit der Sache zu tun hatte. Vielleicht hatte er mich dabei beobachtet, wie ich das Fernglas entwendete, und gewartet, bis ich nicht da war, um mich zu verpfeifen.

»Heute Morgen bin ich mit zwei Wäschekörben in den

Keller gegangen«, fuhr Amanda fort. »Gott sei Dank war ich es und nicht einer von euch. Alles lag auf dem Boden durcheinander. Eine der Regalstützen neben der Waschmaschine hat nachgegeben, das oberste Brett hat sich gelöst und das nächste mit sich gerissen.«

Sie machte eine bedeutsame Pause, um ihr Publikum zu mustern. Ich konnte mir nicht erklären, wie das mit dem Fernglas zusammenhängen sollte, das ich immer noch im Rucksack bei mir trug. Die Dinge schienen sich in eine andere Richtung zu entwickeln, und ich hatte keine Ahnung, worum es eigentlich ging.

»Ich verstehe wirklich nicht, wie das passieren konnte, das Regal war eigentlich nicht besonders schwer beladen. Wie immer lagen dort bloß ein paar alte Zeitungen. Dann aber habe ich etwas auf dem Boden entdeckt, das wohl zwischen den Zeitungen versteckt gewesen sein muss.«

Amanda legte die Hände auf den Tisch und stützte ihr gesamtes Gewicht auf ihre Arme. Langsam wie eine Schildkröte drehte sie den Hals und schaute uns nacheinander prüfend an. In diesem Augenblick kam Claire zurück.

»Hat jemand was dazu zu sagen?«, fragte Amanda.

Der Satz waberte wie Nebel durch den Raum.

Ich war erleichtert. Weder hatte ich etwas im Keller versteckt – was auch wirklich zu dumm gewesen wäre, da es auf dem Hof jede Menge besserer Verstecke gab –, noch konnte ich mir vorstellen, wer dämlich genug war, so etwas zu tun. Mein Erstaunen war echt. Ich hatte nichts zu beichten und konnte niemanden verraten. Gerettet.

»Ich bin entschlossen, mich konziliant zu geben, wenn sich der Schuldige nun stellt«, bot Amanda an.

Eine Stimme flüsterte in mein Ohr: »Konzi… was?«

»Sei ruhig«, zischte ich zurück.

»Was hast du denn eigentlich gefunden, Amanda?«, fragte

eine sichtlich verärgerte Claire, da sie nicht vor den anderen informiert worden war.

Amanda würdigte sie keines Blickes. Sie stützte sich immer noch mit den Händen auf den Tisch und ließ uns nicht aus den Augen.

»Wie ihr wollt«, kündigte sie an, »mein Angebot, gnädig zu sein, läuft jetzt ab.«

Ich blickte hinauf zu dem gigantischen Kruzifix aus Gips, das all unseren Mahlzeiten beiwohnte. Die Gnade Gottes würde der Schuldige von jetzt an brauchen. Wer immer es auch war, derjenige beging gerade durch sein Schweigen einen riesigen Fehler. Jeder hier wusste, dass Amandas Angebot die einzige Möglichkeit darstellte, einem Unheil bringenden Schicksal zu entgehen. Mit aller Kraft wünschte ich mir, dass es Orson war, dessen dümmliche Arroganz ihn dazu verleitet hatte, ein Versteck innerhalb des Hauses auszusuchen, und der aus Unerfahrenheit nicht beichtete, wenn es dafür an der Zeit war. Zweifacher Irrtum.

Amanda zog langsam etwas aus der geräumigen Tasche ihrer Schürze.

»Wenn ich herausfinde, wem das hier gehört«, drohte sie, »will ich nicht hören, ich hätte euch nicht gewarnt.«

Sie nahm ein Buch heraus.

Mir blieb das Herz stehen.

Mein Buch!

Ich weiß nicht, ob es mir gelang, meine Überraschung zu verbergen. Am Abend zuvor hatte dieses Buch noch in meinem Zimmer in einer meiner Schubladen gelegen, gut verpackt in der mit Blumen verzierten Kiste, die meiner Mutter gehört hatte und in der ich meine persönlichen Dinge aufbewahrte. Wie konnte es von da aus in den Keller gelangt sein? Mein Kopf schwirrte vor lauter Fragen. Das Buch war sicher nicht gerade eine fromme Lektüre – deshalb hatte ich es auch in der Kiste verstaut –, ich wäre jedoch niemals auf die Idee gekommen, es außerhalb des Hofes zu verstecken, und noch viel weniger hätte ich solch eine starke Reaktion von Amanda erwartet. Es handelte sich um ein Exemplar von Nabokovs *Lolita.* Auf dem Umschlag war eine Frau zu sehen, kaum älter als ich, die einen Lutscher im Mund hatte und eine herzförmige Brille trug. Dieses Bild hatte mich neugierig gemacht.

Drei Mal pro Woche fuhr ich auf meinem Fahrrad zum Haus der Familie Meyer, um Joseph vorzulesen und Gesellschaft zu leisten, während seine Frau Collette sich mit ihren Freundinnen traf oder zu ihrem Buchclub ging. Als ich sie nach *Lolita* fragte, erzählte sie mir von den kontroversen Diskussionen bei der Veröffentlichung des Buches. Es ging darin um die Geschichte eines reifen Mannes, der besessen von einem sehr jungen Mädchen namens Dolores war. Collette willigte ein, es mir auszuleihen, nicht ohne mich zu warnen, dass Amanda diese Art von Lektüre sicher nicht gutheißen würde. Collette Meyer, eine leidenschaftliche Literaturkennerin und vielleicht auch frustrierte Autorin, wusste von meiner beginnenden Liebe zur Literatur, und als sie mir das Exemplar überreichte, sagte sie: »Sam, du bist mittlerweile reif genug, um ein großartiges Buch würdigen zu können. Und das hier ist eines.« Ich versprach ihr, gut darauf aufzupassen und es so bald wie möglich zurückzubringen.

»Ein Buch?«, fragte Randy, und alle drehten sich zu ihm um. Mein Schützling konnte nicht verstehen, wie sich jemand so für ein Buch interessieren konnte, wo es doch den Fernseher gab.

Amanda knallte das Buch mit voller Wucht auf den Tisch.

»Dort«, schrie sie und zeigte dabei auf die kleine Bibliothek in der Nähe der Tür, »dort gibt es jede Menge angemessener Bücher, falls ihr etwas lesen wollt. Und sie sind alle wirklich lustig! Hemingway, Twain, Dickens, Salgari, Verne. Klassiker! Außerdem steht es euch natürlich frei, in die Stadtbücherei zu gehen, wo euch Mr Petersen gerne beraten wird.«

Ich hörte ihr kaum noch zu. Meine Gedanken wirbelten durcheinander. Amanda hatte gerade etwas sehr Wahres gesagt: Auf dem Hof der Carrolls schien das Lesen keine besonders beliebte Freizeitbeschäftigung zu sein. Abgesehen von der Pflichtlektüre der Bibel, wählte kaum jemand die Option, sich seine Zeit mit einer guten Geschichte zu vertreiben. Schon konnte ich die Blicke derjenigen spüren, die mich verdächtigten.

»Vor einigen Stunden war ich in der Stadtbücherei«, fuhr Amanda fort und kniff dabei ihre Augen zusammen, sie führte etwas im Schilde, »und habe mit Mr Petersen gesprochen …«

Der Satz blieb unvollendet. Petersen wurde von allen Kindern in Carnival Falls nur Sturmtruppler genannt, da er sehr blass war und immer weiße oder beige, eng anliegende Pullover trug – oder eine Kombination der beiden Farben. Er war ein Spion von Amanda, der sie sofort informierte, sobald jemand von uns ein »ungeeignetes« Buch ausleihen wollte.

»Er hat mir gesagt, dass die Stadtbücherei dieses Buch nicht besitzt«, erklärte Amanda gerade, »was ich schon angenommen hatte, da es keinen Bibliotheksstempel hat. Aber ich werde herausfinden, woher es stammt. Und wenn ich den Schuldigen finde, dann möchte ich nicht in dessen Haut stecken … Zum letzten Mal: Wem gehört dieses Buch?«

Ich merkte, wie mir ein Tröpfchen Urin entwich. Vor Angst konnte ich mich kaum auf den Beinen halten, geschweige denn Ruhe vortäuschen. Meine Hände versteckte ich in den Taschen, damit man das Zittern nicht sehen konnte. Wie war das Buch bloß in den Keller gekommen?

Da fiel mir Orsons beinahe unmerkliches Lächeln wieder ein, geradezu freudig angesichts der Ereignisse. Das Buch war sicherlich nicht von Geisterhand aus meinem Zimmer in den Keller gelangt, und auch das Regal war vermutlich nicht unter der Last der Jahre zusammengebrochen. Es musste jemand nachgeholfen haben. Ich betrachtete Orson aus dem Augenwinkel. Jetzt war sein Gesichtsausdruck unergründlich.

Es konnte jedoch auch Mathilda gewesen sein. Als ich sie ansah, bemerkte ich einen bösartigen Ausdruck auf ihrem Gesicht.

Orson oder Mathilda.

Oder beide?

Warum dachte sich jemand so eine List aus, wenn es doch viel einfacher gewesen wäre, Amanda einen Hinweis auf das tatsächliche Versteck des Buches zu geben?

Glaubten sie etwa, dass ich meine Sünde nicht beichten würde, was die Strafe umso härter werden ließ? Das kam mir etwas weit hergeholt vor. Es gab nur eine Möglichkeit, den Plan zu durchkreuzen: Gestehen. Und zwar sofort. Es war letztendlich nicht mehr und nicht weniger als ein umstrittenes Buch. Ich könnte sogar vortäuschen, davon nichts gewusst zu haben und behaupten, dass ich es mir aus Neugierde aus der Bibliothek der Meyers ausgeliehen hätte. Der Umschlag habe meine Aufmerksamkeit erregt, aber ich hätte es noch nicht einmal gelesen.

Amanda wartete. Schon länger als eine Minute. Wie lange würde sie wohl noch aushalten?

Mein Mund öffnete sich. Meine Augen ruhten auf dem Buch und …

Eine Falle!

Sagte die rettende Stimme in meinem Kopf. Sofort schloss ich den Mund wieder. Das *Lolita*-Exemplar lag mehr als drei

Meter von meinem Platz entfernt, aber nun fiel mir etwas auf, das dort nicht hingehörte. Es war nur eine Kleinigkeit, die mich mit heiler Haut davonkommen ließ. Ein Stückchen Papier schaute zwischen den Seiten hervor. Wenn Orson tatsächlich das Buch entdeckt hatte (und ich war mittlerweile überzeugt davon, dass er hinter der ganzen Sache steckte), hatte sein Plan sicher vorgesehen, dass ich gestehen würde, und zwar genau aus den Gründen, die ich mir einen Augenblick vorher zurechtgelegt hatte. Zugleich hätte ich aber auch für andere Inhalte Verantwortung übernommen, ohne zu wissen, was es war. Dabei konnte ich es mir schon denken.

Vor einigen Tagen hatte ich nämlich Orson mit Mark Petrie, der ihm an Gemeinheit in nichts nachstand, durch den Wald streifen sehen. Es wurde gemunkelt, dass Petrie einen riesigen Vorrat an pornografischen Zeitschriften besaß, die er in einem ausgehöhlten Baumstamm aufhob und mit ein paar Auserwählten teilte. Ich hatte sie noch nie gesehen und auch überhaupt kein Interesse daran. Wenn jedoch Orson in den Wichs-Klub, oder wie sie sich auch immer nannten, aufgenommen worden war, hatte er einen direkten Zugang zu solchen Bildern. Trotz meines dürftigen Wissens über Sexualität (diesen Mangel auszugleichen war mit ein Grund dafür gewesen, *Lolita* zu lesen) verstand ich natürlich, dass ein versautes Bild die Reaktion von Amanda viel besser erklärte. Vielleicht irrte ich mich, aber ich würde ganz sicher nicht wegen so etwas meine Zukunft aufs Spiel setzen. Auf keinen Fall!

Ich würde nicht gestehen.

»Dann eben nicht«, sagte Amanda gerade und steckte das Buch zurück in ihre Schürzentasche. »Ich werde schon noch herausfinden, wem dieses Buch gehört. Ich werde Himmel und Hölle in Bewegung setzen, bis ich es weiß. Und wenn es dann so weit ist, kann derjenige mit der Höchststrafe rechnen, verstanden? Höchststrafe!«

Sie drehte sich auf dem Absatz um und ging. Uns allen war das Herz in die Hose gerutscht. Eine ganze Zeit lang wagte es niemand, etwas zu sagen oder sich zu bewegen. Wir alle wussten nur zu gut, worauf sie sich mit Höchststrafe bezogen hatte. Die Vorstellung, Zeit in einem Waisenhaus zu verbringen, war furchtbar. Zu oft hatte ich aus erster Hand Geschichten über die skurrilen Initiationsriten gehört, die üblen Scherze und den Machtmissbrauch … All diese Gedanken gingen mir durch den Kopf, als Amanda uns im Saal zurückließ. Noch viel schlimmer war jedoch, dass ich Miranda nicht mehr sehen würde, wenn ich den Hof verlassen müsste.

4

Mein Zimmer war ursprünglich als Speisekammer gedacht gewesen, auch wenn es niemals als solche benutzt worden war. Als ich alt genug war, um nicht mehr im Zimmer der Carrolls zu schlafen, hatte Randall die Idee gehabt, den kleinen Raum neben der Küche umzubauen. Er hatte bis dahin hauptsächlich als Sammelstelle für den Müll des gesamten Hauses gedient.

So wurde dieser Schlupfwinkel von gerade mal sechs Quadratmetern zu meinem Zufluchtsort. Das gesamte Mobiliar bestand aus einem Hochbett und einem Schränkchen darunter sowie einem winzigen Schreibtisch. In Sachen Bequemlichkeit ließ mein Zimmer viel zu wünschen übrig, man konnte sich kaum darin bewegen. Wenn ich ins Bad wollte, musste ich den Speisesaal durchqueren, und morgens weckte mich das geschäftige Treiben in der Küche. Das war mir jedoch alles völlig egal. Es war mein eigenes Zimmer, das ich nicht wie die anderen teilen musste. Sechs weitere Zimmer lagen im ersten Stock und wurden jeweils von zwei oder drei Kindern bewohnt. Meine privilegierte Situation war nicht immer einfach gewesen, sie hatte zu Neid und den Bestrebungen geführt, mir das Zimmer streitig zu machen. Mathilda hatte alles daran gesetzt, meine Kammer zu bekommen. Sie hatte etwa vorgeschlagen, reihum darin zu wohnen, oder versucht, mich mit übertriebenen und falschen Behauptungen in den Dreck zu ziehen. Und seit Kurzem stand auch Orsons Name auf der Liste der Anwärter.

Einer der großen Vorteile eines eigenen Zimmers lag darin, dass man in Ruhe nachdenken konnte, was ich diese Nacht nötiger denn je brauchte. Ich lag ausgestreckt auf dem Bett und ließ ein ums andere Mal die Ereignisse des Nachmittags vor meinem inneren Auge ablaufen: Amanda, wie sie das Buch herausholt und wie sie es voller Verachtung auf den Tisch wirft, das kaum wahrnehmbare Lächeln Orsons, die aus dem *Lolita*-Exemplar hervorschauende Fotografie. Die Bilderfolge kam mir beinahe unwirklich vor, als wäre sie einem skurrilen und grausamen Traum entsprungen.

Die Vorstellung, dass mich diejenigen, die für diese hinterhältige Tat verantwortlich waren, durch das Fenster meines Zimmers beobachtet haben mussten, beunruhigte mich besonders. Mein Blick fiel auf das Fenster, an dem die Vorhänge wie so oft nicht verschlossen waren. Einer meiner Widersacher musste meine Nachlässigkeit ausgenutzt haben, um mich auszuspionieren und etwas über mich herauszufinden, das gegen mich verwendet werden konnte.

Erst gestern Abend hatte ich in *Lolita* gelesen, und heute war das Buch im Keller gefunden worden, meine Feinde hatten meinem Zimmer also heute einen Besuch abgestattet.

Ich ging instinktiv davon aus, dass es mehrere Übeltäter gewesen sein mussten.

Es war ein glücklicher Schachzug gewesen, nicht gestanden zu haben. Von nun an musste ich wachsam bleiben und ihnen einen Schritt voraus sein. Als Erstes würde ich morgen früh Collette besuchen, um die Situation zu erklären und sie zu bitten, Amanda nichts von mir und dem Buch zu erzählen.

Ich ging zur Tür und schaltete das Licht aus. Der Mond schien ins Zimmer. Ich zog den Vorhang fest zu und legte mich ins Bett. Langsam schlossen sich meine Augenlider, mein Körper begann, sich zu entspannen und ins Reich der Träume hinüber zu gleiten. Kurz bevor ich jedoch wirklich einschlief, ließ mich plötzlich etwas hochschrecken. Sofort war ich wieder hellwach. Ich setzte mich kerzengerade im Bett auf.

Das Buch.

Was war los mit dem Buch?

Irgendetwas stimmte nicht.

Was war es bloß?

Ich atmete schwer.

Collette Meyer hatte die Angewohnheit, in jedes ihrer Bücher ihren Namen zu schreiben, da machte auch *Lolita* keine Ausnahme. *Wie konnte ich das nur vergessen haben?* Deutlich sah ich vor meinem inneren Auge Collettes klare und runde Handschrift auf der Klappe des Schutzumschlags. Dann versuchte ich mich an das Buch zu erinnern, das Amanda in den Händen gehalten und aus dem die Fotografie herausgeschaut hatte. Hatte es einen Umschlag gehabt oder nicht? Es konnte keinen gehabt haben, so etwas wäre Amanda sicher nicht entgangen.

Mein Optimismus begann zu schwinden. Es gelang mir einfach nicht, die Fäden, die mich mit diesem Buch verbanden, zu durchtrennen. Nein, Orson und Mathilda hatten etwas in der Hinterhand, mit dem sie mich ohne Hoffnung auf Erlösung ins Verderben stürzen konnten.

Sie würden mich wie eine Ameise zerdrücken.

Ich tat die ganze Nacht über kaum ein Auge zu.

5

Als ich zum letzten Mal in dieser Nacht auf die Toilette ging, zeigte die Uhr im Speisesaal halb sechs. Danach muss ich irgendwann eingeschlafen sein, denn als ich plötzlich aufwachte, war es bereits nach neun. Schnell schlüpfte ich in meine Anziehsachen vom Vortag und steckte meinen Kopf aus der Zimmertür. Claire gab Katie, mit ihren sechzehn Jahren die Zweitälteste im Hause, in der Küche Anweisungen. Ich näherte mich den beiden von hinten und beobachtete sie. Von Amanda war nichts zu sehen, was mich ein wenig beunruhigte.

»Wasch die Tomaten ab«, ordnete Claire an, »es ist sicher das Beste, wenn wir erst mal das Mittagessen fertig machen, bevor wir uns um den Hühnerstall kümmern, der sieht nämlich wirklich schlimm aus.«

Katie nickte, ohne etwas zu erwidern. Sie war seit sechs Jahren auf dem Hof und hatte zuvor schreckliche Dinge erlebt. Ihr Vater hatte sich das Leben genommen, um dem Bankrott zu entgehen, und ihre Mutter, die dauerhaft unter Beruhigungsmitteln stand, lebte in einer Heilanstalt. Wenn Katie über ihren Vater redete, geschah das immer mit einer sonderbaren Mischung aus Liebe und Wut. Von ihrer Mutter sprach sie kaum. Einmal im Monat nahm Randall Katie im Auto mit nach Concord, damit sie ihrer Mutter einen Besuch abstatten konnte. Das familiäre Schicksal hatte sie gezeichnet, auf ihrem Gesicht lag immer ein Schatten von Traurigkeit. Sie war zugleich abweisend und schwermütig, was ihr in meinen Augen eine geheimnisvolle Aura verlieh. Sie war mit Abstand die Schönste im Haus, und ihr war bereits von verschiedenen Seiten nahegelegt worden, sich mal in der Welt der Mode oder als Schauspielerin zu versuchen. Auch ich glaubte, dass sie dort gute Chancen hätte.

»Hallo Sam«, begrüßte mich Katie und leerte dabei den Eimer mit Tomaten auf der Arbeitsfläche aus.

Claire drehte sich um, als sie meinen Namen hörte.

»Hilfst du mit oder willst du nur zugucken?«, sagte sie mit einer Härte, die mich an Amanda erinnerte.

»Ich muss zu den Meyers«, gab ich zurück.

»Ach ja, natürlich. Dienstags lässt du es dir ja immer gut gehen und liest dem Alten vor, anstatt hier zu helfen.«

Claire sah mich anklagend an und wendete sich wieder ihrer Arbeit zu. Ihr Verhalten wirkte irgendwie seltsam und übertrieben. Katie drehte sich zu mir um und warf mir einen komplizenhaften Blick zu.

»Ist Amanda nicht da?«, fragte ich.

»Nein«, antwortete Claire, ohne mich eines weiteren Blickes zu würdigen.

»Wo ist sie denn?«

Claire drehte sich erneut um. Sie trocknete sich die Hände an einem Tuch ab und sah mich einige Sekunden lang stumm an.

»Sam …«, der Satz blieb unvollendet. Ihre Augen wurden zu Schlitzen.

»Was denn?«, fragte ich, auch wenn ich bereits ahnte, was nun kommen würde.

»Du hast doch nichts mit diesem pornografischen Buch zu tun, oder?«

Ich lachte schallend.

»Ich? Warum sollte ich mich für so ein Buch interessieren?«

Claire schien nicht besonders beeindruckt von meiner Verteidigung und musterte mich noch etwas länger.

»Weißt du, was ich glaube?«, fragte ich sie in vertraulichem Tonfall.

»Was denn?«

Katie hörte auf, die Tomaten zu waschen, und drehte sich gespannt zu mir um. Ich nickte ihr zu und gab meine Theorie zum Besten.

»Ich glaube, das Buch lag da schon seit Jahren.« Die Lüge ging mir ganz leicht über die Lippen. »Erinnert ihr euch noch an den seltsamen Jungen, der dann später nach Milton Home zurück musste? Wie hieß er noch mal? Maxwell? Das Buch war sicher seins.«

»Vielleicht hast du Recht«, stimmte Claire zu.

»Ich glaube eher, dass es Orson gehört«, überraschte uns Katie.

»Orson?«, gab ich erstaunt zurück. »Hast du etwa gesehen, dass er sich im Keller herumtreibt oder so?«

Ich hielt den Atem an. Aber selbst wenn Katie ihn gesehen hatte, was würde es nützen? Der Bastard hatte schließlich noch den Schutzumschlag von *Lolita.*

»Nein, gesehen habe ich ihn nicht«, räumte sie ein, »aber er ist zu so etwas imstande. Und noch zu ganz anderen Sachen. Wenn ihr wüsstet, wie er die hier anstarrt …«

Sie zeigte auf ihre Brüste.

Claire schüttelte missbilligend den Kopf, aber Katie insistierte: »Doch wirklich, bei dir doch auch. Jetzt tu nicht so. Ständig starrt er dich an.«

»Wer starrt euch ständig an?«, hörte ich plötzlich eine Stimme hinter mir.

Ich drehte mich um.

Es war Mathilda.

Sie hatte gerade geduscht. Ihre Haare waren noch nass,

und sie kämmte sie mit den Fingern, den Kopf zur Seite gelegt. Ein einnehmendes Lächeln huschte über ihr Gesicht, und ihr Blick verlor sich in der Ferne. Es war eine verführerische Geste, die jeden Jungen dazu bringen würde, zu tun, was sie wollte. Mich fröstelte.

»Niemand«, gab ich zurück. »Ich muss jetzt gehen, Mr Meyer wartet auf mich.«

Sie waren schon wieder bei einem anderen Thema und ich nutzte die Gelegenheit, mich auf mein Zimmer zu verziehen. Ich nahm meinen Rucksack mit dem Fernglas und machte mich auf in den zweiten Stock. Dort war weit und breit niemand zu sehen, sodass es einfach war, das Fernglas an seinen Platz zurückzulegen.

Nur wenige Minuten später verließ ich auf meinem Fahrrad den Hof.

Während ich in die Pedalen trat, wurde mir klar, wie dringend es war, als Allererstes mit Collette zu sprechen. Ich war auf ihre Hilfe angewiesen, auch wenn es durch den fehlenden Schutzumschlag noch etwas komplizierter geworden war. Wenn Orson mich denunzieren wollte, würde auch Collette in die Sache hineingezogen werden. Ich ließ meine ganze Wut an dem Optimus-Rad aus, das prompt mit einem Quietschen des Hinterreifens und einem Zittern des Lenkers reagierte. Es war wirklich eine vertrackte Situation. Leider hatte ich keine Zeit, meinen Freund Billy zurate zu ziehen. Nicht ohne sich erst mal ausgiebig über das Kinn zu streichen, als wäre er Sherlock Holmes persönlich, würde er den Stand der Dinge auf seine Art analysieren und komplizierte Lösungsvorschläge unterbreiten, die von unverständlichen Fremdwörtern nur so strotzten. Er war wirklich intelligent und ein Spezialist für schwierige Fragen. Ich hatte mir vorgenommen, mich am Nachmittag im Wald mit ihm zu beraten, instinktiv wusste ich jedoch, dass die Unterredung mit Collette nicht so lange warten konnte. Als ich völlig erschöpft und schweißgebadet an ihrem Haus ankam, stellte sich jedoch heraus, dass es bereits zu spät war.

In der Einfahrt der Meyers stand der Transporter von Amanda.

Irgendwie überwand ich auch die letzten Meter. Ich schöpfte neue Hoffnung, als ich hinter dem Mückengitter der Tür zwei sich entfernende Umrisse zu erkennen glaubte.

Mit einer Hand prüfte ich die Motorhaube des Wagens, sie war warm. Vielleicht war doch noch nicht alles verloren.

»Sam!«

Ich hob den Kopf und schaute mich nach allen Seiten um. Randy winkte mir vom Rücksitz des Kastenwagens aus zu.

»Hallo Randy, ich hab dich gar nicht gesehen. Wann seid ihr angekommen?«

Hinten auf dem Rücksitz lagen zwei Kisten voller Lebensmittel. Randy und Amanda waren also bereits auf dem Markt gewesen.

»Gerade erst«, bestätigte er und kurbelte die Fensterscheibe weiter runter. »Amanda hat gesagt ...«

»Hör mir mal gut zu, Randy«, unterbrach ich ihn, »kannst du mir einen großen Gefallen tun?«

»Was denn?«

»Kannst du Amanda bitte nicht erzählen, dass du mich hier gesehen hast?«

»Aber ...«

»Ich erklär dir später alles.«

»Ich weiß nicht. Das ist doch ...«

»Es ist wirklich wichtig. Du wirst das schon noch verstehen. Aber jetzt musst du mir erst mal versprechen, dass du Amanda nichts erzählen wirst.«

Randy dachte einen Augenblick nach, aber ich wusste, dass er zustimmen würde. Er war der Einzige auf dem Hof, für den ich so etwas wie Geschwisterliebe empfand, und dieses Gefühl beruhte auf Gegenseitigkeit.

»Geht in Ordnung«, willigte er ein, »ich werde nichts sagen.«

»Danke«, erwiderte ich schnell und schlich mich am Haus entlang in den Garten.

Ich nahm an, dass die Frauen direkt in die Küche gehen würden, und hatte Recht. Sie kannten sich gut und brauchten sich nicht mit Formalitäten aufzuhalten. Auch wenn sie ziemlich verschieden waren und in unterschiedlichen Gesellschaftskreisen verkehrten, verband sie doch eine tiefe, gegenseitige Wertschätzung, und Collette hatte großen Respekt vor Amandas Arbeit und allem, was sie auf dem Hof leistete.

Ich lief über die hintere Veranda, bis ich eines der Fenster erreichte. Als ich einen Blick hineinwarf, saßen die beiden an dem runden Küchentisch. Collette drehte mir den Rücken zu, und Amanda saß mir genau gegenüber. Alles war so schnell gegangen, dass ich mir gar nicht überlegen konnte, wie ich am besten weiter vorgehen sollte, um den Schaden zu begrenzen. Ich würde mich einfach in das Gespräch einschalten, sollte es notwendig werden, oder auf meinem Fahrrad verschwinden, wenn die Situation nicht mehr zu retten war.

Amanda kam direkt zur Sache. Sie zog das *Lolita*-Exemplar aus ihrer Tasche und legte es auf den Tisch.

»Gehört das hier dir, Collette?«, fragte sie.

Ich hielt den Atem an.

Collette drehte das Buch, ohne es vom Tisch aufzunehmen, öffnete es und warf einen Blick auf die erste Seite.

Mir war klar, dass sie das Buch sofort erkannte (sie hatte es mir ja schließlich erst wenige Tage zuvor geliehen) und nun das weitere Vorgehen abwog. Bedauerlicherweise hatte ich sie nicht vorwarnen können, aber ihre erste Reaktion sah danach aus, als wolle sie mich schützen. Sie war eine kluge

Frau und muss sich wohl gedacht haben, dass irgendetwas vorgefallen war.

»Ich habe es vor einigen Jahren gelesen«, gab sie zurück. »Ich kann nicht mit Sicherheit sagen, ob es aus meiner Bibliothek stammt, ich erinnere mich nicht daran. Hab ich es dir mal geliehen? Diese Art der Lektüre hätte ich nicht auf deinem Nachttisch vermutet.«

Ich musste unwillkürlich grinsen. Sie hatte eine perfekte Antwort gegeben. Weder leugnete Collette, dass es vielleicht ihr Buch war, noch gab sie es zu. Ich kniete mich neben das Fenster, denn nun musste ich nicht mehr das Risiko eingehen, gesehen zu werden.

»So etwas lese ich nicht«, stieß Amanda wütend hervor.

Collette ließ ein feines Lachen hören.

»Das weiß ich doch, das weiß ich. Möchtest du wirklich nichts trinken? Ich habe noch eine halbe Stunde Zeit, bis ich mich mit meinen Mädels treffe. Warum rufst du Randy nicht herein? Dann gebe ich ihm etwas Gebäck.«

»Nein danke, ich habe noch viel zu tun.«

»Du hast immer viel zu tun.«

»Jetzt lenk bitte nicht vom Thema ab, Collette. Das Buch gehört dir also nicht? Kann es nicht vielleicht sein, dass Sam es sich ›ausgeliehen‹ hat?«

»Und wenn dem so ist? Was wäre so schlimm daran?«

Das Geräusch eines zurückgeschobenen Stuhles war zu hören und dann ein Seufzen von Collette. Offenbar war sie aufgestanden. Ich streckte mich und warf wieder einen Blick durch das Fenster. Sie ging auf den Kühlschrank zu und nahm eine Dose heraus.

»Ich weiß einfach nicht, was ich denken soll.« Amanda sprach eher zu sich selbst als zu Collette.

»Warum sagst du mir nicht erst einmal, was eigentlich passiert ist? Ich würde meine Spieldosensammlung darauf verwetten, dass das Buch nicht aus meiner Bibliothek stammt. Ich schreibe doch immer meinen Namen in meine Bücher, meistens auf die erste Seite, und diese hier ist leer.«

»Stimmt, du hast ja diese seltsame Angewohnheit, dich in deinen Büchern zu verewigen.«

Collette stellte die Dose auf die Arbeitsfläche, nahm ein Schokoladenbiskuit heraus und wickelte es in eine Serviette.

Nun beobachtete ich die beiden doch wieder.

»Meine Mädels werden sicher nicht merken, wenn etwas fehlt«, sagte Collette, während sie die Serviette mit dem Biskuit auf den Tisch legte. »Gib das doch bitte Randy.«

Amanda nickte.

»Du nimmst die Dinge zu ernst, Amanda. Nun komm schon, sag mir, was dich so sehr beschäftigt.«

»Es geht gar nicht um das Buch selbst«, gab Amanda nun zu, »das habe ich zufällig im Keller gefunden. Aber es lag eine obszöne Fotografie darin. Ich habe sie bis heute Morgen aufbewahrt, dann konnte ich es nicht mehr ertragen und habe sie in der Toilette runtergespült. Sie geht mir nicht mehr aus dem Kopf. Es waren zwei völlig nackte Frauen abgebildet, die sich gegenseitig anfassten … Eine von ihnen hatte so eine Art Geschirr um, mit einer Prothese daran. Abscheulich.«

Collette lachte kurz auf. Auch wenn sie mindestens zwanzig Jahre älter war als Amanda, hatte sie deutlich liberalere Ansichten.

»Mach dich nicht über mich lustig.«

»Es tut mir leid. Falls es dich tröstet, meine Liebe, ich kann mir nicht vorstellen, dass Sam irgendetwas mit so einer Fotografie zu tun hat.«

»Ich bin mir da nicht so sicher. Manchmal denke ich …« Amanda stellte sich hin und schüttelte den Kopf. »Ich habe ihnen klargemacht, dass ich alles tun werde, um die Wahrheit herauszufinden, und das werde ich auch.«

Collette nickte.

»Sam müsste jeden Augenblick hier sein«, verkündete sie.

»Ich weiß. Ich sollte besser gehen. Vielen Dank für das Gebäck.«

»Ich bringe dich zur Tür.«

»Das ist nicht nötig. Grüß mir die Mädels.«

»Die Mädels« waren auch Freundinnen von Amandas Mutter gewesen. In ihrem Gesichtsausdruck lag Traurigkeit, als sie sie erwähnte.

»Sie fragen immer nach dir«, antwortete Collette. Aber das hörte Amanda nicht mehr.

Collette blieb nachdenklich zurück. Aus der Ferne konnte man das Motorengeräusch des Transporters hören.

»Jetzt komm schon rein, Sam.«

»Seit wann weißt du, dass ich hier bin?«, fragte ich von der anderen Seite des Fensters aus.

»Seitdem ich den Kühlschrank aufgemacht habe.«

Lächelnd öffnete ich die Verandatür und ging lautlos ins Haus.

»Ich habe nichts mit der Fotografie zu tun, Collette, das schwöre ich«, sagte ich, als ich neben ihr stand.

»Ich weiß.«

6

Joseph Meyer hielt sich im Zimmer mit den Spieluhren auf.

Ich öffnete behutsam die Tür, und das verräterische Geräusch wurde lauter. Zwei verschiedene Melodien erkannte ich sofort, aber wie viele tatsächlich mit der Präzision eines Uhrmachers zu exakt derselben Zeit gespielt wurden, war schwer festzustellen. Joseph saß mit dem Rücken zur Tür hinter dem Schreibtisch neben dem einzigen Fenster. Als er bemerkte, dass jemand hereingekommen war, richtete er sich auf, drehte sich jedoch nicht um. Er war siebenundsiebzig, was mir damals steinalt vorkam, sah jedoch um einiges jünger aus. Alle zwei Wochen kam ein Friseur, um seine Haare zu schneiden, die er immer mit einer gehörigen Portion Haarfestiger bändigte. Außerdem ließ er sich den Schnurrbart stutzen, der in seiner Symmetrie wie gemalt aussah. Er war sein ganzer Stolz. Joseph umgab immer derselbe Duft eines Parfüms, dessen Namen er nicht preisgeben wollte, der in meinem Kopf jedoch ein Bild von Senilität und Männlichkeit zugleich prägte.

»Wer ist da?«, fragte er mit fester, wachsamer Stimme.

»Ich bin es, Mr Meyer. Sam Jackson.«

Ein Moment der Unsicherheit, ich lächelte. Er drehte sich zu mir um und sah mich mit hochgezogenen Augenbrauen an. Dann bat er mich mit einer Handbewegung herein.

Das Zimmer war eigentlich für den Nachwuchs der Meyers bestimmt gewesen, den sie aber nie bekommen hatten. Dann war es von Joseph in seiner Zeit als Anwalt als Arbeitszimmer genutzt worden, und nun beherbergte es

Collettes Schatz, ihre Spieluhren. Sie hatte die Sammlung von ihrem Vater geerbt, sich um ihre Instandhaltung gekümmert und sie weiter ausgebaut. Regalbretter umrundeten den Raum auf insgesamt vier Ebenen, auf denen die Stücke ausgestellt waren. Gerade drehten sich zwei Ballerinas auf ihren hölzernen Sockeln, die Flügel eines Engels regten sich und ein Hund bewegte den Kopf hin und her. Andere Exemplare gaben eigentümliche Töne von sich, ohne dass etwas zu sehen war.

Nach und nach hörten sie auf zu spielen.

Ich blieb dicht hinter Joseph stehen, der fasziniert das Herzstück der Sammlung betrachtete. Ein in der Schweiz hergestelltes künstlerisches Meisterwerk, das Collettes Vater als Teil seines Lohns in einem Konkursfall erhalten hatte. Soweit ich wusste, war dieses Stück der Ausgangspunkt seiner Sammlerleidenschaft gewesen, die schließlich auch auf seine Tochter übergegangen war. Die Spieluhr war ein mechanischer Apparat von der Größe eines Schallplattenspielers. Der Deckel aus Metall war mit Scharnieren befestigt, sodass er beim Aufklappen senkrecht stehen blieb und sich zu den Seiten hin zwei weitere Gelenkebenen öffneten. Nachdem sich also das gesamte System entfaltet hatte, wurde aus dem Deckel eine Art Hintergrund, größer als die gesamte Spieluhr, vor dem sich lustige Szenen abspielten. Auf der metallischen Oberfläche der Spieluhr gab es eine Reihe von Laufrillen in der Form konzentrischer Kreise, auf denen sich Figuren aus dem Zirkusleben bewegten. Ein Jongleur, ein Einradfahrer, ein Löwendompteur, zwei Clowns und ein Stelzenläufer. Die bemalten Blechfiguren vollführten ihre Kunststücke alle in unterschiedlichen Geschwindigkeiten. Collette hatte mir erklärt, dass die Spieluhr über ein System von unabhängigen Drähten verfügte, wodurch es möglich war, fünf Minuten lang die Musik zu hören und jeden Darsteller einzeln zu aktivieren. Joseph hatte die Figuren zur selben Zeit eingeschaltet. Der Stelzenläufer klatschte in die Hände; der Dompteur gestikulierte und wurde von einem riesigen Löwen verfolgt; der Reifen des Einrads drehte sich; der Jongleur ließ verschiedene Bälle tanzen, die durch kaum sichtbare Fäden miteinander verbunden waren, und die Clowns blieben von Zeit zu Zeit stehen und schnitten Grimassen.

»Ein Wunderwerk«, sagte Joseph, den die zweidimensionalen Figürchen ganz in ihren Bann gezogen hatten.

»Das ist es«, stimmte ich zu.

Er drehte sich wieder zu mir um und warf mir einen empörten und zugleich besorgten Blick zu.

»Du scheinst ja nicht gerade beeindruckt zu sein. Kennst du die Spieluhren schon? Hat sie dich etwa hier hereingelassen?«

Die Frage kam für mich ziemlich überraschend.

»Wen meinen Sie?«

»Du weißt genau, von wem ich spreche!«

Der süßliche Geruch seines Rasierwassers war betäubend. Ein Ast kratzte an der Glasscheibe des Fensters, dahinter entfernte sich gerade das Auto der Meyers mit Collette am Steuer.

»Ich frage mich, ob sie zurückkommen wird«, murmelte der Alte leise vor sich hin.

»Aber natürlich wird sie das, Mr Meyer.«

Er war jedoch schon wieder in die Musik versunken, die eher melancholisch als fröhlich war. Ich hatte sie von Anfang an gemocht.

»Ich bin zum ersten Mal in diesem Zimmer«, sagte Joseph nun und fügte dann verträumt hinzu: »Endlich kenne ich das Geheimnis und frage mich, warum sie mir niemals diese Welt aus traurigen Miniaturen zeigen wollte.«

Schweigend legte ich ihm eine Hand auf die Schulter.

»Was meinen Sie, sollen wir nun ins Wohnzimmer oder auf die Veranda gehen und ein bisschen lesen?«

»Es tut mir leid«, antwortete Joseph traurig, »ich kann nicht mehr so gut sehen wie früher. Noch nicht einmal mit Brille kann ich die kleinen Buchstaben entziffern.«

»Ich lese Ihnen vor, machen Sie sich keine Sorgen.«

Er strahlte übers ganze Gesicht.

7

Billy und ich hatten uns in der zweiten Klasse der Lelland-Schule kennengelernt und sofort gut verstanden. Mein Platz am unteren Ende des Sozialgefüges war als Heimkind im staatlichen Schulbetrieb von vornherein festgelegt. Ich hatte also keine Wahl, wenn es um Freundschaften ging, sondern musste sehen, wer am Ende übrig blieb. Billy kam eines Tages auf mich zu und bot mir sein Pausenbrot mit Salami und Käse an, das seine Mutter ihm morgens zubereitet hatte – was sie ausnahmslos auch an jedem weiteren Morgen der nächsten Jahre tun würde. Mrs Pompeo dachte, dass Billy diese Brote gerne mochte, und da er es einfacher fand, seine Mutter in diesem Glauben zu lassen, nahm mein zukünftiger Freund das tägliche Ritual in Kauf, obwohl er weder Salami noch Käse mochte. Eine wichtige Überlebensstrategie, die er damals bereits mit seinen sieben Jahren gelernt hatte. Ich zögerte nicht, griff ungeniert nach dem Brot und verschlang es genussvoll vor den Augen des erstaunten Billy, für den ich ganz schön wild ausgesehen haben muss.

So begann unsere Freundschaft.

Billy passte, wenn auch nicht aus denselben Gründen wie ich, nie zu den anderen. Er war damals ein kleiner, ungelenker und temperamentvoller Junge, der sich für keine der Aktivitäten interessierte, die bei den Gleichaltrigen gerade hoch im Kurs standen. Sport lehnte er ab, da der Mensch dabei auf seine Instinkte und Triebe reduziert werde – er drückte das damals etwas anders aus –, und nahm nur auf Druck der Schule hin daran teil. Er verabscheute es fernzusehen, und es war für ihn eine Tortur, sich in geschlossenen Räumen aufzuhalten, bis er Ende der Achtzigerjahre den Computer für sich entdeckte. Vorher streifte er jedoch am allerliebsten durch die Wälder, die er wie seine Westentasche kannte. Er entwickelte Karten und ungeheuerliche Projekte, zu denen er mich mit großen Worten und den tollsten Versprechungen überredete, die letztlich jedoch nie verwirklicht wurden. Billy hatte ein unglaubliches Vorstellungsvermögen.

»Wo warst du denn?«, fragte ich ihn, als er endlich zwischen den Sträuchern auftauchte.

»Meine Mutter hat mich schon wieder dazu gezwungen, diese furchtbaren Fotos machen zu lassen«, seufzte er. »Sie hat mir aber versprochen, dass es nun wirklich das letzte Mal war. Wer's glaubt ...«

Er kam mit seinem Fahrrad auf mich zu, lehnte es gegen einen Baum und stellte seinen Rucksack ab. Dann streckte er sich neben mir aus. Unsere Köpfe bildeten ein V, nur wenige Zentimeter lagen zwischen uns. Über uns das Blätterdach.

»Mir gefallen die Fotos«, sagte ich versonnen mit Blick auf den lichtdurchfluteten Wald.

Billy richtete sich ein wenig auf, stützte sich auf die Ellbogen und warf mir einen wütenden Blick zu.

»Das ist doch nicht dein Ernst. Gibt es was Erniedrigenderes? Und dann muss ich sie mir auch noch jeden Tag angucken, sobald ich zur Tür reinkomme. Es reicht meiner Mutter nicht, sie einfach in einer Kiste aufzubewahren, nein, eins neben dem anderen hängen sie an der Wand, fein säuberlich aufgereiht, damit jeder Besucher sehen kann, wie gut ich mich in diesem lächerlichen Matrosenanzug entwickelt habe und ...«

Ich konnte mein Lachen nicht mehr zurückhalten.

»Na prima, du machst dich über mich lustig, und ich fange auch noch an, mich zu rechtfertigen. War doch klar, dass dir die Fotos nicht gefallen«, murmelte er vor sich hin. »Weißt du, was das Schlimmste daran ist?«

»Was denn?«

»Keiner von meinen großen Brüdern musste so was machen. Wie erklärst du dir das? Ich bin der Einzige, der einmal im Jahr ins Studio von diesem Pasteur gehen muss. Und das Beste ist, der heißt noch nicht einmal wirklich so, ich habe entdeckt, dass sein Nachname eigentlich Peluffo oder so ähnlich ist. Dort werde ich gepudert wie ein Babypopo und in dieses lächerliche Donald-Duck-Kostüm gesteckt.«

»Du bist eben etwas ganz Besonderes, Billy.«

»Mach dich ruhig über mich lustig.«

»Mach ich doch gar nicht. Immerhin hast du einen reichen Onkel.«

Er dachte einen Moment lang nach, vermutlich weil er tatsächlich einen wohlhabenden Onkel hatte, bis er meine Anspielung auf den gefiederten Geizhals verstand, was mir einen freundschaftlichen Stoß mit seinem Ellbogen einbrachte.

Einen Moment lang herrschte Schweigen. Die Lichtung, auf der wir uns immer trafen, hatte sich in unser Lager verwandelt, Billy nannte es gerne unsere »Kommandozentrale«. Ich fand, dass es ein magischer Ort war, zumindest kannte ich keinen anderen, an dem Billy länger als fünf Minuten den Mund halten konnte. Die Lichtung selbst war eigentlich nichts Besonderes. In den Wäldern von Carnival Falls gab es jede Menge interessanterer Plätze. Hier lag ein umgestürzter Baumstamm, umgeben von Sträuchern und hundertjährigen Pappeln, das war alles. Sie war jedoch angenehm ruhig, da sie sich jenseits der sogenannten Grenze befand, wie es in Carnival Falls hieß: einem ungefähr zweihundert Meter breiten Waldgebiet, das die Stadt umrundete. Kinder wurden dazu angehalten, sich nur in diesem Teil des Waldes aufzuhalten.

Es gab Gerüchte über Exhibitionisten und Vergewaltiger, die in den Wäldern ihr Unwesen trieben, außerdem hatten sich bereits einige Kinder verlaufen und waren tagelang umhergeirrt. Billy hingegen war der Meinung, dass all diese Geschichten in Umlauf gebracht wurden, um uns Angst einzujagen. Manchmal machte ich mir Sorgen, dass Amanda oder Mrs Pompeo herausfinden könnten, wie weit wir uns auf unseren Streifzügen in den Wald hineinwagten. Aber Billy war ein echter Abenteurer, er trug selbst angefertigte Karten und seinen Kompass bei sich und hatte sich für den Notfall ein ausgeklügeltes System an Markierungen ausgedacht, um von jedem Ausflug sicher nach Hause zu finden. Er verteilte kleine Stofffetzen an den unteren Ästen, auf die er jeweils die Himmelsrichtung schrieb, in die wir seit der letzten Markierung gegangen waren. Dank dieser Methode konnten wir große Strecken von mehreren Kilometern zurücklegen und dennoch wohlbehalten wieder zurückfinden. Billy trug sogar einen Ersatzkompass bei sich.

»Nun erzähl schon, was passiert ist«, sagte er plötzlich.

Ich hatte Billy gestern Abend angerufen, um ein Krisentreffen zu vereinbaren. Ich musste schlucken.

»Vor ein paar Tagen habe ich mir ein Buch von Mrs Meyer ausgeliehen«, begann ich. »Es heißt *Lolita* und handelt von einem Mann, der sich in ein junges Mädchen verliebt, das zumindest zu Beginn des Buches nicht gerade eine Heilige zu sein scheint.«

»Sam. Du und deine Romane«, unterbrach er mich. »Sag mir jetzt endlich …«

»Billy!«

»Was ist?«

»Lass mich doch erst mal ausreden.«

»Na gut.«

»Collette hat mich gewarnt, dass Amanda vielleicht nicht

gerade begeistert sein würde. Deshalb habe ich das Buch in meinem Zimmer versteckt und niemandem davon erzählt.«

»Noch nicht einmal mir.« Er hob die Hand.

»Jetzt warte erst mal ab, bevor du mir Vorwürfe machst, Billy.«

»Ich meine ja nur.«

Als wir dort zusammen lagen, fiel mir das Sprechen leicht, wie so oft, wenn wir uns gegenseitig unsere Geheimisse und Erlebnisse anvertrauten. Es befreite mich so sehr, über die Geschehnisse erzählen zu können, dass es mir beinahe unwirklich vorkam.

»Gestern kam ich zum Hof, nachdem ich … etwas für Mrs Meyer erledigt hatte.« Billy wusste nichts von meinen Ausflügen zum Haus der Mathesons, weshalb ich mir diese kleine Notlüge ausdenken musste. »Amanda hatte alle im Speisesaal versammelt. Sie warteten auf mich. Ich hätte niemals gedacht, dass es um das Buch gehen könnte.«

»Wo hattest du es denn versteckt?«

»In meiner geblümten Kiste in dem Schubladenschrank.«

»Einfach so?«

»Ich hab doch gesagt, dass ich es nicht so schlimm fand. Jetzt fall mir doch nicht immer ins Wort.«

»Du hast recht, es tut mir leid.«

»Du kannst dir gar nicht vorstellen, wie wütend Amanda war. Sie sagte, sie sei am Morgen in den Keller gegangen, wo ein Regal samt Inhalt zusammengebrochen war. Zwischen den Trümmern lag etwas, das jemandem aus dem Haus gehören musste, und sie verlangte, dass sich derjenige zu erkennen gab.« Ich machte eine kurze Pause.

»Und was hat das jetzt mit dem Buch zu tun? Du hast doch gesagt …«, Billy verstummte. Er setzte sich unwillkürlich auf und sah mich fragend an: »Das Buch war im Keller?«

Ich nickte.

»So langsam wird es spannend«, sagte Billy erwartungsvoll.

»Amanda holte das Buch aus ihrer Schürzentasche und warf es auf den Tisch. Du hättest sie sehen sollen! Sie sagte, jetzt sei die letzte Gelegenheit, um sich zu stellen, aber niemand bei klarem Verstand hätte es gewagt, in diesem Moment zu sprechen.«

»Ich nehme mal an, dass Amanda nicht gelogen hat, als sie von dem Regal sprach. Bist du denn im Keller gewesen, um es dir anzusehen?«

»Nein«, musste ich zugeben. Guter Punkt. Ich ärgerte mich, dass ich nicht selbst darauf gekommen war. Es war gut, Billy an meiner Seite zu haben, der immer einen kühlen Kopf bewahrte.

»Kannst du ja noch nachholen«, sagte er nun. »Am wahrscheinlichsten ist, dass jemand dein Buch entdeckt und sich dann diese Inszenierung im Keller ausgedacht hat. Da hat dich wirklich jemand reingelegt. Mathilda vielleicht?«

»Kann schon sein, dass sie ihre Finger im Spiel hat, aber sie war es sicher nicht alleine.«

»Glaubst du, der idiotische Orson hat etwas damit zu tun?«

»Ich muss dir noch mehr erzählen.«

Billy folgte meinen Worten wie ein Psychoanalytiker denen seiner Patienten.

»Was denn?«

»Ich konnte das Buch nicht ganz genau sehen, aber irgendetwas ragte zwischen den Seiten hervor. Es sah aus wie eine Fotografie … aus einer Zeitschrift oder so.«

Mein Freund lauschte gespannt.

»Billy, überleg doch mal. Du kennst Amanda Carroll ja, sie ist doch ein bisschen wie deine Mutter. Auch wenn es sich vielleicht um ein fragwürdiges Buch handelt, ist so eine Reaktion wirklich übertrieben, findest du nicht? Außerdem hatte sie noch nicht einmal Zeit, es zu lesen! Sie war außer sich. Ich könnte mir vorstellen, dass Orson sich von Mark Petrie eine Fotografie hat geben lassen, die sie dann in dem Buch versteckt haben. Sie haben irgendetwas vor.«

»Vielleicht hätten wir ihnen folgen sollen, um zu sehen, wo sie im Wald die Fotografien aufbewahren, wenn das wirklich stimmt.«

»Und was würde uns das jetzt bringen?«

»Wir wüssten dann immerhin, ob eine fehlt.«

Auch daran hatte ich noch nicht gedacht.

»Gar keine schlechte Idee«, musste ich zugeben.

»Ich verstehe nicht, warum du nicht einfach zu Collette Meyer gehst und ihr die Sache erklärst. Wenn sie dich nicht verrät, was kann dann schon passieren?«

»Genau das habe ich heute Morgen bereits getan. Collette wird dichthalten.«

»Aber ist es denn überhaupt sicher, dass es um ein Foto geht? Hat Amanda Carroll irgendetwas dazu gesagt?«

»Ja.«

»Hast du es gesehen?«

»Nein. Ich habe nur gehört, wie Amanda das Bild beschrieben hat.«

»Und? Was ist drauf?«

»Es reicht, Billy, das tut doch jetzt nichts zur Sache.«

Billy blieb ruhig.

»Dich mit einem pornografischen Bild anzuschwärzen scheint mir nicht besonders durchdacht. Das hört sich ganz nach einer Idee von dem Mistkerl Orson an.«

Ich wollte lieber nicht darüber nachdenken.

»Was ich noch nicht verstehe«, sagte Billy kopfschüttelnd,

»wenn Collette dir versprochen hat, dass sie dich nicht verrät, dann steht Aussage gegen Aussage. Und da ist doch eigentlich klar, wer den Kürzeren zieht.«

»Da ist leider noch etwas. Collette schreibt ihren Namen in alle ihre Bücher, so auch in *Lolita.* Ihr Name stand innen im Umschlag.«

»Und den haben sie«, brachte Billy fasziniert den Gedanken zu Ende.

Sie.

Er stand auf und begann im Kreis zu gehen. Ich beobachtete Billy eine Weile und dachte darüber nach, wie sehr er im letzten Jahr gewachsen war. Auch wenn ich ihn ständig in der Schule sah, wurde mir gerade erst bewusst, dass sich sein Körperbau ganz schön verändert hatte. Er war kein kleiner Junge mehr.

»Haben sich Orson oder Mathilda in letzter Zeit seltsam verhalten?«, fragte Billy plötzlich.

»Nicht dass ich wüsste, aber ich habe sie auch ehrlich gesagt kaum gesehen. Beim Mittagessen haben sie mir verächtliche Blicke zugeworfen, aber das ist nichts Neues. Ich habe versucht, ihnen aus dem Weg zu gehen.«

»Gut so.«

Er schien irgendetwas auszutüfteln.

Ich schloss die Augen und dachte an Miranda. Eigentlich hatte ich vorgehabt, heute Nachmittag bei ihrem Haus vorbeizugehen, obwohl ich normalerweise versuchte, zwischen meinen Besuchen ein paar Tage verstreichen zu lassen. Meine Anwesenheit in ihrem Viertel könnte Aufmerksamkeit erregen, und das würde mich in eine missliche Lage bringen, sollte einer der Anwohner Amanda davon erzählen. Aber ich sehnte mich danach, sie zu sehen. Ich wollte wissen, ob sie mein Geschenk noch trug. Ich faltete meine Hände über der Brust und konnte den Halbmond unter meinem T-Shirt spüren. Ich stellte mir die andere Hälfte vor, und meine Sorgen traten für einen Augenblick in den Hintergrund.

»Ich weiß, was du tun solltest.«

Ich öffnete die Augen. Billy kniete neben mir und sah mich verschwörerisch an.

»Und das wäre?«

»Halte dich von Orson und der Hexe Mathilda fern, das ist erst mal das Wichtigste. Versuch auf keinen Fall, sie zur Rede zu stellen. Darauf warten sie bestimmt bloß. Wenn sie tatsächlich hinter der Sache stecken, wissen sie sonst, dass du ihre List verstanden hast. Den Gefallen werden wir ihnen nicht tun. Benimm dich einfach so, als wäre nichts gewesen. Wenn wir herausfinden wollen, was die beiden vorhaben, machen wir das besser auf unsere Art. Hast du verstanden?«

»Natürlich. Ich bin ja kein Kleinkind.«

»Vermutlich wird Orson dich ansprechen«, fuhr Billy fort, ohne auf meinen bissigen Kommentar einzugehen. »Er scheint nicht so dumm zu sein, wie ich vermutet hatte, und er hat irgendetwas vor. Kannst du dir vorstellen, was das sein könnte?«

»Das frage ich mich auch schon die ganze Zeit, aber ich habe wirklich keine Ahnung. Sowohl Orson als auch Mathilda versuchen schon lange, mir mein Zimmer streitig zu machen, aber warum gerade jetzt?«

»Vielleicht wollen sie dich unter Druck setzen, damit du dich auf einen Handel einlässt?«

»Wenn sie mir dafür den Umschlag zurückgeben, wäre ich sofort dazu bereit, das kannst du mir glauben.«

»Nein!«, entfuhr es Billy.

Er ließ sich neben mich fallen und raunte mit gedämpfter Stimme: »Das kannst du nicht machen, Sam.«

»Warum denn nicht?«, flüsterte ich.

»Weil wir ein Team sind«, gab er in bedrohlichem Tonfall zurück. »Die beiden werden noch bereuen, dass sie sich mit uns angelegt haben, du wirst schon sehen. Halt dich von ihnen fern. Wenn dich einer der beiden anspricht, hör dir an, was sie zu sagen haben, und sag dann, dass du darüber nachdenken musst. Ein oder zwei Tage brauchen wir.«

»Wofür?«

»Um meinen Plan zu Ende zu denken. Du hast doch nicht gedacht, das wär schon alles, oder?«

»Und wie geht es dann weiter?«

Billy sprang auf, stellte sich in die Mitte der Lichtung und vollführte ein paar wilde, ungelenke Tanzschritte. Dann zeigte er auf mich und rief in einer Tonlage, bei der sich jeder Gesangslehrer aus dem nächstbesten Fenster gestürzt hätte: »Warte ab, Sam Jackson. Du wirst schon sehen.«

»Jetzt sag schon.«

»Ich muss das Ganze erst zu Ende denken. Morgen verrate ich dir mehr.«

Ich nickte.

Billy machte einen zufriedenen Eindruck. Wie immer, wenn er eines seiner unglaublichen Projekte plante, sah er verträumt und zugleich ehrgeizig aus. Mir wurde ein bisschen unwohl bei dem Gedanken, die Hauptfigur in einem seiner Pläne zu sein, da es ja schließlich darum ging, meine Haut zu retten. Andererseits wusste ich, dass ich mich blind auf Billy verlassen konnte.

»Ich vertraue dir.«

»Ich weiß.«

Dann ging er zu seinem Rucksack und suchte etwas. Ich setzte mich und beobachtete ihn gespannt. Er kam mit einer Pappschachtel von der Größe einer Butterbrotdose zurück.

Er öffnete sie. »Und? Was sagst du, Sam?«

Es lagen Hunderte Nägel darin, lang, mit breiten Köpfen.

»Wow!«, entfuhr es mir. »Hast du die von deinem Onkel geschenkt bekommen?«

»Nicht ganz. Ich habe ihm in seiner Eisenwarenhandlung geholfen, und das war meine Bezahlung.«

Er schloss die Schachtel wieder und ging geradewegs auf den umgefallenen Baumstamm zu. Sein Arm verschwand in einem Loch in der feuchten Rinde, und er holte einen Metallkasten mit Werkzeug hervor.

»Ich lege sie zu den restlichen Sachen«, verkündete er, während er die gesammelten Schätze begutachtete.

»Jetzt haben wir fast alles für den nächsten Schritt zusammen«, bemerkte ich.

»Und ob«, sagte Billy stolz. »Morgen gehe ich zu Mrs Harnoise. Sie hat meiner Mutter erzählt, dass sie eine alte Hundehütte loswerden will. Ihr Hund ist vor Kurzem gestorben. Sie erträgt es wohl nicht, die leere Hütte ständig vor Augen zu haben. Sie hatte einen Bernhardiner, du kannst dir also vorstellen, wie viel Holz uns das einbringen wird.«

Was für eine gute Nachricht!

»Ich mache noch ein bisschen an unserem Projekt weiter. Kommst du mit?«, fragte Billy.

»Nein. Ich glaube, es ist besser, wenn ich zum Hof zurückfahre.«

Billy befestigt die Werkzeugkiste auf seinem Rad und setzte den Rucksack auf.

»Falls du dich doch noch umentscheidest … Du weißt ja, wo du mich findest.« Er zögerte kurz und fragte dann: »Gibt es noch etwas, das du mir sagen willst, Sam?«

Seit Tagen kam es Billy so vor, als wenn ich ihm etwas verheimlichen würde.

»Nein«, antwortete ich schnell.

Ich fühlte mich schrecklich dabei, Billy anzulügen. Aber ich wollte ihm nichts von Miranda erzählen, es war mir zu peinlich.

»Mach dir keine Sorgen«, versuchte er mich zu beruhigen. »Die Sache mit dem Buch werden wir schon hinbekommen. Ich arbeite jetzt ein bisschen und mache mir dabei Gedanken, wie wir mit diesen beiden Scheusalen fertigwerden.«

»Danke, Billy.«

»Keine Ursache«, sagte er und schwang sich auf sein Rad.

Er winkte mir noch mal zu, bevor er auf einem der Pfade im Wald verschwand. Jetzt war ich alleine. Die Erinnerung an meinen Freund, der über die Lichtung lief, laut sprach und dabei wild gestikulierte, stand im Gegensatz zu der Ruhe, die mich nun umgab. Beinahe kam es mir unwirklich vor, dass Billy gerade noch hier gewesen war.

8

Während meines Nachmittagsbesuchs bei der Villa der Familie Matheson machte ich eine enttäuschende Entdeckung. Ich kletterte die Ulme bis zu dem mit dem Herz markierten Ast hinauf und suchte nach der Lücke im Laubwerk, durch die ich den besten Blick auf den Wintergarten hatte. Mrs Grusel unterrichtete gerade, sie stand neben der Tafel und zeigte mit ihrem Stock auf irgendwelche für mich unsichtbaren Notizen. Ihre Haare waren hinten am Kopf fest zusammengebunden, und ich stellte mir vor, dass sie durch die Straffheit kaum ihr Gesicht bewegen, geschweige denn lächeln konnte. Ab und zu ging sie zur Tafel und schrieb etwas mit Kreide. Sofort danach schüttelte sie die Hände aus, um sich von dem Staub zu befreien, als handele es sich dabei um die Überreste der Einäscherung eines räudigen Hundes. Miranda beobachtete sie gelangweilt, während sie den Kopf mit einer Hand abstützte, gleichzeitig etwas in ein Heft schrieb und vermutlich Antworten produzierte, die von ihr gefordert wurden. Es sah so aus, als trüge sie immer noch die Kette von Les Enfants, aber ganz sicher konnte ich es aus der Entfernung nicht erkennen. Sie hatte ein Kleid an, bei dem man ihre Schultern sehen konnte, die schmalen, himmelblauen Träger harmonierten mit ihrem Haarband. Wie immer nahm ich jede Kleinigkeit zur Kenntnis, auch wenn ich das Fernglas dabei schmerzlich vermisste. Angesichts der aktuellen Situation konnte ich dieses Risiko jedoch nicht erneut eingehen. Ohne es zu merken, hatte ich mich auf eine neue Ebene begeben, die Auswirkungen einer noch stärkeren

Droge gespürt. Es war nicht mehr dasselbe. Bisher hatte ich mich nie gefragt, wie lange ich noch an diesen heimlichen Einblicken in das Privatleben der Familie Matheson festhalten wollte. Vielleicht weil ich eine Antwort auf diese Frage scheute. Eigentlich wusste ich, dass dieses Mädchen und mich nichts verband und sie die Halskette sofort in den Müll werfen würde, wenn sie wüsste, von wem sie stammte. In meinem Kopf hatte ich versucht, die Lücken zu füllen, mir ihr Lächeln vorzustellen, einen angenehmen Tonfall für ihre Stimme auszudenken und ihr Herz zu formen. Ein Herz, das mich vorurteilslos akzeptieren, trennende Mauern einreißen und Unterschiede einebnen würde. Aber es gab keine Gewissheit darüber, ob sich meine Träume jemals der Wirklichkeit annähern würden. Miranda konnte genauso gut eiskalt sein, verzogen und bösartig wie Mathilda oder vielleicht noch schlimmer.

Ich beobachtete sie, versuchte, auf telepathischem Wege die Wahrheit in diesem gläsernen Zimmer herauszufinden. Mrs Grusel begann gerade, mit möglichst viel Abstand zu den Kreidewolken, die Tafel zu putzen. Miranda nutzte die Gelegenheit, um ihr die Zunge rauszustrecken. Plötzlich drehte sich Mrs Grusel um, als habe sie etwas hinter ihrem Rücken bemerkt, und Miranda schaffte es gerade noch, den Mund zu schließen und verträumt in die Gegend zu schauen. Daraufhin wischte die Lehrerin weiter, und Miranda streckte ihr erneut die Zunge heraus, bevor sie mit der Hand vor dem Mund ein Kichern verbarg. Sie konnte nicht wissen, dass auch ich draußen auf der Ulme mein Lachen nicht unterdrücken konnte. Nur selten verspürte ich solche Momente der Nähe zwischen uns beiden, es war unglaublich und schmerzhaft zugleich.

Was sie machte, wenn sie nicht zu Hause war, blieb mir verborgen. Soviel ich wusste, ging sie nur selten aus, und wenn doch, fuhr sie im Auto ihres Vaters davon. Es war wirklich nicht der Moment, um mich noch in weitere Schwierigkeiten zu bringen, aber ich konnte mich einfach nicht dem brennenden und verzweifelten Drang entziehen, den ich an diesem Tag verspürte. Ich musste mich Miranda nähern.

9

Wir hatten uns wie jeden Abend um Punkt acht Uhr um die Tische versammelt. Claire und Katie verteilten gerade Fleisch und Kartoffelgratin auf den Tellern. Wie immer saß Amanda am Kopfende unter dem riesigen Kruzifix und Randall ihr gegenüber. Auf dem Hof der Carrolls gab es einen Schwarz-Weiß-Fernseher, der allerdings niemals während des Essens eingeschaltet wurde, weshalb man nur das Besteckgeklapper meiner Geschwister hörte. Nachdem sie die fünfzehn Teller gefüllt hatten, gingen Claire und Katie zu ihren Plätzen, und wir alle fassten uns an den Händen. Neben mir saßen Randall und Milli.

»Darf ich heute das Tischgebet sprechen?«, fragte Orson.

Ich hatte die Augen geschlossen, konnte mir ein Blinzeln aber nicht verkneifen. Auf der anderen Seite des Tisches gab Orson das Unschuldslamm. Wie sehr ich ihn verabscheute. Amanda war eine kluge Frau, doch manchmal kam es mir so vor, als würden sie und Randall Orson die Rolle des braven Jungen abnehmen, die er ihnen Tag für Tag vorspielte.

»Aber natürlich, Orson. Fang ruhig an«, hörte ich Amanda sagen.

Normalerweise sprach sie das Gebet selbst oder wählte einen von uns aus. Es war alles andere als üblich, sich freiwillig zu melden. Orson hatte diese Gewohnheit schnell angenommen. Das war am Anfang, als er sich gerade in die neue Familie eingewöhnte, noch verständlich gewesen, mittlerweile ergab es jedoch keinen Sinn mehr.

»Geliebter Vater, segne diese Speise, unser Dank sei dir

zum Preise«, rezitierte Orson mit tiefer Stimme. »Gütiger Herr Jesus, sei unser Gast und teile mit uns, was du uns bescheret hast. Heiliger Geist, durch deine Gaben und dein Geben, können wir in Frieden leben. Amen.«

Die Worte waren in vollendetem Rhythmus gesprochen.

Ich hasse ihn!

»Orson hat ein neues Tischgebet gelernt«, sagte Amanda sichtlich gerührt.

»Pfarrer O'Brien hat es mir beigebracht«, gab er übereifrig zurück.

Milli stieß mich an. Als ich sie ansah, verzog sie vielsagend das Gesicht und biss sich auf die Unterlippe. Sogar die kleine Milli schien Orsons Schauspiel zu durchschauen.

Schweigend aßen wir. Irgendwann fragte Amanda Randall, wie die Bauarbeiten am neuen Hausflügel vorangingen, an denen sich einige der Kinder beteiligten, und er brachte sie auf den neuesten Stand. Das Projekt wurde aus Spendengeldern der Baptistenkirche finanziert, der Pfarrer O'Brien vorstand, und würde das Erdgeschoss um vier große Zimmer erweitern. Die Bauarbeiten sollten bis Ende des Jahres abgeschlossen sein.

Nach kurzer Zeit verlor ich das Interesse. Während ich eine Gabel Kartoffeln und Fleisch zum Mund führte, fragte ich mich, wie sehr ich Orson unterschätzt hatte. Dass ich ihn unterschätzt hatte, stand außer Frage.

Zum ersten Mal war ich Orson Powell im Speisesaal begegnet, ungefähr sechs Monate bevor die Sache mit *Lolita* passierte. Amanda stellte ihn kurz vor, wie sie das immer bei neuen Kindern tat, und dann gingen wir einzeln zu dem Neuankömmling und begrüßten ihn. Randy hatte den Auftrag bekommen, ein paar Begrüßungsworte vorzulesen (er konnte sie nicht auswendig, obwohl es nur vier Zeilen waren), und verhaspelte sich dabei ungefähr zweihundert Mal, was zu Gekicher führte und die Sache noch schwieriger machte. Als er endlich fertig war, standen ihm Tränen in den Augen. Da ging Orson auf ihn zu, legte ihm eine Hand auf die Schulter und dankte ihm von ganzem Herzen für seine Worte. Diese Geste des Größeren fand ich angemessen. Er trug ein ausgeblichenes Hemd und eine zu kurze Hose, die beide vermutlich zu seinen besten Kleidungsstücken gehörten. Das ließ ihn irgendwie sympathisch wirken. Wir alle hier wussten, was es bedeutete, die Kleidung so lange zu tragen, bis sie durchscheinend wurde. Außerdem fiel mir Orsons Koffer auf, in dem er seine Habseligkeiten verstaut hatte: ein überraschend kleines Modell, das schon bessere Tage gesehen hatte und bereits mehrfach geflickt worden war. Wenn man Orson kannte, lag jedoch der Gedanke nah, dass sein kleines und ärmlich aussehendes Gepäck Teil einer Inszenierung war, um uns für sich zu gewinnen.

In den auf seine Ankunft folgenden Tagen verhielt Orson sich zurückhaltend, mit kleinen Aussetzern übertriebener Höflichkeit, die man sowohl auf fehlendes Taktgefühl als auch auf krankhaftes Verstellen zurückführen konnte. Wenn man Orsons ungewöhnlichen Körperbau bedenkt, der mit seinen dreizehn Jahren bereits den Umfang und die Größe eines Erwachsenen hatte, konnte man annehmen – vorausgesetzt man folgte dem verbreiteten, jedoch nicht wissenschaftlich belegten Glauben, dass Größe und Dummheit einander entsprechen –, dass es sich um Ersteres handelte: ungeschickte aber wohlmeinende Versuche, sich der neuen Umgebung anzupassen. So ging es auch mir.

Aber ich irrte mich.

Den wahren Orson lernte ich noch in derselben Woche kennen. Ich kam von einem Nachmittag mit Billy aus dem Wald nach Hause und sah von meinem Fahrrad aus Orson und Bob Clampett, einen weiteren Mitbewohner, den wir »Tweety« nannten. Das freute mich, denn ich dachte, Orson hätte bereits Anschluss gefunden. Der vierzehnjährige Tweety war einer der verschlossensten Menschen, die ich kannte, vielleicht würde er sich Orson öffnen.

Auf den ersten Blick sah es so aus, als würden sich die beiden gut verstehen, bis Orson Tweety plötzlich an die Kehle ging und ihn gegen einen Baum drückte. Obwohl er ein Jahr jünger war, gelang ihm das mit erstaunlicher Leichtigkeit. Orson sagte etwas zu ihm und ging dann, während Tweety am Fuß des Baumes sitzen blieb. Ich fuhr auf ihn zu. Tweetys großes Gesicht war ganz weiß, und er sah mich aus seinen riesigen himmelblauen Augen traurig an, den Tränen nah. Bevor ich irgendetwas zu ihm sagen konnte, nahm er seinen Rucksack und lief davon.

In den darauffolgenden Tagen suchte ich seine Nähe. Er war das einzige Familienmitglied, das ebenso wie Orson eine Zeit in Milton Home verbracht hatte. Deshalb nahm ich an, dass die Feindschaft zwischen den beiden vielleicht aus dieser Zeit stammte, auch wenn Tweety es drei Jahre früher geschafft hatte, diesem Albtraum zu entkommen. Ich fand ihn im Wald. Im Grenzgebiet saß er an einem der hölzernen Picknicktische und zeichnete an einem Comic. Er hatte eine Figur namens Milliman erschaffen, die – wie er mir einmal erklärt hatte – kein Superheld im herkömmlichen Sinne war, da er seine Superkräfte, die ihn kleiner werden ließen, nicht bewusst einsetzen konnte. In den unterschiedlichsten Situationen und ohne erkennbaren Anlass schrumpfte er plötzlich auf die Größe einer Ameise zusammen. Der einzige Vorteil daran war, dass Millimans Alter Ego, der Journalist Alec Tallman, einige Sekunden vor der Transformation spürte, dass es wieder so weit war. Er konnte sich dann schnell zurückziehen und auf seine Abenteuer vorbereiten. Er hatte herausgefunden, dass er durch seine seltsame Fähigkeit, wenn er sie nur richtig nutzte, Gutes tun konnte. Die Abenteuer waren wirklich gelungen, und bisher hatte Tweety ungefähr fünfzig Geschichten erfunden. Er malte die Bilderfolgen auf normales Schreibpapier und heftete sie dann. Er war ein begabter Zeichner und hatte eine außergewöhnliche Vorstellungskraft. Tweety träumte davon, das Zeichnen zu seinem Beruf zu machen.

»Hallo Tweety«, begrüßte ich ihn, während ich mich auf die Bank ihm gegenüber setzte.

Er hielt inne und hob den Kopf. Auf dem Tisch lag nur sein Zeichenpapier, damit er notfalls fliehen konnte. Orson war schließlich nicht der einzige Fiesling, der sich im Wald herumtrieb.

»Hallo Sam.«

Ich bemerkte, wie er beinahe reflexartig in alle Richtungen schaute. Tweety kannte mich gut, und trotzdem ließ ihn sein Instinkt die Umgebung mit Blicken absuchen. Das hatte er vermutlich während seiner Aufenthalte in Milton Home gelernt.

»Keine Sorge, wir sind alleine«, sprach ich beruhigend auf ihn ein.

Und so war es auch: Abgesehen von zwei Ball spielenden Kindern, waren wir unter uns. Es war noch früh.

»Ich würde gerne wissen, was Orson da letztens zu dir gesagt hat.«

Er sah mich einen Moment lang schweigend an.

»Wenn du nicht darüber reden willst, dann ist das auch in Ordnung. Aber du weißt, dass du mir vertrauen kannst.«

Auch das stimmte. Ich konnte Geheimnisse sehr gut für mich behalten, und Tweety schien tatsächlich jemanden zum Reden zu brauchen, er erzählte an diesem kühlen Morgen so viel wie nie zuvor.

Er begann damit, wie er nach Milton Home gekommen war. Teile seiner Erzählungen kannte ich schon, vieles war jedoch neu. Ich schämte mich angesichts seiner Geschichte, da meine Probleme vergleichsweise nichtig waren, auch wenn ich nie einen Vater gehabt hatte und die Erinnerung an meine Mutter nur aus einem apokalyptischen Traum bestand. Bobs Leben begann mit vielen Fragezeichen in einem städtischen Krankenhaus, in dem seine Mutter – oder jemand anders – ihn zurückgelassen hatte. Dort wuchs er auf, inmitten von Krankenschwestern und dem Geruch nach Desinfektionsmitteln, bis er von den Kirschbaums adoptiert wurde. Ein älteres Ehepaar aus guten Verhältnissen, das jedoch trotz zahlreicher Versuche und gewaltigen finanziellen Aufwands kinderlos geblieben war.

Als der kleine Bob vier Jahre alt war, reisten die Kirschbaums zum Skilaufen in die Pocono Mountains nach Pennsylvania. Dort ließen sie Bob bei einem Skilehrer zurück, um selbst eine der schwereren Pisten zu fahren. Während sie gerade eine Pause machten, wurden sie plötzlich von einem Schneerutsch erfasst. Sie waren auf der Stelle tot. Das Einzige, was Bob, abgesehen von ein paar Fotos, von ihnen blieb, war der Spitzname, den Mr Kirschbaum ihm gegeben hatte. So kam Tweety zum ersten Mal nach Milton Home. Die Erinnerungen der ersten beiden Jahre, die er dort verbrachte, mischten sich mit denen seines zweiten Aufenthalts. Besonders die Eiseskälte in den schlecht geheizten Gebäuden war ihm im Gedächtnis geblieben. Mit sechs Jahren sah es noch einmal so aus, als würden die Sterne günstig für Tweety stehen, als eine Familie ihn zu sich nach Rochester nahm. Wie sich herausstellte, waren die Farrells jedoch das genaue Gegenteil der Kirschbaums, und bereits die Bezeichnung »Familie« war zu viel. Tweety wünschte sich von dem Moment an, als er das Haus betrat, dass sie unter einer Schneeschicht begraben werden würden. Spike, der erwachsene Sohn, war chronisch kriminell und pumpte sich mit allen möglichen Drogen voll. Der Vater Ron Farrell verbrachte seine Tage damit, als Parkwächter betrunken auf einem Plastikstuhl zu sitzen und den Rest der Zeit seine Frau zu verprügeln. Über all das und auch über die Art und Weise, wie sich Spike und Ron gegenseitig beschützten und mit ihren Gewaltausbrüchen prahlten, ob mit einem Messer auf der Straße oder einem Gürtel zu Hause, wurde von den Zeitungen ausführlich berichtet, als geschah, was geschah.

Tweety musste mir nicht davon erzählen. Ich wusste es schon. Alle wussten es. Er sagte jedoch eine Sache, die sich mir eingeprägt hat: Elaine Farrell habe alles in ihrer Macht Stehende getan, um ihn zu adoptieren und auf diese Weise die häusliche Gewalt zu stoppen. So verwandelte sich Tweety mit seinen sieben Jahren in ein menschliches Schutzschild. Das nützte jedoch nichts, als Ehemann und Sohn eines Tages aus unbekannten Gründen gemeinsam über Elaine Farrell herfielen, ihr eine Tracht Prügel verpassten, und sie in einem wilden Kampf ums Leben kam. Als die Polizei, die von einem Nachbarn gerufen worden war, schließlich ankam, fanden sie Vater und Sohn sturzbetrunken, wie sie gerade ihre Koffer packten, um abzuhauen – noch nicht einmal dazu waren sie mehr in der Lage. Tweety war eingeschlossen in einem Schrank. Die Farrells wanderten ins Gefängnis, und für Tweety hieß es erneut Milton Home, versehen mit einem weiteren Schandfleck auf der weißen Weste, mit der er auf die Welt gekommen war.

»Orson war zwei Mal in Milton Home«, sagte er und legte die Abenteuer von Milliman beiseite. »Das haben wir gemeinsam.«

»Das war es dann aber auch schon an Gemeinsamkeiten«, gab ich zurück.

Er nickte und lächelte scheu. Jeder, der wusste, was er durchgemacht hatte, verstand sofort, warum immer ein Anflug von Traurigkeit auf seinem Gesicht lag, selbst wenn er lächelte. Es waren die Angst und zugleich die Gewissheit, dass jeden Moment etwas passieren könnte, er von einer Gruppe Kinder attackiert oder von einer Schneelawine verschüttet werden konnte. Man musste nicht Freud sein, um die Parallelen zwischen Tweety und Milliman zu entdecken, die beide mit einer Welt voller unverhältnismäßiger Katastrophen kämpften.

Tweetys nächste Frage überraschte mich: »Hast du bemerkt, dass er sich bei Mrs Carroll darum bemüht hat, das Tischgebet aufzusagen?«

Ich nickte.

»So war er auch in Milton Home«, sprach er weiter. »Ein Vorzeigeschüler. Alle hatten Respekt vor ihm, die Erwachsenen lobten ihn für sein beispielhaftes Verhalten und seine Einsatzbereitschaft. Er bot sich immer an, wenn es etwas zu tun gab.«

Ich runzelte die Stirn. Damals kannte ich Orson noch nicht besonders gut und war mir noch nicht sicher, was ich von ihm halten sollte. Sein Verhalten Tweety gegenüber, als er ihn gegen den Baum drückte, hatte mir jedoch alles andere als beispielhaft ausgesehen.

»Ich will dir erzählen, was vor ein paar Tagen passiert ist«, sprach Tweety weiter. »Mr Carroll hatte mich aufgefordert, Holz zu hacken, und Orson bot an, mir zu helfen. Als ich ihm gezeigt hatte, wo alles ist, nahmen wir jeder eine Axt, um Holzscheite aus den Baumstämmen zu machen. Wir arbeiteten zusammen, und es kamen zwei beachtliche Stapel dabei heraus. Als wir fertig waren, schwitzten wir trotz der Kälte. Und weißt du, was dann geschah?«

»Was?«

»Er zwang mich, die Hälfte meines Stapels auf seinen zu legen. Als Mr Carroll dann kam, um zu sehen, wie es bei uns so lief, war er begeistert von Orsons harter Arbeit, gratulierte ihm dazu und klopfte ihm anerkennend auf die Schulter. Ich weiß, jetzt fragst du dich, warum ich nichts gesagt habe, stimmt's?«

»Ja, natürlich.«

»Weil ich ihn kenne. Er drohte, dass er mir, wenn ich ihm nicht gehorchen würde, die Finger mit der Axt abhacken und dann sagen würde, es sei ein tragischer Unfall gewesen.«

Entsetzt starrte ich ihn an.

»Vielleicht hältst du mich jetzt für einen Feigling, und ja, vielleicht bin ich das wirklich. Aber ich habe gelernt, dass es häufig das Beste ist, den eigenen Stolz hinunterzuschlucken und den Kopf einzuschalten. Und in meinem Fall ist das wirklich harte Arbeit.«

Er schnitt eine Grimasse, und wir mussten beide lachen.

»Ich halte dich nicht für feige«, sagte ich schnell.

»Das ist lieb von dir, danke. Ich weiß, dass ihr euch alle gerne darüber aufregt, wie wir bei den Carrolls leben. Wir haben so wenige Dinge, die uns wirklich gehören, müssen uns Zimmer, Kleidung, einfach alles teilen. Aber weißt du was? Für mich ist der Hof, seit ich mich erinnern kann, das Beste, was mir je passiert ist. Das werde ich auf keinen Fall aufs Spiel setzen.«

»Das kann ich gut verstehen. Amanda und Randall sind sicher nicht perfekt, aber alles in allem kann man gut mit ihnen auskommen. Wo wir gerade davon sprechen, du kannst ruhig aufhören, sie Mr und Mrs Carroll zu nennen.«

Das hatte ich ihm schon längst einmal sagen wollen. Aber bisher hatten wir noch nie so offen miteinander gesprochen.

»Ja, das habe ich vor«, stimmte er mir zu. »Es fällt mir schwer, mich auf etwas einzulassen, das mir wichtig ist. Das hat mir meine Klassenlehrerin auch schon gesagt.«

»Darf ich mal gucken?«, fragte ich ihn mit Blick auf das Heft.

Er gab es mir zögerlich. »Ist aber noch nicht fertig.«

Seine neue Geschichte hieß *Der Aufzug*. Alec Tallman betrat darin mit einer Gruppe von anderen Leuten einen Aufzug, in einem Gebäude, das wie die Empfangshalle einer großen Firma wirkte. Auf einem Bild konnte man sehen, wie der Knopf für die fünfzehnte Etage gedrückt wurde. Nichts war auffällig. Als die Anzeige den siebten Stock ankündigte, konnte man einen besorgten Ausdruck auf Tallmans Gesicht erkennen. Sein Hals war angespannt, seine Wangen gerötet.

Ich blätterte um, aber es kam nichts mehr.

»Warum kam Orson nach Milton Home zurück?«, fragte ich, beinahe ohne es zu wollen.

Tweety verstaute das Heft in seinem Rucksack.

»Ehrlich gesagt, ich weiß es nicht. Aber als er zurückkam, war er noch schlimmer als vorher, es schien, als könnte ihn nichts und niemand mehr aufhalten.«

»Was willst du damit sagen?«

»Versprichst du mir, es für dich zu behalten?«

»Ja, natürlich«, antwortete ich, obwohl ich es früher oder später Billy erzählen musste.

»In Milton hatten wir einen verrückten Aufseher, er hieß Pete Méndez«, erzählte Tweety schleppend, als müsse er jedes Wort neu erfinden. »Eines Tages verschwand eine seiner Malboro-Schachteln, worüber er unheimlich wütend wurde. Er trommelte uns alle morgens um acht Uhr im Hof zusammen und hielt uns eine halbstündige Standpauke. Unter anderem versprach er uns, jede Information, die den Verbleib seiner Zigarettenschachtel betraf, vertraulich zu behandeln. Am nächsten Tag ging einer der Jungen zu seinem Büro und sagte ihm, dass Orson Powell die Schachtel genommen habe und er ihn mit ein paar anderen hinter dem Haus habe rauchen sehen. Méndez rief Orson auf der Stelle zu sich, vergaß sein Versprechen, den Informanten geheim zu halten, und konfrontierte die beiden Jungen direkt miteinander. Orson leugnete alles. Er sagte, das alles seien nur schmutzige Lügen und er könne es beweisen. Dann nannte er vier seiner Freunde, die bezeugen konnten, dass er zu dem Zeitpunkt in der Cafeteria gewesen sei. Méndez rief sie alle unabhängig voneinander zu sich, und alle bestätigten Orsons Version.«

Tweety machte eine kurze Pause, verweigerte sich der Erinnerung.

»Er hatte vorgesorgt, falls man ihn anschuldigen sollte«, schlussfolgerte ich.

»Alles klärte sich am nächsten Tag auf, als der andere Junge zugab, er sei der Dieb gewesen.«

»Warum macht man denn so was?«

»Orson und zwei seiner treuesten Anhänger haben ihm nachts einen Besuch abgestattet und ihn gezwungen, die Schuld auf sich zu nehmen. Sie machten ihm klar, dass er gar keine andere Wahl hatte, da ihn, wenn nötig, alle in Milton Home für schuldig erklären würden. Sie packten ihn, hielten ihm den Mund zu, und Orson gab ihm vier Fausthiebe in den Magen. Dann nahm er ein Feuerzeug ...«

Tweety versagte die Stimme. Die beiden ballspielenden Kinder waren mittlerweile gegangen, niemand war mehr zu sehen. Die Welt schien einen Moment lang still zu stehen.

»Orson hielt ihm das brennende Feuerzeug vor die Nase«, erzählte er flüsternd weiter. »Er schwenkte es hin und her, als wolle er ihn hypnotisieren. Dann verbrannte er ihm die Achselhöhle. Der Junge konnte nicht schreien, weil sie ihm irgendwas in den Mund gestopft hatten und einer ihn festhielt ... Orson war nicht mehr er selbst. Er kam mir vor wie ein Verrückter. E-Er ... e-er hielt die Flamme unendlich lange in die Achselhöhle.«

Tweety stiegen Tränen in die Augen.

»Du musst nicht weitererzählen«, sagte ich ruhig, während ich den Tisch umrundete und mich neben ihn setzte.

Ich legte meinen Arm um ihn. Meine Nähe machte ihn nervös.

Nachdem er sich seine Augen mit einem Mantelärmel abgewischt hatte, versuchte er zu lächeln. Er schien meine Gedanken zu erraten: »Ich war nicht dieser Junge, Sam«, sagte er schließlich. »Aber ich war im Zimmer, als es geschah. Ich und vier weitere, und keiner hat etwas unternommen. Am Tag darauf hat sich der Junge gestellt. Orson hatte ihm noch mit auf den Weg gegeben, dass die nächste Verbrennung woanders sein würde … du kannst dir denken wo. Dort, wo niemand es sehen kann.«

Ich ließ Tweety los, blieb aber weiterhin neben ihm sitzen.

»Sam, nimm dich ja vor Orson in Acht.«

»Das werde ich.«

10

Grace Harnoise lebte alleine. Sie war einundvierzig Jahre alt und blieb lieber für sich, als sich mit den Nachbarn abzugeben. Aber die waren ohnehin der Meinung, dass sie zu viele Liebschaften hatte.

»Bist du dir sicher, dass Mrs Harnose nicht zu Hause ist?«, fragte ich Billy, als wir ihr Grundstück betraten.

»Harnoise, nicht Harnose«, korrigierte er mich. »Und ja, ich bin mir sicher. Sie arbeitet tagsüber.«

»Ist sie damit einverstanden, dass wir ihre Hundehütte auseinandernehmen?«

»Ja, natürlich. Und wenn man es genau nimmt, gehört sie dem Hund ja jetzt auch nicht mehr.«

Schweigend gingen wir in den Garten hinterm Haus. Die Hütte war wirklich riesig, wie Billy gesagt hatte. Neben ihr lag ein frisch aufgeschichteter Haufen Erde mit einem Holzkreuz, auf dem »Maximus« stand.

Die nächste halbe Stunde verbrachten wir damit, die Hütte in ihre Einzelteile zu zerlegen. Der Großteil der Arbeit war Billys Verdienst, er schwang den Hammer und schlug schonungslos auf die Holzkonstruktion ein. Er fing innen in der Hütte an und arbeitete sich dann nach und nach durch das Dach und alle Seitenwände, bis er schließlich am Boden ankam und sich, mit dem Hammer in der Hand, verschwitzt und mit einem Siegeslächeln auf den Lippen aufrichtete.

»Du bist dran.«

»Womit? Soll ich sie wieder aufbauen?«, fragte ich scherzhaft. »Du hast ja schon alles erledigt. Ich hätte ruhig auf dem Hof bleiben und ein Nickerchen machen können.«

Billy gab mir den Hammer.

»Die Nägel müssen noch rausgezogen werden. Und wenn wir sie hinterher noch verwenden können, umso besser.«

Das sah ich ein. Die Bretter mit den herausstehenden Nägeln zu tragen wäre ganz schön gefährlich.

»Meinst du, wir können sie alle auf den Fahrrädern transportieren?«

»Ich denke schon. Es sind insgesamt sieben. Notfalls müssen wir halt mehrmals fahren.«

Ich machte mich an die Arbeit. Jetzt war die Hütte zerlegt, also musste sie auch weggeschafft werden. Hätten wir irgendwen um Hilfe gebeten, hätten wir vermutlich erklären müssen, wofür wir die Bretter brauchten. Und das kam unter keinen Umständen infrage.

Ich machte mich auf die Suche nach etwas, das ich unter das erste Brett schieben konnte.

»Warum machst du es nicht hier?«, schlug mir Billy vor und zeigte auf den Erdhügel.

Ich sah ihn entsetzt an.

»Was ist schon dabei?«, fragte er und zuckte mit den Achseln.

»Das ist das Grab von dem Hund. Das Grab von Maximus.«

»Und?«

»Ich werde bestimmt nicht auf einem Grab hämmern.«

»Aber er ist doch tot.«

»Genau.«

»Wie du meinst. Ich ruhe mich ein bisschen aus.«

Billy ging zur Veranda hinter dem Haus, wo eine große Hängematte an einem Balken hing. Er ließ sich rückwärts hineinfallen.

»Ich wüsste zu gerne, ob Mrs Harnoise es hier schon mal

mit ihrem Freund getrieben hat«, rief er in meine Richtung.

Ich schüttelte den Kopf und gab ihm zu verstehen, dass ich an dieser Unterhaltung nicht teilnehmen wollte. Mein Blick fiel auf einige Steine, die ein Blumenbeet umrandeten, und ich holte mir die vier eckigsten.

»Hast du gehört, was ich gesagt habe?«, insistierte Billy belustigt. Die Hängematte quietschte und knarrte.

»Darauf bekommst du von mir keine Antwort, William Félix Pompeo.«

Mit dem Hammer bewaffnet, stieg ich auf das erste Brett, das nun auf den Steinen lag. Als ich gerade den ersten Schlag ausführen wollte, hielt ich inne.

»Wie gut kennst du diese Frau eigentlich?«, fragte ich.

»Warum willst du das wissen?«

»Warum wohl? Zuerst gehen wir in ihrer Abwesenheit auf ihr Grundstück, dann zerschlagen wir die Hütte von ihrem toten Hund, und jetzt schaukelst du in ihrer Hängematte. Genug Gründe, um die Polizei zu rufen, meinst du nicht?«

»Sie ist eine Freundin von meiner Mutter, hab ich doch schon gesagt.«

»Du kennst sie also gut.«

»Ja, kann man so sagen.«

Kraftvoll schlug ich zu.

Der Nagel verbog sich in der Mitte.

»Mist!«

»Na, das kann ja heiter werden, bei deinen zwei linken Händen.«

Ich murmelte leise vor mich hin. Ich versuchte es erneut und traf dieses Mal noch nicht einmal den Nagel.

Billy sprang aus der Hängematte und kam auf mich zu.

»Lass mich mal machen«, sagte er lächelnd. »Das ist Männersache.«

Ich warf ihm einen vernichtenden Blick zu. Mein Gesichtsausdruck oder der Hammer in meiner rechten Hand – irgendetwas muss ihn überzeugt haben, jedenfalls machte er auf dem Absatz kehrt und ging zur Hängematte zurück.

Daraufhin versuchte ich eine Weile (länger, als mir lieb war) mit gemischten Ergebnissen, die Nägel herauszubekommen. Ich war noch nicht einmal mit dem ersten Brett fertig, als mich ein stechender Schmerz in meiner Schulter innehalten ließ. Ich legte den Hammer beiseite und zeichnete mit meinem rechten Arm große Kreise in die Luft, um die Verspannung zu lockern.

Eigentlich brauchte ich eine kleine Pause, aber ich würde sicher nicht Billy um Hilfe bitten.

»Sagst du mir jetzt, was du dir ausgedacht hast, um Orson und Mathilda aufzuhalten?«, fragte ich, um ein bisschen Zeit zu gewinnen.

»Später. Lass uns das hier erst mal in den Wald bringen. Da können wir uns in Ruhe unterhalten.«

»Man könnte glatt meinen, es gehe um die nationale Sicherheit.«

Billy musste lachen.

Eine Stunde später verließen wir das Grundstück von Mrs Harnoise.

Entgegen meiner Befürchtungen war die Fahrt in den Wald relativ einfach. Zwei der Bretter auf dem Gepäckträger zu befördern war ungefähr so, wie ein anderes Kind mitzunehmen, und darin hatten wir beide jede Menge Übung. Wir mussten nur darauf achten, die Kurven nicht zu rasant zu nehmen und die ganze Zeit über die zusätzlichen dreißig Zentimeter an jeder Seite bedenken. Einmal wäre ich beinahe hingefallen, aber ich schaffte es im letzten Moment, mein Fahrrad zum Stehen zu bringen und abzuspringen.

Nachmittags um vier waren die sieben Bretter, die

Maximus als Unterschlupf gedient hatten, so gut es ging hinter dem Baumstamm versteckt, auf dem wir jetzt saßen und uns von den Strapazen erholten. Billy nahm eine Dose mit zwei Käse-Salami-Broten aus seinem Rucksack. Wie immer entfernte ich die Salamischeibe von einem der Brote und legte sie auf das andere, sodass auch Billy seins vertilgen konnte. Dann steckte Billy die Dose zurück in seinen Rucksack und kramte darin herum.

»Erzählst du mir jetzt von deinem Plan?«, fragte ich ihn.

»Ja, aber ich will dir erst mal was zeigen.«

Er nahm etwas heraus und hielt es mir vors Gesicht.

Ich zitterte.

Es war der Umschlag von *Lolita.*

11

Hätte Billy ein weißes Kaninchen aus seinem Rucksack gezaubert, wäre ich nicht weniger überrascht gewesen. Als ich das Bild von Lolita erblickte, wie sie mich mit ihren verführerischen Augen ansah und an ihrem Erdbeerlutscher leckte, kam ich gar nicht auf die Idee, dass es sich nicht um meinen Umschlag handeln könnte. Mein Freund hielt sein Exemplar vor mein Gesicht, dann drehte er es um. Zuerst verstand ich nicht, was er mir damit sagen wollte. Als ich dann jedoch die weiße Fläche sah, begriff ich. Collettes Name fehlte.

»Mensch Billy, warum erschreckst du mich so?«

»Tut mir leid.«

»Tut es gar nicht. Das hast du doch extra gemacht, um mich zu ärgern.«

Er lächelte.

»Wo hast du den Umschlag her?«, fragte ich jetzt doch.

»Von Archi.«

Archibald war der älteste von Billys Brüdern, achtzehn Jahre vor ihm geboren.

»Es ist tatsächlich dieselbe Ausgabe«, stellte ich dann fest.

»Ich hatte es mir schwerer vorgestellt, daran zu kommen. Zuerst wollte ich in die Bücherei gehen, da würde sicher keiner einen Umschlag vermissen, aber Archi hat so viele Bücher … Und ich hatte tatsächlich Glück.«

»Weiß er, dass du ihn mitgenommen hast?«

Billy lachte.

»Ich wusste, dass du mich das fragen würdest. Natürlich nicht. Er hat mir abgenommen, dass ich mir mal seine Bücher anschauen wollte, weil ich was Neues zum Lesen suche. Und da er sie nach Autorennamen geordnet hat, war es ganz einfach. Ich habe den Umschlag eingesteckt und mir ein Buch von Jules Verne ausgeliehen: *Der grüne Strahl.*«

Ich gab ihm den Umschlag zurück.

»Ich verstehe ehrlich gesagt nicht so richtig, was uns das bringt. Oder wolltest du mir nur einen Schrecken einjagen?«

»Was du mir gestern erzählt hast, ging mir nicht mehr aus dem Kopf. Wenn keiner auf dem Hof von dem Buch wusste, dann müssen sie dich durch dein Fenster beobachtet haben. Es war also ein Zufall.«

»Wahrscheinlich.«

Ich sah Billy an. Ihm schien irgendetwas aufgefallen zu sein, das mir entgangen war.

»Warum sollte dich jemand beobachten? Kannst du dir das nicht vorstellen?«

Mir fiel nichts ein.

»Du gefällst demjenigen«, entschied Billy. »Und da wir ja schon zwei Verdächtige hatten, wissen wir jetzt, wer dahintersteckt.«

Ich schüttelte den Kopf.

»Das ist doch lächerlich.«

»Findest du? Für mich macht das jetzt alles Sinn.«

»Ich glaube nicht, dass der einzige Grund, jemanden zu beobachten, der ist, dass einem derjenige gefällt.«

Das ist aber genau der Grund, weshalb du Miranda beobachtest.

»Wie auch immer«, fuhr Billy fort. »Das heißt ja auch nicht, dass die beiden nicht zusammenarbeiten.«

»Genau. Da sollten wir weiterdenken.«

»Wie du meinst.«

»Was machen wir jetzt?«

»Lass mich erst mal ausreden. Sie haben das Buch im Keller

versteckt, den Umschlag jedoch behalten. Damit haben sie eine fantastische Ausgangssituation geschaffen, um zum entscheidenden Schlag auszuholen. Das haben sie aber bisher nicht getan. Dafür bleibt nur eine Erklärung: Sie wollen dich erpressen.«

»So weit waren wir schon.«

»Irgendwann wird jemand auf dich zukommen und dich um etwas bitten, Orson oder Mathilda.«

»Diese …«

»Und da wir nichts unternehmen werden, um selbst herauszufinden, wer dahinter steckt, muss sich dieser jemand dir nähern. Wenn wir dann wissen, wer es ist, tun wir so, als hättest du den Umschlag wieder. Wir werden es irgendwie so anstellen, dass derjenige dich mit dem Umschlag sieht. Oder wir bitten jemanden, es zu erzählen, das bekommen wir schon irgendwie hin. Wenn der Plan aufgeht, wird der Dieb uns zu dem Versteck führen, da er ja nachschauen muss, ob der Umschlag noch da ist. Und diesen Moment müssen wir nutzen und ihm folgen. Falls nötig, können wir auch Randy oder Tweety um Hilfe bitten oder irgendwen vom Hof, dem du vertraust, damit wir den Dieb auf keinen Fall aus den Augen verlieren. Der Umschlag kann schließlich überall sein, auf dem Hof selbst oder irgendwo anders, hier im Wald zum Beispiel. Wenn wir das Versteck kennen, können wir den Umschlag austauschen, und du bist gerettet.«

Billy, das Genie.

»Das könnte tatsächlich funktionieren.«

»Das wird es. Wenn die Zeit gekommen ist, wird uns der Schuldige zu seinem Versteck führen, warte ab.«

»Und was machen wir, nachdem wir den Umschlag ausgetauscht haben?«

Mein Freund posierte auf den Baumstamm wie ein Bergsteiger auf dem Gipfel und sagte triumphierend: »Dann wird sich ihr Plan gegen sie wenden. Wenn das Versteck direkt mit Orson oder Mathilda in Verbindung gebracht werden kann, finden wir schon einen Weg, damit sie auf frischer Tat ertappt werden.«

»Aber dann wissen sie doch, dass ich dahinterstecke.«

»Jeder bekommt, was er verdient.«

Einen Moment lang dachte ich nach.

»Du weißt nicht, was mir Tweety alles über Orson erzählt hat. Und auch Mathilda hat es faustdick hinter den Ohren. Bisher habe ich immer versucht, mich von den beiden fernzuhalten.«

Billy wandte mir den Rücken zu und balancierte mit ausgestreckten Armen wie ein Seiltänzer auf das Ende des Baumstamms zu.

»Die Angelegenheit ist vermutlich noch undurchsichtiger, als wir uns das vorstellen können. Ich bin wirklich gespannt, was sie von dir im Austausch für den Umschlag wollen.«

Ich ließ mich von dem Baumstamm gleiten und stupste Billy sanft an. Er taumelte und fuchtelte wild, bevor er hinuntersprang.

»Wann bringen wir das Holz weg?«, fragte ich.

»Ich kann mir nicht vorstellen, dass es hier geklaut wird. Wie wäre es mit morgen?«

Ich nickte. Jetzt war es zu spät, wir mussten beide los.

Wir stiegen auf unsere Räder und fuhren in Richtung Center Road. Ich radelte gemächlich, da ich mich schon auf dem Weg zwischen dem Wald und dem Haus von Mrs Harnoise verausgabt hatte. Billy hingegen schien immer noch vor Energie zu strotzen, er fuhr Schlangenlinien, preschte vor und kam dann wieder zu mir zurück.

»Woran denkst du?«, rief er mir auf einmal zu.

Es war schwer, dem anderen etwas vorzuenthalten, dafür kannten wir uns einfach zu gut. Mir gingen seine Worte nicht mehr aus dem Kopf, warum man jemanden ausspionieren sollte.

»An gar nichts«, gab ich zurück.

»Na klar«, sagte er und drehte eine weitere Runde. »Und ich bin Elvis.«

»Okay, okay, du hast ja recht«, gab ich zu und sagte das Erstbeste, das mir gerade einfiel: »Ich musste an diese Villa in der Maple Street denken.«

»Was ist damit?«

»Ich habe gesehen, dass dort eine Familie eingezogen ist. Sie sehen wohlhabend aus.«

»Na und?«

»Sie sehen sehr wohlhabend aus.« Eigentlich wollte ich überhaupt nicht über Miranda und die Mathesons reden. Warum hatte ich bloß damit angefangen?

»Wenn sie da wohnen, sind sie das sicher auch, Sam.«

»Ja, wahrscheinlich.«

»Ich frag mal meinen Onkel, der weiß alles.«

»Nein!«

Billy sah mich lange an und achtete überhaupt nicht mehr auf den Weg.

»Warum denn nicht?«

»Ist überhaupt nicht wichtig, ich war nur neugierig.«

»Und genau deshalb frage ich mal meinen Onkel«, sagte Billy. Er trat heftig in die Pedale und fuhr schnell davon.

Als ich schließlich aufholte, kam es mir so vor, als habe er unser Gespräch schon wieder vergessen. Gerade noch mal Glück gehabt.

12

Billy hatte unser Gespräch jedoch nicht vergessen.

Am nächsten Tag, als wir gerade dabei waren, die Bretter wieder hinten auf unseren Fahrrädern zu befestigen, sagte er plötzlich: »Du wirst es nicht glauben! Ich habe mit meinem Onkel Patrick über diese Familie gesprochen, die aus der Maple Street, und weißt du was? Er ist ein alter Freund des Hausherrn, die beiden kennen sich wohl richtig gut. Mein Onkel hat mit seiner Firma die Renovierungsarbeiten vor dem Einzug betreut.«

Ich erstarrte. Mir kam das Bild des Mannes in den Kopf, der die gesamten Arbeiten überwacht hatte. Nun war mir klar, warum mir das Gesicht so bekannt vorgekommen war.

»Und? Was hat er dir erzählt?«

»Die Familie heißt Matheson«, fuhr Billy fort. »Der einzige Erbe ist Preston, der Freund meines Onkels, der sich viele Jahre lang im Ausland aufgehalten hat und nun plötzlich zurückgekommen ist. Während der ganzen Zeit war er nicht ein einziges Mal hier, noch nicht einmal für die Beerdigung seiner Eltern. Ganz schön geheimnisvoll, findest du nicht?«

Die Neuigkeiten brachten mich durcheinander. Ich konnte mich nicht zurückhalten: »Wo haben sie denn die ganze Zeit gelebt?«

»In Montreal. Es scheint, als besitze die Familie eine Reihe von Holzwirtschaftsbetrieben über die gesamte Ostküste verteilt und auch in Kanada.«

»Das Haus ist ganz schön unheimlich«, entfuhr es mir.

»Und wie. Weißt du was? Mein Onkel hat mir erzählt,

dass es nach den Vorgaben von Prestons Vater, einem gewissen Alexander, gebaut worden ist. Es hat unzählige Geheimwege und unterirdische Gänge. Er hat einige davon sogar gesehen, weil sie repariert werden mussten.«

»Geheimgänge? Das kann doch nicht wahr sein.«

»Und ob! Onkel Patrick hat sie mit seinen eigenen Augen gesehen. Als einer seiner Arbeiter den steinernen Kamin im Wohnzimmer polierte, glitt plötzlich eine Platte beiseite und gab den Blick auf ein Ventil frei. Sie dachten, es sei für Wasser, und drehten es auf. Einen Moment später hörten sie ein Zischen hinter einem Bücherregal. Es war eine geheime Tür, die sich hydraulisch öffnete.« Billy machte eine Pause. »›Hydraulisch‹ heißt mit Wasserkraft.«

»Ich weiß schon, was hydraulisch bedeutet.«

Billy sah mich mit großen Augen verschwörerisch an.

»Und wohin führt dieser Geheimgang?«

»Keine Ahnung. Das hat er mir nicht gesagt, aber darum geht es auch gar nicht.«

»Worum geht es denn dann?«

»Vielleicht gibt es ja noch mehr Geheimgänge, von denen nicht einmal Preston Matheson etwas weiß«, rief Billy begeistert aus.

»Es ist sein Haus. Da wird er sich schon auskennen.«

»Wer weiß.«

Gleichgültig zuckte ich mit den Schultern.

»Und was ist, wenn es doch andere Geheimgänge gibt?«

Ich wusste nicht, wie ich wieder aus dieser Unterhaltung herauskommen sollte. Billy sagte bestimmt: »Ich werde da reingehen.«

Ich prustete los. Beinahe wäre ich vor Lachen von dem Baumstamm heruntergefallen, auf dem wir saßen.

»Lass uns lieber diese Bretter hier wegbringen, Billy. Hör auf zu träumen.«

Ich sprang auf den Boden.

»Jetzt warte mal.« Billy hielt mich am Arm fest. Als ich mich zu ihm umdrehte, sah er mich ernst an. »Ich komme in dieses Haus, du wirst schon sehen.«

»Willst du etwa über eine der Mauern klettern? Da kommt ganz schnell die Polizei.«

»Mein Onkel geht fast jede Woche hin. Es ist ein riesiges Haus, und noch immer ist das ein oder andere auszubessern. Gerade kümmert er sich um den Heizkessel, damit er für den Winter bereit ist. Ich hab ihm gesagt, dass ich ihm dabei helfen kann.«

»Und was sagt er dazu?« Mir wurde das alles zu viel. »Ich weiß wirklich nicht, was du vorhast, Billy. Die Zimmer ausspionieren? Das Haus ist doch bewohnt.«

»Hey, was ist denn los mit dir? Ich hab nichts vor, ich will mir das Ganze nur mal aus der Nähe ansehen. Sie haben ein paar Angestellte, vielleicht komme ich mit denen ins Gespräch. Mein Onkel hat erzählt, dass die Tochter der Mathesons ungefähr so alt ist wie wir. Sie soll richtig gut aussehen. Wetten, dass ich sie kennenlerne?«

Billy so von Miranda sprechen zu hören, auch wenn er noch nicht einmal ihren Namen kannte, fühlte sich an wie ein Diebstahl.

»Sam, was ist denn mit dir los? Warum beschäftigt dich dieses Haus so? Sind es die Gerüchte, die darüber erzählt werden?«

»Nein, das ist es nicht«, sagte ich schnell.

»Und was ist es dann?«

»Nichts, wirklich.«

Billy schien alles andere als überzeugt.

»Willst du mit mir kommen?« Er strahlte über das ganze Gesicht. »Das ist es, nicht wahr?«

Ich schüttelte den Kopf.

»Ich kann mit meinem Onkel sprechen, wenn du willst.«

»Nein. Nicht nötig.«

Billy sah mich fragend an, aber ich verzog keine Miene.

»Soll ich dir erzählen, was ich noch herausgefunden habe?«

Zähneknirschend willigte ich ein.

»Preston Matheson und mein Onkel waren Geschäftspartner«, begann Billy zu erzählen. Er setzte sich auf den Boden, und ich tat es ihm gleich. »Sie kennen sich schon seit der Schule, waren jedoch nie Freunde. Preston war ein arroganter und dank seiner Familie auch reicher Schnösel, der jedoch einen guten Geschäftssinn hatte. Eines Tages rief er meinen Onkel an und erzählte ihm, er beabsichtige, in hiesige Unternehmen zu investieren, und habe gehört, dass er einen Kredit bei der Bank beantragen wolle. Mein Onkel war ziemlich erstaunt, dass Preston Matheson davon wusste, nahm jedoch an, dass er gute Kontakte zur Bank besaß. Da seine Konditionen viel besser waren, ließ er sich auf einen Handel mit Preston ein. Er gab ihm sein Geld und kassierte dafür einen vereinbarten Prozentsatz auf alle Verkäufe. So wurden sie Partner. Preston investierte noch in weitere Unternehmen in Carnival Falls sowie in anderen Städten, in White Plains, Rochester und Dover. Patrick meint, dass er noch nie jemandem mit so einer guten Spürnase fürs Geschäft begegnet ist. Sein Eisenwarenhandel begann als kleines Geschäft mit geringem Umsatz und heute … du kennst es ja. Mittlerweile hat er ganz schön expandiert, beschäftigt zehn Angestellte und führt alles, was man in der Baubranche braucht.«

»Und du kanntest die Geschichte bisher nicht?«

»Ich wusste schon, dass Patrick früher einen Partner hatte, aber ansonsten nicht viel.«

»Und warum sind sie heute keine Partner mehr?«

»Vor ungefähr zehn Jahren, als die Eisenwarenhandlung

immer größer wurde, erzählte Preston meinem Onkel, er werde Carnival Falls verlassen und habe kein Interesse daran, seine Geschäfte hier beizubehalten. Er wollte alles so schnell wie möglich abstoßen und verschwinden.«

»Aber niemand weiß, warum er so plötzlich gehen wollte?«

»Zumindest wusste Patrick es nicht oder wollte es mir nicht sagen. Es gab wohl jede Menge Gerüchte, wie immer hier.«

Während ich Billy die Geschichte von Mirandas Vater erzählen hörte, versuchte ich, mich an sein Gesicht zu erinnern. Ich hatte mich vorher nie besonders dafür interessiert.

»Und was passierte dann mit dieser Geschäftspartnerschaft?«

»Du wirst es mir nicht glauben.« Billy beugte sich nach vorne. Unwillkürlich folgte ich seiner Bewegung. »Preston Matheson hat auf seinen Anteil verzichtet und alles meinem Onkel überschrieben. Dann ist er abgehauen.«

»Als er vor einigen Monaten zurückkam, ging er zu dem Geschäft meines Onkels und hat einem der Angestellten gesagt, dass er mit meinem Onkel sprechen müsse. Der war gerade in seinem Büro beschäftigt. Als man ihm Bescheid gab, dachte er zuerst, es handele sich um einen Scherz. Er sagte, tief im Inneren habe er geglaubt, dass Preston tot sei. Dann stand der plötzlich vor ihm und erzählte, er wolle wieder zurück in das Haus in der Maple Street ziehen. Er wollte mit ihm auch nicht über die Eisenwarenhandlung reden, das hätten sie ja bereits alles damals geklärt. Dann bat er meinen Onkel um einen Gefallen.«

»Einen Gefallen?« Billy war ein guter Erzähler, eine Fähigkeit, die mich manchmal ein wenig neidisch machte.

»Er bat meinen Onkel, sich persönlich um die Renovierungsarbeiten an seinem Haus zu kümmern.«

»Ja klar, das macht Sinn.«

»Patrick hat das natürlich alles umsonst gemacht.«

»Und er hat ihn nicht gefragt, warum er zurückgekommen ist?«

»Nein. Das war aber auch nicht nötig, das verstand er dann später.«

»Und was war es?«, fragte ich.

»Na, ist doch klar!«

Hatte ich irgendetwas verpasst?

»Ich hab wirklich keine Ahnung.«

»Die Tochter!«, gab Billy zurück. »Ich hab dir doch erzählt, dass sie ungefähr in unserem Alter ist. Sie muss bereits auf der Welt gewesen sein, als er entschied zu gehen. Aus irgendeinem Grund wollte er sie nicht hierherbringen. Sie heißt übrigens Miranda.«

Ich nickte vorsichtig.

»Es ist schon seltsam, dass er verheimlicht hat, eine Tochter in Kanada zu haben«, fuhr Billy fort. »Möglicherweise waren die Eltern gegen diese Verbindung, vielleicht war die Mutter von Miranda nicht gut genug für die Familie.«

Niemand, der Sara Matheson schon einmal gesehen hatte, würde diese Erklärung für richtig halten, dachte ich bei mir. Ich zuckte nur mit den Schultern.

»Findest du das nicht spannend?« Billy ließ betrübt die Arme sinken. »Ich dachte, du wärst Feuer und Flamme. Ich habe meinen Onkel mit Fragen gelöchert, um dir jede Kleinigkeit erzählen zu können. Gib schon zu, das ist doch eine faszinierende Geschichte, oder, Sam? Du musst doch auch mehr wissen wollen. Und dieses Haus kennenlernen, Preston und Miranda.«

Am liebsten hätte ich laut herausgeschrien, dass ich nichts lieber wollte als das, mich danach sehnte, Miranda zu begegnen, dem Mädchen, das ich über Monate hinweg heimlich beobachtet hatte. Dem Mädchen meiner Träume, das mir die Sprache verschlug, mich nicht mehr klar denken ließ, meine Überzeugungen und mein ganzes Leben auf den Kopf gestellt hatte. Diesem Mädchen, das mich so sehr gezeichnet hatte, wie es keinem anderen mehr gelingen sollte. All das ging mir durch den Kopf, als ich antwortete: »Ich möchte nicht dorthin.«

»Aber warum denn nicht?«

Weil ich nicht mit dir in dieses Haus möchte, Billy. Weil Miranda mein ist und einer Welt angehört, in der du keinen Platz hast. Ich weiß nicht, ob ich möchte, dass sich das ändert. Deshalb.

»Ich weiß es nicht, Billy.«

»Ich dachte wirklich, dass dir diese Idee gefallen würde. Du hast dich doch nach dem Haus erkundigt, und jetzt, wo ich all das herausgefunden habe …«

Mein Freund war sichtlich niedergeschlagen. Normalerweise begeisterten wir uns gleichermaßen für irgendwelche Abenteuer.

»Bist du jetzt sauer?«

»Nein.«

Kurze Zeit später fuhren wir auf unseren Fahrrädern in den Wald. Die Holzbretter von Maximus' Hütte ragten über den schmalen Fußweg hinaus und streiften das hochgewachsene Unkraut und Gestrüpp. Billy trat heftig in die Pedale. Es kam mir so vor, als wolle er sich von mir entfernen. Ich versuchte gar nicht, seinem Rhythmus zu folgen. Ich musste nachdenken. Warum hatte ich mich nur geweigert, Mirandas Haus zu besuchen? War nicht gerade gestern bei meinem heimlichen Besuch der Punkt erreicht gewesen, an dem ich das Bedürfnis verspürt hatte, mich ihr tatsächlich zu nähern? Warum also ergriff ich nicht diese Gelegenheit, ihr tatsächlich zu begegnen?

13

Neben dem Fenster sah ich die zerbrechliche Gestalt von Joseph Meyer. Ich folgte unentschlossen der Spur seines geheimnisvollen Parfüms, hielt inne und wartete darauf, dass er sich umdrehen und mir diesen typischen, prüfenden Blick zuwerfen würde.

»Ich bin es, Mr Meyer, Sam.«

Einige der Spieluhren ließen die letzten Töne erklingen und verstummten dann. Nur die eine auf dem Schreibtisch trieb weiterhin mit ihren Klängen die Zirkusfiguren aus Blech an.

»Komm ruhig näher, Sam«, antwortete Joseph. »Schau nur, wie sich die Stelzen von diesem Männchen bewegen. Es sieht fast so aus, als würde er tatsächlich gehen.«

»Fantastisch.«

»Ja, das ist es.«

Wir sagten kein Wort, bis auch diese Musik schließlich verklang. Ich nahm an, dass Joseph die Spieluhr noch einmal in Gang setzen würde, wie so oft, doch er lehnte sich in seinem Stuhl zurück und verschränkte die Arme über der Brust. Mit einer gekonnten Bewegung drehte er den Stuhl in meine Richtung und sah mich an.

»Zum ersten Mal bin ich in diesem Zimmer«, sagte er ernst. »Ich habe gerade gesehen, wie sie gegangen ist … meine eigene Ehefrau. Ich frage mich, ob sie zurückkommen wird.«

»Natürlich wird sie das.«

Er sah mich fragend an. Deshalb fügte ich hinzu: »Ich bin

mir sicher, dass sie nur zu einer Freundin zum Bridge spielen gefahren ist.« Dann zählte ich Collettes Freundinnen auf, als handele es sich dabei um eine in der Schule auswendig gelernte Liste von Präsidenten.

Um sich selbst von dieser Vorstellung zu überzeugen, machte Joseph eine Handbewegung, als wische er ein imaginäres Insekt beiseite.

»Die ›Mädels‹«, murmelte er.

Ich nickte. Er lächelte unmerklich und widmete sich dann wieder den Regalen mit den Spieluhren.

»Nie hat sie mich in dieses Zimmer gelassen«, sprach er vor sich hin. »Jahrelang habe ich mich gefragt, was für ein furchtbares Geheimnis wohl hinter dieser Tür auf mich wartet.«

Er musterte die Spieluhr auf dem Schreibtisch. Der Stelzenläufer war erstarrt, die beiden Clowns inmitten einer Umdrehung eingefroren, und die Bälle des Jongleurs schwebten vor seinem Gesicht in der Luft. Die lebhaften Augen von Joseph Meyer wanderten von einer Attraktion zur nächsten.

»Diese ganzen Einzelheiten …«, rief er verwundert aus, auch wenn ich insgeheim wusste, dass er sie eigentlich gar nicht genau wahrnehmen konnte. Möglicherweise glichen die gespeicherten Inhalte in seinem Gedächtnis aus, was er nicht mehr erkennen konnte. »Die Zuschauer sehen so fröhlich aus …«

Ich ließ ihn noch ein wenig länger die lustige Szenerie bewundern und schlug dann vor, zu seinem Lieblingsplatz auf der hinteren Veranda zu gehen, um zu lesen. Zuerst entschuldigte er sich gewohnt höflich für sein eingeschränktes Sehvermögen. Ich antwortete wie immer, dass ich ihm vorlesen werde. Daraufhin kam er in Schwung, rückte sein Seidenhalstuch zurecht und wir gingen los.

Auf der Veranda wehte eine angenehm lauwarme Brise. Joseph ließ sich im Schaukelstuhl nieder, und ich setzte mich auf einen der drei gepolsterten Metallstühle. Ab und zu drehte er sich zu mir um und warf mir einen misstrauischen Blick zu, ganz so, als wären wir Widersacher in einem Spiel, das darauf ausgerichtet war, den anderen zu besiegen. Seine Augen, die versuchten, meine Gedanken zu erraten, faszinierten mich. Ich wusste, dass ich sein Vertrauen gewinnen und stärken konnte, indem ich von Zeit zu Zeit meinen Namen erwähnte. Ein natürliches Bedürfnis, das durch das Leben in einer Gemeinschaft über Generationen hinweg verloren gegangen war. Es lag irgendwo in der Tiefe verborgen, vielleicht nur, um in Menschen wie Joseph wieder aufzuflackern. Indem ich ihm Zuneigung und Sicherheit gab, konnte ich dieses schlummernde Urvertrauen in den Nächsten wecken.

Der Garten hinter dem Haus der Meyers war im Vergleich zu den angrenzenden Grundstücken eine Miniaturausgabe des tropischen Regenwaldes. Collette mochte weder englischen Rasen noch Blumenarrangements wie aus Gartenhandbüchern. Im Gegenteil, sie ließ das Gras mindestens zehn Zentimeter hoch stehen und die Pflanzen wuchern. Ted King, ein junger Gärtner aus der Gegend, bekam genaue Anweisungen, wenn er sich einmal im Monat um den Garten kümmerte: »Ich möchte nicht aus dem Küchenfester auf eine Postkarte gucken. Pflanzen sind von Natur aus schön. Sie ständig zu beschneiden ist genauso wie Haustieren Kleidungsstücke anzuziehen, und was ich davon halte, kannst du dir sicher vorstellen, oder, Ted?«

Manchmal waren Ted und ich am selben Tag bei den Meyers. Einmal erzählte er mir, dass die Vorstellungen Collettes unter den Nachbarn zu Streit geführt hatten. Sie waren der Meinung, ein verwilderter Garten würde ein schlechtes Licht auf die gesamte Nachbarschaft werfen. Diplomatisch, wie Collette war, hatte sie sich also darauf eingelassen, den Vorgarten regelmäßig zu stutzen, solange sie hinter dem Haus machen konnte, was sie wollte. Mir gefiel diese natürliche Unordnung der Pflanzen, welche die steinernen Gehwege überwucherten und sich ineinander verknoteten. Der Garten selbst war nicht besonders groß, die dreißig Meter zu durchqueren war jedoch ein regelrechtes Abenteuer, da Collette ihr Grundstück gleichzeitig als Technik-Museum nutzte: Es gab einen Kühlschrank, eine Waschmaschine und einen Geschirrspüler, alle berankt von Kletterpflanzen. Vergleichbar mit künstlichen Riffen, wenn auch nicht unter Wasser.

Am wichtigsten war jedoch, dass Joseph seine Zeit auf der Veranda hinterm Haus sehr zu genießen schien.

»Sebastian ist mittlerweile fast vollständig von Unkraut bedeckt«, kommentierte Joseph gerade.

Ich versuchte, Sebastian unter einer wild rankenden Weinrebe auszumachen. Der Gartenzwerg stand an seinem gewohnten Platz und war tatsächlich zwischen den Blättern kaum zu erkennen. Er war etwas verblichen, und irgendwann war ein Stück seiner roten Zipfelmütze abgebrochen, ansonsten jedoch hatte er würdevoll dem Vergehen der Zeit getrotzt. Mir gefiel er nicht besonders, in seinem versteinerten Blick lag etwas Irres, das ich nicht mochte. Schon oft hatte ich mir vorgestellt, dass er plötzlich verschwunden war. Joseph hingegen machte er froh. Er konnte sich häufig weder an mich noch an das Spieluhrenzimmer erinnern, den Namen dieses furchtbar grinsenden Zwerges vergaß er aber nie.

»Ich werde mich gleich darum kümmern«, versprach ich ihm, auch wenn es mir gegen den Strich ging. »Da sieht er schon tagein, tagaus dasselbe und dann wird ihm der Blick auch noch vom Unkraut vermiest.«

Joseph musste lachen.

»Wohl wahr, Sam. Das trifft den Nagel auf den Kopf«, pflichtete er mir bei.

Ich fühlte mich schuldig, da es kein spontaner Kommentar gewesen war, sondern das Ergebnis meiner vielen Besuche. Die Sprüche über die fehlende Mobilität Sebastians kamen bei Joseph immer gut an. Ein Selbstläufer.

»Was hast du denn da?«, fragte er nun.

Zwischen uns stand ein eisernes Tischchen, auf dem die literarischen Schätze ausgebreitet lagen, die ich zuvor in Collettes Bibliothek ausgewählt hatte. Drei Bücher und die Tageszeitung.

Joseph sortierte die *Carnival News* verächtlich aus. Er sah sich die Bücher genauer an. Eine Sammlung der Erzählungen von Jack London und zwei kurze Romane von Lawrence Block, einem Autor, von dem ich wusste, dass er ihm nicht gefiel.

»Nichts geht über eine gute Detektivgeschichte«, sagte Joseph, der durch seine Zeit als Anwalt über einen außergewöhnlichen Scharfsinn in Sachen Rechtsstreitigkeiten verfügte.

»So ist es.«

Er legte die Bücher auf den Tisch zurück und schaute in den hinteren Teil des Gartens. Teilweise durch eine Birke verdeckt, stand dort ein kleiner Schuppen, der früher als Waschküche benutzt worden war. Heute war es ein Abstellraum, in dem sich alle Dokumente und Akten aus Josephs beruflicher Laufbahn befanden. Möglicherweise hatte sein Gedächtnis irgendeine Verbindung zwischen den Büchern und dem unauffälligen, zwischen den Pflanzen verborgenen Häuschen gezogen.

»Was ist dahinten?«, fragte er mich und zeigte in Richtung Schuppen.

Eine neue Frage. Normalerweise wich Joseph nicht von seinem gewohnten Fragenkatalog ab.

»Sie meinen, abgesehen von den Akten aus der Kanzlei?«

Er ließ seinen Arm sinken.

»Die Akten aus der Kanzlei, natürlich. Ich hoffe, Collette wird niemals ihre Drohung wahr machen, sie zu verbrennen.«

Ich fühlte mich unwohl angesichts dieser Unterhaltung, deren Richtung ich nicht vorhersagen konnte. Deshalb griff ich nach der Zeitung, die direkt vor mir lag. Ob sich die Dinge so entwickelt hätten, wenn ich nicht in diesem Augenblick die *Carnival News* auf genau dieser Seite aufgeschlagen hätte? Ich weiß es nicht.

»Wollen wir mal sehen, was es an Neuigkeiten gibt«, sagte ich betont fröhlich.

In der *Carnival News* gab es eine Sparte mit nationalen und internationalen Nachrichten, in denen auch Artikel aus anderen Zeitungen abgedruckt wurden, hauptsächlich zu Wirtschaftsthemen und anderen globalen Fragen. Normalerweise las ich diesen Teil nicht. Für Joseph war immer noch Jimmy Carter Präsident, und es war ratsam, das nicht infrage zu stellen. Er sprach von ihm als »der weiche Demokrat« und wäre sicherlich erfreut gewesen zu erfahren, dass ihm ein Republikaner gefolgt war – wenn auch ein Schauspieler. Joseph auf den Stand der Gegenwart zu bringen würde nicht mehr als einen momentanen Lichtblitz bedeuten, der ebenso schnell wieder verschwinden würde wie ein Atemhauch auf einer Fensterscheibe. Wenn er fernsah oder ihm irgendwelche aktuellen Ereignisse zu Ohren kamen, zog er verdutzt die Augenbrauen hoch. Auf seinem Gesicht zeigte sich eine Mischung aus Offenbarung und Schrecken, und sofort wurde er wieder in die Vergangenheit katapultiert. Es war offensichtlich, dass er an diesem kurzlebigen Blick in die Zukunft keinen Gefallen fand. Das ging so weit, dass auch in der Zeitung eher die regionalen Neuigkeiten von Interesse für ihn waren, die Ankündigung eines neuen Geschäfts, der Bau einer Brücke oder ähnlich zeitlose Informationen.

So stieß ich auch auf die Nachricht, die in diesem Sommer so viel Bedeutung erlangen würde. Auch wenn allein der Titel zeigte, warum die lokale Zeitung keinen besonders guten Ruf hatte, konnte ich meine Neugierde nicht verbergen. Ich las laut vor:

NEUE VERFAHREN KÖNNTEN AUSSERIRDISCHES LEBEN IN CARNIVAL FALLS BELEGEN
Der bekannte britische Wissenschaftler Philip Banks, der sich mit dem Phänomen der UFO-Sichtung beschäftigt und seit einigen Jahren in unserer Stadt lebt, hat dies gestern während eines öffentlichen Vortrags in der Stadtbücherei bestätigt. Von den einen geschätzt, wird er von anderen als exzentrischer Geschichtenerzähler abgelehnt. Seine Neuigkeiten führten zu kontroversen Reaktionen. Die Wissenschaftsgemeinschaft äußerte sich zurückhaltend, verschiedene befragte Professoren gaben an, noch keine endgültigen Aussagen treffen zu können und auf weitere Daten zu warten. Der Harvard-Professor und NASA-Berater Ronald T. Friedrichsen, ein bekannter Widersacher von Banks, gab ein eindeutiges Urteil: »Die Möglichkeit, dass wir die einzigen Lebewesen im gesamten Universum sind, ist ziemlich gering. Ungefähr so klein, wie einen Würfel Tausend Mal zu werfen und dabei immer dieselbe Zahl zu erhalten. Dennoch wird die Existenz außerirdischen Lebens sicher nicht durch ein paar Verrückte bewiesen werden, die nichts Besseres zu tun haben, als im Freien zu übernachten und mit Spielzeugteleskopen in den Himmel zu starren. Wir Wissenschaftler sind es, die der Menschheit die neuen Erkenntnisse übermitteln werden.«
Die von Banks vorgelegten Beweise hat er bereits vor mehr als zehn Jahren gesammelt. Damals, in der Nacht vom 10. April 1974, kam die junge Krankenschwester Christina Jackson unter bislang ungeklärten Umständen von der Straße ab. Sie

fuhr bei einem starken Unwetter in ihrem Pinto auf der Landstraße 16, als sie plötzlich die Gewalt über ihren Wagen verlor und dieser gegen einen Baum prallte. Mindestens ein Dutzend Zeugen hatte in derselben Nacht drei Lichter den Himmel zerreißen sehen, die aufgrund ihrer Bewegungen unmöglich irdischer Natur sein konnten. Als die Polizei schließlich den Ort des Geschehens erreichte, war Christina Jackson unauffindbar. Die Polizei nimmt an, dass der Körper durch den Aufprall aus dem Wagen geschleudert und vom nahe gelegenen Fluss fortgespült wurde. Diese Hypothese konnte jedoch nicht belegt werden, da der Leichnam bis heute nicht wieder aufgetaucht ist. Jacksons Verschwinden kann in Zusammenhang mit zehn weiteren Fällen gebracht werden, die sich in Carnival Falls und Umgebung zugetragen haben. Eine Entführung durch Außerirdische ist diesbezüglich vielfach vermutet worden. Banks hatte in der Nähe des Pinto seltsame Substanzen sicherstellen können. Er versicherte, dass es sich dabei nicht um menschliches Blut gehandelt habe, sondern vermutlich um Flüssigkeiten eines außerirdischen Wesens.
Seit Monaten hatte Banks bereits angekündigt, die am Ort des Unfalls gefundenen Spuren untersuchen zu lassen. Doch erst gestern war noch einmal bestätigt worden, dass sich die Proben nun zur Analyse in europäischen Laboren befänden und er bis zum Ende des Sommers ein Ergebnis erwarte. »Die Mitglieder unserer Gemeinschaft wissen, dass ich einen Großteil meines Lebens der Erforschung des Phänomens der UFO-Sichtung verschrieben habe. Ich erhoffe mir von diesen Proben, auch die Zweifler von meinen Theorien überzeugen zu können.«

Joseph musste mein besonderes Interesse gespürt haben, denn er unterbrach mich nicht ein einziges Mal.

Philip Banks hatte den Unfall meiner Mutter schon bei

verschiedenen Anlässen erwähnt. Ich fragte mich, ob er von meiner Existenz wusste, oder, wie Amanda und Collette es mir erklärt hatten, die Behörden gute Arbeit geleistet und mich und meine Identität geheim gehalten hatten. Da Banks nie von mir sprach, schien Letzteres zuzutreffen.

»Philip ist ein guter Mensch«, sagte Joseph plötzlich und schaukelte sanft mit leerem Blick hin und her.

Ich war erstaunt, dass er Banks beim Vornamen nannte.

»Kennen Sie ihn?«

»Jeder in Carnival Falls kennt ihn. Du etwa nicht, Sam?«

Seine Stimme zitterte, bevor er meinen Namen aussprach. In seinem Kopf schien er auf feuchten Sand geschrieben zu sein, am Rande eines Meeres aus gewichtigeren Erinnerungen. Damit er nicht verlorenging, musste er immer und immer wiederholt werden, auch wenn ihn die Wellen letztlich doch auslöschen würden.

»Ich hab seinen Namen erst ein paar Mal gehört«, flunkerte ich ihn an. Auf dem Hof hielt man Banks für einen Spinner, trotzdem hatte ich immer seine Artikel gelesen.

»Er wohnt in einem imposanten Haus in der Maple Street.«

»Ja, das habe ich schon mal gesehen.« Unzählige Male war ich an diesem Haus vorbeigekommen, besonders in der letzten Zeit, da es in der Nähe von dem der Mathesons stand. »Sie kennen ihn also gut?«

»Natürlich.«

»Erzählen Sie mir von ihm«, bat ich ihn. Joseph sprach gerne über die Vergangenheit, die ihn von den Ungewissheiten der Gegenwart entfernte.

Er setzte sich zurecht und begann.

»Banks hat von einem ihm unbekannten Onkel ein Vermögen geerbt. Als er zwanzig war, wurde er über Nacht zum Millionär. Das war 1936. Er reiste aus England an und setzte sich mit der Anwältin seines Onkels zusammen. Eine schöne junge Frau, die den äußerst bemerkenswerten Namen Rochelle trug. Ich hatte ihn noch nie zuvor gehört, aber du musst zugeben, dass er wunderschön ist, oder?«

Ich nickte.

»Banks war ein intelligenter junger Mann und dachte sich, dass es sicher nützlich sein könnte, einen Anwalt vor Ort zu haben. Ich hatte gerade meine ersten Schritte in diesem Beruf hinter mir, und hier in Carnival Falls gab es nicht viele Optionen. Damals waren die Kanzleien nicht wie heute. Sie waren …« Er machte eine kurze Pause und dachte nach. »Sie waren wie Familienbetriebe, man ging dort gut miteinander um. Wir bemühten uns um unsere Mandanten, baten sie in unsere mit Papieren vollgestopften Büros und hörten zu. Mittlerweile erinnern mich die Kanzleien eher an Fastfoodketten, bei denen die Kasse stimmen muss. Meine Kollegen heute sprechen von ihren Mandanten als Fälle. Für uns waren sie noch Personen.«

Er erzählte sehr gerne von seiner Zeit als Anwalt. Manchmal fühlte ich mich schlecht dabei, weil die berufliche Realität heute sehr viel trüber aussah und sich in den letzten Jahren dramatisch verschlechtert hatte. Seine Krankheit war in diesem Sinne ein Geschenk. Ich klagte niemals, ließ ihn sein Herz ausschütten, auch wenn ich alle Einzelheiten auswendig kannte. Wenn er fertig war, half ich ihm lediglich, den Faden wieder aufzunehmen.

»Sie sprachen gerade von Banks und seiner Erbschaft.«

»Ach ja, natürlich. Philip bat mich darum, mir die gesamten Erbschaftsunterlagen einmal anzusehen. Er wollte nichts annehmen, das ihm nicht zustand. Deshalb kontaktierte ich Rochelle, die mir bestätigte, dass er der alleinige Erbe war. Sein Onkel hatte selbst keine Nachfahren gehabt und schien immer eine seiner Schwestern besonders gemocht zu haben –

Banks Mutter. Das Schicksal hielt jedoch neben dem Geldsegen noch eine weitere Überraschung für ihn bereit.«

»Was denn?«, fragte ich sofort. Das Ganze machte mich ziemlich neugierig.

»Philip und Rochelle verliebten sich ineinander. Wenige Monate nach ihrer ersten Begegnung heirateten sie und zogen zusammen in das Haus in der Maple Street.«

»Ich wusste gar nicht, dass Banks verheiratet ist.«

»Er ist es auch nicht mehr«, gab Joseph zurück. »Die Ehe war leider nur sehr kurz.«

Mit Daumen und Zeigefinger strich er bedächtig seinen dünnen Schnurrbart glatt. Seine Augen glänzten, wie so oft, wenn er in Erinnerungen schwelgte, die er noch nicht an seine Alzheimerkrankheit verloren hatte.

»Sie waren sieben Jahre verheiratet«, sagte er mit ernster Stimme. »Eines Abends ging Rochelle alleine aus, um ihre Mutter zu besuchen. Eine Stunde später klingelte das Telefon. Ein Freund der Familie rief an, um Banks zu sagen, dass er das Auto von Rochelle verlassen auf einer Kreuzung entdeckt hatte. Banks machte sich sofort auf den Weg und fand ihren Wagen: Der Motor lief, das Licht war eingeschaltet und die Tür stand offen. Von Rochelle weit und breit keine Spur. Später erzählte mir Philip, dass im Radio ihr Lieblingssender eingestellt war und es im Inneren des Autos noch nach ihrem Parfüm roch, als er seinen Kopf hineinsteckte. Er hat sie niemals wiedergesehen, sie und das Kind in ihrem Bauch blieben verschwunden.«

Ich wusste nicht, was ich dazu sagen sollte. Amanda sprach nie mit mir über den Unfall meiner Mutter, aber mit Collette hatte ich schon mehrfach darüber geredet. Ich wunderte mich, dass sie nie die Verbindung zu Banks Frau erwähnt hatte. Sie hielten ihn beide für einen Geschichtenerzähler, aber dennoch … Mir tat er leid. Was für ein Verlust.

»War es ein Junge oder ein Mädchen?«, fragte ich.

»Wer?«

»Sie haben doch gerade erwähnt, dass Rochelle schwanger war. Erwartete sie einen Jungen oder ein Mädchen?«

Joseph lachte leise.

»Ich glaube, damals war es noch nicht möglich, das so genau vorherzusagen.«

Ich nickte. Joseph hatte einen guten Tag. Normalerweise verließ ihn schnell die Konzentration und er döste ein. Momentan sah er aber alles andere als schläfrig aus.

»Und Banks nahm an, dass die Außerirdischen sie geholt hätten? Hat er Ihnen etwas dazu gesagt?«

»Philip war überzeugt davon. Irgendein Säufer hatte wohl seltsame Lichter gesehen. Danach hat Banks diese Vorstellung nicht mehr losgelassen. Er forschte wie ein Besessener.« Joseph schüttelte den Kopf. »Eines Tages kam er unerwartet zu Besuch. Ich hätte ihn nicht gerade als meinen Freund bezeichnet, aber scheinbar war ich einer für ihn. Ich bat ihn herein, und er erzählte mir von den ganzen Belegen, die er in den letzten Monaten gesammelt hatte. Nachdem ich ihm zugehört hatte, sagte ich ihm, dass ich seine Theorien für Unfug hielt, für eine mentale Strategie, um sich vor der Realität zu verstecken, dem Tod von Rochelle. Und dass er endlich anfangen müsse, sich der Wahrheit zu stellen, um damit zurechtzukommen. Ganz schön hart, ich weiß. Ich dachte damals, das wäre der beste Rat, den ich ihm geben konnte. Er fand das jedoch offensichtlich nicht. Von da an entfernten wir uns immer mehr voneinander.«

Während Joseph zu Ende erzählte, folgte ich mit den Augen erneut den Zeilen des Artikels. Einzelne Sätze fielen mir ins Auge, ich zeichnete sie nach, als wolle ich ein Kunstwerk mit den letzten Pinselstrichen vollenden. 10. April 1974. Stürmischer Regen. Das Auto verlor die Kontrolle. Drei

Lichter zerrissen den Himmel. Zehn Verschwundene. Entführungen. Dieses Kunstwerk gehörte zu meinem Leben.

Ich schloss die Augen. Sah den Pinto, der in Zeitlupe durch einen Lichtkegel fuhr und schließlich an einer Wand aus Bäumen zerschellte. Der Aufschlag hatte so eine Kraft, dass er mich aus meinen Tagträumen zurück in die Wirklichkeit beförderte. Die stürmische Nacht wurde von der zierlichen Schrift der *Carnival News* abgelöst. Ich riss die Seite heraus und rollte sie ein. Joseph beobachtete mich aufmerksam und ließ mich schweigend gewähren.

Die nächste Stunde verbrachten wir mit einigen der Erzählungen Jack Londons. Ich wählte diejenigen aus, die er am besten kannte, um mich so wenig wie möglich darauf konzentrieren zu müssen. Meine Gedanken kreisten weiter um den Artikel, den Collette vermutlich nicht gelesen hatte. Sonst hätte sie ihn sicher vor mir versteckt.

Man konnte mein fehlendes Interesse an der Lektüre scheinbar meiner Stimme entnehmen, da Joseph während einer seiner liebsten Erzählungen *To build a fire* einnickte. Als ich merkte, dass er hinter vorgehaltener Hand gähnte, hörte ich auf zu lesen und schlug ihm vor, ein Nachmittagsschläfchen zu halten.

Er sah mich ungläubig an. In seinem Blick lag dieselbe Verunsicherung wie zu jedem Beginn und Ende unserer Treffen. Er nahm meinen Vorschlag ohne zu protestieren an. Ich bot ihm an, ihn in den zweiten Stock zu begleiten, folgte ihm die Treppe hinauf, auf der er einen Fuß nach dem anderen auf jede Stufe setzte und sich dabei an das Geländer klammerte. Auf dem Treppenabsatz musste er eine Verschnaufpause einlegen, während ich auf ihn wartete. Als er schließlich im zweiten Stockwerk ankam, lief er leise pfeifend den Korridor entlang. Auf halbem Weg blieb er plötzlich stehen. Er warf einen verärgerten Blick auf das Spieluhrenzimmer und schüttelte mehrfach den Kopf. Sekunden später ging er, ohne mich eines weiteren Blickes zu würdigen, in sein Zimmer.

Dort stand ich nun und schaute in den leeren Flur. Bevor ich die Bücher von der hinteren Veranda holen und sie zurück in die Bibliothek bringen würde, wollte ich mich noch um Sebastian und das Unkraut kümmern. Auch wenn Joseph sich jetzt wahrscheinlich schon nicht mehr an mein Versprechen erinnerte, wollte ich es dennoch erfüllen.

»Beschwer dich bloß nicht«, sagte ich zu Sebastian.

Das breite Lächeln auf den runden, roten Wangen war die einzige Antwort.

Ich ging ins Haus. Collette würde jeden Augenblick zurückkommen, und ich könnte nach Hause gehen. Während ich auf sie wartete, dachte ich an die zusammengerollte Seite, die hinten in der Tasche meiner Hose steckte.

14

Die Woche verlief ohne besondere Vorkommnisse. Amanda wiederholte ihre Drohungen nicht, was mich zwar oberflächlich beruhigte, gleichzeitig aber auch verunsicherte, da sie sicherlich mit ihren Nachforschungen fortfuhr. Ich bat Randy, mir von jedem Gerücht zu erzählen, das auf dem Hof verbreitet wurde, aber auch er bekam nichts Besonderes mit.

Allerdings war ich in Sorge um Billy. An drei aufeinanderfolgenden Tagen kam er weder zur Lichtung, noch meldete er sich telefonisch bei mir. Stundenlang wartete ich auf ihn, allein mit den Mücken und meinen Gedanken, hoffte darauf, sein Fahrrad in der Ferne zu hören und ihn in voller Fahrt triumphierend auf die Lichtung einbiegen zu sehen. Aber nichts passierte. Vielleicht hatte ich ihn gekränkt, als ich seinen Plan, Mirandas Haus zu besuchen, abgelehnt hatte? Ich konnte nicht anders, als mir die beiden zusammen vorzustellen, Billy, der sich großartig in diesem Haus meiner Träume amüsierte. Mit Tränen in den Augen warf ich mir vor, diese Gelegenheit nicht ergriffen zu haben. Im tiefsten Inneren wusste ich jedoch, dass ich seine Einladung auch wieder zurückweisen würde, falls er erneut fragen sollte. Ich traute mich noch nicht einmal mehr, zur Maple Street zu fahren, um die Familie Matheson zu beobachten. So konnte ich zumindest noch die Vorstellung aufrechterhalten, dass Billy sich einfach einen Virus eingefangen hatte und seine Mutter ihn nicht aufstehen ließ, noch nicht einmal, um mich anzurufen. Billy und Miranda zusammen im Wintergarten anzutreffen – allein die Vorstellung war unerträglich.

Es war schrecklich, mir einen Sommer ohne Billy auszumalen. Er war nicht nur der Einzige, dem ich meine Probleme erzählen konnte, ich vertraute auch auf seine Ratschläge. Zwar befolgte ich sie nicht blind – ich hatte ehrlich gesagt meistens etwas auszusetzen –, aber sie waren immer eine wichtige Entscheidungshilfe. Das galt auch umgekehrt, dachte ich zumindest. Bisher hatte nie etwas oder jemand zwischen uns gestanden.

Samstagnachmittag blieb ich auf dem Hof, ich hatte mich mit einem Heft und einem Kugelschreiber hinter ein paar aufgeschichtete Baumstämme zurückgezogen. An diesem verhältnismäßig ruhigen Ort, an dem vor ein paar Monaten Orson Tweety dazu genötigt hatte, die Holzscheite auf seinen Haufen zu legen, um Randall zu beeindrucken, versuchte ich mich an einem weiteren Gedicht. Es gelang mir jedoch nicht, und ich brachte nur ein paar verschmierte Punkte zu Papier.

Ich kämpfte mit der weißen Seite und nutzte sie gleichzeitig, um mich von dem Gedanken an Billy und Miranda abzulenken. Plötzlich fiel ein ovaler Schatten auf mein Heft. Vorsichtig hob ich den Kopf und war überzeugt, vor mir würde die massige Gestalt Orsons aufragen, der mir mit einem Beil in der Hand drohen würde, meine Finger abzuhacken und das Ganze als Unfall auszugeben.

»Hallo Sam.«

Es war Randall. Im Gegenlicht sah sein Strohhut aus wie eine fliegende Untertasse. Neben ihm stand Katie.

»Hallo«, antwortete ich.

Ihre Anwesenheit verwirrte mich. Ich wusste, dass zwischen den beiden eine besondere Verbindung bestand, die durch die monatlichen Reisen nach Concord verstärkt wurde, bei denen Katie ihre Mutter besuchte. Randall war für sie eine Art Vaterfigur geworden. Ich hatte keine Ahnung, was die beiden von mir wollten, musste aber natürlich zuerst an *Lolita* denken. Sollten die beiden einen Verdacht haben oder etwas wissen, würde jedoch sicher Amanda mit mir sprechen. Diese Angelegenheit würde sie nicht an Randall oder gar Katie delegieren.

Sie nahmen auf zwei Baumstämmen Platz. Ich legte mein Heft beiseite und schlang die Arme um die Knie.

Katie zupfte ihr langes Kleid zurecht und schlug die Beine übereinander. Mir fiel ihre schmale Taille auf, die selbst beim Sitzen perfekt aussah. Ihre Brüste füllten den Ausschnitt auf anmutige Weise aus. Ich versuchte, den Blick abzuwenden, aber es fiel mir schwer.

»Du warst schon seit ein paar Tagen nicht mehr im Wald«, sagte Randall jetzt. Er setzte den Hut ab und hielt ihn auf seinem Schoß fest. Das feine Haar war an den Seiten verfilzt.

»Gestern war ich doch«, antwortete ich vorsichtig. Was sollte dieses Gespräch?

In der folgenden Stille hörte man nur, wie der Strohhut zwischen Randalls Händen zusammengedrückt wurde. Wir vermieden es, einander anzusehen. Randall war nicht besonders gut im Reden halten, Streiten, Ratschläge geben, oder worum es sich hier auch immer handelte.

Er sah mich eindringlich mit seinen unruhigen blauen Augen an und sprach endlich aus, was er auf dem Herzen hatte: »Hast du den Artikel gesehen?«

Erleichtert atmete ich auf. Es hätte schlimmer kommen können. Nun machte auch Katies Anwesenheit mehr Sinn.

»Ja, bei den Meyers«, antwortete ich unbekümmert. Es war nicht notwendig zu lügen. Die Carrolls waren immer offen zu mir gewesen, was meine Vergangenheit betraf, und Katie war eine der wenigen eingeweihten Personen.

»Bist du in Ordnung? Warst du deswegen nicht mehr im Wald?«

Ich lachte aufrichtig.

»Mir geht es gut. Dieser Mann …«

»Banks ist ein Schwindler«, sagte Randall schnell. »Ich habe mit einem Anwalt vereinbart, ihn zu verklagen, wenn er weiterhin solche Dinge verbreitet.«

»Das ist wirklich nett, aber nicht nötig. Mir geht es gut. Ich weiß, dass er Blödsinn erzählt. Meine Mutter ist an diesem Tag gestorben. Es war ein Unfall. Außerirdische gibt es nicht.«

Ich war mir nicht sicher, inwieweit ich meinen eigenen Worten Glauben schenkte. Ich hatte sie jedoch von klein auf auswendig gelernt, und es fiel mir nicht schwer, sie zu wiederholen und damit andere Menschen zu überzeugen. Nicht nur die Carrolls hielten Banks für einen Spinner, Billy auch.

»Ich bin froh, dass du so denkst«, sagte Randall sichtbar erleichtert.

»Außerdem hat der Mann durch den Tod seiner Frau viel leiden müssen. Vielleicht hilft ihm der Gedanke an die Außerirdischen, das Ganze zu verarbeiten.«

Die Erleichterung war von Randalls Gesicht verschwunden. Er sah mich erstaunt an.

»Wer hat dir davon erzählt?«, fragte er und tauschte dabei vielsagende Blicke mit Katie, die stumm den Kopf schüttelte.

Dieser lautlose Dialog vor meinen Augen belustigte mich.

»Mr Meyer hat davon gesprochen«, sagte ich beiläufig. »Die Theorien von Banks sind mir wirklich egal.«

Randall musterte mich mit hochgezogenen Brauen. Er war nicht besonders gut darin, die Gedanken anderer zu erkennen, dessen war er sich sicher bewusst.

»Wirklich!« Ich bemühte mein strahlendstes Lächeln. »Ich bin nur hier, weil ich eine Geschichte schreiben möchte.« Ich hielt das Heft hoch, um meine Aussage zu untermauern.

»Ich bin froh, dass du so denkst«, wiederholte Randall. »Du weißt, wie gern wir dich haben, Sam.«

»Ja, das weiß ich. Danke!«

Randall setzte seinen Hut wieder auf und ging.

Katie lud mich ein, neben ihr an der Stelle, wo Randall vorher gesessen hatte, Platz zu nehmen. Als ich mich dort niederließ, umarmte sie mich. Ich konnte ihre feste linke Brust an meinem Arm spüren: ein angenehm lähmender Zustand, der langsam einem Schuldgefühl wich. Katie war gerade mal vier Jahre älter als ich, der Unterschied war jedoch gewaltig. Das lag zum einen daran, dass sie einige Jahre älter wirkte, und zum anderen an meinem Hormonhaushalt, der mein Wachstum mit erstaunlicher Gelassenheit anging.

Wir unterhielten uns eine Weile. Sie war auch der Meinung, dass das ganze Gerede über außerirdisches Leben Blödsinn war, und bot mir an, dass ich jederzeit zu ihr kommen könnte, wenn ich reden wollte, Fragen hätte oder mich jemand mit unangebrachten Kommentaren belästigte. Ich sagte ihr, dass ich gerne darauf zurückkommen würde.

15

Am Montag lief ich ziellos auf dem Hof umher, streifte über die Felder, verbrachte ein bisschen Zeit im Hühnerstall und ging dann zu dem Holzskelett, das später einmal der neue Anbau sein würde. Dort sah ich Randy, geduckt hinter einem Sandhügel. Er trug einen Strohhut wie Randall und hielt seine Spielzeugpistole fest umklammert. Er schien zu warten. Als er mich bemerkte, machte er mir ein Zeichen, ich solle verschwinden, vermutlich um sein Versteck nicht zu verraten. Das tat ich auch und ging Richtung Haus. Da hörte ich plötzlich ein Zischen und blieb stehen. Eine zerfledderte Feder tauchte hinter der Veranda auf.

»Psst, Sam!«

Ich folgte der Stimme. Justin, nach Flora der kleinste Hofbewohner, beobachtete mich vom Boden aus. Seine Wangen waren mit Schlamm bemalt.

»Hast du Randy gesehen?«, fragte er schnell, während er sich hastig umschaute.

»Nein.«

»Wirklich nicht?«

»Gilt das nicht als schummeln?«

Justin dachte kurz nach.

»Da haben wir nicht drüber gesprochen.«

»Ich hab ihn nicht gesehen.«

Der Kleine überquerte in Windeseile die Veranda und versteckte sich hinter ein paar Blumentöpfen. Rex entdeckte und beschnüffelte ihn. Ich blieb noch einen Moment und sah Justin dabei zu, wie er versuchte, den verwirrten Hund loszuwerden. Dieser schien jedoch anzunehmen, dass das ganze Theater eine Aufforderung zum Spielen war.

Als ich schließlich das Haus betreten wollte, tauchte plötzlich ein grauer Umriss hinter dem Mückengitter auf und erschreckte mich zu Tode. Ich zuckte zusammen und musste mit der Hand vor dem Mund einen Schrei unterdrücken.

»Hab ich dich etwa erschreckt?«, fragte Mathilda.

»Nein, überhaupt nicht.«

»Du zitterst ja.«

Ich schüttelte den Kopf.

»Heute nicht in den Wald?«, erkundigte sie sich plötzlich. »Wollen deine Freunde, die Waschbären, etwa nicht mehr mit dir spielen?«

»Ich habe mehr Freunde als du!«

Mathilda machte einen weiteren Schritt auf mich zu. Jetzt waren unsere Gesichter nur noch wenige Zentimeter voneinander entfernt, allein das Gitter trennte uns.

»Du hast keine Freunde«, gab Mathilda eiskalt zurück. Dieses Mädchen konnte, wenn es nur wollte, verletzend sein wie ein Dolch.

»Auf so ein Gespräch lasse ich mich erst gar nicht ein«, antwortete ich und streckte den Arm aus, um die Tür zu öffnen. Mathilda tat es mir gleich, war jedoch viel schneller. Sie umfasste den Griff und hielt die Tür zu. Ein Ausdruck des Triumphes lag auf ihrem Gesicht.

»Lass mich sofort rein!« Ich versuchte mit aller Kraft, die Tür aufzubekommen. Aber sie bewegte sich nicht einen Millimeter. Mathilda war groß für ihr Alter und unglaublich stark. Wenn wir aneinandergerieten, kam es mir manchmal so vor, als habe sie den Teufel auf ihrer Seite, der ihre Wut in Kraft verwandelte.

»Und wenn ich dich nicht reinlasse? Was passiert dann?«, knurrte sie.

Ich wusste, dass Claire sich in der Küche aufhielt, und auch Amanda war sicherlich irgendwo im Erdgeschoss, aber es gab einige Gesetze der Ehre zwischen uns Kindern, insbesondere zwischen Mathilda und mir, die es zu befolgen galt. Wir mussten unsere Probleme unter uns lösen, ohne Hilfe von außen. Sich bei den Erwachsenen zu beschweren war ein Zeichen von Feigheit.

Ich sah sie einen Augenblick lang an, lockerte die Spannung in dem Arm, mit dem ich versuchte, die Tür zu öffnen, und beobachte sie wie ein Schütze mit gezücktem Revolver. Als ich dachte, sie würde nicht damit rechnen, zog ich mit aller Kraft an der Tür.

Aber auch dieses Mal schien die Tür wie mit den Angeln verschmolzen.

Mathildas Lächeln wurde breiter.

»Fürchtest du dich da draußen?«, fragte sie spöttisch. »Oder was ist los?«

»Jetzt mach schon auf.«

»Es ist doch helllichter Tag. Wovor hast du Angst, Sam?«

»Lass mich jetzt rein«, murmelte ich.

»Ach, natürlich, jetzt weiß ich, was los ist. Du hast Angst, dass sie dich holen kommen, stimmt's? Dass die kleinen grünen Männchen mit ihrer fliegenden Untertasse hier auf dem Hof landen, um dich mitzunehmen und Experimente mit dir zu machen. Das ist es doch, oder?«

Ich war sprachlos. Eigentlich hätte Mathilda nichts von dem Unfall meiner Mutter oder den Geschichten von Banks wissen dürfen.

Mir kam der Gedanke, mich einfach umzudrehen und weiter über den Hof zu laufen – was hatte ich eigentlich drinnen vorgehabt? Oder ich könnte auf der Veranda warten, bis irgendjemand anders hinein oder heraus wollte, oder bis Mathilda müde wurde, auf die Tür aufzupassen. Das wäre sicher besser gewesen. Klüger. Mich überfiel eine unglaubliche Wut. Sie loderte in mir auf, wie ein Feuerwerk am Independence Day, ebbte ab, brannte erneut los, funkelte und blitzte in immer neuen Formationen, die kein Ende zu kennen schienen. Sobald sich mein Gemüt abzukühlen begann, kam die Wut mit neuer Kraft auf. Ich musste die Augen schließen, um mich zusammenzureißen und nicht zu schreien oder gegen die Tür zu treten. In ähnlichen Situationen half es mir, an Billy und seine Ratschläge zu denken: Lass dich niemals auf das Spiel der Widersacher ein, behalte immer einen kühlen Kopf, ein gekonnter Rückzug birgt mehr Siegeschancen als ein dilettantischer Vormarsch. Solche und andere Sprüche gab er mir mit auf den Weg, wenn es um die Streitigkeiten auf dem Hof ging. Dieses Mal half der Gedanke an Billys vernünftige Vorschläge nicht. Ich versuchte, an sie zu denken, aber da war nichts, nur rasende Leere.

»Es ist mir völlig egal, was du da sagst«, brachte ich betont gleichgültig hervor.

Aber glaubte ich das wirklich? Randall und Amanda waren in meine Geschichte eingeweiht, das war eine Sache. Bei Katie und Claire hatte ich auch nichts dagegen. Aber Mathilda? Woher wusste sie bloß davon? Vielleicht hatten sie irgendwann ein vertrauliches Gespräch belauscht und ihren Trumpf geheim gehalten, bis sich eine Gelegenheit bot, mich damit zu überraschen? Mathilda war gut darin, Salz in die Wunden anderer zu streuen. Ich würde das nicht laut sagen, noch nicht einmal vor Billy, aber manchmal kam es mir vor, als könne sie Gedanken lesen. Ihre ironischen und niederträchtigen Bemerkungen verfehlten niemals ihr Ziel. Dieses Mal war es besonders der Kommentar zu meinen fehlenden Freundschaften gewesen, der ins Schwarze getroffen hatte. Gerade jetzt, da zwischen mir und Billy Funkstille herrschte.

Mathilda las scheinbar in meinem Gesicht, dass ihre Sticheleinen den erwünschten Effekt gehabt hatten. Sie ließ die Klinke los und lächelte sanft, als sie mich hereinwinkte. Mir war klar, dass sie mir den Weg sofort wieder versperren würde, wenn ich auch nur einen Schritt in ihre Richtung machte. Dann jedoch passierte etwas. Drinnen klingelte das Telefon, und ich war mir sicher, dass Billy am anderen Ende war. Er würde sich mit mir auf der Lichtung verabreden und von seinem Besuch bei Miranda erzählen. Ich sehnte mich danach, mit ihm zu sprechen. Mit einer schnellen Bewegung öffnete ich die Tür, so schnell, dass Mathilda kaum Zeit hatte zu reagieren. Vielleicht war das Ganze auch nur ein Spiel und sie hatte mich gar nicht erneut daran hindern wollen, hineinzugehen? Doch da stand sie immer noch und versperrte mir den Weg.

Das Telefon klingelte. Niemand war bisher gekommen, um es abzunehmen, aber irgendwer musste bald drangehen.

Ich machte einen Schritt nach vorne und streifte Mathilda beinahe. Sie streckte ihre Brust heraus. Ihr Auftreten schüchterte mich ein.

»Das sind Brüste, Sam. Schau sie dir ruhig an, du scheinst nicht zu wissen, was das ist.« Mathilda musste kichern.

»Geh mir aus dem Weg!«, schrie ich sie an.

Ich drückte mich zwischen ihr und dem Türrahmen durch. Mathilda ließ mich gewähren, auch wenn es ein Leichtes für sie gewesen wäre, mir ein Bein zu stellen, um mich unsanft auf den Boden zu befördern.

16

Noch nie war ich so fröhlich und voller Tatendrang zum Wald geradelt wie nach Billys Anruf. Da er näher am Wald wohnte, war es beinahe unmöglich, früher als er anzukommen. Dennoch versuchte ich es. Während ich die Paradise Road entlangsauste, musste ich über unser Gespräch kurz nach dem Zusammenstoß mit Mathilda nachdenken. Billys Stimme war mir außergewöhnlich lebhaft vorgekommen. Er hatte sich mehrfach entschuldigt, dass er in den letzten Tagen nicht hatte zur Lichtung kommen können, und ein ums andere Mal wiederholt, wie sehr er sich auf mich freue, und dass er mich dringend sehen müsse. Er habe das Haus der Mathesons besucht, und es gebe jede Menge zu erzählen. Er ließ mich kaum zu Wort kommen. Während unseres Gesprächs suchte ich nach Anzeichen für schlechte Nachrichten, aber da war nichts. Er bat mich, sofort zur Grenze zu fahren, dort konnten wir uns am schnellsten treffen.

Als ich ankam, war Billy bereits da. Wenige Meter von dem Ort entfernt, den Tweety sich am Tag unseres Gesprächs ausgesucht hatte, lag er auf einem der Holztische. Er sah aus, als wäre er tot, die Hände über der Brust gefaltet, die Augen geschlossen, lichtumspielt von der warmen, jedoch nicht mehr stechenden Sonne. Ein Lichtstrahl rahmte seinen reglosen Körper. Sollte der Aufseher ihn so finden, würde man sicher sein Pfeifen hören, gefolgt von einer Rüge. Vielleicht würde er sogar Mrs Pompeo benachrichtigen. Aber der Aufseher war nicht zu sehen. Niemand war in der Nähe, es herrschte eine beinahe vollständige Ruhe, die ab und an von den Geräuschen eines Wagens auf der Wakefield Road unterbrochen wurde.

Ich stellte mein Fahrrad zu Billys an einen Papierkorb aus Metall. Das Geräusch schreckte Billy auf, er setzte sich schnell hin und räkelte sich.

»Hast du wirklich geschlafen?«, fragte ich erstaunt.

Er lächelte.

»Du weißt gar nicht, wie sehr ich dich vermisst habe, Jackson«, sagte er, ohne auf meine Frage einzugehen.

»Spar dir den Quatsch«, sagte ich mit einer abwinkenden Handbewegung, und fuhr fort: »Du hättest dich ruhig mal melden können.«

»Wo du recht hast, hast du recht. Wer kann da widersprechen?«

Ich setzte mich auf eine der Bänke. Er ließ sich mir gegenüber nieder, ungewöhnlich unruhig für seine Verhältnisse.

»Es gibt so viel zu erzählen!«

»Das kann ich mir vorstellen.«

Wie schon beim letzten Mal, als ich ihn gesehen hatte und er mir von den Geschäften seines Onkels erzählte, ließ ich mir keine Aufregung anmerken. Ich spürte auch dieses Mal eine Mischung aus Unruhe und Neid in mir aufsteigen. Ich wusste, dass ich keine Wahl hatte: Ich würde auf jeden Fall erfahren, was Billy über diese Familie herausgefunden hatte, insbesondere über Miranda. Wenn er sich etwas in den Kopf gesetzt hatte, dann zog er es auch durch. Da war er genau wie seine Mutter, auch wenn er das nicht gerne hörte.

»Bevor ich anfange …« Billys Stimme klang ernst. »Ich habe den Artikel in der Zeitung gesehen. Weißt du, wovon ich spreche?«

Ich nickte.

»Wie fühlst du dich damit?«

Er sah mich besorgt an.

»Ganz gut, glaube ich. Mir ist der Artikel zufällig bei den Meyers in die Hände gefallen. Eigentlich habe ich gar nicht so viel darüber nachgedacht, bis Mathilda eben davon angefangen hat, um mich zu ärgern.«

»Dieses Bist. Hat sie was zu dem Buch gesagt?«

»Nein, es ging nur um den Artikel.«

»Der Verantwortliche in Sachen *Lolita* wird sich dir vermutlich nicht nähern, um dich mit anderen Dingen zu belästigen.«

»Mit Orson habe ich seitdem nicht mehr gesprochen.«

Es hatte nur wenige Sekunden gebraucht, um die alte Vertrautheit zwischen uns wiederherzustellen. Manchmal kam es mir vor, als würde uns etwas – welchen Kurs unser jeweiliges Leben auch einschlagen würde – für immer verbinden. Dann wiederum gab es diese grausamen Phasen der Funkstille, die zwar weder lang waren noch häufig vorkamen, mich aber in meinem Hang zu Übertreibungen stärkten und meine Überzeugungen wanken ließen.

»Wir wissen sicher bald, wer das mit dem Buch war.«

»Soll ich mich darüber freuen oder anfangen zu zittern?«

»Die wissen gar nicht, mit wem sie sich da angelegt haben.«

Ich wechselte lieber das Thema. »Was wolltest du mir denn nun unbedingt erzählen?«

»Wie ich dir schon am Telefon gesagt habe, ich war jetzt bei den Mathesons zu Hause.«

Billy hielt kurz inne, vielleicht wartete er darauf, mit Fragen überschüttet zu werden. Aber nichts passierte. Ich hatte mir vorgenommen, mehr Interesse zu zeigen, aber es würde mir nicht leicht fallen. Die Vorstellung, dass mein Freund mehr über Miranda wusste als ich – oder sogar bereits mit ihr gesprochen haben könnte –, ergriff von mir Besitz wie ein bösartiges Geschwür.

»Zwei Mal!«

»Zwei?«

»Ja, schon zwei Mal. Unglaublich, oder? Aber lass mich vorne anfangen. Freitag musste Onkel Patrick zu dem Haus, um die Arbeit eines seiner Teams zu prüfen, die ein neues Bewässerungssystem eingebaut hatten. Du kannst dir nicht vorstellen, was für wunderschöne Gärten das Haus hat. Ich hab noch nie etwas Vergleichbares gesehen. Die würden dir auch gefallen!«

Ich schmunzelte. Was würde Billy wohl sagen, wenn ich ihm die Gärten der Mathesons in all ihren Einzelheiten beschreiben könnte?

»Wirklich!« Billy gab nicht auf. »Das Haus würde sicher auch den Carringtons aus dem Denver Clan gefallen. Preston Matheson schwimmt im Geld. Aber seine Vorfahren müssen nicht nur Millionäre, sondern auch Exzentriker gewesen sein. Von außen ist das Haus beeindruckend, aber du solltest es erst mal von innen sehen. Der Wahnsinn! Da muss man sich geradezu drin verlaufen. Wenn man nicht Billy Pompeo heißt.«

Er freute sich über seinen Witz.

»Es ist wirklich imposant«, sagte ich schnell.

»Die Gärten sind ein Traum. Überall stehen Brunnen, die meisten funktionieren allerdings noch nicht. Und erst die Blumen! Mein Onkel meint, dass Mrs Matheson sich sehr für Pflanzen interessiert. Ich werde meine Mutter um einen Ableger aus ihrer Orchideensammlung bitten.«

»Hast du Mrs Matheson schon kennengelernt?«

»Noch nicht, bei meinem ersten Besuch hat uns Mr Matheson empfangen. Er sieht aus wie ein Diplomat und … Warum grinst du so?«

Auch ich hatte ihn damals für einen Diplomaten gehalten.

»Nichts weiter. Erzähl schon …«

»Mein Onkel hat mich vorgestellt, dann haben sie sich

über das Bewässerungssystem unterhalten. Mich hatten sie ganz vergessen. Von meinem Sessel aus habe ich mich also erst mal umgeschaut. Das Wohnzimmer ist riesig. Die Decke ist unheimlich hoch und die Ölgemälde sind so groß wie Türen. Ich habe das Bücherregal mit dem geheimen Mechanismus gesehen. Es steht direkt neben einem gigantischen Kamin, groß genug für ein Dutzend Weihnachtsmänner gleichzeitig. Dort saß ich ungefähr zehn Minuten, bis ich es nicht mehr ausgehalten habe.« Billy lächelte selbstgewiss.

»Zehn Minuten, das ist ja geradezu rekordverdächtig.«

»Nicht wahr?« Billy nickte. »Dann bin ich aufgestanden, um das Wohnzimmer zu erkunden. Patrick beobachtete mich dabei aus den Augenwinkeln. Er hatte mich gewarnt, ich solle mich gut benehmen. Dabei wollte ich mir nur das Wohnzimmer genauer ansehen. Ein paar Angestellte kamen und gingen, ich lächelte ihnen zu. Niemand sprach mich an. Ich habe keine Ahnung, wie man sich in den gehobeneren Schichten zu verhalten hat.«

»Bei fremden Leuten herumzuspionieren fällt auch wirklich nur dir ein.«

Billy verstand meinen Kommentar als Kompliment.

»Und es war gut, dass ich es getan habe. Nach ein paar Minuten hörte Mr Matheson auf, sich mit meinem Onkel zu unterhalten und wollte wissen, ob mir das Haus gefalle. Ich antwortete: bisher ja. Und dann fragte er …«

»Was?«

»… nach meinem Alter. Er sagte, dass seine Tochter genauso alt sei, Miranda heiße und mir sicherlich gerne das Haus zeigen würde.«

Als ich Mirandas Namen hörte, spürte ich Eifersucht in mir aufsteigen. Noch stärker als zuvor. Ich zuckte zusammen. Um mir nichts anmerken zu lassen, suchte ich nach einer anderen Sitzposition.

»Du hast sie letztens schon erwähnt«, brachte ich hervor.

»Genau in diesem Augenblick kam eine der Angestellten mit einem Wäschekorb vorbei, und Mr Matheson fragte sie nach seiner Tochter. Sie sagte, Miranda sei gerade im Wintergarten, und ging sie dann holen.«

Am liebsten hätte ich mich auf meinen Freund gestürzt, ihn geschüttelt und angefleht, die Geschichte schnell weiterzuerzählen. Es war zermürbend.

»Als Miranda hereinkam, blieb mir beinahe die Luft weg«, fuhr Billy fort. »Patrick übertreibt gerne. Er macht aus jeder Mücke einen Elefanten, sagt meine Mutter immer. Dieses Mal hatte er jedoch recht. Sie hat lange, blonde Haare wie Ashley Smith, nur noch dichter. Und erst ihre Augen! Kleiner als die von Ashley, aber dafür umso blauer, so wie deine.«

Ich errötete. Mirandas Augen hatten tatsächlich genau dieselbe Farbe wie meine. Das wusste ich dank Randalls Fernglas.

»Kein Grund, rot zu werden, Sam«, scherzte Billy. »Deine Augen sind natürlich schöner.«

»Hör auf«, fuhr ich unwirsch dazwischen.

Er lachte.

»Miranda hatte ein tolles Kleid an, weit ausgeschnitten und ärmellos.«

»Genug. Ich verstehe, was du mir sagen willst«, unterbrach ich ihn. »Sie ist eine wahre Schönheitskönigin.«

Es war alles andere als einfach, meine Gefühle in Schach zu halten. Vielleicht hatte Billy sogar ihre Halbmondkette sehen können.

Wenn sie nicht im Müll gelandet war.

Zum Glück trug ich meine immer unter dem T-Shirt. Ich sollte sie wohl besser abnehmen und in der geblümten Schachtel verstecken. Das Risiko war zu groß, dass sie riss oder zufällig zu sehen war.

»Vielleicht habe ich ein bisschen zu dick aufgetragen?« Billy gab sich zerknirscht.

»Das war jetzt schon deine fünfte Entschuldigung.«

»Du lernst Miranda bestimmt auch bald kennen. Warte nur ab. Ihr versteht euch sicher super und werdet beste …«

»Das glaube ich nicht«, unterbrach ich ihn. »Wir stammen aus verschiedenen Welten. Hat sie dir denn das Anwesen gezeigt?«

Billy bemerkte meinen sarkastischen Unterton. Irritiert verzog er das Gesicht.

»Als Mr Matheson sie dazu aufforderte, wartete bereits eine gewisse Mrs Davidson im Wintergarten auf sie. Miranda hat in Kanada einigen Schulstoff verpasst, den sie jetzt in den Sommerferien nachholen muss.«

Mrs Grusel.

»Du hast sie also gar nicht wirklich kennengelernt?«, fragte ich aufgeregt.

»Deshalb bin ich ja noch mal hin«, sagte Billy. »Gestern. Ohne Patrick. Leider habe ich den Fehler gemacht, meiner Mutter davon zu erzählen. Nie fragt sie mich, was ich vorhabe. Sie geht davon aus, dass ich eh meine ganze Zeit im Wald verbringe. Und ausgerechnet an diesem Tag stellt sie sich mir plötzlich in den Weg und fragt mir Löcher in den Bauch. Ich konnte sie einfach nicht anlügen. Also hab ich erzählt, dass ich zu dem Haus in der Maple Street fahre, an dem Patrick ein paar Reparaturen macht, und dass die neuen Besitzer Millionäre sind. Und weißt du, was dann passierte? Sie wollte nicht, dass ich zu Unbekannten nach Hause gehe. Patrick musste ihr die Telefonnummer geben, und dann hat sie tatsächlich dort angerufen und mit Mirandas Mutter geredet. Unglaublich peinlich. Weißt du, was Sara Matheson später zu mir gesagt hat?«

»Nein, was denn?«

»›Deine Mutter ist sehr kommunikationsfreudig‹«, prustete Billy los. »Jetzt weißt du also, wie man eine unerträgliche Person nennt, wenn man die Etikette wahren will: kommunikationsfreudig.«

»Das heißt doch nur, dass sie viel redet.«

»Ich weiß, was das heißt, Sam.«

Ein neuer Anflug von Eifersucht.

»Ich hab den Nachmittag mit Miranda verbracht.« Billy guckte verträumt. »Alle ihre Freunde und ein paar Cousins sind in Kanada. Hier kennt sie niemanden und hat Angst, dass man sie nicht akzeptieren wird.«

»So ein Quatsch. Sie ist schön und hat Geld, da wird sie bestimmt auf die Bishop gehen. Dann kommen die neuen Freunde von ganz alleine.«

Die Bishop war die Privatschule in Carnival Falls. Billy war dort zur Vorschule und in die erste Klasse gegangen, dann hatten seine Eltern ihn jedoch zur Lelland Schule schicken müssen, um die Universitätslaufbahnen seiner Brüder zu finanzieren. Das war das Beste gewesen, was Billy passieren konnte. Er verabscheute die Schuluniform mit dem blauen Blazer und die eingebildeten Schnösel, die sie stolz trugen. Für Mrs Pompeo war diese Entscheidung eine Katastrophe, die sie bei jeder Gelegenheit bedauerte.

»Mr Matheson hat schon alle Vorkehrungen getroffen und sie für das letzte Jahr an der Bishop angemeldet. Die Jungen werden sich sicherlich auf sie stürzen, aber der Sommer ist lang und momentan ist sie ziemlich einsam.«

Billy grinste vielsagend.

»Sie tut mir ein bisschen leid.«

»Hier sehen Sie nun, meine Damen und Herren«, rief Billy und warf sich in Pose: »Eine Geste der Menschlichkeit!«

»Setz dich«, bat ich ihn und vergewisserte mich, dass uns niemand beobachtete.

Billy folgte meiner Anweisung.

»Miranda hat mir fast das ganze Haus gezeigt«, fuhr er nun wieder ernsthaft fort. »Na ja, fast alles, außer dem Schlafzimmer ihrer Eltern und ein paar anderen. Es gibt mehr als dreißig Räume. Bibliotheken, Musiksäle, zwei oder drei Mansardenzimmer, einen riesengroßen Keller, jede Menge Badezimmer und viele bisher leer stehende Räume. Sie kennt selbst noch nicht jeden Winkel des Hauses. Es ist gar nicht leicht, sich dort zu orientieren. Richtig verwirrend! Manche Gänge führen ins Nirgendwo, es gibt verschlossene Türen und in vielen Zimmern mehrere Ebenen. Wirklich erstaunlich. Miranda hat mir erzählt, dass sie dort am Anfang überhaupt nicht schlafen konnte und sich immer noch nachts bei jedem Knarzen und Knirschen erschreckt. Sie hört seltsame Geräusche, die sie aus ihrem Haus in Kanada nicht gewohnt ist. Ich hätte den alten Kasten gerne noch ein bisschen länger erkundet, aber sie wollte irgendwann nicht mehr. Sie mag es nicht, dort umherzustreifen. Sie benutzt immer dieselben Wege und hält sich am liebsten im Wintergarten auf, weil es dort so schön luftig ist.«

»Und? Warst du da auch?«

»Wo?«

»Na, im Wintergarten!«

»Natürlich. Aber lass mich doch erst mal zu Ende erzählen. Die Angestellten haben sie aus Kanada mitgebracht, sie sind schon seit Jahren bei der Familie. Und scheinbar haben sie sich auch schon über das Haus beschwert.«

»Sie hat dir ja echt schon einiges erzählt …«

»Ich sag ja, man merkt, dass sie jemanden zum Reden braucht. Aber weißt du was? Jetzt wird es gruselig. Viele Wände sind knapp unter der Decke mit steinernen Masken dekoriert. Miranda träumt nachts davon und hat das Gefühl, von ihnen beobachtet zu werden. Sie sind alle unterschiedlich. Unglaublich, oder?«

Ich verzog das Gesicht, stellte mir Billy mit Miranda vor, wie sie durch dieses Haus wandelten, das ich dank der Beschreibungen vor meinem inneren Auge sehen konnte. Die Eifersucht wich einer trostlosen Leere. Ein Teil von mir wollte nicht mehr zuhören, der andere sehnte sich danach, alles zu wissen. Es war schrecklich.

»Nach dem Rundgang zeigte sie mir den Wintergarten. Ich habe mich entschieden, Mrs Matheson doch keine Orchidee mitzubringen, dann kann meine Mutter sich nicht wieder einmischen. Mit den Eltern habe ich fast gar nicht gesprochen, auch wenn sie die ganze Zeit über im Haus waren. Sie sind irgendwie seltsam.«

»Wie vermutlich die meisten Millionäre.«

»Vielleicht. Miranda hat auch nicht viel über sie erzählt, als wolle sie das Thema vermeiden. Sie hat mich stattdessen nach den Kindern in Carnival Falls gefragt, was sie so machen und besonders über den Wald. Ihr Vater hat ihr davon erzählt, und bisher war sie nur bis zur Grenze. Aber sie würde gerne auch den Rest kennenlernen.«

Ein Lachen stieg in mir auf. Wenn es etwas gab, mit dem Billy und ich uns brüsten konnten, dann war es genau das: Wir kannten den Wald.

»Und? Seht ihr euch wieder?«

Jetzt musste Billy lachen.

»Sieht ganz so aus.«

»Wann?«

Schon stand er wieder auf der Bank und studierte eine unsichtbare Uhr.

»Mmh, warte, lass mich noch mal nachschauen«, sagte er verschmitzt. »Ungefähr in …«

Er setzte sich.

»Ungefähr in dreißig Sekunden.«

Seine Augen sprachen Bände. Ich drehte mich um.

Miranda kam auf uns zu. Sie war noch ungefähr zwanzig Meter entfernt. Sie schob ein blitzblankes Fahrrad und trug ein schneeweißes Kleid. Dahinter entdeckte ich den Mercedes der Familie, der in der Wakefield Road parkte. Einer der Angestellten lehnte an der Wagentür und las Zeitung.

Jetzt verstand ich, warum Billy mich hierher bestellt hatte.

»Miranda!«, rief er gerade und winkte ihr. Sie blieb kurz vor uns stehen. Vielleicht bemerkte sie meinen erschrockenen Gesichtsausdruck, denn sie schaute ernst. Ich war wie zur Salzsäule erstarrt. Einer meiner Arme lag unbeweglich auf dem Holztisch und schien sich in ein Stück Blei verwandelt zu haben. Dort saß ich, drehte den Kopf, um Miranda anzuschauen, war jedoch unfähig, mich zu bewegen und mich ihr vollständig zuzuwenden.

Billy umrundete den Tisch und wollte uns einander vorstellen. Ich war wie gelähmt. Jedes Wort konnte alles zum Einstürzen bringen. Gleichzeitig dachte ich, dass Miranda bald etwas sagen und ich zum ersten Mal ihre Stimme hören würde, ein Sprung ins Ungewisse. Sie so nah bei mir zu haben und genau betrachten zu können war zu viel für mich.

»Du bist also Sam?«

Der Klang ihrer melodischen Stimme hallte in meinem Kopf.

Sie hielt mir ihre Hand hin.

Jetzt beweg dich schon, Arm, beweg dich endlich!

Vorsichtig schüttelte ich ihre zarte Hand. In meinem Körper schrillten alle Alarmglocken.

»Und du musst Miranda sein«, erwiderte ich mit ruhiger Stimme. »Schön, dich kennenzulernen.«

»Danke. Billy hat mir schon viel von dir erzählt.«

Wir lächelten uns an. Genau in diesem Augenblick entschied sich vermutlich mein Schicksal.

17

In dieser Nacht schlief ich erst im Morgengrauen ein. Den größten Teil verbrachte ich an meinem kleinen Schreibtisch. Mein Notizbuch lag offen vor mir, die leere Seite diente dazu, den Nachmittag mit Miranda und Billy erneut zu durchleben. Die Knie umschlungen, das Kinn auf den Arm gestützt, ging ich jede Einzelheit noch einmal durch, rief mir alles wieder ins Gedächtnis, Mirandas Stimme und ihre Gesten: Beim aufmerksamen Zuhören neigte sie den Kopf leicht zur Seite, und beim Lachen zuckte sie mit den Schultern.

Gegen elf schreckte mich plötzlich ein Klopfen an der Tür auf. Ich fuhr zusammen, stieß mir dabei mit dem Arm gegen das Kinn und biss mir auf die Zunge. Ich muss wirklich komisch ausgesehen haben. Während ich mir mit schmerzerfülltem Gesicht die Wange massierte, hörte ich auf der anderen Seite der Tür die ruhige Stimme Amandas. Sie nannte nur meinen Namen. Im Sommer galt die Regel, dass um zehn das Licht ausgeschaltet werden musste. Vermutlich holte sich Amanda wie so oft ein Glas Wasser aus der Küche und hatte dabei den Lichtschein unter meiner Tür entdeckt. Nun wollte sie mich zur Ordnung rufen. Auf ihrem Rückweg würde sie sicher erneut nach dem Rechten sehen. Ich schaltete das Licht aus und ging im Dunkeln die drei Schritte zum Stuhl zurück. Auf meinem Schreibtisch stand eine kleine Lampe, deren Licht so schwach war, dass man es sicher nicht von draußen sehen konnte. Ich schaltete sie nicht an. Meine Augen gewöhnten sich langsam an die Dunkelheit, und der Mondschein verwandelte mein Zimmer in graublaue Schatten.

Meine Aufmerksamkeit galt einem silberglänzenden Etwas neben dem Notizbuch. Ich streckte die Hand aus und befühlte es mit den Fingern. Dann erkannte ich den Halbmond und die feingliedrige Kette, die ich noch bis vor ein paar Stunden um den Hals getragen hatte. Ich formte sie unwillkürlich zu einem Herz und dachte dabei an die Freude am Nachmittag, als ich die Kette an Mirandas Hals entdeckt hatte. Auch wenn ich Miranda niemals reinen Wein einschenken wollte, stimmte mich der Gedanke fröhlich, dass der Anhänger sie immer begleitete. Jetzt, da wir uns kennengelernt hatten, konnte ich meine Kette nur noch in der Abgeschiedenheit meines Zimmers tragen, was ich gerne dafür eintauschte, Miranda Tag für Tag zu sehen. Bei dem Gedanken, dass heute zwischen uns dreien eine Art Freundschaft entstanden war, wurde mir schwindelig.

Ich öffnete die Schreibtischschublade und ließ die Kette hineingleiten.

Ich dachte an den Moment, in dem Miranda sich an den Picknicktisch gesetzt hatte, wobei sie ihr Kleid glatt strich. Jetzt erst bemerkte ich erstaunt, dass sie neben mir Platz genommen hatte. Um neben Billy zu sitzen, hätte sie allerdings den halben Tisch umrunden müssen. Billy übernahm sofort das Kommando. Er sagte Miranda, dass ihr Kleid zwar sehr schön, aber nicht für den Wald geeignet sei. Deshalb solle sie, wenn sie sich uns anschließen wolle, besser das nächste Mal in Jeans kommen, so wie ich. Sie nahm das völlig gelassen hin, verstand es weder als Befehl noch als Anmaßung. Beinahe wirkte sie sogar aufgeregt und wollte ihrer Mutter sofort sagen, dass sie Jeans bräuchte, weil sie normalerweise keine Hosen trug. Sie besaß kein einziges Paar. Unfassbar! Billy und ich tauschten vielsagende Blicke aus. Als Miranda unsere Ratlosigkeit bemerkte, sagte sie schnell, dass es in der Nähe ihres Hauses in Montreal keine Wälder gegeben habe, sie sich aber sehr gerne in der Natur aufhielt. Ihr Interesse schien echt, eine Stimme in meinem Kopf flüsterte mir jedoch unentwegt zu, dass Miranda sich nur für uns interessierte, weil wir die ersten waren, die hier ihren Weg gekreuzt hatten. Ich war gerade erst zwölf Jahre alt geworden, wusste aber, wie die Gesellschaft funktioniert. Miranda war schön und reich und würde alle Kinder aus Carnival Falls anziehen. Sie konnte sich aussuchen, mit wem sie befreundet sein wollte. Die misstrauische Stimme war sogar bereit, eine Wette einzugehen, dass Miranda uns in kürzester Zeit nicht einmal mehr grüßen würde. Dieselbe Stimme hatte mir aber noch vor einer Woche, als ich gerade ein Herz in die Rinde der Ulme ritzte, versichert, dass ich niemals den Mut aufbringen würde, mich Miranda zu nähern. Und hier waren wir.

Als die Sache mit der unpassenden Kleidung geklärt war, machte sich Billy schon darüber Gedanken, wie wir den Anstandswauwau loswerden könnten. Es war verständlich, dass Miranda bei ihrem ersten Besuch im Wald begleitet wurde. In Zukunft würde uns die Anwesenheit eines Aufpassers jedoch zu sehr einschränken. Billy pochte auf eine schnelle Klärung der Dinge, ihn hatte wohl die Tatsache, dass Miranda keine Hose besaß, skeptisch gemacht. Er ging vorsichtig vor, das muss man ihm lassen. Billy wartete Mirandas Erklärungen zu dem Mann am Wagen ab. Er hieß Elwald. Er und seine Frau Lucille hatten bereits für Mirandas Großeltern, Alexander und Alice, in Carnival Falls gearbeitet. Als diese starben, hatte Mr Matheson den beiden vorgeschlagen, mit nach Kanada zu kommen. Sie nahmen an und ihre Tochter Adrianna begleitete sie.

Als Billy gerade deutlicher werden wollte, was die Anwesenheit Elwalds betraf, unterbrach ich ihn zum ersten Mal. Ich erklärte Miranda, dass wir uns normalerweise woanders trafen, an einem besonderen Platz im Wald, einem geheimen

Ort, den wir ihr gerne zeigen würden. Billy erstarrte und entspannte sich erst wieder, als ich hinzufügte, dass es sich um eine nicht weit entfernte Lichtung handelte. Dort hätten wir unsere Ruhe. Auch wenn es nicht immer so aussah, trieben sich hier im Grenzgebiet alle möglichen Leute herum: Kinder, Hundebesitzer und Jugendliche, die sich gegenseitig befummelten und mit Zunge küssten. Miranda lachte über meinen Kommentar und sagte, sie wolle unseren geheimen Ort nur zu gerne kennenlernen. Dann fiel ihr Blick auf Elwald und ihr Gesicht verdüsterte sich. Sie verstand, dass die Lichtung mit Elwald und seiner Zeitung kein magischer Ort mehr sein würde.

Der Lösungsvorschlag stammte erwartungsgemäß von Billy. Am selben Abend noch würde er seine Mutter bitten, bei den Mathesons anzurufen. Sie sollte ihnen erklären, dass Billy Miranda abholen und wieder nach Hause bringen könnte, da ihr Zuhause schließlich auf seinem Weg lag. Miranda strahlte übers ganze Gesicht, auch wenn sie Zweifel daran hatte, ob ihre Eltern und insbesondere ihr Vater das erlauben würden. Aber sie kannte auch nicht die Überredungskünste von Mrs Kommunikationsstark. Sie vermochte es sogar, einen Stein davon zu überzeugen, dass er eigentlich nur ein Stück hart gewordene Hundescheiße war. Und wütend werden konnte Mrs Pompeo auch, sollte diese Familie von Schnöseln auf die Idee kommen, ihr Angebot abzulehnen.

Bereits nach einer halbe Stunde entschuldigte sich Miranda, sie musste nach Hause. So war es mit ihrer Mutter abgesprochen. Dann sagte sie noch, dass sie am nächsten Tag nach ihrem Unterricht bei Mrs Davidson ins Einkaufszentrum fahren würde, um ein paar Hosen zu kaufen. Also verabredeten wir uns für Mittwoch. Im Halbdunkel meines Zimmers lächelte ich voller Vorfreude auf ein erneutes Treffen mit Miranda. Noch nie hatte ich mich so nach einem Tag gesehnt, und nun stand er bereits kurz bevor.

18

Am Tag darauf trafen Billy und ich uns auf der Lichtung. Er grinste wie ein erfolgreicher Jäger, der sich für ein Foto neben der Siegestrophäe in Pose geworfen hat. Zu seinen Füßen lag jedoch sein Fahrrad und er hielt einen abgebrochenen Ast anstelle eines Gewehrs in der Hand. Er war trotz meiner Vorbehalte in das Haus der Mathesons gegangen, hatte sich mit der Tochter angefreundet und wollte nun die ihm gebührende Anerkennung. So war Billy. Wenn er sich etwas in den Kopf gesetzt hatte, wurde das mütterliche Erbe aktiviert und er gab nicht auf, bevor er sein Ziel erreicht hatte. Manchmal sagte er im Scherz, er wolle Präsident werden und in mir zog sich alles zusammen. Dann versuchte ich, das Thema zu wechseln, da es Billy nur weiter anstachelte, wenn man ihm etwas ausreden wollte.

Ich stoppte mein Fahrrad mit den Füßen – meine abgenutzten Bremsen schafften diese Aufgabe nicht mehr – und sprang ab. Die Arme in die Hüften gestemmt, sah ich ihn tadelnd an, das Kinn nach vorne geschoben, ohne zu blinzeln.

Billy lächelte und rührte sich nicht. Er wollte Anerkennung.

»Und?«, brach es schließlich aus ihm hervor. Er ließ den Ast fallen.

»Ich bin beeindruckt«, gab ich zu. »Du hast es tatsächlich geschafft, ins Haus der Mathesons zu gelangen, es dir anzusehen … So wie du wolltest.«

»Das meine ich doch gar nicht. Was hältst du von Miranda?«

Ich senkte schnell den Blick.

»Ach, darum geht es.« Ich trat gegen den Reifen von meinem Fahrrad. Matsch löste sich. »Sie scheint ganz nett zu sein.«

»Nett?«, wiederholte Billy wie ein Arzt, der die Diagnose eines Kollegen infrage stellt.

Ich trat erneut gegen den Reifen.

»Was ist bloß los mit dir, Sam?«

»Nichts.«

Lass dir schnell was einfallen. Schnell. Schnell.

»Aber?«

»Ich dachte, du würdest dich vielleicht noch mal bei mir entschuldigen«, improvisierte ich. »Dafür, dass du dich so lange nicht gemeldet hast.«

Mein Freund entspannte sich.

»Ach so, deshalb. Das waren doch gerade mal drei Tage. Außerdem habe ich mich doch gestern schon entschuldigt.«

Es stimmte, das hatte er. Und so schlimm war es ja auch wieder nicht gewesen.

»Miranda scheint wirklich toll zu sein«, sagte ich versöhnlich.

Billy schien froh über meine Antwort. Vielleicht hatte er sich Sorgen gemacht, dass sie mir nicht gefallen könnte.

»Sowas wollte ich hören«, sagte er.

Ich ging zum Baumstamm und setzte mich. »Hat deine Mutter mit den Mathesons gesprochen?«

Billy nahm neben mir Platz. »Ja, hat sie. Kurz nachdem ich sie gefragt hatte, kam es mir allerdings wie eine richtig dumme Idee vor. Sie stellte mir Fragen über Fragen. Wollte einfach alles wissen über die Familie, meinen Rundgang durch das Haus, ihre Umgangsformen. Kannst dir ja vorstellen, was Mütter so interessiert.« Er stocke, bemerkte, was er gerade gesagt hatte, und sah zerknirscht drein. »Entschuldige, Sam. Sachen, die meine Mutter interessieren.«

Mich störte sein Kommentar nicht.

»Ich kann es mir vorstellen.«

»Sie ließ mich kaum zu Wort kommen und war enttäuscht, dass ich mich für solche Dinge nicht begeistern kann. Woher soll ich auch wissen, welcher Religion die Mathesons angehören? Oder wie sie zum Thema Abtreibung stehen? Es war völlig absurd. Meine Mutter bringt mich wirklich auf die Palme. Sie stellt die merkwürdigsten Fragen, und wenn man dann was dazu sagt, kommt irgendso ein Spruch. ›Ich wollte doch nur wissen …‹ oder ›Es war doch nur eine Frage, kein Grund sich gleich aufzuregen, Billy‹.«

»Stell dir mal vor, du gehst in diese Villa und …«, fuhr Billy fort, den Ast theatralisch gen Himmel erhoben. »›Werte Mrs Matheson, ich müsste Sie mal etwas fragen. Wie stehen Sie zum Thema Abtreibung? Meine Mutter würde das gerne wissen. Mrs Kommunikationsstark persönlich. Gehören Sie zu den Menschen, die über das Schicksal eines Kindes entscheiden wollen? Die Art von Menschen, die sich einfach über Gott hinwegsetzen? Wie auch immer, könnten Sie bitte so freundlich sein, meiner Mutter gegenüber das Thema nicht anzusprechen?‹«

»Hat deine Mutter denn nun angerufen?«

»Ich habe ihr die Wahl gelassen und ihr gesagt, dass es mir egal ist, ob sie dort anruft oder nicht. Ich hätte nur gedacht, dass es unter neuen Nachbarn zum guten Ton gehört, wie sie es mir beigebracht hat.«

»Kein schlechter Versuch.«

»Geht so. Meine Mutter war gerade dabei, frische Wäsche in mein Zimmer zu räumen, als sie sich umdrehte und fragte …« Billy ahmte die Stimme seiner Mutter nach: »›Gefällt dir dieses Mädchen, Billy?‹«

Einen Moment herrschte Stille.

»Mrs Pompeo entgeht aber auch gar nichts«, bemerkte ich.

Billy sah mich mit offenem Mund an.

»Nicht du jetzt auch noch. Ich habe nur gesagt, dass sie hübsch ist. Mehr nicht.«

»Wie du meinst. Und? Hat sie es dann gemacht?«

»Ja, zum Schluss schon. Sie hat mit Sara Matheson telefoniert. Ich habe nicht alles mitbekommen, aber es schien keine Probleme zu geben. Zumindest hat sie nicht insistiert oder irgendetwas erklärt. Sie haben sich auch über die Kirche und andere Dinge unterhalten.«

»Dann holst du sie also morgen ab?«

»Ja. Ich hoffe nur, dass Mrs Matheson nicht einfach Ja und Amen gesagt hat, um meine Mutter loszuwerden.«

»Sie sind doch sicher auch froh, dass ihre Tochter so schnell Anschluss gefunden hat.«

»Hoffentlich. Morgen wissen wir mehr.«

Billy ließ sich vom Baumstamm gleiten, ging zur Mitte der Lichtung und stützte sich auf den Ast wie auf einen Gehstock. Er zeichnete eine Linie auf den Boden und wischte sie mit seinen Füßen sofort wieder aus. Da war noch etwas, das er mir sagen wollte.

»Gestern, als du Miranda von der Lichtung erzählt hast …«

Sein Kopf war nach unten geneigt, sein Blick auf das Gekritzel gerichtet, das er mit der Spitze des Astes auf die Erde malte.

»Ja?«, ermutigte ich ihn.

»Ich dachte schon, du würdest ihr von unserem anderen Projekt erzählen.«

»Das wäre ein bisschen voreilig, findest du nicht?«

»Ja.«

Er kratzte weiter auf dem Boden rum.

»Wenn die Zeit reif ist, können wir ihr immer noch davon erzählen.«

Sein Kopf schnellte hoch.

»Meinst du wirklich?«

»Ja, klar!«

Billy konnte die größte Quasselstrippe der Welt sein, aber wenn es darum ging, etwas anzusprechen, brauchte er manchmal ein bisschen Hilfe. Ich wusste jetzt, dass Mrs Pompeo mit ihrer Vermutung nicht ganz unrecht hatte. Auch wenn Billy es möglicherweise selbst noch nicht wusste, Miranda schien ihm zu gefallen.

Und ich konnte ihm das nicht übelnehmen.

19

Von der Center Road aus war die Abzweigung zur Lichtung – eine Lücke aus zerdrückten Blättern – kaum sichtbar. Häufig wagte ich es, mit dem Fahrrad hindurchzufahren, dieses Mal aber stieg ich ab und legte die letzten Meter zu Fuß zurück. Dabei schüttelte ich eine Wolke Mücken ab. Am Ende des Pfades, der aus Fuß- und Fahrradspuren bestand, hielt ich kurz an. Mitten auf der Lichtung saßen Billy und Miranda, sie hatten mir die Rücken zugewandt und beugten sich über die Werkzeugkiste. Ich hatte Billy am Tag zuvor noch versichert, dass es mir nichts ausmachen würde, unsere Geheimnisse mit Miranda zu teilen, trotzdem schmerzte mich der Anblick. Mein Freund zeigte ihr gerade die Karten, die wir vom Wald angefertigt hatten. Es waren mehr als zehn, und wir hatten sie gut verpackt, damit sie nicht von der Feuchtigkeit zerstört wurden. Miranda hörte aufmerksam Billys Erzählung zu.

Lautlos stieg ich aufs Fahrrad und trat kraftvoll in die Pedalen, um nur kurze Zeit später mit meiner geübten Bremsmethode zum Stehen zu kommen. Mein rasanter Auftritt ließ sie wie geplant zusammenfahren.

»Hey, da seid ihr ja«, rief ich von der anderen Seite der Lichtung aus.

Miranda stand schnell auf, als wäre sie gerade bei etwas erwischt worden, und Billy folgte mit schuldbewusstem Gesichtsausdruck.

»Hallo Sam, wir haben auf dich gewartet.«

»Tut mir leid, ich hatte einen etwas anstrengenden Morgen auf dem Hof.« Mein Fahrrad stellte ich zu den anderen.

Ich drehte mich um und registrierte Mirandas Kleidung: Sie trug eine fantastische khakifarbene Hose und ein schwarzes T-Shirt mit Schlumpfine-Aufdruck. Das Oberteil war eher weit geschnitten, dennoch konnte man den Umriss von zwei zart sprießenden Brüsten erahnen. Sicher keine so dicken Dinger wie Mathildas, aber doch deutlich zu erkennen.

»Gefallen dir meine Anziehsachen nicht?«

Ich schaute hoch.

»Doch, sehr! Damit kannst du dich hier im Wald bestimmt viel besser bewegen.«

»Billy hat mir die Pläne gezeigt, die ihr gemacht habt«, sagte Miranda.

»Um uns die Zeit zu vertreiben, bis du auch endlich da bist«, fügte Billy schnell hinzu.

»Wollen wir uns hinsetzen?«, schlug ich vor. »Kannst du mir bitte das Insektenspray geben, Billy? Alles ist voller Mücken heute.«

Er ging zum Rucksack, holte eine Sprühdose aus der Vordertasche – auf Mrs Pompeo war Verlass – und warf sie mir zu.

»Hier.«

Obwohl der Behälter in einem perfekten Bogen auf mich zuflog, traf mich der Schlag unerwartet. Ich schaffte es gerade noch, mit den Händen mein Gesicht zu schützen, wie ein Vampir, der ein Kreuz sieht. Die Sprühdose prallte daran ab und fiel zu Boden. Murrend hob ich sie auf.

»Ich bin bisher noch nicht gestochen worden«, rief Billy aus.

»Dich stechen sie doch nie«, gab ich zurück und rieb mich großzügig ein. »Sie mögen halt lieber gut riechende Menschen.«

Miranda lachte.

»Willst du auch?« Sie zögerte und wartete auf Billys Zustimmung.

»Wir teilen immer«, sagte Billy.

Ich warf den Behälter nicht, sondern ging zu ihr und überreichte ihn. Kurz berührten ihre Fingerkuppen meine Hand. Ein leichter, oberflächlicher und gleichzeitig intensiver Kontakt. Wir hatten uns an der Grenze die Hände geschüttelt, aber das hier war anders, zumindest für mich.

Ein weiterer Moment für meine Erinnerungssammlung.

Miranda nahm nur wenig Insektenschutzmittel für die Arme.

»Ich habe eine Überraschung für euch«, sagte sie plötzlich.

Billy und ich sahen uns erstaunt an.

»Nichts Weltbewegendes«, beschwichtigte Miranda sofort, als sie unsere gespannten Gesichter sah. »Ich habe euch was mitgebracht.«

Sie ging zu ihrem Rucksack und kam mit einer Tupperdose zurück.

Billy, der immer noch die Karten in der Hand hielt, legte sie zurück in die Werkzeugkiste und klappte diese zu. Wir setzten uns im Dreieck hin. Miranda stellte den Behälter in die Mitte und öffnete ihn. Ich beugte mich neugierig darüber und hatte plötzlich das Bild einer Miniaturversion von Elwald im Kopf, der in der Dose auf uns wartete, mit Miniaturzeitung und passendem Mobiliar: »Auf Anweisung von Mr Matheson kann ich euch nicht unbeobachtet lassen.«

»Warum grinst du so?«, fragte Billy sofort, während Miranda noch am Deckel nestelte.

»Psst«, machte ich, ohne ihn eines Blickes zu würdigen.

Dann sagte Miranda förmlich: »Ich präsentiere euch Lucilles Spezialgebäck, mit Schokoladenstückchen.«

Die Plätzchen waren riesig und sahen leicht und luftig aus. Darin konnte man münzgroße Schokoladenstückchen erkennen. Fein säuberlich durch Papierservietten getrennt, waren mindestens zehn übereinander gestapelt.

»Sie sind ganz geblieben!«, sagte Miranda fröhlich.

»Ach, deshalb mussten wir so langsam fahren«, kommentierte Billy. »Sie sehen wirklich lecker aus.«

»Vier pro Person. Greift zu!«

Lucilles Spezialgebäck war wirklich köstlich. Ich ließ mir das erste Plätzchen schmecken, genoss den Teig, der nicht wie bei billigen Keksen sofort zerbrach. Höflich wartete ich, bis Billy sein zweites Plätzchen genommen hatte, dann griff auch ich erneut zu. Die Kekse waren so groß wie Kaffeetassen. Nach der Hälfte war ich eigentlich schon satt. Wenn ich nur mit Billy unterwegs gewesen wäre, hätte ich mir den Rest für später aufbewahrt, das kam mir mit Miranda jedoch seltsam vor. Ich nahm an, dass reiche Leute so etwas nicht tun würden. Ich aß also auf und sah dabei Miranda in einem anderen Licht. Tief in mir glaubte ich tatsächlich, was ich Billy über sie gesagt hatte. Wenn sie erst mal an der Bishop war, würde sie neue Freunde finden, Gleichgesinnte, und uns schnell vergessen. Aber ein Teil von mir wollte glauben, dass es auch anders sein könnte. Ich stellte mir unsere Freundschaft als dauerhaft vor, so wie die von Collette Meyer und den Mädels.

Lucilles Spezialgebäck verführte mich zu diesen Gedanken. Seitdem ich Billy kannte, waren die Salamibrote seiner Mutter das höchste der Gefühle gewesen. Und heute lag dieses, dem Markenzeichen Betty Crocker würdige Gebäck vor uns. Dabei kannten wir uns kaum. Was würde als Nächstes kommen?

»Haben sie dir geschmeckt, Sam?«

Billy und ich waren beide aus dem Holz der staatlichen Schulen geschnitzt. Auch wenn es dort natürlich Unterschiede gab, waren wir in den Augen der anderen alle gleich. Wenn Miranda sich dessen bewusst wurde, oder man es ihr bewusst machte, war es vorbei mit dem Spezialgebäck. Und wir wären wieder zu zweit und äßen Brote.

Billy schnalzte vor meinem Gesicht mit den Fingern.

»Du bist etwas gefragt worden!«

Ich blinzelte.

»Haben sie dir geschmeckt?«, wiederholte Miranda.

»Köstlich«, antwortete ich und rieb mir dabei den Bauch.

Stille. Miranda schien sich auf die Naturgeräusche zu konzentrieren, die mir und Billy so vertraut waren, für ein Stadtkind hingegen ungewohnt sein mussten. Zumindest konnte ich das Gekrächze der Krähen und die kurzen Pfiffe der Nachtigallen unterscheiden.

»Ich habe Sam von deinem Haus erzählt«, brach Billy nun das Schweigen. Darin war er gut, nicht nur in unangenehmen Situationen.

»Mein Großvater hat es bauen lassen.«

»Es ist riesig«, sagte Billy anerkennend.

»Ja, langsam fühle ich mich dort etwas wohler. Sam, du kannst mich gerne mal besuchen kommen.«

Ihre Worte ließen mich schaudern. Selbst in meinen kühnsten Träumen hatte ich es mir nicht erhofft, von Miranda nach Hause eingeladen zu werden.

»Sehr gerne.«

»Warum fühlst du dich dort nicht so richtig wohl?«, fragte Billy ungeduldig.

»Mmh, mein Bruder Brian schläft noch bei meinen Eltern«, begann Miranda zu erklären. »Vielleicht wäre es anders, wenn er größer wäre und wir ein gemeinsames Zimmer hätten, uns abends im Bett unterhalten könnten oder so. Aber er ist noch nicht mal ein Jahr alt, ich fühle mich oft wie ein Einzelkind. So große und unbekannte Häuser können einem nachts ganz schön Angst einjagen …«

Sie hielt inne.

»Was meinst du? Das Knarzen der Holzdielen und solche Dinge?«, fragte ich nach.

»Geknarze, Wind, nicht richtig geschlossene Fenster, all die Geräusche, an die ich noch nicht gewöhnt bin«, erläuterte sie nun. »In Montreal haben wir auch in einem großen Haus gewohnt, aber das kannte ich in- und auswendig. Als ich klein war, bin ich immer zu Elwald und Lucille gelaufen. Sie haben mir erlaubt, in ihrem Zimmer zu sein, ohne meinen Eltern davon zu erzählen. Dafür bin ich jetzt aber leider zu alt.«

Ich hing an ihren Lippen. War fasziniert von ihrer Welt. Entdeckte immer neue Tonlagen in ihrer Stimme und Veränderungen in ihrer Mimik. Es war unser erstes Treffen auf der Lichtung, der Beginn einer Freundschaft, und Miranda schien schon über ihre Gefühle sprechen zu wollen. Sie stellt sich uns vor, dachte ich.

»Warum seid ihr aus Kanada weggegangen?«, fragte Billy.

Ich warf meinem Freund einen eindringlichen Blick zu, aber Miranda schien nicht verärgert.

»Weißt du was?«, antwortete sie. »Ehrlich gesagt habe ich keine Ahnung, warum wir dort überhaupt gelandet sind.«

In meinem Kopf ging ich noch einmal die Geschichte von Preston Matheson durch, der eines schönen Tages aus Carnival Falls verschwunden war.

»Wie meinst du das?«

»Meine Eltern sprechen nicht über diese Zeit«, sagte Miranda nun. »Zumindest nicht mit mir. Ich habe mehrfach danach gefragt, besonders meine Mutter, aber immer die gleiche Antwort bekommen. Du bist noch zu klein für manche Dinge. Manchmal glaube ich, sie weiß es selbst nicht genau. Ich habe sie streiten gehört.«

»Streiten sie sich oft?«, fragte Billy.

»Ja«, gab Miranda zurück. »Mehr als früher.«

Sie schien gerne aus ihrem Leben zu erzählen. Mir wurde klar, dass Miranda, umgeben von Luxus und Angestellten, die ihr jeden Wunsch von den Augen ablasen, einfach keine Freunde hatte, mit denen sie ihre Probleme besprechen konnte.

»Mein Vater reiste früher regelmäßig nach Montreal, um sich um die Geschäfte seiner Familie zu kümmern. Dort stieg er immer im selben Hotel ab, das meinen anderen Großeltern gehörte. So lernte er auch meine Mutter kennen …«

»Deine Großeltern haben ein Hotel in Kanada?« Billy war begeistert.

»Ja, es sind sogar zwei.«

»Wahnsinn!«

»Lass sie doch weitererzählen, Billy.«

Miranda lächelte.

»Meine Eltern begannen miteinander auszugehen, und kurze Zeit später wurde meine Mutter schwanger. Mit mir. Ich nehme an, es war … eine Überraschung.«

»Deine Mutter ist sehr jung.«

»Billy!« Ich versetzte ihm einen Stoß mit dem Ellbogen.

Miranda lachte. Sie schien Billy diese dauernden Einmischungen überhaupt nicht übel zu nehmen.

»Ja, meine Mutter war noch ziemlich jung. Sie zogen zusammen und hatten vor, nach meiner Geburt nach Carnival Falls zurückzugehen. Meine Mutter wollte während der Schwangerschaft lieber in der Nähe ihrer Eltern sein, aber konnte es sich gut vorstellen, hier zu leben.«

Es wurde immer spannender. Wir wussten, dass Mr Matheson eines Tages verschwunden war, ohne Erklärungen abzugeben. Jetzt hörten wir aber, dass er scheinbar mit seiner kleinen Familie hatte zurückkommen wollen.

Was wohl in der Zwischenzeit geschehen war?

»Bei meiner Geburt war das neue Haus noch nicht fertig, die Monate zogen ins Land, und irgendwie sind wir dann in Kanada geblieben.«

»Hat sich deine Mutter umentschieden und wollte doch bleiben?«, fragte ich.

»Ich weiß es nicht. Irgendetwas ist vorgefallen. Ich besitze noch nicht einmal ein Foto mit mir und meinen Großeltern väterlicherseits. Ich habe sie nie kennengelernt. Aus irgendeinem Grund wollte mein Vater nicht mehr zurück nach Carnival Falls, soweit ich weiß, hat er jedoch niemandem davon erzählt. Meine Mutter hat ihm das schon oft im Streit vorgeworfen.«

»Und was ist aus dem Haus geworden?«, wollte Billy nun wissen.

»Vermutlich hat er es verkauft. Ich war ja gerade erst geboren und habe die Geschichte erst letztes Jahr erfahren. Da hat er sich auf einmal in den Kopf gesetzt, hierher zurückzukommen. Es war furchtbar. Meine Mutter wollte das nicht und will es auch immer noch nicht. Ich dachte sogar, sie würden sich scheiden lassen.«

Miranda stiegen Tränen in die Augen. Ich verspürte den Drang, mich ihr zu nähern und sie in den Arm zu nehmen, traute mich aber nicht.

»Du musst nicht weitererzählen, wenn du nicht magst«, beruhigte ich sie.

»Es tut gut, Freunde zu haben, mit denen ich über all das sprechen kann.«

»Hattest du denn in Kanada keine Freunde?«, fragte Billy unsensibel.

»Oh doch.« Die Frage brachte sie immerhin zum Lächeln. »Aber ich habe mit meinen Freundinnen nicht so viel darüber gesprochen. Die meisten Eltern waren geschieden oder sahen sich zumindest nur sehr selten, weshalb ihnen die Streitereien bei uns ganz normal vorkamen. Vermutlich hatten sie recht, aber …«

»Dir sind sie trotzdem nahegegangen.«

»Ja, es ist furchtbar. Mein Vater hat sich wirklich bemüht, um es für uns so angenehm wie möglich zu machen. Aber meine Mutter fand es überhaupt nicht gut, nach so langer Zeit umzuziehen.«

Mir fiel die versteinerte Miene von Sara Matheson wieder ein, als sie zum ersten Mal das neue Haus sah. Sie stand neben dem Mercedes, ihren Sohn auf dem Arm.

»Aber wisst ihr was?«

»Nein, was denn?«

»In letzter Zeit scheint es ihr besser zu gefallen, sie hat ein paar Freundinnen gefunden und interessiert sich sehr für Pflanzen. Und davon hat sie hier jede Menge. Ich glaube, so langsam gewöhnt sie sich an Carnival Falls.«

»Warum hat dein Vater seine Meinung geändert?«, wollte Billy wissen.

»Wenn meine Mutter ihn fragt, heißt es immer, dass seine Kinder seine Heimat kennenlernen sollen. Ich glaube jedoch, dass es da noch etwas anderes gibt.«

»Ja, vielleicht«, sagte Billy. »Es ist zumindest komisch, dass er so lange nicht ein einziges Mal wieder hier war. Noch nicht einmal, als deine Großeltern gestorben sind …«

»Billy!«, unterbrach ich ihn.

»Entschuldigung.«

»Du und deine Neugier. Lass Miranda in Ruhe erzählen und löcher sie nicht die ganze Zeit.«

Billy sah aus wie ein begossener Pudel. Miranda klopfte ihm auf die Schulter.

»Keine Sorge, Billy. Ich kann deine Neugier nur zu gut verstehen.«

Billy grinste und ich verzog belustigt das Gesicht.

»Ich verrate euch ein Geheimnis«, kündigte Miranda an.

›Geheimnis‹ war ein Wort, das sofort Billys uneingeschränkte Aufmerksamkeit auf sich zog.

»Wir hören.«

»Ich glaube nicht, dass meine Großeltern eine Ahnung davon hatten, dass mein Vater geheiratet und ein Kind bekommen hat.«

»Meinst du wirklich?«, fragte Billy skeptisch.

»Ich weiß es nicht genau. Würde es aber gerne glauben. Was kann es sonst für einen Grund geben, mich nicht zu besuchen?«

20

Abends ließ ich noch einmal die Bilder des Tages Revue passieren: das leichte und luftige Gebäck von Lucille, die köstlichen Schokoladenstückchen und natürlich Miranda. Da wurde ich von einem Geräusch draußen aufgeschreckt. Ich machte mich in meinem Bett ganz klein und zog die Decke bis unters Kinn, die Augen weit geöffnet.

Was war das?

Schritte.

Ich musste unwillkürlich an Rex denken, dessen Gang ich jedoch gut kannte; das hier war anders, weniger gemächlich. Es kam direkt von draußen vor meinem Fenster.

Normalerweise fürchtete ich mich nachts nicht, weder Dunkelheit noch Einsamkeit konnten mir etwas anhaben.

Je länger ich wartete, desto mehr glaubte ich daran, dass ich die schnellen Schritte eines Tieres gehört hatte. Vielleicht ein Waschbär, ein Eichhörnchen oder eine große Ratte?

Die Vernunft machte sich bemerkbar, die uns Menschen vor dem Schlimmsten schützt, uns versichert, dass das Geräusch im Zimmer nebenan kein Eindringling, sondern nur unsere Katze ist. Oder uns sagt, dass der Fremde, der uns in einer regnerischen Nacht zu verfolgen scheint, keine üblen Absichten hegt, sondern zufällig hinter uns hergeht. Manchmal jedoch stammen die Geräusche von Eindringlingen und die Verfolger wollen uns tatsächlich etwas antun.

Plötzlich ein Schatten hinter meinem Fenster.

Ich schrie auf. Versuchte sofort, mit den Händen den Laut zu unterdrücken.

Der Schatten veränderte sich nicht, verschwand nicht, wie ich erwartet hatte. Bildete ich mir das Ganze nur ein? Bestimmt! Vielleicht löste sich alles in Luft auf, wenn ich die Augen kurz zumachte. Nie im Leben würde ich das tun. Mein Herz raste immer schneller. Die Decke reichte nicht aus, um mich zu schützen. Ich zitterte am ganzen Körper, und der Schatten war immer noch dort, verformt durch die Vorhangfalten, was ihn noch unheimlicher machte.

Dann bewegte er sich. Tat irgendetwas.

Lieber Gott, mach, dass er nicht das Fenster öffnet oder die Scheibe einschlägt. Nein, bitte nicht. Mach es nicht, sonst muss ich schreien oder mache noch ins Bett, bitte, bitte, bitte.

Ich murmelte Beschwörungsformeln, Stoßgebete; die Augen weit aufgerissen, starr vor Schreck, konnte ich keinen klaren Gedanken fassen.

Das Fenster blieb geschlossen, der unheimliche Gast schien nicht daran interessiert hereinzukommen. Aber irgendetwas geschah dort draußen, irgendwas hatte er vor. So lange er draußen blieb, konnte mir nichts passieren. War es ein Betrunkener, der seine Blase entleerte? Warum gerade hier? Das ergab einfach keinen Sinn.

Bleib draußen bleib draußen bleib draußen bleib draußen bleib draußen.

Er blieb draußen.

Tat aber noch etwas.

Klopfte mit den Fingerknöcheln gegen das Fenster. Fünf Mal, zehn Mal, zehntausend Mal. Ich weiß es nicht. Mit jedem Klopfen zog sich mein Herz weiter zusammen, meine Blase schwoll an und mein Körper zitterte immer stärker. Ich wusste nicht, ob oben jemand das Geräusch hören konnte. Ich wollte daran glauben, dass Randall oder Amanda oder sonst wer jeden Augenblick herunterkommen und die Lichter auf der Veranda anschalten würde. Oder vielleicht sogar die Polizei rief. Immerhin klopfte ein Fremder gegen mein Fenster.

Ein irrer Fensterklopfer!

Als es schließlich aufhörte, blieb der Schatten immer noch stehen. Das war fast noch schlimmer. Ich hörte meinen schnellen Atem, stellte mir vor, dass der ungebetene Gast etwas vorhatte. Vielleicht hing es mit …

Der Schatten verschwand.

Ich versuchte gar nicht erst, mich davon zu überzeugen, dass ich mir das alles nur eingebildet oder geträumt hatte. Es war viel zu real gewesen. Und wenn ich doch noch einen Beweis benötigte, dort am Fenster war er. An einer der Scheiben hing etwas Rechteckiges. Konnte ich mich dorthin trauen, um nachzuschauen? Meine Muskeln waren erstarrt und meine Gelenke steif. Allein die Vorstellung, unter der Decke hervorzukriechen und die wenigen Schritte bis zum Fenster zu überwinden, schien mir unmöglich. Und dann noch das Fenster zu öffnen und mich dem Fremden auszuliefern. Vielleicht war es eine Falle?

Ich würde es nicht tun. Würde bis zum nächsten Morgen warten. Bei Tageslicht sah alles bestimmt ganz anders aus.

Na los, Jackson, geh schon hin.

Das war Billys Stimme.

Vielleicht war er es ja auch gewesen?

Der Umriss hatte größer ausgesehen, aber … das konnte auch an der Beleuchtung und dem Vorhang gelegen haben. Aber trotzdem, warum sollte Billy so etwas tun? Klopfen, etwas an meinem Fenster anbringen und dann verschwinden?

Ich versuchte mir das Ganze aus Billys Perspektive auszumalen. An seiner Stelle hätte ich sicher nicht nur gegen das Fenster geklopft, sondern auch leise meinen Namen gerufen. Jetzt, da der Zweifel einmal gesät war, gab es kein Entkommen mehr. Ich müsste schnell sein. In weniger als einer Minute war es überstanden. Viel weniger.

Ohne weiter darüber nachzudenken, sprang ich aus dem Bett und landete mitten im Zimmer. Ein großer Schritt und ich war am Fenster, schob den Vorhang zurück und sah ein Stück gefaltetes Papier. Ich öffnete das Fenster und holte es blitzschnell ins Zimmer. Auf dem Papier stand:

LOLITA
KOMM ZUM VERLASSENEN LIEFERWAGEN
SOFORT!

21

Die Schrift kam mir nicht bekannt vor, auch wenn ich mir nur zu gut vorstellen konnte, von wem diese unbeholfenen Buchstaben stammten.

Warum wurde ich zu dem verlassenen Lieferwagen bestellt?

Lolita.

Konnte ich die Nachricht nicht einfach ignorieren?

Ich stellte mir Billys ungläubiges Gesicht vor, wenn ich ihm erzählte, dass ich nicht zu dem Treffen gegangen war. Er lag bestimmt richtig damit, dass es bei der ganzen Sache um mehr ging: Das Buch im Keller war nur die Spitze des Eisbergs, und wir verstanden den damit zusammenhängenden Plan noch nicht. Jetzt bot sich mir die Möglichkeit, mehr herauszufinden. Gleichzeitig wusste ich jedoch überhaupt nicht, worauf ich mich da einließ. Mitten in der Nacht das Haus verlassen? Wie in den Horrorfilmen, wenn eine blonde Frau in Unterwäsche durch das Haus schleicht, eine Pfanne als Waffe in der Hand.

Was sollte ich bloß tun? Ich zog den Vorhang zurück und sah aus dem Fenster. Das silberglänzende Gras verlor sich in einem schwarzen Meer. Ein Holzstoß ragte daraus empor wie eine riesige Haifischflosse.

Plötzlich erneut ein Schatten. Ich war nur wenige Zentimeter vom Fenster entfernt, sah genau die roten Augen, das samtige Fell und …

»Rex«, flüsterte ich leise. »Du hast mich vielleicht erschreckt.«

Ich öffnete das Fenster.

Der Hund stellte seine Vorderpfoten auf das Fensterbrett und ließ sich von mir streicheln. Dann riss er sich los und lief bis zur Hausecke. Blieb stehen, sah mich erwartungsvoll an, kam zurück und begann das Spiel von vorne.

»Du willst wohl, dass ich dir folge.«

Ich nahm all meinen Mut zusammen. Rex bei mir zu haben gab mir ein bisschen mehr Sicherheit. Trotzdem wusste ich natürlich, dass ich Ärger bekommen würde, sollte man mich dort draußen erwischen, besonders wenn ich keinen guten Grund für meinen nächtlichen Ausflug hatte.

Und wenn es darum ging?

Schluss jetzt!

Bei einem Blick auf meine Timex stellte ich fest, dass es genau elf Uhr war. Ich musste mich entscheiden. Rex sah mich bittend an.

»Warte, ich muss mich noch anziehen«, sagte ich zu ihm, er schien zu verstehen.

Ich schlüpfte in die Sachen vom Vortag und nahm auch noch ein Sweatshirt mit. Die Nacht war kalt.

Ich trat nach draußen.

»Bleib in meiner Nähe.«

Das Sweatshirt hatte eine Kapuze, die ich jedoch lieber nicht aufsetzte. Der verlassene Lieferwagen stand auf einem Feld von Fraser, einem ausgesprochen kleinen, wütenden und übel gelaunten Kerl, der vermutlich nicht zögern würde, mitten in der Nacht auf einen Vermummten zu schießen. Ich lief mit dem hechelnden Rex am Sicherheitszaun entlang. Seine Anwesenheit beruhigte mich. Ich musste ungefähr hundertfünfzig Meter zurücklegen. Rechts standen die Pflanzen in Reih und Glied. Blumenkohl, Tomaten, Salat, Gurken, die uns ausreichend versorgten, jedoch nur einen kleinen Teil der fünf Hektar Land ausmachten. Der Hof der Carrolls produzierte überwiegend Kartoffeln und Mais.

Ich blieb kurz stehen und schaute zum Haus zurück. Nirgendwo brannte Licht. Die Hände in den Taschen, den Kopf gesenkt, lief ich weiter. Am Ende hielt ich mich rechts und folgte dem Stacheldrahtzaun bis zu dem Feld mit den bald erntereifen Kartoffeln.

Die letzten Meter legte ich mit dem unguten Gefühl zurück, dass ich gerade dabei war, einen Fehler zu begehen, der mich noch teuer zu stehen kommen würde.

Jetzt trennten mich nur noch drei dünne Drähte von Frasers Feld. Dahinter gab es einen kleinen Pfad, dann begann das unendliche Maisfeld. Die nächtlichen Windböen bewegten die hohen Pflanzen, als würden unsichtbare Wesen darin umherlaufen und sich gegenseitig verfolgen. Rex ließ sich nieder. Auch er durfte nicht die Grundstücksgrenze überschreiten und war deutlich folgsamer als ich. In seinen traurig dreinschauenden Augen spiegelte sich der Mond. Es schien, als wisse er, dass ich mich über das Verbot hinwegsetzen würde und er hier auf mich warten musste.

»Mach dir keine Sorgen, Rex.« Ich streichelte ihn. »Wenn du ein Mensch wärst, könnte ich dir erklären, dass niemand von unserem Ausflug erfahren wird. Aber ich verstehe natürlich, dass du Randall gehorchen musst.«

Ich bückte mich und kletterte zwischen dem ersten und zweiten Stacheldraht hindurch.

»Warte hier auf mich, mein Junge. Gut so.«

Obwohl der Lieferwagen nur ungefähr fünfzig Meter entfernt stand, beruhigte mich der Gedanke, Rex in meiner Nähe zu haben. Wenn nötig, konnte ich ihn rufen und hoffen, dass er sich über die Anweisungen seines Herrn hinwegsetzen und mir helfen würde. Aber darüber wollte ich lieber nicht zu genau nachdenken. Ein letztes Mal sah ich zum Haus zurück, das nun halb von der Scheune verdeckt wurde.

Warum war ich nicht in die Scheune bestellt worden?

Warum der Lieferwagen?

Der Lieferwagen war eigentlich nur noch ein rostiges, von Unkraut überwuchertes Skelett. Räder, Türen und Motorhaube waren verschwunden. Der Hohlraum, in dem einmal der Motor gesteckt hatte, war nun ein natürlicher Blumenkübel und zeitweiliger Unterschlupf für Waschbären, Eichhörnchen, Ratten und zu manchen Jahreszeiten auch Schlangen. Die Ladefläche neigte sich leicht nach hinten und war durch den daran hinablaufenden Regen relativ sauber. Das Grundstück von Fraser zu betreten war strengstens verboten, aber der ein oder andere von uns kam trotzdem manchmal hierher. Vermutlich wussten Randall und Amanda davon, nahmen diese Spaziergänge jedoch nicht weiter ernst. Ich ging lieber in den Wald.

Als ich die Hälfte des Weges zurückgelegt hatte, konnte ich vom Lieferwagen nur einen undeutlichen Umriss erkennen. Das Mondlicht reichte nicht aus. Ein kleiner glühender Punkt war das erste Anzeichen, dass sich dort jemand aufhielt. Ich verlangsamte meine Schritte. Der rote Punkt bewegte sich hin und her, malte Formen in die Luft, dann blieb er plötzlich stehen und leuchtete auf.

Keines der Kinder vom Hof rauchte offiziell, aber ich wusste natürlich, dass der ein oder andere es heimlich tat oder zumindest probiert hatte. Ich konnte noch immer nicht erkennen, wer sich dort gegen den Lieferwagen lehnte. Die Person schien deutlich größer als ich zu sein und saß mit dem Rücken zur Fahrerkabine. Sie sog tief ein und stützte sich mit einem Arm ab, während sie den Rauch zu einer Seite ausstieß. Da fiel mir die Erzählung von Tweety ein, als Orson und seine Clique verdächtigt worden waren, die Marlboro-Schachtel von dem Aufseher entwendet zu haben. In dieser Geschichte hatte es einen Sündenbock und verbrannte Achseln gegeben. Wie würde meine Geschichte wohl enden?

»Wer ist da?«, fragte ich mit zitternder Stimme.

Keine Antwort. Ich konnte sehen, wie die Zigarette erneut aufleuchtete und dann glühend in hohem Bogen in Richtung Maisfeld flog.

Ein Feuer hatte gerade noch gefehlt.

»Ich dachte schon, du kommst nicht mehr«, hörte ich Orson sagen.

Sollte ich mich darüber freuen, dass ich von Anfang an richtig gelegen hatte?

»Was willst du, Orson?«

»Jetzt kommt doch erst mal näher.«

»Nein. Sag endlich, was du willst.«

»Hörst du nicht richtig? Ich hab gesagt, du sollst herkommen.« Seine Stimme war kühl. Keine Spur mehr von der Höflichkeit, die er auf dem Hof immer zur Schau stellte. »Keine Angst, ich werde dich nicht dazu zwingen, mir einen zu blasen. Auch wenn dir das sicher gefallen würde, nicht wahr?«

Er lachte. Zum ersten Mal stand ich dem Orson gegenüber, den ich bisher nur aus Tweetys Geschichten kannte. Plötzlich verstand ich: Der Rivale, der mich während des Essens argwöhnisch beobachtete, mich stichelte und ständig herausforderte, war auch nur eine Rolle, eine Maske über einer Maske. Der wahre Orson Powell war hier und wartete auf mich in dem verlassenen Lieferwagen. Ich hatte ihn unterschätzt, er war kein plumper und impulsiver Idiot, nein, er war gerissen und entschlossen wie ein Tyrann. Keiner wusste, wozu er in der Lage war. Die List mit dem Buch im Keller war sicherlich nur der Anfang.

Ich ging auf den Lieferwagen zu und blieb davor stehen, hielt ungefähr einen Meter Abstand.

»Warum so?«, fragte ich.

Orson war ein Schatten mit grauen Gesichtszügen, dennoch konnte ich seine Verunsicherung erkennen.

»Hast du Angst?«

»Nein. Ich finde das nur bescheuert.«

Orsons Gesichtsausdruck verhärtete sich.

»Es ist besser so. Keiner wird uns stören. Jetzt komm schon rauf.«

Ich kletterte hinauf. Blieb jedoch, soweit es ging, auf Abstand zu ihm. Nahm auf der gegenüberliegenden Seite Platz. Ich wollte ihm zeigen, dass es mir nichts ausmachte, seinen Anweisungen zu folgen, gleichzeitig hielt ich mir jedoch einen Fluchtweg offen.

»Sag, was du zu sagen hast.«

Orson kramte in seiner Tasche. Er holte eine zerbeulte Schachtel heraus und zündete sich eine weitere Zigarette an. Dann nahm er einen tiefen Zug und ließ den Rauch langsam raus.

»Wusstest du, dass ich dahinterstecke?«

»Ich weiß nicht, wovon du redest.«

»Davon, wer das Buch aus deinem Versteck genommen hat. Wusstest du, dass ich es war?«

»Ich konnte mir vorstellen, dass du was damit zu tun hast«, antwortete ich unwirsch.

Er lachte auf. Wollte er mich einschüchtern? Das gelang ihm immer besser. Ich dachte an Tweety und seine Beschreibung Orsons, der beim Verbrennen der Achseln wie irre gewirkt hatte. Damals hatte ich nicht so darauf geachtet, jetzt aber fragte ich mich, ob man bei Orson nicht tatsächlich Züge von Wahnsinn entdecken konnte. Was sein Verhalten in ein anderes Licht setzen würde.

»Hör mir zu, Sam«, er richtete den Blick auf die Sterne. »Die Sache mit dem Buch war wirklich lustig. Sehr lustig sogar. Noch mehr Spaß hätte ich allerdings, wenn Amanda zufällig den Umschlag finden und die Initialen darin entdecken würde. Vielleicht verliere ich die Lust und mache es einfach so. Was meinst du? Was würde sie sich wohl für eine Strafe ausdenken?«

»Woher soll ich das wissen«, antwortete ich widerwillig.

»Stell es dir doch einfach mal vor. Du hast doch Fantasie, oder?«

»Wahrscheinlich wäre sie sehr wütend und würde mir für den Rest des Sommers Hausarrest geben. Oder etwas in der Art.«

»Ja, vielleicht. So was könnte passieren.« Er zog wieder an seiner Zigarette. Dann wechselte er plötzlich das Thema. »Ich könnte dich vergewaltigen.«

Er rieb seine Genitalien.

»Jetzt hör schon auf. Bitte.«

»Du verstehst es nicht, oder?«, sagte er mit bedrohlich lauter Stimme.

Spielte er mir etwas vor? Wollte er mich quälen oder war er wirklich nicht zurechnungsfähig? Ich verschränkte meine Hände, um mein Zittern zu verbergen.

»Was verstehe ich nicht?«, brachte ich heraus.

»Dass die Sache mit dem Buch nur ein Vorgeschmack war, um dir zu zeigen, wozu ich fähig bin.« Er bewegte die Zigarette vor seinen Augen hin und her, als wolle er sich selbst hypnotisieren. »Ich könnte dich mit diesem Scheißbuch anschwärzen, aber ich könnte noch viel mehr. Zum Beispiel erreichen, dass sie dich vom Hof schmeißen …« Seine Augen folgten der Zigarette, während er sprach. »Tweety, die Schwuchtel, hat dir doch sicher einiges von mir erzählt. Du und ich, wir hatten ja noch nie Zeit, uns ausgiebig zu unterhalten. Entweder vergräbst du dich in deinem Loch oder gehst in den dämlichen Wald. Aber jetzt haben wir alle Zeit der Welt. Wenn ich etwas will, dann bekomme ich das auch. Verstanden?«

»Ja.«

»Wenn ich Lust habe, mich nachts alleine mit dir zu unterhalten und mir dabei am Schwanz rumzufummeln, dann mach ich das. Alles, was ich will. Ich nehm dir das Buch ab und sorge dafür, dass du zu mir kommst. Wenn nicht, dann schleife ich dich hierher, ohne dass jemand etwas mitbekommt. Und wenn ich das Gefühl habe, dass du mich verraten willst, dann schneid ich dir die Zunge raus. Ist das deutlich genug?«

Ich war wie gelähmt. Noch nie hatte jemand so mit mir gesprochen. Angst loderte in mir auf, ließ mich keinen klaren Gedanken fassen, alles verschwamm. Ich hatte Orson unterschätzt. Und nun war ich allein mit ihm. Ausgeliefert.

Da hörte ich Tweetys Stimme in meinem Kopf, fast wie ein himmlisches Zeichen.

Ich habe gelernt, dass es häufig das Beste ist, den eigenen Stolz hinunterzuschlucken und den Kopf einzuschalten …

»Das war überaus deutlich«, sagte ich, bemüht, nicht ironisch zu klingen.

»Sehr schön. So mag ich es.« Orson warf eine weitere glühende Zigarette in Richtung Maisfeld. »Ich mag es sogar sehr. Und jetzt, da du die Regeln kennst, wirst du erfahren, was ich von dir will.«

Billy und ich hatten gedacht, dass der Dieb vielleicht hinter meinem Zimmer her war. Wie naiv. An Orsons Augen konnte ich ablesen, dass es hier um mehr ging. Ich hatte jedoch keine Ahnung, um was.

»Wie läuft es mit den Meyers?«, fragte Orson da.

Ich war überrascht.

»Sie sind sehr nett zu mir.«

»Du kennst sie gut, stimmt das?«

»Ja.«

Orson nickte wie ein Professor während der Vorlesung. »Drei Mal pro Woche bist du bei ihnen«, sagte er nachdenklich. »Sie mögen dich. Bist geradezu eine Vertrauensperson für Collette Meyer und diesen Alten, der den ganzen Tag zu Hause verbringt. Kann man doch so sagen, oder?«

Er lachte bedrohlich. Mein Unbehagen schien ihm sichtlich zu gefallen. Ich hatte keine Ahnung, woher Orson die Meyers kannte. Dass er sie erwähnte, war sicher kein Zufall. Er wollte mich provozieren. Da hatte er leichtes Spiel – mich noch weiter zu verunsichern und in Sorge zu versetzen war nicht schwer. Was hatte die ganze Sache bloß mit den Meyers zu tun?

»Kennst du sie?«, fragte ich, unsicher, ob er nicht genau das erwartete.

»Ich weiß nur, was man sich über sie auf dem Hof erzählt«, wiegelte er ab. »Dass sie dich beschützen und dir Geld dafür geben, dass du Zeit mit dem Alten verbringst.«

»Na ja, das Geld bekommt eigentlich Amanda«, korrigierte ich ihn.

»Wie du meinst …«

Irgendetwas war jetzt anders an seinem Gesichtsausdruck. Vielleicht log er mich an und kannte die Meyers doch?

Ich sah auf die Uhr. Vor einer Viertelstunde war ich am Lieferwagen angekommen, es kam mir unendlich lang vor. In den letzten paar Minuten hatte ich Orson Powell besser kennengelernt als in den fünf Monaten, die er mittlerweile auf dem Hof war.

»Ich werde dir jetzt sagen, was ich von dir will.«

»Was?«

»Ich will in das Haus von den Meyers«, sagte Orson.

»Was?!«

»Du hast schon richtig gehört. Ich will freien Zugang zu dem Haus, und den musst du mir verschaffen. Drei oder vier Stunden, das ist alles. Die Meyers dürfen nicht dort sein.«

Mein Puls wurde schneller.

»Das kann ich nicht.«

Wie der Blitz stand Orson auf. Durch die unerwartete Bewegung wäre ich beinahe hinuntergefallen, der Lieferwagen wackelte. Ich klammerte mich mit beiden Händen fest. Orson kam auf mich zu und setzte sich neben mich. Er legte seine riesige Pranke auf mein Knie und massierte es leicht. Auch als er sprach, nahm er sie nicht fort.

»Soll ich alles noch mal wiederholen, Sam?«

»Nein.«

»Hörst du mir zu?«

Ich konnte nicht antworten. Mein Mund war trocken und rau. Schnell nickte ich.

»Gut so«, sagte Orson, die Hand noch immer auf meinem Knie. »Ich möchte, dass du mir sobald wie möglich für ein paar Stunden Zugang zu dem Haus verschaffst. Wenn du das organisiert hast, gehen wir gemeinsam hin und du wartest draußen auf mich.«

»Wirst du …«

»Ich werde nichts tun, das sie dir später vorwerfen können.« Seine Stimme klang nun väterlich und verständnisvoll. Das war beinahe noch schlimmer. Ich konnte seinen von Rauch erfüllten Atem auf meiner Wange spüren. »Hast du verstanden, Sam? Sag es.«

»Ich kann das wirklich nicht machen, Mr Meyer verlässt so gut wie nie das Haus.«

Orson nahm die Hand von meinem Knie.

»Das stimmt wirklich.« Ich flehte beinahe. »Er geht nie raus. Ich kann das nicht machen. Ich kann nicht.«

»Sch, sch, beruhige dich.«

Meine Beine zitterten. Meine Hände zitterten. Meine Stimme zitterte. Der Versuch, mich nicht von Orson beeindrucken zu lassen, war kläglich gescheitert. Er war am Ziel, hatte Macht über mich.

Er stand auf. Ging über die Ladefläche und setzte sich erneut auf die Umrandung gegenüber. Näher als zuvor. Er sah mich mit festem Blick an.

»Wir sprechen uns bald, und du sagst mir, wann es so weit ist.« Wieder befummelte er seinen Schritt.

»Was wirst du machen?«, fragte ich verzweifelt.

»Das geht dich nichts an. Aber ich verspreche dir, wenn du deinen Teil der Abmachung erfüllst, wird keiner etwas merken.«

Ich senkte den Kopf. Hielt es einfach nicht mehr aus, ihn anzuschauen. Ich war völlig verwirrt. Ich musste an Billy denken, aber auch er konnte gerade nichts für mich tun. Mir fiel einfach nichts ein, was Orson mit einem Besuch bei den Meyers bezwecken konnte.

»Komm bloß nicht auf die Idee, jemandem von unserem Gespräch zu erzählen«, hörte ich Orson sagen, der meine Gedanken zu erraten schien. »Wenn ich mitbekomme, dass du mit Amanda oder Randall darüber sprichst, werde ich zuerst alles abstreiten und dir danach jeden Knochen einzeln brechen. Und dann ist da ja auch noch deine Vorliebe für schmuddelige Literatur und Frauenfotografien. Die Carrolls werden sicher sehr erfreut sein zu erfahren, wer du wirklich bist, Sam Jackson.«

Er schüttelte sich vor Lachen über seine eigene Idee.

»Verstanden?«

Ich nickte stumm. Noch nie hatte ich solche Angst gehabt.

»Und jetzt hau schon ab, bevor ich es mir anders überlege und doch einen geblasen bekommen will.«

So schnell wie möglich kletterte ich vom Lieferwagen.

Er wird jetzt bestimmt höhnisch lachen.

Das tat er nicht. Als ich einen Blick über die Schulter warf, sah ich, wie er mich still beobachtete.

22

Unangekündigt ging ich am frühen Morgen zu Billys Haus. An der Tür traf ich auf Mrs Pompeo. Sie bewegte sich langsam, offenbar bereitete ihr das Übergewicht Probleme. Sie stützte sich sogar auf ihrem Einkaufstrolley ab.

»Hallo Sam«, grüßte sie.

»Hallo.«

Sie blieb stehen.

»Geht es dir gut?«

»Ja, danke.«

»Du siehst aber gar nicht gut aus. Billy frühstückt gerade. Wenn ihr in den Wald wollt, dann erinnere ihn doch bitte daran, seine Brote mitzunehmen. Sie sind im Kühlschrank.«

»Das werde ich, keine Sorge.«

»Geht es dir wirklich gut?«

»Ja, wirklich.«

»Bestell Amanda herzliche Grüße von mir.«

Drinnen war es still. Im Wohnzimmer empfingen mich die lächelnden Pompeos, alle vereint in zahlreichen Wandgemälden und Bilderrahmen auf Regalen und Beistelltischchen. Das Leben der vier Brüder, die alle bereits verheiratet waren und eigene Familien hatten, konnte anhand dieser Fotos genau nachvollzogen werden. An einer der Wände war auch Billys Serie, im Matrosenanzug und mit gezwungenem Lächeln, zu der jährlich ein weiteres Bild hinzugefügt wurde, bei Mr Pasteur in Auftrag gegeben. Ich näherte mich dem letzten der Reihe, das ich bisher noch nicht gesehen hatte, und musste lachen, als ich die angespannten Gesichtszüge meines Freundes sah. Es war wirklich erstaunlich, wie sehr sich das Lächeln änderte. Das offene und unverfälschte Kleinkindlachen verwandelte sich mit den Jahren in eine aufgesetzte Grimasse.

Da hörte ich eine Stimme aus der Küche.

»Guckst du dir grad das neue Foto an?«

»Nein! Woher weißt du, dass ich hier bin?«

»Hab dich durchs Fenster gesehen.«

Ich antwortete nicht.

»Hör auf, es anzuschauen!«

»Hab ich doch noch gar nicht. Unglaublich, wie süß du bist.«

In der Küche traf ich auf Billy, der vor einer unberührten Schüssel Cornflakes saß. Als ich mich ihm gegenüber auf einen Stuhl fallen ließ, schob er sie zu mir.

»Ich nehme an, du hast noch nicht gefrühstückt?«

»Nein.«

»Was ist los?« Billy hatte sofort bemerkt, dass etwas nicht stimmte.

Ich erzählte ihm, was in der letzten Nacht geschehen war. Es half, darüber zu sprechen, die Anspannung fiel langsam von mir ab.

Während ich redete, verengten sich Billys Augen zu dünnen Schlitzen. Als ich fertig war, wartete ich auf seine Einschätzung. Sein Kopf schien so früh am Morgen jedoch noch nicht gut zu funktionieren.

»Und?«

»Immerhin wissen wir jetzt, was er will«, dachte Billy laut nach. »Und die Meyers kennt er nicht?«

»Soweit ich weiß, nicht.«

»Sag ihm, dass er in einer Woche in das Haus kann. Erfinde irgendeinen Arzttermin für Mr Meyer oder so was. Dann nimmt er an, alles funktioniere nach seinem Willen. Und wir haben ein bisschen Zeit gewonnen, um herauszufinden, was hinter diesem seltsamen Wunsch steckt.«

Billys Reaktion entsprach meinen Erwartungen, ich hatte jedoch andere Pläne.

»Billy. Ich habe dir das alles erzählt, weil du mein Freund bist und ich jemanden zum Reden brauchte. Aber ich werde nichts machen.«

»Was?«

»Du warst nicht dabei.« Ich starrte auf die Cornflakes, die langsam in der Milch aufweichten. »Ich habe Orson noch nie so gesehen. Niemanden habe ich bisher so erlebt. Er wirkte fast wahnsinnig, und ich glaubte ihm sofort, was er sagte. Er hat mich furchtbar eingeschüchtert.«

»Ich verstehe dich«, antwortete Billy mit ruhiger Stimme. »Aber du kannst nicht zulassen, dass er damit durchkommt. Willst du ihm wirklich ermöglichen, in das Haus der Meyers zu kommen, Sam?«

Mir kamen die Tränen.

»Er hat gesagt, dass sie nichts davon merken werden«, murmelte ich.

»Selbst wenn das stimmt – nehmen wir einmal an, dass du ihn in das Haus lässt und die Meyers niemals herausfinden, was er dort gemacht hat, und wir auch nicht. Glaubst du wirklich, dass das Ganze dann ein Ende hat? Morgen, übermorgen oder nächsten Monat wird er dich wieder bedrohen, dich oder jemand anders vom Hof.«

»Du meinst also, dass ich mit Amanda sprechen sollte? Darüber habe ich die ganze Nacht nachgedacht. Kannst du dich noch an die Geschichte von Tweety und den geklauten Zigaretten erinnern?«

»Ja, natürlich. Ich glaube nicht, dass es gut wäre, Amanda alles zu erzählen. Zumindest noch nicht. Auch wenn sie eine Art Mutter für dich ist und dir vermutlich glauben würde. Aber wer weiß, was Orson in der Zwischenzeit machen würde.«

»Es ist besser, sich nicht mit ihm anzulegen, Billy! Du würdest das auch so sehen, wenn du ihn erlebt hättest.«

»Ich weiß nicht. Bevor wir mit Amanda sprechen, sollten wir uns lieber absichern. Warum fragst du zum Beispiel nicht mal die Meyers, ob sie Orson kennen?«

Ich dachte kurz nach. Vielleicht war das gar keine schlechte Idee, und es würde die Sache schon nicht verschlimmern.

»Isst du jetzt?«, fragte Billy. »Ich bekomme so langsam Hunger.«

Ich schob die Schüssel zurück. Mir war nicht nach Essen zumute.

23

Der Ausflug zum Schmetterlingssumpf war etwas Besonderes. Zum ersten Mal war Miranda bei einer unserer Waldtouren dabei. Und das wollte ich mir nicht verderben lassen, nicht von Orson. Deshalb bat ich Billy, das nächtliche Treffen am Lieferwagen nicht zu erwähnen. Unzählige Male waren wir bereits zusammen im Schmetterlingssumpf gewesen, für Miranda jedoch war es neu und aufregend.

Fast alle Kinder kannten den Sumpf, es war also gut möglich, dass heute noch mehr Leute dorthin wandern würden. Auf unseren Karten gab es eine Vielzahl von weniger leicht zugänglichen, weiter entfernten und geheimeren Orten, aber wir hatten weder vor, Heldentaten zu vollbringen, noch anzugeben. Es war offizieller Sommerbeginn und wir wollten es uns gut gehen lassen.

Als ich zu der Lichtung kam, waren Miranda und Billy bereits dort. Dieses Mal überraschte es mich nicht, sie gemeinsam den Inhalt der Werkzeugkiste inspizieren zu sehen. Ich hatte ihre Fahrräder bereits am Stand von Mr Mustow bemerkt. Er verkaufte nicht nur Hamburger und Pommes an die Besucher der Grenze, sondern passte auch auf Fahrräder auf. Heute würden wir zu Fuß gehen.

»Na endlich!«, rief Billy aus, als er mich sah. Er hatte seine Spezialkleidung an, die ich im Scherz »Jägerkluft« getauft hatte: eine sandfarbene Baumwolljacke mit unzähligen Taschen, die einem seiner Brüder gehört hatte und Billy einige Nummern zu groß war. Eine nicht ganz dazu passende Mütze komplettierte das Outfit. Er warf mir einen besorgten und zugleich flehenden Blick zu, damit ich seine Aufmachung nicht kommentierte.

»Meinst du nicht, dass es heute ein bisschen zu warm für die Jacke ist?«, fragte ich ihn.

Billy schüttelte den Kopf, schien aber nicht verärgert. Er hatte wohl eine üblere Bemerkung erwartet. Ich zwinkerte ihm zu.

»Ich glaube, sie ist für unsere Mission genau richtig«, sagte Miranda etwas irritiert.

Billys Stolz angesichts der »Mission« war unübersehbar. Miranda verstand meinen Freund schon fast so gut wie ich. Billy hielt unnötigerweise eine Karte in der Hand, und ich nahm an, dass er bis zu meinem Erscheinen – im Stile Kapitän Nemos gegenüber der Besatzung der *Nautilus* – erklärt hatte, welche Gefahren auf uns zukommen könnten. Vermutlich hatte er Geschichten aus dem Wald zum Besten gegeben und darüber spekuliert, dass wir auf Wildschweine oder gar Bären treffen könnten, was allerdings bei unserer Route mehr als ungewöhnlich wäre.

»Sam, du solltest dich noch einreiben.« Miranda kam mit der Sprühdose auf mich zu. »Billy meint, die Mücken sind heute besonders angriffslustig.«

Miranda trug figurbetonende Jeans, die zwar nicht besonders für den Wald geeignet waren, jedoch ausgesprochen gut aussahen, und ein rosa Oberteil. Die Haare hatte sie hochgesteckt.

»Das stimmt«, antwortete ich und rieb mich dabei ein. »Das Wetter hat den Kalender ernst genommen.«

Sie mussten lachen. Seit gestern war die Temperatur mindestens um sieben oder acht Grad auf über dreißig gestiegen. Vielleicht sogar fünfunddreißig. Man konnte also gespannt sein, wie lange es Billy in seiner Jägerkluft aushielt.

»Sind alle fertig?«, fragte Billy, der immer noch in der

Rolle des Nemo verhaftet schien. »Haben wir alles, was wir brauchen?«

Ich wusste, wie viel ihm solche Rituale bedeuteten, ansonsten hätte ich sicher laut losprusten müssen. Selbst ein krabbelndes Kleinkind hätte den Weg zum Sumpf meistern können.

»Ich habe die Butterbrote«, sagte Miranda gewissenhaft.

»Und ich das Tischtuch«, beeilte ich mich zu sagen. »Wie von dir aufgetragen.«

»Sehr gut. Und genügend Insektenspray haben wir auch, um uns die Biester vom Leib zu halten.« Er schüttelte sicherheitshalber noch einmal die Dose.

Das mit den Mücken war keine Übertreibung. Die Hitze hatte sie alle munter gemacht. Über der Lichtung hing eine Wolke aus tanzenden schwarzen Pünktchen. Die Neuigkeit, dass frisches Blut eingetroffen war, schien die Runde zu machen.

»Auf geht's.«

Wir liefen los. Von der Lichtung gingen vier Wege ab, wir nahmen den breitesten in Richtung Westen.

Ich machte mir Sorgen, dass Miranda sich unterwegs langweilen könnte. Schließlich gab es weder Bäche zu überqueren noch steile Abhänge zu erklettern oder sonst irgendetwas Aufregendes. Es war ein Spaziergang im Grenzgebiet. Miranda war jedoch so fasziniert von dem grünen Weg, als handele es sich dabei um einen Gang durch die Vatikanischen Museen. Schweigend verlangsamten wir unsere Schritte, während sie die Pflanzen bestaunte, dem Gesang eines Vogels lauschte oder ein paar auffällige Insekten beobachtete.

»Was sind das hier für welche?«, fragte sie.

Billy hatte sich selbst zum Waldexperten erklärt, und ich ließ ihn machen. Von Minute zu Minute wurde deutlicher, wie sehr Miranda ihm gefiel.

»Scheinbeeren«, antwortete er.

Sie schaute sich den gewöhnlichen Strauch genau an. Billy und ich blieben erwartungsvoll zurück. Wir sprachen es nicht aus, glaubten aber, dass sie sich einen Spaß mit uns erlaubte.

»Sie sehen aus wie Weihnachtsschmuck.« Miranda bückte sich und hielt einen Ast mit kleinen roten Beeren in der Hand.

»Ein Stückchen weiter gibt es auch Stechpalmen«, sagte ich. »Die Früchte sind noch leuchtender und die Blätter schöner geformt.«

»Das stimmt«, beeilte sich Billy, mir beizupflichten.

»Kann man die essen?« Miranda hielt eine der roten Beeren zwischen den Fingern.

»Und ob!« Billy näherte sich und riss grob einen Zweig ab, an dem viele Beeren hingen. Er nahm drei oder vier davon und steckte sie auf einen Schlag in den Mund.

Billy hasste Scheinbeeren. Sie schmeckten seiner Meinung nach wie feuchte Socken. Noch nie hatte ich gesehen, dass er sich mehrere davon zugleich in den Mund stopfte, noch dazu freiwillig.

Er meinte es mit Miranda wirklich ernst. Seine Ernährung war ihm normalerweise heilig, doch jetzt schien so ziemlich alles möglich.

Billy hielt Miranda eine Beere hin, während er selbst auf dem rötlichen Brei herumkaute und so tat, als würde er den Geschmack genießen. Sie schob sie vorsichtig in den Mund. Kaute und schluckte. Billy kämpfte immer noch mit seinen.

»Schmeckt«, sagte Miranda. Aber es war offensichtlich, dass sie nur höflich sein wollte.

Billy nutzte einen Moment der Unaufmerksamkeit Mirandas, um die Beeren endlich hinunterzuwürgen. Sein Gesichtsausdruck sagte alles.

»Willst du die anderen etwa nicht mehr, Billy?«, fragte ich ironisch mit Blick auf den Zweig in seiner Hand.

Mein Freund brummte etwas vor sich hin und entledigte sich der restlichen Beeren.

Wenn Miranda nicht gewesen wäre, hätte er sicher ein Butterbrot verschlungen, um den Geschmack aus dem Mund zu bekommen. Andererseits hätte er die Früchte ohne sie natürlich gar nicht erst gegessen.

Miranda stellte immer neue Fragen, und so verwandelten wir uns in ihre persönlichen Waldführer, ich ließ Billy jedoch meist den Vorrang. Sie wollte etwas über das Klopfen eines Spechtes wissen oder über verschiedene Baumarten, darunter Erlen, Fichten und einige andere, die wir auch nicht kannten. Miranda erzählte, dass sie von ihren Eltern eine Kamera bekommen habe, die sie beim nächsten Mal mitbringen wollte. Wir staunten nicht schlecht. In Carnival Falls gab es kein anderes Kind mit einer eigenen Kamera.

»Was ist das?«, rief Miranda plötzlich aufgeregt.

Billy hatte sich mir genähert und vorgeschlagen, den Weg zu verlassen, um ein paar Stechpalmen anzusehen. Ich sagte ihm gerade, dass ich das für keine gute Idee hielt, als uns Mirandas Ausruf überraschte. Für den Bruchteil einer Sekunde glaubte ich, sie habe einen Schwarzbär gesehen. Uns war noch nie einer begegnet, wir wussten jedoch, wie wir uns zu verhalten hatten, wenn das passieren sollte: rennen, als ob der Teufel hinter uns her wäre.

Ich drehte mich um, mein Herz raste. Billy griff instinktiv nach meinem Arm.

Wir entspannten uns gleichzeitig.

»Das ist nur ein Fasan«, sagte Billy.

Das kleine Tier beobachtete uns, stand mitten auf dem Weg keine fünf Meter entfernt. Es streckte den Kopf in die Höhe und stellte stolz seinen vielfarbigen Federbusch zur

Schau. Ein durch die Blätter scheinender Sonnenstrahl ließ sein metallisch-blaues Federkleid funkeln.

»Ein Männchen«, sagte ich.

»Woher weißt du das?«

»Das kann man an den Farben erkennen.«

Miranda sah zum ersten Mal von dem Vogel auf und schaute mich an, als hätte ich gerade den lateinischen Namen des Tieres oder sonst etwas Unerwartetes zum Besten gegeben.

»Er muss irgendwo ausgerissen sein«, sagte Billy.

»Er sieht gut genährt aus.«

Ich ging zwei Schritte auf ihn zu. Der Vogel beobachtete mich, wich jedoch nicht zurück.

»Scheint Menschen gewöhnt zu sein«, stimmte ich zu. »Ansonsten wäre er jetzt sicher weggelaufen.«

»Können Fasane fliegen?«

»Nein. Sie springen und schlagen mit den Flügeln. Das ist alles.«

»Er sieht so schön aus.«

Als ich mich noch ein wenig näher an ihn heranwagte, ging er rückwärts, ohne den Blick von mir abzuwenden.

»Ich glaube nicht, dass wir noch weiter an ihn herankommen.«

Billy sagte nichts. Tiere – insbesondere Bauernhoftiere – waren mein Gebiet.

»Wir könnten ihm etwas zu essen anbieten?«, schlug Miranda vor.

Einem Fasan ein Stück Käsebrot hinzuschmeißen, so was machten nur Stadtmenschen.

»Sie essen Körner und ich glaube auch Insekten«, sagte ich mit ernster Stimme. »Er wird den Weg zu einem Maisfeld sicher finden.«

»Lass uns versuchen, ihn zu streicheln«, schlug Billy vor.

»Er wird sich nicht anfassen lassen.«

»Beweise es.«

Ich sah mich um und verzog das Gesicht. Dann bückte ich mich und bewegte mich langsam auf den Vogel zu, die Hände ausgestreckt, als wolle ich ihn füttern.

»Ihr bleibt, wo ihr seid«, befahl ich den beiden.

Nachdem der Fasan einige Minuten herumgetänzelt war, hatte er sich so weit zurückgezogen, dass er direkt vor dem Dickicht am Wegesrand stand. Er versteckte sich jedoch nicht, sondern beobachtete uns aufmerksam. Als ich mich nah genug herangepirscht hatte, schlang ich meinen Arm um den Vogel und hielt ihn fest. Ich sprach leise auf ihn ein und streichelte seine Brust. Zuerst versuchte er, die Flügel auszubreiten, beruhigte sich dann aber schnell.

Miranda beobachtete mich fasziniert, als hätte ich anstatt eines gut genährten, schwerfälligen Vogels, der noch nicht einmal fliegen konnte, einen Löwen bezwungen.

»Ihr könnt jetzt langsam näher kommen.«

Als meine Freunde seinen anmutigen Hals streichelten, bewegte der Fasan seinen Kopf schnell hin und her, seine roten, durchdringenden Augen sahen uns abwechselnd an.

»Hallo mein Schöner!«, sagte Miranda zu dem Vogel in meinem Arm. »Wie artig du bist.«

Ich konnte meinen Blick nicht von ihr losreißen. Da fiel mir das Gedicht ein, das ich ihr geschrieben hatte. In ihm stand, mir reiche es, ihr Lächeln zu erträumen, mir ihr Gesicht vorzustellen. Nichts davon stimmte. Zu glauben, dass ich sie erträumen oder mir vorstellen könnte, war eine Anmaßung. Ich hatte mich selbst viel zu wichtig genommen oder ihre Schönheit verkannt. Die Sanftheit, mit der sie zu dem Fasan sprach, ließ mich schaudern. Meine Gefühle für sie wurden immer stärker, was mich zutiefst erschreckte.

»Ich glaube, er will jetzt losgelassen werden, Sam«, sagte Billy gerade. »Er zappelt mit den Füßen.«

Miranda löste sich sofort von ihm.

Ich setzte den Vogel wieder auf den Boden. Es stimmte. Der Fasan brach durch das Gebüsch wie ein Dicker durch eine Menschenmenge. Nachdem er sich ein paar Meter entfernt hatte, kam er zurück. Sein Hals ragte über den Büschen empor wie ein farbiges Fernrohr.

»Auf bald, mein Freund!«, sagte Miranda feierlich.

Den Rest des Weges legten wir schweigend zurück. Miranda hatte scheinbar genug von unseren Ausführungen über die Tier- und Pflanzenwelt, oder etwas war mit ihr geschehen, das ich nicht bemerkt hatte. Selbst als wir das Stachelpalmenwäldchen durchquerten, kam sie mir abwesend vor. Einige Mücken zogen ihre Kreise um uns, und ich machte mir Sorgen, ob sie Miranda zu sehr belästigten. Ich bot ihr mehr Insektenspray an. Sie schüttelte jedoch den Kopf und lächelte mich an, ohne die Mücken wahrzunehmen.

Billy bemerkte die Veränderung auch.

»Was ist los? Langweilt dich der Wald?«, fragte er sie.

Miranda schien erstaunt. Ich beeilte mich einzuschreiten.

»Billy ist manchmal nicht gerade diplomatisch. Keine Sorge, wir können auch etwas anderes machen.«

»Nein, das ist wirklich nicht nötig. Ich finde den Wald wunderschön!« Miranda schaute weiterhin zu Boden. »Ich musste nur an den Fasan denken.«

»Was ist mit ihm?« Billy hob einen heruntergefallenen Ast auf.

»Wenn er wirklich von irgendeinem Hof abgehauen ist, findet er hier vielleicht keine Nahrung«, sagte Miranda leise.

Billy entfernte die Blätter und Zweige von dem Ast, um ihn als Wanderstock zu benutzen oder um Gestrüpp beiseitezubiegen.

»Mach dir keine Sorgen«, beschwichtigte er sie. »Im Wald gibt es genug Nahrung für alle Tiere.«

»Aber«, insistierte Miranda, »die Art und Weise, wie er Sam erlaubt hat, sich ihm zu nähern … man konnte sehen, dass er an Menschen gewöhnt ist.«

Unauffällig schob ich Billy beiseite.

»Fasane sind keine aggressiven Tiere«, erklärte ich Miranda und ging auf sie zu. »Vielleicht ist er schon länger hier im Wald und hat gelernt, für sich selbst zu sorgen. Wie wäre es, wenn wir ihn auf dem Rückweg suchen. Du hast ja gesehen, dass er nicht gerade schnell ist. Fasane laufen normalerweise nur so viel wie nötig.«

Sie lächelte. »Und wenn wir ihn finden?«

»Dann nehme ich ihn mit nach Hause«, sagte ich bestimmt und legte dabei schüchtern eine Hand auf ihre Schulter. »Mach dir also wirklich keine Sorgen.«

»Das wäre ja fantastisch!«

Kurz verspürte ich eine unheimliche Vorfreude darauf, dass Miranda mich jetzt umarmen würde. Sie strahlte übers ganze Gesicht, klatschte freudig in die Hände … aber sie umarmte mich nicht.

Billy schaute mich mit hochgezogenen Augenbrauen an, er sah eher verwirrt als wütend aus. Er hielt den Ast jetzt wie einen Spazierstock und ich konnte genau erraten, was er in diesem Moment dachte: Es war unmöglich, den Fasan auf dem Rückweg wiederzufinden. Und selbst wenn dieses Wunder sich ereignen sollte, wäre es sein Aus, zum Hof der Carrolls gebracht zu werden, wo er sicher kein Gnadenbrot erhalten würde. Er wäre vielmehr der Ehrengast beim nächsten Thanksgiving. Ich neigte meinen Kopf und machte dabei große Augen, womit ich meinem Freund zu verstehen geben wollte, dass es manchmal vorzuziehen war, ein wohliges Gefühl zu vermitteln, als die reine Wahrheit zu sagen. Er nickte leicht.

»Wir sind schon fast da«, kündigte ich an. »Um den Fasan

kümmern wir uns später. Lasst uns jetzt unseren Ausflug genießen, solange die Mücken es uns erlauben.«

»Das klingt wunderbar!« Miranda war wieder die Alte. In einem veränderten Tonfall fügte sie hinzu: »Billy, die Mücken scheinen sich kein bisschen für dich zu interessieren.«

»Das liegt am Insektenschutz.«

»Nicht ganz«, nahm ich ihn auf den Arm. Billy war nicht nur froh darüber, dass die Mücken ihn verschmähten. Er hatte mir einmal anvertraut, dass ein wahrer Forscher in der Lage sein müsste, dem Ansturm der Mücken standzuhalten.

»Unglaublich.« Miranda beobachtete, wie ein paar Mücken auf sie zuflogen. Sie konnten sich scheinbar nicht entscheiden, ob sie zum Angriff übergehen oder doch lieber warten sollten, bis der Insektenschutz nachließ. Um Billy herum war jedoch keine einzige Mücke zu sehen.

»Deshalb bin ich so gerne an Billys Seite«, spottete ich.

Miranda lachte. Billy zwang sich zu einem Lächeln.

»Los jetzt.« Er zeigte mit dem Stock geradeaus.

Kurze Zeit später erreichten wir den Schmetterlingssumpf. Er war bei allen Kindern aus Carnival Falls unter diesem Namen bekannt. Miranda war sichtlich überrascht.

Auch wenn der Weg uns stetig leicht bergab geführt hatte, war der Höhenunterschied zwischen dem Ende des Weges und der Bergkette beeindruckend. Auf dem steinernen Gipfel wuchs eine Reihe Bäume, die sich dicht gedrängt in Richtung Abgrund streckten. Ein namenloser Bach stürzte wasserfallartig an mehreren Stellen hinunter. Bei Unwettern schwoll die Wassermenge so stark an, dass die gesamte abschüssige Oberfläche bedeckt war. Unten entstand dann ein richtiger See, der ungefähr drei Fuß tief war. In Dürreperioden oder während des kurzen und intensiven Sommers in Neuengland verschwanden die Wasserfälle, der Boden trocknete aus und wurde rissig.

Heute war der Untergrund schlammig, an manchen Stellen jedoch gut zu überqueren, ohne dass wir stecken blieben. Da kaum ein Sonnenstrahl bis hier unten vordrang, war es ein dunkler und feuchter Ort, an dem Felsbrocken und modernde Baumstümpfe zu sehen waren, die ums Überleben kämpften. Die Einzigen, die diese Kombination aus Feuchtigkeit und Schatten zu schätzen schienen, waren verschiedene Farngewächse, die überall wucherten.

Wir hatten Glück, da sich die Schmetterlinge selbst unter besonders günstigen Umständen nicht immer zeigten. Heute waren jedoch einige zu sehen. Sie schwebten meist paarweise über dem Farn. Viele waren Monarchfalter, es gab jedoch auch ein paar große Lilafarbene und Weiße. Das Beobachten von Schmetterlingen war bei Jung und Alt als Hobby beliebt. Deshalb traf man hier häufig auf Menschen, die mit Notizbüchern bewaffnet alle Einzelheiten über die Schmetterlinge notierten. Mit Ferngläsern ausgestattet oder mit bloßem Auge spähend, verfolgten sie die Tiere und versuchten, sie mit Keschern einzufangen.

»Wie im Märchen!« Miranda war begeistert.

Lange Zeit standen wir drei dort und betrachteten stumm die Schmetterlinge. Auch wenn ich schon oft dort gewesen war und schon jede Menge verschiedene Schmetterlinge gesehen hatte, kam es mir so vor, als könnte ich den Ort durch Mirandas Augen neu entdecken.

Wir ließen uns in der Mitte des Sumpfgebiets auf einer Anhöhe aus fester Erde nieder. Um dorthin zu kommen, kletterten wir über ein paar Felsbrocken, auch wenn es, von ein paar Pfützen mal abgesehen, kaum Wasser gab. Der Rest war Schlamm. Wir hatten Glück, denn wenn sich erst Wasser angestaut hatte, war es unmöglich, weiter vorzudringen, ohne bis zu den Knien zu versinken.

Ich breitete beschämt das Tischtuch aus. Es war alt und

zerschlissen und stammte aus dem Hause Meyer, wo ich es an mich genommen hatte, bevor Collette es in den Müll schmeißen konnte. Billy und ich benutzten es ziemlich regelmäßig. Miranda kommentierte es nicht. Wahrscheinlich war alles so neu und aufregend, dass auch das zerlumpte Tuch dazugehörte. Für sie – die prächtige Häuser, die besten Restaurants und Luxushotels gewohnt war – war ein Picknick im Schmetterlingssumpf vermutlich genauso ausgefallen wie für mich ein Bankett im Hilton. Das konnte man ihrem Gesicht ansehen.

Sogar Billy, der den Ausflug vorgeschlagen hatte, war erstaunt, wie gut alles bei Miranda ankam.

Als die beiden die Butterbrote aus ihren Rucksäcken holten, war ich erneut verunsichert. Mein einziger mickriger Beitrag zu der ganzen Unternehmung war dieses erbärmliche Stückchen Stoff, auf dem wir jetzt saßen. Ich versuchte, nicht darüber nachzudenken. Wenn Miranda meine Freundin sein wollte, so musste sie mich so akzeptieren, wie ich war, und ich würde dasselbe tun.

»Du lebst also auf einem Hof«, sagte Miranda gerade und hielt dabei ein Butterbrot von Mrs Pompeo in der Hand.

»Ja, auf dem Hof von Amanda und Randall Carroll«, erklärte ich. »Sie haben mich adoptiert, als ich ein Jahr alt war. Wir sind insgesamt vierzehn Kinder. Die Carrolls sind sehr streng in manchen Dingen, besonders Amanda, aber sie sind sehr gut zu mir. Ich verdanke ihnen viel.«

Miranda nickte.

»Was ist mit deinen Eltern?«

»Meinen Vater habe ich nie kennengelernt. Soweit ich weiß, wusste er noch nicht einmal, dass es mich gibt. Meine Mutter hat nie seinen Namen preisgegeben.«

Billy redete nicht wie gewöhnlich munter drauflos, sondern beobachtete uns mit einer Mischung aus Überraschung und Schrecken. Er kannte die Geschichte meines Lebens, bekam aber zum ersten Mal mit, wie ich sie ganz natürlich einer dritten Person erzählte.

»Meine Mutter starb bei einem Autounfall. Ich habe noch ein paar Fotos von ihr.« Ich beugte mich vor und griff nach einem Butterbrot. Auch Miranda nahm nun einen Bissen von ihrem. »Collette Meyer, eine sehr nette Frau, die mir viel geholfen hat, war Sekretärin in dem Krankenhaus, in dem meine Mutter als Krankenschwester arbeitete. Von ihr habe ich noch ein paar Dinge erfahren. Die beiden waren Freundinnen. Als der Unfall passierte, hat sich Collette um mich gekümmert. Sie hat sich darum bemüht, dass ich auf dem Hof unterkommen konnte. Die Meyers sind so etwas wie meine Großeltern.«

»Meine Großeltern väterlicherseits kannte ich gar nicht und die mütterlicherseits waren sehr kühl mir gegenüber, als wenn ich ihnen ziemlich egal wäre. Fast alle meine Freundinnen hatten jedoch sehr nette Großeltern.«

»Ja, auch die Meyers sind nett, sie sind tolle Menschen. Joseph hat leider angefangen, alles zu vergessen.«

Hier unten war es nicht so stickig wie in der prallen Sonne. Die kühle Luft war angenehm, und auch die Mücken belästigten uns nicht besonders. Ab und zu wagte sich noch eine in unsere Nähe, damit konnten wir aber gut leben. Dazu das beruhigende Geräusch der Wasserfälle.

Auf einmal flatterten drei Schmetterlinge, ein blauer und zwei rote, auf uns zu. Wir hielten still und beobachteten sie. Sie ließen sich auf einem Felsen in unserer Nähe nieder, aufgereiht wie Fahnen auf einer Landungsbrücke.

»Der Unfall meiner Mutter geschah, als ich noch ganz klein war«, entfuhr es mir.

Billys Gesichtsausdruck veränderte sich schlagartig.

»Sam …«, begann er.

Ich reagierte nicht darauf.

»Ich war ein Jahr alt«, fuhr ich fort. »Wir waren auf dem Rückweg vom Krankenhaus, meine Mutter hatte eine Doppelschicht hinter sich. Wir wohnten in einem winzigen Zimmer zur Miete und sie hatte sich gerade ein Auto gekauft. Einen Pinto. Also nahmen wir diesmal nicht den Bus. Es regnete.«

In den Zeitungsberichten stand, dass in der Nacht des 10. April 1974 ein furchtbarer Sturm getobt habe, seit Jahren der schlimmste. Der Chamberlain war an vielen Stellen über die Ufer getreten, und die Sichtverhältnisse waren schrecklich. Auf dem Deckblatt der *Carnival News* gab es einen kleinen Bericht über den Unfall mit dem Hinweis: »Fortsetzung Seite fünfzehn«. Am nächsten Tag geriet die Nachricht von Seite fünfzehn in Vergessenheit, was vermutlich normal ist: Es handelte sich schließlich nur um einen Unfall, der durch die widrigen Wetterbedingungen verursacht worden war. Nicht mehr und nicht weniger. Der für die Nachricht zuständige Reporter der Zeitung, ein Mann namens Robert Green, setzte sich immerhin mit dem Krankenhaus in Verbindung, um ein paar freundliche Worte über Christina Jackson zu schreiben. Unter anderem hielt er fest, dass sie als unternehmungslustig und tapfer in Erinnerung bleiben würde. Diese Worte gingen mir nicht mehr aus dem Kopf, da sie lange die einzigen waren, die sie näher beschrieben.

Ich hatte heute aber weder Lust von Orson noch von Banks zu erzählen.

»Irgendwer hat die Polizei informiert, jemand, der dort vorbeikam und sah, dass der Wagen einen Unfall gehabt hatte. Zuerst dachte man wohl, dass niemand in dem Pinto war. Mein Körper war zwischen dem zerbeulten Dach und dem Sitz eingeklemmt. Es war ein Wunder, dass ich überlebt habe.«

»Und deine Mutter?«, fragte Miranda so feinfühlig wie möglich.

»Sie wurde nie gefunden«, murmelte ich. »Der Kommissar war überzeugt davon, dass der Fluss sie mitgerissen hatte. Ich war nie wieder an diesem Ort, weiß noch nicht einmal genau, wo er ist. Aber in der Zeitung hieß es, dass es ungefähr dreißig Meter bis zum Fluss waren.«

Billy nahm das dritte Butterbrot. Essen war das Einzige, wozu er gerade in der Lage war. *Wann hörst du endlich auf?*, schienen mich seine Augen zu fragen. Er war erstaunt über meinen Entschluss, mein Leben vor Miranda auszubreiten. Noch nicht einmal meine Geschwister auf dem Hof kannten die Geschichte.

»Wurde im Fluss nach ihr gesucht?« Mirandas Interesse war echt.

»Ja, und auch im Union Lake, aber sie haben nichts gefunden.«

»Was für eine traurige Geschichte«, sagte Miranda und legte ihre Hand auf meine. »Du bist wirklich tapfer.«

›Tapfer‹, so hatte Robert Green meine Mutter beschrieben.

»Meinst du wirklich?«

»Natürlich.« Sie zog die Hand zurück. »Du versteckst dich nicht vor der Wirklichkeit.«

Es mussten noch einige Jahre vergehen, bis ich die wahre Bedeutung hinter den Worten verstand. Aus einem Grund, der mir in diesem Augenblick noch nicht bewusst war, bewegte mich dieser Satz dazu, meine selbst gesetzten Grenzen zu überschreiten.

»Dann fing dieser Banks an, Dinge zu erfinden«, fuhr ich fort. Ich hatte mir nichts weiter dabei gedacht. Doch Mirandas Gesichtsausdruck veränderte sich, als ich Banks erwähnte.

»Philip Banks?«, fragte sie erstaunt.

Ich nickte. »Er wohnt in deiner Straße«, fügte ich hinzu. »Kennst du ihn?«

»Er war schon ein paar Mal bei uns«, antwortete Miranda und sagte dann beinahe entschuldigend: »Um uns willkommen zu heißen. Mein Vater und er kennen sich … von früher. Was ist er für einer?«

»Ein Spinner«, antwortete Billy schnell.

Miranda wusste nicht, was sie erwidern sollte. Der Kommentar hatte sie durcheinandergebracht.

»Mach dir keine Sorgen, Miranda«, schaltete ich mich ein. »Dass dein Vater ihn kennt oder sogar mit ihm befreundet ist, heißt gar nichts. Weißt du, was ich glaube?«

Sie hielt den Kopf gesenkt. Sah uns nicht an. Schien den Tränen nahe.

»Was?«, fragte sie kaum hörbar.

Ich warf Billy einen wütenden Blick zu. *Was ist los mit dir?* Warum konnte Billy sich nicht einmal zurückhalten? Er hatte schließlich nichts mit Banks zu tun.

»Er hat vor vielen Jahren seine Frau verloren«, begann ich zu erklären. »Das hat ihn scheinbar stark geprägt. Ich denke, er glaubt tatsächlich an all die Dinge, Außerirdische und so was.«

»Das ist doch völlig egal, ob er daran glaubt oder nicht«, schaltete sich Billy wieder ein. »Er ist verantwortlich dafür, dass die Stadt an Halloween voller Außerirdischer ist. Die Menschen nehmen wirklich an, dass eine fliegende Untertasse kommen, in ihrem Garten landen und sie auf einen Ausflug ins All einladen wird. Fast die Hälfte aller Einwohner hier glaubt an grüne Männchen. Lächerlich!«

»Sagt Banks etwa, dass deine Mutter von Außerirdischen mitgenommen wurde?«, fragte Miranda.

Ich nickte erneut.

»Ich glaube nicht an Außerirdische«, fügte sie hinzu.

Ich auch nicht. Was Billy sagte, stimmte. Wegen Banks gab es viele Menschen, die Geschichten über fliegende Untertassen weitererzählten und immer stärker ausschmückten. In Carnival Falls war es ganz normal, jemanden erzählen zu hören, dass der Freund eines Freundes, der wiederum für die Regierung arbeitete, dieses oder jenes gesehen haben sollte. Alles unhaltbarer Schwindel.

Manchmal fragte ich mich jedoch, bis zu welchem Punkt meine Überzeugungen eisern waren und inwiefern meine Art zu denken von Billy beeinflusst war. Sein Vater war Ingenieur, genau wie alle seine Brüder. Bei ihm zu Hause herrschten klare, rationale Regeln.

Mein Freund hatte selbst Karten angefertigt, Orientierungsmethoden erfunden, er war ein Planer und Erbauer … In seiner Welt gab es keinen Platz für nicht beweisbare Ideen. Auch die Carrolls lebten nach klaren Grundsätzen und Regeln, am Wichtigsten aber war ihr Glaube. Der Glaube an Gott.

Glaube.

Nicht Vernunft.

War es in meinem Fall nicht sogar verständlich, sich einem Glauben – irgendeinem – zuzuwenden und zu hoffen, dass meine Mutter noch am Leben war? Wenn Banks Vermutungen stimmten, war Christina Jackson nicht über ein Heer von Bäumen hinweggeschleudert oder von einem Fluss fortgerissen worden.

In der von Philip Banks vorgeschlagenen Welt waren die Dinge einfacher.

Sehr viel einfacher.

Wenn Billy nicht so unerbittlich in seinen Überzeugungen wäre, vielleicht könnte ich dann anders denken?

»Es gibt da noch was«, sagte ich bestimmt.

»Sam, bitte«, versuchte mich Billy abzuhalten. »Tu dir das doch nicht an …«

Eine Geste von mir brachte ihn zum Schweigen.

»Lass mich«, bat ich.

Zähneknirschend ließ er mich gewähren.

»Manchmal träume ich von dieser Nacht«, brach es aus mir heraus. »Von dem Unfall. Billy meint, dass ich nicht alles für bare Münze nehmen sollte. Die Einzelheiten könnten dazuerfunden sein oder …«

»Sinnbildlich.«

»Ja, sinnbildlich. Und er hat Recht. Aber vieles ist so real und immer gleich.«

Ich machte eine Pause.

Ich rieb mich mit dem Insektenspray ein, um das ich Billy gebeten hatte, und suchte dabei nach den passenden Worten.

»In meinen Träumen bin ich mit meiner Mutter im Auto. Es stürmt und ist dunkel. Sie dreht sich zu mir um und schaut mich an. Ihr Gesicht ist wie auf den Fotos, nur noch strahlender und schöner. Der Regen ist stark und der Donner dröhnt. Ich bin mit meinem Kuschelbären Boo im Kindersitz, plötzlich fällt er zu Boden und …«

»Sam, es reicht«, flehte mich Billy an.

»Lass mich jetzt endlich ausreden. Auch wenn du die Geschichte schon kennst.« Die Tränen stiegen in mir auf und ich wusste, dass sie sofort herausschießen würden, wenn ich aufhörte zu sprechen. »Als meine Mutter sich umdreht, um Boo aufzuheben, blendet mich ein gleißendes Licht in der Windschutzscheibe. Sie sieht es nicht, sie guckt ja in meine Richtung … aber ich glaube, sie bemerkt etwas. Ja, sie merkt es. Wenn sie doch bloß auf die Straße geschaut und sich nicht um Boo gekümmert hätte. Vielleicht … hätte sie etwas tun können. Dem Licht ausweichen.«

Billy senkte den Kopf. Miranda sah mich an.

»In meinen Träumen ist meine Mutter noch da, nachdem sich der Wagen überschlagen hat. Ich kann ihr Gesicht vorne im Wagen erkennen. Sie ist tot, so sieht es zumindest aus. Aber sie sitzt immer noch auf der Vorderbank, hat das Auto nicht verlassen.«

»Und was passiert dann?«, fragt Miranda mit zitternder Stimme, leiser als der Wind, der glasklare Klang des Wasserfalls oder das Zwitschern der Vögel.

»Irgendwer zieht sie aus dem Wagen ...«, antworte ich. Mir rollt eine Träne über die rechte Wange. »Ganz schnell.«

»Jemand?«

»Der Regen trommelt auf das Autodach. Ich kann kaum etwas hören. Aber ich bin mir sicher, dass da draußen jemand ist. Dann ...«

Tränen.

»... dann verschwimmt alles. Meistens wache ich auf.«

Erst zum zweiten Mal erzählte ich von meinen Träumen. Es tat gut.

Miranda beugte sich zu mir und legte ihre Hand auf meine.

»Ich glaube dir«, sagte sie.

Ein paar Sekunden später rutschte auch Billy auf seinen Knien zu uns und legte seine Hand dazu.

»Ich glaube dir auch, Sam.« Sein Mund blieb noch kurz offen, aber er sagte nichts mehr. Und ich war froh darüber.

24

Am nächsten Tag gingen wir in die Stadtbücherei. Billy hatte die verrückte Idee, dass wir im Archiv eine Verbindung zwischen Orson und den Meyers finden würden. Ich hielt das für Zeitverschwendung, aber er ließ sich nicht davon abbringen. Es gab dort ein neues Mikrofilmsystem, und Billy schlug vor, die Zeitungen der letzten Jahre durchzusehen. Ich fragte, nach welchen Daten wir denn suchen sollten. Billy hielt Orsons Rückkehr nach Milton Home für einen guten Ausgangspunkt. Von dieser Zeit wusste selbst Tweety kaum etwas. Orson war mit sieben Jahren von einer Familie aufgenommen worden und drei Jahre später ins Waisenhaus zurückgekehrt. Wir kannten den Nachnamen der Familie, da Orson ihn noch einige Monate getragen hatte: French. Irgendeine Familientragödie war vorgefallen, weshalb er nach Milton Home zurückkehren musste.

Ich sorgte mich hauptsächlich darum, dass Orson irgendwie von unserem Besuch in der Bücherei erfahren könnte. Seine Manipulationstaktiken kannte ich ja bereits.

Wenn ich mitbekomme, dass du Amanda oder Randall davon erzählst, werde ich zuerst alles abstreiten und dir danach jeden Knochen einzeln brechen! Verstanden?

Wir waren in der Eingangshalle des Gebäudes. Eine Tafel kündigte das Sommerprogramm und die nächsten Veranstaltungen der Bücherei an. Fünf oder sechs Anzeigen waren mit Heftzwecken daran gepinnt. Auf einer davon warb Jiminy Grille, der wirklich gut gezeichnet war, für einen sommerlichen Vorlesewettbewerb. Die Anmeldefrist lief am 30. Juni ab: »Kinder, worauf wartet ihr noch? Es gibt eine Klassikerkollektion zu gewinnen!«

»Es war ein Fehler hierherzukommen«, stellte ich fest.

»Warum?«

Ich zeigte auf einen der anderen Zettel.

Philip Banks
KONTAKT AUFNEHMEN
Datum: Freitag 26. Juli
Ort: Vortragssaal der Stadtbücherei von Carnival Falls

Der berühmte Wissenschaftler und UFO-Experte wird unsere Stadt zum zweiten Mal mit einem seiner Vorträge beehren. Gibt es außerirdisches Leben auf unserem Planeten und wie lässt sich Kontakt aufnehmen? Philip Banks belegt seine Theorien und verliest Berichte von Augenzeugen, die Außerirdische gesichtet oder eine Entführung durch Außerirdische erlebt haben.

Die Anzahl der Plätze ist begrenzt. Melden Sie sich jetzt für einen Unkostenbeitrag von 15 Dollar an.

Wichtiger Hinweis: Mr Banks wird revolutionäre Erkenntnisse bekanntgeben. Lassen Sie sich diese neuen Fakten nicht entgehen! Werden Sie Teil der Geschichte!

Billy zog mich am Arm.

»Lass uns gehen, Sam. Die Veranstaltung ist erst in einem Monat!«

»Ich weiß«, antworte ich, blieb jedoch stehen. »Das ist ein schlechtes Omen.«

»Hör jetzt auf, er ist ein Spinner. Viel wichtiger ist doch, etwas über Orson und die Meyers herauszufinden. Vertrau mir.«

»Ich weiß nicht, Billy.«

»Nun komm schon. Wenn sie bei einem Unfall oder so gestorben sind, werden wir etwas finden.«

»Kann schon sein, aber …«

»Kein Aber.«

Wir gingen hinein.

Ich mochte die Bücherei. Abgesehen von Collettes Sammlung war sie der einzige Ort, an dem ich meinen Lesehunger stillen konnte. Das würde auch noch einige Jahre so bleiben, bis ich mir von meinem ersten Gehalt eigene Bücher leisten konnte. Die Ruhe dort – deren Einhaltung Mr Petersen streng überwachte –, zog mich besonders an. Manchmal hörte ich minutenlang dem Blättern der Seiten, den Geräuschen zurückgeschobener Stühle und dem namenlosen Gemurmel zu.

Aber am meisten begeisterte mich etwas anderes. Vor meinem inneren Auge erwachte die Bücherei zum Leben. Es gab die leuchtende Bücherei, in der das Tageslicht durch die acht Oberlichter flutete, die Regale sich wie bunte Schlossmauern erhoben und die Resopaltische funkelten. Und dann die dunkle Bücherei der Winterabende und Regentage, an denen sich die Oberlichter in schwarze Rechtecke verwandelten und das künstliche Licht es kaum schaffte, die Konturen der Regale zu erhellen.

Billy würde mit Mr Petersen reden und ihm irgendeinen Bären aufbinden. Ihm erzählen, dass er für die Doktorarbeit einer seiner Brüder eine Recherche machen musste oder so etwas. Ich wollte auf jeden Fall verhindern, dass der Sturmtruppler, der zu gerne irgendwelchen Klatsch zu Amanda trug, uns verdächtigen könnte, in irgendeine seltsame Sache verwickelt zu sein.

Mein Freund ging unbekümmert auf den Informationsschalter zu. Billy konnte ein sehr guter Schauspieler sein.

Um in das Mikrofilmarchiv zu gelangen, mussten wir eine weitere Tür durchqueren. Wir kamen am Vortragssaal vorbei, der mich an die Ankündigung im Eingangsbereich erinnerte.

»Lassen Sie sich diese neuen Fakten nicht entgehen! Werden Sie Teil der Geschichte!«

Das Archiv war ein kleiner Raum mit vier Lesegeräten für Mikrofilme. Eine junge Frau mit einem Kaugummi im Mund machte gerade irgendwelche Notizen und war sichtlich erstaunt, als wir den Raum betraten. Sie beobachtete uns aufmerksam. Es war das Jahr 1985 und Silikonimplantate waren noch nicht in Mode, sodass eine Brust wie die ihrige die Blicke von Männern und Frauen gleichermaßen magisch anzog, ganz gleich, ob Geschlechtstrieb oder Neid dafür verantwortlich waren.

»Ich heiße Danna«, sagte die junge Frau zu Billy, der ihr fasziniert in den Ausschnitt starrte. »Aber das habt ihr vermutlich schon auf meinem Namensschild gelesen.«

Und tatsächlich steckte an ihrem linken Busen ein Schildchen: Danna Arlen.

»Seid ihr auf der Suche nach der Kinderabteilung?« Danna zwinkerte mir verschmitzt zu. Billy verstand scheinbar nicht.

»Wir würden gerne die Mikrofilme anschauen«, sagte mein Freund bestimmt.

»Von wann?«

»Von vor ungefähr drei oder vier Jahren.«

Danna missfiel die Antwort.

»Unser Archiv geht die letzten siebzig Jahre zurück. Die jüngste Vergangenheit schaut ihr am besten bei der *Carnival News* direkt nach. Die sind, wie ihr vermutlich wisst, auch gleich nebenan. Dort findet ihr die Zeitungen der letzten fünf Jahre.«

Am liebsten hätte ich Billy einen kräftigen Stoß in die

Rippen verpasst, auch wenn wir beide darauf hätten kommen können. Wenn wir geradewegs zum Zeitungsarchiv gegangen wären, hätten wir ein Treffen mit Sturmtruppler vermeiden können, der in diesem Augenblick vielleicht schon mit Amanda telefonierte.

»Da könnt ihr auch gleichzeitig recherchieren«, fuhr Danna fort. »Und sogar die Artikel kopieren. Hier gibt es leider keine Möglichkeit, von Mikrofilm zu drucken. Für solche teuren Geräte reicht unser Etat nicht.«

Das war uns nicht so wichtig, wir wollten ja gar nichts drucken.

»Wir würden gerne lernen, wie die Lesegeräte funktionieren«, erwiderte Billy.

Danna nickte.

»Dann werde ich euch das mal zeigen. Es macht wirklich Spaß.«

Sie drehte sich um und fuhr mit dem Finger an einer Reihe von Mikrofilmdosen entlang. Dann nahm sie eine aus dem Regal und öffnete sie.

»Mein Freund arbeitet bei der Zeitung«, fügte sie hinzu. »Wenn ihr also hier nicht fündig werdet, kann er euch vielleicht weiterhelfen.«

Wir gingen zu den Lesegeräten auf einem langen Tisch.

»Arbeitet Ihr Freund für den Lokalteil?«, fragte ich.

Die junge Frau sah mich misstrauisch an. Sie war gerade dabei, den Mikrofilm in das Gerät einzulegen.

»Ja«, antwortete sie. »Warum willst du das wissen?«

Weil der Artikel über den Unfall meiner Mutter aus dem Lokalteil stammte und der Journalist so nette Sachen über sie geschrieben hatte, aber das konnte ich ja schlecht sagen.

»Nur so. Ich habe gehört, dass die Artikel sehr gut sein sollen.«

Sie nickte, wirkte aber irgendwie traurig.

Der Film war nun bereit, und sie schaltete das Gerät an. Der Bildschirm leuchtete auf.

»Das sind die Bedienungselemente zum schnellen Vor- und Rücklauf«, erklärte sie uns. »Und hier kann man die Bildschärfe feinabstimmen. Jetzt sieht man das ganze Jahr 1981.«

»Vielen Dank, Ms Arlen.«

»Falls ihr noch etwas braucht, lasst es mich wissen.«

Billy stürzte sich begeistert in die Lektüre, bis er schließlich an irgendetwas hängen blieb. Ich versuchte mitzulesen, aber er war entweder so schnell, dass ich nicht mitkam und gerade mal die Überschriften überfliegen konnte, oder vertiefte sich endlos lange in einen Artikel. Wir waren auf jeden Fall nicht mit demselben Enthusiasmus bei der Sache. Ich rückte fast einen Meter von Billy ab und beobachtete ihn. Er sah beim Bedienen dieser Maschine, die eigentlich für Erwachsene gedacht war, komisch und gleichzeitig beängstigend aus. Wie ein Kind am Steuer eines Lastwagens.

Zehn Minuten später stand ich auf. Billy bemerkte es nicht einmal. Ich war wütend, verspürte den Drang, mich bemerkbar zu machen, gegen die Bank zu treten oder ihn anzuschreien, entschied mich dann aber für einen stillen Abgang. Ich lief zu Danna und stellte mich neben sie.

»Gefällt es dir?«, fragte sie mich kurz darauf. Meine Anwesenheit störte sie scheinbar nicht.

»Ja, sehr«, sagte ich.

Sie arbeitete mit einem schwarzen Kugelschreiber an einem Bild, das fast fertig war. Im Vordergrund wuchsen zwei Blumen, die vor meinem inneren Auge weiß waren. Dahinter stand ein Mädchen in einem prächtig verzierten Kleid mit einer aufwendigen Frisur, das eine Hand nach den Blumen ausstreckte. Bestimmt eine Prinzessin.

»Das sieht wirklich professionell aus«, sagte ich, den Blick auf das Blatt Papier geheftet. Die Tiefe, die durch die Blumen im Vordergrund und den perspektivisch gelungenen Arm entstand, war beeindruckend.

»Danke.«

»Ich meine das ernst.«

Danna blätterte eine Seite weiter und begann ein neues Bild. Den ersten Linien nach zu urteilen, wurde es eine ferne Bergkette.

»Zeichnest du gerne?«, fragte sie mich.

»Nicht besonders«, antwortete ich und fügte nach einer kurzen Pause hinzu: »Ich schreibe lieber.«

Auf dem Blatt nahmen die Berge langsam Gestalt an. Ich sah verschneite Gipfel und weiter unten bewaldete Flächen.

»Spannend«, sagte sie. »Was schreibst du denn so?«

»Geschichten über Prinzessinnen und Schlösser. Ich stehe noch ganz am Anfang.«

Ich war erstaunt, wie leicht mir die Worte über die Lippen gingen.

»Wenn du so jung schon schreibst«, überlegte sie laut, »dann ist das sicher dein Ding. Du wirst bestimmt weit kommen, wenn du dir Mühe gibst.«

Anmutig zeichnete sie weiter. Zwischen den Bergen entstand jetzt ein Schloss, im Vordergrund wieder Blumen. Entweder sie hatte eine Vorliebe für Blumen oder sie konnte sie besonders gut zeichnen und wollte damit prahlen.

Ich dachte nach. Hatte beinahe alles um mich herum vergessen, selbst Billy und die zeichnende Bibliothekarin. Minutenlang war das einzig hörbare Geräusch das leichte Summen des Lesegeräts.

Du wirst bestimmt weit kommen …

Mitten auf dem Bild zeichnete sich nun der Körper einer Prinzessin ab.

… wenn du dir Mühe gibst.

Aus dem Augenwinkel nahm ich etwas wahr. Ich drehte mich um und sah Billy, der heftig mit den Armen winkte. Er hatte die Augen weit aufgerissen. Dannas Bild war fast fertig und ich hätte gerne das Endergebnis gesehen, riss mich aber los und ging zu meinem Freund. Er sah mich mit dem triumphierenden Blick eines Archäologen an, der gerade einen alten Knochen ausgegraben hat.

»Guck hier«, sagte er aufgeregt. »Das glaubst du nicht.«

Ich las den Artikel mit leiser Stimme vor.

CARNIVAL FALLS, 14. MAI 1981
Titelblatt der Carnival News

UNTERNEHMER WEGEN MORDES
AN EHEFRAU IN HAFT

Die Tat geschah im Haus der Familie French, wohnhaft in der Riverside Road. Der Ablauf der Ereignisse ist bisher ungeklärt. Der pensionierte Pharmaunternehmer Marvin French, 57 Jahre, wurde gestern Nachmittag von der örtlichen Polizei verhaftet und in ein nahe gelegenes Gefängnis überführt. Der leitende Hauptkommissar Nichols hielt eine kurze Pressekonferenz, bei der Einzelheiten der Verhaftung bekannt gegeben wurden.

Gestern um 16.47 Uhr wurde die Polizei durch einen Notruf verständigt und traf keine zehn Minuten später beim Wohnsitz des Unternehmers ein. Der leblose Körper von Sophia French lag in einem leeren Schwimmbecken und wies zahlreiche Knochenbrüche und eine Schädelfraktur auf. Wie Kommissar Nichols betonte, war die Frau bereits tot, als die Polizei eintraf. Er fasste zusammen: »Uns liegen Indizien vor, die nicht auf einen Unfall, sondern auf gezielte Tötung hindeuten. Deshalb wurde unverzüglich Mr Marvin French als möglicher

Täter festgesetzt. Mehr erfahren Sie, sobald die Untersuchungen abgeschlossen sind.«

Im Verlauf des gestrigen Tages meldeten sich auf der zuständigen Polizeidienststelle verschiedene Personen, darunter auch ehemalige Angestellte von French, um sich mit dem Opfer zu solidarisieren. French wurde als jähzorniger und schlechter Mensch beschrieben. Nur wenige Freunde der Familie zeigten sich tief bestürzt und überrascht angesichts der Ereignisse. Unter ihnen Philip Banks, der …

Banks?

Ich sah hoch.

»Bist du fertig?«, fragte Billy.

Ich zeigte ihm, wo ich gerade war.

»Das reicht.«

Er bediente das Lesegerät, und eine Reihe von Seiten lief in rasantem Tempo vor meinen Augen durch. Dann hielt er bei einem Artikel des folgenden Tages an.

»Und jetzt das hier, lies!«

Carnival Falls, 15. Mai 1981
Titelblatt der *Carnival News*

MARVIN FRENCH GESTEHT:
»ICH HABE SIE UMGEBRACHT!«

Überraschend gestand heute der Pharmaunternehmer, der gestern wegen Mordverdachts an seiner Frau Sophia Nadine French festgenommen wurde, die Tat, kurz bevor er in die Haftanstalt des Bezirks Belknap in Laconia überführt wurde. Zur Überraschung der Polizisten streckte er plötzlich seinen Kopf aus dem Fenster des Polizeiwagens und begann zu schreien: »Ich habe sie umgebracht! Sie hat es verdient! Sie war ein

Miststück!« Eine Reihe von Zeugen hat diese Aussage bestätigt. Außerdem waren auch Fernsehkameras vor Ort. Die Anwesenden zeigten sich sprachlos, darunter auch der Anwalt des Angeklagten: Joseph Meyer. Dieser erklärte wenige Minuten später, die Aussage sei eine Reaktion auf den Druck, dem sein Mandant durch die Nacht in der Gefängniszelle ausgesetzt gewesen sei. Die tatsächlichen Ereignisse seien noch zu klären und Frenchs Aussage könne nicht gegen ihn verwendet werden. Zur Erinnerung …

»Mr Meyer war also der Anwalt von French«, sagte ich erstaunt.

»Da haben wir die Verbindung.« Billy war sichtlich stolz.

»Kannst du dich an den Fall erinnern?«

»Nein. Wir waren ja gerade mal acht Jahre alt. Verstehst du jetzt? Der Adoptivvater von Orson hat seine Frau umgebracht, und Orson musste dann zurück ins Waisenhaus.«

»Der Arme«, murmelte ich.

Billy sah mich entrüstet an.

»Orson ist alles andere als ein Heiliger. Denk nur daran, wie er dich am Lieferwagen fertiggemacht hat.«

»Vielen Dank«, gab ich zurück. »Genau daran wollte ich gerade erinnert werden.«

Unser Gespräch hatte Dannas Aufmerksamkeit geweckt. Sie schaute immer wieder in unsere Richtung.

»Lass uns jetzt bitte gehen«, sagte ich schnell.

Billy stand auf, als Danna zu uns herüberkam.

»Seid ihr fertig?«

»Ja, vielen Dank noch mal.«

»Warte.« Sie ging zurück zu ihrem Schreibtisch, holte ein Blatt Papier und hielt es mir hin. »Das ist für dich.«

Gerührt bedankte ich mich für das Bild, das mir sicher einmal als Inspirationsquelle dienen konnte. Ich sollte es noch lange aufbewahren, da es mich an die Worte dieser Frau erinnerte. Das Schicksal wollte es nicht, dass sich unsere Wege erneut kreuzten. Dafür hatte ich das Glück, ihren zukünftigen Ehemann kennenzulernen. Ich hörte erst viele Jahre später wieder von ihr, als in den Medien von einer Tragödie die Rede war. Es ging um ihren verschwundenen Sohn Benjamin.

Billy hatte es eilig, aus der Bücherei herauszukommen, und zog mich beinahe hinter sich her. Er führte etwas im Schilde. Zuerst dachte ich, er wolle bloß nicht noch einmal vor der Ankündigung von Banks Vortrag mit mir stehen bleiben. Als er jedoch immer schneller wurde und sogar loslief, nachdem wir die Treppen genommen hatten, ahnte ich, dass noch etwas anderes dahinterstecken musste. Er wollte zum Zeitungsarchiv. Mit jedem seiner Schritte wurde der Abstand zwischen uns größer. Es kam mir beinahe so vor, als wolle er mich loswerden. Ohne langsamer zu werden, lief er durch die Tür der *Carnival News,* während ich kurz stehen blieb und nach Luft schnappte.

Billy war schon in dem kleinen Raum neben dem Empfang, in dem sich das von Mrs Collar geleitete Archiv befand. Ich sah ihn mit der älteren Dame sprechen, sie nickte, und er warf mir einen kurzen Blick zu. Dann ging er zu den Regalen und suchte etwas darin.

»Darf man erfahren, was du jetzt suchst?«

»Den Auslöser«, erwiderte Billy rätselhaft.

»Auslöser?« Ich verdrehte die Augen.

»Irgendetwas muss passiert sein. Deshalb will Orson jetzt in das Haus der Meyers. Und ich habe da so eine Idee.«

Mrs Collar brachte uns einen Stapel Zeitungen der letzten Wochen. Sie bat uns, sorgfältig damit umzugehen, da sie für die Archivierung vorgesehen waren.

»Such in den Todesanzeigen nach Marvin French«, gab

mir Billy als Anweisung. »Wir fangen zwei Wochen vor dem Verschwinden von *Lolita* an.«

Billy hatte, wie so oft, den richtigen Riecher.

Marvin French war am 8. Mai im Krankenhaus eines natürlichen Todes gestorben. Zwölf Tage bevor das Buch im Keller aufgetaucht war. Es gab nur eine einzige Anzeige der Christlichen Vereinigung zur Unterstützung von Jugendpatenschaften. Sie hob Frenchs großzügige Spenden hervor und lobte seine Arbeit innerhalb des Gefängnisses von Concord. Billy war ganz aus dem Häuschen.

Auf Mrs Collars Frage, ob wir die Seite kopieren wollten, schüttelten wir gleichzeitig den Kopf.

Auf dem Weg zum Wald fragten wir uns, was der Zusammenhang zwischen dem Tode Frenchs und Orsons geplantem Besuch bei den Meyers sein konnte. Vielleicht war Orson Frenchs Erbe?

War das überhaupt möglich?

Mit Adoptionsprozessen kannte ich mich besser aus, und so erklärte ich Billy, dass es häufig Probezeiten gab, bürokratische Hindernisse und ein Verfahren Jahre dauern konnte. Orson war nach dem Tod seiner Adoptivmutter ins Waisenhaus zurückgekehrt, es war also gut möglich, dass er nicht dieselben Rechte hatte wie ein leibliches Kind. Falls es aber doch so war, warum nahm er dann nicht den offiziellen Weg? Er würde einen Vermögensverwalter brauchen und müsste bis zu seiner Volljährigkeit warten, um über das Geld verfügen zu können. Das war aber auch schon alles.

Es war auf jeden Fall eine heiße Spur. Joseph Meyer war der Anwalt von French gewesen, deshalb mussten alle Papiere in diesem Fall über seinen Schreibtisch gegangen sein. Und wir wussten ja, wie es um sein von Alzheimer geplagtes Erinnerungsvermögen stand. Wir unterhielten uns gerade über Joseph, als mir plötzlich ein Satz wieder einfiel, den

Orson bei unserem nächtlichen Treffen gesagt hatte: »Sie mögen dich. Eine richtige Vertrauensperson bist du für Collette Meyer und diesen Alten, der den ganzen Tag zu Hause verbringt.«

Orson schien nichts von der Krankheit zu wissen! Er wollte unbedingt ins Haus der Meyers, bevor die Behörden dem Anwalt offiziell den Tod seines Mandanten mitteilen würden.

Hatte Orson es auf ein Rechtsdokument abgesehen? Ein Testament vielleicht?

25

Oder ging es um etwas ganz anderes?

Zwei Tage nachdem ich mit Billy in der Bücherei gewesen war, fragte ich Collette nach Marvin French. Ich erzählte ihr, dass er der Stiefvater von dem neuen Jungen auf dem Hof sei (verheimlichte dabei aber den Tod Frenchs, über den sie scheinbar auch nichts gelesen hatte), und dass Joseph ihn einige Tage zuvor in einem klaren Moment erwähnt hatte. Collette meinte, dass ich dann vermutlich mehr über ihn wisse als sie. Sie konnte sich noch verschwommen daran erinnern, dass er ein Mandant von Joseph gewesen war, den Mord an seiner Frau gestanden hatte und dann im Gefängnis gelandet war. Es sei damals eine schreckliche Zeit gewesen, vertraute sie mir an. Joseph hatte sich tagtäglich nach der Arbeit ein Butterbrot gemacht und sich zu ihr an den Küchentisch gesetzt. Nach einer kurzen Unterhaltung war er auf sein Zimmer gegangen. Fünf Minuten später war er wieder da, schmierte sich wieder ein Brot und erzählte noch einmal von seinem Tag. Manchmal fiel es ihm auf, dann begann er zu weinen, und es brach Collette fast das Herz. Sie wollte lieber nicht mehr an diese Zeit denken.

Billy kam wie verabredet um zwei Uhr zum Haus der Meyers. Collette unterhielt sich kurz mit uns und drängte uns zu Kakao und Keksen. Sie sagte, wer den ganzen Tag im Wald verbringe, brauche jede Menge Energie, und wir seien ja nur noch Haut und Knochen. Dabei sah sie mich durchdringend an, damit auch kein Zweifel blieb, wen sie meinte.

Und es stimmte, diesen Sommer hatte mich Billy überallhin mitgenommen: Hundehäuschen zerkleinern, Holz auf dem Fahrrad transportieren und vieles mehr. Mit einem so vor Kraft strotzenden Jungen mitzuhalten war manchmal ganz schön schwer.

Auf dem Weg nach draußen sagte mir Collette, dass Joseph nicht gut geschlafen habe, weshalb ich ihn ruhig ein längeres Nickerchen machen lassen könnte. Das kam uns gerade recht, wir wollten schließlich die Papiere im Gartenhäuschen durchsuchen.

Wir gingen durch die Gartentür auf die Veranda.

»Dieser Zwerg macht mich wahnsinnig«, sagte Billy.

»Sebastian.«

»Ich weiß, wie er heißt. Aber den Gefallen tue ich ihm nicht. Dass er einen Namen hat, sagt alles. Mit einem normalen Gartenzwerg hätte ich keine Probleme.«

Sebastian beobachte uns stumm.

»Wie du meinst.«

»Es ist die Art, darüber nachzudenken«, redete Billy weiter. Er ging die Stufen von der Veranda herunter und über einen der zugewachsenen Wege, dabei schob er die herabhängenden Zweige beiseite.

»Was meinst du mit ›die Art, darüber nachzudenken‹?« Ich folgte ihm.

»Der Namen verleitet mich zu denken: Sebastian schaut mich an, Sebastian lebt, Sebastian ist ein dämlicher Steinzwerg und fähig, mir einen Schrecken einzujagen.«

»Und wenn er keinen Namen hat, dann denkst du das nicht?«

»Nein. Genau wie bei diesem Baum hier. Wenn du ihm einen Namen gibst, dann wirst du sehen, wie er versucht, dich mit seinen Zweigen festzuhalten.«

Ich hörte Billy gerne dozieren. Ihn zu widerlegen machte Spaß und forderte mich heraus. Eine Art Denksportprogramm unserer Freundschaft.

»Du hast also Angst vor dem Zwerg«, fasste ich zusammen.

Billy schüttelte träge den Kopf. Angekommen.

»Meinst du, die Mäuse haben was übrig gelassen?«, fragte er mich.

Das gesamte Gebäude war zugewachsen, aber Nagetiere gab es hier bestimmt nicht. Collette ließ Gift auslegen und Fallen aufstellen.

»Hast du auch Angst vor Mäusen?«, scherzte ich.

»Los geht's.«

Die Tür war nicht abgeschlossen. Wir gingen hinein. Das Innere war wie eine Feuerkugel.

»Vorsicht!« Billy ging ein paar Schritte zurück und zog mich mit. »Es ist kochend heiß!«

»Das kommt vom Blechdach«, sagte ich.

»Lass uns ein paar Minuten bei offener Tür warten.«

Ich nickte.

Er sah mich erstaunt an. Zum ersten Mal heute gab ich ihm kein Kontra.

»Du hast manchmal auch ganz brauchbare Ideen«, verteidigte ich mich. »Sehr selten, aber es soll vorkommen.«

Heiße Luft strömte aus dem kleinen Raum. Drinnen konnten wir die Regale sehen, vollgestopft mit Akten, die Joseph in seinen letzten Berufsjahren angesammelt hatte. Es war haarsträubend, darüber nachzudenken, wie viele der Verfahren er bereits vergessen hatte. Die Kammer war das Sinnbild für sein verlorenes Gedächtnis.

»Lass uns endlich reingehen«, sagte ich ungeduldig. »Mr Meyer kann jeden Augenblick aufwachen.«

Billy stellte einen Stuhl vor eins der Regale. Er kletterte hinauf und nahm den obersten Aktenordner.

»Ist das A oder Z, was meinst du?«, fragte er. Es war nicht ersichtlich, ob die Ordner alphabetisch geordnet waren.

»Mist«, hörte ich ihn kurz drauf murmeln. Er schlug den Ordner zu.

»Was ist?«

»M!« Billy legte den Ordner zurück und sah sich im Raum um. Es gab insgesamt vier prall gefüllte Regale.

»Wir müssen sie alle einzeln durchgehen«, sagte er. Auf der anderen Seite standen noch drei weitere Aktenschränke und einige gestapelte Kartons. Es gab jede Menge zu tun.

»Die Hitze hier oben ist unerträglich.« Billy sprang von dem Stuhl. Er wischte sich die staubigen Hände mehrfach an seinem T-Shirt ab.

»Fangen wir also unten an. Hoffentlich ist seine Akte in der unteren Hälfte.«

»Wetten, sie liegt genau neben der, die ich gerade heruntergeholt habe?«

»Guck besser nach.« Ich zwinkerte ihm zu. »Wenn du es nicht machst, wirst du die ganze Zeit darüber nachdenken.«

Billy kletterte verärgert wieder auf den Stuhl.

»Dawson«, stellte er betrübt fest. »Vergiss es, wir werden den ganzen Tag hier verbringen. Lass uns unten anfangen.«

Glücklicherweise war Joseph sehr ordentlich. Auch wenn die Akten im Regal nicht alphabetisch sortiert waren – vielleicht hatte Collette beim Umzug in den Schuppen keine Notwendigkeit mehr dafür gesehen –, besaß jeder Rechtsfall auf der ersten Seite ein Trennblatt mit der Namensangabe des Mandanten, dem Datum der Annahme und einigen weiteren Notizen, was unsere Arbeit sehr erleichterte. Wir kamen ganz schön ins Schwitzen, aber es ging schnell voran. Bei der Hälfte angekommen, stellten wir uns jeder auf einen Stuhl und sahen die Akten weiter durch.

Eine halbe Stunde später waren wir fertig. Keine Spur von Marvin Frenchs Unterlagen.

»Das verstehe ich nicht«, sagte Billy. »Er war doch sein Mandant, oder?«

»Lass uns erst mal was trinken, ich verdurste.«

Ich konnte Billy zu einer kleinen Pause überreden. Die frische Luft fühlte sich eiskalt an. Ich schaute schnell nach Joseph, der leise vor sich hin schnarchte.

Zehn Minuten später ging es weiter.

Die Aktenschränke waren unverschlossen und alphabetisch geordnet. Es gab kleine hervorstehende Reiter mit den verschiedenen Buchstaben.

»Hier werden wir fündig«, gab Billy mit erstaunlicher Sicherheit von sich.

»Wie kannst du das wissen?«

»Das ist doch klar. In den Regalen waren die alten Fälle, hast du nicht auf die Daten geguckt? Hier sind die neueren Akten, das macht doch Sinn.«

»Einfacher dranzukommen.«

»Genau.«

Billy fuhr bereits mit den Fingern über die Aktenreihen, als wären es die Seiten einer Harfe. Er zog eine heraus. Foster. Die nächste. French.

»Treffer!«, rief er.

Billy nahm eine schmale, leer wirkende Mappe, öffnete sie und schaute den Inhalt durch. Erwartungsvoll sah ich ihn an. Er blätterte eine Seite um. Noch eine. Und noch eine.

»Was ist?«, fragte ich.

»Hier ist nichts«, gab er erstaunt zurück.

Ich sah die Mappe nun selbst durch. Die Kopie eines Aufnahmeformulars für die Haftanstalt und eine halbseitige, von French unterschriebene Erklärung, in der jedoch nichts Neues stand.

»Ich verstehe es nicht«, sagte Billy und ging im Schuppen umher. »Sie haben ihn wegen Mordes hinter Gitter gebracht, dazu muss es doch tonnenweise Papierkram geben.«

»Er hat immerhin gestanden«, gab ich zu bedenken. Obwohl zwei lächerliche Seiten dafür zugegebenermaßen ein bisschen mager waren.

Billy stützte sich auf einem kleinen, rostigen Regal ab. Auf den Regalböden lag jede Menge Krimskrams. Es sah so aus, als wären es Dinge, die Joseph aus der Kanzlei mitgenommen hatte. Ein riesiger, von einer dicken Staubschicht bedeckter Globus zum Beispiel.

»Es muss noch etwas anderes geben.« Billy schwitzte.

»Vielleicht hat ja ein Kollege den Fall übernommen.« Ich suchte nach Erklärungen. »Er hatte damals ja schließlich schon Alzheimer, es wäre doch möglich …«

»Guck mal«, unterbrach mich Billy.

»Was denn?«

Billy zeigte auf einen Lederkoffer in einem der Regalfächer. Er sah aus wie ein Arztkoffer, nur nicht schwarz. Da verstand ich, warum er meinem Freund aufgefallen war. Auf einer Ecke waren die Buchstaben MEF vermerkt.

Frenchs Initialen! Das hatten wir gerade in der Akte gesehen, er hieß mit zweitem Namen Eugene.

»Mach ihn auf«, rief ich nervös.

Billy stürzte sich auf den Koffer wie ein Jagdhund auf seine Beute.

Der Inhalt überraschte uns. Wir waren so darauf versteift gewesen, ein Testament zu finden, dass wir keine anderen Möglichkeiten in Erwägung gezogen hatten. Billy leerte den Koffer aus. Vier Super-8-Filme.

»Wir haben nichts darüber gelesen, dass French Filmliebhaber war, oder?«, fragte ich.

»›Abende am Union Lake‹, ›Sophia‹, ›Marvin‹ …«

Bei dem Film über Marvin French hielt er inne. Das musste es sein, was Orson suchte. Davon war Billy überzeugt.

»Wir müssen ihn ansehen«, sagte er mit zitternder Stimme. »Vielleicht ist es so was wie sein Vermächtnis.«

Ich hörte ihm jedoch kaum noch zu. Auf dem Etikett des vierten Films stand nur ein Datum: 10. April 1974.

Mir blieb das Herz stehen. Billy sagte dieses Datum nichts, mir dafür umso mehr.

Es war der Todestag meiner Mutter.

26

Ich stand vor dem Eisentor der Mathesons. Alles, was ich in diesem Sommer erlebt hatte, kam mir plötzlich wie ein Traum vor. Jetzt, als ich den Arm nach der Klingel ausstreckte, wäre ein guter Moment, um daraus aufzuwachen und festzustellen, dass ich Miranda gar nicht kennengelernt hatte. An diesem Tor waren wir uns im wirklichen Leben am nächsten gewesen, als ich mein Geschenk für sie hinterlegt hatte.

Eine Angestellte öffnete. Ich betrat Mirandas Haus! Ein besonderer Ort. Die gemeinsamen Stunden im Wald und im Schmetterlingssumpf verloren an Bedeutung. Dass ich nun auch noch von einer Angestellten begrüßt wurde, machte die ganze Situation noch feierlicher.

Ich hoffte, Billy wäre bereits dort. Wir hatten uns um drei Uhr verabredet, und ich war pünktlich. Aber es bestand natürlich die Möglichkeit, dass er sich verspätete. Der Gedanke ließ mich erschaudern. Ich wollte nicht mit den Mathesons alleine sein, noch nicht. Ohne Billys Unterstützung wäre ich verloren, würde vielleicht etwas Falsches sagen, eine Lampe umschmeißen oder mich irgendwie lächerlich machen.

»Sam, nicht wahr?«, fragte mich die Frau. Als ich noch die Familie ausspionierte, hatte ich sie unzählige Male gesehen. Aus der Nähe konnte ich nun, wie auch bei Miranda, neue Einzelheiten erkennen.

Es war Lucille, wie ich bereits vermutet hatte, und sie freute sich über mein Lob zu ihren Schokoladenkeksen.

Ich ließ mein Fahrrad am Eingang stehen und wir gingen auf das Haus zu. Durch den leichten Wind, der das Laub an den Bäumen bewegte, und das Plätschern der Springbrunnen war die Stille nicht unangenehm. Sobald wir jedoch das Haus betraten, wurde die Leere spürbar. Beinahe hätte ich Lucille am Arm gepackt und sie angefleht, mich hier, in dieser unverhältnismäßigen Eingangshalle, nicht alleine zu lassen. Und wenn ich nun Mirandas Eltern begegnete? Sie würden sofort merken, dass ich nicht ihrer Gesellschaftsschicht angehörte. Miranda war vielleicht noch ein wenig naiv, aber ihnen wäre das sofort klar. Es gehörte sich, den Eltern für die Einladung zu danken … Oje! Wo war Billy bloß, wenn ich ihn so dringend brauchte?

»Dein Freund …« Lucille ließ den Satz unvollendet.

Ist schon da. Ist schon da. Ist schon da. Ist …

»Billy«, vervollständigte ich den Satz.

»Ja, Billy. Er hat mit Miranda gesprochen und gesagt, dass er ein bisschen später hier sein wird. Irgendetwas ist ihm dazwischengekommen.«

Mir rutschte das Herz in die Hose.

»Mrs Matheson ist im Wohnzimmer.« Ihrem Tonfall konnte ich entnehmen, dass wir dort zuerst hingehen würden.

Ich folgte ihr. Das Haus war derart verschachtelt und hatte so viele Zimmer und Kammern, dass ich erst mal einen Weg finden musste, um sie für mich unterscheidbar zu machen. In diesem Augenblick bewegten wir uns auf das Gemäldezimmer zu. An einer Wand hingen fünf Ölbilder, auf denen vermutlich die Vorfahren Mirandas abgebildet waren. Zwei kräftige Männer mit ernstem Blick beanspruchten jeweils eine eigene Leinwand für sich, auf den anderen Gemälden waren mehrere Personen zu sehen. Die Frauen trugen Rüschenkleider und Hochsteckfrisuren, und selbst die jüngsten unter ihnen wirkten dadurch älter, als ihr Körperbau vermuten ließ.

Ein Baby schrie, und ich zuckte unwillkürlich zusammen. In dem riesigen Gemäldezimmer hatte ich die Frau auf einem der samtbezogenen Sessel gar nicht bemerkt. Es war Sara Matheson. Sie stand auf, ging zu einem der Fenster mit Blick auf den Garten und wiegte dabei das Baby hin und her.

Lucille räusperte sich.

»Mrs Matheson ...«

Sara drehte sich um. Selbst der kleine Brian unterbrach kurz sein Geschrei und hob den Kopf, um uns anzusehen.

»Oh, Gott sei Dank.« Sara kam auf ihre Angestellte zu. Sie wirkte angeschlagen. »Ich weiß einfach nicht, was mit ihm los ist. Hunger hat er nicht.«

Lucille nahm Brian, legte ihn sich auf die Brust und schaukelte ihn sanft. Langsam wurde das Geschrei leiser, bis es ganz verstummte.

»Nimm ihn bitte mit, Lucille. Lass ihn ein wenig schlafen.«

Nun sag schon, dass ich hier bin!

Lucille nickte und stellte mich kurz vor, ehe sie ging. Ich stand immer noch neben der Tür dieses gewaltigen Zimmers.

»Hallo Mrs Matheson.« Meine Stimme zitterte leicht.

Saras Gesichtsausdruck wurde bei meinem Anblick milder.

»Du bist ...«

»Sam Jackson«, antwortete ich.

Was hieß das schon, fuhr es mir durch den Kopf. Hatte Miranda ihren Eltern überhaupt von uns erzählt? Und wenn ja, würden sie sich dann daran erinnern? Sara Matheson hatte sicher Wichtigeres im Kopf.

»Miranda hat uns eingeladen, ein paar Filme anzuschauen«, fügte ich schnell hinzu.

»Ach ja, natürlich. Dich und diesen ... Billy. Ihr seid ihre neuen Freunde.«

Neue Freunde.

Ich nickte. Konnte mir ein Lächeln nicht verkneifen.

Die Frau ging zu einem Tischchen und griff nach einem ledernen Etui, nahm eine Zigarette heraus und zündete sie an.

»Waldfreunde«, sagte sie, in bläulichen Rauch gehüllt.

Waldfreunde.

»Ich bin Sara.« Müde lächelte sie mich an. »Miranda ist im Wintergarten. Komm mit.«

Sie kam auf mich zu, hielt auf halbem Weg kurz inne und zog an ihrer Zigarette. Billy hatte erzählt, dass sie nicht besonders gastfreundlich gewesen sei, während seiner vorherigen Besuche. Zu mir war sie allerdings sehr nett. Ich fragte mich, ob sie erleichtert war, dass Brian nun seinen Mittagsschlaf machte.

»Sie haben ein sehr schönes Haus«, sagte ich, als wir das Gemäldezimmer verließen.

»Danke. Wir gewöhnen uns langsam ein. Hier hat lange niemand mehr gewohnt, deshalb gibt es noch jede Menge zu tun.«

Ein richtiges Gespräch! Sam Jackson verkehrt in der Oberschicht.

Wir liefen unter einem hölzernen Türbogen durch, der zu einer der Bibliotheken führte. Hatten sie hier den Geheimgang entdeckt, von dem Billy so angetan war? Ich ließ meinen Blick über die riesigen Regale schweifen, die beinahe so hoch waren wie die in der Stadtbücherei. Da bemerkte ich die steinernen Gesichter in Deckennähe. Auch von ihnen hatte Billy bereits erzählt, sie waren schlimmer als die Ölgemälde. Sie wirkten plastisch, und obwohl sie eigentlich weiß sein sollten, ließ der viele Jahre alte Staub sie düster aussehen.

»Diese Steingesichter sind fürchterlich«, sagte Sara, die mein Interesse bemerkt hatte. »Ich habe keine Ahnung, was mein Schwiegervater sich dabei gedacht hat. Sie sind überall im Haus verteilt.«

»Sie sehen alle unterschiedlich aus«, bemerkte ich.

Es stimmte, die Gesichter mit ihren dunklen Augen hatten zwar ähnliche Züge und Proportionen, aber manche trugen Bart, andere waren weiblich oder glichen dem Teufel. Allein hier zählte ich elf.

»Mein Schwiegervater hat gern sein Geld für solchen Kram verschwendet«, sagte Sara.

Ich wusste nicht, was ich darauf antworten sollte, aber das schien auch gar nicht nötig zu sein. Sara blieb stehen. Wir waren fast da.

»Der Wintergarten ist am Ende des Ganges. Dort findest du Miranda.«

»Vielen Dank, Mrs Matheson.«

»Gern geschehen. Es hat mich sehr gefreut, dich kennenzulernen, Sam.«

»Mich hat es auch gefreut.«

Wir sahen uns einen Moment lang unsicher an. Es lag noch etwas in der Luft.

»Wir haben oben alles aufgebaut, damit ihr Filme gucken könnt«, sagte Sara. »Ich hoffe, ihr habt eine schöne Zeit, Miranda besitzt alle möglichen Disneyfilme.«

»Ganz bestimmt.«

Wir hatten natürlich nicht vor, uns Zeichentrickfilme anzusehen. Es ging um Marvin Frenchs Erbe.

»Vielen Dank für alles, Mrs Matheson«, sagte ich erneut.

Sie nickte mir zu, und schon war sie weg. Eine weiße Spur aus Rauch blieb zurück, wie bei einem Boot, das am Horizont verschwindet.

Ich näherte mich dem Wintergarten.

27

Durch die Blumen sah ich Miranda an dem runden Tisch sitzen. Als ich weiterging und mich nicht mehr hinter Pflanzen verstecken konnte, bemerkte sie mich sofort. Sie hob den Kopf und strahlte mich an, sprang von ihrem Stuhl auf und lief auf mich zu.

»Hallo Sam«, begrüßte sie mich. »Wie schön, dass du da bist.«

Sie umarmte mich flüchtig und ungezwungen. Es ging so schnell, dass ich sie noch nicht einmal kurz in meinen Armen halten konnte.

»Ich hab gerade in meinem Arithmetikbuch gelesen. Das war wirklich kein Spaß!«

Ich lächelte. An Arithmetik wollte ich gerade sicher keinen Gedanken verschwenden. Während der kurzen Berührung hatte ich den Geruch von Mirandas Apfelshampoo wahrgenommen, den ich bereits mit ihr assoziierte. Sie trug ein weißes Kleid und meine Halskette.

»Billy kommt also etwas später?«

»Ja.« Sie nahm meine Hand und zog mich in Richtung Tisch. »Weißt du was …?«

»Was?«

»Ich bin froh, dass Billy noch nicht da ist.« Sie machte eine Pause, und ich ahnte Schreckliches. »Ich muss mit dir reden.«

Sie war ganz ernst.

Zurück am Tisch räumte Miranda ihre Bücher weg.

»Möchtest du Saft?« Sie zeigte auf den halb vollen Krug. Daneben standen zwei frische Gläser.

Zwei.

Hast du die Halskette an unserem Tor hinterlegt, Sam?

Warum sollte ich?

»Möchtest du?«, fragte sie höflich.

»Ja, sehr gerne«, antwortete ich verwirrt.

Sie schenkte mir Saft ein, und ich trank einen kleinen Schluck. Ich stand neben der Glaswand und schaute auf die Gärten, die ich so gut kannte. Diese neue Perspektive war beeindruckend. Dann sah ich zu der Ulme auf der anderen Seite der Mauer hinüber. Sie stand für die Teilhabe an einer Welt, der ich jetzt scheinbar tatsächlich angehörte.

Hast du mich von dem Baum aus beobachtet, Sam?

»Ich muss dir auch etwas erzählen«, sagte ich mit Blick auf den Garten.

»Ich bin gespannt.« Miranda war an mich herangetreten, und ihre Stimme klang nun sehr nah. Beinahe ließ ich das Glas fallen. »Was ist passiert?«

Ich trank einen weiteren Schluck.

»Warum setzen wir uns nicht?«, fragte Miranda.

Wir vereinbarten, dass sie zuerst erzählen sollte. Sie nahm den Rucksack vom Stuhl, stellte ihn auf ihren Schoß und suchte etwas darin. Als ich sah, worum es ging, hielt ich den Atem an. Es war die Schachtel, die ich vor gefühlt tausend Jahren an ihrer Eingangspforte hinterlegt hatte. Die ungelenken Buchstaben darauf sahen aus wie ein Hilferuf: Miranda. Wie froh war ich jetzt, dass ich damals meine Schrift verstellt hatte.

Ich wartete.

Miranda legte die Schachtel auf den Tisch und entfernte das himmelblaue Band.

»Vor einiger Zeit«, sagte Miranda, »bekam ich dieses Geschenk. Irgendwer hat es für mich hinterlegt.« Sie drehte die Schachtel zwischen ihren Fingern.

»Was war drin?«, fragte ich leise.

Ich sollte wohl besser unwissend tun, wenn das hier tatsächlich real und nicht nur ein böser Traum oder meiner Einbildung entsprungen war.

»Diese Halskette …« Sie versuchte, den Verschluss zu öffnen.

»Lass ruhig, ich kann sie auch so sehen.«

Miranda hielt in ihrer Bewegung inne und nickte. Sie hob den Halbmond hoch und ließ ihn vor ihrem Gesicht baumeln, damit ich ihn besser erkennen konnte. Während ich vorgab, die Kette zu betrachten, wurde mir bewusst, dass ich mein Exemplar doch besser loswerden sollte, um kein Risiko einzugehen.

»Wertloser Plunder«, sagte Miranda. »Aber hübsch ist sie schon, findest du nicht?«

Wertloser Plunder.

Ihre Worte trafen mich direkt ins Herz. Jetzt war klar, dass sie nicht mich für den geheimnisvollen Unbekannten hielt. Trotzdem schmerzte es.

»So war das nicht gemeint.« Miranda schien meine Erschütterung bemerkt zu haben. »Natürlich kommt es bei Geschenken nicht aufs Geld an.«

Sie war wirklich zerknirscht.

»Ist schon okay.«

»Die Geste zählt natürlich.« Sie öffnete die Schachtel und hielt mir das gefaltete Papier entgegen. Das hatte ich befürchtet. Ich sah sie fragend an.

»Das war auch noch dabei.«

Ich versteckte meine Hände unter dem Tisch.

»Das ist doch sicher zu persönlich«, sagte ich. »Ein Brief?«

»Niemand hat es bisher gelesen. Nimm schon. Ich vertraue dir.«

Ich fasste nach dem Zettel.

»Soll ich das wirklich lesen?«

Sie lächelte und nickte mir zu, die ganze Situation schien sie zu amüsieren.

Sie wird sich lustig machen.

Ich faltete das Papier auseinander. Da war mein Gedicht, getippt auf Josephs Schreibmaschine. Ich kannte es auswendig, dennoch las ich es laut vor.

Sie wird lachen, wenn ich fertig bin.

»Und?«, fragte sie nach ein paar Sekunden.

Wertloser Plunder.

Ich sah zu ihr auf. Miranda guckte mich erwartungsvoll an.

»Hast du das geschrieben?«, fragte sie.

Ich erstarrte und merkte, wie ich errötete.

»Entschuldige, Sam! Ich wollte nicht andeuten, dass du …« Jetzt war es an Miranda, rot zu werden. »Du hältst mich jetzt sicher für eine Idiotin. Natürlich weiß ich, dass du es nicht für mich geschrieben hast. Ich bin doch nicht blöd. Es ist nur … Ich dachte … Vielleicht hättest du …«

Ich musste etwas sagen. Wusste genau, worauf Miranda hinauswollte.

»Du meinst, ob ich es für jemand anders geschrieben habe?«

Sie nickte. Ich faltete das Blatt wieder zusammen und gab es ihr. Sie legte es zurück in die Schachtel.

»Es tut mir leid, Sam. Ich dachte nur, weil du erzählt hast, dass du schreibst, vielleicht hättest du jemandem helfen wollen.«

»Du meinst wohl Billy?«, fragte ich zurück.

»Ja«, gab sie zu.

»Ich muss dich leider enttäuschen, ich weiß nichts über das Gedicht.«

Miranda beruhigte sich.

»Weißt du was?«

Ich schüttelte den Kopf.

»Als ich das Gedicht und die Halskette bekam, kannte ich

noch niemanden hier. Ich war im Einkaufszentrum gewesen und an der Grenze und hatte ein paar Kinder in unserem Alter gesehen. Aber mit noch niemandem gesprochen. Es war keine leichte Zeit, ich dachte schon, dass ich niemals Freunde finden würde. Deshalb hat mich die Schachtel besonders überrascht: Wer schenkt schon etwas einem Mädchen, das er überhaupt nicht kennt?«

»Ja, das ist wirklich seltsam.«

»Und dann tauchte plötzlich Billy mit seinem Onkel hier auf, der bei uns die Renovierungen beaufsichtigte. Er hat zwar nie etwas gesagt, aber es schien mir … als ob er …«

»… sich für dich interessiert?«

Miranda senkte verlegen den Kopf.

»Das war dumm von mir, entschuldige«, murmelte sie.

»Nein, überhaupt nicht!«

»Doch. Ich sollte nicht mit dir darüber sprechen. Billy hat mir erzählt, dass ihr euch schon von klein auf kennt und fast wie Geschwister seid. Deshalb dachte ich …«

Ihre Stimme versagte. Tränen standen ihr in den Augen.

»Miranda, bitte. Das ist doch kein Grund zu weinen. Wir haben dich erst vor Kurzem kennengelernt, aber mögen dich schon jetzt sehr gerne. Wir sind … wie die drei Musketiere.«

Sie lächelte. Gerne wäre ich zu ihr gegangen, um sie in den Arm zu nehmen.

»Erwähne die drei Musketiere bloß nicht Billy gegenüber«, bemühte ich mich, die Situation aufzulockern. »Er mag keine Klischees.«

Es klappte.

»Danke. Du schaffst es immer, mich aufzuheitern. Du musst mich für dumm und kindisch halten.«

»So ein Quatsch. Und was Billy betrifft, ich glaube, du könntest recht haben. Du scheinst ihm wirklich zu gefallen. Das ist aber auch kein Wunder, so hübsch wie du bist.«

Die Worte kamen mir problemlos über die Lippen und ich schaute ihr dabei in die Augen. Ich wusste, dass es sich um eine einmalige Gelegenheit handelte, ihr meine Gedanken über sie mitzuteilen, und ich kostete diesen Moment aus.

»Glaubst du wirklich, ich gefalle ihm?«

»Ja, das glaube ich.«

Sie wischte sich eine übrig gebliebene Träne von der Wange.

»Mir kam es auch so vor«, gab sie zu. »Deshalb dachte ich, du könntest ihm geholfen haben.«

»Nein, wirklich nicht. Ich glaube nicht, dass Billy etwas mit dem Gedicht zu tun hat. Das ist nicht seine Art.«

Miranda überlegte.

»Kannst du dir vorstellen, von wem es sonst sein könnte?«

»Nein, keine Ahnung«, sagte ich. Diese Notlüge musste sein. Wenn ich die Dinge ungeschehen machen könnte, ich würde es sofort tun. Aber das Kind war in den Brunnen gefallen. »Bestimmt irgendein Junge, der dich im Wald gesehen hat. Es gibt sicher viele, die dich gerne zur Freundin hätten. Das kannst du mir glauben.«

»Ich weiß nicht, da wäre ich mir nicht so sicher.« Miranda schien das ernst zu meinen. Wusste sie denn nicht, wie hübsch sie war?

Warum dachte jemand so, der alles haben konnte?

»Kann ich dich um etwas bitten, Miranda?«

»Ja, natürlich.«

»Erzähl Billy besser nicht von diesem Geschenk.« Ich zeigte auf die Kette.

Miranda lachte.

»Genau darum wollte ich dich auch gerade bitten.«

»Es bleibt also unser Geheimnis.«

Meine Worte schienen ihr zu gefallen. Sie stand auf und reichte mir feierlich die Hand. Ich schüttelte sie.

»Abgemacht«, sagten wir gleichzeitig.

Wir mussten beide lachen. Dann sah Miranda mich verschmitzt an.

»Findest du es gut?«

»Was?«

»Das Gedicht. Hältst du es für gut?«

»Mit Lyrik kenne ich mich nicht besonders aus. Ich mag eher geheimnisvolle, rätselhafte Geschichten, wie die von Judy Bolton.«

Ihre Augen glänzten vielsagend.

»Ich finde es wirklich gut«, sagte sie.

Wollte sie mich auf die Probe stellen? Zweifelte sie an meinen Worten?

»Kann sein.«

»Wirklich. Ich bin zwar auch kein Lyrikexperte, aber es ist irgendwie besonders. Wobei … vermutlich hat es jemand irgendwo abgeschrieben.«

Die Worte standen im Raum.

Beinahe wäre ich ihr auf den Leim gegangen, falls sie denn tatsächlich eine Strategie verfolgte. Nur zu gerne hätte ich Anerkennung für mein Gedicht bekommen, an dem ich so viele Stunden gearbeitet hatte. Ich wollte ihr sagen, dass mir der Text ehrlich vorkam und vermutlich echt war. Bestimmt konnte sie diese Art von Gefühlen hervorrufen – und noch viel mehr –, aber ich biss mir auf die Zunge. Miranda durfte nie erfahren, was ich für sie empfand.

Niemals.

»Und was wolltest du mir erzählen?«, fragte Miranda.

Ich war froh über den Themenwechsel. Zurück auf dem Hof, musste ich die Halskette verschwinden lassen.

»Es geht um die Filme, die wir bei Collette gefunden haben«, antwortete ich.

Automatisch sprach ich leiser, obwohl niemand in der

Nähe war. Am Vortag auf der Lichtung hatten wir Miranda bereits von meinen Problemen mit Orson erzählt, unserer Feindschaft und seinem Plan, in das Haus der Meyers zu gelangen. Sie wusste auch über die Zeitungsartikel Bescheid, die Verhaftung von Marvin French und die Filme, die wir gefunden hatten. Miranda war also über alles im Bilde, nur nicht über das Todesdatum meiner Mutter auf einer der Filmkassetten. Ich hatte schließlich noch nicht einmal Billy davon erzählt, warum auch immer.

»Wenn Billys Vermutung stimmt«, setzte ich an, »dann werden wir auf den Filmen Frenchs Testament finden. Und normalerweise hat er einen sechsten Sinn für solche Angelegenheiten.«

Billy nahm an, dass French die Filme bei seinem Anwalt hinterlegt hatte, um das Testament nach seinem Tod zu veröffentlichen. Eigentlich hätte Joseph die Kassette demnach an einen jüngeren Kollegen weitergeben müssen, als er aufhörte zu arbeiten, was jedoch wohl in Vergessenheit geraten war. Orson hingegen schien etwas zu wissen.

Zwei Fragen waren aber noch offen. Warum hatte Orson nicht schon vorher versucht, an den Film zu kommen? Billys Antwort darauf war der frühe Tod Frenchs, der gerade einmal zweiundsechzig Jahre alt geworden war und Orson möglicherweise überrascht hatte. Vermutlich hatte er geplant, bis zu seiner eigenen Volljährigkeit zu warten, um direkt über die gesamte Summe verfügen zu können. Die zweite Frage hatte Miranda beigesteuert, als sie die Rechtsgültigkeit von Filmen anzweifelte: Warum hatte French sein Vermächtnis in dieser Form aufbewahren lassen? Billy war überzeugt davon, dass Exzentriker so etwas eben machen, gab aber zu, dass seine Theorie an dieser Stelle nicht gerade wasserdicht war. Vielleicht hatte Marvin sich dadurch verewigen wollen, argumentierte Billy. Miranda schlug vor, einen Anwalt zu fragen, der sich mit Nachlassverfahren und solchen Dingen auskannte. Zuerst mussten wir aber herausfinden, was genau auf dem Film war. Danach würden wir vermutlich eh Erwachsene einschalten müssen, zum Beispiel Collette oder Amanda. Nur Orson durfte, was auch immer auf den Kassetten war, nichts davon erfahren.

»Wir haben, wie du ja schon weißt, vier Kassetten gefunden.« Ich nahm all meinen Mut zusammen. »Zwei sind mit den Vornamen des Ehepaars French beschriftet, eine heißt ›Abende am Union Lake‹. Auf der vierten steht nur ein Datum.«

Miranda schaute mich erwartungsvoll an.

Ich schluckte.

»10. April 1974. Der Tag, an dem meine Mutter den Unfall hatte … an dem es so stürmte.«

Mirandas Gesichtsausdruck veränderte sich, ich meinte, Überraschung und auch ein bisschen Unruhe zu erkennen.

»Was könnte das bedeuten?«, fragte sie vorsichtig.

»Ich weiß es wirklich nicht. Vielleicht hat es nichts damit zu tun.«

»Aber wenn es genau das Datum ist …? Weiß Billy davon?«

»Nein, ich habe ihm noch nichts gesagt. Wir haben gelesen, dass French und Banks sich irgendwie kannten, Freunde waren oder so was. Billy wird denken, dass ich die Spinnereien von diesem Mann über Außerirdische und den ganzen Kram nur noch anheizen werde.«

Es tat gut, laut auszusprechen, was mich schon die ganze Zeit über belastete. Besonders nach den Notlügen über die Kette und das Gedicht, fühlte es sich gut an, offen und ehrlich mit Miranda reden zu können. Ich hatte in den letzten beiden Tagen viel über die Beziehung zwischen French und Banks nachdenken müssen. Was hatte sie bloß zu bedeuten?

Fast meinte ich, Billys Stimme hören zu können, der mir vorwarf, aus jeder Kleinigkeit eine Staatsaffäre zu machen.

»Woran denkst du, Sam?«

»Ich würde gern den Film ohne Billy anschauen«, sagte ich bestimmt.

Miranda schien den Gedanken abzuwägen und nickte kaum merklich.

»Wie du willst. Aber vielleicht wäre es doch ganz gut, Billy dabeizuhaben? Auch wenn er für manche Dinge nicht so zugänglich ist, wie du öfter sagst, bin ich mir sicher, dass er immer zu dir halten wird. Was auch immer auf dem Film ist.«

»Ja, das stimmt. Aber manchmal sagt er Dinge und versteht nicht, dass meine Mutter irgendwie damit zu tun hat. Als wenn …«

»Ist schon gut, Sam. Du musst nicht weiter reden«, sagte Miranda und lächelte mir zu. »Ich bin sehr froh, dass du dich mir anvertraust und mich als Freundin betrachtest. Selbst mit meinen besten Freundinnen in Montreal konnte ich nie so offen reden wie mit dir. Ich danke dir dafür. Wenn du den Film nur mit mir anschauen willst, dann werden wir einen Weg finden, um es genau so zu machen. Ohne Billy. Danach reden wir mit ihm. Vertrau mir.«

»Danke.«

»Wo ist der Film?«

»Bei den anderen. Billy bringt sie mit.«

»Elwald hat auf dem Speicher alles aufgebaut«, sagte Miranda.

»Super!«

»Jetzt fehlt nur noch Billy.«

»Falsch«, tönte es da aus dem Korridor.

Wir drehten uns gleichzeitig um.

Fröhlich kam Billy mit seinem Rucksack auf uns zu.

28

Es war nicht einfach, die Super-8-Filme anzuschauen. Das erste Hindernis war Elwald, der die Vorführungen in dem improvisierten Filmraum auf dem Dachboden übernehmen wollte. Er staunte über unser Interesse an Zeichentrickfilmen, schließlich hatte Miranda sie schon seit Jahren nicht mehr sehen wollen. Außerdem besaß die Familie eine beträchtliche Sammlung Videokassetten, die gerade in Mode waren. Als wir schon ein halbes Dutzend Trickfilme hinter uns gebracht hatten, wobei wir unser Gelächter deutlich übertrieben, bat Miranda Elwald uns alleine zu lassen. Billy könne die Vorführung auch übernehmen und wir sicher auch ohne Elwald zurechtkommen. Ich war überrascht von ihrer Ernsthaftigkeit und der Autorität, mit der sie zu ihm sprach. Kinder hatten in meiner Welt den Erwachsenen nichts zu sagen – oder auch nur vorzuschlagen. Elwald zögerte kurz, dann schien er jedoch davon überzeugt, dass uns hier nichts passieren konnte, und verließ den Raum.

Der Dachboden war riesig. Ungefähr halb so groß wie die gesamte Grundfläche des Hauses, jedoch ohne Trennwände, wodurch er noch gewaltiger wirkte. Nur wenig Licht kam durch die geschlossenen Dachluken herein. Überall standen zugedeckte Möbelstücke, auf denen eine dicke Staubschicht lag. Es sah aus wie in einer gespenstischen, grauen Stadt. Pappkartons, imposante Spiegel, aufeinandergestapelte Gemälde – es hätte gereicht, um drei weitere Häuser einzurichten. Ich musste an den Umzug vor ein paar Monaten denken und verstand, dass all die Dinge hier oben von früher stammten. Die Mathesons hatten ihre eigenen Sachen mitgebracht.

Als wir endlich alleine waren, starrten wir einen Augenblick lang nur auf das leuchtende Viereck auf der Leinwand. Das Summen des Projektors war das einzig hörbare Geräusch. Staubflocken tanzten im Lichtstrahl. Billy stand auf und lief zu seinem Rucksack. Er nahm Frenchs Koffer heraus und kam zu uns zurück. Den Koffer auf dem Schoß wirkte er wie ein Schulkind, das darauf wartet, aufgerufen zu werden.

»Alles okay, Billy?«, fragte Miranda.

»Ja«, sagte er, und seine Stimme klang seltsam.

Wir mussten nicht darüber diskutieren, welchen Film wir als Erstes sehen wollten: Marvin. Nur eine Minute später war der Projektor startklar.

Der Film begann.

29

Die erste Szene war nichtssagend. Ein Schreibtisch aus poliertem Holz erschien auf der Leinwand, vollgestopft und gleichzeitig ordentlich. Darauf standen eine Lampe mit Bronzefuß, eine zierliche Schreibmaschine, Bücher, zwei oder drei Bilderrahmen, und dahinter konnte man ein Regal und einen leeren Sessel erkennen. Kurze Zeit später wurde die Kamera bewegt. Jetzt war ein eingerahmtes Zeugnis an der Wand neben dem Regal zu sehen. Nach dieser Veränderung des Ausschnitts trat ein Mann ins Bild. Wir sahen ihn nur von hinten, er bewegte sich leise und mit schwerfälligen Schritten, setzte sich schließlich in den Sessel und stützte die Arme auf den Lehnen ab. Er trug einen teuren Anzug, der für seine massige Statur ein oder zwei Größen zu klein schien, und sah ansonsten tadellos aus. Sein dichter Schnurrbart war einwandfrei getrimmt, wie auch sein Haarkranz, der die glänzende Glatze umrandete. Aus der Jacketttasche nahm er eine runde Brille mit dünnem Gestell und setzte sie gekonnt auf. Ich war mir nun sicher, dass er sich zur Kamera drehen und einen filmreifen Satz wie »Wenn Sie das hier sehen, bin ich bereits tot …« sagen würde, was ich vorher noch angezweifelt hatte. Ich hielt den Atem an. Billy beugte sich so weit vor, dass er beinahe vom Stuhl gefallen wäre.

Marvin French sagte kein Wort. Und hatte anscheinend gar nicht vor zu sprechen – es gab nämlich überhaupt keinen Ton.

Wie wollte er uns bloß seinen letzten Willen mitteilen, wenn man ihn noch nicht einmal hören konnte?

Wir beobachteten angestrengt, was geschah. Unsere Anspannung löste sich langsam, als French mit zwei Fingern die Schreibmaschine bearbeitete. Immer wieder blickte er von dem Blatt Papier auf und schaute auf ein Heft neben sich, dann tippte er weiter. Nach ungefähr einer Minute hob er den Kopf, fixierte etwas hinter der Kamera, das offenbar weiter weg zu sein schien, vielleicht ein Bild oder so. Das Wichtige schien jedoch nicht das Schauen an sich, sondern seine verträumte Pose in diesem Augenblick. Er stand auf und ging auf die Kamera zu.

Dann brach der Film ab.

Wir sahen uns verblüfft an. Was sollte das denn?

Es war jedoch keine Zeit, um darüber zu reden, denn der Film ging doch weiter. Dieses Mal sahen wir einen Zweisitzer. French trat ins Bild, machte es sich gemütlich und las ein Buch. Er sah hochkonzentriert aus. Irgendwann legte er das Buch auf der Armlehne ab und strich sich ein ums andere Mal über den Schnurrbart, ohne dabei die Lektüre zu unterbrechen.

Es folgten weitere Szenen. Insgesamt sieben. Alle spielten sich im Haus ab und zeigten French bei Alltagsbeschäftigungen: im Garten bei einem Spaziergang, die Arme hinter dem Rücken verschränkt, beim Betrachten eines abstrakten Gemäldes oder Fotonegative musternd. Er wirkte gedankenverloren und tiefsinnig und filmte sich stets selbst. Es gab darin keinen Platz für oberflächliche Dinge wie fernsehen oder Butterbrote schmieren. Wenn das sein Vermächtnis sein sollte, so wollte der Film zeigen, wie er vor dem Gefängnisaufenthalt gewesen war: Ein anständiger und ausgeglichener Zeitgenosse. Es fiel schwer, diesen eleganten, seriösen Mann mit den Aussagen am Tag seiner Verhaftung in Einklang zu bringen.

»Ich habe sie umgebracht! Sie hat es verdient! Sie war ein Miststück!«

Die letzte Szene verwirrte und entmutigte uns. Eine Minute lang war nichts zu sehen, und ohne die leichten Unebenheiten und Störgeräusche im Material hätten wir vermutlich gedacht, der Film sei zu Ende. Dann tauchte ein wenig oberhalb und rechts der Mitte, wie ein einsamer Scheinwerfer auf einem verschneiten Abhang, ein Licht auf. Es wurde immer stärker und verschwamm, bis es die Form einer Raute annahm, umgeben von einem vielfarbigen Leuchten.

Das Licht zog uns in seinen Bann. Als der Film stoppte, kippte Billy fast vornüber.

»Damit hat wohl keiner gerechnet, oder?«, fragte Miranda.

Billy spulte vorsichtig den Film zurück und nahm ihn aus dem Projektor. Er sah niedergeschlagen aus.

»Warum ist dieser Film bei seinem Anwalt?«, überlegte er leise für sich. Er legte den Film auf den Tisch zurück, beugte sich nach vorne und griff nach dem Koffer. »Lasst uns den Rest anschauen.«

»Den Rest?«, fragte ich.

»Ja«, sagte Billy und wog die drei verbleibenden Kassetten in der Hand. »Bei ›Sophia‹ erwartet uns vermutlich etwas Ähnliches.« Er legte sie zurück und hielt »Nachmittage am Union Lake« hoch. »Hier, das ist bestimmt so ein Landschaftskram.« Auch diese Kassette wanderte zurück auf den Tisch. »Und auf der hier steht nur ein Datum. Das ist schon über zehn Jahre her, aber wer weiß, vielleicht hat er ja seinen letzten Willen schon viel früher aufgezeichnet.«

Billy wollte gerade die Metallkassette öffnen, als Miranda ihn zurückhielt.

»Lass uns zuerst den Film von der Frau sehen. Vielleicht war sie es ja, die ein Testament gemacht hat. Es könnte doch sein, dass ihr das Geld gehörte.«

Wenn ich diesen Einwand geäußert hätte, wäre Billy sicher einfach darüber hinweggegangen. Da es aber Miranda gewesen war, dachte er einen Augenblick nach. Seine Augen glitzerten in der Dunkelheit des Dachbodens.

»Und deshalb hat er sie getötet …«, sagte Billy voller Bewunderung.

»Möglich«, stellte Miranda fest.

Während sich Billy erneut an dem Projektor zu schaffen machte, berührte ich leicht Mirandas Arm. Ich dankte ihr leise. Ein Lächeln huschte über ihr Gesicht und sie bedeutete mir, dass es doch eine Selbstverständlichkeit war.

Billy behielt jedoch recht. Auch dieser Film war ohne Ton und sah nicht nach einem Vermächtnis aus. Um seine Frau zu verewigen, hatte French häusliche Tätigkeiten gewählt und wieder selbst die Kameraführung übernommen. Zuerst sahen wir, wie Sophia im Wohnzimmer einen Pullover strickte, den sie schließlich auch in die Kamera hielt. Sie war eine hübsche Frau und mindestens zehn Jahre jünger als Marvin. Sie trug die Haare im Dutt und schaute über eine schmale Brille hinweg, was sie vornehm aussehen ließ. Dann wurde sie in der Küche gezeigt, wo sie sich geschäftig hin und her bewegte. Sie holte etwas aus dem Kühlschrank und schloss ihn mit einem gekonnten Hüftschwung. Unbefangen schaute sie in die Kamera und lächelte. In der nächsten Szene drehte sie der Kamera den Rücken zu, doch man konnte ihr Gesicht im Spiegel erkennen. Sie lächelte nicht mehr.

Als ich den Film sah, schämte ich mich ein wenig. Sophia war ermordet worden, und es fühlte sich irgendwie falsch an, ihr Leben auszuspionieren. Ich fragte mich, ob sie in diesem Moment vor dem Spiegel wohl gespürt hatte, dass ihr Mann in der Lage war, sie umzubringen. Ihre geheimnisvollen und müden Augen schienen genau das auszudrücken, auch wenn sie nicht einfach zu lesen waren. Ich hatte genug von dem Film, Billy wollte jedoch weitergucken.

Meine Gedanken schweiften ab. Sophia French stand gerade neben einem Rosenstock, nahm eine Blüte in die Hand und roch daran. Als sie über einen Steinweg im Garten lief, wurde meine Aufmerksamkeit wieder geweckt. Sie hatte ein Abendkleid an und trug einen Sonnenschirm. Die Szene war von oberhalb aufgenommen, vielleicht aus dem zweiten Stock. Hinter ihr sah man das Schwimmbecken, in dem sie von der Polizei aufgefunden worden war. Die Perspektive ließ es nicht zu, den Boden zu erkennen, wohl aber den Großteil einer Seitenwand.

Das Becken war leer.

Ein Warnsignal ertönte in meinem Kopf.

Billy beugte sich vor.

Da bemerkte ich etwas: Die Kamera bewegte sich. Marvin folgte seiner Frau, er war also im Obergeschoss. Ich hielt den Atem an. Die Frau hob den Kopf und machte eine kaum merkliche, anmutige Bewegung in Richtung Kamera. Der Sonnenschirm verdeckte den Großteil ihres Gesichts, sie schien zu lächeln. Sie stand sehr dicht am Schwimmbeckenrand. Gefährlich nah.

Dann geschah es.

Ich zuckte zusammen. Miranda stieß einen Schreckensschrei aus, der auf dem Dachboden widerhallte.

Orson tauchte in einer Ecke des Bildes auf und rannte mit voller Wucht gegen Sophia. Es gelang ihr nicht, den Sonnenschirm rechtzeitig loszulassen, und sie versuchte verzweifelt, das Gleichgewicht zu halten, um das Unvermeidliche zu verhindern. Sie fiel rückwärts.

Orson beugte sich kurz über das Becken, dann schaute er nach rechts und links, als wolle er sich vergewissern, dass niemand ihn gesehen hatte. Er wollte scheinbar weitergehen, hob aber plötzlich den Kopf.

Jetzt war ich an der Reihe einen Schrei auszustoßen.

Er sah mir genau in die Augen. Natürlich war es Marvin mit seiner Super-8-Kamera, den er entdeckt hatte. Orson war zu diesem Zeitpunkt keine zehn Jahre alt, groß für sein Alter, aber noch nicht riesig. Sein Gesicht zeigte aber bereits seinen unendlichen Groll und mitleidlosen Hass.

Niemand tat oder sagte etwas. Auch Marvin nicht, der weiterfilmte und vermutlich zu verstehen versuchte, was da gerade passiert war. Während sich vor seinem inneren Auge wahrscheinlich ein ums andere Mal dieselben Bilder wiederholten.

Abrupt stoppte der Film, das Bild von Orson verschwand, aber sein herausfordernder Blick brannte sich in mein Gedächtnis ein und machte mir Angst.

Selten habe ich mich in meinem Leben so gefürchtet, wie in diesem Augenblick, auf diesem Dachboden voller staubiger Monster. Ich umarmte mich selbst und verlor plötzlich das Bewusstsein.

Zweiter Teil

Heute (I)

2010

1

Ohne eine Fügung des Schicksals kurz nach meinem Schulabschluss 1991 wäre mein Leben anders verlaufen.

Ich hatte mich gegen ein Studium entschieden und wollte mich endlich aufs Schreiben konzentrieren. Mich reizte die Vorstellung, stundenlang an meinem Schreibtisch zu sitzen und irgendwann das Ergebnis, zwischen zwei Buchdeckel gedruckt, in den Händen zu halten. Mein Name in schöner Schrift verewigt auf einem ansprechenden Hintergrund. Damals legten die Verlage immer mehr Wert auf eine besondere Umschlaggestaltung, vielleicht sogar zu viel. Die Läden übertrumpften sich darin, die Bücher eindrucksvoll zu präsentieren, und legten sogar themenbezogene Kleinigkeiten neben die Stapel. Heute ist das gerade in Großstädten gang und gäbe. Damals in Carnival Falls war es eine Neuheit. Ich verbrachte Stunden vor den Schaufenstern von Borders, dem Buchladen in der Main Street. Auch das Geschäft von Mr Gibbs hatte es mir angetan, der sich standhaft weigerte, seine Bücher wie Weihnachtsbäume zu schmücken. Die Autoren lächelten wie Hollywoodstars von den Postern herab und strotzten nur so vor Selbstbewusstsein. Mich motivierte nicht nur meine eigene Eitelkeit, auch etwas anderes arbeitete in mir und drängte nach außen, das ich damals noch nicht genau benennen konnte. Erst kürzlich redete ich über dieses Thema mit einer bekannten Autorin, die diese inneren Querelen passenderweise als »literarische Flatulenzen« bezeichnete.

Dank Collette ergatterte ich ein unbezahltes Praktikum bei der *Carnival News.* Es war zwar nur eine Lokalzeitung, ermöglichte mir aber, zu schreiben und zukünftig vielleicht sogar damit Geld zu verdienen. Anfangs kochte ich selbst den Kaffee für die Redaktionsmitglieder mit Perfektionsanspruch, und ab und zu durfte ich auch ein paar Artikel korrigieren. Es waren anstrengende Wochen, da sich seit meiner Volljährigkeit auch auf dem Hof die Regeln verschärft hatten. Morgens arbeitete ich auf dem Feld und nachmittags zog ich mich in die Redaktion zurück. Irgendwann würde ich den Hof verlassen müssen, es gab schließlich Kinder, die den Platz nötiger brauchten als ich.

Begeisterung ist unerlässlich für die Erfüllung eines Traums, dennoch ahnte ich irgendwann, dass meine Chance auf eine literarische Karriere lächerlich gering war. Es konnten noch zwanzig Jahre bei der *Carnival News* vergehen, bis ich mit viel Glück einen Redaktionsposten ergatterte.

Seitdem ich dort arbeitete, hatte ich keine einzige Zeile zu Papier gebracht. Meine fast schon peinliche, magere literarische Ausbeute beschränkte sich auf ein paar Rittergeschichten und höfische Intrigen aus meiner Jugend. Nichts weiter. In der Zeitungsredaktion hatte man mich mittlerweile ein paar Texte redigieren lassen. »Du trägst eine große Verantwortung, Sam. Wir alle sind sehr stolz auf dich.« Einer der Texte war ein Lückenfüller von gerade mal fünfzig Wörtern: Familie Coleman gab das Verschwinden ihres Welpen *Willi* bekannt und versprach eine Belohnung bei sachdienlichen Hinweisen zu seinem Verbleib. »Ein kleiner Junge ist am Boden zerstört, bitte, helfen Sie uns!« Dann gab es eine Art Aufruf an alle Kinder der Stadt, sich im örtlichen Schachklub einzuschreiben. Der Leiter des Klubs, ein gewisser Mr Dimitri Sowieso, gestand mir, dass es sehr schlecht lief und sich immer weniger Kinder für Schach begeistern ließen. Er bat mich, Schach als das darzustellen, was es auch wirklich war: eine packende Sportart! Die nicht nur den Verstand schärfe, sondern auch richtig Spaß machen könne, wenn man sie erst mal beherrschte. Während er auf mich einredete, kam mir die ganze Situation lächerlich vor. Er hatte sich seinen russisch klingenden Namen vermutlich nur zugelegt, um andere zu überzeugen, wie spannend es sein konnte, sich stundenlang reglos gegenüberzusitzen, ohne irgendetwas zu tun. Der Artikel war dementsprechend katastrophal, obwohl der Chefredakteur Green ihn in den höchsten Tönen lobte.

Wann würde ich endlich Zeit haben, etwas Richtiges zu schreiben? Mein Leben spielte sich zwischen der Kartoffelernte und Meldungen über verschwundene Hunde ab. Deprimierend!

Das Praktikum stellte sich also nicht als Glückstreffer heraus. Das große Los sollte ich erst etwas später ziehen, als ich bereits mehrere Monate in der Redaktion arbeitete. Und anfangs begriff ich es gar nicht. Es kam in Form einer Einladung.

Katie war kurz nach ihrem Schulabschluss zum Studieren nach New York gegangen. Ihre Eltern hatten zu diesem Zweck ein Bankkonto angelegt. Sie war zu einer entschlossenen, risikofreudigen Frau herangewachsen und hatte die traurige Aura ihrer Kindheit abgelegt. Es schien, als habe sie mit ihrem Vater Frieden geschlossen und dessen Selbstmord als eine Tragödie der Vergangenheit akzeptiert. Noch immer besuchte sie ihre Mutter, die sie jedoch nicht mehr erkannte und Katie »die hübscheste aller Krankenschwestern« nannte. In vertrauten Kreisen kam ihre Traurigkeit manchmal noch zum Vorschein, aber Katie aus New York wickelte jeden um den Finger. Sie war eine kluge und schöne Frau, und ich nahm ihre Einladung nur zu gerne an. New York kennenzulernen und ein paar Wochen bei ihr zu wohnen war mehr, als ich je zu träumen gewagt hatte. Bisher war ich ein paar Mal in Rochester gewesen, und, als höchstes der Gefühle, in

Boston, wohin mich Randall einmal mitgenommen hatte. New York war eine Sensation!

Erwartungsvoll stieg ich in den Bus. Ich würde nicht nur eine Stadt kennenlernen, von der Katie uns schon so viel vorgeschwärmt hatte, sondern auch endlich meine Schwester wiedersehen. In meinen letzten Jahren vor dem Schulabschluss war sie es gewesen, der ich vertraut und bei der ich mir wenn nötig Rat geholt hatte. Ich erzählte ihr alles, sogar meine wahren Gefühle für Miranda und was im Sommer 1985 geschehen war.

Katie studierte Wirtschaftswissenschaften, sie war begeistert bei der Sache und schien wie dafür gemacht. Ich fand es irgendwie merkwürdig, sie mit all diesen Fachbüchern und dem *Wall Street Journal* zu sehen. Sie teilte sich die Wohnung mit zwei gleichaltrigen Frauen, die sie in der Modewelt kennengelernt hatte. Katie verdiente sich als Model ein bisschen Geld dazu. Mich faszinierte, wie selbstverständlich sie sich in beiden Welten bewegte.

Die Wochen in ihrer Wohnung werde ich nie vergessen. Die Stadt zog mich in ihren Bann, auch wenn ich mich in manchen Augenblicken so fremd fühlte, dass ich am liebsten in meine gewohnte Umgebung zurückgekehrt wäre: die Redaktion, den Wald, all das, womit ich mich gut auskannte. Die Mitbewohnerinnen von Katie waren sehr nett und ließen mich in einem kleinen Zimmerchen neben der Küche wohnen, das ungefähr so groß war wie meine Kammer auf dem Hof.

Im Gegensatz zu Katie hatten die beiden jede Menge Zeit, die sie am liebsten auf Partys verbrachten, wenn sie nicht gerade selber welche organisierten. Und so traf ich in kurzer Zeit mehr Menschen, als mein Leben lang in Carnival Falls. Innerhalb von vierzehn Tagen fanden drei Mal Feiern bei uns statt, zu denen alle Hausbewohner, überwiegend Studenten in Katies Alter, eingeladen waren. Das gesamte Haus verwandelte sich in eine riesige Party, und die Türen aller Wohnungen standen offen. Man hörte ganz verschiedene Musikrichtungen, und ich lernte die unglaublichsten Menschen kennen. Alles hier war anders … In New York war mein Wunsch zu schreiben ganz normal. Es wimmelte nur so von kreativen Menschen, die sich in der Musikszene ausprobierten, Schauspieler werden wollten oder sich als Künstler versuchten. Zum ersten Mal trank ich anderen Alkohol als Bier und führte lange Gespräche mit Fremden über Träume – zwanglos, vorurteilsfrei, unverbindlich.

Es waren prägende Tage in New York. Ich tauchte in eine andere, neue Art zu leben ein, von der ich zwar wusste, dass sie existierte, sie jedoch nicht in Reichweite vermutet hätte. Der Gedanke, nach Carnival Falls zurückzukehren, fühlte sich an, wie aus einem angenehmen Traum aufzuwachen.

Aber das Schicksal hatte eine Überraschung für mich vorgesehen. Zwei Tage vor meiner geplanten Rückfahrt stellte Katie mir auf einer dieser bunten und rauschenden Partys Heather vor. Ich saß mit einem jungen Typen und seiner Freundin auf einem Sofa und unterhielt mich über Gott und die Welt, als die beiden den Raum betraten. Heather studierte im ersten Semester Jura, und Katie hatte sie in der Bibliothek kennengelernt, das verstand ich zumindest – allerdings hatte ich an diesem Abend meine persönliche Höchstmarke von drei Cuba Libre überschritten und nahm alles um mich herum angenehm gedämpft war. Heather setzte sich neben mich, unsere Oberschenkel berührten sich leicht. Katie war schon wieder verschwunden, wie ein Paketbote nach der Übergabe. Das Gespräch mit Heather entwickelte sich wie von selbst, und ich wunderte mich nicht, als ich herausfand, dass Katie ihr bereits einiges über mich erzählt hatte – sie hatte gute Arbeit geleistet. Plötzlich kamen sich unsere Gesichter so nah, dass ich den Geruch ihres längst zu Ende gekauten Kaugummis wahrnehmen konnte. Ich musste mich nur ein kleines Stück nach vorne beugen. Das war alles. Heather gefiel mir sofort. Gerne hätte ich sie an diesem Abend geküsst, und sie schien nicht abgeneigt. Ich weiß nicht, warum ich es nicht einfach tat.

In dieser Nacht bekam ich kein Auge zu. Ich saß in der Küche und sah, wie Brooklyn sich langsam in der Morgendämmerung abzeichnete.

Am nächsten Tag machte Katie mir ein Angebot, das mein ganzes Leben verändern sollte. Wenn mir das kleine Zimmer neben der Küche reichen würde, könnte ich erst mal bei ihnen wohnen bleiben, ruhig auch für ein paar Monate. Ich sagte sofort zu. Würde ich in dieser Stadt Arbeit finden? Bestimmt. Sobald ich etwas hatte, könnte ich auch zu den Unkosten beitragen und mir irgendwann eine eigene Wohnung suchen. Mein nächster Schritt in Carnival Falls hätte ähnlich ausgesehen, mit dem entscheidenden Unterschied, dass ich hier frei war!

Während der Big Apple erwachte, begriff ich: Hier würde ich meine Träume verwirklichen können. Ich umarmte Katie und dankte ihr von Herzen. Ein neues Leben begann.

Meine Erfahrungen im Umgang mit alten Menschen und beim Gemüseanbau halfen bei der Arbeitssuche nicht viel, aber ich ließ mich nicht entmutigen. Ich bekam etwas als Küchenhilfe in einem Restaurant, wechselte dann in ein anderes und noch ein anderes. Mein Verdienst reichte nicht, um auszuziehen, aber zumindest konnte ich einen Teil zur Miete beitragen, wenn er auch kleiner war als die anderen, darauf bestanden meine Mitbewohnerinnen. »Du hast das kleinste Zimmer, also bezahlst du auch am wenigsten.« Es tat gut, zu ihnen zu gehören, und mein eigenes Reich war zwar klein, aber dafür umso feiner. Sogar die Unordnung in der Wohnung störte mich nicht, hier gab es keine festen Zeitpläne, und Freunde waren stets herzlich willkommen. Jede Menge Models kamen zu Besuch: Dutzende bildschöne, junge Frauen gingen in der Wohnung ein und aus. Sie waren groß und schlank und schienen von einem anderen Planeten zu stammen.

Heather und ich gingen ein paar Mal miteinander aus, und unsere Beziehung wurde enger. Ich verliebte mich in sie mit einer solchen Intensität, wie ich es aus meinem anderen Leben mit Miranda kannte. Dieses Mal war es jedoch gegenseitig. Wir ähnelten uns in vielen Dingen, aber besonders genoss ich es, durch sie eine neue Welt kennenzulernen.

Die Beziehung hielt fünf Jahre. Die ersten drei vergingen wie im Flug, es schien, als würde unsere Liebe nie zu Ende gehen. Alles war vollkommen und wir glaubten, dem Verschleiß, der alle anderen Partnerschaften irgendwann zerstört, wie durch Zauberhand trotzen zu können. Heather war Anwältin aus Leidenschaft und ich hatte, nach meinen Irrwegen durch die Küchen verschiedener Restaurants, eine Assistentenstelle im Verlagshaus Doubleday ergattern können. Es war wie im Märchen. Ich hatte in dieser Zeit einige Texte verfasst, aber noch nicht meinen eigenen Stil gefunden. Ein paar Mal war ich fast so weit, meinen Vorgesetzten etwas zu zeigen, um ihre Meinung zu erfahren, doch irgendetwas hielt mich zurück, riet mir, abzuwarten. Ich arbeitete viel, sehr viel, gab Bücher von namhaften Autoren heraus. Die Lorbeeren ernteten andere, aber das war mir egal. Mein Gehalt war nicht besonders üppig, reichte aber, um mir gemeinsam mit Heather eine Wohnung zu nehmen. Rückblickend betrachtet war das wohl der Punkt, an dem unsere Beziehung ins Wanken geriet. Etwas in mir erwachte aus einem Jahre andauernden Winterschlaf. Vielleicht war die Arbeit bei Doubleday, durch die ich ständig Kontakt mit Schriftstellern hatte, der Auslöser, oder es lag an meiner zunehmenden Reife. Ich weiß es nicht. Mit zweiundzwanzig Jahren verspürte ich einen unstillbaren Drang zu schreiben. Das bekam allerhöchste Priorität. Nicht mehr Heather.

Sie bat mich eines Tages um ein Gespräch: »Wir müssen reden!« Ein Satz, der keine weiteren Erklärungen verlangt. Ich hatte darauf gewartet, es geradezu herbeigesehnt. Wir trennten uns in gegenseitigem Einverständnis, auch wenn das selten stimmt. Tief innen drin wussten wir, dass unsere Beziehung sich verändert hatte: Es machte keinen Sinn, meiner Arbeit die Schuld dafür zu geben, ihrem Umfeld an der Universität oder ihrer Familie, nichts und niemand konnte etwas dafür. Die Gründe herauszufinden würde die Entscheidung nicht revidieren. Manchmal versucht man hartnäckig Erklärungen zu finden, anstatt die Dinge einfach so zu akzeptieren, wie sie sind.

Meine Gehaltssituation hatte sich verbessert und ich konnte mir eine eigene Wohnung leisten. Die Trennung von Heather machte mir sehr zu schaffen, trotzdem glaubte ich mittlerweile daran, dass es möglich war, aus so einer Beziehung gestärkt hervorzugehen, und dass die Wunden irgendwann heilen würden. Außerdem hatte ich etwas, woran ich mich festhalten konnte: Mein erstes Manuskript war beinahe fertig. Es war die Geschichte einer Serienmörderin und eines besessenen Kommissars, der hinter ihr her war. In den Jahren beim Verlag hatte ich viel gelernt. Ich war bei den letzten Korrekturen und hielt die Geschichte für Erfolg versprechend, sehr sogar. Der vorläufige Titel war *Eva,* der Name, mit dem die Frau ihre Verbrechen signierte.

Ich arbeitete bei Doubleday zu jener Zeit für Edward Perry, einen Mann mit Visionen und dem richtigen Riecher, der es in der Verlagswelt noch weit bringen sollte. Als ich ihm selbstsicher mein Manuskript überreichte, hielt er es für einen

Scherz. Ich erklärte ihm, dass ich es ernst meinte und schon seit meiner Jugend schreiben würde, jedoch so lange gewartet hätte, bis ich ihm etwas richtig Gutes vorlegen konnte. Ich muss ihn überzeugt haben, zumindest veränderte sich sein Gesichtsausdruck, und er versprach mir, es sich am Wochenende anzusehen und mir Montag seinen ersten Eindruck mitzuteilen. Er brüstete sich immer mit seinem eigenen Bewertungssystem, das er den »Perry-Dreischritt« nannte. Zuerst las er eine Manuskriptseite, die er zufällig aufgeschlagen hatte. Wenn ihm der Stil gefiel, las er eine weitere Seite. Dann eine dritte. Wenn er den Text dann immer noch für lesenswert hielt, folgte Schritt zwei: Das Lesen der ersten zwei oder drei Kapitel. Erst wenn diese zu seiner Zufriedenheit waren, nahm er sich in einem dritten Schritt das gesamte Manuskript vor. Auch für mich würde er da keine Ausnahme machen.

Ich musste nicht bis Montag warten. Bereits Sonntag rief er mich zu Hause an. Als ich seine Stimme hörte, wusste ich, dass ihm meine Geschichte gefallen hatte. Also fragte ich, noch bevor er loslegen konnte, bei welchem Schritt er war. Drei. Im Verlag wussten wir, dass bei Schritt drei ein Buch mit fast hundertprozentiger Sicherheit veröffentlicht wurde. Mein Chef fragte noch einmal ganz direkt, ob es sich tatsächlich um meine Geschichte handelte. Ein größeres Kompliment konnte er mir nicht machen.

Am nächsten Tag gab er mir einen Vertrag für *Eva.*

Ich bin jetzt siebenunddreißig Jahre alt. Mittlerweile habe ich sechs weitere Bücher veröffentlicht und nach Heather haben noch ein paar andere Frauen mein Leben gekreuzt, wenngleich ich nur noch einmal wirklich verliebt war. Sie hieß Clarice, und ich hatte das Gefühl, dass meine Suche bei ihr zu Ende war. Ich hielt sie für die Auserwählte, dachte, unsere gemeinsamen Interessen würden unsere Beziehung beständig machen. Ich irrte.

2

Jedes Jahr kehre ich nach Carnival Falls zurück. Ich komme gerne hierher. Meine Geburtsstadt erinnert mich an alte Zeiten, ich besuche die Menschen, die mir etwas bedeuten, und nehme an Festlichkeiten, Feiertagen oder Geburtstagen teil. Mich ins Auto zu setzen und über die Interstate 95 zu brausen gehört zu meinen größten Vergnügen.

Wie so oft hielt ich zuerst in der Harding Street. Ich ging zum Haus der Meyers, das nun von einer jungen Familie bewohnt wurde. Ohne dass sie davon Notiz genommen hätten, hatte ich die Kinder aufwachsen sehen. Ich kaufte im 7-Eleven an der Ecke Harding und Bradley Street ein Eis und setzte mich auf eine Bank.

Joseph war bereits zwei Jahre vor meinem Umzug gestorben. Still und leise hatte er, während eines Nickerchens auf der Veranda, diese Welt verlassen.

Die ersten Jahre hatte ich Collette bei meinen Reisen nach Carnival Falls noch besucht. Drei Jahre später starb auch sie. Leider war ihr kein so sanfter Tod vergönnt wie Joseph: Sie erlitt einen Infarkt.

Das Einfachste wäre gewesen, diesen Haltepunkt nicht mehr anzusteuern. Und beinahe hätte ich das auch getan. Im ersten Jahr nach Collettes Tod fuhr ich ohne nachzudenken zu ihrem Haus, vermutlich um einen Blick darauf zu werfen, um zu sehen, ob es wieder bewohnt war. Seither bin ich immer wieder hier gewesen. Ich kaufe ein Eis und setze mich vor das Haus. Wenn ich fertig gegessen habe, bleibe ich noch einen Moment lang sitzen, insgesamt so ungefähr eine halbe Stunde. So verbringe ich hier Zeit mit ihnen. Zu Hause in New York bewahre ich die Lieblingsspieluhr von Collette auf. Jedes Mal, wenn ich sie aufziehe und den Zirkusszenen zusehe, denke ich an die beiden und bin ihnen dankbar für all das, was sie im Laufe der Jahre für mich getan haben.

Schon oft habe ich mir aus reiner Neugierde vorgenommen, die neuen Bewohner zu bitten, einen Blick ins Haus werfen zu dürfen. Einmal bin ich sogar so nah herangegangen, dass ich einen Teil des Gartens hinterm Haus sehen konnte. Den Schuppen von Joseph gibt es nicht mehr. Abgerissen. Die Pflanzen sind ordentlich zurechtgeschnitten und der Rasen ist gemäht. Ich konnte Blumen und Kinderspielzeug erkennen. Das war genug. Für mich würde es immer der verwilderte Garten voller unbrauchbarer Geräte bleiben, den Collette so geliebt hatte, Sebastians Reich. Ich stellte mir vor, dass die Familie alles neu gemacht, den Gartenzwerg jedoch behalten hatte, der nun über alles wachte. Vielleicht sollte ich besser alles so in Erinnerung behalten, wie es gewesen war. Nie wieder betrat ich das Haus, außer in meinen Erinnerungen.

Das Eis war längst aufgegessen. Ich hielt den Stiel wie einen Taktstock in der Hand. Manchmal spielten die Kinder auf dem Bürgersteig, dann blieb ich länger sitzen und schaute ihnen zu. Heute war niemand zu sehen, obwohl es angenehm warm war.

Ich ging zu meinem Chrysler PT Cruiser und fuhr Richtung Cook Street. Wie oft hatte ich die Strecke auf dem Rad zurückgelegt? Den Weg nun in einem so schicken Auto zu fahren rief in mir ein wohliges, dankbares Gefühl hervor.

3

Auf dem Hof hatte sich seit meinem Auszug nicht viel verändert. Ich parkte neben Randalls Transporter und konnte von hier aus bereits das Fenster meines alten Zimmers sehen, das jetzt als Speisekammer diente. Plötzlich überfiel mich die Erinnerung an Orsons Schatten in jener Nacht, als er mich zum Lieferwagen bestellt hatte. Das allein reichte, um mir die gute Laune zu verderben. Ich schauderte allein beim Gedanken an Orson Powell.

Ein Klopfen am Autofenster riss mich aus meinen trüben Gedanken.

»Sam, wie schön, dass du da bist!«

Amanda. Ich schüttelte die vergangenen Ereignisse von mir ab, lächelte und stieg aus dem Wagen. Wir umarmten uns.

Amanda war fast siebzig. Sie erfreute sich immer noch bester Gesundheit, wenngleich man ihr die vielen Jahre harter Arbeit ansehen konnte. Sie hatte etwas zugenommen und ging am Stock. Ihr Haar, das sie immer im Zopf trug, war mittlerweile ganz weiß. Als ich sie umarmte, bemerkte ich Parfum und Puder auf ihren Wangen und nahm an, dass sie sich für mich zurechtgemacht hatte. Wir blieben einen Moment lang umschlungen stehen und liefen dann auf das Haus zu. Dabei wurden wir von Homero, dem Sohn von Rex, beobachtet.

Als wir den Saal betraten, erhob sich Randall aus seinem Lesesessel und kam auf uns zu. Der Alterungsprozess war seinem muskulösen Körper weniger stark anzumerken. In seinem karierten Hemd, Baumwollhose und Strohhut sah er aus wie immer. Sein Gesicht jedoch war von den vielen Jahren draußen auf dem Feld gezeichnet.

»Randall, du trägst ja jetzt Bart!« Ich umarmte ihn und war erschüttert, als ich seinen zerbrechlichen Körper bemerkte. An meinen Unterarmen spürte ich seine spitzen Schulterblätter.

Als wir uns voneinander lösten, sah ich, dass er deutlich dünner war als im Jahr zuvor und unter seinem beginnenden Bart die Wangenknochen hervorstachen.

»Wir alle freuen uns sehr, dass du da bist«, sagte er und strich sich dabei über den Bart. »Die Mädchen bereiten gerade das Essen zu.«

Claire gab zwei Mädchen Zeichen, mich zu begrüßen. Sie war als Einzige von uns auf dem Hof geblieben und hatte mit den Jahren die Rolle der Organisatorin übernommen. Je mehr Amandas Kräfte schwanden, desto mächtiger wurde Claire. Ich beobachtete sie einen Moment lang und sprach dabei mit Jodie und einem anderen Mädchen, das neu auf dem Hof war. Die Art, wie sich Claire mir zuwandte, ihre Arme bewegte, all das erinnerte mich stark an Amanda, die mittlerweile eine alte Dame war, die sich auf ihren Stock stützte. Früher war sie mir so kraftvoll und unverwundbar vorgekommen.

»Sam!« Claire kam mit großen Schritten auf mich zu und wischte sich dabei die Hände an einem Tuch ab. Sie umarmte mich fest und flüsterte: »Wie konntest du das Miriam bloß antun?«

Ich musste lachen. Miriam war nicht etwa eine meiner Eroberungen, nein, sie war die Hauptfigur in meinem letzten Roman *Nachtwächter*. Sie wurde von einem unbarmherzigen Psychopathen verfolgt, der es darauf abgesehen hatte, ihr Leben um jeden Preis zu zerstören.

»Halt!«, befahl Amanda da. Sie ließ sich umständlich auf einem der Stühle nieder. »Ich habe gerade erst angefangen.«

Sie zeigte auf ein Exemplar, das ich ihr vor wenigen Wochen zugeschickt hatte. Zwischen den ersten Seiten schaute ein Lesezeichen hervor.

»Ich war diesmal die Erste«, sagte Claire stolz.

»Da siehst du es, Sam«, schaltete sich nun auch Randall ein, der seinen Hut abgenommen und sich gesetzt hatte. »Manche Dinge ändern sich nie. Ich bin immer als Letzter dran.«

»Ich möchte es auch lesen«, rief da Jodie von der Küche aus.

»Kümmer du dich lieber um den Salat«, ordnete Claire an. »Du bist noch zu klein dafür.«

»Ich bin doch schon acht! Und Harry Potter habe ich auch gelesen.«

Das andere, scheinbar etwas ältere Mädchen meinte, Harry Potter zähle nicht, das seien Kinderbücher. Claire verbat sich jegliche Diskussion, aber die Kleinen machten in leiserem Tonfall weiter. Ich freute mich zu sehen, dass die Regeln auf dem Hof nicht mehr ganz so streng waren.

Ich ging zu der Anrichte neben der Tür, eine Art Ritual während meiner Besuche, und sah mir leicht nach vorne gebeugt, die Hände hinter dem Rücken verschränkt, die vielen Fotografien an.

»Wie viele sind es mittlerweile, Amanda?«

»Zweiundsechzig.« Die Antwort kam prompt. Sie mochte zwar körperlich an Kraft verlieren, aber ihr Gedächtnis hatte nicht nachgelassen.

In der Küche hörte man die beiden Mädchen diskutieren. Über Harry Potter waren sie nun bei ihren zukünftigen Berufswünschen angekommen. Die ältere wollte Model werden wie Katie. Jodie würde Schriftstellerin sein wie ich, wollte aber romantische Geschichten für junge Mädchen schreiben.

Mein Blick fiel auf Tweetys Foto. Er hatte den Mund leicht geöffnet und schaute verträumt gen Himmel. Das

Foto stammte noch aus der Zeit, bevor er hierhergekommen war. Damals hatte sein Gesichtsausdruck noch am ehesten wie ein Lächeln ausgesehen. Tweety lebte nach wie vor in Carnival Falls und unterrichtete Geschichte. Wir telefonierten regelmäßig, und manchmal lachten wir über sein damaliges Faible für Comics.

Es machte mir Spaß, ein Gesicht nach dem anderen zu betrachten. In Reih und Glied standen hier Bilder von allen Kindern, die jemals auf dem Hof gelebt hatten. Es gab keine Privilegien, alles waren Schnappschüsse, mal größer, mal kleiner. Mein Bild stand hinter den anderen und war eins der wenigen Schwarz-Weiß-Fotos. Es war auf dem Hof aufgenommen worden, als ich gerade Laufen lernte. Man sah darauf auch den halben Körper von Amanda, die mich an der Hand hielt.

Ich schaute gerade Randys Bild an, der grimmig aussah unter seinem Cowboyhut, als ich Amandas Schritte und das Geräusch des Stocks auf dem Boden hinter mir hörte.

»Jedes Mal, wenn ich dich die Fotos betrachten sehe, nehme ich mir vor, es wegzustellen.«

Ich wusste genau, welches Bild sie meinte. Nicht weit von meinem Foto entfernt stand Orson Powell. Eine Porträtaufnahme in Pastellfarben, auf der er sechs oder sieben Jahre alt war. Herausgeputzt, mit glänzenden Augen und breitem Lächeln sah er stolz in die Kamera, die Haare frisch geschnitten. Er war schon immer gut darin gewesen, andere zu beeindrucken.

»Ist mir gar nicht aufgefallen«, log ich. »Und ehrlich gesagt tut mir Orson nur leid.«

Amanda klopfte mir auf die Schulter.

»Alle sollten dort stehen«, sagte sie verzagt. »Ausnahmslos. Gott hat euch hierhergebracht und ich habe mich bemüht, aus allen das Bestmögliche herauszuholen.«

Ich sah sie an und legte ihr die Hand auf die Schulter.

»Ich weiß, Amanda. Du brauchst mir nichts zu erklären.«

»Da bin ich froh«, entgegnete sie und blieb noch eine Weile neben mir stehen.

Ich blickte nach oben. Das Kruzifix schien im Laufe der Jahre kleiner geworden zu sein.

»Bleibst du bei uns?«, fragte Amanda plötzlich.

Die Frage traf mich unerwartet. Normalerweise stieg ich im Hotel Cavallier in der Paradise Road ab. Amanda sah mich flehend an.

»Natürlich, gerne.«

»Wir haben dir ein Bett in Claires Zimmer vorbereitet«, sagte sie und schaute zu Boden. »Was anderes können wir dir leider nicht anbieten.«

»Das macht doch nichts.«

Amanda lächelte.

»Dann ist ja alles geklärt.« Sie drehte sich um und klatschte energisch in die Hände.

Claire reagierte sofort. Die beiden Frauen tauschten einen vielsagenden Blick, und Claire wusste Bescheid.

Einige Minuten später kamen auch die restlichen Kinder zum Mittagessen. Sie begrüßten mich, manche wirklich erfreut, andere aus Höflichkeit. Der ganze Saal war erfüllt von Stimmengewirr. Amanda hatte wieder Platz genommen und thronte über dem Geschehen. Sie sog tief Luft ein und warf über den Rand ihrer rechteckigen Brille hinweg wachsame Blicke in alle Richtungen. Claire kümmerte sich darum, dass sich alle die Hände wuschen, und koordinierte die Küchenhelfer beim Auftragen des Essens.

Wir nahmen wie gewohnt um den Tisch herum Platz, Mädchen und Jungen saßen sich gegenüber.

4

Billy wohnte in einem wunderschönen Haus am Redwood Drive. Nicht in dem alten Teil, in dem immer noch die riesigen Villen standen, sondern etwa einen Kilometer weiter Richtung Norden. Dort hatte es früher nur Wald gegeben, doch in den letzten Jahren war ein exklusives Wohngebiet mit hochmodernen Häusern entstanden.

Auch Billy hatte einen Glückstreffer gelandet. Sein Erfolg hatte aber nie an so einem seidenen Faden der Wahrscheinlichkeit gehangen wie meine literarische Karriere in New York, nein, er leuchtete in Form eines schon aus weiter Ferne sichtbaren Neonschildes den Weg. Billy ist und bleibt ein Computergenie. Mit dem ersten eigenen Rechner kam die Leidenschaft. Mrs Pompeo erwähnte gerne, wie froh sie sei, dass Computer erst in Billys letzten Schuljahren in Mode gekommen waren, da er sonst weder im Wald gespielt noch Freunde gehabt oder jemals Sozialkontakte geknüpft hätte. Seine Eltern hatten es erst gar nicht versucht, sich dem Wunsch des Nesthäkchens zu widersetzten, der die Familientradition, Ingenieur zu werden, nicht fortführen wollte.

Billy schloss mit Auszeichnung in Harvard ab und wurde mit Stellenangeboten überhäuft. Er lehnte sie alle ab. Gemeinsam mit einem Studenten, der den Nachnamen LeClaude trug, gründete er ein Softwareunternehmen, das für Banken arbeitete. Ein Jahrzehnt lang führte er das Unternehmen und wurde damit reich, dann verkaufte er seine Anteile an LeClaude und ließ sich in seinem Traumhaus nieder. »Irgendwann wurde es mir zu langweilig«, war seine Erklärung. »Ich war nur noch Unternehmer und kein Programmierer mehr.« Jetzt war er Berater für Datensicherheit bei verschiedenen Firmen. Außerdem gab er Seminare an mehreren Universitäten und arbeitete an eigenen Projekten, bei denen er sich jedoch nicht die Mühe machte, sie mir zu erklären. Bei unseren Treffen ging es nur selten um Berufliches.

Über einen gewundenen Steinweg lief ich auf sein Haus zu, das auf einem kleinen Hügel mitten im Grünen erbaut war. Meine Besuche bei Billy waren immer spannend, da ich mich nie ankündigte.

Als ich ungefähr fünf Meter von der Haustür entfernt war, ging sie auf. Billy sah mich von der Schwelle aus an. Da stand nicht der Mann, der aus ihm geworden war, sondern der Schuljunge, der mir sein Brot angeboten hatte.

»Sam!«, rief der Junge und zögerte einen Augenblick, ob er stehen bleiben oder auf mich zugehen sollte.

Ich lief schneller. Beugte mich zu ihm hinunter, gab ihm einen Kuss auf die Wange und zerzauste dabei sein Haar.

»Hallo Tommy! Sind deine Eltern da?« Ich warf einen Blick durch die Tür. Er war sicher nicht allein, aber niemand ließ sich blicken.

»Mama ist beim Friseur und Papa sitzt auf dem Klo, das kann dauern, er hat ein Buch mitgenommen.«

Ich grinste. Tommy blieb ernst. Er stand immer noch auf der Türschwelle und fand es scheinbar ganz normal, sich dort zu unterhalten. Und vielleicht war es das für einen Sechsjährigen ja tatsächlich.

»Ich kann schon bis hundert zählen.«

»Echt?«

»Ja. Eins, zwei, drei …«

Er zählte noch bis vierunddreißig weiter, vergaß dabei neunzehn und neunundzwanzig, und hörte erst auf, als er Schritte auf der Treppe vernahm.

»Wen haben wir denn da?«, hörte ich Billys Stimme. »Sam Jackson persönlich!«

Mit großen Schritten kam er auf mich zu und drückte mich fest an sich. Tommy war zwischen unseren Beinen gefangen.

»Ich wusste, dass du kommst«, sagte Billy nun. »Die ganze Woche habe ich es schon geahnt, gestern habe ich noch zu ...«

»Papa!«

Billy löste sich von mir, sodass Tommy sich befreien konnte.

»Entschuldigung, Tommy.«

Er lief verärgert davon. Es war unmöglich, bei seinem Anblick nicht an Billys Wutausbrüche von früher zu denken, wenn etwas nicht nach seinem Plan lief.

»Woher er das bloß hat?«, fragte Billy.

»Er wollte mir gerade zeigen, dass er bis hundert zählen kann«, erklärte ich ihm.

»Ist er bis fünfzig gekommen?«

Ich schüttelte den Kopf.

»Dann hab ich dich also gerettet.« Billy lachte. »Von fünfzig an wird alle fünf Zahlen die siebenundvierzig wiederholt. Die ist so eine Art Joker. Beim ersten Mal musste ich laut losprusten.«

»Darf ich reinkommen?«

Er sah mich an. »Du weißt gar nicht, wie sehr ich mich freue, dass du da bist!«

Als wir drinnen waren, bot Billy mir verschiedene Getränke an. Eine reine Höflichkeitsgeste – wie immer würden wir im Garten sitzen und Bier trinken.

Kurz bevor wir die Küche erreichten, hielt Billy plötzlich inne. Er schien sich an etwas zu erinnern und drehte sich um.

»Ich muss dir was zeigen!«

Seine Augen glänzten genauso wie früher, als läge ihm das größte Geheimnis der Welt auf der Zunge.

»Wenn es nicht wieder einer deiner besonders flachen Computer ist, gerne.«

»Sag mir jetzt nicht, dass du immer noch die olle Schreibmaschine benutzt.«

»Natürlich.«

»Oje.«

»Was wolltest du mir zeigen? Muss ich mir Sorgen machen?«

»Nein!« Er strahlte mich an. »Warte hier auf mich.«

Er ging vom Haus aus in die Garage.

Kurz darauf kam er schon wieder zurück und hielt ein Bild an die Brust gedrückt. Ich konnte nicht sehen, was es war.

»Was ist das?«

»Ich habe es letzte Woche bekommen.«

Ich runzelte die Stirn und wartete gespannt.

Er drehte das Bild feierlich um. Ich konnte mich kaum auf den Beinen halten vor Lachen und musste mich auf einem Sessel abstützen. Es war einfach zu gut!

»Wirklich unglaublich!«

»Ich werde es zu den anderen hängen, hier im Wohnzimmer.«

In seinen Händen hielt er eine ziemlich aktuelle Version seiner Matrosenanzug-Fotos. Wie die, zu denen ihn seine Mutter früher immer gezwungen hatte. Er machte dasselbe Gesicht, das Kinn leicht zur Seite geneigt, und sah fröhlich in die Kamera, ein Ausdruck, der auf den Kinderfotos mit der Zeit immer gezwungener ausgesehen hatte.

»Der Hintergrund ist derselbe, nicht schlecht, oder?«, fragte er stolz.

Da erst bemerkte ich hinter dem grinsenden Billy die ausladenden, leicht verblichenen Wolken.

»Mr Pasteur ist mittlerweile gestorben, aber sein Sohn

führt das Fotostudio weiter. Es ist wie ein Museum. Er hat sich sehr gefreut, mich zu fotografieren.«

»Merkst du was?«

»Was meinst du?«

»Damals hast du diese Fotos gehasst. Du hast sie sogar erniedrigend genannt.«

Er stellte das Bild ab.

»Und das sind sie immer noch, das ist doch das Großartige daran!«, sagte er auf dem Weg in die Küche. »Bier?«

»Gerne.«

Er kam mit einem Sechserpack Budweiser zurück.

»Das wird erst mal reichen.« Er trug die Bierdosen in einer Hand, die andere legte er um meinen Nacken. »Lass uns in den Garten gehen, es gibt so viel zu erzählen.«

Wir setzen uns auf zwei der drei Holzstühle.

Tommy spielte mit ein paar leeren Pappverpackungen.

»Solche Kartons sind für Tommy besser als jedes Spielzeug«, sagte Billy und gab uns beiden Bier.

»Vielleicht wird er ja die Familientradition fortsetzen«, antwortete ich.

Tommy hatte gerade einen Turm gebaut, der doppelt so hoch war wie er selbst.

»Das wäre seinen Onkeln nur recht«, scherzte Billy und schaute ins Nichts. Dann wurde er plötzlich ernst: »Weißt du was, Sam?«

»Was denn?«

»Wenn ich Tommy sehe, wie er hinfällt, zu nahe an einen Herd geht, auf einen Stuhl steigt oder sonst irgendetwas tut, was nur im Entferntesten Gefahren birgt, zieht sich mir die Brust zusammen. Ich muss dann an uns denken, wie wir die ganzen Tage im Wald verbracht haben. Uns immer weiter und weiter hineingetraut haben, ohne auch nur einen Gedanken an Gefahren zu verschwenden.«

»Das waren noch andere Zeiten.«

»Ja, natürlich. Was ich damit sagen will ... Jetzt erst beginne ich, meine Mutter zu verstehen. Sie ist mir damals mit ihren Ratschlägen furchtbar auf die Nerven gegangen, sie war hart in ihren Strafen und ich habe mich manchmal wegen ihr geschämt.« Ich konnte mir ein Lächeln nicht verkneifen. »Aber sie hat mich stundenlang mit dir im Wald spielen lassen, und ich habe ihr nie dafür gedankt.«

Er verstummte und trank ein paar Schlucke Bier, leckte sich den Schaum von den Lippen. Auch wenn wir uns Monate lang nicht sahen, bestand zwischen uns eine tiefe Vertrautheit. Das Foto war zu Ehren seiner verstorbenen Mutter entstanden, es war überhaupt kein Scherz, das verstand ich nun. Es war seine Art, mit ihr Frieden zu schließen.

»Manchmal übertreibe ich es mit dem Behüten ein wenig.« Billy sah zu Tommy hinüber, der gerade mit einem Fuß sein Bauwerk zerstörte und sich wie wild dabei freute. »Ich weiß nicht, ob wir gute Eltern sind. Unsere Generation, meine ich.«

»Es sind keine einfachen Zeiten. Es geht nicht mehr nur darum, den Kindern Freiheiten zu lassen. Da draußen warten reale Gefahren auf sie.«

»Das mag schon sein. Aber ich glaube, es geht noch um mehr. Wir sind so verunsichert. Warum auch immer. Wir haben Angst zu scheitern.«

Wir schwiegen. Ich hatte die halbe Dose heruntergestürzt und fühlte einen leichten Schwindel.

»Gibt es etwas, das du mir erzählen willst, Billy?«

»Jede Menge.«

»Dann leg los ...«

»Dass ich dich liebe?«

»Sehr lustig.«

Er dachte nach.

»Es gibt jetzt strenge Regeln für Waldbesuche, um die Kinder davon abzuhalten, über die Grenze hinauszugehen.«

»Das war damals auch schon verboten, haben wir aber trotzdem gemacht.«

»Das ist nicht dasselbe. Jetzt stehen da immer ein oder zwei Wachleute. Wenn man nicht in Begleitung eines Erwachsenen ist, geht es nicht weiter. Und wenn sie dich auf der anderen Seite finden …«

»Wie viele sind mittlerweile verschwunden?«, fragte ich mit zitternder Stimme.

»Seit dem kleinen Green sechs. Alle anderthalb Jahre jemand. Ich habe immer an den Suchen teilgenommen, ich kenne den Wald schließlich wie meine Westentasche. Und weißt du, was ich manchmal denke?«

Ich nickte ihm auffordernd zu.

»Der Wald hat sich verändert«, sagte Billy in nachdenklichem Tonfall. »Die Gefahren sind greifbarer geworden, verstehst du, was ich meine?«

»Der Wald ist ein gefährlicher Ort«, gab ich zurück. »Das war er schon immer, wir haben das nur unterschätzt.«

Billy trank den letzten Schluck aus seiner Dose, zerdrückte sie und ließ sie auf dem Tisch liegen. Keiner von uns wollte das Gespräch vertiefen, das sicherlich im Sommer 1985 geendet hätte. Dem Sommer, in dem wir ein Mädchen kennenlernten, in das wir uns beide verliebten.

»Wir hätten auf dich hören sollen«, sagte ich.

Worauf ich mich bezog, musste ich Billy nicht erklären.

»Du musstest es bis zum Ende durchziehen«, sagte Billy da. »Ich hab es dir, glaube ich, nie gesagt, aber ich wusste schon damals, dass du alles aufdecken würdest. Weißt du, wann mir das klar wurde?«

»Nein, wann?«

»In der Bibliothek. Als wir diese Ankündigung von Banks

Vortrag gesehen haben. Ich habe es an deinem Blick gesehen, du musstest es genau wissen. Ich bin stolz auf dich.«

»Danke.«

Nur selten dachte ich an die Geschehnisse in diesem Sommer, besonders an das, was in der letzten Sommerwoche im Wald passiert war. Aber ich wusste, dass es der einzige Weg gewesen war, um Frieden damit zu schließen.

»Heute kommt es mir so vor …«, dachte ich laut nach, »… als wären wir damals einer Reihe von unwahrscheinlichen Ereignissen gefolgt. Erinnerst du dich noch, wie du damals die Holzklappe in Mirandas Haus entdeckt hast?«

Tommy hob aufmerksam den Kopf.

»Manchmal weiß ich gar nicht mehr genau, was damals alles passiert ist«, gab Billy bedauernd zu. »Als wenn ein Teil von mir am liebsten alles vergessen würde. Oder zumindest manche Dinge.«

Ich griff nach meiner Bierdose und trank den Rest aus.

Tommy schaute auf die ein paar Meter entfernte Tür. Ich drehte mich um, als gerade ein grauer Umriss hinter dem Mückengitter auftauchte. Die Tür ging auf.

»Mama!«, rief Tommy erfreut und lief auf sie zu.

Seine Mutter erwartete ihn mit ausgebreiteten Armen.

»Liebes, guck, wer zu Besuch ist«, rief Billy ihr zu.

»Sam, wie schön dich zu sehen!« Anna befreite sich aus den Armen ihres Sohnes.

»Und die Schokolade?«, fragte Tommy ungeduldig.

Anna nahm eine Tafel Schokolade aus ihrer Tasche. Zufrieden ging er zu seinen Kartons zurück und riss dabei die Verpackung auf, während Anna auf uns zukam. Billy hatte sie vor ungefähr zehn Jahren auf einer Dienstreise an die Westküste kennengelernt. Damals lebte er noch in Boston und konnte dort nicht wegziehen, weshalb er Anna bat, zu ihm zu kommen. In derselben Nacht, als er ihr gerade den

Vorschlag unterbreitet hatte, klingelte mein Telefon. Ich erklärte ihn für verrückt, sagte ihm, dass ich es nicht gerade für eine besonders kluge Idee halten würde, wenn ein Millionär irgendeine Frau, die er gerade erst in Los Angeles kennengelernt hatte, bei sich einziehen ließ. Er entgegnete mir, dass ich meine Meinung sicher ändern würde, sobald ich Anna kennengelernt hätte. Ich glaubte ihm nicht und hielt die Entscheidung für übereilt. Aber ich irrte mich.

Ich verbrachte den ganzen Tag mit den beiden. Anna gab Billy noch ein weiteres Bier und nahm den Rest wieder mit ins Haus. Dann brachte sie Limonade und Kekse und wir unterhielten uns. Sie hatte alle meine Bücher verschlungen und genoss es, mit mir darüber zu reden. Billy hielt sich aus diesem Gespräch heraus und kümmerte sich um Tommy, der die Lust an den Kartons verloren hatte und lieber bei uns sein wollte.

Da ich noch zwei oder drei weitere Tage in Carnival Falls verbringen würde, verabredeten wir uns für den nächsten Tag zum Abendessen.

Dritter Teil

Diamantwesen

1985

1

In der Nacht vom 11. Juli nahmen Kommissar Nichols, zwei seiner Assistenten sowie ein Sozialarbeiter Orson Powell auf dem Hof fest. Zwei Tage später wurde er in das Jugendinternat Fairfax in Portsmouth überstellt. Kinder wie Tweety und Randy, die selbst viele Jahre in dem Kreislauf aus verschiedenen Waisenhäusern verbracht hatten, nannten diesen albtraumhaften Ort »Das Gefängnis«. Dort waren nur die hinterhältigsten und hoffnungslosesten Fälle untergebracht. Die Sicherheitsbestimmungen waren strikter als in Alcatraz, und bei Problemen ging es nicht selten um Leben und Tod. Tweety versorgte mich mit glaubhaften Informationen, und trotzdem klangen die Geschichten über Fairfax für meinen Geschmack doch etwas zu abenteuerlich. Genährt wurde dieser Ruf vermutlich von den Aufsehern in anderen Einrichtungen, die mit einem Aufenthalt in Portsmouth drohten, und es so zu einem Vorraum der Hölle machten. Mit der Sicherheit nahm man es im »Gefängnis« jedoch tatsächlich ganz genau: Es gab Wachen auf den Türmen, ausgeklügelte Alarmsysteme und sogar Elektrozäune wie in einer richtigen Haftanstalt. Die Vorstellung beruhigte mich.

Orson zu überführen hatte mir den Spitznamen Detektiv Jackson eingebracht, den meine Geschwister wahlweise nutzten, um sich über mich lustig zu machen oder um ihre Anerkennung auszudrücken. Das Verdienst, den jugendlichen Mörder überführt zu haben, war weder mir noch meinen Freunden alleine zuzuschreiben und führte zu einer Reihe von mehr oder weniger zutreffenden Spekulationen. Die Geschichte hinter diesem von der Kamera zufällig aufgenommenen Moment, den wir auf dem Speicher der Mathesons beobachtet hatten, war haarsträubend. Nachdem der Filmliebhaber Marvin festgehalten hatte, wie seine Frau in das leere Schwimmbecken gestoßen wurde, war er vermutlich aus dem Haus gestürmt und zu ihr ins Becken gesprungen, um nach ihr zu sehen. Dann hatte er die Polizei gerufen. Was auch immer in den Minuten, bis die Polizei schließlich eintraf, geschehen war – außer dass er überall das Blut seiner Frau verteilt hatte –, er musste den verräterischen Film beiseitegeschafft haben. Warum? Die Antwort auf diese Frage nahm er mit ins Grab. Vielleicht hatte er in den drei Jahren mit Orson bereits seinen Hang zur Gewalttätigkeit bemerkt und fühlte sich verantwortlich für dessen Taten. Vielleicht trug er auch eine andere Last mit sich herum und wollte mit diesem Geständnis eine Schuld begleichen.

Die Ereignisse mussten tiefe Spuren bei Orson hinterlassen haben. Als ich Tweety später beschrieb, wie Orson sich mit der Wucht eines gereizten Stieres gegen seine Adoptivmutter geworfen hatte, sagte er, dass er sich in seiner Zeit in Milton Home niemals so verhalten habe. Dieser Moment der ungebremsten Wut, von der er sich, ohne an die Konsequenzen zu denken, mitreißen ließ, hatte ihn vermutlich gelehrt, worauf er zukünftig achten musste, wenn er überleben wollte.

Es fehlte jedoch ein Glied in der Ereigniskette von Marvin Frenchs Verhaftung bis hin zu Orsons kompliziertem Plan, mich zu seiner Spielfigur zu machen, um an den Film zu kommen. Woher hatte er nur gewusst, dass sich das Beweismaterial in Joseph Meyers Besitz befand? Billys Theorie war, dass Orson annehmen musste, nach dem Geständnis seines Adoptivvaters habe dieser kein Interesse mehr daran gehabt, das Beweismaterial publik zu machen. Er musste entweder glauben, der Film sei zerstört worden, bevor die Polizei eingetroffen war, oder French habe ihn für seinen Anwalt versteckt, damit dieser ihn abholen und vernichten konnte.

»Anwälte dürfen gegen den Willen ihrer Klienten nichts veröffentlichen«, hatte Billy uns erklärt. »Sie haben Verschwiegenheitspflicht.«

Es konnte also Josephs Aufgabe gewesen sein, den Film zu vernichten. Und wenn nicht? Orson hatte aus seinem Fehler gelernt. Ein unüberlegter Moment wäre ihm beinahe zum Verhängnis geworden, er konnte nicht zulassen, dass ihm so etwas noch einmal passierte. Das Glück schien auf seiner Seite, als er mich auf dem Hof kennenlernte: sein Weg zu Joseph Meyer. Vermutlich kam daher auch seine Abneigung gegen mich. Ich war froh, dass ich nicht meiner Angst nachgegeben hatte. Ohne Billy wäre ich vermutlich all seinen Forderungen nachgekommen.

Orsons vorausschauende Art hatte ihn schließlich zu Fall gebracht. Wenn er sich mit derselben ungestraften Kälte verhalten hätte, die wir auf dem Speicher der Mathesons gesehen hatten, wäre der Film vermutlich nie wieder aufgetaucht.

Die zweite Hälfte der Sommerferien, nachdem Orson abgeholt worden war, versprach deutlich angenehmer zu werden. Sogar Mathilda war für ihre Verhältnisse erstaunlich zurückhaltend. Amanda bat mich zu einem vertraulichen Gespräch, in dem sie sich bemühte, wütend zu wirken. Insgeheim wusste ich jedoch, dass sie es eigentlich nicht war. Sie sagte, sie fühle sich hintergangen, sie habe mir vertraut und wolle nicht noch einmal angelogen werden. Dann gestand sie, dass sie einige Seiten aus *Lolita* gelesen habe und es gar kein so schlechtes Buch sei. Das ändere aber nichts daran, dass ich ihr von Anfang an reinen Wein hätte einschenken sollen. Während sie auf mich einredete, wusste ich, dass sie das ganze Buch gelesen und es ihr gefallen hatte. Ich war froh, dass sie die Fotos mit keinem Wort erwähnte.

Trotz der mildernden Umstände – ich war schließlich manipuliert worden –, konnte ich einer Strafe nicht entgehen. Ich hatte gelogen und das konnte Amanda mir nicht durchgehen lassen. Eine Woche Hausarrest war die Folge.

Am fünften Tag spielte ich gerade in der Nähe der Kartoffelfelder mit Rex Stöckchenwerfen, als Randy auf mich zugerannt kam. Er war ganz außer Atem.

»Vor … vor dem Haus … ist … ist … eine Prinzessin.«

»Was?«

Langsam ging ich mit Rex zum Haus zurück.

»Sie hat gesagt, ich soll dich holen«, brachte Randy heraus, der immer noch nach Luft schnappte.

Miranda wartete hinter dem Zaun auf mich.

»Das ist Miranda«, erklärte ich Randy.

Er riss die Augen auf. Die Tochter der Mathesons war jedem auf dem Hof durch die Ereignisse ein Begriff, aber bisher hatte sie noch niemand zu Gesicht bekommen.

»Kann ich zuhören?«, fragte Randy erwartungsvoll.

»Nein«, erwiderte ich schroff. »Du bist noch zu klein. Und wehe, du erzählst Amanda etwas.«

»Aber Amanda sieht sie doch sowieso.«

»Tu einfach, was ich dir sage.«

Randy nickte und verdrückte sich. Rex schien unentschlossen, ob er sich ihm anschließen sollte, blieb dann aber bei mir.

Ich schlenderte auf den Zaun zu und überlegte fieberhaft, warum Miranda hier war. Sie trug ein weißes Kleid, das für einen Ausflug auf dem Fahrrad nicht besonders geeignet war. Vielleicht war es gar kein geplanter Besuch?

»Hey Sam.« Sie sah verführerisch aus, so gegen das Fahrrad gelehnt. »Wie geht's?«

»Gut«, antwortete ich.

Ich warf den Stock für Rex so weit ich konnte und stützte mich auf einem Holzpfosten ab.

»Das freut mich. Ich bin alleine hierhergekommen.« Miranda sah stolz auf ihr Rad. Für die meisten Kinder aus Carnival Falls war so eine Fahrradtour alltäglich.

»Herzlichen Glückwunsch. Und das im Kleid.«

»Danke!«

Sie kam einen Schritt auf mich zu, und ich verspürte das Bedürfnis zurückzuweichen.

»Nur noch zwei Tage, dann kannst du schon wieder mit uns in den Wald«, sagte sie fröhlich.

»Ja. Was sind schon zwei Tage?«

»Billy bereitet irgendeinen Ausflug vor, wohl etwas ganz Besonderes. Er wollte mir aber nichts verraten.«

Ich konnte mir vorstellen, worum es ging. Rex kam zurück, den Stock zwischen den Zähnen. Eine willkommene Ausrede, um meinen Blick abzuwenden.

»Ich bin gespannt, was er vorhat«, sagte ich. »Bestimmt handelt es sich um etwas Au-ßer-or-dent-li-ches.«

Miranda lachte über meine Art, Billy zu imitieren.

Der Hund sprang Aufmerksamkeit heischend um mich herum.

»Ich bin wirklich froh, dich zu sehen, Sam.«

»Danke, Miranda. Ich freue mich, dass du hier bist.«

»So halten wir uns an Amandas Regeln, oder?« Sie deutete auf den trennenden Zaun.

»Ja, das stimmt. Hat allerdings was von Gefängnisbesuch.«

Sie lächelte und kam noch etwas näher. »Ich wollte dir etwas sagen«, murmelte sie.

»Was denn?«, brachte ich hervor.

Miranda hielt sich am Zaun fest, einer ihrer Finger streifte mich. Sie schaute mich an, war sich der Berührung bewusst und zögerte, ob sie ihren Finger dort liegen lassen oder wegnehmen sollte. Ich fragte mich dasselbe, entschied mich aber, nichts zu tun. Zum ersten Mal überlegte ich, ob Miranda sich meiner Gefühle für sie bewusst war.

»Als ich meinem Vater die Filme gegeben habe«, sagte Miranda gerade, und ich musste mich wirklich zwingen, ihren Worten zu folgen, »habe ich den mit dem Unfalldatum behalten.«

»Und? Hast du ihn noch?«, fragte ich vorsichtig nach.

Sie nickte. Dann löste sie sich vom Zaun.

»Ich wollte, dass du das weißt, Sam«, sagte sie und stieg auf ihr Fahrrad. »Wir können dann immer noch entscheiden, was mit der Kassette passieren soll. Ich dachte, dass du schon mal darüber nachdenken willst.«

»Weiß Billy Bescheid?«

»Nein, bisher noch nicht. Aber vielleicht sollten wir ihn einweihen.«

Ich nickte.

»Danke, Miranda. Wir sehen uns ja schon bald.«

»Bis dann, Sam.«

Wie hypnotisiert sah ich ihr hinterher. Kurze Zeit später war sie nur noch ein kleiner Punkt und verschwand dann auf der Paradise Road.

Ich weiß nicht, wie lange ich dort stand, bis ich plötzlich etwas an meinem Knie spürte.

Rex forderte einen neuen Stockwurf.

2

An diesen Tagen voller Langeweile und Einsamkeit tat ich noch etwas Wichtiges: Ich wurde die Halskette los. Ich wollte nicht mehr das Risiko eingehen, dass irgendwer sie zufällig fand und meine Freunde davon erfuhren. Also legte ich die Kette in eine leere Schuhcremeverpackung und vergrub sie auf Frasers Grundstück in der Nähe des alten Lieferwagens. Dieses einsame Begräbnis kam mir vor wie der Beginn einer neuen Ära, ich wollte die Zeit des Beobachtens ein für alle Mal hinter mir lassen. Miranda sollte nun kein verbotenes Objekt meiner Begierde, kein Ziel meiner Obsessionen mehr sein. Sie war jetzt meine Freundin, das hätte ich mir ein paar Wochen zuvor nie träumen lassen. Ich durfte nicht zusammenzucken, wenn einer ihrer Finger mich berührte oder sie mich umarmte. Es musste sich etwas ändern.

Mein erster Tag nach dem Hausarrest sollte etwas Besonderes werden. Wir würden den Ausflug machen, den Billy vorgeschlagen hatte: Ich konnte es kaum erwarten, Mirandas Gesicht zu sehen, wenn wir unser großes Geheimnis lüfteten.

3

»Billy, heute ist es viel zu heiß zum Laufen!«

Wir waren auf der Lichtung. Billy trug seine Baumwolljacke, in deren unzähligen Taschen seine gesamte Abenteurerausrüstung steckte. Diese hatte er gerade Stück für Stück vor uns ausgebreitet: Notizbuch, Kompass, ein seltsames Ding zum Messen von Höhenmetern, dessen Name ich mir nicht merken konnte, eine Lupe und noch einiges mehr.

»Ja«, gab er zu. »Es ist etwas wärmer als erwartet.«

»Etwas?«, jammerte ich. »So heiß war es seit zehn Jahren nicht. Über vierzig Grad.«

Miranda hielt sich raus.

»Wir haben doch unsere Feldflaschen.« Billy hob seine stolz in die Luft. Dabei wäre er fast von dem Baumstamm gekippt, auf dem er stand.

»Komm lieber runter, sonst brichst du dir noch alle Knochen.«

»Ich bin der Anführer dieser Expedition«, sagte Billy und schaute in Richtung Wald.

Ich schüttelte den Kopf. Ein paar Mücken umkreisten uns, und ich versuchte, sie mit einer Handbewegung zu verscheuchen.

»Es reicht jetzt, Billy.«

Die Hitze brannte. In den Nachrichten hatten sie tatsächlich gesagt, dass es sich um den heißesten Tag der letzten zehn Jahre handelte. Wir alle hatten die Anweisungen erhalten, genug zu trinken, uns nicht dem direkten Sonnenlicht auszusetzen und körperliche Anstrengungen zu vermeiden.

Nur Billy konnte bei so einem unerträglichen Wetter auf die Idee kommen, zwei Kilometer durch den Wald zu laufen.

»Billy, wirklich. Das ist nicht lustig«, beharrte ich.

»Was sagst du denn dazu, Miranda?«

»Sam hat recht, es ist wirklich heiß. Aber ich schließe mich eurer Entscheidung an.«

»Genau«, fuhr ich dazwischen. »Und hier auf der Lichtung können wir uns schützen. Wenn wir durch die Sonne laufen, wird es noch schlimmer.«

Der Großteil des Weges lag sicher im Schatten, aber ich wollte Billy auf jeden Fall umstimmen. Anscheinend hatte er nur vor, mit seinen Karten anzugeben, die Führung zu übernehmen und neue Wege zu entdecken. Normalerweise hatte ich nichts dagegen einzuwenden, aber nicht bei dieser Hitze.

»Ich würde sehr gerne diesen wichtigen Ort kennenlernen, der euch so viel bedeutet«, sagte Miranda da. »Von mir aus können wir es versuchen. Ihr habt mich so neugierig gemacht.«

Billy senkte den Kopf.

»Komm schon, Billy, sag es ihr«, bat ich ihn.

Billy sprang auf den Boden.

»Man kann auch mit dem Fahrrad dorthin kommen«, sagte er betrübt. »Der Weg ist allerdings länger und nicht so spannend.«

»Darum mag ich dich so.« Ich umarmte ihn. »Du bist so kompromissbereit.«

Mit dem Rad zu fahren war mit Abstand die beste Lösung. Das verstand auch Billy, sobald er die kleine Karawane anführte und den direkten Weg einschlug. Dieser war ungefähr anderthalb Meter breit und frei von irgendwelchen Hindernissen. Wir kamen schnell voran und zerteilten in voller Fahrt die Mückenschwärme auf unserem Weg. Wir spürten die Kraftanstrengung besonders gegen Ende, der Schweiß lief uns an den Gesichtern hinab und befleckte unsere Kleidung, aber die zurückgelegten Kilometer waren es wert. Bei jedem Tritt in die Pedale musste ich mir nur den langsamen Weg zu Fuß unter der brennenden Sonne ausmalen, den Mücken ausgeliefert, und sofort verspürte ich neue Energie.

Billy begleitete die gesamte Fahrt mit Kriegsgeschrei und ermutigenden Rufen, versprach, dass unsere Bemühungen Früchte tragen würden, lockte uns mit einer langen Pause im Schatten und der Ankündigung eines Picknicks. Zwei oder drei Mal fuhr er voraus, und ich musste ihm hinterherrufen, dass er auf uns warten solle. Aber er hörte nicht. Miranda radelte direkt vor mir, manchmal in den Pedalen stehend, und ihr Körper schaukelte hin und her.

Kurz vor unserem Ziel mussten wir anhalten, um einen kleinen Bach zu überqueren.

»Das ist derselbe wie am Schmetterlingssumpf«, erklärte Billy. »Hier ist er allerdings etwas breiter.«

»Heute aber nicht«, bemerkte ich und trank einen großen Teil meines Wassers aus.

Wir mussten über ein paar Steine klettern.

»Sind wir bald da?«, fragte Miranda.

»Wird nicht verraten«, rief Billy.

»Höchstens noch zweihundert Meter«, gab ich trocken zurück und stieg wieder aufs Rad.

Miranda lachte. Mittlerweile hatte sie Spaß an unseren Sticheleien.

Das restliche Stück fuhren wir langsamer. Wir waren erschöpft und außerdem war der Weg auf der anderen Seite des Baches deutlich enger als zuvor. Plötzlich bog Billy ab und folgte einem schmalen Pfad zwischen zwei dichten, niedrig gewachsenen Büschen. Miranda blieb stehen, sah sich zu mir um und wollte wissen, ob das tatsächlich der Weg war oder nur eine weitere Schnapsidee unseres Freundes. Ich nickte, genau hier ging es lang.

Nach ein paar Metern auf diesem zugewachsenen, schmalen Pfad trafen wir auf Billy, der von seinem Rad abgestiegen war und uns, die Arme in die Hüften gestemmt, erwartete.

»Angenehm schattig«, sagte ich und sprang vom Fahrrad.

Miranda blieb noch eine Weile auf ihrem sitzen und betrachtete den Silbertannenwald.

»Es ist wunderschön hier«, staunte sie. Ihr Blick streifte über den mit Tannennadeln, Zapfen und Zweigen bedeckten Boden.

»Und es gibt keine Mücken«, sagte Billy.

»Die werden schon noch kommen«, antwortete ich.

Miranda musterte ihre Umgebung, dann merkte ich, wie sie mir verstohlene Blicke zuwarf. Sie traute sich nicht zu fragen, ob das hier der Ort war, den wir ihr hatten zeigen wollen, oder nur ein lohnender Zwischenstopp.

»Gefällt es dir?«, fragte Billy geheimnisvoll.

»Ja. Was sind das für Bäume?«

»Tannen.«

»Silbertannen«, korrigierte ich ihn. »Es gibt unzählige normale Tannen hier im Wald.«

»Fällt dir gar nichts auf, Miranda?«

Miranda war ratlos. Sie sah sich erneut um und schüttelte dann den Kopf.

»Siehst du, Sam?«, sagte Billy. »Ich wusste, dass man es nicht sehen kann.«

»Keine Geheimniskrämerei mehr, Billy«, gab ich zurück. »Lass uns endlich hochgehen.«

So lernte Miranda unseren großen Stolz kennen: das Baumhaus. Es war noch nicht fertig, aber wir hatten im letzten Sommer schon die Grundfläche gebaut, das war das Schwierigste gewesen. Und in diesen Ferien wollten wir die Seitenwände fertigstellen.

Billy hatte den passenden Baum ausgesucht. Nach unendlich vielen Spaziergängen, einer Vorauswahl möglicher Kandidaten und gewissenhaften Analysen hatte er diese Silbertanne gefunden, die genau unseren Vorstellungen entsprach. Am wichtigsten, so hatte Billy mir erklärt, waren einige Astgabeln in einer Höhe von ungefähr acht Metern, auf denen man den Boden gut befestigten konnte. Natürlich musste es ein immergrüner Baum sein, damit das Haus auch im Winter nicht entdeckt werden konnte. Unter den tragenden Ästen gab es zudem noch ein paar weitere Äste, die von unten den Blick auf unser Geheimnis verdeckten. Dieser Punkt war bei der Auswahl für Billy sehr wichtig gewesen. Als er mir den Baum zum ersten Mal gezeigt hatte, war er mit ein paar roten Tüchern hinaufgeklettert und hatte diese im Baum verteilt. Dann musste ich aus allen Winkeln schauen, ob irgendetwas davon zu sehen war.

»Ein Baumhaus?« Miranda staunte.

Wir standen direkt darunter.

»So ist es«, sagte ich stolz.

»Wie kommen wir hinauf?«

Die Äste begannen erst in einer Höhe von zwei Metern.

»Ich hole die Leiter«, sagte Billy. »Versteckt ihr doch schon mal die Räder.«

»Leiter?«, fragte Miranda.

»Lass dich überraschen«, antwortete ich.

Wir brachten die Fahrräder zu den Büschen zurück, bei denen wir abgebogen waren. Dort hatten wir auch das bisher unbenutzte Holz versteckt.

»Was ist los?«, fragte Miranda, als wir gerade die Äste beiseiteschoben, um auf allen vieren hineinzukriechen. Sie hatte sofort bemerkt, dass etwas nicht stimmte.

»Vor Kurzem haben wir die Hundehütte von Mrs Harnoise zerlegt«, erklärte ich ihr. »Das Holz müsste eigentlich hier sein.«

Nichts war zu sehen.

»Oh.«

»Irgendwer hat uns beklaut. Billy ist bestimmt stinksauer.«

Als wir zurückkamen, hatte Billy bereits den Ast geholt, den wir als Leiter benutzten. Er war fast zwei Meter lang, und wir hatten die Zweige abgeschnitten, sodass nur noch die Ansätze wie Stufen stehen geblieben waren. Das Gute daran war, dass wir ihn einfach im Wald lassen konnten.

»Ich klettere als Erster«, kündigte Billy an, »um Miranda zu zeigen, wie es geht. Du kommst dann hinter mir her.«

Wenn man erst mal die untersten Äste erreicht hatte, musste man gegen den Uhrzeigersinn weiterklettern. Billy und ich hatten die Äste entfernt, die den Aufstieg versperrten und gleichzeitig drei Seile strategisch angebracht, um von einer Ebene zur nächsten zu gelangen. Ohne zu zögern, stellte sich Miranda der Herausforderung. Sie schien sogar Spaß daran zu haben.

Auf halbem Weg musste sie nach dem ersten Seil greifen. Wir standen auf demselben Ast, kurz schaute sie mich an. Ihr Gesicht war ganz nah an meinem, wie an dem Tag, als sie mich auf dem Hof besucht hatte. Kein Zaun trennte uns.

»Wie bei *Indiana Jones«,* sagte sie freudig.

»Man darf nur nicht nach unten gucken.«

Entschlossen sprang sie. Einer ihrer Füße landete auf dem nächsten Ast, und mithilfe des Seils sicherte sie sich ab. Eine richtige Amazone, schoss es mir durch den Kopf.

»Super gemacht!«, rief Billy. »Sam hat ein paar Anläufe gebraucht, bis es geklappt hat.«

»Das hättest du wohl gerne«, protestierte ich sofort.

Aber Billy lachte nur.

Bevor ich oben angekommen war, wurde mir klar, wo das Holz der Hundehütte geblieben war. Billy hatte meine Woche Hausarrest genutzt und das Haus weitergebaut.

Es war fertig.

4

Das Projekt Baumhaus hatte sich fast zufällig ergeben.

Billys Onkel Patrick hatte ein paar neue Maschinen in riesigen Holzkästen geliefert bekommen, und mein Freund hatte ihm diese Kisten abgeschwatzt, ohne einen konkreten Plan zu haben. Beim Auseinandernehmen kam ihm die Idee. Zuerst war ich von diesem ambitionierten Projekt nicht besonders angetan. Mir fielen jede Menge Einwände ein: Wo sollten wir zum Beispiel das Geld für die restlichen Materialien herbekommen? Und wie würden wir das Holz in den Wald transportieren? Billy hörte mir aufmerksam zu, dann zeigte er mir seine selbst angefertigten, äußerst ausgefeilten Pläne. Er hatte mal wieder an alles gedacht. Das Holz würden wir in mehreren Fuhren auf unseren Rädern in den Wald bringen und bei der Imbissbude von Mustow lagern, den er bereits um Erlaubnis gefragt hatte. Mit den anderen Materialien würde uns Patrick helfen. Wir bräuchten auch gar nicht viel, ein paar Nägel, Seile und einige Werkzeuge. Billy hatte schon aufgezeichnet, wie das Haus befestigt werden sollte, was seiner Meinung nach das Schwerste war. Die Brüstung könnten wir dann in aller Ruhe fertigstellen und wahlweise ein Dach anbringen.

Wir hielten uns bei den Vorbereitungen an Billys Pläne. Die Holzteile brachten wir zu Beginn des Sommers '84 zu Mustow. Wir hatten alle Hände voll zu tun. Verschiedene Kinder wollten wissen, was wir mit den Brettern vorhatten, und wir erzählten ihnen, dass sie einem Kunden von Billys Onkel gehörten, der uns fünf Dollar dafür bezahlte, sie wegzubringen. Einige boten uns an zu helfen, aber Billy lehnte ab. Es sollte unser Geheimnis bleiben. Wenn das Baumhaus einmal fertig war, konnten wir immer noch überlegen, wen wir dorthin einladen wollten.

Der nächste Schritt bestand darin, den passenden Baum zu finden. Das machte Spaß. Wir erkundeten den Wald noch einmal neu. Billy hatte ein paar Suchkriterien festgelegt. Der Baum durfte nicht zu nah am Grenzgebiet sein, weil wir sonst den ganzen Tag auf irgendwelche herumstrolchenden Kinder treffen würden, was den Bau des Baumhauses unnötig erschweren würde. Andererseits durfte er auch nicht zu weit entfernt sein. Nach zwei Wochen langer Wanderungen wurden wir fündig. Billy entdeckte die Silbertanne.

Der Start unserer Arbeiten verlief etwas holprig. Trotz Sicherung war es deutlich komplizierter, als wir es uns vorgestellt hatten. Billy musste einen Großteil der Arbeit alleine erledigen, da mir sofort schwindelig wurde, sobald ich auf einem der höheren Äste stand. Und selbst wenn ich es geschafft hatte, wieder durchzuatmen, fehlte mir die nötige Kraft, um ein gutes Ergebnis zu liefern. Oder mir fiel ein Werkzeug hinunter und ich brauchte zehn Minuten, um es wiederzubekommen. Aber auch Billy tat sich schwer. Die erste Woche verging wie im Flug und wir kamen kaum voran, da sich die Bodenplatten nicht wie erhofft festmachen ließen.

Aber dann hatte Billy eine Idee. Er wollte die Grundfläche unten bauen und sie dann nach oben ziehen. Bevor ich fragen konnte, wie wir das Ganze denn bitte schön nach oben bekommen sollten, erklärte er es bereits. Billy würde seinen Onkel um einen Flaschenzug und ein starkes Seil bitten. Ich wusste noch nicht einmal, was ein Flaschenzug war.

Von da an lief es wie am Schnürchen. Wir zimmerten eine quadratische, zweieinhalb Meter lange Fläche und ließen an einer Seite wie geplant Platz für die Tannenzweige. Wir brauchten fast den ganzen Sommer, um damit fertigzuwerden. Wir hatten mit ein paar einzelnen Brettern begonnen, und jetzt war alles zusammengesetzt. Das Ergebnis war überwältigend.

»Was sagst du, Miranda?«

Wir knieten und sahen über die Brüstung. Stehen war zu gefährlich.

»Unglaublich!« Miranda schaute auf den grünen Ozean hinaus, über dem wir schwebten.

»Die Seiten haben wir gerade erst fertiggestellt.« Billy sah mich verschwörerisch an.

Ich lächelte ihm zu. Miranda war so in die Aussicht vertieft, dass sie nichts mitbekam. Auch wenn die Idee für das Baumhaus auf Billys Mist gewachsen war, hatte auch ich meinen Anteil geleistet.

»Weiß noch jemand davon?«, fragte Miranda.

»Nein«, antwortete ich. »Nur wir drei.«

»Ich kann nicht glauben, dass ihr das ohne Hilfe geschafft habt«, sagte Miranda voller Bewunderung.

»Das meiste ist Billy zu verdanken.«

»Es war Teamarbeit.« Billy errötete. »Wir mussten uns da oben anseilen wie Trapezkünstler.«

»Wahnsinn. Ich war noch nie im Zirkus, aber Trapezkünstler habe ich schon mal im Fernsehen gesehen.«

»Du warst noch nie im Zirkus?«, fragten Billy und ich gleichzeitig.

Jetzt wurde Miranda rot. Wir hatten uns in die Mitte des Holzhauses zurückgezogen und saßen um unsere Rucksäcke herum.

»Nein, noch nie«, gab Miranda zerknirscht zu. »Meine Mutter meint …«

Wir warteten, aber sie redete nicht weiter.

»Reiche Leute mögen keinen Zirkus«, sprang Billy ganz

ungezwungen ein. »Sie gehen lieber ins Theater. Macht ja nichts.«

Miranda blieb stumm. Ich war mir nicht sicher, ob Billy sie mit seinem Kommentar aufziehen wollte. Er hielt das Gespräch scheinbar für beendet, da er sich schon seinem Rucksack zuwandte und seine Butterbrote herausholte.

Wir redeten nicht mehr über den Zirkus und die Freizeitbeschäftigungen reicher Leute. Wir hatten Hunger und jede Menge Essen dabei. Ich breitete Collettes Tischtuch auf dem Holzboden aus. Dieses Mal fühlte ich mich nicht so schlecht, da Katie mir geholfen hatte, ein paar leckere Brötchen zu backen, die ich stolz präsentierte. Billy leckte sich die Lippen beim Anblick der prall gefüllten Papiertüte. Miranda holte zwei Marmeladengläser und Erdnussbutter aus ihrem Rucksack. Es waren Marken, die Amanda immer als unerschwinglich bezeichnete und die ich noch nie probiert hatte.

Unser erstes Baumhauspicknick.

»Wartet«, sagte Miranda.

Sie gab uns ein paar kleine stumpfe Messer, um die Brötchen zu schmieren.

»Sind die aus Silber?«, fragte Billy.

»Und wenn schon!«, gab ich gereizt zurück.

Billy hatte die Frage gestellt, um mich zu provozieren. Jetzt lachte er und nahm sich ein Brötchen. Er brach es mit den Händen auf und bestrich es mit Erdnussbutter. Miranda und ich entschieden uns für Marmelade.

»Hier ist es zumindest nicht so heiß«, sagte Billy dann.

»Ich finde schon«, antwortete ich.

»Aber besser als unten.«

»Zu Fuß wären wir gerade erst auf halber Strecke.«

»Ach Quatsch. Wir wären bestimmt schon am Bach.«

»Wo auch immer. Hier sicher nicht.«

Miranda sah uns belustigt zu.

»Warum müsst ihr euch eigentlich immer streiten?«, fragte sie.

»Das ist ganz allein Billys Schuld, er will immer das letzte Wort haben.«

»Und das bekomme ich auch meistens.«

»Nicht dieses Mal. Gib endlich zu, dass es die richtige Entscheidung war, mit dem Rad zu fahren!«

Stille.

»Siehst du, Miranda. Das meine ich!«

Billy dachte kurz nach und antwortete dann: »Manchmal mache ich etwas, nur um Sam einen Gefallen zu tun.«

Wir mussten alle lachen.

Dann wurde Miranda auf einmal ernst.

»Und wenn jemand hochklettert?«

»Keine Sorge, ich habe die Leiter hochgezogen«, beruhigte ich Miranda.

»Ihr habt wirklich an alles gedacht.« Sie schmierte sich ein Brötchen und streckte sich dann auf dem Boden aus.

»Meine Mutter will nicht, dass ich im Liegen esse. Sie meint, dabei kann man sich verschlucken.«

Ich legte mich neben sie.

»Ich muss euch was erzählen ...«, sagte Miranda.

Mein Herz blieb beinahe stehen. Ihr Tonfall. Einen Augenblick lang dachte ich, sie würde jetzt von der Halskette und dem Gedicht reden. Wir hatten uns doch im Wintergarten versprochen, das Thema nicht vor Billy zu erwähnen. Hatte sie ihre Meinung geändert?

»Was ist los?«, fragte Billy.

»Mit Sam habe ich schon darüber gesprochen«, fügte Miranda entschuldigend hinzu.

Ich hielt die Luft an, wartete auf ihre Enthüllung, die alles verderben konnte.

»Bei den Filmen von Marvin French gab es einen ...«,

sagte Miranda, »auf dem das Todesdatum von Sams Mutter steht.«

Sogar die Vögel waren jetzt still.

Ich war erleichtert, dass es nicht um die Kette ging, bemerkte aber auch Billys Anspannung. Er saß regungslos da.

»Habt ihr ihn der Polizei übergeben?«, fragte er.

»Nein«, antworteten wir gleichzeitig.

Ich beugte mich vor, um meinen Freund besser zu sehen. Er versuchte, die Überraschung zu unterdrücken, dass er als Letzter davon erfuhr.

»Habt ihr euch den Film angeguckt?«

»Nein. Ich habe ihn auf dem Speicher versteckt. Wir sollten ihn uns zusammen ansehen.«

Ich bewunderte Miranda für ihren Mut. Unter der zarten Oberfläche dieses Mädchens, das zwischen Angestellten aufgewachsen war, befand sich eine willensstarke Person mit festen Überzeugungen, das begriff ich langsam.

»Ich halte das für keine gute Idee«, sagte Billy. »Wir müssen den Film der Polizei übergeben. Vielleicht ist er ein weiteres Beweisstück.«

»Wir sollten ihn vorher anschauen«, insistierte Miranda. »Wenn nichts Wichtiges darauf ist, können wir ihn behalten. Ansonsten geht er natürlich an die Polizei. Lass uns abwarten, dir wird schon was einfallen, Billy.«

»Möglich.« Billy schien einverstanden. »Ich verstehe allerdings nicht, warum ihr glaubt, dass der Film etwas mit dem Unfall zu tun hat. Soweit wir wissen, ist Orson doch die einzige Verbindung zwischen den Frenchs und Sam.«

»Marvin French war ein Freund von Banks«, gab ich zu Bedenken. »Das haben wir doch in diesem Zeitungsartikel gelesen, erinnerst du dich nicht?«

»Das habe ich befürchtet«, murmelte Billy. »Es geht um diesen Spinner.«

»Billy«, Miranda unterbrach ihn freundlich. »Vielleicht klingt es ein bisschen verrückt, aber wir haben doch nichts zu verlieren. Oder? Wir gucken uns den Film an, und wenn er nichts mit dem Unfall zu tun hat, vergessen wir das Ganze einfach.«

Mirandas Macht war unglaublich. Was auch immer sie wollte, Billy tat alles, um ihr zu gefallen.

Miranda setzte sich auf. »Wir müssen noch zu Ende bringen, was wir im Schmetterlingssumpf begonnen haben.«

»Was meinst du?«, fragte Billy.

Miranda nahm meine Hand und hielt sie fest, die Handfläche nach oben gedreht. Ich beobachtete sie neugierig. Mit ihrer freien Hand nahm sie eins der Messer und bewegte es auf mein Handgelenk zu. Einen Moment lang spürte ich es auf meiner Haut, als wolle sie die folgende Bewegung einüben. Sie nahm es wieder weg und fuhr damit in die Erdbeermarmelade. Sie strich damit über meine Haut, und auf meinem Handgelenk blieb eine Spur Marmelade zurück. Miranda ließ meine Hand los, ich bewegte mich nicht.

»Du bist dran, Billy.«

Halt das bitte nicht für lächerlich. Mach einfach mit. Gib ihr die Hand. Bitte.

Billy streckte seine Hand aus.

Miranda wiederholte das Ritual.

Ich beobachtete meinen Freund mit der Marmelade auf dem Handgelenk und war erneut erstaunt, wie einfach Miranda ihn um den Finger wickeln konnte. Ich musste an unseren Ausflug zum Schmetterlingssumpf denken, als er eine Handvoll Scheinbeeren hinuntergewürgt hatte, nur um ihr zu zeigen, dass sie essbar waren. Jetzt ließ er sich das Handgelenk mit Marmelade einschmieren. Unfassbar.

Ein Funkeln riss mich aus meinen Tagträumen. Miranda hielt mir das Messer hin. Ich nahm es entgegen und tauchte es in das Glas Edelmarmelade. Damit bestrich ich Mirandas Handgelenk und wir drei legten die Unterarme in Form eines Dreiecks gegeneinander.

Unser Freundschaftspakt war geschlossen.

»Diesen Film zu sehen ist wichtig für Sam«, sagte Miranda ernst und sah uns abwechselnd an. »Wenn etwas für einen von uns wichtig ist, dann gilt das auch für die anderen, okay?«

Wir nickten.

Ich kam aus dem Staunen nicht mehr heraus. Miranda schien genau den richtigen Moment abgewartet zu haben, um so mit uns zu sprechen. Bisher hatten Billy und ich immer auf dieselbe Art und Weise funktioniert, ein eingespieltes Team: Er ging voraus und ich folgte ihm. Manchmal diskutierte ich mit ihm, was ihn zum Nachdenken brachte, aber die Rollen waren klar verteilt: Er war der Anführer und ich war damit einverstanden. Miranda brach an jenem drückenden Tag mit diesem Selbstverständnis. Alles, was sie dazu brauchte, war ein Glas Erdbeermarmelade.

Miranda und ich wischten uns die Marmelade mit einer Serviette ab. Billy hingegen leckte genüsslich an seinem Arm, bevor er zur Serviette griff. Erstaunt sahen wir ihn an, aber er war scheinbar stolz auf sein Benehmen. Ernst fragte er: »Wie machen wir es also?« In seinen Augen funkelte Abenteuerlust. »Elwald können wir schlecht noch mal darum bitten, dass wir uns ein paar Disneyfilme anschauen dürfen, oder? Vermutlich kommen wir noch nicht mal auf den Speicher, ohne uns verdächtig zu machen, nach allem, was mit Orson geschehen ist.«

Billy war schnell. Während ich noch die romantische Seite unserer Freundschaft analysierte, war er mit seinen Gedanken mal wieder einen Schritt weiter.

»Ich habe eine Idee, wie wir auf den Speicher kommen können, ohne dass jemand etwas bemerkt«, sagte Miranda.

5

Miranda ließ uns durch den Dienstboteneingang herein. Im Eiltempo passierten wir den Garten der Mathesons. Niemand schien uns zu bemerken. Es war Mittagsruhe und Miranda versicherte uns, dass ihre Mutter ein Nickerchen machte, da sie nachts mehrfach von Brian geweckt worden war. Ihr Vater sei sicherlich in seinem Arbeitszimmer. Die Angestellten wären kein Problem.

Wir liefen wie drei Diebe durchs Haus, Miranda vorneweg und in jedes Zimmer einen raschen Blick werfend, bevor sie uns weiterwinkte. Die Vorfahren Mirandas sahen uns vom Gemäldezimmer aus mit strengen Blicken nach. Als wir im zweiten Stock ankamen, hätte ich beinahe eine chinesische Vase umgestoßen, die Billy gerade noch rechtzeitig auffangen konnte. Endlich kamen wir auf dem Dachboden an, schlossen die Tür hinter uns und atmeten erleichtert auf. Wir waren in Sicherheit.

»Das war vielleicht lustig«, sagte Miranda, die als Einzige lächelte.

»Müssen wir damit rechnen, dass uns plötzlich jemand überrascht?«, fragte ich.

»Nein.«

»Was passiert, wenn sie dich nicht in deinem Zimmer finden?«

»Ich hab Adrianna gesagt, dass ich mit euch in den Wald gehe.«

»Und dein Fahrrad?«, hakte Billy nach.

»Habe ich in der Garage versteckt. Mach dir keine Sorgen,

wird schon schiefgehen. Und falls sie uns doch entdecken sollten, erzählen wir ihnen, das wäre ein Spiel. Entspannt euch.«

Vielleicht machten wir uns wirklich zu viele Gedanken.

Projektor und Leinwand waren immer noch aufgebaut, niemand hatte sich die Mühe gemacht, alles wieder wegzupacken. Miranda verschwand in dem Labyrinth aus Schränken, Sesseln, Garderobenständern und anderen Möbelstücken. Wir warteten auf sie, da tauchte ihr Kopf hinter etwas auf, das wie eine Kommode aussah. Sie nahm den Schutzbezug ab und verschwand für einen kurzen Augenblick. Mit der Kassette in der Hand kam sie zurück und überreichte sie mir feierlich. Auf dem Etikett konnte man in der schönen Handschrift von Marvin French lesen: 10. April 1974.

Ich gab den Film an Billy weiter.

Wir setzten uns, während Billy ihn in die Maschine einlegte. Gespannt starrte ich auf die Leinwand.

Da war plötzlich Sophia French mit mürrischem Gesichtsausdruck zu sehen, die in ihrem bestickten Kleid mit Sonnenschirm in der Hand am Rand des Schwimmbeckens entlangspazierte. Jeden Augenblick würde Orson angerannt kommen und sich wie ein Irrer gegen sie werfen. Nun jedoch beugte sich Sophia kurz nach vorne, als suche sie die vertraute Kamera, die vom oberen Stockwerk aus ihren Bewegungen folgte. Ihr Kinn kam zum Vorschein, deutlicher als zuvor, dann ihre Augen … Ihr Blick suchte die Kamera. Sie lächelte.

Meine Mutter!

Erschrocken fuhr ich in die Höhe. Es war das Lächeln aus meinen Träumen.

»Sam, alles in Ordnung?« Miranda schüttelte mich.

Auf der Leinwand flimmerte das helle Rechteck, der Film hatte noch nicht begonnen.

»Ja, alles okay.«

»Bist du sicher?«

»Ich habe etwas gesehen«, sagte ich. »Es kam mir so wirklich vor. Sophia French am Schwimmbecken, kurz bevor Orson sie …«

Ich hielt inne.

»Wie, du hast sie gesehen?«, wollte Billy wissen. »Auf der Leinwand?«

»Ja. Nein. Vermutlich in meinem Kopf.«

Das Bild meiner Mutter unter dem Sonnenschirm. Blödsinn. Sie sah doch gar nicht aus wie Sophia French. Obwohl …

»Als wolle sie mir etwas sagen«, flüsterte ich. Sofort bereute ich es, die Worte ausgesprochen zu haben.

Niemand fragte nach, wen ich meinte: Sophia French, die vor vier Jahren gestorben war, weil ihr Schädel in dem leeren Schwimmbecken zerschellte, oder meine Mutter.

»Machst du den Film an, Billy?«, bat Miranda, als wolle sie den Gedanken ein Ende setzen.

Das weiße Rechteck auf der Leinwand wurde dunkel. Die Filmqualität war grauenhaft. Es war Nacht und stürmte, die Lichtverhältnisse waren sehr schlecht. Es gab keinen Ton. Billy überprüfte extra noch mal alle Einstellungen, aber nichts war zu hören.

Vor uns lag die Landstraße 16, auf der sich der Unfall zugetragen hatte. Die Kamera war wenige Meter oberhalb der Straße positioniert, vermutlich auf einer Anhöhe. Billy meinte, eine Hochspannungsleitung in der Nähe der alten St. James Kirche zu erkennen. Das hieß, dass wir uns nur ungefähr einen Kilometer südlich des Unfallorts befanden. Ich hoffte inständig, dass sich nun alles aufklären würde. Irgendwie hing dieser Film mit dem Unfall meiner Mutter zusammen. Besonders beunruhigend daran war, dass er jahrelang bei den Meyers gelegen hatte. Waren das wirklich Bilder vom Unfalltag? Der Gedanke faszinierte mich, aber warum sollte jemand gerade bei diesem Weltuntergangswetter eine Kamera aufgestellt haben? Einzig das Datum auf dem Film wies darauf hin, dass es sich um den Todestag meiner Mutter handelte.

Zehn Minuten lang geschah nichts. Die Kamera schwenkte langsam von rechts nach links. Plötzlich jedoch wurde diese eintönige Bewegung unterbrochen, und die Kamera brüsk nach links gedreht. Ein Blitz tauchte die Landstraße in gleißendes Licht, und wie aus dem Nichts erschien ein roter Wagen. Die Scheinwerfer waren eingeschaltet und er fuhr sehr langsam. Man konnte unmöglich erkennen, welche Marke es war oder wer darin saß. Ein weiterer Blitz erhellte die Szene, als das Auto sich in größtmöglicher Nähe zur Kamera befand, in ungefähr fünfzig Meter Entfernung. Definitiv ein Kleinwagen.

Als das Auto im Nebel verschwand, bewegte sich die Kamera nicht. Ungefähr zwei Minuten lang blieb sie still stehen, filmte vom Wind bewegte Bäume und Blitze am Himmel.

Miranda entdeckte es als Erste. Sie sprang auf und lief auf die Leinwand zu. Ihr riesiger Schatten wackelte und wurde immer kleiner, bis er mit dem ausgestreckten Finger verschmolz.

»Hier!«

Über den am weitesten entfernten Bäumen bewegten sich drei Lichtquellen. Sie sahen aus wie fliegende Untertassen, die man aus Filmen kennt, und schwebten in linienförmigen, kurzen Bahnen. Keiner von uns konnte das Newtonsche Trägheitsgesetz erklären (am ehesten vielleicht noch Billy, aber auf seine eigene Art), doch wir verstanden sofort, dass etwas Unnatürliches in den Formationen der Lichter lag.

»Sie bewegen sich wie Kolibris«, bemerkte Miranda.

Man konnte überhaupt nicht einschätzen, wie weit sie weg waren oder welche Größe sie hatten, sicher war nur, dass der rote Wagen auf sie zufuhr.

Zwei Minuten lang beobachteten wir die Pirouetten der drei Lichter, dann war das Band zu Ende.

Das weiße Rechteck blendete uns.

»Lasst uns das Ganze noch einmal anschauen«, sagte Billy. »Besonders die Lichter.«

Er wartete nicht auf unsere Antwort, sondern spulte den Film zurück und führte uns die letzten Minuten noch einmal vor. Wieder das rote Auto und die tanzenden Lichter.

In meiner Erinnerung ist mit diesem Moment ein bedrückendes Gefühl verknüpft, als hätten sich meine Gedanken in ein unlösbares Chaos verstrickt. Ich hatte eine Art Blackout und war unfähig nachzudenken. War das alles eine Täuschung gewesen? Jeder, der von UFOs redete, war seit dem Roswell-Zwischenfall erst mal verdächtig. Wir in Carnival Falls hatten unser eigenes exzentrisches Exemplar. Selbst der erste Mann auf dem Mond war für viele eine Inszenierung. Mein ganzes Leben lang hatte ich angenommen, dass die Geschichten von kleinen grünen Männchen nichts anderes als Lug und Trug waren. Konnte ich mich durch diese unscharfen Aufnahmen umstimmen lassen? Oder war alles nur eine Täuschung?

Als wir zum zweiten Mal das Ende des Films erreicht hatten, fing Billy nicht gleich an, uns seine Sicht der Dinge zu erklären. Das kam mir mehr als ungewöhnlich vor. Nachdenklich wanderte er über den Dachboden.

»Glaubst du, das war echt?«, fragte mich Miranda.

»Ich habe keine Ahnung«, antwortete ich vorsichtig. »Die Filmqualität ist ziemlich mies.«

»Bei solchen Filmen sind die UFOs immer ganz weit entfernt.«

»Hast du noch andere gesehen?«

»Ja, im Fernsehen.«

Ich dachte kurz nach.

»Vielleicht machen die das extra so.«

Miranda verstand, auf wen ich mich bezog, und sah mich aufmerksam an. Sie nickte leicht.

Diese Gedanken stammten nicht von mir, ich hatte Banks auf einem Lokalsender darüber reden hören. Er behauptete, dass Außerirdische über sehr ausgefeilte technische Geräte verfügten, mit denen sie menschliches Leben aus großer Entfernung beobachteten. Dadurch konnten sie immer gut Distanz halten. Er ging davon aus, dass sie in der Lage wären, alle Beweise ihrer Existenz zu vernichten. Uns war es daher nur möglich, mehrdeutige Spuren zu konservieren, damit die Menschheit sich langsam an den Gedanken gewöhnen konnte, dass sie nicht die einzige intelligente Spezies im Universum war.

»Wo ist Billy?«, fragte Miranda plötzlich.

»Hat er sich etwa versteckt?« Ich war verwirrt.

Wir gingen auf das Labyrinth aus Möbelstücken zu. Billy war weder zu sehen noch zu hören. Wir riefen leise seinen Namen, bekamen jedoch keine Antwort.

»Billy, hör schon auf mit dem Versteckspiel«, sagte ich entrüstet.

Stille.

Das sah ihm gar nicht ähnlich, solche Scherze waren Billy zu kindisch und dumm. Miranda schaute mich beunruhigt an. Sie schien es nicht für möglich zu halten, dass Billy gerade jetzt so ein Spiel mit uns trieb. Auch wenn der Dachboden groß war, musste er uns trotzdem hören können. Ich rief wieder seinen Namen, dieses Mal ein bisschen lauter.

Nichts.

In weniger als einer Minute hatten wir das gesamte Möbellabyrinth einmal durchlaufen. Wir sahen uns über das Lager mit ausrangierten Dingen hinweg fragend an.

Billy war verschwunden.

6

Plötzlich hörten wir ein Geräusch direkt unter uns und zuckten unwillkürlich zusammen.

»Sam … Miranda.«

Billys Stimme. Ich sah mich um, konnte aber nichts entdecken. Wir knieten uns hin.

»Billy?«, fragte Miranda ganz dicht am Boden.

»Wartet, ich komme hoch.«

Nur wenige Sekunden später tauchte Billy an einem Ende des Dachbodens wieder auf, genau dort, wo wir mit der Suche begonnen hatten. An der Wand standen drei Regale gefüllt mit irgendwelchen Kisten. Das meiste schienen in Zeitungspapier gewickelte und mit einer Kordel zugebundene Bücherstapel zu sein. Unter einem der Regalbretter sah man eine nach innen geöffnete Holzklappe. Billy erschien in der Öffnung, sprang heraus, und schaute uns erstaunt an.

Der Film und alles andere um uns herum waren vergessen. Wir dachten noch nicht einmal mehr daran, dass wir jeden Augenblick entdeckt werden könnten.

»Wie bist du denn da hineingekommen?«, fragte Miranda.

Billy kratzte sich abwesend am Kopf, dann schloss er die Holzklappe und stand auf.

»Als ich eben nachdenken musste …«, sagte er und hielt sofort wieder inne. Er zögerte, war immer noch in Gedanken. »… habe ich bemerkt … Guckt mal hier.«

»Ich kann nichts sehen«, sagte Miranda hastig. »Was ist da unten?«

»Das Holz hat eine andere Farbe«, bemerkte ich. Die

Rückwände der anderen Regale sahen bis auf den Farbton genauso aus.

»Das hat mich neugierig gemacht, und ich hab mich vorgebeugt, um mir das genauer anzusehen«, fuhr Billy fort. »Unter dem Regalbrett steht etwas hervor.«

Miranda beugte sich vor, um nachzuschauen. Sie drückte mit beiden Händen gegen das Brett, und die Holzklappe öffnete sich leise. Sie sah sich zu uns um und fragte wieder: »Was ist da unten, Billy?«

»Ich habe keine Ahnung«, antwortete er ernst. »Wir brauchen eine Taschenlampe. Es sieht nach einem weitläufigen Gang aus.«

Als wir seine Stimme unter dem Fußboden gehört hatten, waren wir ungefähr fünf Meter von dem Eingang entfernt gewesen.

»Ich gehe eine Taschenlampe holen«, sagte Miranda. Es stand nicht zur Diskussion, ob wir dort hinabsteigen wollten oder nicht. »Ich bin sofort wieder da, ich habe eine in meinem Zimmer.«

»Beeil dich«, sagte ich.

»Kommt mir bloß nicht hinterher«, ermahnte sie uns noch, bevor sie verschwand.

»Hast du wirklich nichts gesehen?«, hakte ich nach.

»Es ist ein Gang und …«

»Guck mal der Boden«, unterbrach ich ihn.

Direkt vor der Klappe gab es ein paar deutlich sauberere Stellen, als habe etwas lange Zeit vor dem Eingang gestanden und ihn verdeckt.

Die Dachbodentür ging wieder auf. Miranda war zurück.

»Alles ruhig im Haus«, verkündete sie und drückte Billy eine winzige, rosafarbene Disneytaschenlampe in die Hand.

Billy schaltete sie ein und leuchtete in die Öffnung. Wir konnten eine kleine Kammer sehen, ungefähr von der Größe eines Aufzugs, die einige Meter tief war. Ein paar Sprossen aus Metall waren in die Wand eingelassen, an denen wir hinunterkletterten.

Unten war es ziemlich eng für uns drei. Vor uns lag ein breiter, feuchter Gang, der gerade mal anderthalb Meter hoch war.

»Kommt«, sagte Billy. »Und macht euch keine Sorgen, der Boden ist stabil.«

Im Gänsemarsch bewegten wir uns vorwärts. Ich konnte als Schlusslicht nicht viel erkennen, aber trotzdem fielen mir ein paar ungefähr fünfzig Zentimeter lange Holztafeln auf, die in regelmäßigen Abständen an den Wänden angebracht waren. Sie sahen aus wie kleine, unbeschriftete Schilder.

»Puh, ist das warm hier«, klagte Miranda leise.

»Unerträglich«, flüsterte ich.

Hinter diesen Wänden mussten die Zimmer der Mathesons liegen, die uns vielleicht hören konnten. Der Gang verlief mitten durch das Haus.

Nach ungefähr zehn Metern gelangten wir in eine weitere Kammer, hier gab es keine Sprossen. Dafür führten steinerne Stufen abwärts. Billy drehte sich zu uns um und prüfte, ob alles in Ordnung war. Miranda und ich hoben die Daumen.

Der Weg hinab war einfach, es ging in leichten Kurven steil nach unten. Nach ungefähr sechs Metern kamen wir in die nächste winzige Kammer, von der ein weiterer Weg abging.

»Wahrscheinlich befinden wir uns unter der Treppe«, sagte Billy.

Das war ziemlich offensichtlich.

»Hier gibt es keine Holzschilder«, bemerkte ich.

»Stimmt.« Billy bewunderte das Innere der Kammer.

»Was meinst du, Billy? Wohin führt uns der Weg wohl?«, fragte Miranda.

»Ich weiß es nicht, aber es scheint noch weiter abwärtszugehen. Vielleicht in den Keller? Oder sogar noch tiefer? Vielleicht an irgendeinen geheimen Ort?«

»Wie bei den *Goonies«,* kommentierte Miranda.

»Was ist das denn?«, fragte ich.

»Ein neuer Film.«

»Weiter geht's«, hielt uns Billy an.

»Das macht doch keinen Sinn«, gab ich zu bedenken. »Warum sollte jemand vom Dachboden aus einen Gang bis unter den Keller bauen? Warum gibt es nicht einfach hier einen Eingang?«

Billy blieb verdutzt stehen.

»Da ist was dran, Sam«, sagte er. »Vielleicht sind wir doch schon fast am Ziel.«

Und so war es dann auch. Wir gingen durch den Gang, der genau wie der andere aussah, und kamen in die nächste, die mittlerweile vierte Kammer. Sie war viel höher als die bisherigen, und auch hier gab es Metallsprossen an der Wand. Weiter nichts.

»Das verstehe ich nicht«, sagte Billy. »Müssen wir da hoch?«

Man konnte Billy die Enttäuschung ansehen. Er drehte sich zu mir um, schließlich hatte ich gerade noch die richtigen Schlussfolgerungen gezogen, und zuckte mit den Schultern.

»Vielleicht gibt es eine Falltür?«, vermutete Miranda.

Billy leuchtete an die Decke, an der die Sprossen endeten. Von hier unten aus war nichts zu erkennen.

»Ich klettere als Erster rauf«, kündigte Billy an. Die Taschenlampe zwischen den Zähnen begann er den Aufstieg.

Die Kammer war ungefähr vier Meter hoch, wenn mich mein Orientierungssinn nicht im Stich gelassen hatte, kamen wir vielleicht wieder an derselben Stelle heraus.

Billy war oben angekommen und hantierte an etwas herum.

»Was ist da?«, fragte ich aufgeregt.

Tatsächlich. Eine Falltür.

Billy schaffte es, sie zu öffnen, und leuchtete uns von oben den Weg. Miranda war schon halb oben. Sie trug eins ihrer Kleider, das nun im Halbdunkel wie ein geöffneter Mund aussah. Ich konnte dem Drang nicht widerstehen, den Kopf in den Nacken zu legen und einen Blick auf ihre Unterwäsche zu erhaschen. Der Stoff ihres Kleides bewegte sich wie eine weiße Taube, die in die Nacht hinausflattert.

Als auch ich durch die Falltür geklettert war, schloss Billy sie, damit wir zu dritt Platz hatten. Keiner sagte ein Wort, aber das war auch gar nicht nötig. Wir waren wieder an unserem Ausgangspunkt angekommen. Billy bewegte die Holzklappe, und vor uns lag der Dachboden.

»Ich verstehe das nicht«, sagte er und schaute sich suchend um. »Es muss noch einen anderen Weg geben.«

»Ich hab keinen anderen Gang gesehen«, gab ich zurück. »Wir sind einmal durchgegangen, und die Wände und Böden sind aus Stein.«

»Was soll das Ganze dann? Wenn es wenigstens ein Fluchtweg wäre …«

»Wartet mal …«

Billy und Miranda drehten sich zu mir um.

»Billy, du leuchtest mir genau in die Augen.«

»Entschuldige. Was überlegst du?«

»Vielleicht ist es ein Versteck«, sagte ich, »wie sie während des Kriegs benutzt wurden.«

»Krieg in Carnival Falls?«

»Mein Opa war ein vorausschauender Mann.«

»Ich weiß, dass es hier keinen Krieg gegeben hat. Aber vielleicht glaubte Mirandas Opa, dass es einmal Krieg geben könnte.«

»Ein Versteck stelle ich mir etwas gemütlicher vor. Hier möchte sich doch niemand aufhalten.«

»Können wir das vielleicht draußen besprechen?«, schlug Miranda vor.

Wir wollten gerade hinausklettern, als ich eine andere Idee hatte.

»Vielleicht ist es gar kein Versteck für Menschen, sondern für Gegenstände.«

Billy drehte sich wieder zu mir um, leuchtete mir ins Gesicht, merkte es jedoch selbst und senkte die Lampe. Ihm gefiel der Gedanke.

»Du könntest recht haben«, staunte er. »Was ist heute los mit dir, Sam?«

»Das liegt an der Hitze, die beflügelt mich.«

»Warum sollte mein Opa irgendwelche Sachen verstecken wollen?«

»Damals wurde viel geschmuggelt«, dachte Billy laut nach. »Mein Onkel sagt immer, dass früher, als sein Vater noch lebte, alle reichen Leute Schmuggler waren.«

»Das glaub ich nicht, mein Opa war doch kein Schmuggler.«

Doch Billy gefiel die Theorie. Warum sonst sollte jemand geheime Wege durch sein Haus bauen?

»Vielleicht waren die Holztafeln ja dazu gedacht, die Waren zu unterscheiden.«

»Glaubst du wirklich?« Miranda schien alles andere als überzeugt. »Ich finde den Gang ganz schön schmal, um da Sachen zu lagern. Jetzt aber schnell raus hier, ich komme mir vor wie in einer Sauna!«

Die beiden gingen voran. Ich wollte ihnen gerade folgen, als ich ein Geräusch im Gang hörte. Eine Stimme. Billy war bereits draußen und streckte mir helfend seine Hand entgegen. Er bemerkte mein Zögern sofort.

»Was ist?«, fragte er.

Ich bedeutete ihm, still zu sein.

Da war das Geräusch wieder. Eine weit entfernte Stimme.

Vielleicht einer der Hausbewohner? Es konnte ja gut sein, dass die Bauweise der Gänge verschiedene Klänge weiterleitete.

»Okay«, sagte Billy ungeduldig. »Lass uns noch mal reingehen.«

Miranda wollte protestieren, aber Billy war schon wieder zu mir geklettert.

Wir gingen nur ein kleines Stück in den Gang hinein, und schon war die Stimme deutlich besser zu hören. Es war Preston Matheson.

»Lasst mich nicht alleine«, flüsterte Miranda und näherte sich uns lautlos.

Schon hatten wir den Punkt gefunden, an dem die Stimme am besten zu hören war. Einige Minuten lang pressten wir unsere Ohren an die Wand, aber Preston redete nicht mehr. Billy stand vor mir.

»Wenn die Holzschilder wirklich zum Beschriften waren, warum ist dann auf jeder Seite des Flures eins?«, flüsterte ich Billy zu.

Er sah sich nun eins dieser Schilder genauer an. Es ließ sich einfach zur Seite schieben, und sofort fiel durch zwei kleine Öffnungen Licht in den Gang. Billy schaltete die Taschenlampe aus.

Zwei Öffnungen.

Billy konnte der Versuchung nicht widerstehen, und auch Miranda schob bereits das nächste Schild beiseite und guckte hindurch. Jetzt war ich an der Reihe.

Wir waren dermaßen überrascht, dass keiner von uns den Blick abwenden konnte. Die Aussicht war spektakulär. Von weit oben sahen wir auf Preston Mathesons Arbeitszimmer, und ich fragte mich, was wohl auf der anderen Seite sein mochte. Da fiel es mir wie Schuppen von den Augen: die

Masken. Jedes Holzschild gehörte zu einem der steinernen Gesichter, die überall im Haus verteilt waren. Der Gang war weder ein Kriegsversteck noch ein Schmugglerlager, es war ein Spionageraum. Bei der Anzahl von Holzschildern, die wir auf unserem Weg gesehen hatten, war es wahrscheinlich möglich, jedes Zimmer im gesamten Haus heimlich auszukundschaften.

Von unserem momentanen Standpunkt aus konnten wir den penibel geordneten Schreibtisch von Mirandas Vater sehen. Darauf waren eine Schreibmaschine, ein geöffneter Kalender, ein Telefon und eine Lampe. Die Seitenwände waren vollständig mit Regalen zugebaut. Preston Matheson saß auf einem gemütlich aussehenden, ledernen Schreibtischstuhl, hatte sich gerade darin gedreht und schaute nun aus dem Fenster. Von seinem Kopf konnten wir nur einen Teil erkennen, der Rest wurde durch den Stuhl verdeckt. Die Tür befand sich genau unterhalb unserer Reihe aus Masken und war deshalb nicht einsehbar. Wir hörten jedoch, dass sie sich öffnete.

Preston drehte sich auf seinem Stuhl um. Man konnte ein Lächeln auf seinem Gesicht erkennen, dann kam der Rücken einer Angestellten in unser Blickfeld. Sie hielt irgendetwas in der Hand, das für mich verborgen blieb. Das sich mir bietende Schauspiel bekam durch das Verbotene einen besonderen Reiz, und ich vergaß alles um mich herum. Es kam mir einen Moment lang so vor, als gehörten die Augen der steinernen Maske mir, oder vielmehr andersherum.

Es war Adrianna, die Tochter von Elwald und Lucille. Sie näherte sich mit einem Tablett dem Schreibtisch. Darauf balancierte sie eine Teetasse, ein Glas Wasser und ein Schokoladenteilchen.

»Bitte«, sagte sie betont lustlos.

Er bedankte sich lächelnd, sah fast ein wenig einfältig aus.

»Warte, Adrianna«, rief er, als sie gerade gehen wollte.

»Ja.«

Die Akustik war unglaublich, wir konnten alles klar und deutlich verstehen.

»Hast du darüber nachgedacht, was wir besprochen haben?«

Adrianna senkte den Kopf. »Ja, die ganze Zeit«, antwortete sie.

Preston strich sich über den Bart und sah sie an. Das Lächeln war verschwunden. »Und?«

»Ich werde diese Woche noch mit meinen Eltern reden. Ihnen sagen, dass ich nach Kanada zurückgehe.«

Preston stand auf.

»Ich habe mich entschieden«, sagte das Mädchen. »Es tut mir leid.«

Preston schien nicht sicher, ob er sich Adrianna nähern sollte oder nicht. Sie trat einen Schritt zurück und räusperte sich.

»Darf es sonst noch etwas sein?«, fragte sie.

Preston zögerte, er hatte scheinbar das Tablett vergessen. Verwirrt schüttelte er den Kopf und machte Anstalten, sich Adrianna zu nähern, ließ es dann jedoch.

»Kannst du nicht doch noch ein paar Tage abwarten?«, fragte er. »Denk doch noch einmal nach, bald schon könnte ich die Dinge hier erledigt haben.«

Sie antwortete nicht. War den Tränen nahe.

»Es ist besser so.«

Sie drehte sich auf dem Absatz um und ging.

Miranda erzählte uns später, dass Adrianna sich mit der Entfernung schwer tat. Sie hätte aber niemals vermutet, dass sie nach Kanada zurückkehren wollte. Weder Billy noch ich gaben zu verstehen, dass wir glaubten, hier gehe es noch um etwas anderes.

Billy gab mir einen Klaps auf den Rücken. Miranda und er beobachteten mich.

»Wir sollten nicht hier sein«, sagte Miranda leise.

»Das stimmt«, fügte Billy hinzu, wenngleich er das Belauschen nur ungern aufgab.

Auch ich musste zustimmen.

Da hörten wir Preston wieder.

»Hallo. Ja, ich bin es, wer sonst. Du musst irgendwen zu diesem dämlichen Vortrag von Banks schicken.«

Wir erstarrten. Flehend sah ich meine Freunde an.

Und schon beobachteten wir erneut Prestons Arbeitszimmer.

Er hatte sich gesetzt, schaute in Richtung Fenster. Er hörte anscheinend jemandem zu, dann sagte er: »Wer ist mir völlig egal. Hauptsache, es geht jemand hin.«

Stille.

»Natürlich habe ich das versucht. Das ist das Einzige, womit ich mich beschäftigt habe, seitdem ich wieder in der Stadt bin. Aber der Typ will keine neuen Leute kennenlernen. Engländer, was kann man da erwarten!«

Sein Kommentar erinnerte ihn wohl an den Tee auf seinem Schreibtisch, zumindest drehte er sich um und griff nach der Tasse.

»Ich habe große Lust, so schnell wie möglich wieder von hier zu verschwinden. Gründe dafür gibt es wahrlich genug.« Er nahm einen Schluck und verzog das Gesicht. »Es ist wirklich absurd. Sara, die so viel Geschrei darum gemacht hat, als ich hierherkommen wollte, hat sich wunderbar eingelebt. Sie hat ein paar Freundinnen gefunden, geht zu irgendwelchen Kursen über Gärtnerei, Dekoration und weiß der Himmel was noch alles … Was soll ich sagen? Selbst meine Tochter hat sich erstaunlich leicht hier eingewöhnt.«

Er klemmte den Hörer zwischen Kopf und Schulter, um ein Tütchen Zucker aufzureißen, und süßte den Tee.

»Der Vortrag ist am Freitag. Ich habe Banks am Wochenende zu uns eingeladen, ihm gesagt, ich hätte was Geschäftliches mit ihm zu besprechen. Ich glaube, er denkt, dass ich ihm sein Haus abkaufen will oder so. Ich habe vor, ihm ein Angebot zu machen. Wenn das jedoch schiefläuft, brauche ich einen Plan B. Zuerst muss ich aber herausfinden, was er bei dem Vortrag preisgibt. Dann gucken wir, wie es weitergeht.«

Er nickte, während er in sein Schokoladenteilchen biss.

»Natürlich! Ich bin zurückgekommen, um den Schaden zu begrenzen … Ja, kann sein, dass ich übertreibe. Hoffentlich! Ich bin froh, wenn ich mehr weiß und ein für alle Mal aus dieser Stadt verschwinden kann.«

7

Mit der geblümten Kiste in der Hand streckte ich mich auf meinem Bett aus. Ich öffnete sie. Darin lagen alle Erinnerungsstücke, die mir von meiner Mutter geblieben waren: Fotos, Zeitungsausschnitte und einige Briefe. In einem kleinen Metallkästchen lagen zwei Ringe und eine goldene Kette mit der Inschrift »PAM«. Ich stellte mir vor, dass es der Name meiner Großmutter sein könnte, von der ich nur wusste, dass sie vor langer Zeit gestorben war. Dann war da noch Boo. Ich nahm ihn heraus und drückte ihn an mich.

»Heute habe ich einen Film von dem Unfall gesehen«, erzählte ich meinem treuen Begleiter. »Von kurz vor dem Unfall, um genau zu sein.«

Boo starrte mich an. Ich musste an einen Film denken, den ich letzten Sommer mit Billy zusammen gesehen hatte. Der Protagonist war von einem Unfall fast vollständig gelähmt und konnte sich nur noch über das Bewegen seiner Augenlider mitteilen. »Ein Mal Zwinkern für Ja, zwei Mal für Nein.«

Ich legte Boo zurück in die Kiste und setzte mich. Es war ein verrückter Tag gewesen, und es hätte mich nicht erstaunt, Boo blinzeln zu sehen. Ich faltete die Hände über dem Bauch. Wir hatten das Unglaubliche bestätigt: Der Film von French hatte nicht nur mit dem Unfall zu tun, sondern schien genau die Minuten zu verewigen, die mein Leben für immer geprägt hatten. Dass Joseph diese Kassette bei sich zu Hause aufbewahrte, war Glück, aber sie zufällig zu finden … war zu viel des Guten. Billy hielt das Ganze für einen

Betrug. Er glaubte, French habe den Film für Banks gedreht, um die Theorien des Engländers zu untermauern. Es gab ansonsten – und hier musste ich meinem Freund zustimmen – keinen nachvollziehbaren Grund dafür, mitten in einem Sturm eine Kamera aufzustellen und auf fliegende Untertassen zu warten. Der faule Zauber war jedoch gelungen, es musste sich um eine Montage handeln, eine Sinnestäuschung. Miranda aber erhob zaghaft Einspruch gegen Billys Überlegungen, indem sie fragte, warum French diesen Film wie seinen Augapfel gehütet hatte – zusammen mit dem Beweis, dass sein Adoptivsohn ein Mörder war –, wenn es dabei nur um eine Fälschung ging. Darüber hinaus erinnerte sie uns daran, dass in dem Zeitungsartikel gestanden hatte, Banks wolle bei seinem Vortrag Material des Unfalltags zugänglich machen, das er aus unbekannten Gründen bisher nicht öffentlich gezeigt hatte.

Dennoch schien alles darauf hinzuweisen, dass der Film nicht echt war. Die Qualität war miserabel, die Umstände, unter denen der Film aufgezeichnet worden war, schienen mehr als fragwürdig und die UFOs waren zu weit weg, um sie tatsächlich erkennen zu können.

Und dann war da noch die Unterhaltung Preston Mathesons, der sich auf Banks Vortrag bezogen hatte … Wie ließ sich das bloß erklären? So viele Zufälle auf einmal. Matheson hatte offen über Banks Veranstaltung geredet, sein Interesse an der bevorstehenden Bekanntgabe des Exzentrikers war offensichtlich. Als wir uns darüber unterhielten, verstummte Miranda plötzlich. Auch wenn sie die Spannungen zwischen ihrem Vater und Adrianna scheinbar nicht wahrgenommen hatte, gefiel es ihr nicht, wie er über Carnival Falls geredet hatte. Dieser kurze Augenblick des Lauschens hatte die Lügen aufgedeckt, die Matheson ihr und ihrer Mutter monatelang über unsere Stadt aufgetischt hatte. Er hasste sie. Und sobald er die Angelegenheiten mit Banks geklärt hätte, würde er mit der Familie abreisen. Als Miranda davon sprach, versuchte ich ihr zu erklären, dass es sich um einen Irrtum handeln könnte, wir wüssten ja schließlich nicht, mit wem er gesprochen hatte. Vielleicht hatte er seinem Gesprächspartner nur nach dem Mund reden wollen. Außerdem hatte er ja beteuert, dass Miranda und Sara sich sehr gut eingewöhnt hätten, und dieser Eindruck vielleicht die Entscheidung beeinflussen konnte. Miranda war jedoch nicht gerade überzeugt. Und ich auch nicht.

Aber es gab noch etwas anderes, das weder etwas mit dem Film noch mit Preston Matheson zu tun hatte. Es war der kurze Moment, in dem ich das Gesicht meiner Mutter unter dem Sonnenschirm von Sophia French erkannt und ihren verschwörerischen Blick gesehen hatte. Vielleicht war alles nur Einbildung? Weder Billy noch Miranda hatten etwas dazu gesagt. Als ich meine Hand ausstreckte und in der geblümten Kiste nach der Goldkette meiner Mutter griff, war ich mir sicher, dass da noch etwas anderes war. Das Zuzwinkern war ihre Art gewesen, mir zu bedeuten, dass wir auf dem richtigen Weg waren.

8

Banks Vortrag anzuhören war nie Teil unseres Plans gewesen. Billy überzeugte mich schnell, dass Amanda sofort Wind von meiner Teilnahme bekommen würde. Schließlich war ihr Verbündeter, der Sturmtruppler, vor Ort. Abgesehen davon kostete der Vortrag fünfzehn Dollar Eintritt, und so viel Geld hatte ich noch nie in meinem Leben besessen.

Wir mussten uns also mit dem Bericht der *Carnival News* am nächsten Tag begnügen.

Einige Jahre später, als ich bereits in New York lebte, fand ich in einem Geschäft eine alte Videoaufnahme des Vortrags und kaufte sie. Das Videoband war Teil einer ganzen Kollektion von Vorträgen von Banks und anderen Wissenschaftlern. Die Namen kamen mir größtenteils bekannt vor, ich hatte mich jedoch nie besonders für ihre Forschung interessiert.

9

Der Vortragssaal der Stadtbücherei war auf zweihundert Personen ausgelegt, zu Banks Veranstaltung hatten sich jedoch mehr als dreihundert Menschen versammelt. Selbst im Hauptgang und an den beiden seitlichen Fluchtwegen drängten sich die Zuschauer, bis hin zum Podium, auf dem Banks seinen Vortrag halten würde. Es gab verschiedene, gut voneinander unterscheidbare Gruppen. Die akkreditierten Journalisten drängten sich am Bühnenrand mit ihren Kameras und Mikrofonen, wobei erstaunlicherweise nicht die bekanntesten ihrer Zunft anwesend waren. In den ersten Reihen saßen Banks' Anhänger, manche sogar in lächerlicher, Star Trek würdiger Kluft. Masken mit großen Augen und Antennen, die es auf jedem Markt oder in jedem Verkleidungsgeschäft zu kaufen gibt, waren glücklicherweise nirgendwo zu sehen, aber einige machten den Eindruck, als würden sie am liebsten mit silbernem Anzug und Laserpistolen herumlaufen. Die größte Gruppe bestand aus gut gekleideten Herren, die sich angesichts des Gemurmels und der lauter werdenden Rufe nach dem Gastgeber unbeeindruckt gaben. Unter diesen unbekannten Männern gab es ein paar, die mit ihren aufmerksamen und zurückhaltenden Gesichtern wie echte Wissenschaftler aussahen. Die Experten.

Auf der Bühne standen ein Lesepult, ein Diaprojektor und ein hoher Tisch mit einem Fernsehapparat.

Banks erschien an der Rückseite des Saals und bahnte sich einen Weg durch das Gedränge in einem der Seitengänge. Seine Ankunft wurde mit kosmischen Klängen aus den Lautsprechern untermalt. Banks' Anhänger drehten sich sofort suchend nach ihm um und ließen zum Ärgernis der Experten ihre Sprechchöre und ein lautes Klatschen hören. Der Star des Abends wurde gebührend begrüßt. Dieser Empfang rief auf dem ansonsten ausdruckslosen Gesicht von Banks eine leichte Regung hervor, und sein Mund verzog sich zu einem angedeuteten Lächeln. Er gab seinen Anhängern ein Zeichen, leise zu sein, räusperte sich und trank erst mal einen Schluck Wasser.

Philip Banks trug einen makellosen grauen Anzug. Er zog sein Jackett aus und griff zum Mikrofon. Er musterte die Zuhörerschaft aufmerksam und begann dann mit einem Akzent zu sprechen, bei dem selbst die Königin von England vor Neid erblasst wäre.

»Ich bin sehr froh, Sie alle an diesem besonderen Tag hier begrüßen zu dürfen.«

Das Publikum applaudierte überschwänglich.

»Vor mehr als vierzig Jahren verschwanden meine geliebte Frau, Rochelle Banks, und unser ungeborenes Kind auf der Kreuzung Madison und Newton Road. Ein guter Freund fuhr zufällig dort vorbei und fand ihr Auto mit eingeschalteten Scheinwerfern und laufendem Radio. Niemals habe ich meine Frau wiedergesehen, und das ist der Grund, warum ich heute zu Ihnen spreche.« Banks machte eine kurze Pause, die Zuhörer waren verstummt. »Ich bin mir des allgemeinen Argwohns bewusst. Es gibt viele unter Ihnen, die mich für einen alten Spinner halten, der sich nicht mit der Wahrheit auseinandersetzen will. Aber wie sieht diese Wahrheit aus? Ist meine geliebte Frau, die mein Kind unter dem Herzen trug, spontan weggelaufen? Und wenn dem so ist, wo befindet sie sich jetzt? Die Polizei hat sie nicht finden können. Trotz des ganzen Aufwands, um sie zu lokalisieren, ist nicht eine verwertbare Spur dabei herausgekommen. Nicht eine einzige.«

Er gab seinem Assistenten, der neben dem Diaprojektor stand, ein Zeichen. Auf der Leinwand sah man das Schwarz-Weiß-Bild einer gut aussehenden Frau.

»Ihr schulde ich die Wahrheit. Ihr zuliebe gebe ich die Suche seit mehr als vier Jahrzehnten nicht auf.« Er machte eine kurze Pause. »Der nun folgende Vortrag ist in drei Teile gegliedert«, kündigte er an. »Die ersten beiden mag der ein oder andere von Ihnen bereits kennen, darin wird es um die Existenz außerirdischen Lebens sowie unseren diesbezüglichen Kenntnisstand gehen. Wir werden uns einige aufschlussreiche Dokumente ansehen und Zeugenaussagen hören. Danach werde ich zum Hauptthema meines heutigen Vortrags übergehen und Ihnen die neuen, unwiderlegbaren Beweise präsentieren.« Er nahm einen versiegelten Umschlag vom Pult und hielt ihn in die Höhe. »Die Ergebnisse der Laboruntersuchungen aus Europa.«

Die Menge begann erneut zu applaudieren, Banks machte eine beschwichtigende Geste. Er legte den Umschlag zurück und stützte sich spontan auf dem Zeigestock ab wie auf einer Gehhilfe.

»In unserem Universum gibt es mehr als hunderttausend Millionen Galaxien. Eine Eins gefolgt von elf Nullen. Wenn man sich die Menge an Sternen vorstellt, die ungefähr die Größe der Sonne haben und auf deren Umlaufbahnen sich Planeten befinden, steigt die Zahl weiter an auf eine Trillion, das heißt eine Eins mit achtzehn Nullen. Selbst wenn es nur in einem Billionstel dieser Sonnensysteme Leben gibt, sind immerhin eine Million mögliche außerirdische Siedlungen denkbar. Sich solchen Annahmen zu verschließen ist schlicht und einfach lächerlich.«

Applaus brandete auf, wie noch viele weitere Male während des Vortrags.

Banks zeigte nun verschiedene Dias, auf denen alte steinerne Abbildungen, unterschiedliche Objekte der Mayas und uralte chinesische Papyrusrollen zu sehen waren, auf denen unsere Vorfahren angeblich ihre Begegnungen mit Außerirdischen festgehalten hatten.

Banks trank noch einen Schluck Wasser.

»Bisher ist es noch nicht gelungen herauszufinden, wie unsere Besucher aussehen. Es gibt weder Fotografien noch Filmaufnahmen dieser Wesen, zumindest keine, die vertrauenswürdig sind. Die besten Annäherungen stammen aus den Berichten von unzähligen Augenzeugen, auch wenn nicht alle miteinander übereinstimmen. Es ist mittlerweile bekannt, dass die Abweichungen in den Beschreibungen von verschiedenen Faktoren herrühren können, darunter etwa auch Betrugsabsichten und Wahrnehmungsunterschiede. Aber selbst die glaubwürdigsten oder von mehreren Zeugen bestätigten Aussagen sind nicht hundertprozentig deckungsgleich. Das hat seine Gründe. Erstens gibt es mindestens drei verschiedene Arten von Außerirdischen, die unseren Planeten bereits besucht haben. Dabei kann es sich um Wesen ein und desselben Ursprungs oder Planeten handeln, oder auch nicht. Es ist jedoch sehr unwahrscheinlich, dass sie sich nicht kennen. Eine der drei Arten ist besonders häufig gesichtet worden, und über sie möchte ich im Folgenden gerne sprechen.«

Der Assistent zeigte ein weiteres Bild, Banks stand daneben. Dass er seinem Helfer keine Anweisungen gab, schien das Publikum zu verblüffen. Ein Geraune ging durch den Saal.

»Sehr geehrte Damen und Herren, lassen Sie mich Ihnen Aenar vorstellen.«

Der Vortrag wurde von einer Kamera aufgezeichnet, die nun auf die Leinwand gerichtet war. Dort sah man ein kleines Wesen, dessen Kopf im Verhältnis zu seinem Körper viel größer schien, es wirkte grau und seine Gliedmaßen waren spindeldürr. Ein Großteil seines Kopfes bestand aus riesigen Augen, die ihm einen Panoramablick zu ermöglichen schienen und die einer verspiegelten Brille glichen. Anstelle einer Nase hatte es zwei senkrechte Öffnungen, und sein Mund war ein winziger waagerechter Schlitz. Ein Geschlecht war nicht zu erkennen, es gab keine Körperbehaarung.

Die Beschreibung des Aenars brachte mich beim Ansehen der Videokassette in meiner New Yorker Wohnung zum Lächeln. Die ungenaue Zeichnung mochte in den siebziger oder frühen achtziger Jahren vielleicht noch den ein oder anderen beeindruckt haben. Ende der Neunziger, als man solche Darstellungen zuhauf aus Film und Fernsehen kannte, war sie einfach nur lächerlich.

10

Billy legte die Zeitung beiseite, aus der er gerade noch vorgelesen hatte. In der *Carnival News* waren große Teile des Vortrags wortwörtlich wiedergegeben. Als er bei der Beschreibung des Aenars ankam, hielt Billy es nicht mehr aus.

»Sam, jetzt reicht es.« Er faltete die Zeitung zusammen und lehnte sich gegen den Baumstamm.

»Klingt ein bisschen ausgedacht«, gab ich zu.

»Ein bisschen?«

Wir waren alleine auf der Lichtung. Ich vermisste Miranda.

»Ich habe über die ganze Sache noch mal nachgedacht«, sagte Billy kleinlaut. »Vielleicht war ich ein wenig zu drastisch, was die Theorien des Alten angeht.«

»Ein wenig?«, antwortete ich und ahmte seine Reaktion kurz zuvor nach.

Seine Geste ließ mich verstummen.

»Okay, ich gebe es ja zu. Ich habe mich über ihn lustig gemacht. Aber du kennst mich. Ich habe mir das alles noch mal durch den Kopf gehen lassen, unser Treffen in Mirandas Haus, die Filme, das Gespräch von Mr Matheson. Es war schon ein ziemlicher Zufall, dass wir gerade dieses Telefonat mit angehört haben, auch wenn der Vortrag kurz bevorstand. Wenn wir einen Monat früher die Geheimgänge entdeckt hätten, wer weiß, vielleicht hätten wir dann mitbekommen … wie er seine Angestellte vögelt.«

Erstaunt sah ich ihn an. Normalerweise redete Billy mit mir nicht so. Ich wurde rot und er auch, aber er nahm es nicht zurück. In diesem Sommer veränderte sich bei uns einiges.

»Und?«

»Vielleicht liegst du gar nicht so falsch. Möglicherweise ist Banks gar nicht verrückt, glaubt tatsächlich alles, was er sagt, und es gibt sogar wirklich Augenzeugen. Das beweist jedoch gar nichts. Sie sind und bleiben ein Haufen Spinner, verstehst du?«

»Nicht so richtig.«

»Vielleicht glauben diese Menschen tatsächlich gesehen zu haben, was sie behaupten, gesehen zu haben. Ich weiß nicht, ob sie es nur geträumt haben oder was auch immer. Wenn nicht, dann hör dir mal die Beschreibung dieses Außerirdischen an.« Billy griff wieder nach der Zeitung, schlug sie auf und las: »Die Zuhörer im Vortragssaal der Stadtbücherei verstummten, als das Bild des Aenars gezeigt wurde. Ein kleines Wesen mit riesigen, gefährlich aussehenden Augen.« Er faltete die Zeitung wieder zusammen: »Ein kleines Wesen mit riesigen, gefährlich aussehenden Augen!«, wiederholte er. »Auch ich würde Albträume davon bekommen. Das ist der Schneeballeffekt, Sam. Die Menschen unterhalten sich, gucken sich Filme an, hören Augenzeugenberichte, man kann unmöglich einen Tag in dieser Stadt verbringen, ohne zehn Mal das Wort Außerirdischer zu hören.«

»Wir haben uns noch nie richtig darüber unterhalten.«

Der Satz traf Billy unvorbereitet.

»Das tut mir leid.«

»Danke, Billy.«

»Verstehst du denn, was ich meine?«

»Ja, ich denke schon. Aber … stell dir mal einen Moment lang vor, dass Banks recht haben könnte. Wenn sie also wirklich nicht wollen, dass wir ihre Existenz sicher belegen können, wäre es dann nicht logisch, dass all das passiert, was du gerade beschrieben hast?«

»Wenn sie wirklich so intelligent sind, dann würden sie sich gar nicht erst zeigen.«

Vielleicht waren sie ja gar nicht so intelligent, überlegte ich. Wir dachten zum ersten Mal gemeinsam über das Thema nach, umgingen es zur Abwechslung mal nicht oder machten uns darüber lustig. Das allein war schon ein Fortschritt. Billy hatte seine eigenen Ansichten. Ich zweifelte jedoch trotzdem. Alles von sich zu weisen war sicher das Einfachste.

»Sam, was ich sagen will, ist, dass ich immer da bin und mit dir den Sachen auf den Grund gehe. Nicht erst seit unserem Freundschaftspakt mit Miranda.«

»Danke, Billy.«

»Genug jetzt.«

Ich freute mich über Billys Kommentar. Das war seine Art, mir seine Gefühle zu zeigen. Mir war klar, worauf er sich mit »den Sachen auf den Grund gehen« bezog. Wir hatten das Gespräch von Preston Matheson mit eigenen Ohren gehört, er war ein erfolgreicher Unternehmer und mächtiger Mann. Für seine Rückkehr nach Carnival Falls musste es einen wichtigen Grund geben, der irgendwie mit Banks' Ankündigungen zu tun hatte. Billy war zwar ein Träumer mit ungeheurem kreativen Potenzial, aber er brauchte immer einen Verbindungspunkt zur Wirklichkeit. Den bot das Telefonat von Matheson.

Als ich gerade weiterreden wollte, hielt mich etwas zurück. Ich konnte Schritte auf dem Weg hören.

Miranda!

Aber es war nicht Miranda.

»Wen haben wir denn da? Die Waldmädchen.«

Ich drehte mich um und erschauderte. Vor mir stand, eingerahmt von zwei riesenhaften Kerlen, eine eindrucksvolle Gestalt.

»Was willst du, Mark?«, fragte Billy unbeeindruckt.

Mark Petrie war diesen Sommer unglaublich gewachsen. Die beiden anderen sahen jedoch auf den zweiten Blick schon gar nicht mehr so riesenhaft aus. Einer der beiden war sogar ziemlich unspektakulär und gerade mal so groß wie ich.

»Was macht ihr hier?«, fragte Mark fordernd. Als wir noch kleiner waren, hatten wir alle gemeinsam im Grenzgebiet gespielt. Das hatte ein Ende gefunden, als Marks Gehirn aufhörte, sich weiterzuentwickeln – das waren zumindest Billys Worte. Mark war dann zu den ungehobelten Kindern übergelaufen und hatte sich dort scheinbar in so eine Art Anführer verwandelt.

»Nichts weiter«, antwortete Billy. Er lehnte gelassen am Baumstamm. »Gar nichts Besonderes. Und ihr?«

Mark runzelte die Stirn. Er war unsicher, ob die Frage höflich gemeint war oder ob Billy sich über ihn lustig machte.

»Wir suchen nach einem geeigneten Platz für unseren … Wettbewerb.«

Er machte eine Faust und bewegte sie auf Gürtelhöhe rhythmisch aufwärts und abwärts, das Gesicht verzerrt. Die beiden anderen lachten. Der eine, Steven Brown, war Mark Petries ständiger Begleiter und treuer Anhänger. Mark war nicht der Hellste, Steve allerdings noch um einiges dümmer. Er war schon mehrfach sitzen geblieben und vermutlich schon längst bei seinen intellektuellen Höchstleistungen angelangt. Laut seiner Klassenkameraden kam er nur dank seines einflussreichen Vaters weiter, der ein kleiner Lokalpolitiker war. Steve imitierte die Bewegung seines Idols und lachte dabei unentwegt. Der dritte im Bunde, Jonathan Howard, ging in unsere Klasse. Er war kein schlechter Mensch, eher schmächtig und ängstlich, und ihm fehlte es an Persönlichkeit. Mit Mark sah ich ihn heute zum ersten Mal.

»Jonathan, was machst du hier mit denen?«, fragte ich.

»Das geht euch gar nichts an«, fuhr Mark dazwischen.

»Jonathan weiß von nun an, was gut für ihn ist, stimmt's, Steve?«

»Und wie!«

»Ich glaube, wir haben den richtigen Platz gefunden«, sagte Mark. Er sah sich auf der Lichtung um und nickte zufrieden. »Verschwindet hier!«

Billy lachte auf.

»Aus aktuellem Anlass folgende Mitteilung.« Billy ahmte die Stimme eines Fernsehmoderators nach: »Dieser Platz gehört uns. Wir treffen uns hier seit Jahren. Der Wald ist groß.«

»Ich weiß nicht.« Mark ging herausfordernd noch einen Schritt auf uns zu und war nun weniger als einen Meter entfernt. »Dieser Platz hier gefällt uns besonders gut, oder was meint ihr?«

Steve Brown und Jonathan Howard nickten. Ersterer jauchzte und gluckste dabei dümmlich.

»Hau schon ab, Petrie«, insistierte Billy. »Mach dich nicht lächerlich.«

»Wer macht sich denn hier lächerlich?« Mark trat wütend gegen einen Erdhaufen. Ich drehte mich schnell zur Seite, konnte aber nicht verhindern, die Ladung Erde mitten ins Gesicht zu bekommen.

Billy stand abrupt auf.

»Okay … Es reicht«, sagte er. Ich versuchte gerade, die Erde aus den Augen zu wischen, da sah ich, wie Billy auf Petrie zusteuerte. Billy war zwar ein Stück kleiner, ansonsten aber mindestens genauso kräftig gebaut. Auch er war in diesem Sommer ein ordentliches Stück gewachsen. Er versetzte Mark einen Stoß, sodass dieser rückwärts taumelte.

Ich sprang auf. Die Erde war in meinem Ausschnitt gelandet und kratzte nun am ganzen Oberkörper. Ich sah Billys Umriss vor mir. Noch immer brannten meine Augen und ich musste die ganze Zeit blinzeln und daran herumreiben.

»Sieh mal einer an, der starke Junge verteidigt seine Freundin, wie süß!«

Steve applaudierte und lachte über diesen Kommentar.

Ich schaffte es, den Großteil der Erde aus den Augen zu wischen, und stellte mich neben Billy, eine Hand auf seiner Schulter.

»Lass uns gehen, Billy. Wir werden schon etwas anderes finden.«

»Oh ja, das werdet ihr sicher«, stimmte mir Mark Petrie zu. »Und jetzt haut endlich ab.«

Mark bewegte sich nicht und Billy schaltete sofort. Aus irgendeinem unerfindlichen Grund wollte Mark sich nicht auf einen Streit einlassen, sondern sich nur ein bisschen wichtigmachen. Diesen Vorteil wusste Billy auszunutzen.

»Wir bleiben«, sagte Billy ruhig. »Wir waren schließlich zuerst hier.«

Er drehte sich um, ging zurück und lehnte sich in Seelenruhe gegen den Baumstamm. Mark schaute ihn erstaunt an und wendete sich dann mir zu. Ich stand immer noch mitten auf der Lichtung.

»Die haben ihre verdiente Strafe schon bekommen.« Er zeigte auf mich. »Und eigentlich kann man die Lichtung hier eh zu gut einsehen. Wir sollten uns einen versteckteren Ort suchen.«

»Versteckt«, wiederholte Steve und begann erneut mit seinen obszönen Handbewegungen.

Jonathan schaute auf seine Fußspitzen. Ich hatte Mitleid mit ihm. Er gehörte zu der Sorte Mensch, die sich leicht beeinflussen lässt.

Mark drehte sich gerade um und wollte gehen, da hielt er plötzlich inne.

»Und noch etwas«, sagte er. »Wir wissen, was ihr mit Orson gemacht habt.«

»Bist du etwa einsam ohne deine Freundin, Petrie?«

»Orson ist mein Freund«, sagte Mark ernst. »Ihr werdet noch dafür bezahlen.«

»Nur weil ihr euch einen Stapel alter Zeitschriften teilt, seid ihr also schon Freunde?«

Mark sah Billy erstaunt an.

»Nun geht schon, bitte«, sagte ich beschwichtigend.

»Oh, wer lässt sich denn da herab, mit uns zu sprechen, das Fräulein Erde höchstpersönlich.«

»Hau schon ab, Petrie«, sagte Billy, ohne den Blick von seiner Zeitung zu heben.

»Das mit Orson regeln wir noch«, zischte Mark Petrie. »Los jetzt, Jungs. Von den Mädchen bekomme ich sonst noch einen Steifen.«

Der Witz schien Steve außerordentlich gut zu gefallen, er schüttelte sich vor Lachen und klatschte sich auf die Knie. Die Tränen liefen ihm übers Gesicht.

Sie gingen, wie sie gekommen waren. Jetzt aber konnte man das langsame Entfernen an Steves Gelächter abschätzen.

»Wo waren wir stehen geblieben«, fragte Billy und sah in die Zeitung.

Ich hatte mittlerweile den Großteil der Erde abgeschüttelt und setzte mich zu ihm.

11

Der zweite Teil des Vortrags war der längste und dennoch der von der Zeitung am wenigsten beachtete. Darin wurde ein Zusammenschnitt aus verschiedenen Geschichten und Augenzeugenberichten vorgestellt.

Als ich mir in meiner New Yorker Wohnung das Video ansah, blieb mir besonders eine Geschichte in Erinnerung. Sie handelte von einem Lehrer namens Frank DeSoto aus White Plains, einer kleinen Stadt nördlich von Carnival Falls. DeSoto war mit Claudia, auch Lehrerin, verheiratet gewesen und hatte mit ihr eine Tochter bekommen, die sie auf den Namen Amarantine tauften. 1928, das Mädchen war gerade mal ein paar Monate alt, stellten die Eltern fest, dass etwas mit ihrem Kind nicht stimmte: Es aß kaum und weinte fast ununterbrochen. An manchen Tagen lag es stundenlang mit geschlossenen Augen da. Wenn es nicht weinte, war es unruhig, schien sich weder in seiner Wiege wohlzufühlen noch wenn es getragen oder spazieren gefahren wurde. Die DeSotos suchten Ärzte verschiedener Fachgebiete auf, aber keiner konnte ihnen weiterhelfen. Man gab ihnen die typischen Ratschläge, so seien Babys eben, es könnte helfen, die Nickerchen zu verkürzen und das Kind an einen geregelten Tagesablauf zu gewöhnen. Frank selbst stammte aus einer Großfamilie und hatte mehrere seiner Geschwister von klein auf erlebt, er wusste also, dass Amarantines Verhalten wirklich ungewöhnlich war. Sie suchten weitere Spezialisten auf, gaben ihre Ersparnisse für Reisen in weit entfernte Städte aus und sammelten doch nur Enttäuschungen. Immerhin hieß es nun nicht mehr, ihre Tochter sei gesund, dennoch stellte niemand eine Diagnose. Ein Facharzt aus Boston sah dann endlich einen möglichen Zusammenhang mit einer Fehlfunktion der Zirbeldrüse, woraufhin die DeSotos noch weitere kostspielige Untersuchungen machen ließen, die auch die letzten Ersparnisse auffraßen. Das Ergebnis war niederschmetternd. Der Bostoner Arzt verschrieb ihnen ein überaus teures Medikament, das der Patientin zu besserem Schlaf verhelfen sollte. Es zeigte jedoch nur sehr mäßigen Erfolg. Frank bemerkte an Amarantines benebeltem Gesichtsausdruck, während er seiner Tochter das Medikament verabreichte, dass es ihr nicht guttat. So lief es fast ein Jahr.

Eines Tages kam Frank gegen sieben Uhr von der Arbeit nach Hause. Seine Frau wollte ihm sein Lieblingsgericht zubereiten, Pute mit Kartoffeln, ein Luxus, den es nur sehr selten gab. Sofort wusste er, dass etwas nicht in Ordnung war. Die Tür stand offen.

Vorsichtig ging er darauf zu. Er rief nicht Claudias Namen, sondern näherte sich lautlos, die Aktentasche unter dem Arm. Amarantines Weinen war nicht zu hören. Er spähte ins Wohnzimmer und sah seine Frau auf dem Boden in einer Blutlache liegen. Für einen Moment war er unfähig, sich zu bewegen – so erzählte der gealterte DeSoto auf dem Fernsehbildschirm während Banks' Vortrag. Dann ließ er seine Tasche fallen und rannte auf Claudia zu, ohne einen Gedanken daran zu verschwenden, dass der Täter möglicherweise noch im Haus sein könnte. Er drehte sie um und merkte, dass ihr Puls noch schlug. Ihr Gesicht war kaum zu erkennen, angeschwollen und blutüberströmt. Auch aus einer Wunde am Hals strömte Blut. Er sah sich um und erblickte einen ihm unbekannten Schraubenzieher mit blutiger Spitze.

Er rief den Notarzt, erklärte, was passiert war, und nannte seine Adresse. Dann lief er ins Badezimmer, um Verbandszeug und Desinfektionsmittel zu holen. Als er zurückkam, öffnete Claudia ihre Augen und lächelte ihn an. Aber wo war Amarantine? Claudia war zu schwach, um ihm zu antworten. Frank schickte sich an, die tiefe Wunde am Hals zu verbinden, als ihn etwas aufschrecken ließ. Er legte Claudias Arm so, dass sie selbst die Mullbinde gegen die Verletzung drücken konnte, und sagte ihr, er werde nach Amarantine schauen. Claudia sah ihn flehend an, aber er stieg die Treppen hinauf. Etwas musste seiner Tochter zugestoßen sein, denn kein Laut war aus der oberen Etage zu hören.

Amarantine war nicht in ihrem Zimmer. Nicht im Schlafzimmer. Nirgendwo.

Als die Polizei eintraf, fand sie Frank neben der noch lebenden Claudia kniend. Er versuchte, ihre blutenden Wunden mit dem Verbandszeug zu stillen, weinte und zitterte am ganzen Körper.

Claudia wurde umgehend ins Krankenhaus gebracht, wo ihre Verletzungen behandelt wurden, die sich als nicht lebensgefährlich herausstellten. Als sie wieder bei sich war, erzählte sie von den Geschehnissen. Zwei Unbekannte waren in ihr Haus eingedrungen und hatten versucht, sie zu vergewaltigen. Die beiden waren betrunken, besonders derjenige, der die Anweisungen gab. Sie sahen aus wie Brüder, hatten dieselbe Knollennase und blondes, lockiges Haar. Sie schlugen ihr ins Gesicht und traten auf sie ein, als sie bereits am Boden lag. Amarantine war gerade eingeschlafen, und Claudia biss sich auf die Zähne, um nicht zu schreien und sie dadurch zu wecken, aber sie wehrte sich tapfer. Der Dünnere umklammerte sie von hinten, während der Größere die Hose runterließ und ihre Beine spreizte. Ihr gelang es jedoch, ein Bein freizubekommen und dem Größeren ins Gesicht zu treten. Das machte ihn nur noch wütender. Aus seinem

Werkzeuggürtel riss er einen Schraubenzieher heraus und rammte ihn ihr zwischen Hals und Schulter in den Körper. Der Schmerz überwältigte sie. Claudia schrie und Amarantine wachte auf. Das Weinen des Kindes brachte den Nüchterneren zur Vernunft, der auf den anderen einredete, während Claudia im Wohnzimmer immer mehr Blut verlor und Angst hatte, ohnmächtig zu werden. Sie sah verschwommen die beiden vermeintlichen Brüder hitzig miteinander diskutieren. Der Stämmigere wollte das Kind mitnehmen, hatte die Idee, es zu verkaufen. Der andere versuchte, ihn davon abzubringen, gab jedoch schließlich auf. Sie nahmen das Kind und gingen.

Die Polizei zweifelte an der Geschichte über die beiden Brüder, die freiwillig mit dem schreienden Kind losgelaufen waren. Die Nachbarn hatten weder etwas gesehen noch gehört. So wurden bald Gerüchte über Claudias Aussagen laut, die auch Frank zu Ohren kamen. Claudia versuchte, sich davon nicht beeindrucken zu lassen und ihr Leben weiterzuführen, aber das schlechte Gerede hörte nicht auf, und irgendwann konnte sie es nicht mehr ertragen. Sie wollte weg aus White Plains. Frank zweifelte nicht eine Sekunde an der Glaubwürdigkeit seiner Frau, wollte jedoch seine gewohnte Umgebung nicht verlassen. Er verbrachte die meiste Zeit damit, die beiden Brüder zu suchen. Er fertigte Phantombilder an, befragte jedermann, versuchte, noch mehr Einzelheiten über die Angreifer aus seiner Frau herauszubekommen, und forschte nach – etwa woher der Schraubenzieher ursprünglich stammte –, aber alle seine Spuren verliefen im Sand. Der Werkzeuggürtel und die Wortwahl der Täter deuteten darauf hin, dass die beiden im Baugewerbe arbeiteten. Frank begann, die Bilder der beiden an jedes Unternehmen zu senden, das in der fraglichen Zeit in der Nähe des Tatorts gebaut hatte. Er hatte jedoch kein Glück. Darüber hinaus war keinem ein geparktes Auto aufgefallen, was nicht nur die Polizei hellhörig werden ließ, da sich niemand vorstellen konnte, dass die Täter ungesehen mit einem Baby auf dem Arm zu Fuß geflohen waren.

Die Brüder blieben wie vom Erdboden verschluckt.

Das Geheimnis sollte sich erst Monate später aufklären. Die Ehe lief nicht besonders gut und Claudia entschied sich, ihre Schwester in Carnival Falls zu besuchen. Sie wollte eine Woche dort bleiben, während Frank sich um Schulangelegenheiten kümmerte, die in den letzten Monaten liegen geblieben waren. Beide waren damit einverstanden, sie hegten keinen Groll aufeinander und wollten nach dieser schweren Zeit trotz allem gemeinsam nach vorne blicken. Am zweiten Tag alleine in seinem Haus hatte Frank zum ersten Mal Kontakt mit Außerirdischen.

Wie Frank selbst viele Jahre später in dem Exklusivinterview mit Banks erzählte, hatte er nie zuvor Erfahrungen mit außerirdischem Leben gemacht oder überhaupt die Existenz desselben für möglich gehalten.

Frank war gerade dabei, sein Essen zuzubereiten, als plötzlich sein Radioempfang gestört war. Nach dem erfolglosen Versuch, die Antenne zu richten, wollte er gerade das Radio ausschalten, als er aus dem Augenwinkel eine Bewegung wahrnahm. Er drehte sich um und sah mitten in der Küche ein graues Wesen mit einem riesigen Kopf. Erschrocken blieb er stehen. Das Wesen sah ihn an, dann begann es, über den Boden zu schweben. Es durchquerte die Küche und verschwand durch die geschlossene Hintertür in Richtung Garten. Vom Fenster aus sah Frank es in der Mitte des Gartens innehalten, mit seinen großen Augen starrte es ihn durchdringend an.

Als sich ein und dieselbe Gestalt mehrfach bei ihm zeigte, wurde er sich trotz seiner Verunsicherung und Angst gewahr, dass er sich nicht vor dieser Erscheinung fürchtete, ja, sie sogar erwartete. »Ich musste in jener Nacht an das Wesen denken, das durch mein Wohnzimmer schwebte. Ich sah es an genau der Stelle, an der meine Frau kurze Zeit zuvor um ihr Leben gekämpft hatte.«

Frank verbrachte die ganze Nacht damit, im Garten hinter seinem Haus mit Hacke und Spaten ein Loch nach dem anderen zu graben. Erst in der Mitte des Gartens, dann in konzentrischen Kreisen darum herum. Er hörte erst im Morgengrauen auf, als er ungefähr anderthalb Meter unter der Oberfläche den Leichnam seiner Tochter begraben fand.

Es hatte weder betrunkene Brüder noch einen Vergewaltigungsversuch gegeben. Claudia hatte ihre Tochter Amarantine getötet.

Frank rief die Polizei. Claudia wurde, nachdem sie den Mord an ihrer Tochter gestanden hatte, ins Gefängnis gebracht. Die Erleichterung über die Gewissheit wurde von der Tat seiner Frau überdeckt, die ihn in eine schwere Depression stürzte. Ein ganzes Jahr lang hatte er kaum die Kraft, zur Arbeit zu gehen.

Nur langsam ging es ihm besser. Fünf Jahre nach dem ersten Besuch außerirdischen Lebens in seinem Wohnzimmer begann er, sich intensiver mit dem Phänomen auseinanderzusetzen, und wurde zu einem Vorreiter in der UFO-Forschung. Er veröffentlichte verschiedene Bücher und verwandelte sich in einen der Wegbereiter für die heutige Auseinandersetzung mit außerirdischem Leben.

Banks erzählte sichtlich gerührt, dass DeSoto für ihn zu einem großen Vorbild, Mentor und Freund geworden sei.

Tosender Applaus brach los. Mich faszinierte am meisten die Ähnlichkeit zwischen den Geschichten von Banks und DeSoto.

12

Nach unserer Konfrontation mit Mark Petrie, Steve Brown und Jonathan Howard las mir Billy den Artikel aus der *Carnival News* weiter vor. Ein paar Absätze später hielt er inne.

»Was ist?«, fragte ich. »Glaubst du, die drei holen Verstärkung?«

Billy verzog das Gesicht.

»Petrie ist mir völlig egal«, sagte er. »Vielleicht wird er in ein paar Jahren noch gefährlich, aber momentan weiß er scheinbar selbst noch nicht, was er will. Und die anderen beiden … Da haben wir nichts zu befürchten.«

Ich hatte nach der Ladung Erde in meinem Gesicht keine Lust mehr, auf dem Boden zu sitzen und streckte mich auf dem Baumstamm aus. Billy lehnte noch immer daran.

»Ich mache mir ein bisschen Sorgen um Miranda«, sagte er plötzlich.

Stille.

»Ich wollte auf dem Weg hierher Miranda abholen. Lucille hat gesagt, es ginge ihr nicht gut, vielleicht würde sie später nachkommen. Ich habe natürlich nachgehakt, gefragt, was denn los sei, bekam aber nur dieselbe Antwort. Außerdem hat mir Lucille einen besorgten Blick zugeworfen.«

»Meinst du, sie hat etwas vor dir verheimlicht?«

»Kam mir so vor. Ich wollte nicht weiter nachfragen«, sagte Billy. »Das hatte auch keinen Sinn. Ich mache mir Sorgen, dass Miranda uns nicht mehr sehen will.«

Erstaunt sah ich ihn an.

»Bist du verrückt? Warum das denn?«

»Keine Ahnung.«

»Wahrscheinlich geht es ihr wegen der Sache mit ihrem Vater nicht gut, nach allem was er über Carnival Falls gesagt hat … Aber damit haben wir doch nichts zu tun.«

»Nicht?«

»Natürlich nicht! Wir haben doch besprochen, dass es besser ist, den Geheimgang nicht mehr zu nutzen. Miranda sollte doch ihrer Mutter sagen, dass die Masken ihr Angst machen. Bestimmt hat sie diese schon mit irgendwelchen Bildern oder Postern verdeckt. Und den Eingang haben wir durch die Kiste auch gut versteckt.«

»Meinst du, sie ist noch mal rein?«

»Jetzt reicht es aber wirklich, Billy. Sieht ganz so aus, als hätten wir die Rollen getauscht. Normalerweise bist du doch der Vernünftige von uns, und jetzt redest du dir allen möglichen Unsinn ein. Miranda ist unsere Freundin. Wir haben doch einen Pakt geschlossen, erinnerst du dich?«

»Natürlich«, gab Billy leise zurück.

Ich streckte mich wieder aus.

»Mir ist schon klar, dass wir nicht verantwortlich sind für den Geheimgang«, insistierte Billy. »Aber ohne uns, oder vielmehr ohne mich, wären wir vielleicht nie darauf gestoßen und hätten nie dieses Gespräch mitangehört.«

»Dann kannst du genauso gut der Schwerkraft die Schuld an Taubenscheiße geben.«

Billy musste lachen.

»Nicht schlecht, Jackson. Ist der von dir?«

»Nein, er stammt von Katie.«

»Der Schwerkraft die Schuld an Taubenscheiße geben.« Billy wiederholte den Satz und schüttelte sich vor Lachen.

Als er sich beruhigt hatte, griff er wieder zur Zeitung.

13

Im letzten Teil des Vortrags ging es um den Unfall auf der Landstraße 16, den Banks als eine der bisher rätselhaftesten Entführungen bezeichnete. Das Publikum erwachte sofort zu neuem Leben.

»Gestatten Sie mir, etwas auszuholen.«

Er ging zum Bühnenrand und ließ sich von seinem Assistenten eine Metallkassette reichen. Diese stellte er auf dem Rednerpult ab, griff unter sein Hemd und zog einen kleinen Schlüssel hervor, der an einer goldenen Kette um seinen Hals hing. Er zeigte ihn dem Publikum, die Kamera zoomte heran und machte eine Großaufnahme.

Er öffnete die Kassette.

»Das hier ist die Probe vom Unfallort.« Er hielt ein mit einer roten Flüssigkeit bis zur Hälfte gefülltes Glasröhrchen in die Luft. »Viele von Ihnen warten schon gespannt auf die Ergebnisse. In wenigen Minuten ist es so weit.«

Er lächelte geheimnisvoll. Aus der Metallkassette holte er einen Reagenzglasständer hervor und stellte das Röhrchen hinein.

»Am 10. April 1974 gegen neunzehn Uhr beendete Christina Jackson ihre Schicht im städtischen Krankenhaus. Normalerweise nahm sie immer den Bus, um die fünf Kilometer zwischen ihrer Arbeitsstelle und dem gemieteten Zimmerchen am Stadtrand zurückzulegen. An jenem Tag jedoch stieg sie nicht in den Bus. Sie hatte sich ihr erstes eigenes Auto gekauft, einen roten Pinto. Sie war damals sechsundzwanzig Jahre alt.«

Nacheinander waren zwei Fotos zu sehen. Das erste kannte ich in- und auswendig, es stammte aus dem Jahrbuch meiner Mutter, das ich auch in meiner geblümten Kiste aufbewahrte. Der Fotograf hatte sie lächelnd eingefangen, sie schaute leicht nach oben, sah aus, als habe sie gerade eine Idee. Mir gefiel dieser Gesichtsausdruck wie auch ihr rotes Haar. Die Ähnlichkeit zwischen ihr und mir war nicht nur auf diesem Foto offensichtlich.

Das zweite Bild war weniger angenehm. Darauf sah man den nach mehreren Überschlägen schwer beschädigten Pinto mit seiner zerstörten Schnauze. Das Foto war nach dem Unfall in der Zeitung veröffentlicht worden.

Banks ging auf die Leinwand zu und das Bild wechselte. Er redete jetzt schon über anderthalb Stunden und sah immer noch so tadellos aus wie zu Beginn der Veranstaltung, ohne jegliche Anzeichen von Erschöpfung. Mit seinem Zeigestock fuhr er die Landstraße 16 auf einer schematischen Karte nach.

»Kilometer dreiunddreißig der Landstraße 16 kennen alle Einwohner von Carnival Falls«, sagte Banks. »Dort darf aus zwei Gründen nicht überholt werden: Erstens kreuzen sich ein Stück weiter Straße und Chamberlain-Fluss. Die Brücke wurde 1957 erbaut und ist noch deutlich enger als modernere Konstruktionen. Zweitens befindet sich die Brücke in einem Tal, sodass an Kilometer dreiunddreißig die Straße von dieser Seite der Brücke aus nicht gut einsehbar ist. Starker Regen tut dann sein Übriges. Man kann sich also vorstellen, dass an diesem Abend die Landstraße einige Meter vor der Windschutzscheibe von Christina Jackson aufhörte zu existieren.«

Banks redete und zeichnete dabei alles auf der Karte nach. Nichts davon war neu. Jeder in Carnival Falls kannte die Strecke und ihre Tücken. Meine Mutter war nicht die Erste gewesen, die dort einen Unfall gehabt hatte. Mindestens zehn weitere fielen mir ein. Für so eine kleine Stadt wie

Carnival Falls war das sehr viel, weshalb die Beschilderung schon mehrfach verbessert worden war.

»Am Folgetag fand die Polizei keine zweihundert Meter vom Unfallort entfernt Bremsspuren auf der rechten Fahrbahnhälfte«, fuhr Banks fort. »Es wird angenommen, dass sie vom Pinto stammen. Der Regen verhinderte jedoch eine zweifelsfreie Klärung der Umstände.«

Er machte eine Pause und trank einen Schluck.

»Die Polizei schließt die Möglichkeit nicht aus, dass ein anderes Fahrzeug vor Ort war, hält sie aber für unwahrscheinlich. Wenn jemand auf der Gegenspur unterwegs war und an dieser Stelle auf den Pinto traf, hätte es an der Unfallstelle mehr Bremsspuren geben müssen. Es ist und bleibt ungeklärt, warum Ms Jackson zweihundert Meter vor dem Unfallort gebremst hat. Bei der Besichtigung des Streckenabschnitts fiel jedoch auf, dass sie von diesem Punkt aus die drei Lichter gesehen haben muss, die in jener Nacht am Himmel ihre leuchtenden Bahnen zogen.«

Die Karte der Landstraße verschwand, und nun war ein Foto des stürmischen Himmels zu sehen. Die Lichter bildeten ein gleichschenkliges Dreieck.

»Mindestens sieben Menschen haben die Lichter bemerkt und drei sogar Fotos davon gemacht. Eins der Bilder wurde westlich der Landstraße von einem Farmer namens Liam Sorensson aufgenommen. Er beobachtete das Phänomen gemeinsam mit seiner Frau und seiner fünfzehnjährigen Tochter. Wie man auch anhand von Filmaufnahmen anderer Ereignisse sehen kann, bewegten sich die Raumschiffe abwechselnd, veränderten ultraschnell ihren Standort und bremsten sofort wieder ab. Das nächste Bild wurde ungefähr dreihundert Meter östlich von der Unfallstelle aufgenommen. Hier sieht man, wie radikal sich die Position der Lichter verändert hat. Aber ich will gar nicht vorgreifen, sondern lieber dem Urheber des Fotos das Wort erteilen. Würden Sie bitte auf die Bühne kommen, Mr Duvall?«

Ein rundlicher Mann in einem karierten Hemd erhob sich und bahnte sich einen Weg zur Bühne. Behäbig stieg er die beiden Stufen hinauf, ohne sich irgendwo festzuhalten.

Banks hielt ihm das Mikrofon hin.

»Ich heiße Emery Gene Duvall.«

»Zuerst einmal möchten ich Ihnen herzlich danken, dass Sie heute hier sind.«

Emery Gene Duvall war der Albtraum eines jeden Strafverteidigers, ein Zeuge, den niemand in seinem Zeugenstand haben möchte. Unaufhörlich bewegte er sich, verlagerte sein Gewicht von einem Bein aufs andere und sah Banks die ganze Zeit nach Zustimmung heischend an. Zwei oder drei seiner Freunde ermutigten ihn vom Zuschauerraum aus, was ihn jedoch nur noch weiter verunsicherte.

»Erzählen Sie uns doch bitte, wo Sie in der Nacht vom 10. April 1974 waren, Mr Duvall.«

Emery Gene Duvall griff nach dem Mikrofon, doch Banks behielt es in der Hand.

»Mein Bruder Ronnie und ich gehören dem Verein ›Freunde des Unbekannten‹ an.« Er zeigte stolz auf seine Armbinde. »Wir beiden und unsere Ehefrauen verbrachten früher häufiger die Nacht auf dem Platz direkt neben der St. James Kirche. Für gewöhnlich hielten wir uns in meinem Wohnwagen auf, machten uns ein leckeres Essen, tranken ein paar Bier und schauten dabei in den Himmel. Sie wissen schon, wir hofften darauf, sie zu sehen.«

Er riss die Augen auf und betonte das Wort »sie«.

»Wie oft hatten Sie das bereits gemacht?«

»Was?«, fragte Emery Gene Duvall.

Ein paar Leute im Publikum kicherten.

»Was Sie gerade beschrieben haben«, sagte Banks ruhig.

»Wie oft Sie schon an dieser Stelle waren, um Außerirdische zu sehen.«

»Oh, sehr oft. Mehr als fünf Jahre lang regelmäßig jeden Mittwoch. Wir wollten Raumschiffe sehen, oder zumindest eins. Seit unserer Kindheit interessierten wir uns dafür und für alles, was damit zusammenhängt. Außerdem waren die Mittwochstreffen immer sehr lustig, wir hatten eine gute Zeit. Ronnie und ich nannten sie unsere ›Mittwochbeobachtungen‹. Er und seine Frau schliefen in einem Zelt und meine Frau und ich im Wohnwagen. Dann haben wir irgendwann aufgehört, als die Kinder kamen. Erst die von Ronnie und dann unsere. Dann war es nicht mehr so einfach. Mit Kindern ist das alles etwas komplizierter … Wie gesagt, es war eine tolle Zeit.«

»Sie waren also auch in der Nacht des Unfalls dort, keine dreihundert Meter entfernt?«

»Ja, natürlich. Mit Ronnie.«

Er zeigte auf seinen Bruder, der hob die Hand, aber niemand scherte sich darum.

»Was haben Sie gesehen?«

Banks Fragen waren sehr einfach, trotzdem wurde der Mann von Minute zu Minute nervöser. Die Scheinwerfer, die auf den Vortragenden keine Auswirkungen zu haben schienen, ließen Emery Gene Duvall wie einen Eiswürfel in der Sonne schmelzen.

»Wir haben das gesehen, was Sie bereits beschrieben haben. Drei sich sehr schnell bewegende Lichter. Es war unglaublich! Ich habe das Foto gemacht. Ronnie war beschäftigt mit …«

»Greifen Sie bitte nicht vor, Mr Duvall. Dazu kommen wir später.«

Wieder riss Emery Gene die Augen auf und trat von einem Bein aufs andere.

»Es stürmte und regnete an diesem Abend«, sagte Banks. »Warum waren Sie trotzdem dort?«

»Als wir das Haus verließen, regnete es noch nicht, auch wenn der Wetterbericht Niederschlag vorhergesagt hatte. Aber wann stimmt der schon? Als es dann anfing, hatten wir schon alles aufgebaut. Also blieben wir. Wir hatten ja meinen Wohnwagen. Außerdem war es an Regentagen manchmal … besonders gut.« Emery Gene Duvall errötete.

Banks kam ihm zu Hilfe.

»Aber das war noch nicht alles, stimmt's, Mr Duvall?« Irgendetwas musste seine Anwesenheit an diesem Tag ja rechtfertigen.

»Ja!« Er strahlte übers ganze Gesicht. »Wir hatten eine Super-8-Kamera dabei. Wir überlegten damals, uns eine eigene anzuschaffen, und hatten deshalb die Kamera von einem von Ronnies Kunden ausgeliehen, um sie auszuprobieren. Die waren damals noch ganz schön teuer.«

»Sie hatten also an jenem Abend eine Filmausrüstung dabei.«

»Ja.«

Vereinzelter Beifall war zu hören.

»Haben Sie die Lichter aufgenommen?«

Emery Gene Duvall überlegte einen Moment, näherte sich dann dem Mikrofon und antwortete: »Ich glaube schon.«

Einem der Experte entfuhr ein lautes »Wie bitte?«. Jemand aus den ersten Reihen sprang auf und drehte sich mit drohendem Gesichtsausdruck um. Am Handgelenk trug auch er die Binde des Vereins ›Freunde des Unbekannten‹.

»Ich bitte Sie, meine Herren«, beschwichtigte Banks. »Lassen Sie Mr Duvall fortfahren.«

»Wir hatten die Kamera unter der Markise meines Wohnwagens bereitgestellt. Die Filme sind viel kürzer als die heutigen. Deshalb wollten wir erst mit den Aufzeichnungen beginnen, wenn wir wirklich etwas sehen konnten. Plötzlich bemerkte Ronnies Frau mit ihren Adleraugen weit entfernte

Lichter am Himmel. Ronnie schaltete die Kamera ein und begann zu filmen, obwohl er selbst noch nichts erkennen konnte. Es regnete bereits in Strömen.« Duvall schluckte. »Dann sahen wir plötzlich alle die Lichter. Ich fragte Ronnie, ob die Kamera lief, und er bejahte. Wir waren ganz aus dem Häuschen.«

»Und wo ist der Film jetzt?«

Nach einer kurzen Pause senkte Duvall den Kopf und murmelte etwas Unverständliches vor sich hin. Banks hielt das Mikrofon noch näher an ihn heran.

»Wie bitte?«

»Wir wissen es nicht«, wiederholte Emery Gene Duvall. »Wir verbrachten die Nacht dort in meinem Wohnwagen. Als wir am nächsten Morgen aufwachten, bemerkten wir, dass wir ausgeraubt worden waren. Die Kamera war ebenso verschwunden wie die Filmkassette und ein paar Wertsachen meiner Frau.«

»Sie haben den Film also nie gesehen?«

»Nein.«

Banks nickte und wendete sich dem Publikum zu.

»Mr Duvalls Geschichte, die er uns netterweise erzählt hat, endet hier noch nicht. Als ich vor fünf Jahren von den Ereignissen erfuhr, beauftragte ich einen guten Freund damit, das Filmmaterial zu suchen. Er teilte die Annahme, dass sich die Diebe ihrer Beute möglicherweise in irgendeinem Pfandhaus entledigt haben könnten. Vielleicht hatten sie die Filmkassette überhaupt nicht beachtet, die deutlich mehr wert war als die gesamte Ausrüstung. In weniger als einem Jahr hatte mein Freund die Kamera ausfindig gemacht und konnte die Spur des Films wieder aufnehmen. Er war sehr zuversichtlich, sie zu bekommen. Leider ereignete sich im Leben meines Freundes jedoch eine persönliche Tragödie, und ich erfuhr nie etwas über den Verbleib der Kassette. Mittlerweile ist mein Freund verstorben.«

Das Fingerspitzengefühl, mit dem Banks über Marvin French sprach, ohne seine Identität zu enthüllen, war bemerkenswert. Ich fragte mich, ob Banks wissen konnte, warum French nie wieder mit ihm über den Film gesprochen hatte, der sich zusammen mit weiteren Kassetten, die seinen Adoptivsohn belasteten, in den Händen seines Anwalts befand.

Das Gesicht von Banks war in diesem Teil des Vortrags in Großaufnahme zu sehen. Die Kamera hatte sich langsam seinem Gesicht genähert, bis seine Augen so groß waren wie Tennisbälle. Er hatte einen durchdringenden Blick, das war allerdings keine Neuigkeit. Während der Engländer über das unbekannte Schicksal des Filmes sprach, kam es mir so vor, als würde er genau mir diese Frage stellen, als ahne er, dass sich die Kassette in unserem Besitz befunden hatte. Als würde er sich über die zeitlichen Grenzen und sogar seinen eigenen Tod hinwegsetzen und endlich seine alles entscheidende Frage stellen.

Wo ist die Kassette, Sam?

Duvall stand immer noch auf der Bühne, und seine Nervosität war ihm deutlich anzumerken. Aus seinem Gesicht sprach die Angst, auf der Bühne vergessen worden zu sein. Er wusste nicht, ob er sich einfach wieder setzen oder darauf warten sollte, befreit zu werden. Die Veranstaltungskamera zeigte ein paar Großaufnahmen des armen Teufels.

»Vielen Dank, Mr Duvall, das war sehr nett von Ihnen«, sagte Banks endlich.

Und zum ersten Mal an diesem Abend zeichnete sich auf Duvalls Gesicht ein Lächeln ab, bei dem seine schiefen Zähne zum Vorschein kamen. An einem Vortrag des sagenhaften Banks mitzuwirken musste für ihn ein wahres Erlebnis sein.

Als sich Banks nun erneut seinem Publikum zuwandte, hielt er wieder das Glasröhrchen mit der Blutprobe in der Hand.

»Bis wir den Film in unseren Händen halten«, sagte er, »ist das hier der einzige handfeste Beweis für die Ereignisse in dieser Aprilnacht. Und ich kann mir vorstellen, dass Sie schon sehr gespannt auf die Ergebnisse warten, habe ich recht?«

Wieder wurde ausgelassen Banks' Name gerufen. Die Stimmung im Saal war bis zum Äußersten gespannt. Banks kostete dieses Mal den Applaus sichtlich aus und hielt das Röhrchen mit der roten Flüssigkeit stolz in die Luft. Selbst einige der Experten ließen sich von der Aufregung anstecken.

»In wenigen Minuten ist es so weit«, sagte Banks und stellte das Röhrchen zurück.

Das Publikum sah erwartungsvoll dabei zu, wie er das nächste Bild auf die Leinwand projizierte.

Sofort erkannte ich den Unfallort. Es war taghell, und im Vordergrund konnte man den Chamberlain-Fluss und einen Teil der Brücke sehen. Der Fotograf, vermutlich Banks selbst, hatte das Bild vom Fußgängerübergang der Brücke aus aufgenommen.

»Diesen Abhang ist Christina Jacksons Pinto hinuntergefahren und dort an den Bäumen zum Stehen gekommen. Die Polizei hat einen sehr großzügigen Bereich abgesperrt, das gesamte Gebiet zwischen Landstraße und Waldanfang.« Banks fuhr mit dem Zeigestock an der Absperrungslinie entlang. »Es wurde jedoch nicht das Stück bis zum Fluss untersucht, auch wenn die Polizei später von der Annahme ausging, Christina Jackson sei durch die Windschutzscheibe geschleudert worden und der Chamberlain habe sie mitgerissen.« Er sah ins Publikum, als handele es sich dabei um eine vollkommen abwegige Erklärung. »Ich bin in den letzten Jahren häufig gefragt worden, wie es mir möglich war, die Proben nur zwei Tage nach dem Unfall zu nehmen, obwohl das Gelände noch nicht wieder freigegeben war und polizeilich beobachtet wurde. Sie hatten zu diesem Zeitpunkt noch nicht einmal das Auto weggeschafft. Die Antwort ist ganz einfach: Die Probe stammt nicht aus dem von der Polizei abgesperrten Gebiet. Ich habe sie ein ganzes Stück entfernt gefunden. Als ich beim Unfallort ankam, herrschte dort ein ziemliches Durcheinander. Auch Liam Soresson war gerade vor Ort und versuchte, der Polizei von den seltsamen Lichtern zu erzählen. Ich war an seinen Beobachtungen interessiert und fragte mich unwillkürlich, wo sich ein Außerirdischer wohl positioniert haben könnte?«

Banks, der mich immer ein wenig an den alten Obi-Wan Kenobi erinnert hatte, richtete seinen Zeigestock aufs Publikum und bewegte ihn langsam von einer Seite zur anderen, als handele es sich dabei um ein Lichtschwert.

»Mich ließ der Gedanke nicht los, dass die Außerirdischen irgendwelche Spuren hinterlassen haben könnten. So machte ich mich am Folgetag wieder auf den Weg, um den Unfallort genau zu überprüfen. Ich wusste, dass ich nach der Nadel im Heuhaufen suchte. Wegen des Regens war es sehr unwahrscheinlich, überhaupt irgendwelche Beweise oder Spuren zu finden. Es gab verschiedene Möglichkeiten, eine entmutigender als die andere. Außerdem wissen wir immer noch nicht, wie die geistigen Fähigkeiten dieser Wesen funktionieren könnten. Vielleicht war ein menschlicher Körper für sie nicht mehr als für uns eine Motte.«

Auf der Leinwand wurde das letzte Bild des Abends gezeigt: eine Nahaufnahme der Holzbretter des Fußwegs über die Brücke. Neben Schlammspuren gab es eine Reihe von dunklen tropfenförmigen Flecken.

»Ich hatte Glück. Diese Fotos entstanden, bevor ich die Probe nahm. Sie war die ganze Zeit über bei mir in Verwahrung. Kleine Holzstücke mit dunklen Flecken, die alles oder nichts bedeuten konnten. Ich habe ihnen weder besonderen Wert beigemessen, noch sie abschließend beurteilt. Die Forschung war damals noch nicht so weit. Ein Jahrzehnt und viele neue Erkenntnisse später ist es mittlerweile möglich, auch solche komplexen Fragen zu beantworten und anhand einer alten Probe festzustellen, ob sie von einem außerirdischen Wesen stammt.«

Er hielt erneut das Glasröhrchen hoch.

»Gibt es bis hierher Fragen?«

Jemand in der Mitte des Saals meldete sich. Mehrere Gesichter drehten sich zu dem Experten um, der den besonderen Moment der Bekanntgabe zu verzögern drohte.

»Mr Banks, stimmt es, dass zum Zeitpunkt des Unfalls ein Baby im Auto war und die Regierung diese Information bewusst zurückgehalten hat?«

»Das ist Unsinn«, gab Banks zurück. »Christina Jackson hatte keine Kinder, das geht aus ihren Akten hervor.«

Ich musste lächeln. Banks war einige Jahre, nachdem ich Carnival Falls verlassen hatte, gestorben, und ich hatte seitdem nicht viel an ihn gedacht. Ich hatte Angst, die Erinnerung an ihn könnte schmerzhaft sein, alte Wunden wieder aufreißen, aber so war es nicht. Als der Engländer kategorisch abstritt, dass Christina Jackson Kinder gehabt hatte, fand ich meinen Frieden mit ihm.

Weitere Fragen gab es nicht, sodass Banks endlich seine Ergebnisse verkünden konnte.

»Das hier ist der Bericht der Laboruntersuchungen, die in einem der bekanntesten Institute für Genforschung in der Schweiz durchgeführt worden sind«, kündigte Banks an und nahm dabei eine dünne Mappe vom Pult. »Er besteht aus mehr als dreißig Seiten, ich werde jedoch nur die Zusammenfassung vorlesen. Das gesamte Dokument wird in Kürze in der renommierten Zeitschrift *UFO Today* veröffentlicht werden. ›Das analysierte Material weist eine ungewöhnliche Struktur auf, sowohl in der Länge als auch der molekularen Beschaffenheit. Diese Art des Erbguts wurde bisher in keinem Organismus dieses Planeten nachgewiesen.‹«

14

Banks vermeintlich bahnbrechende Erkenntnisse veränderten meine Welt nicht. Alle, die ihn für einen Spinner hielten, der nie den Verlust seiner Frau überwunden hatte, glaubten das auch weiterhin. Und auch die anderen, denen zufolge ein Volk aus dem Weltraum ein gesteigertes Interesse an Carnival Falls hatte, jener kleinen Stadt inmitten Neuenglands, konnten an ihren Überzeugungen festhalten. Durch den Artikel wurde Öl in ein schwelendes Feuer gegossen, das kurzzeitig aufloderte.

Billy hielt das Ganze weiterhin für Blödsinn. Er vermutete sogar, dieses berühmte Schweizer Institut habe sich nur über den Engländer lustig machen wollen und ihm für den Bericht, der seine Ansichten unterstützte, eine große Summe Geld aus der Tasche gezogen.

Miranda fehlte uns. Wir hatten uns den Sommer über so an ihre Gesellschaft gewöhnt, dass es uns ohne sie komisch vorkam.

Am Hof angekommen, stellte ich mein Fahrrad in der Scheune ab. Auf dem Weg begegnete ich erst Tweety und dann Milli. Bei beiden kam es mir so vor, als beeilten sie sich, um nicht mit mir reden zu müssen. Vielleicht hatte es mit dem Zeitungsartikel zu tun? Ich war trotzdem überrascht. Als ich gerade mein Rad abschloss, kam jemand von hinten auf mich zu. Es war dunkel in der Scheune, durch das angelehnte Tor fiel kaum Licht herein. Plötzlich spürte ich eine Hand auf meiner, noch bevor ich den grauen Umriss wahrnahm.

Ich fuhr zusammen.

»Hab ich dich erschreckt?«

»Oh Mann, Mathilda. Ich wäre fast gestorben.«

»Tut mir leid.«

»Schon okay. Was machst du hier?«

»Nachdenken.«

»Im Dunkeln?«

»Sieht so aus.«

Ich war fertig, aber Mathilda bewegte sich nicht. Seit der Sache mit Orson kam sie mir verändert vor. Sie legte es nicht mehr die ganze Zeit darauf an, mit mir zu konkurrieren.

»Sam, kann ich dich mal was fragen?«

»Ja klar, was denn?«

»Die Geschichte mit dem Buch und so. Hast du jemals geglaubt, dass ich etwas damit zu tun haben könnte?«

Die Frage traf mich unerwartet. Ich war mir nicht sicher, wie ehrlich ich ihr gegenüber sein konnte.

»Du warst zumindest nicht die Letzte auf meiner Liste an Verdächtigen«, sagte ich und lächelte sie an.

Dann tat Mathilda etwas, das mich völlig durcheinanderbrachte. Sie streckte ihre Hand aus und legte sie mir sanft auf die Schulter.

»Wahrscheinlich habe ich es nicht anders verdient«, erwiderte sie.

Noch wollte ich nicht meine gesamte Deckung fallen lassen. Wenn Mathilda sich tatsächlich entschieden hatte, mir gegenüber netter zu sein, gerne. Aber um mich zu überzeugen, brauchte es mehr als ein Schulterklopfen.

»Ist nicht mehr wichtig, Mathilda.«

»Danke. Amanda und Randall wollen übrigens mit dir sprechen«, sagte sie in vertraulichem Tonfall. »Sie haben uns darum gebeten, das Haus zu verlassen, sobald du auftauchst. Es scheint was Wichtiges zu sein.«

Ich konnte keine Schadenfreude in ihrem Gesicht erkennen.

»Dann sollte ich vielleicht besser gehen«, sagte ich nachdenklich. »Danke für die Vorwarnung.«

»Gerne.« Sie drehte sich um und ging.

Hatte sie auf mich gewartet?

Als ich auf das Haus zulief, wusste ich, dass etwas vorgefallen sein musste. Alle, denen ich begegnete, sahen mich mit demselben ratlosen Gesichtsausdruck an. Als ich hineinging, saßen Amanda und Randall nebeneinander am Esstisch, den Blick auf die Tür geheftet. Wie lange hatten sie wohl schon auf mich gewartet?

Auf dem Tisch lag eine aufgeschlagene Zeitung. Sofort wusste ich, worum es ging. Außer uns war niemand im Saal oder der angrenzenden Küche.

Ich nahm auf dem Stuhl gegenüber von Amanda Platz. Sie würde sicherlich das Wort ergreifen.

»Sam, ich nehme an, dass du die Zeitung von heute gelesen hast?«, fragte Amanda ohne Umschweife.

Randall hatte seinen Hut abgesetzt und wartete geduldig.

»Ja.«

»Dieser Mensch ist wirklich verrückt im Kopf«, urteilte Amanda. In ihren Worten lag kein Groll, sondern Traurigkeit. »Und er ist leider sicher nicht der Einzige. Unsere Stadt scheint Leute anzuziehen, die eine Schraube locker haben. Wir wollen trotzdem nicht, dass dich das in irgendeiner Weise beeinträchtigt.«

»Mir ist das egal.«

Amanda griff nach der Zeitung und drehte sich zu Randall um.

»Kannst du dich noch erinnern, diese Zeitung hatte mal einen guten Ruf. Sie sollten besser aufpassen, was sie so veröffentlichen.«

»Macht euch keine Sorgen um mich«, fuhr ich dazwischen. »Das beeindruckt mich wirklich nicht.«

Amanda war alles andere als überzeugt. Sie erkannte sofort, wenn jemand ihr nach dem Mund redete.

»Die Geschichte mit Orson ist noch nicht lange her, es wäre also kein Wunder, wenn du dich verwundbar fühlst.«

»Wir wollen dir nur sagen, dass wir immer für dich da sind«, schaltete sich jetzt Randall ein.

»Ich danke euch.«

»Falls sich jemand dir gegenüber unangemessen aufführt, dich auf der Straße oder wo auch immer belästigt«, sagte Amanda jetzt, »komm doch bitte als Erstes zu uns.«

»Ich weiß, dass Banks ein Spinner ist. Das hat er sich doch alles ausgedacht.«

»Gut«, sagte Amanda. »Mehr wollten wir dir gar nicht sagen.«

»Kann ich gehen?«

»Ja.«

Schnell sprang ich auf und lief schweigend auf die Tür zu. Als ich mich noch einmal umdrehte, sah ich, dass die Carrolls sich nicht bewegt hatten.

15

Die Eingangstür war wie immer offen. Joseph saß am Esstisch. Die Reste des Mittagessens waren noch lauwarm.

Collette kam gerade von oben herunter. Sie legte sich einen Ohrring an und umarmte mich.

»Hallo Sam!« Sie gab mir einen Kuss auf die Wange.

Josephs Gesichtsausdruck wurde weicher, als er diese freundschaftliche Geste wahrnahm. Wir wussten, dass er dadurch schneller Vertrauen fasste.

»Hallo Collette«, erwiderte ich, während sie mich an sich drückte. Ich umrundete den Tisch und gab Joseph ein Küsschen auf die Wange. Er bewegte sich nicht, saß dort mit hängenden Armen und beobachtete uns mit seinem ruhigen, prüfenden Blick.

»Gut, dass du so früh hier bist, Sam.« Collette befestigte den anderen Ohrring. »Ich habe Joseph gerade erzählt, dass du heute kommst, um ihm ein bisschen vorzulesen, während ich mich mit den Mädels treffe.«

»Den Mädels?«, fragte Joseph. Der neugierige und zugleich unbefangene Tonfall, mit dem er manchmal versuchte, an Informationen zu kommen, war geradezu lustig.

»Dieselben wie immer, mein Schatz. Becca, Libby, Alicia.« Den letzten Namen rief sie uns zu, während sie noch einmal nach oben verschwand.

Joseph sah mich an.

»Ich mag Becca nicht«, flüsterte er mir zu. »Sie ist wirklich ungeschickt. Einmal hat sie sogar ein Glas Wein über mich geschüttet.«

»Nein. Oje!« Auch diese Anekdote hatte ich schon oft gehört. Es war eine von Josephs Lieblingsgeschichten über die Mädels, und sie hatte sich bereits vor zwanzig Jahren zugetragen.

Joseph nickte bekümmert. Er nahm seine Hände unter dem Tisch hervor, machte eine abwägende Bewegung und zuckte mit den Achseln.

Da hörten wir Collette vom Treppenabsatz aus rufen: »Sie haben mich angerufen, dass ich eine Stunde früher kommen soll. Ein Wettlauf gegen die Zeit.« Blitzschnell durchquerte sie das Esszimmer. Ein Hauch ihres Parfums lag in der Luft.

»Ich räum den Tisch ab, Collette, mach dir keine Gedanken darüber.«

»Vielen Dank, Sam.«

Plötzlich stand Joseph auf und half mir, die Teller in die Küche zu tragen. Kurz darauf war alles erledigt. Collette beschwerte sich, da sie das Buch für die heutige Buchklubsitzung mit ihren Freundinnen nicht finden konnte.

»Es lag auf der Veranda hinterm Haus«, sagte sie, als sie mich im Esszimmer abfing. Sie schaute zu Joseph hinüber und fügte leise hinzu: »Ich wundere mich, wie es dort hingekommen ist.«

Ich musste ein Lachen unterdrücken.

Collette war wie immer gut zurechtgemacht, hatte ihre Schminke aufgefrischt, und ihre Haare sahen aus wie ein dichter, dunkelbrauner Heiligenschein. Sie beugte sich in meine Richtung, um mir einen Abschiedskuss zu geben, dann jedoch veränderte sich ihre Miene.

»Und du? Wie geht es dir?«

»Gut. Fragst du wegen des Artikels?«

»Er hat mich so wütend gemacht, dass ich die Zeitung verbrannt habe«, sagte Collette und schüttelte verärgert den

Kopf. »Amanda hat erzählt, dass sie darüber mit dir sprechen wollte.«

»Ja, hat sie bereits.«

»Pass auf dich auf, Sam.«

Noch einmal umarmte sie mich und gab mir ein Küsschen. Dann wischte sie mir mit ihrem Daumen den Lippenstift von der Wange.

»Bis später, Joseph«, rief sie ihm zu, nahm ihre Handtasche und hängte sie sich um.

»Tschüss, mein Schatz«, antwortete er.

»Viel Spaß«, sagte Collette noch, dann zog sie die Tür hinter sich zu.

16

»Soll ich dir ein Geheimnis verraten, Sam?«, fragte mich Joseph, sobald wir alleine waren.

»Gerne.«

Ich setzte mich und sah ihn gespannt an.

»Collette hat ein Geheimzimmer«, sagte er ernst.

»Nein, wirklich? Wo denn?«

»Hier im Haus natürlich.«

Am Anfang hatte ich noch versucht, ihn davon zu überzeugen, dass dies nicht möglich sei. Oder ihm gesagt, was sich in dem Spieluhrenzimmer befand, aber nichts funktionierte so gut, wie einfach mitzumachen. So konnte ich sein Vertrauen am leichtesten gewinnen.

»Unglaublich. Wo denn?«

»Im zweiten Stock direkt neben unserem Schlafzimmer.«

Ich kniff meine Augen zusammen.

»Das verstehe ich nicht, was heißt denn dann geheim?«

»Als ich noch Anwalt war, hatte ich dort mein Arbeitszimmer. Nie habe ich die Tür verschlossen. Jetzt, da ich in Rente bin, gehört das Zimmer Collette.«

»Aber … ist es denn abgeschlossen?«

»Ich weiß nicht. Ich habe noch nicht nachgesehen. Sie soll nicht denken, dass ich meine Nase überall hineinstecke.«

»Verstehe.«

»Sollen wir gemeinsam herausfinden, was meine Frau vor mir versteckt?«, fragte er spitzbübisch.

Ich tat, als würde ich über den Vorschlag nachdenken.

»Wie wäre es, wenn wir es so machen«, schlug ich ihm

vor. »Zuerst gehen wir auf die Veranda, wie wir es Collette versprochen haben, und ich lese ein paar Geschichten von Jack London vor. Danach werfen wir einen Blick in das Zimmer.«

Nun überlegte er.

»Ich mag Jack London.«

»Ich auch.«

»So machen wir es.« Er stand auf.

Zusammen gingen wir zu dem Bücherregal im Wohnzimmer, dort einigten wir uns schnell auf einen Band mit Erzählungen. Auf der Veranda nahmen wir unsere gewohnten Plätze mit Blick auf den Garten ein.

»Kann ich mir aussuchen, mit welcher Erzählung wir anfangen?«

»Selbstverständlich! Welche soll es denn sein?«

»To build a fire«, antwortete Joseph entschieden.

Das Buch öffnete sich schon fast von alleine auf der passenden Seite. Ich fing an zu lesen.

Ich war mitten in der Geschichte, als ich aus dem Augenwinkel plötzlich eine Bewegung bemerkte. Ich sah auf und blickte zu Joseph, den Gesichtsausdruck kannte ich. Er lag immer auf seinem Gesicht, wenn er versuchte, ein Geheimnis des Alltags zu enträtseln. Ich folgte seinem Blick bis ans Ende der Veranda. Miranda. Sie hielt sich an ihrem rosafarbenen Fahrrad fest und sah uns erschrocken an. Sie trug eine weiße kurze Hose, Sandalen und ein T-Shirt mit Penelope-Pitstop-Aufdruck. Ich war wie versteinert, mit ihr hatte ich hier am allerwenigsten gerechnet. Sie musste mich gesucht haben. Das hieß, dass sie zuerst zum Hof gefahren sein musste, dort nach mir gefragt und so die Adresse der Meyers bekommen hatte. Irgendetwas musste vorgefallen sein, wenn sie das alles auf sich genommen hatte, obwohl wir uns am Nachmittag eh gemeinsam mit Billy auf der Lichtung treffen wollten. Miranda hatte nicht geklingelt. Sie war um das Haus herumgefahren, um uns zu finden.

»Hallo Miranda«, begrüßte ich sie.

Sie bewegte sich nicht, kam mir fast unwirklich vor.

Nach einem kurzen Augenblick hob sie die Hand zum Gruß.

»Warum kommt sie nicht näher?«, wollte Joseph wissen.

»Miranda ist meine Freundin«, antwortete ich. Ich war so daran gewöhnt, ihm immer alles genau zu erklären, dass ich erst später merkte, dass meine Antwort gar nicht zu seiner Frage passte.

»Sam, ich muss dringend mit dir reden«, sagte Miranda und bewegte sich dabei nicht von der Stelle.

»Wir können uns hier unterhalten«, antwortete ich.

Miranda wusste über Josephs Zustand Bescheid, schien jedoch nicht besonders überzeugt von meinem Vorschlag. Nach einem kurzen Zögern lehnte sie dann doch ihr Rad gegen das Geländer und kam schüchtern auf uns zu.

»Entschuldigen Sie bitte die Störung, Mr Meyer«, sagte Miranda und sah ihn an. »Ich heiße Miranda Matheson.«

Josephs Miene veränderte sich leicht, als er den Nachnamen hörte.

»Kein Grund, sich zu entschuldigen«, antwortete er. »Es ist mir eine Freude, wenn du uns Gesellschaft leistest.«

Miranda sah mich immer noch unsicher an. Ich nickte ihr zu.

»Danke«, sagte sie.

»Wunderbar!« Ich stand auf und zog einen weiteren Stuhl heran. Miranda konnte sich jetzt uns gegenüber hinsetzen, den Rücken zum Garten. Sie bedankte sich und nahm Platz.

In spätestens einer Stunde war es Zeit für Josephs Mittagsschlaf, bis dahin würden wir uns sicher gut unterhalten. Ich hatte es bisher niemandem erzählt, aber manchmal redete ich mit Joseph über die Dinge, die mich beschäftigten. Er war ein guter Zuhörer, machte scharfsinnige Beobachtungen und konnte sich, wenn nötig, auch gut zurücknehmen. Ein paar Stunden später hatte er alles bereits wieder vergessen.

»Was ist passiert?«, fragte ich. »Wir haben uns Sorgen gemacht. Warum hast du dich so lange nicht gemeldet?«

Seitdem wir den Geheimgang entdeckt hatten, war Miranda nicht mehr auf der Lichtung gewesen.

Sie wollte noch nicht reden.

»Miranda«, sagte da plötzlich Joseph. »Du musst Prestons Tochter sein, nicht wahr?«

Nichts geht über eine einfache Frage, um das Eis zu brechen. Manchmal vergaß ich, dass dieser Mann mit dem gepflegten Schnurrbart ein angesehener Anwalt gewesen war.

»Das stimmt. Kennen Sie ihn?«

»Selbstverständlich!« Joseph konnte sich ein Lachen nicht verkneifen. »Jeder kennt deinen Vater, den Sohn des großen Alexander Matheson.«

Mirandas Gesichts strahlte vor Freude, als sie den Namen hörte.

»Kannten Sie meinen Großvater?«, fragte sie erstaunt.

Joseph machte eine zustimmende Geste, atmete tief ein und ließ die Luft dann geräuschvoll wieder entweichen.

»Und ob! Diese Stadt hat Alexander viel zu verdanken. Als er sich in Carnival Falls niederließ, gab es hier gerade mal ein paar Häuschen. Wie in den Orten der Umgebung. Sein Geschäftssinn hat dazu geführt, dass es Investitionen gab und viele Leute Arbeit fanden. Als die Stadt dann begann zu blühen, stieg das Wachstum exponentiell an. Wisst ihr, was das bedeutet?«

»Je mehr, desto mehr«, antwortete Miranda.

»Ganz genau.« Joseph lächelte. »Ich seh schon, du hast seine Intelligenz geerbt. Dein Großvater war seiner Zeit um mindestens zehn Jahre voraus. Wenn er etwas Neues begann, gab es immer jemanden, der ihn für nicht ganz richtig im Kopf hielt oder ihm voraussagte, das sei kein zukunftsträchtiges Unternehmen. Aber er irrte sich nie. Ich habe mich ein paar Mal mit ihm unterhalten können, da wir gemeinsame Bekannte hatten. Er war jemand, von dem man wirklich was lernen konnte.«

»Ich kannte ihn nicht«, sagte Miranda. Ihr Interesse an ihrem Großvater schien sie von den aktuellen Sorgen abzulenken.

»Hast du ihn nie kennengelernt?«

»Nein.«

Joseph runzelte die Stirn.

»Alexander war ein großer Mann. Manchmal wohl ein bisschen selbstgefällig, so erzählte man sich zumindest. Aber man darf nicht alles glauben, was die Leute so reden.« Er lächelte breit.

»Erzählen Sie mir bitte mehr über ihn.«

Joseph strich sich nachdenklich über seinen Schnurrbart.

»Einmal hatte ich einen Mandanten, der bei ihm angestellt war«, erzählte Joseph versonnen. »Sein Name war Charlie Choi. Er kam zu mir wegen irgendwelcher Nachbarschaftsstreitigkeiten. Eine Kleinigkeit, die sich durch einen Telefonanruf regeln ließ. Als Dankeschön lud er mich zum Essen ein, und wir wurden Freunde. Charlie hat dann übrigens Becca geheiratet, Sam.«

»Die mit dem Wein?«

Joseph lachte laut. Miranda sah ihn an und ließ sich durch seine Fröhlichkeit ein wenig anstecken.

»Genau die«, sagte Joseph, als er sich wieder beruhigt hatte. »Charlie begann als Arbeiter bei Fadep, einem der Betriebe von Matheson. Er wurde da Abteilungsleiter. Alexander litt seiner Meinung nach unter Kontrollzwang: Er kannte alles und jeden. Wusste in seinen Unternehmen von den Fabrikationsprozessen bis hin zu den kleinsten Einzelheiten der Buchführung über alles Bescheid. Während der Sitzungen zitterten seine Untergebenen. Alexander gehörte nicht zu der Sorte Vorgesetzter, die nur an Ergebnissen interessiert sind. Er wollte an allem teilhaben, die noch so kleinen Details verstehen, sodass alle gut vorbereitet sein mussten.«

Miranda hörte aufmerksam zu. Auch wenn sie sicher lieber andere Dinge über ihren Großvater erfahren hätte, sog sie selbst die Informationen über sein unternehmerisches Geschick begierig auf.

»Mein Vater hatte aus irgendeinem Grund Streit mit ihm«, sagte Miranda jetzt. »Zumindest glaube ich das. Er erzählt mir nie etwas. Ich finde es sehr spannend, wenn Sie über ihn sprechen, Mr Meyer.«

Kurz kam es mir so vor, als sei Miranda wegen Joseph hier und nicht wegen mir.

»Es freut mich, wenn ich nützlich bin«, antwortete Joseph. »Wenn ich dir die Anekdote erzähle, wie Charlie Choi deinen Großvater kennengelernt hat, kannst du dir sicher ein ganz gutes Bild von ihm machen.«

»Oh, das wäre schön!« Das traurige Mädchen war verschwunden.

»Charlie war für eine Mischmaschine oder etwas in der Art zuständig. Sie stammte aus Deutschland und war vollautomatisch. Charlie erklärte mir, dass eine Person am Steuerpult damit die Arbeit von einem Dutzend Menschen verrichten konnte. Es wurde extra ein Spezialist eingeladen, der einen Kurs über die Maschine gab. Sie war ein technologisches Meisterwerk. Charlie und ein anderer Arbeiter waren für die Maschine zuständig. Durch seine Position gewann er an Ansehen.

Eines Tages näherte sich ihm ein Mann, von dem er annahm, dass es sich dabei um einen Kunden handelte. Er blieb neben ihm stehen und bat darum, ihm bei der Arbeit zusehen zu dürfen. Charlie willigte sofort ein. Eine Stunde lang stand der Fremde still da und schaute zu, dann fing er an, Fragen zu stellen. Charlie war kurz davor, ihn darum zu bitten, in Ruhe arbeiten zu können. Beinahe hätte er ihm gesagt, dass er nicht dafür bezahlt würde, Besuchern die Maschinen vorzuführen. Aber irgendetwas hielt ihn zurück. Die Fragen des Mannes waren klug. Nach vier Stunden bedankte er sich und ging. Sofort kam der Vorarbeiter auf Charlie zu und sagte ihm, mit wem er da gerade gesprochen habe. Es war dein Großvater! Alexander Matheson höchstpersönlich. Charlie konnte es kaum glauben. Einige Wochen später kam Alexander zurück und bediente die Maschine selbst. Er war beneidenswert schnell, ging nach ein paar Minuten und kam nie wieder.«

»Er muss sehr klug gewesen sein«, bemerkte Miranda fasziniert.

Dann sagte Joseph etwas, das bei mir die Alarmglocken läuten ließ.

»Das will ich wohl meinen! Ein Mann, der gerne wusste, was um ihn herum geschah!«

Ich schaute Miranda an, dachte sie dasselbe wie ich? Sie hatte wohl nichts bemerkt, war zu begeistert, mehr über ihren Großvater zu erfahren, und bat Joseph weiterzuerzählen. Ich hingegen musste an den Geheimgang denken.

»Als er das Haus in der Maple Street bauen ließ, war ich noch ein kleiner Junge«, sagte Joseph. »Er hat alle in Aufregung versetzt. Bis dato gab es keine Villen in Carnival Falls. Wer es sich leisten konnte, ging lieber nach Massachusetts oder New York. Manche glaubten, es würde ein wunderbares Haus, die meisten hielten es allerdings für fehl am Platz.«

»Ich wohne dort«, sagte Miranda.

»Davon bin ich ausgegangen, meine Liebe. Und allen Unkenrufen zum Trotz hat sich dein Großvater wieder einmal durchgesetzt. Kurze Zeit später siedelten sich weitere reiche Familien an, kauften Grundstücke am Redwood Drive und bauten ihre eigenen Villen. Die Grundstückspreise stiegen ins Unermessliche, und es entstand ein Wohngebiet, das seinesgleichen sucht. Wie ich schon gesagt habe, unsere Stadt ist dank deines Großvaters anders als die restlichen in der Gegend.«

»Haben Sie gesehen, wie das Haus gebaut wurde?«

»Natürlich. Es war wirklich ein Ereignis. Die Maple Street war damals noch unbetoniert. Es gab dort nichts. Kein einziges Haus. Wir Kinder sahen stundenlang den Bauarbeiten zu. Wagenladungen voller importierter Materialien wurden angekarrt. Der Bauleiter sprach kaum Englisch, aber er gestattete es uns, auf dem Grundstück zu spielen und Fahrrad zu fahren.«

Seine Augen wurden feucht.

»Wie alt waren Sie damals, Mr Meyer?«

»So acht oder neun muss ich wohl gewesen sein. Wenn ich mich richtig erinnere, dauerte der Bau ungefähr zwei Jahre.«

Joseph lehnte sich auf seinem Stuhl zurück, die Arme auf den Lehnen. Ich kannte diese Haltung. Kurz darauf sagte er: »Da habe ich ja mal wieder ganz schön ausgeholt, entschuldige bitte. Du wolltest uns ja eigentlich was erzählen, nicht wahr?«

Miranda sah unschlüssig aus.

»Sag schon, was los ist«, bat ich sie.

»Die letzte Woche war fürchterlich«, begann Miranda. »Es fing Samstag an, als Banks zu Besuch kam …«

17

Joseph riss die Augen auf, als er den Namen Philip Banks vernahm; ich wusste aber, dass das nichts zu bedeuten hatte. Das war die übliche Reaktion, wenn er einen Namen hörte, der ihm bekannt vorkam.

Miranda konzentrierte sich auf mich: »Erinnerst du dich noch, dass mein Vater gesagt hat, er würde Banks am Wochenende sehen, Sam?«

Natürlich tat ich das. Preston hatte das zu seinem geheimnisvollen Gesprächspartner am Telefon gesagt, an dem Tag, als wir ihn belauschten. Ich nickte.

»Er kam Samstagnachmittag zu uns«, fuhr Miranda fort. »Ich war mit meinen Eltern im Wohnzimmer und schaute fern, als er hereinkam, um uns zu begrüßen. Mein Vater war alles andere als erfreut, ihn zu sehen. Er bat Banks in sein Arbeitszimmer. Dort waren sie ungefähr eine halbe Stunde.«

»Konntest du hören, worum es ging?«, fragte ich.

Miranda verstand sofort, worauf ich anspielte.

»Nein. Ich bin in den Wintergarten gegangen und habe gesehen, wie Banks das Haus kurze Zeit später wieder verließ. Während des Abendessens hatte mein Vater gute Laune, wir unterhielten uns sogar besser als sonst, irgendwie seltsam. Als meine Mutter ihn fragte, was los sei, antwortete er, dass es bei der Arbeit gute Neuigkeiten gäbe.«

Joseph folgte aufmerksam Mirandas Bericht, rührte sich nicht und unterbrach uns auch nicht.

Ich musste an die neuen Erkenntnisse denken, die Banks

bei seinem Vortrag verkündet hatte. Vielleicht hatte er Matheson vorab davon erzählt?

»So richtig schlimm wurde er erst am Sonntag«, sagte Miranda. »Mein Vater … Also manchmal … da trinkt er etwas über den Durst.«

Es fiel ihr sichtlich schwer zu reden. Ich war überrascht.

»Oje«, mehr fiel mir dazu nicht ein.

Ich wusste, wozu Betrunkene fähig sein konnten. Die Geschichte von Tweety und seinem prügelnden Adoptivvater war mir nur zu gut im Gedächtnis. Ich machte mir Sorgen um Miranda. Sie schien mir meinen Kummer anzusehen und sagte schnell: »Oh nein, Sam. Nicht was du denkst. Mein Vater würde mir nie etwas antun. Er trinkt normalerweise für sich alleine, in seinem Arbeitszimmer oder vor dem Fernseher. Dann schläft er irgendwann ein. So war das schon immer. Aber diesmal war es anders.«

»Was ist passiert?«

Während sie sprach, sah ich, wie Josephs Augen zufielen, seine Wimpern flatterten wie Schmetterlingsflügel.

»Meine Eltern haben sich lautstark gestritten«, fuhr Miranda fort. »Nicht zum ersten Mal. Aber so schlimm war es noch nie. Das lag wahrscheinlich auch am Alkohol.«

»Er war also nicht mehr gut drauf?«

»Genau. Das war Samstag. Sonntag hörte ich sie im zweiten Stock schreien. Ich war in meinem Zimmer. Sie haben sich noch nie darum geschert, ob ich ihre Streitereien mitbekomme oder nicht … als ob ich gar nicht da wäre.« Sie hielt inne.

»Das tut mir leid.«

»Ist schon okay, Sam. Ich habe mich schon daran gewöhnt. In Montreal ging es immer wieder um die gleichen Dinge. Meine Mutter meinte, mein Vater verbringe nicht genug Zeit mit ihr. Dann beschuldigte sie ihn, Geliebte zu haben. Warf ihm an den Kopf, dass seine Familie ihm ganz egal sei und wir nur wegen ihm so isoliert leben würden und solche Sachen. Meine Mutter ist eine starke Persönlichkeit, sie schluckt nicht einfach alles.

Dieses Mal ging es aber um etwas anderes. Mein Vater sagte, er wolle zurück nach Montreal. Als ich das Gebrüll hörte, bin ich auf den Flur gegangen, um alles verstehen zu können. Er war völlig außer sich. Er schrie, er hasse diese Stadt und das Haus. Es sei ein großer Fehler gewesen, hierher zurückzukommen, und wir müssten so schnell wie möglich wieder verschwinden. Sie erwiderte, er sei verrückt. Erst habe er uns hierher mitgeschleppt und nun wolle er uns, ohne auch nur eine Sekunde dabei an uns zu denken, wieder herausreißen. Sie fragte, ob er sich so aufführe, weil er eins seiner …«

Josephs Augen blieben geschlossen. Die Müdigkeit hatte gesiegt.

»Miranda …«, sagte ich. Ich wollte nicht, dass sie den Faden oder den Mut verlor.

Da sprach sie weiter: »… eins seiner Flittchen in Kanada zurückgelassen habe«, brachte Miranda den Satz zu Ende. »Ich werde dir alles erzählen, Sam. Deshalb bin ich hier.«

Sie faltete die Hände auseinander und legte sie auf die Knie. Ich ergriff eine davon.

»Es ist nicht das erste Mal, dass meine Mutter ihm vorwirft, Affären zu haben. Aber dieser Streit war anders. Er hat es nicht geleugnet, es nicht als Eifersüchtelei abgetan. Er sagte ihr mitten ins Gesicht, dass sie daran schuld sei, wenn er andere Frauen hätte. Sie sei schließlich im Bett zu nichts zu gebrauchen. Das waren seine Worte. Er nannte sie frigide, und sie wurde immer wütender.«

»Was heißt das?«

»Ich weiß auch nicht«, antwortete Miranda. »Irgendein Schimpfwort, nehme ich an.«

Josephs Augen hatten sich wieder geöffnet. Er machte den Mund auf, als wolle er Miranda etwas sagen … dann war da wieder dieser Ausdruck von Verlorenheit auf seinem Gesicht. Vermutlich hatte er Mirandas Namen bereits wieder vergessen und meinen auch. Ich hätte ihn gerne für den Mittagsschlaf in sein Zimmer gebracht, wollte Miranda aber nicht unterbrechen.

»Dann ist es völlig aus dem Ruder gelaufen.« Miranda wurde ängstlich, als höre sie erneut den Streit. »Ich habe sie noch nie so miteinander reden hören. Meine Mutter erwiderte, sie sei nur deshalb im Bett nicht zu gebrauchen, weil er entweder betrunken wäre oder sich wie ein Verrückter aufführte. Er wisse eben nicht, wie man Frauen behandelt …«

»Miranda, das musst du mir nicht alles erzählen«, sagte ich. »Vielleicht haben sie sich Dinge gesagt, die sie eigentlich gar nicht so meinen.«

»Es war die Art miteinander umzugehen. Das Geschrei.«

Josephs Augen waren wieder geschlossen.

»Es tut mir wirklich leid«, wiederholte ich.

»Ich bin dann in mein Zimmer, habe geweint und muss irgendwann eingeschlafen sein. Erst am nächsten Tag bin ich wieder aufgewacht. Aber es war leider nicht nur ein Traum. Die Stimmung im Haus war unerträglich. Sie sprachen kein Wort miteinander. Elwald und Lucille waren nervös. Adrianna kam nicht einmal aus ihrem Zimmer. Das Mittagessen war kaum vorüber, da fing mein Vater an zu trinken. Mit meiner Mutter habe ich mich dann in den Wintergarten zurückgezogen. Ein paar Stunden später kam auch mein Vater. Sie fingen wieder an zu streiten, ohne Rücksicht auf mich zu nehmen. Er trat gegen ein paar Pflanzen, da bin ich gegangen. Keinem der beiden ist es aufgefallen.«

Langsam konnte ich mir vorstellen, worauf Mirandas Geschichte zusteuerte, den Grund für ihr Unwohlsein. Preston

Matheson würde seinen Entschluss irgendwann umsetzen. Früher oder später würde er damit herauskommen. So stark Saras Charakter auch sein mochte, ich bezweifelte, dass sie die Situation im Haus lange aushalten konnte. Irgendwann würde sie nachgeben und mit Miranda nach Kanada zurückkehren.

»Musst du wirklich zurück?«, entfuhr es mir.

»Ich weiß es nicht.«

Wir schwiegen.

Wartete ich darauf, dass Miranda etwas hinzufügte? Mir versicherte, sie wolle in Carnival Falls bleiben, bei Billy und mir?

»Du möchtest gehen, oder? Glaubst du, das wäre das Beste …?«

»Nein!« Sie war wirklich überrascht von meinem Vorstoß. »Natürlich nicht. Ich bin sehr gerne hier.«

»Da bin ich froh. Ich würde mich freuen, wenn du bleibst. Und Billy sicher auch.«

»Danke, Sam. Lass mich noch zu Ende erzählen.«

Ihre Augen glitzerten. Vielleicht hatte ich mich getäuscht und die Dinge lagen doch ganz anders.

»Die ganze Woche über änderte sich nichts. Nur Adrianna sagte meiner Mutter, dass sie nach Montreal zurückkehren würde, dass sie dort einen Freund habe, der auf sie warte … Ich hatte keine Ahnung. Ich habe mich bisher nicht getraut sie zu fragen, ob das wirklich stimmt oder sie einfach nur die Stimmung bei uns nicht aushält.«

»Ich glaube, ich sollte Joseph mal eben auf sein Zimmer bringen«, sagte ich entschuldigend.

Sie schien ihn ganz vergessen zu haben. Als sie sich zu ihm drehte und seine geschlossenen Augen sah, das Kinn auf die Brust gesackt, nickte sie mir zu.

»Das Spannendste kommt noch«, sagte sie ernst.

Als ich sanft Josephs Unterarm schüttelte, bat ich Miranda, mich bei meinem Namen zu rufen, irgendetwas zu mir zu sagen.

Joseph öffnete langsam die Augen und sah uns verwirrt an.

»Deine Haare sehen heute aber besonders gut aus, Sam«, kommentierte Miranda die Situation.

Ich lächelte verhalten. Für Joseph hatte es gereicht, meinen Namen zu hören, er entspannte sich.

»Zeit für ein Nickerchen«, sagte ich. »Kommen Sie, ich begleite Sie zum Schlafzimmer.«

»Mein Mittagsschlaf, natürlich«, sagte er und stand auf. »Ich schaff das schon alleine, Sam.«

Joseph ging durch die Tür in die Küche.

»Kann er das wirklich alleine?«, fragte Miranda leise.

»Ja, natürlich. Wenn er oben ist, schaue ich allerdings noch mal nach. Damit er auch wirklich direkt in sein Zimmer geht und nicht unterwegs abgelenkt wird. Wenn er nämlich den Mittagsschlaf auslässt, geht es ihm nachmittags nicht so gut und er vergisst viel mehr.«

Ich entschuldigte mich für ein paar Minuten und ging in den zweiten Stock. Als ich oben ankam, sah ich gerade noch, wie Joseph die Tür seines Zimmers hinter sich schloss.

Als ich zurückkam, saß Miranda auf Josephs Stuhl mit Blick auf den Garten. Ich war weniger als eine Minute weg gewesen, aber sie schaute verloren ins Leere.

»Meine Mutter würde beim Anblick des Gartens einen Schock bekommen«, sagte sie.

»Collette mag es gerne so wild«, erklärte ich ihr. »Man gewöhnt sich daran.«

»Dieser Zwerg da sieht ganz schön düster aus.«

»Sebastian.«

»Er hat einen Namen? Wie furchtbar.«

»Das findet Billy auch.«

Wir schwiegen. Hingen unseren Gedanken nach.

»Du hast eben gesagt, dass das Wichtigste noch fehlt.«

Mirandas Blick verlor sich im Garten.

»Sam …«

»Ja?«

»Du musst mir versprechen, nicht zu lachen«, sagte sie, ohne mich dabei anzuschauen. »Und nicht zu denken, dass ich verrückt bin.«

»Das würde ich nie tun.«

Sie wandte sich mir zu. Was ich sah, gefiel mir überhaupt nicht. Eine Mischung aus Unsicherheit und Angst war auf ihrem Gesicht zu erkennen. Doch sie sagte mit fester Stimme: »Am Sonntag habe ich eines von ›ihnen‹ gesehen.«

Ich zog die Augenbrauen hoch. »Ein was?«

»Eines von ihnen«, wiederholte Miranda. Dann zeigte sie gen Himmel.

Ich sagte nichts. Erst dachte ich, es sei ein Witz, aber Miranda blieb ernst.

»Wen meinst du?«

»Ein Diamantwesen.«

18

Irgendetwas musste in der letzten Woche im Hause Matheson tatsächlich vorgefallen sein. Warum sonst war Miranda so durcheinander und dachte, sie sei einem Außerirdischen begegnet, einem … Wie hatte sie es genannt? Diamantwesen? Ich konnte und wollte mein gerade gegebenes Versprechen nicht brechen. Ich lachte nicht. Insgeheim fragte ich mich jedoch, ob sie fantasierte. Vielleicht lag es an dem Stress und dem Druck, den ihre Eltern durch ihre Streitigkeiten auf sie ausübten. Miranda bemerkte wohl an meinem Gesichtsausdruck einen Anflug von Zweifel. Sie hatte gerade den Mund geöffnet, um etwas zu sagen, jetzt schloss sie ihn wieder. Sie sah mich eindringlich an. Es war ein so intensiver Moment, dass ich mir kurzzeitig um meine gut verborgenen Gefühle Sorgen machte.

»Das überrascht mich jetzt wirklich«, sagte ich verhalten.

»Keine Sorge, ich hätte genauso reagiert.«

Miranda musterte erneut Collettes Garten. Ich tat es ihr nach, froh, sie nicht ansehen zu müssen.

»Es war Samstagnachmittag«, sagte sie, zog die Füße auf die Sitzfläche und umschlang ihre Knie mit den Armen.

Samstagnachmittag hatten Billy und ich auf der Lichtung auf Miranda gewartet, den Artikel in der *Carnival News* gelesen und waren Mark Petrie begegnet.

»Ich war in meinem Zimmer …«, sagte Miranda. Dann fügte sie hinzu, als sei es ihr vorher entfallen: »Ich habe die Masken abgedeckt, wie ihr vorgeschlagen hattet.«

»Das war sicher gut.«

»Mit einer Weihnachtsgirlande.«

Ich fragte mich, ob das nicht vielleicht ein bisschen auffällig war.

»Ich lag auf meinem Bett, aber es ging mir eigentlich schon etwas besser. Wir hatten zusammen zu Mittag gegessen, und es war nicht zum Streit gekommen. Mein Vater war nicht so schlecht drauf, obwohl er sich vorher in seinem Arbeitszimmer eingeschlossen und sich vielleicht auch ein paar Gläschen genehmigt hatte. Ich wollte eigentlich rausgehen, zu euch in den Wald. Entschlossen setzte ich mich auf den Rand des Bettes, und dann passierte etwas sehr Seltsames. In meinem Kopf war auf einmal so eine Stimme.«

»Eine Stimme?«

»Sie sagte, es wäre nicht der Wald, wohin ich gehen sollte. Also, sie sagte es nicht explizit. Es war, als ob ich an diesen Ort denken musste.«

Auf einmal wusste ich, dass es um den Geheimgang ging. Ich wusste es einfach. Es kam mir haarsträubend vor.

»Der Geheimgang?«

»Ja. Ich weiß, dass ich euch versprochen habe, nicht mehr dorthin zu gehen. Und niemals wäre ich auf die Idee gekommen, alleine hineinzukriechen. Aber ich konnte nicht anders. Ich musste es tun.«

Ich nickte stumm.

»Es war gar nicht leicht, die Kiste vor dem Regal wegzuräumen. Aber ich schaffte es. Und als ich gegen die Klappe drückte, wusste ich, dass sich etwas verändert hatte. Es gab Licht. Ich hatte meine Taschenlampe mitgenommen, brauchte sie aber gar nicht. Also ließ ich sie neben der Leiter liegen. Ich hatte furchtbare Angst, als ich den Gang betrat. Ich kam mir vor wie ein Idiot, niemand hatte mich zu irgendetwas gezwungen. Dort stand ich und zitterte. Und dann sah ich es, mitten im Gang …«

»Das Diamantwesen?«

»Na ja, ich habe es so genannt. Das war der erste Name, der mir in den Sinn kam. Es hatte eine ähnliche Statur wie wir und verströmte ganz viel Licht. Wirklich, Sam. So kraftvoll wie ein Scheinwerfer. Wie diese Diskokugeln aus unzähligen Spiegeln, die das Licht brechen. Aber es waren keine Spiegel, eher Spitzen, wie bei Diamanten.«

Außerirdische waren in der letzten Zeit das alles bestimmende Stadtgespräch gewesen. Ich fragte mich, ob das auf Miranda abgefärbt hatte.

»Konntest du Gesichtszüge erkennen?«

»Nein, das Gesicht habe ich nicht gesehen. Ich glaube, es hatte keins. Es war wie eine Masse aus Diamanten in Form eines kleinen Menschen, und davon ging das Licht aus. Es strahlte in alle Richtungen. Ich weiß, es hört sich verrückt an. Meinst du, ich habe den Verstand verloren?«

»Nein«, beruhigte ich sie schnell. »So ein Quatsch. Wenn du es gesehen hast, dann glaube ich dir. Hat es irgendwas gesagt oder einfach nur da gestanden?«

»Erst hat es nichts gemacht. Dann hat es einen Arm ausgestreckt und mir gesagt, ich solle näher kommen. Das passierte aber nur in meinem Kopf. Es hatte keine eigene Stimme, sondern benutzte meine. Es war, als würde ich denken: ›Es will, dass ich näher komme.‹ Langsam ging ich durch den erleuchteten Gang. Als ich nur noch zwei oder drei Meter entfernt war, bewegte sich das Diamantwesen rückwärts, behielt den Abstand bei. Dann blieb es stehen. Es hob wieder den Arm, und dieses Mal verstand ich sofort, was es wollte. Es zeigte auf die Holztafeln, die zum Arbeitszimmer meines Vaters führen.«

Das Erzählte schien mir unheimlich realistisch. Ich hatte den Geheimgang im Dunkeln besucht, konnte ihn mir aber auch gut hell erleuchtet vorstellen, die Steinwände und die durch Holzbalken abgestützte Decke.

»Ich näherte mich der Holztafel, ohne darüber nachzudenken, ob das Licht vielleicht durch die Augen der Masken fallen und meinen Vater aufschrecken könnte. Aber sofort erlosch das Diamantwesen, und der Gang war stockduster. Ich hatte die Taschenlampe nicht dabei, aber es schien mir nicht wichtig, sie zu holen. Ich wollte gar nicht herausfinden, ob das Wesen noch da war oder nicht. Natürlich habe ich mich auch gefragt, wie es überhaupt in den Gang gekommen ist und die Kiste von innen wieder davorgestellt hat.«

Eine Frage, auf die ich zu diesem Zeitpunkt nie gekommen wäre und die mir gerade auch überhaupt nicht wichtig erschien.

»Was dann im Arbeitszimmer meines Vaters geschah, ähnelte dem letzten Mal. Einen Moment lang kam es mir so vor, als wäre ich mit euch dort. Mein Vater hatte getrunken, das war der Unterschied. Er war nicht betrunken, hatte aber schon einiges intus. Die Tür öffnete sich und Adrianna kam herein. Sie trug ein Tablett mit Tee und stellte es an einer Ecke des Schreibtischs ab. Er trank nicht davon, sah es noch nicht einmal an. Dann sagte er etwas sehr Sonderbares zu ihr.«

Beim letzten Zusammentreffen zwischen Preston Matheson und Adrianna war es bei Andeutungen geblieben. Wer weiß, was passierte, wenn ein paar Gläschen zu viel im Spiel waren. Ich versuchte, nicht darüber nachzudenken, dass sich Miranda auf Anweisung des Diamantwesens, oder was auch immer es war, im Geheimgang aufhielt. Warum wollte es, dass Miranda ihrem Vater dabei zusah, wie dieser seine Angestellte verführte? Nun fragte ich mich doch, auch wenn ich mich innerlich gegen diese Möglichkeit sträubte, ob Miranda sich das Ganze nicht nur eingebildet hatte. Vielleicht war es eine Art Traum oder Wahnvorstellung gewesen, auch wenn Miranda das selbst nicht einschätzen konnte.

Ich wollte ihren Worten Glauben schenken, sie log mich sicherlich nicht absichtlich an, aber … glitzernde Außerirdische, denen es Spaß machte, zwölfjährige Mädchen leiden zu sehen?

»Was hat denn dein Vater zu Adrianna gesagt?«

»Dass nun alles gut würde und sie bald machen könnten, was sie wollten.«

Miranda war sichtlich aufgewühlt. Vorsichtig fragte ich: »Kannst du dir vorstellen, worauf er sich bezog?«

»Nein. Soweit ich weiß, hat mein Vater keine besondere Beziehung zu Lucille, Elwald oder Adrianna, auch wenn sie schon lange bei uns leben. In Kanada haben sie direkt neben uns gewohnt. Es kam mir so vor, als hätten die beiden … irgendein Geheimnis.«

»Eine Affäre?«

Ich konnte diese offensichtliche Möglichkeit nicht weiter ausblenden.

»Nein!« Miranda war entrüstet. »Adrianna hat einen Freund in Montreal.«

Dessen Existenz sie vorher selbst bestritten hatte, aber die vermeintliche Liebelei ihres Vaters ließ sie nun daran festhalten.

»Ja, vermutlich. Du kennst sie ja viel besser.«

»Adrianna hat meinem Vater noch erzählt, sie habe alles für ihre Rückkehr geregelt. Dann hat sie gefragt, was wir vorhätten. Er stand auf und lief leicht schwankend in seinem Arbeitszimmer hin und her. So habe ich ihn schon häufiger gesehen. Er hob sein Glas und sagte, dass sich nun alles geklärt habe, Banks in seinem lächerlichen Vortrag alles geklärt habe.«

»Miranda, du musst mir wirklich nicht jede Einzelheit erzählen. Es ist sicher nicht einfach für dich, deinen Vater so zu erleben.«

»Ja. Das stimmt. Ich kann es nicht ertragen, wenn er betrunken ist. Er ist dann so anders … ein anderer Mensch. Er macht mir Angst.«

Ich wusste nicht, was ich darauf sagen sollte. Wenn Billy bloß hier wäre, ihm wäre bestimmt etwas eingefallen. Mein Blick glitt über Collettes Garten hinweg, die wild wachsenden Pflanzen, die vergessene Waschmaschine und Sebastian, der sich von seinem Platz aus über uns zu amüsieren schien.

Miranda ließ ihre Füße wieder herunter und setzte sich zurecht. Sie sah mich nicht an, aber ich hatte das Gefühl, als nehme sie ihren Mut zusammen, um die Geschichte zu Ende zu bringen.

»Was auch immer ich von meinem Vater denke, tut nichts zur Sache«, sagte Miranda entschieden. »Aber du musst wissen, was dann passierte, Sam. Wenn ich nicht darüber spreche, werde ich noch verrückt.«

»Ich höre dir zu«, murmelte ich.

»Mein Vater stellte das Glas zurück und griff nach einer Zigarre. Er zündete sie an und nahm ein paar Züge. Adrianna sah ihm, wie ich auch, schweigend dabei zu. Der fürchterliche Gestank stieg bis zu mir nach oben. Dann nahm mein Vater etwas aus einer Schublade. Es war eine Fotografie, so eine alte Polaroidaufnahme. Er lachte und sagte …«

Miranda war den Tränen nahe. Ich fragte mich, was noch beunruhigender sein konnte als das Zusammentreffen mit einem außerirdischen Diamantwesen, das telepathische Fähigkeiten besaß.

»Miranda, was hat er gesagt?«, ermutigte ich sie.

»Er hat gesagt … dieses Foto würde beweisen, wo Christina Jackson ist. Dann hat er es zerstört, mit seiner Zigarre angebrannt.«

Alles drehte sich. Reflexartig hielt ich mich am Stuhl fest, kam mir vor wie in einer Achterbahn, die gerade Fahrt aufnahm. Damit hatte ich nicht gerechnet … auf einmal der Name meiner Mutter, und Matheson wusste, wo sie war! Was hatte das alles zu bedeuten? Warum verbrannte er den Beweis? Das Bild erschien vor meinem inneren Auge: Preston Matheson lachte und hielt seine Zigarre immer näher an das Foto heran, bis eine bläuliche Flamme es auffraß.

Ich konnte keinen klaren Gedanken fassen. Was meinte Matheson mit dem Aufenthaltsort meiner Mutter? Lebte sie noch? Oder gab es ein Grab? Beide Möglichkeiten waren überwältigend. War sie vielleicht wirklich noch am Leben? Hatte Banks doch recht mit seinen Annahmen …?

»Sam, bitte sag doch was.«

Ich drehte mich zu der ängstlich dreinblickenden Miranda. Sie versuchte nicht zu weinen, aber Tränen standen ihr in den Augen.

»Bist du dir ganz sicher, dass er ›Christina Jackson‹ gesagt hat?«

Miranda nickte und sah mich schweigend an.

»Mein Gott«, murmelte ich.

»Ich musste es dir sagen.«

»Ich … ich verstehe es nicht. Was meinte dein Vater?«

»Sam, das war noch nicht alles. Ich weiß, dass es ziemlich viel für dich ist, aber ich bin gleich fertig, okay?«

»Ja.«

»Mein Vater hielt das Foto, das langsam von den Flammen verschlungen wurde. Dann warf er die Reste in den Kamin. Adrianna ging. Er blieb noch eine Weile sitzen, trank seinen Whiskey aus und starrte auf das Telefon. Es kam mir vor, als wolle er noch einen Anruf machen, wie letztes Mal. Stattdessen stand er auf und verließ das Zimmer. Als ich mich umsah, war es dunkel um mich herum. Ich erwartete, dass sich das Diamantwesen zeigen würde, aber nichts geschah. Also tappte ich langsam zu meiner Taschenlampe zurück. Das

Wesen hatte mich dorthin gebracht, damit ich erfuhr, was ich gerade gesehen und gehört hatte.«

Miranda stand auf und setzte sich mir gegenüber hin. Sie ergriff meine Hände und sah mir in die Augen.

»Ich sollte das Foto sehen. Sofort lief ich ins Arbeitszimmer. Mein Vater war noch nicht zurück. Ich suchte im Kamin nach dem Foto. Zumindest ein kleiner Teil davon lag noch da.«

»Es war noch etwas übrig?«

»Ja.«

Miranda stand auf und griff in die Tasche hinten an ihrer Hose. Ich wusste nicht, was ich tun sollte. Der Moment kam mir endlos lang vor. Ich starrte auf Mirandas T-Shirt, auf dem Penelope Pitstop neben ihrem bunten Auto stand.

»Hier«, sagte Miranda und hielt mir ein halbmondförmiges Stück hin, das an den Rändern verkohlt war.

Ich nahm es entgegen und sah es lange an.

Zwei Drittel des Bildes waren den Flammen zum Opfer gefallen. Das Foto war zweifellos draußen aufgenommen. Ein Rasenstreifen war zu sehen, weiter hinten eine Reihe von Bäumen und darüber blauer Himmel. Am rechten Seitenrand konnte man ein winziges Dreieck erkennen, vielleicht ein gewelltes Stück Stoff. Das war alles, was von dem Foto übrig geblieben war, ein graues Etwas. Das Feuer hatte die Person auf dem Foto vernichtet, aber auf der Wiese war ihr Schatten deutlich zu erkennen. Es war der Umriss einer Frau.

»Auf der Rückseite ist auch was«, sagte Miranda.

Dort stand in blauer, verwischter Schrift: Helen. Es sah so aus, als ginge es noch weiter. Vielleicht ein Nachname, aber nur der erste Buchstabe war zu erkennen: P. Danach kam möglicherweise ein R.

Der Name sagte mir nichts.

Ich befühlte das Foto und dachte daran, was Preston

Matheson gesagt hatte: »Dieses Foto beweist, wo Christina Jackson ist.« Es musste um den Verbleib ihres Leichnams gehen, meine Mutter musste einfach tot sein. Warum sonst sollte sie mich alleine gelassen haben? Der Beweis, wenn es denn tatsächlich einer war und Mirandas Vater nicht in seiner Trunkenheit wirres Zeug geredet hatte, konnte uns vielleicht zu einem Friedhof führen, einem Krankenhaus, wo es eine Akte oder eine tatsächliche Person namens Helen P. gab, die möglicherweise noch mehr wusste. Das sagte mir zumindest mein Verstand. Aber als ich das Stückchen von dem angebrannten Foto in der Hand hielt, hörte ich einen Moment lang auf mein Herz, ebenso wie ich es Miranda in dem Gedicht vor langer Zeit geschrieben hatte. Meine Mutter lebte, sie hatte den Unfall überlebt und hieß jetzt Helen P. Der Grund, nicht zu mir zurückzukommen, war einfach: Die Diamantwesen hatten es ihr im Gegenzug für die Rettung aus dem kaputten Auto so aufgetragen. Wenn man den Verstand außen vor ließ, konnte man sich sogar vorstellen, dass sie vielleicht gar nichts mehr von ihrer Vergangenheit als Christina Jackson wusste, der Arbeit als Krankenschwester, dem neuen, auf Kredit gekauften Wagen, und somit auch nichts von mir. Sie könnte ein anderes Leben als Helen P. begonnen haben, verheiratet sein und weitere Kinder großziehen. Und Preston Matheson wusste davon.

»Sam, alles in Ordnung?«

Ich dachte schon wie Banks.

»Ja. Kann ich das behalten?«

»Natürlich.«

Das Stückchen von dem Foto wanderte in meine Tasche.

»Sam«, sagte Miranda da noch einmal. Sie wirkte viel entspannter, nachdem sie ihre Geschichte losgeworden war. »Gleich morgen werde ich mit meinem Vater sprechen und fragen, was er weiß. Abgesehen von den Streitigkeiten und seinem Trinken ist er kein schlechter Mensch. Ich muss mir noch etwas einfallen lassen, um ihm zu erklären, woher ich das alles weiß. Vielleicht sage ich, ich hätte an der Tür gelauscht, mal sehen. Es tut mir wirklich leid, dass du …«

»Lass das bitte«, unterbrach ich sie.

»Warum? Willst du nicht wissen, was passiert ist?«

»Ich möchte lieber erst darüber nachdenken.«

Miranda musterte mich einen Augenblick lang.

»Vielleicht sollten wir auch Billy davon erzählen?«, schlug sie vor.

»Bist du dir sicher, dass du das willst?«

»Ich weiß, dass er mir nicht glauben wird«, sagte sie und senkte den Blick. Sie faltete ihre Hände. »Deshalb wollte ich erst alleine mit dir reden, weil ich dachte, dass du mir glauben würdest und natürlich … weil es um deine Mutter geht.«

»Billy wird dir glauben«, versicherte ich ihr, auch wenn ich meine Zweifel hatte. »Wenn du möchtest, kann ich auch morgen früh zu ihm nach Hause gehen und alles erzählen. Dann musst du dich der ganzen Sache nicht noch mal aussetzen. Das war echt sehr mutig von dir.«

»Danke. Vielleicht ist es wirklich besser. Aber … ich möchte nicht, dass er wütend wird. Wir haben doch einen Pakt geschlossen, alles gemeinsam zu Ende zu bringen.«

»Das sollte uns aber nicht unglücklich machen, Miranda.«

»Aber brechen können wir ihn auch nicht.«

Sie lächelte verlegen.

19

Ich hatte gerade meine Cornflakes aufgegessen, als Billy in die Küche kam. Sein Gesicht sah aufgedunsen aus, die Haare standen wirr vom Kopf ab und er bewegte sich wie ein Zombie. Er ging an mir vorbei, als sei es das Natürlichste der Welt, dass ich in seiner Küche saß. Er nahm eine Schüssel aus dem Schrank und setzte sich, füllte sich hoch konzentriert und schweigend Essen hinein. Eine übertriebene Menge Cornflakes landete in einem Milchsee. Er zeigte auf einen unbenutzten Löffel, den ich ihm zuschob. Laut schmatzend ließ er es sich schmecken.

»Guten Morgen, Sam.«

»Du siehst aus wie Morocco Mole.«

»Danke.«

»Bist du schon ganz da?«

»Nein.« Er grinste mir zu. »Das war vielleicht ein Schock, als meine Mutter mich geweckt hat«, sagte er. »Ich dachte schon, die Ferien wären vorbei.«

»Sie gehen nicht mehr lange.«

»Immerhin noch drei Wochen, besser als nichts. Und bevor ich dir jetzt vorwerfe, dass du mir einen Schreck eingejagt hast, sag schon, was los ist. Muss doch wichtig sein, wenn du extra hierherkommst, oder?«

»Es ist wichtig.«

»Sollen wir woanders hingehen?«

»Deine Mutter wollte zum Markt. Von mir aus können wir also auch hier reden.«

Ich hatte schon lange genug gewartet. Die Last des Fotos

brannte in meiner Tasche, ich musste es Billy so schnell wie möglich zeigen.

»Dann schieß mal los, Jackson.«

Nach zehn Minuten war ich fertig, hatte ihm alles genau erzählt. Billy hatte mich nicht ein einziges Mal unterbrochen, aber sein Gesichtsausdruck hatte sich verändert, als ich das Diamantwesen erwähnte. Er hörte mir aufmerksam zu.

»Hast du das Foto?« Nun zeigten nur noch seine strubbeligen Haare, dass er gerade erst aus dem Bett geholt worden war.

»Na klar.«

Ich hielt es ihm hin, und er betrachtete es sehr lange.

»Und?«

»Keine Ahnung. Der Schatten ist sicher von einer Frau, das sieht man an den Haaren.« Billy war eher an der Schrift auf der Rückseite interessiert als an dem verkohlten Bild. Er legte es auf den Tisch. »Und dieses Diamantwesen?«, sagte er und verzog dabei das Gesicht. »Du kannst dir vorstellen, was ich davon halte, oder?«

»Dass Miranda sich das nur eingebildet hat?«

Billy nickte. »Es ist … lächerlich. Wenn sie es wenigstens draußen gesehen hätte, im Wald, auf der Straße oder im Garten, das hätte irgendwie mehr Sinn gemacht. Aber in diesem Geheimgang?« Er schüttelte den Kopf.

»Und wenn da gar niemand war?«, sagte ich. Fast die gesamte letzte Nacht hatte ich darüber nachgedacht.

»Dann war Miranda alleine in dem Geheimgang. Das kann ich mir auch am ehesten vorstellen.«

»Bitte sag ihr nicht, dass du ihr nicht glaubst.«

»Natürlich nicht. Es ist ja auch egal, ob ich an dieses Diamantwesen glaube oder nicht. Vielleicht hat Miranda sich das nur ausgedacht, um ihren Vater ausspionieren zu können. Viel wichtiger ist doch das, was sie gehört und gesehen hat.«

Billy hob noch einmal die Fotografie hoch.

»Das scheint mir aber ein ziemlich großer Zufall zu sein«, merkte ich an.

»Das mag sein. Aber andererseits scheint sich Mr Matheson ja ganz schön für Banks und seinen Vortrag zu interessieren. Vielleicht hat er sich in letzter Zeit einfach häufig damit beschäftigt.«

Ich zeigte auf das Foto. Jetzt wollte ich es wissen. »Was hältst du davon?«

»Sam. Ich will ehrlich zu dir sein, das Ganze beunruhigt mich. Irgendwas hat dieses Foto mit deiner Mutter zu tun. Was auch immer der Name Helen P. bedeutet, es scheint Preston Matheson so sehr zu beschäftigen, dass er deswegen sogar mit seiner ganzen Familie nach Carnival Falls umgezogen ist.«

»Hältst du ihn etwa für einen von diesen Fanatikern, die auf der Jagd nach Außerirdischen sind?« Meine Müdigkeit machte sich bemerkbar, mir kamen die seltsamsten Ideen.

»Ich habe wirklich keine Ahnung, was Mathesons Rolle in der ganzen Sache ist und was er über den Unfall deiner Mutter weiß. Vielleicht haben wir seine Beziehung zu Banks von vornherein falsch eingeschätzt.«

Ich ging über Billys Einwand hinweg. Es arbeitete in ihm. »Was machen wir also? Miranda hatte die Idee, mit ihrem Vater zu sprechen.«

»Nein. Er wird sicher alles leugnen.« Davon schien Billy überzeugt. Seine Augen begannen zu leuchten, und genau darauf hatte ich gewartet. »Dann verlieren wir den Vorsprung, den wir jetzt noch haben.«

»Welchen Vorsprung?«

»Etwas zu wissen, ohne dass er es weiß.«

Billy sprang auf und lief in der Küche auf und ab, wie er es auch immer auf der Lichtung tat, wenn er etwas austüftelte.

»Wenn man herausfinden könnte, wann das Foto aufgenommen wurde«, dachte er laut, »dann könnte man vielleicht ein paar Dinge ausschließen. Außerdem müssen wir herausfinden, mit wem Matheson gesprochen hat.«

»Und wie?«

Er hörte mich scheinbar nicht, sondern lief nachdenklich weiter.

»Ich weiß, was wir machen«, verkündete er kurz darauf.

20

Wir trafen Miranda am Dienstboteneingang. Im Schutz der Mauer konnten wir von der Villa aus nicht gesehen werden.

»Hier«, sagte Billy und überreichte feierlich den Umschlag.

Miranda nahm ihn entgegen. Darauf stand in Großbuchstaben geschrieben: Preston Matheson. Billy hatte ihn auf der Schreibmaschine seines Vaters getippt.

»Es ist eine ganz normale Underwood, außerdem habe ich ein altes Farbband benutzt, das ich gleich danach entsorgt habe.«

Miranda öffnete den Umschlag und zog ein gefaltetes Blatt Papier heraus. Wir hatten den Text nicht mit ihr abgesprochen, deshalb wollte ich, dass sie ihn las. Billy hielt das für keine gute Idee.

Sie faltete das Blatt Papier auseinander.

ICH WEISS VON CHRISTINA JACKSON
DIE WAHRHEIT WIRD ANS LICHT KOMMEN

»Willst du das wirklich?«, fragte ich Miranda.

»Ja, natürlich.«

Am Vortag hatten wir das weitere Vorgehen besprochen. Billy war sich sicher, dass wir nicht befürchten mussten aufzufliegen. Miranda würde ihrem Vater den Umschlag überreichen und sagen, dass er im Briefkasten gelegen hatte. Wenn Billy recht behielt, würde Preston Matheson sich bedroht fühlen und seinen geheimnisvollen Gesprächspartner kontaktieren. Es gab zwei verschiedene Szenarien: Entweder würde er ihn anrufen oder ihn aufsuchen, wenn er denn in Carnival Falls lebte. Wir waren auf beides vorbereitet. Miranda sollte, nachdem sie den Umschlag überbracht hatte, im Geheimgang warten, falls es zu einem Gespräch im Arbeitszimmer kam. Billy und ich wollten draußen in der Nähe des Hauses auf der Lauer liegen, um bei Bedarf den Mercedes auf unseren Fahrrädern verfolgen zu können. Wenn er in der Innenstadt bleiben sollte, müsste es klappen.

»Du musst nicht zurück in den Geheimgang, wenn du nicht willst«, sagte ich zu Miranda, die den Umschlag zwischen ihren Fingern hin und her drehte. »Ich kann das auch übernehmen.«

»Keine Sorge«, beruhigte sie mich. »Es ist besser so. Ihr kennt euch in der Stadt gut aus und könnt euch trennen, um den Wagen besser zu verfolgen. Außerdem müsstest du heimlich ins Haus kommen, und momentan sind alle sehr wachsam. Ich schaffe das schon.«

Billy schaute zu Boden. Wir hatten nicht miteinander über das Diamantwesen und seine telepathische Aufforderung gesprochen.

»Denk dran, den Umschlag zu verschließen«, erinnerte Billy Miranda.

Sie leckte ihn an und drückte die beiden Seiten aufeinander. »Fertig!«

Billy gab die letzten Anweisungen. »Wenn dein Vater dich fragt: Dir ist nichts aufgefallen. Nichts und niemand. Du warst bei Donovans Laden, um dir was Süßes zu kaufen, und auf dem Rückweg war der Brief da. Das ist alles.«

»Verstanden.«

Wir verabschiedeten uns. Billy und ich hatten unsere Fahrräder einen Häuserblock weiter abgestellt. Wir gingen an der Mauer entlang und warteten an der nächsten Ecke. Ein paar Minuten später sahen wir Miranda aus dem Haus kommen und zu Donovans Geschäft laufen. Falls ihr Vater wirklich Fragen stellen sollte, war es besser, ein paar Süßigkeiten bei sich zu haben und den Verkäufer als Zeugen nennen zu können.

Miranda versicherte uns, dass ihr Vater sie niemals verdächtigen würde, aber Billy wollte auf Nummer sicher gehen. Wir riskierten Kopf und Kragen. Miranda wusste, dass sie die Aktion abbrechen musste, sollte irgendwer sie sehen oder ein Bediensteter sich nähern. Wir würden sie warnen. Da sich jedoch weit und breit niemand zeigte, ging sie auf den Briefkasten zu, tat, als nehme sie den Umschlag heraus und verschwand im Haus.

Ich lehnte mich gegen die Steinmauer. Jetzt gab es kein Zurück mehr, dachte ich ängstlich. Wir waren gerade dabei, uns mit einem der mächtigsten Männer aus Carnival Falls anzulegen.

21

Alles lief anders als geplant.

Preston Matheson kam früher als erwartet aus dem Haus, keine Viertelstunde nachdem Miranda mit dem Umschlag hineingegangen war. Er konnte also, wenn überhaupt, nur ein sehr kurzes Telefonat geführt haben. Aber schlimmer noch war die Tatsache, dass er nicht in sein Auto stieg, sondern sich zu Fuß auf den Weg machte.

Schnell ging er in Richtung Redwood Drive davon. Er lief in die entgegengesetzte Richtung als erwartet, aber wir mussten zumindest nicht sofort aufgeben. Ich wusste nicht weiter. Billy hingegen blieb ruhig, das Ganze konnte nur heißen, dass er es nicht weit hatte. Das Ziel hatte er bereits erraten. Billy wendete sein Fahrrad und fuhr los. Er rief mir zu, ich solle ihm folgen, während er bereits fest in die Pedale trat. Auf halbem Weg verstand ich, wohin es ging. Preston Matheson wollte zu Banks. An seinen energischen Schritten konnte man ablesen, dass er nicht auf eine Tasse Tee vorbeischauen wollte. Banks konnte jedoch unmöglich sein geheimnisvoller Gesprächspartner sein, schließlich hatte sich das Telefonat um ihn gedreht. Matheson schien Banks für den Briefeschreiber zu halten, das konnte nur böse enden.

Wir kamen gerade rechtzeitig am Redwood Drive an, um Matheson die Straße überqueren zu sehen. Er war uns ungefähr einen Häuserblock voraus. Es war zu gefährlich, noch weiter zu fahren. Billy wollte sich näher heranpirschen, sobald er im Haus verschwunden war. Matheson ging jedoch nicht hinein, sondern Banks tauchte an der Gartenpforte auf.

Die beiden unterhielten sich keine fünf Minuten. Preston war sichtlich aufgebracht, gestikulierte wild, wurde aber nicht laut. Banks hörte ihm aufmerksam zu, erwiderte etwas, das Preston noch weiter in Rage versetzte, und verschwand schließlich aus unserem Blickfeld. Mirandas Vater blieb noch einen Augenblick am Tor stehen, dann machte er sich auf den Heimweg.

Auch wir zogen uns zurück und überlegten, was das Gespräch zwischen den beiden bedeutet haben könnte. Als wir wieder an unserem Ausgangspunkt angekommen waren, spähten wir vorsichtig um die Ecke. Unser schöner Plan war nicht aufgegangen. Da hörten wir plötzlich einen Motor aufheulen, und der Mercedes schoss aus der Einfahrt. Er fuhr die Maple Street entlang.

Verdutzt sahen wir uns an. Wir waren noch ganz erschöpft von dem gerade zurückgelegten Sprint.

Billy zögerte nicht. Er stürzte erneut los, stand in den Pedalen, um schnellstmöglich hinter dem Wagen herzukommen. Ich folgte ihm, so gut ich konnte. Der Mercedes war uns schon ein ganzes Stück voraus und wurde immer schneller. In der Maple Street gab es nur wenig Verkehr und keine Ampeln, er würde also frühestens einen halben Kilometer weiter, an der Kreuzung zur Main Street, anhalten.

Ich schaffte es, an Billy heranzukommen, war aber jetzt schon völlig außer Atem. Mein Optimus-Rad quietschte und knirschte bei jeder Bewegung. Der Sattel gab unter meinem Gewicht einen kurzen, schrillen Laut von sich, und ständig hörte ich das schleifende Geräusch der Kette. Mit meinen schlechten Bremsen in so einem Tempo durch die Maple Street zu sausen kam einem Selbstmordversuch nah.

Der Mercedes wartete an der roten Ampel, um in die Main Street einzubiegen. Wir hörten auf, in die Pedalen zu treten, und rollten langsam näher. Auch jetzt lief nicht alles glatt.

Preston Matheson hatte sich rechts eingeordnet, das war für uns die schwierigste Option, da er auf eine stark befahrene Straße abbog. Es war nicht leicht, ihn im Auge zu behalten. Hoffentlich musste er an vielen Ampeln warten.

Anstatt abzubiegen, fuhr Matheson jedoch weiter geradeaus. Wir waren so erstaunt, dass wir nicht direkt reagierten. Die Maple Street ging noch ungefähr einen halben Kilometer weiter, danach war Schluss.

Dann kam nur noch die Kreuzung mit der Landstraße 16.

Wenn er auf die Landstraße wollte, war es unmöglich, ihm zu folgen. Innerhalb kürzester Zeit wäre der Mercedes nur noch ein schwarzer Punkt am Horizont, unerreichbar für unsere Fahrräder. Ich hielt das Ganze für sinnlos, aber Billy war bereits wieder angefahren. Es fiel mir schwer, meine Beine erneut zu Höchstleistungen zu überreden. Wenn Preston Matheson die Landstraße in Richtung Norden nahm, käme er direkt zum Unfallort. Im Süden lag das Industriegebiet, das mit seinen Motels und Tankstellen die halbe Stadt umrundete.

Billy war mir schon ungefähr dreißig Meter voraus. Ich rief ihm hinterher, er solle aufgeben, aber er antwortete nicht und fuhr nur noch verbissener hinterher. Der Mercedes in der Ferne sah aus wie ein Spielzeugauto. Noch fehlte allerdings ein Stück bis zur Kreuzung. Aber ich konnte bei dieser Geschwindigkeit jetzt schon nicht mehr mithalten. Ich ließ das Fahrrad einfach rollen und atmete tief durch. Billy entfernte sich immer weiter. Der Mercedes war jetzt fast an der Auffahrt angekommen. Billy gab sein Bestes, fiel aber immer stärker zurück. Bald musste er zur Vernunft kommen, auf der Landstraße hatte er keine Chance.

Preston Matheson fuhr Richtung Süden davon. Ich war erleichtert. Was auch immer er vorhatte, er fuhr nicht zum Unfallort.

Unerwartet bog auch Billy links ab und verschwand.

Er musste bald zurückkommen, also wartete ich auf dem Randstreifen.

Nach zehn Minuten begann ich, mir Sorgen zu machen.

Langsam fuhr ich auf die Kreuzung zu. Wenn der Mercedes nicht in sichtbarer Nähe angehalten hatte, machte es keinen Sinn, ihm zu folgen. Keine Spur von dem Auto oder dem Fahrrad. Was hatte Billy sich bloß dabei gedacht? Die erlaubte Höchstgeschwindigkeit lag bei achtzig Kilometer pro Stunde, und wer weiß, ob sich Preston daran hielt, nach allem, was passiert war.

Ich fuhr zu Mirandas Haus, dem verabredeten Treffpunkt, zurück.

Ich klingelte und wartete. Irgendwer hatte den elektrischen Türöffner von innen betätigt. Miranda kam mir entgegen. Sie sah mich besorgt an. Dass ich alleine war, hieß, dass etwas schiefgelaufen sein musste.

»Mach dir keine Sorgen«, sagte ich und klopfte ihr sanft auf die Schulter. »Wir haben ihn aus den Augen verloren, Billy ist ihm gefolgt. Ich konnte ihn nicht aufhalten.«

»Wie konnte das passieren?«

»Komm mit.« Ich führte sie in den Garten.

Wir gingen zu einem der Brunnen. Der steinerne Engel stand auf seinem Podest, aus einer Schüssel in seiner Hand lief Wasser. Ich ließ mein Fahrrad auf den Rasen fallen, und wir setzten uns auf den Brunnenrand.

»Dein Vater hat nicht die Main Street genommen, wie wir dachten«, erklärte ich. »Er ist weiter geradeaus gefahren.«

»Aus der Stadt raus?«

»Vermutlich.«

»Und Billy ist ihm hinterher?«

»Sieht ganz so aus.«

Eine Dreiviertelstunde später öffnete sich das eiserne Tor der Villa und der Mercedes rollte langsam in die Auffahrt.

Wir sahen, wie Mr Matheson ausstieg und deutlich ruhiger als zuvor ins Haus ging. Wortlos liefen wir Richtung Eingang. Billy sollte bald kommen, wenn er es wirklich geschafft hatte, Preston zu folgen. Wir warteten auf der Straße.

Zwanzig Minuten später wurde ich langsam unruhig. »Er müsste längst hier sein.« Noch war es nicht ganz dunkel.

»Ihr seid vor ungefähr anderthalb Stunden hier los«, sagte Miranda. »Vielleicht musste sich Billy zwischendurch ausruhen oder fährt einfach langsamer zurück.«

»Das kann natürlich sein.«

Es war mittlerweile kaum noch etwas los auf der Maple Street, die Schatten wurden immer länger, und ich immer nervöser. Ich stellte mir vor, wie ich auf Billys Türschwelle stand und Mrs Pompeo über die Ereignisse informierte.

Es war furchtbar.

Dann plötzlich griff Miranda nach meinem Arm und schüttelte mich.

Billy kam langsam die Straße herauf. Er sah völlig erschöpft aus, aber er war zurück. Kaum war er angekommen, umarmte ich ihn stürmisch.

»Billy!«, rief ich, und die gesamte Anspannung fiel von mir ab.

»Was?« Er konnte sich kaum auf den Beinen halten und keuchte.

Miranda nahm sein Fahrrad, und wir gingen auf das Haus zu.

»Ist er schon zurück?«, fragte Billy mit Blick auf den Mercedes.

»Ja, was hattest du denn gedacht? Du wärst schneller?«

Billy lächelte müde.

»Konntest du ihm folgen?«, fragte Miranda.

»Nein«, antwortete Billy. »Als er auf die Landstraße gefahren ist, habe ich ihn aus den Augen verloren.«

»Was sollte das? Warum bist du nicht zurückgekommen?«

»Ich dachte, vielleicht ist er noch in der Gegend, und habe mich mal umgesehen.«

»Du hast ihn also verloren, kurz nachdem du mir davongefahren bist? Und dann hast du ins Blaue hinein nach ihm gesucht?« Ich schüttelte den Kopf.

»Ja, so ähnlich.«

Wir waren am Mercedes angekommen. Miranda lud uns zu sich ein und schlug vor, wir könnten uns vor der Rückfahrt noch ein bisschen im Wintergarten ausruhen. Es war schon nach fünf, und wir mussten beide spätestens um sechs zu Hause sein.

Billy, dessen Atmung sich inzwischen etwas beruhigt hatte, ging um den Wagen herum und betrachtete aufmerksam den hinteren Reifen.

Er richtete sich auf.

»Ich weiß, wo er war.«

»Wo denn?«, fragte Miranda.

Aber Billy antwortete nicht sofort. Er dachte nach.

Diesen Ausdruck auf seinem Gesicht mochte ich gar nicht.

22

Billy hatte ein paar kleine Steinchen im Reifenprofil des Mercedes entdeckt. Er erkannte den besonderen, abgerundeten Kies sofort. Damit war die Zufahrt des Eisenwarengeschäfts Burton ausgelegt, das seinem Onkel gehörte.

War er der geheimnisvolle Gesprächspartner von Mr Matheson? Erst konnten wir es nicht glauben. Insbesondere Billy war so perplex, dass er nach alternativen Erklärungsmöglichkeiten suchte, die jedoch nicht einmal ihn selbst überzeugten. War Patricks Rolle die eines wohlmeinenden Freundes, der sich die Probleme seines ehemaligen Partners anhörte, oder war er aktiv an den Vorgängen beteiligt? Kannte er vielleicht sogar die Tragweite der von Banks verkündeten Ergebnisse oder wusste, wer Helen P. war? Zumindest besaß er nach Billys Aussagen eine Polaroidkamera.

In Mirandas Garten gingen wir die Ereignisse noch einmal durch, kamen jedoch nicht weiter. Wir machten uns Sorgen, dass es ab jetzt immer gefährlicher werden würde. Mr Matheson zerbrach sich sicher gerade den Kopf darüber, wer ihm den anonymen Drohbrief geschrieben haben könnte, und wir trugen eine Mitschuld an dem Streit zweier Freunde. Miranda schlug vor, Billy solle mit seinem Onkel reden, um herauszufinden, was dieser wusste. Aber Billy und ich waren uns einig, dies sei zum momentanen Zeitpunkt unmöglich, wenn wir nicht den Verdacht auf uns lenken wollten. Wir mussten etwas Zeit verstreichen lassen. Außerdem fiel uns keine vernünftige Erklärung ein, woher Billy von der Fotografie und Helen P. wissen konnte.

Wir wollten gerade gehen, als Billy plötzlich klar wurde, dass wir der Antwort auf eine unserer Fragen näher gekommen waren. Wir mussten jetzt noch vorsichtiger handeln, da Mirandas Vater und Billys Onkel involviert waren und jeder kleinste Fehler uns verraten konnte. Aber wir konnten immerhin Modell und Baujahr von Patricks Kamera herausfinden. Wenn sie erst nach dem Jahr des Unfalls hergestellt worden war, musste auch das Foto neueren Datums sein. Und das bedeutete vielleicht, dass die Geschichte meiner Mutter nicht am Chamberlain-Fluss geendet hatte.

23

»Und wenn dein Onkel das Foto gar nicht gemacht hat?«, fragte ich Billy.

Wir hatten es uns an einem Tisch in der Stadtbücherei gemütlich gemacht. Der Saal war fast leer. Nur Sturmtruppler lauerte hinter seinem Informationsschalter auf die kleinste Gelegenheit, um uns mit seinem strengen Blick zu rügen.

»Möglich ist das natürlich«, flüsterte Billy mir zu. »Ich glaube allerdings, dass mein Onkel dieses Foto für Preston gemacht hat, als der schon in Kanada war. Das würde auch erklären, warum er nach dem Brief zu ihm gefahren ist.«

»Und Banks?«

»Ich verstehe immer noch nicht so ganz, was er mit der Sache zu tun hat. Aber irgendwie hängt er da mit drin, sonst wäre Mr Matheson schließlich nicht zuerst zu ihm gegangen.«

»Aber …«

»Jetzt hör schon auf, Fragen zu stellen, Sam. Hilf mir lieber bei der Suche.«

Billy schob mir einen Stapel Zeitschriften aus der Reihe »Fotograf aus Leidenschaft« zu. Die Hefte waren nicht gut sortiert, sodass wir nicht direkt sehen konnten, welchen Zeitraum sie umfassten. Dennoch fanden wir die Ausgabe von 1972, die vermutlich die Zeit des Unfalls abdeckte, relativ schnell. Jedes Heft stellte eine Vielzahl unterschiedlicher Kameratypen und Zubehör vor. Unter ihnen auch Polaroid.

Wir waren jedes Mal aufgeregt, wenn wir eine Polaroid entdeckten, merkten nach einer Weile aber, dass es unzählige verschiedene Modelle gab und sich in jedem Heft mindestens eins davon befand. Manche sahen sich zum Verwechseln ähnlich. Wir suchten nach der SUN 640, das hatte Billy noch schnell bei seinem Onkel überprüft, bevor wir uns getroffen hatten.

Vor uns lagen ungefähr zweihundert Ausgaben der Zeitschrift, und wir wollten so schnell wie möglich wieder gehen. Also blätterten wir, zu Sturmtrupplers Enttäuschung, stumm vor uns hin. Zwanzig Minuten später fanden wir, wonach wir gesucht hatten: In einer Ecke wurde exklusiv für die SUN 640 geworben, ein schwarzes Modell mit eingebautem Blitz und Packfilm an der Unterseite. Ich stieß Billy mit dem Ellbogen in die Seite und gab ihm kurz Zeit, um zu derselben Schlussfolgerung zu gelangen wie ich.

Der Unfall meiner Mutter hatte sich 1974 ereignet.

Die Polaroidkamera SUN 640 war erst 1981 vermarktet worden.

Sieben Jahre später.

24

Dienstag, der 6. August 1985, war einer dieser vollkommenen Sommertage, an denen die Temperatur die Fünfundzwanzig-Grad-Marke nicht überschreitet. In zwei Wochen würde bereits die Schule beginnen, und ich spürte schon jetzt diese wohlbekannte Nostalgie. Zugleich hatte ich den Eindruck, dass wir gerade einen unvergesslichen Sommer erlebten. Die achte Klasse, das letzte Jahr vor der Highschool, stand kurz bevor, und niemand wusste, was nächsten Sommer sein würde. Wenn oder vielmehr falls wir uns dann noch auf der Lichtung treffen sollten, würden wir immer noch im Baumhaus spielen oder zum Schmetterlingssumpf gehen? Beinahe hätte ich Billy gefragt, ob wir nicht besser unsere Kiste mitnehmen sollten, die sich noch in dem Baumstamm befand, aber ich hielt mich zurück. Mein Freund war ziemlich nervös, er lief auf und ab und schaute in die Richtung, aus der Miranda kommen sollte.

»Sie kommt nicht«, sagte Billy.

»Natürlich kommt sie«, gab ich zurück.

Die nächste halbe Stunde warteten wir angespannt, ohne uns zu unterhalten. Billy hatte sich einen weiteren Plan ausgedacht, der Antworten auf all unsere Fragen finden sollte: Wer war Helen P.? In welcher Beziehung hatte Mr Matheson zu meiner Mutter gestanden? Nicht nur mir, auch Billy fiel es momentan schwer, über meine Mutter zu reden. Was war auf Patricks Foto zu sehen gewesen?

Da hörten wir Schritte.

»Miranda!« Billys Stimme klang vorwurfsvoll, doch er

fasste sich sofort wieder und fügte hinzu: »Ist irgendetwas passiert?«

»Ich war mit meiner Mutter Sachen für die Schule einkaufen«, erklärte sie und stellte ihr Fahrrad ab.

»Jetzt, wo wir zu dritt sind …«, begann Billy.

»Warte mal«, unterbrach ich ihn. »Wie ist die Stimmung bei dir zu Hause, Miranda?«

»Ein bisschen besser. Sie streiten nicht mehr, haben sogar schon ein paar Mal kurz miteinander geredet. Das ist zumindest ein Anfang.«

»Ist Adrianna schon weg?«, bohrte ich weiter.

»Ja.« Miranda setzte sich auf den Stamm. »Manchmal glaube ich, der anonyme Brief hat meiner Familie sogar gut getan.«

Wie immer, wenn es um etwas Persönliches ging, bewegten sich ihre Hände nervös in ihrem Schoß, und sie schaute zu Boden. Billy wollte etwas sagen, aber ich hielt ihn davon ab. Ich näherte mich Miranda und legte ihr meine Hände auf die Knie. Sie trug eine kurze Hose, sodass ich ihre Haut berührte. Sie sah zu mir auf. Miranda hatte in der letzten Zeit einiges mitgemacht, natürlich ging das nicht spurlos an ihr vorüber.

»War es noch mal da?«, fragte ich sie.

Überrascht setzte sie sich zurecht. Ihr Blick wanderte zu Billy, der hinter mir stand. Sie wirkte unsicher.

»Miranda«, sagte ich erneut. »Hast du das Diamantwesen noch einmal gesehen?«

»Ja«, antwortete sie schließlich.

Langsam nahm ich meine Hände von ihren Beinen. »Erzähl uns davon, bitte!« Ich drehte mich zu Billy, um sicherzustellen, dass er keinen blöden Kommentar abgab. Aber er kam mir zuvor und nickte mir kaum sichtbar zu.

»Zwei Mal habe ich es noch gesehen«, begann Miranda nun. »Zuerst am Freitag, nach der Sache mit dem Briefumschlag, als ihr schon gegangen wart.«

Ich wusste, was Billy jetzt denken musste. Erneut war Miranda das Wesen an einem Tag erschienen, an dem sie sich ihrem Vater gegenüber schuldig fühlte. Beim letzten Mal hatte sie ihn heimlich beobachtet und dieses Mal sogar belogen, ihn über die Herkunft des Briefes im Unklaren gelassen.

»Warst du noch einmal in dem Gang?«, fragte ich sie und nahm an, dass das Treffen wieder dort stattgefunden hatte.

»Nein!«, rief sie aus. »Ich hasse diesen Ort. Es war im Garten hinter dem Haus.«

»In eurem Garten?« Billy klang überrascht.

»Nach dem Abendessen bin ich in den Wintergarten gegangen«, erzählte Miranda. »Meine Mutter war auch da, sie topfte ihre Pflanzen um und sang. Das macht sie immer, wenn sie alleine ist. Ich ging zum Fenster und da sah ich es, sein Licht war heller als das der Laternen. Es stand neben dem Mercedes.«

»Wo genau?«, fragte Billy.

»Warum ist das wichtig?«, fuhr ich ihn an. Ich machte mir Sorgen, er wolle Mirandas Geschichte diskreditieren.

»Na ja, am Mercedes haben wir schließlich auch die Steinchen entdeckt, die uns zu meinem Onkel geführt haben«, verteidigte sich Billy.

Das stimmte!

Miranda hatte auch nicht darüber nachgedacht, zumindest sah sie erstaunt aus.

»Ich glaube, es war tatsächlich hinten am Wagen.«

»Und?«, fragte ich aufgeregt.

Miranda erzählte weiter: »Es ging im Garten umher, oder besser gesagt schwebte knapp über dem Boden. Es hielt an dem Brunnen an, an dem Sam und ich ein paar Stunden vorher noch gesessen hatten. Meine Mutter hatte ich ganz vergessen. Plötzlich stand sie neben mir und sagte etwas. Wie schön der Garten bei Nacht sei, glaube ich.«

Miranda verstummte.

»Deine Mutter hat es also nicht gesehen?«, fragte ich.

Sie nickte.

»Es war völlig verrückt. Meine Mutter stand hinter mir, kämmte mit ihren Fingern meine Haare und redete über den Garten, die Pflanzen, wovon auch immer. Und da stand das Diamantwesen und leuchtete so hell, dass ich meine Augen zukneifen musste.«

»Aber es hat dieses Mal nicht zu dir gesprochen?«

»Nein. Es war seltsam, machte Späße. Es ahmte den Engel auf dem Brunnen nach, die Arme geöffnet, zu Flügeln geformt, ein Bein gebeugt. So verharrte es einen Augenblick, bevor es verschwand. Aber seinen Umriss konnte ich noch eine Weile in der Dunkelheit sehen, wie wenn man direkt in ein Licht schaut, und es dann ausschaltet.«

Ich wusste nicht, was ich dazu sagen sollte. Warum bloß konnte Sara Matheson das Wesen nicht sehen?

Billys Stimme antwortete in meinem Kopf.

Weil es kein Diamantwesen gibt!

»Hast du nicht gesagt, du hast es noch mal gesehen?«

»Ja. Am Tag darauf war es in meinem Zimmer. Kurz bevor ich einschlief. Vielleicht war es nur ein Traum.« Mirandas Stimme klang müde, und ich bereute meine Frage sofort, deshalb sagte ich schnell: »Danke, dass du uns davon erzählt hast.«

Ich ging ein paar Schritte zurück, stellte mich zwischen Billy und Miranda.

»Ja, danke«, fügte Billy hinzu.

»Das ist lieb von euch.«

Ich setzte mich neben Miranda und flüsterte ihr ins Ohr: »Alles wird gut.«

Jetzt war Billy an der Reihe, uns in seinen Plan einzuweihen. Er nannte ihn seinen Masterplan, der uns helfen sollte, die noch offenen Fragen zu klären.

25

Billys Plan war wirklich verflixt gut. Trotzdem machte ich mir Sorgen, dass wir uns damit ins Verderben stürzten. Dafür war es allerdings jetzt zu spät. Es gab kein Licht am Ende dieses Irrsinns, aber eine Menge möglicher Bestrafungen. Da war ich nun, zurück im Geheimgang, und wartete. Die letzten zwanzig Minuten hatte ich mich auf den Gedanken konzentriert, wie nah wir den Antworten auf unsere Fragen waren. Aber ich schweifte immer wieder ab, verlor mich in der Dunkelheit des Ganges und bekam Angst.

Billy hatte zu diesem Zeitpunkt schon grünes Licht gegeben. Sein Part war heikel, er ging das größte Risiko ein. Er würde unter irgendeinem Vorwand zu seinem Onkel Patrick gehen. Dieser war normalerweise um die Mittagszeit für anderthalb Stunden zu Hause, aß dort und hielt ein kurzes Nickerchen, bevor er an seinen Arbeitsplatz in der Eisenwarenhandlung zurückkehrte. Punkt zwei Uhr würde Miranda bei ihm anrufen, und Billy hatte die Aufgabe, das Telefon abzunehmen. Der Anruf bedeutete, dass Preston Matheson sich wie jeden Nachmittag in seinem Arbeitszimmer aufhielt, aber Billy würde seinem Onkel eine andere Nachricht überbringen. Er würde ihm ausrichten, dass ein Mann angerufen habe, der sich Preston Matheson nannte, dessen Stimme aber komisch geklungen hatte. Dieser habe gesagt, er müsse Patrick umgehend treffen und er solle sofort zu ihm kommen.

Ich hielt Mirandas Taschenlampe in der Hand, schaltete sie jedoch nicht ein. Preston Matheson war bereits in seinem Zimmer, aber ich hatte noch nicht einmal Lust, ihn zu beobachten.

Anfangs hatte ich zu ihm hinuntergeschaut. Vor ihm standen ein Glas und eine Flasche Whiskey. Das schien das Einzige zu sein, was ihn interessierte. Dann schaute er allerdings mehrfach ohne ersichtlichen Grund hoch und ich machte mir Sorgen, dass er etwas hinter den Augenhöhlen der Masken erahnen könne. Also ließ ich es. Dachte lieber daran, dass Patrick mittlerweile die gefälschte Nachricht erhalten hatte und sich auf dem Weg hierher befand. Billy war sich sicher, dass er keinen Verdacht gegen ihn schöpfen würde, da er es ja gewesen war, der ihn auf die möglicherweise verstellte Stimme hingewiesen hatte. Stolz hatte er uns von diesem genialen Einfall erzählt. Wenn sich die Männer dann begegneten und herausfanden, dass sie einem Trick auf den Leim gegangen waren, würde sich Patrick an den Kommentar seines Neffen erinnern, was ihn von jeder Mitschuld freisprach.

Wenn Billy also natürlich wirkte, sollte es keine Probleme geben. Damals gab es weder die Möglichkeit, Rufnummern zurückzuverfolgen noch Anrufe zu speichern, sodass Patrick nicht herausfinden konnte, wer der Anrufer gewesen war. Nichts als ein Gefühl des Zweifels würde zurückbleiben.

Mirandas Rolle war ebenso wichtig. Sie musste Patrick abfangen und ins Arbeitszimmer lotsen. Wenn einer der Angestellten ihr zuvorkam, würde Preston sicher vorab informiert werden und das Ganze konnte scheitern. Alle in der Villa wussten schließlich, dass der Hausherr angefangen hatte, nachmittags regelmäßig zu trinken.

Wenn Patrick und Mr Matheson erst mal alleine waren, würde Miranda sich in der Nähe postieren und niemanden ins Arbeitszimmer lassen. Den Angestellten konnte sie einfach sagen, ihr Vater und Mr Burton würden sich streiten, das musste genügen. Bei ihrer Mutter würde sie sich vermutlich etwas Originelleres einfallen lassen müssen.

Jeden Augenblick konnte die Tür aufgehen. Ich sehnte

den Moment herbei, wollte, dass das Warten ein Ende hatte. Gleichzeitig fürchtete ich mich davor. Es kam mir so vor, als sei schon zu viel Zeit vergangen. Vielleicht war etwas schiefgelaufen? Oder wurden die Minuten nur durch meine Nervosität in die Länge gezogen? Über kurz oder lang …

Würde das Diamantwesen auftauchen.

… würde Patrick ankommen.

Das Diamantwesen.

Hier hatte Miranda es zum ersten Mal gesehen, es hatte seinen Arm ausgestreckt und auf die Holztafel gezeigt. Mirandas Beschreibungen waren so detailliert, dass ich mir alles gut vorstellen konnte. Die Erscheinung im Garten, neben dem Brunnen, war so ein eindringliches Bild, dass es mir wie eine eigene Erinnerung vorkam. Ich sah das Diamantwesen vor mir, wie es die Pose des Engels einnahm und …

Ein Geräusch.

Ich öffnete die Augen, und es wurde noch dunkler. Ich hatte nicht die Tür gehört, sondern das Klirren der Flasche beim Einschenken. Ein weiterer Drink.

Ich hielt mich an der Taschenlampe fest.

Sobald Patrick ankam, war ich gefragt. »Dein Part ist der einfachste, Sam. Du musst die beiden nur beobachten«, hatte Billy gesagt. Mir kam das Ganze allerdings alles andere als leicht vor. Meine Handflächen waren ganz schwitzig und meine Beine zitterten. Je länger ich wartete, desto nervöser wurde ich.

Die Tür zum Arbeitszimmer ging auf.

Ich nahm meine Position ein, ließ die Taschenlampe auf dem Boden liegen. Dann schob ich die Holztafel zurück. Die plötzliche Helligkeit ließ mich blinzeln.

»Was machst du hier?«, fragte Mr Matheson gerade.

Als ich Patrick auf Prestons Schreibtisch zugehen sah, wurde ich noch aufgeregter.

»Deine Wahnvorstellungen werden uns noch zu Fall bringen«, sagte Patrick ernst. »Was gibt es denn so Wichtiges, dass du mich telefonisch hierherbestellst?«

Preston Mathesons Gesichtsausdruck veränderte sich.

»Ich habe nicht bei dir angerufen.« Der Hausherr stand auf.

»Nein?« Patrick nahm seinen Hut und legte ihn außerhalb meines Blickfeldes ab. Ohne dazu aufgefordert worden zu sein, zog er einen Stuhl an den Schreibtisch heran und setzte sich. »Das ist aber wirklich komisch. Dann hat sich wohl jemand als du ausgegeben.«

»Hast du nicht mit ihm gesprochen?« Preston sah ihn ungläubig an.

»Nein. Mein Neffe hat den Anruf entgegengenommen und gesagt, ich solle so schnell wie möglich hierherkommen.«

Ich hielt den Atem an. Jetzt war der Augenblick der Wahrheit. Preston führte das Glas zum Mund, trank aber nicht, sondern ließ die Flüssigkeit vor seinem Gesicht kreisen. Er kam mir nicht besonders betrunken vor. Er dachte nach, schien den Überbringer der Nachricht vergessen zu haben.

»Ich habe es dir ja gesagt.« Er zeigte anklagend in Patricks Richtung. Dann stand er auf und ging zu dem Schrank, in dem er seine Getränke verwahrte.

»Jetzt mach mal halblang, Preston«, verteidigte sich Patrick. »Ich gebe ja zu, dass ich diesen anonymen Brief vielleicht nicht ernst genug genommen habe.«

»Aber ich habe ihn dir doch gezeigt!«, antwortete Mr Matheson. Er trank sein Glas aus und holte ein zweites für den Gast. »Was möchtest du trinken?«

»Gar nichts, Preston. Es ist noch nicht einmal drei Uhr.«

Preston ließ die gläsernen Schranktüren offen.

»Das ist …« Er hielt sein Glas hoch und betrachtete es fasziniert. Er schien kurz davor, etwas Bedeutsames zu sagen, beendete den Satz dann jedoch auffallend schlicht: »… vorübergehend. Wenn erst mal diese Tage der Unsicherheit vorbei sind, die Streitereien mit Sara, und sie endlich zur Vernunft kommt, dann brauche ich das hier nicht mehr.«

»Wie du meinst.«

»Was hat der Anrufer noch gesagt?«

»Nichts weiter. Ich solle umgehend hierherkommen, um mit dir zu reden. Vorgestern war ich mir noch sicher, dass sich niemand für die Sache interessiert, aber jetzt …«

Mr Matheson lehnte sich auf seinem Schreibtischstuhl nachdenklich zurück. Er trank einen großen Schluck und stellte das Glas ab. Dann verschränkte er die Hände hinter dem Kopf. Misstrauen lag in seinem Blick.

»Wer will mich fertigmachen, Patrick?«, fragte er angespannt.

»Es muss der Engländer sein, hab ich doch gesagt.«

»Der weiß doch nicht, was passiert ist.«

»Aber vielleicht hat er eine Vermutung, Preston. Jeder an seiner Stelle würde eins und eins zusammenzählen. Du gehst zu ihm, bemühst dich, sein Freund zu werden, schlägst ihm ein Geschäft vor, und dann interessierst du dich für die Ergebnisse, die er bei seinem Vortrag bekanntgeben will. Der Mann ist ein Geschichtenerzähler!«

»Wer weiß …«

»Preston, ich bitte dich. Die Person, die ich dir zuliebe zu dem Vortrag geschickt habe, redet nicht mehr mit mir, weil sie annimmt, dass ich diesen außerirdischen Mist glaube. Die Notizen sind unbrauchbar, und weißt du warum?«

»Sag du es mir!«

»Ich habe nachgefragt, das kannst du mir glauben. Mein Berichterstatter musste so stark das Lachen unterdrücken, dass seine Hand beim Schreiben gezittert hat wie Espenlaub. Banks ist ein Spinner. Ich kann es gerne noch einmal sagen: Er steckt dahinter! Es war ein Fehler, zurückzukommen, das habe ich dir gleich gesagt. Du wärst besser mit deiner Familie in Kanada geblieben, anstatt dich dem Zirkus von diesem Verrückten auszusetzen.«

Mr Matheson sah seinen Freund schweigend an und dachte über seine Worte nach, ohne mit der Wimper zu zucken. Patrick redete immer schneller, als habe er Angst, durch die Stille verurteilt zu werden.

»Weißt du, was in Filmen immer geschieht?«, sprach Patrick weiter. »Der Mörder kehrt an den Tatort zurück, und die Polizei entdeckt ihn in der Menge, trotz Unschuldsmiene ist er noch verdächtiger als Nixon. Dasselbe hast auch du gemacht, indem du zurückgekommen bist …«

»Es reicht!« Wie von der Tarantel gestochen sprang Mr Matheson auf. »Du musst mir nicht jedes Mal wieder das Gleiche erzählen. Und überhaupt: Ich wusste noch gar nicht, dass du dich so gut auskennst, wenn es ums Geschäfte machen geht! Hat dir diese Eisenwarenhandlung den Verstand vernebelt? Ich bin hierhergekommen, um mit Banks eine Vereinbarung zu treffen, sein Vertrauen zu gewinnen, und das habe ich auch geschafft. Er hat genau das getan, was ich von ihm wollte.«

Patrick setzte sich auf seinem Stuhl zurecht. Seine Anspannung war von meinem Posten aus gut zu erkennen.

»Entschuldige, Preston«, sagte Patrick jetzt, ohne ihn anzusehen. »Vielleicht habe ich ein falsches Beispiel gewählt. Aber wie kannst du dir so sicher sein?«

»Das werde ich dir gerne sagen.« Preston setzte sich wieder und trank den Rest von seinem Whiskey. »Mein Großvater ist in dieses Land gekommen und besaß nichts. Als er starb, hat er seinen fünfzehn Kindern jeweils tausend Hektar Land hinterlassen. Mein Vater hat dieses Haus und ein millionenschweres Reich darauf aufgebaut. Und ich, so wie du mich hier siehst, am Nachmittag mit einem Glas Whiskey in der Hand, habe dieses Vermögen in den letzten fünfzehn Jahren verdoppelt. Das liegt mir im Blut. Die Mathesons wissen, mit wem sie sich umgeben müssen, um gute Geschäfte zu machen. Und wir wissen, wann man uns belügt.«

Dabei stand er wieder auf. Patrick rutschte nervös auf seinem Stuhl hin und her. Preston Matheson ging zum Schrank, um sich ein weiteres Glas einzuschenken. Er nahm das zweite Glas und füllte es für seinen Gast, ohne ihn noch einmal zu fragen. Er umrundete den Schreibtisch und reichte es Patrick, der es entgegennahm und trank. Mr Matheson lehnte neben ihm am Schreibtisch.

»Sieh mal, Preston. Wenn du glaubst, dass Banks damit nichts zu tun hat, dann hat er nichts damit zu tun.«

»Sehr gut.«

»Ich bin auf deiner Seite, das war ich immer. Ich will dir nur helfen, diesen Mistkerl zu finden.«

Mr Matheson sah Patrick immer noch misstrauisch an.

»Das will ich auch.«

»Was gibt es Neues von dem Mädchen?«, fragte Patrick nun.

»Welchem Mädchen? Adrianna?«

Patrick nickte verlegen.

»Sie ist zurück nach Montreal«, sagte er argwöhnisch, als wolle er nicht zu viele Einzelheiten verraten. »Hat ihren Eltern gegenüber behauptet, sie müsse zurück zu ihrem Freund.«

»Vielleicht hat dieser Freund …«

»Adrianna hat keinen Freund!« Preston verdrehte die Augen. »Wir drehen uns im Kreis. Irgendwer will mir eins auswischen, und dir fällt nichts Besseres ein, als immer wieder auf denselben Sachen herumzureiten. Adrianna hat niemandem von Christina Jackson erzählt, ob du es glaubst oder nicht. Es hat ihr nicht gut getan, nach Carnival Falls zurückzukommen, deshalb hab ich sie gehen lassen.«

Mittlerweile schien es mir unvorstellbar, dass Mr Matheson

und Adrianna keine Affäre gehabt hatten. Trotzdem fragte ich mich, wie sie das hinter den Rücken beider Familien versteckt halten konnten. Oder wussten Elwald und Lucille etwa Bescheid? Es war zwar ein großes Haus, aber Prestons Ehefrau war auch nicht auf den Kopf gefallen. Wusste Sara von seiner Beziehung? Mir war das alles zu verwirrend, und ich versuchte, nicht weiter darüber nachzudenken. Viel wichtiger war doch, was Adrianna über meine Mutter wusste …

»Adrianna ist in Montreal besser aufgehoben«, sagte Mr Matheson gerade. Sein Blick glitt über die gegenüberliegende Wand, gefährlich nah an den Masken entlang. »Ich werde hoffentlich auch bald zurückgehen können.«

»Wirklich?«

»Sobald diese Sache hier erledigt ist.« Er drehte sich um und nahm ein Stück Papier vom Schreibtisch. Er hielt es kurz hoch, dann ließ er es fallen. Selbst von meinem Aussichtspunkt aus konnte ich erkennen, dass es der von Billy geschriebene Brief war.

»Das freut mich«, sagte Patrick sichtlich entspannt.

»Sara weigert sich hartnäckiger, als ich gedacht hätte. Aber das bekomme ich schon hin.«

Als ich diesen selbstsicheren Satz hörte, zog sich mir die Brust zusammen. Mirandas Tage hier in Carnival Falls waren gezählt.

Mr Matheson ging zurück hinter seinen Schreibtisch, setzte sich aber nicht. Er trank aus, wischte sich den Mund ab und ging dann erneut zu seinem Getränkevorrat.

»Preston, bitte hör auf zu trinken. Lass uns lieber versuchen herauszufinden, wer hinter der Sache steckt.«

»Es hilft mir«, antwortete Preston Matheson und schenkte sich nach. Schon das dritte Glas in kürzester Zeit. »Außerdem kann ich mir vorstellen, wer dahintersteckt.«

»Du weißt es schon?«

»Ist keine große Überraschung.«

Patrick versteckte sich hinter seinem Drink.

»Wer?«, stammelte er.

»Du!« Matheson zeigte auf ihn und verschüttete dabei etwas Whiskey.

Patrick reagierte nicht. Die Anschuldigung hatte ihm die Sprache verschlagen.

»Seit dem Unfall hast du alles versucht, um mich aus dem Weg zu räumen!«, brüllte Matheson.

Der Unfall.

Meinte er den Unfall des Pinto?

»Beruhige dich und rede etwas leiser. Das ist doch wirklich Unsinn! Ich habe nichts anderes getan, als dir zu helfen.«

»Ich erzähle dir, was in jener Aprilnacht 1974 geschehen ist«, erwiderte Matheson.

»Ich weiß gen…«

»Ah, ah …« Matheson stoppte ihn wie ein Verkehrspolizist. »Du weißt nicht alles.« Er lachte hämisch. Patricks Lächeln war längst verschwunden.

»Es regnete, als würde die Welt untergehen. Die Landstraße 16 war fast nicht mehr zu sehen, und ich hatte zwei Flaschen Rotwein intus. Ich mag mich nicht mehr an alle Einzelheiten dieser Nacht erinnern, aber ich bin mir sicher, dass ich nicht den Unfall verursacht habe. Der Pinto kam auf mich zu und ich musste auf den Randstreifen ausweichen, um nicht frontal mit ihm zusammenzustoßen. Es war purer Zufall, dass ich gerade dort war, als diese Frau, aus welchem Grund auch immer, auf meine Fahrbahn fuhr.«

Ich war entgegen meinen Erwartungen nicht überrascht. Vielleicht hatte ich etwas in diese Richtung geahnt.

»Jetzt hör mir mal zu, Preston. Ich habe dir schon Hundert Mal gesagt, dass ich dir glaube. Sie ist auf deine Fahrbahn gefahren. Gut. Erledigt.«

Patrick stand auf und machte einen Schritt nach vorne. Nur der Schreibtisch trennte die beiden. »Aber es ist vollkommen egal, wer hier wem in die Spur gefahren ist. Du warst betrunken und hattest eine … Warte, wie alt war Adrianna damals? Ach ja, siebzehn. Du hast aus deiner Sicht alles richtig gemacht, Preston. Betrunken und mit einer Minderjährigen an Bord, was blieb dir anderes übrig, als dich aus dem Staub zu machen.«

Die Puzzleteile fügten sich zusammen. Die Sache zwischen Mr Matheson und Adrianna lief schon über ein Jahrzehnt. Ich war wirklich überrascht. Wo auch immer sie in dieser regnerischen Nacht hergekommen waren, es war sicher ein weiterer Grund zu verschwinden.

»Du hast mich angerufen, sofort als du zu Hause warst, und mich gebeten nachzusehen, ob es Verletzte gab. Mehr konntest du nicht tun.«

»Setz dich.«

»Was soll die Geheimnistuerei, Preston?«

»Ich will ein für alle Mal mit dieser Geschichte abschließen. Täusch dich nicht. Ich habe in jener Nacht wirklich getan, was ich konnte. Als ich im Rückspiegel bemerkte, dass der Pinto die Kontrolle verlor, hielt ich an und ging zurück, um zu sehen, wie ich helfen konnte. Adrianna hatte furchtbare Angst, aber ich beruhigte sie, sagte ihr, ich werde nur kurz nachschauen und wäre sofort wieder bei ihr. Ich lief über die Straße zurück, ungefähr fünfhundert Meter, bis zu der Stelle, wo der Pinto … Überrascht?«

Patrick hatte die Augen weit aufgerissen.

»Das … Das hast du nie erzählt«, murmelte er.

»Von der Straße aus konnte ich nichts erkennen. Im Auto hatte ich eine Taschenlampe, ich wollte aber nicht noch mal dorthin gehen, sondern so schnell wie möglich wieder weg. Ein geparkter Mercedes mit eingeschaltetem Licht würde jedem auffallen, der vorbeikam. Vielleicht würde man sogar anhalten und fragen, ob wir Hilfe bräuchten. Der Abhang war ziemlich rutschig oder ich zu betrunken, auf jeden Fall bin ich hingefallen. Habe mir den Kopf an einem Stein aufgeschlagen und kurz das Bewusstsein verloren.«

»Mein Gott.«

»Als ich wieder zu mir kam, dröhnte mir der Schädel und ich schmeckte Blut auf meinen Lippen. Oben auf der Straße konnte ich Adrianna erkennen. Ich versuchte, die Böschung wieder hinaufzuklettern, keine Ahnung, wie ich es letztlich geschafft habe. Dann stellte ich fest, dass ich mindestens fünf Minuten ohnmächtig gewesen sein musste. Ich war verwirrt, fand gerade noch den Weg nach Hause, mein Bein war steif und schmerzte. Dann habe ich dich angerufen.«

Preston Matheson war tatsächlich in der Lage, seinen betrunkenen Zustand zu kontrollieren. Alles, was er erzählte, war einleuchtend, er sprach, ohne sich zu verhaspeln, und hatte keinerlei Wortfindungsschwierigkeiten. Er setzte sich und sah dabei aus wie ein Anwalt, der gerade sein Schlussplädoyer gehalten hat.

»Dann bist du also nicht bis zum Wagen gekommen?«, fragte Patrick erstaunt.

»Nein.«

»Ich verstehe nicht, warum du mir das bisher verschwiegen hast.«

»Am nächsten Tag, nachdem die Nachricht vom Unfall schon längst die Runde gemacht hatte, fiel mir etwas auf.«

»Was?«

»Meine Mutter hat mir zum Geburtstag eine goldene Kette geschenkt, auf dem Anhänger sind meine Initialen. Ich muss sie in jener Nacht verloren haben.«

PAM.

Ich war ganz aufgeregt. Preston Matheson hatte nicht nur

Millionen von seinem Großvater geerbt, sondern scheinbar auch seinen Vornamen: Alexander. Die Kette in meiner geblümten Kiste hatte ihm gehört, Preston Alexander Matheson. Die Polizei hatte sie gefunden und angenommen, dass sie wie der Rosenkranz und Boo zum Wagen gehörte.

»Oh Mann«, seufzte Patrick.

»Kannst du jetzt verstehen, warum ich nach Kanada abgehauen bin?«

»Ja.«

»Und auch, warum ich wollte, dass die Polizei den Fall nicht noch einmal untersucht? Diese Kette muss irgendwo in einer Asservatenkammer vor sich hin stauben. Irgendein Trottel muss übersehen haben, dass eine teure Goldkette und eine Krankenschwester nicht zusammenpassen.«

»Und du glaubst, dass irgendwer die Kette gefunden hat und dich jetzt damit erpressen will?«

»Nein. Das glaube ich nicht.«

»Warum erzählst du mir das Ganze dann?«

»Damit du verstehst, warum ich gegangen bin und dir die verdammte Eisenwarenhandlung überlassen habe.« Matheson beugte sich nach vorne und sah Patrick mit einem durchdringenden Blick an. »Ich frage dich zum letzten Mal, Patrick. Was ist in dieser Nacht wirklich geschehen?«

Patrick wirkte eingeschüchtert.

»Ich bin dorthin gefahren, wie du gesagt hast. Bevor ich zur Brücke kam, bin ich abgefahren und habe das Auto versteckt. Dann sah ich den zerbeulten Pinto. Guck mich nicht so an, Preston. Du weißt doch, wie die Geschichte weitergeht. Ich habe dich nie angelogen. Christina Jackson lebte noch, also zog ich sie heraus, um sie ins Krankenhaus zu bringen.«

Ich fuhr erschrocken zurück.

Christina Jackson lebte noch, also zog ich sie heraus, um sie ins nächste Krankenhaus zu bringen.

26

Lebendig.

In meiner Hosentasche hatte ich das verbrannte Foto von Helen P., das vor höchstens drei Jahren aufgenommen worden war. Das hatte zumindest unsere Recherche ergeben. Instinktiv griff ich danach, hielt den Atem an und näherte mich wieder dem Guckloch.

»Deshalb sollte ich doch dorthin, nicht wahr?«, fragte Patrick in diesem Augenblick. »Um zu sehen, ob es Verletzte gab.«

»Du hättest einen Krankenwagen rufen müssen. Erzählen sollen, du wärst dort vorbeikommen und hättest den verunglückten Wagen gefunden. Die Frau mitzunehmen war doch wirklich das Blödeste, was du machen konntest!«

»Ich weiß nicht, weshalb wir das jetzt alles noch mal diskutieren müssen. Warum lassen wir die Vergangenheit nicht einfach ruhen? Ja, wahrscheinlich hätte ich sie nicht bewegen sollen. Hätte zu einem Telefon fahren und einen Krankenwagen rufen müssen. Die Idee ist mir nicht gekommen, zufrieden? Als du angerufen hast, schlief ich nach einem anstrengenden Tag vor dem Fernseher. Ich war auf mich allein gestellt. Ja, es war dumm von mir. Ich habe sie aus der zertrümmerten Windschutzscheibe herausgezogen und auf meinen Rücksitz gelegt. Sie hat nur einen Kilometer durchgehalten, Preston. Sie ist in meinem Auto verreckt. Was sollte ich machen?«

Tot.

Ich biss die Lippen aufeinander. Wollte nicht weinen. Warum auch? Meine Mutter war mein ganzes Leben lang tot gewesen, zwei Minuten hatten daran nichts geändert.

»Deine Geschichte klingt glaubwürdig«, sagte Matheson.

»Es ist keine Geschichte! Warum traust du mir nicht? Du hast mich in dieser Nacht betrunken angerufen, und ich habe geglaubt, dass du schuld an dem Unfall warst. Was sollte ich machen? Zum Leichenschauhaus fahren und ihnen sagen, dass du den Körper gerne selbst gebracht hättest, aber sturzbetrunken ins Bett gegangen bist?«

»Genau. Und du hattest keine bessere Idee, als sie auf diesem alten Friedhof zu verscharren?« Prestons Verachtung war deutlich zu spüren.

»Es war zumindest nicht die schlechteste Idee. Sie liegt immer noch dort, und keiner hat sich bisher dafür interessiert.«

Helen P.

Ich griff erneut nach dem Foto in meiner Tasche.

»Es ist nur eine Frage der Zeit!« Auf Preston Mathesons Gesicht lag ein rätselhaftes Lächeln. »Hättest du sie doch nur in den Fluss geworfen …«

»Hätte, hätte, hätte. Natürlich hätte es im Nachhinein andere Möglichkeiten gegeben. Ich werde jetzt gehen. Wenn du dich wieder beruhigt hast, können wir uns gerne darüber unterhalten, wer hinter dem anonymen Brief stecken könnte. Im Moment rede ich gegen eine Wand.«

»Setz dich«, sagte Matheson eisig.

Patrick hielt inne. Dann setzte er sich wieder. Schüttelte den Kopf.

»Wie du meinst, Preston.«

»Mein wahrer Grund, Carnival Falls zu verlassen, war die Kette und nicht deine dämliche Idee, die Leiche an einem Platz zu verbuddeln, an dem sie jederzeit gefunden und identifiziert werden kann. Jetzt, wo du das weißt, musst du mir zwei Fragen beantworten. Erstens: Warum willst du dich mit mir anlegen? Ich habe dir doch schon das Geschäft überlassen und nie versucht, es wiederzubekommen. Und zweitens: Warum gerade jetzt dieser anonyme Brief?«

Patrick öffnete hilflos die Arme und ließ sie verwirrt wieder sinken. Zumindest was den Brief anging war er unschuldig. Seine Überraschung war also echt, das wiederum verunsicherte Preston.

»Ich habe nichts mit diesem Brief zu tun.« Patrick war wütend. »Mag sein, dass dich da jemand reinreiten will, aber …«

»Niemand so sehr wie du. Warum willst du mich aus dem Weg räumen, Patrick? Was willst du noch? Sag es doch einfach!«

Patricks Blick wanderte zur Decke, er atmete geräuschvoll ein.

»Du traust mir also nicht«, sagte Patrick ruhig. »Das macht mich traurig. Ich bin doch dein Freund. Aber habe ich etwas anderes erwartet? Genau so war es ja auch vor drei Jahren, als du mich um einen Beweis gebeten hast und ich dir das Foto geschickt habe. Damals hast du mir auch nicht geglaubt.«

Vor drei Jahren.

Preston stützte sich mit beiden Händen auf dem Schreibtisch ab.

»Ich habe dir geglaubt, auch wenn du irgendein Grab hättest fotografieren können. Ich wollte nur wissen, wo es sich befindet. Eine Vorsichtsmaßnahme, falls dir etwas zustoßen sollte.«

Er setzte sich, wirkte gelassener. Sein Gegenüber ahnte ebenso wenig wie ich, dass es sich dabei nur um die Ruhe vor dem Sturm handelte.

»Das freut mich zu hören«, sagte Patrick und entspannte sich.

»Ich dachte, du würdest mir den Rücken freihalten, nahm an, du hättest klug gehandelt, weshalb die Polizei davon ausging, der Körper sei in den Fluss geschleudert worden. Dann kam Banks mit seinen Theorien, dass Außerirdische sie geholt hätten. Alles lief wie am Schnürchen. Ich überlegte sogar, nach Carnival Falls zurückzukommen und mich mit meinen Eltern zu versöhnen. Aber Sara wollte nicht …«

Ich hörte Mr Matheson aufmerksam dabei zu, wie er sich selbst als Opfer darstellte. Aber ich konnte nicht aufhören, an das Foto zu denken. Ich hatte es so eingehend betrachtet, dass ich es in- und auswendig kannte. Dennoch verspürte ich den Drang, die Taschenlampe einzuschalten und es noch einmal anzusehen. Wem mochte wohl der Schatten auf dem Foto gehören? Wenn es wirklich auf einem Friedhof aufgenommen worden war – worauf alles hindeutete –, hatte sich tatsächlich jemand neben einem Grab ablichten lassen. Eigenartig.

»Dann hat Banks allerdings durch diese Blutanalyse und seine verrückten Theorien den Fall wieder aus der Versenkung geholt«, sagte Mr Matheson.

»Dachtest du, es könnte dein Blut sein?«

»Ja, das könnte es. Aber das war meine geringste Sorge.« Preston Matheson massierte sich die Stirn. »Ich hatte Angst, dass durch diesen ganzen Quatsch irgendwer auf die Idee kommen könnte, sich den Fall noch einmal genau anzusehen. Und vielleicht wären sie dieses Mal nicht zu doof gewesen, um die Verbindung zwischen mir und dieser Kette herzustellen. Wie viele Menschen mit meinen Initialen wohnen in dieser Stadt? Meine gesamte Familie kennt die Kette, und da gibt es den ein oder anderen Verwandten, der mir gerne eins auswischen würde.«

Patrick folgte seinen Ausführungen mit skeptischer Miene. Vermutlich merkte er, wie sich das Gewitter zusammenbraute.

»Ich habe einen Privatdetektiv beauftragt«, sagte Mr Matheson und machte eine bedeutungsvolle Pause.

»Wieso das denn?«

»Er sollte mich über den Ermittlungsstand informieren. Ich hatte die Hoffnung, dass nach so langer Zeit keine Beweise mehr übrig wären. Irgendein korrupter Polizist könnte sie zum Beispiel an sich genommen haben.«

»Und? Was hat er herausgefunden?«

»Die Beweismittel sind alle noch da. In Concord gibt es eine Verwahrungsstelle für solche Dinge. Es ist unmöglich, da heranzukommen, ohne schlafende Hunde zu wecken.«

»Ich verstehe immer noch nicht, warum du mir das alles erzählst, wenn du Zweifel an meiner Loyalität hast.«

»Ich dachte, wir könnten heute endlich mal alle Karten auf den Tisch legen, nur du und ich. Damals habe ich auch nicht alles erzählt, und das habe ich jetzt hiermit nachgeholt. Das erwarte ich jetzt auch von dir, Patrick.«

»Warum erzählst du mir nicht erst mal, was deiner Meinung nach vorgefallen ist? Wenn ich ehrlich bin, weiß ich nämlich nicht, worauf du eigentlich hinauswillst.«

»Gerne. Dann kannst du mir sagen, worin ich mich geirrt habe.« Preston lächelte. »Also. Wahrscheinlich bist du erst gar nicht zu der Unfallstelle gefahren. Das kam dir nämlich alles ganz gelegen. Dein Partner, betrunken unterwegs mit einer Minderjährigen, der einen Unfall provoziert. Das Geschäft wäre deins.«

»Das ist doch lächerlich.«

Preston beachtete ihn nicht.

»Am Tag nach dem Unfall – Überraschung! – war der Körper nirgendwo zu finden. Die Polizei konnte keinen Zusammenstoß feststellen, da es keinen gegeben hat, und so war ich nicht verdächtig! Dann war deine Stunde gekommen. Als bereits die Nachrichten die Runde gemacht hatten, hast du mich angerufen und mir diese ausgedachte Geschichte über die verblutende Frau auf deiner Rückbank aufgetischt. Sehr praktisch. Vielleicht wolltest du mich zu diesem Zeitpunkt gar nicht erpressen, aber es war zumindest gut, etwas gegen mich in der Hand zu haben. Stimmt's? Für die Zukunft vorzusorgen, die jetzt eingetroffen ist …«

Patrick umklammerte die Armlehnen seines Stuhles wie ein Verurteilter, der auf die tödliche Dosis wartet.

»Du glaubst Banks?«, fragte Patrick erstaunt. »Hältst du es wirklich für möglich, dass die Außerirdischen Christina Jackson mitgenommen haben?«

Preston Matheson stand auf.

»Wer weiß. Vielleicht stand dieses Wesen, das Banks beschrieben hat, auf der Brücke und hat die Frau mitgenommen. Oder sie ist vom Chamberlain mitgerissen worden, wie die Polizei vermutet. Wer weiß das schon. Aber ich glaube nicht mehr, dass du sie aus dem Auto geholt, mitgenommen und vergraben hast. Du hast dir alles nur ausgedacht und mir Jahre später ein Foto von irgendeinem Grab geschickt. Und, wie hört sich das für dich an?«

»Das ist kompletter Unsinn.«

»Nein, ist es nicht.«

Matheson ging wieder zum Schrank. Stellte sein leeres Glas ab, schenkte sich diesmal jedoch nicht nach. Er bückte sich und öffnete zwei andere Türen weiter unten. Patrick konnte ihn nicht sehen, aber ich. Schnell öffnete er einen kleinen Tresor und nahm eine dünne Mappe heraus. Dann ging er zum Schreibtisch zurück. Patrick runzelte die Stirn.

»Was ist das?«

»Das ist der Beweis, dass du elender Lügner in jener Nacht nicht auf der Landstraße 16 gewesen bist.«

Die Mappe landete mit einem lauten Geräusch auf dem Schreibtisch. Patrick sah sie an wie eine giftige Schlange.

27

Vorsichtig öffnete Preston Matheson die Mappe und drehte sie um hundertachtzig Grad. Patrick beugte sich vor, um die erste Seite zu lesen, war jedoch zu weit entfernt. Er sah sein Gegenüber fragend an.

»Was du hier siehst«, sagte Matheson, »ist eine Kopie der Berichte von unterschiedlichen Behörden. Mein Privatdetektiv ist ganz zufällig darauf gestoßen und hat sie seinem Abschlussbericht beigefügt, ohne der Sache größere Bedeutung beizumessen.«

»Und was steht drin?«, fragte Patrick leise.

»Nach dem Unfall wurde im Pinto ein gerade mal einjähriges Kind gefunden, lebendig. Nichts davon ging durch die Presse. Unglaublich, oder?«

Patricks Gesichtszüge entgleisten.

»Das kann nicht sein«, sagte er. »Lebt es?«

Preston winkte ab.

»Woher soll ich das wissen? In dem Bericht wird nicht einmal ein Name genannt. Aber verstehst du, was das heißt?«

Keine Antwort.

»Wenn du wirklich am Unfallort warst«, fuhr Preston fort, »wie kannst du dann ein Kind übersehen haben? Es muss doch geweint oder irgendwelche Laute von sich gegeben haben!«

»Du hast es doch auch nicht gehört«, sagte Patrick. Er bewegte kaum die Lippen, starrte wieder auf die Mappe.

»Ich war auch nicht am Pinto. Es regnete und donnerte. Aber du hast ja anscheinend sogar den Körper der Frau durch die Windschutzscheibe gezogen. Eine ganz schöne Herausforderung, nicht wahr?«

»Es reicht. Du glaubst mir nicht, das habe ich jetzt verstanden.«

»Nein. Das tue ich nicht. Ich erwarte ein Geständnis.«

Patrick schwieg. Nach einer halben Ewigkeit sagte er: »Das Kind muss bewusstlos gewesen sein oder so. Ich habe nichts gehört, als ich da war. Es war alles verbeult, den Rücksitz konnte ich gar nicht richtig erkennen.«

Matheson lachte auf.

»Sehr überzeugend, das muss ich schon sagen«, sagte er und lächelte triumphierend. »Ein verbeultes Dach haben wir auf den Polizeifotos gesehen, aber was ist mit den Seitenfenstern? Du hast also noch nicht mal geguckt, ob sich noch jemand im Pinto befand?«

»Wohl nicht. Ich habe mich auf die schwer verletzte Frau konzentriert.«

»Soll ich dir sagen, was ich glaube?«

»Habe ich eine Wahl? Du hörst mir ja nicht einmal zu.«

»Es ist sowas von eindeutig, dass du in der Nacht nicht vor Ort gewesen bist. Es zu leugnen ist einfach lächerlich.«

Matheson beugte sich über die Mappe und blätterte darin. Den Whiskey merkte man ihm nicht an.

»Der Rest war schwieriger zusammenzubekommen«, fuhr er unbeirrt fort. »Es hat Monate gedauert, war nicht ganz billig und ich stehe noch bei ein paar Leuten in der Schuld, aber es hat sich gelohnt. Hier habe ich eine genaue Aufstellung all der nicht ganz sauberen Geschäfte der Eisenwarenhandlung Burton. Den Kauf von Maschinen im Ausland, die nicht richtig deklariert wurden, für den Bau bestimmte Stoffe, die als Landwirtschaftsmaterial ausgegeben wurden, um Steuerbefreiungen zu bekommen, Urkundenfälschung und so weiter und so weiter. Alles fein säuberlich aufgelistet, mit

Belegen, ausländischen Rechnungen und allen weiteren Dokumenten der letzten fünf Jahre. Komm ruhig her und sieh es dir genau an.«

Das tat Patrick auch. Er ging zum Schreibtisch, seine Hände zitterten, als er Seite um Seite durchsah. Weiß wie eine Wand ließ er sich wieder auf seinen Stuhl fallen.

»Lass dich nicht aufhalten. Schau dir alles in Ruhe an.«

Zähneknirschend erhob sich Patrick wieder. Nachdem er rasch ein paar Seiten durchgeblättert hatte, hielt er plötzlich inne. Ich konnte nicht genau erkennen, was er da vor sich hatte, aber es sah zu bunt aus für eine Rechnung.

»Was ist das?«

»Erkennst du sie nicht?«

Auf wen auch immer Matheson sich bezog, Patrick schien sie zu kennen. Er musste sich setzen, gab sich geschlagen.

Aber Matheson lief gerade erst zur Höchstform auf.

»Hast du wirklich gedacht, dass sich so ein Goldstück wie Rachel für einen lausigen Posten in deinem Geschäft interessieren könnte?«

Billy hatte mir schon von der neuen Sekretärin seines Onkels und ihren Miniröcken vorgeschwärmt. Auch er war in letzter Zeit auffällig oft in die Eisenwarenhandlung gegangen, um Materialien für unser Baumhaus zu bekommen.

Vielleicht enthielt die Mappe ja kompromittierende Fotos von Patrick und seiner Sekretärin?

»Hast du sie etwa zu mir geschickt?«, fragte Patrick entrüstet. Hastig schloss er die Mappe.

Matheson lachte.

»Wie konntest du nur glauben, dass so eine Sahneschnitte sich für jemanden interessiert, der wie Sheriff Rosco Coltrane persönlich aussieht? Zu gerne würde ich wissen, was Patty von den Fotos hält … Vielleicht sollte ich ihr ein paar Abzüge schicken?«

Patrick sprang auf und ging zur Tür, blieb dann aber stehen.

»Die ganze Zeit über, während ich mit der Renovierung deines Hauses beschäftigt war und wir über die gute alte Zeit geplaudert haben, hattest du nichts Besseres zu tun, als mich auszuspionieren?« Er sah verzweifelt aus. »Du hast meine Finanzen überprüft und mir eine Schlampe geschickt, die mich verführen sollte? Wer von uns beiden ist denn hier lächerlich?«

»Reg dich nicht auf. Ich habe getan, was ich tun musste. Wie gesagt, das Reich der Mathesons ist nicht von ungefähr entstanden. Die Welt ist kompliziert.«

Patrick schüttelte den Kopf.

»Das war es dann wohl mit unserer Freundschaft.«

»Ja. Diese Mappe bleibt in meinem Besitz, solltest du mich weiter mit deinen dummen Beschuldigungen belästigen. Keine anonymen Briefe mehr, verstanden?«

»Leb wohl, Preston.«

Patrick schleppte sich Richtung Ausgang und verschwand aus meinem Blickfeld. Die Tür wurde geöffnet und fiel dann wieder ins Schloss. Mr Matheson blieb alleine zurück. Er sah nachdenklich aus, wie er dort stand. Schließlich legte er die Mappe in den Tresor zurück.

Ich schob die Holztafel vor das Guckloch. Die Dunkelheit flößte mir keine Angst ein, ja, sie wirkte jetzt sogar beruhigend. Billys Plan war aufgegangen: Wir hatten nun Klarheit über fast alle Einzelheiten. Es würde keine weiteren anonymen Briefe mehr geben. Patrick war das Opfer eines Tricks geworden, auch wenn er es möglicherweise nicht verdiente. Die Argumente Mathesons klangen jedoch überzeugend.

Das Schicksal meiner Mutter war jedoch noch nicht ganz geklärt. Patrick hatte sie möglicherweise auf irgendeinem Friedhof verscharrt, oder ein Außerirdischer hatte sie mitgenommen.

28

Als ich aus dem Geheimgang kam, warteten Miranda und Billy schon gespannt auf mich. Ich erzählte ihnen eine vereinfachte Version, in der ich Adriannas Part in der Geschichte verschwieg. Am nächsten Tag erzählte ich Billy auch die fehlenden Teile. Ich musste es einfach tun. Außerdem dachte ich, dass Billy über seinen Onkel Bescheid wissen sollte, um sich sein eigenes Bild machen zu können.

Ich bat sowohl Billy als auch Miranda, nicht mehr über die ganze Sache zu sprechen. Zumindest den Rest des Sommers über, und sie waren einverstanden.

Nie erzählte ich den beiden, was ich drei Tage später tat. Ich schrieb mit der Schreibmaschine der Meyers Preston Mathesons vollen Namen auf einen Umschlag, wie auch Billy es bei dem anonymen Brief getan hatte. In den Umschlag legte ich die goldene Kette mit seinen Initialen. In der Hoffnung, die Angelegenheit sei damit auch für Preston erledigt. Ich war mir bewusst, dass er dadurch ungehindert nach Kanada oder sonst wohin zurückkehren konnte, aber das nahm ich gerne in Kauf, wenn die Mathesons so aufhörten zu streiten und Miranda nicht mehr leiden musste.

29

An den folgenden drei Tagen zeigte sich der Himmel Grau in Grau. Ab und zu brach ein Sonnenstrahl durch und eine leichte Brise wehte. Am Donnerstag brachte der Wind schließlich schwarze Wolken, die sich in einem mächtigen Gewitter entluden. Die Tage auf dem Hof waren lang und eintönig. Das Haus war groß, aber wenn man mit fünfzehn Kindern, die meisten davon im Schulalter, zusammenlebt, ist Zeit draußen an der frischen Luft unabdinglich. Sonst verwandelt sich die Langeweile in eine ständige Bedrohung, und die Stunden wollen kein Ende nehmen. Ich verbrachte meine Zeit mit Lesen, und Amanda war etwas nachgiebiger, was das Fernsehen betraf. Sie erlaubte uns, Sendungen wie *Unsere kleine Farm* zu sehen, aber auch das unterhielt uns nicht lange.

Ich entschied mich, in die Scheune zu gehen. Dort traf ich auf Mathilda, Milli, Tweety und Randy, die alle die Erlaubnis bekommen hatten, das Haus zu verlassen. Die einzige Auflage war, dass sie sich auf der Veranda abtrocknen und die Schuhe putzen mussten, bevor sie wieder ins Haus kamen.

Auch in der Scheune gab es nicht viel zu tun, aber der Ortswechsel half. Wir spielten Karten und unterhielten uns, während der Regen unnachgiebig auf das Dach prasselte. Nach etwa einer Stunde, in der Mathilda und ich überraschenderweise nicht aneinandergeraten waren, entschied ich mich, auf den Boden hinaufzuklettern und mich auf einem Heuballen auszuruhen. Ich wollte ungestört über die Ereignisse der letzten Wochen nachdenken.

Unser Detektivabenteuer hatte zu einigen Erkenntnissen geführt, von denen mich eine besonders beunruhigte: Ich war überzeugt davon, dass die Mathesons bald Carnival Falls verlassen würden. Während der Wind kräftig gegen das Dach drückte, sodass ich sogar ein paar Regentropfen abbekam, schmiedete ich einen Plan. Ich stand auf und ging zum Fenster. Ich beugte mich vor und sah nach oben. Schwarze Wolken tobten am Himmel. Der Regen lief an meinem Gesicht herab, während ich leise flüsterte: *Regen, hör bitte auf. Bitte.* Billy war am nächsten Tag zur Geburtstagsfeier einer seiner Brüder eingeladen, eine wunderbare Gelegenheit, um mit Miranda alleine zu sein. Vielleicht die einzige, bevor in zehn Tagen die Schule begann.

30

Um sieben Uhr wachte ich auf und sprang aus dem Bett. Ich brauchte ein paar Sekunden, um mich daran zu erinnern, warum meine innere Uhr mich so früh geweckt hatte.

Es herrschte absolute Stille. Kein Regen.

Ich ging zum Fenster und zog den Vorhang zurück. Rex, der vielleicht meine Bewegungen im Zimmer wahrgenommen hatte, schaute mich von draußen düster an. Dann sah ich den wolkenlosen Himmel. Ich lachte und war glücklich.

Während ich mich anzog, hörte ich, wie Amanda in die Küche ging. Ich entschied mich, mit ihr zu frühstücken. Ich erzählte Amanda, dass ich den Vormittag bei den Meyers verbringen und mit ihnen zu Mittag essen würde, was nur die halbe Wahrheit war. Nachmittags wollten wir dann in den Wald. Auf dem Weg zur Scheune, wo mein Fahrrad stand, sog ich die reine Morgenluft ein. Rex tollte ausgelassen um mich herum und wollte mich durch ein paar Stupser mit seinem Kopf zum Spielen animieren.

»Jetzt nicht, Rex«, sagte ich und kraulte ihn. »Der heutige Tag gehört dem tollsten Mädchen der Welt.«

Sofort schämte ich mich für meine Worte, die ich noch nie laut ausgesprochen hatte. Auch der Hund schien meine Gemütsschwankungen zu bemerken, zumindest streckte er seine rote Zunge heraus und sah mich bestürzt an. Ich stieg auf mein Rad und fuhr los. Die Erde war feucht, und es gab ein paar Pfützen, welche die Sonne bis zum Nachmittag sicher ausgetrocknet haben würde.

Ein vollkommener Tag.

31

Als Miranda auf der Lichtung ankam, konnte ich in ihren blauen Augen einen Anflug von Skepsis erkennen. Wir waren auch vorher schon ein paar Mal nur zu zweit gewesen im Wintergarten, im Garten ihres Hauses und auf der Veranda der Meyers. Immer waren es emotionale Treffen gewesen, bei denen wir persönliche Dinge ausgetauscht und sogar die eine oder andere Träne vergossen hatten. Heute jedoch war alles anders, und sie schien bereits eine Vorahnung zu haben, als ich sie von Collette aus anrief. Sie verhielt sich nicht wie sonst. Und dann war da noch etwas.

»Du hast ja die Kette um«, sagte ich und zeigte darauf.

»Ja«, antwortete Miranda und legte eine Hand auf die Brust. »Als du mir erzählt hast, dass Billy nicht kommt, dachte ich, es wäre eine gute Gelegenheit, sie zu tragen.«

»Ich verstehe.«

»Ich bin mir jetzt ziemlich sicher, dass sie nicht von Billy ist«, sagte sie im Vorbeigehen.

Sie musterte mich.

»Nicht?«, murmelte ich.

Ich konnte ihr Lachen nicht einordnen.

»Ich denke nicht«, fuhr sie fort. »Aber ich habe immer noch keine Ahnung, wer sonst dahinterstecken könnte.«

Miranda ging zu dem Pfad, der zum Baumhaus führte, und kam dann doch zurück.

»Da ist eine Reifenspur«, stellte sie fest.

»Meine. Ich war zu früh da und hab schon mal geguckt, ob wir mit den Fahrrädern durchkommen. Ist ganz schön schlammig, und beim Bach vermutlich noch schlimmer.«

Es war der Tag der Halbwahrheiten.

»Oh«, sagte sie enttäuscht. »Du hast mich so neugierig gemacht. Jetzt würde ich auch gerne sehen, was du mir zeigen willst. Oder müssen wir es auf einen anderen Tag verschieben?«

»Nein«, sagte ich schnell. »Wir könnten den Weg Richtung Schmetterlingssumpf nehmen und dann von da aus darauf zufahren. Der Weg ist ein bisschen länger, aber dafür bleiben wir nicht im Matsch stecken.«

»Findest du denn den Weg? Normalerweise ist ja Billy derjenige …«

»Keine Sorge«, unterbrach ich sie. »Wir sind die Strecke schon ganz oft gefahren. Außerdem könnten wir einen kleinen Zwischenstopp im Schmetterlingssumpf einlegen. Bei der ganzen Feuchtigkeit lohnt sich das bestimmt.«

Ich sah auf meine Timex. Es war zwanzig nach drei. Wir wären sicher vor vier am Baumhaus. Ich war ganz schön aufgeregt. Eine innere Stimme sagte mir, dass meine für Miranda vorbereitete Überraschung lächerlich war. Dann aber schaltete sich eine gemäßigtere, rationalere Stimme ein, die mir versicherte, das Wichtigste sei, diese gemeinsamen Stunden zu genießen, als wären es unsere letzten. Es kam mir so vor, als ob dieser Sommer weitere Veränderungen mit sich bringen würde, ob Miranda nun gehen oder bleiben und in ihrer neuen Schule Freunde finden würde.

Als wir beim Schmetterlingssumpf ankamen, trafen meine Prophezeiungen ein: Er stand durch die Niederschläge der letzten Wochen ganz unter Wasser. So hatte ich ihn selten gesehen. Nur ein paar kleine Inseln schauten wie Nilpferdrücken aus den Wassermassen hervor, und der Wasserfall stürzte in seiner ganzen Pracht an den Felsen hinunter. Die Wasseroberfläche leuchtete durch die Farne in einem beinahe künstlich wirkenden Grün, die Pflanzen schienen zu schweben. Und dann die Schmetterlinge. Dutzende flatterten im Licht der durch die Baumkronen brechenden Sonnenstrahlen. Viele Monarchfalter aber auch einige andere Sorten waren zu sehen. Ein unglaubliches Bild.

Wir waren nicht die Einzigen, die dieses Schauspiel begeistert betrachteten. Ein paar andere Kinder hatten sich dort eingefunden, ein Junge grüßte mich. Er hieß Hector und war in meiner Parallelklasse. Er hatte seine Hose hochgekrempelt, stand bis zu den Waden in dem schlammigen Wasser und schwang ein Schmetterlingsnetz. Bevor er uns entdeckt hatte, wartete er bewegungslos wie eine Statue und hielt einen Arm ausgestreckt. Ein weiterer Junge, an dessen Namen ich mich nicht erinnerte, schien mit ihm hier zu sein, stand jedoch etwas abseits auf einer der Inseln und hielt einen leeren Glasbehälter in der Hand. Er hatte kein bisschen Schlamm abbekommen.

Hector winkte uns näher.

»Wollt ihr bei uns bleiben, Sam?«, fragte er.

Der andere Junge starrte Miranda unverhohlen an.

»Danke. Wir haben noch was anderes vor«, antwortete ich. »Wir wollten nur kurz einen Blick auf den Sumpf werfen.«

»Unglaublich, oder?«

»Ja, so viele Schmetterlinge habe ich hier noch nie gesehen. Schade, dass die meisten Monarchfalter sind.«

»Das stimmt so nicht ganz«, korrigierte mich Hector. »Manche sehen sich nur sehr ähnlich. Nicht jeder orange-schwarze Schmetterling ist ein Monarch. Wir haben schon einige mit goldenen Flügelrändern gesehen, und auch ein paar Eisvögel und Scheckenfalter.«

Hector wollte uns mit seinem Wissen beeindrucken und das gelang ihm auch, obwohl wir seine Angaben nicht überprüfen konnten.

»Wohin fliegen sie?«, fragte Miranda und sah den Schmetterlingen nach.

»Sie leben überall im Wald«, antwortete Hector. Es war komisch, ihn so ernsthaft reden zu hören. »Sie wachsen im Sumpf auf. Hier ist es schön feucht, und es gibt all die Pflanzen, die sie als Nahrung brauchen. Aber nach der Metamorphose, wenn sie geschlüpft sind, fliegen sie in andere Teile.«

»Wofür fängst du sie?«, fragte Miranda neugierig weiter.

»Meine Rede …«, begann der andere Junge.

»Ich sammle sie«, stammelte Hector, der nicht wie ein Schmetterlingsmörder dastehen wollte. »Ich habe ein großes Haus für sie, und wenn einer stirbt, dann hebe ich ihn auf.«

Miranda nickte und sah dann wieder den Schmetterlingen zu, die um uns herum flatterten.

»Ich habe sogar einen Amerikanischen Distelfalter gesehen«, erzählte Hector weiter. »Die sind sehr selten, aber hier gibt es einen, und ich hab ihn gesehen.«

»Ich nicht«, widersprach ihm der andere.

»Du kannst mir ruhig glauben. Du kennst dich eben nicht so gut aus, sie sind schwarz und in der Mitte der Flügel orangerot. Wenn du einen siehst, nicht bewegen.«

Miranda und ich standen ein paar Meter von den beiden entfernt, zwischen uns nur schlammiges Wasser.

»Bis später«, verabschiedete ich mich.

»Warte, Sam«, sagte Hector und stieg aus dem Wasser. Er kletterte auf die Insel zu dem anderen Jungen, der jedoch zurückwich, als wolle er sich nicht bei ihm anstecken. »Ein paar Jungen haben heute nach dir gefragt. Drei, um genau zu sein.«

Ich runzelte die Stirn.

»Wer?«

»Keine Ahnung. Etwas älter als wir. Einen der drei kenne ich aus der Schule.«

»Einer hat die ganze Zeit so dämlich gelacht«, fügte der andere hinzu.

Das mussten Mark Petrie, Steve Brown und vermutlich auch Jonathan Howard gewesen sein, mit diesem Trio hatten Billy und ich ja kürzlich erst das Vergnügen gehabt. Ich dankte den beiden. Was wollten die drei bloß? Das konnte nichts Gutes bedeuten. Wir sollten uns lieber von der Lichtung fernhalten.

Zwanzig Minuten nachdem wir den Schmetterlingssumpf verlassen hatten, kamen wir am Baumhaus an. Wir versteckten unsere Fahrräder zwischen den Büschen und liefen die letzten Meter zu Fuß.

»Ich kann es kaum noch erwarten«, sagte Miranda, als wir endlich die Tanne erblickten.

32

Aus Liebe habe ich schon viele verrückte Dinge getan. An diesem Tag allerdings wagte ich mich selbst für meine Verhältnisse weit vor. Als Miranda die Spieluhr im Baumhaus entdeckte, wusste sie nicht, was sie da vor sich hatte. Ihr die Augen zuzuhalten, um die Spannung zu erhöhen, hätte ich mir also schenken können. Sie sah mich skeptisch an, derselbe Gesichtsausdruck wie eine Stunde zuvor auf der Lichtung. Dieses Mal mischten sich aber auch Misstrauen und Angst in ihren Blick. Schlagartig wurde mir bewusst, dass ich gewissermaßen in einem Raum voller Spieluhren groß geworden war, während sie vermutlich noch nie ein so monströses und ausladendes Exemplar gesehen hatte. Schnell nahm ich den Deckel ab und begann die metallenen Ebenen zu öffnen, von denen aus die Zuschauer den Zirkusattraktionen zujubelten. Als Miranda die Blechfiguren sah, wurde ihr Gesichtsausdruck milder.

»Zieh sie schon auf«, lud ich sie ein.

An einer der Seiten gab es sechs winzige Kurbeln. Miranda drehte an einer. Der Seiltänzer zuckte, als erwache er aus einem tiefen Traum, und glitt in seiner Spur an den anderen, noch schlafenden Figuren vorbei. Besonders an dieser Spieluhr war, dass die Trommler – selbst wenn die Figuren erst nach und nach in Betrieb genommen wurden – immer harmonierten und die Grundmelodie dieselbe blieb. Miranda drehte an den verschiedenen Kurbeln und die Schausteller wurden wie von Zauberhand zum Leben erweckt.

»Sie ist wunderschön, Sam«, sagte Miranda. Der Seiltänzer verlor bereits wieder an Geschwindigkeit, aber das Rädchen drehte sich noch. »Wann hast du sie hierhergebracht?«

»Heute Morgen«, antwortete ich beschämt.

Die Spieluhr gehörte zu Collettes wertvollsten Exemplaren, ich wollte sie nicht über Nacht Feuchtigkeit und möglichen Dieben aussetzen, auch wenn das Baumhaus ein vergleichsweise sicherer Ort war und am Himmel die Sonne lachte. Ich wollte mir gar nicht ausmalen, wie enttäuscht Collette reagieren würde, sollte sie das Fehlen bemerken.

»Gehört sie dir?«, fragte Miranda, ihr Tonfall und ihr Blick verrieten, dass sie noch nicht zu verstehen schien, was die Spieluhr im Baumhaus zu suchen hatte.

»Nein. Eigentlich gehört sie Collette.«

»Oh.«

Der Seiltänzer blieb stehen. Die anderen Figuren bewegten sich weiter auf ihren vorgezeichneten Bahnen.

»Hast du sie für mich hierhergebracht?«, fragte Miranda. Was blieb ihr anderes übrig? Die Situation war dabei, mir zu entgleiten. Ich dachte, die Spieluhr würde für sich selbst sprechen, aber angesichts ihres verwirrten Gesichtsausdrucks verstand ich, dass ich mich getäuscht hatte. Ich hatte Angst davor, alles zu erklären.

Meine Wangen brannten.

»Als wir zum ersten Mal hier waren«, begann ich, »hast du gesagt, du wärst noch nie im Zirkus gewesen.«

Einer der Clowns hatte gerade sein letztes Kunststück aufgeführt.

Die Zärtlichkeit in Mirandas Blick war die Mühe wert gewesen. Es war als außergewöhnlicher Zeitvertreib für diesen Nachmittag gedacht gewesen, wurde jedoch zur Manifestation meiner wahren Gefühle. Schnell senkte ich den Kopf, um mich nicht zu verraten. Die Musik lief langsam aus, nur noch der Dompteur und sein Löwen sowie der Stelzenläufer bewegten sich weiter.

»Ich danke dir, Sam. Sie ist wirklich sehr schön«

Miranda streckte ihre weiße Hand aus und legte sie auf mein Knie, ich spürte einen leichten Druck.

»Es war eine dumme Idee«, sagte ich.

»Nein, überhaupt nicht.«

»Es ist nur eine Spieluhr.«

»Es ist die Geste, die zählt. Abgesehen davon, ist sie ein wahres Schmuckstück. Bestimmt ein Sammlerobjekt.«

Ich war froh über Mirandas Versuch, die peinliche Situation zu retten, und es kam mir so vor, als gefalle ihr die Spieluhr wirklich. Ich traute jedoch meinem eigenen Urteil nicht mehr.

Die Vernunft kann das Herz nicht täuschen.

Die letzten Klänge verhallten und machten Platz für die Geräusche des Waldes.

»Ich möchte es noch mal hören!«, sagte Miranda begeistert.

Sie drehte an den Kurbeln und sah zu, wie die Figuren erneut zum Leben erwachten. Fasziniert betrachtete sie die Einzelheiten des Sammlerstücks, musterte genau jeden Winkel des Blechzirkusses und kommentierte dabei ihre Entdeckungen: das winzige Rad des Einradfahrers, das sich tatsächlich drehte, das sich öffnende und schließende Maul des Löwen, die Gelenkarme der Clowns.

Nach der zweiten Runde bedankte sich Miranda noch einmal, was ich unerträglich fand. Auch wenn ich natürlich wusste, dass es nur nett gemeint war. Umso schrecklicher fühlte ich mich und hätte die Spieluhr am liebsten gepackt und aus dem Baumhaus geschleudert.

»Kann ich dich was fragen?« Ich versuchte das Thema zu wechseln, um weiteren Kommentaren über die Spieluhr aus dem Weg zu gehen. Noch ein Wort und sie wäre sicher auf dem mit Tannennadeln übersäten Boden zerschellt.

»Natürlich.«

»Wirst du Carnival Falls verlassen?«

Erstaunt sah sie mich an. »Ich weiß nicht.«

»Dein Vater hat ja jetzt keinen Grund mehr, um hierzubleiben ...«

»Ja, er möchte wohl immer noch zurückgehen«, gab Miranda zu. »Aber sie reden nicht darüber, und er trinkt auch nicht mehr so viel. Bald fängt die Schule an. Manchmal glaube ich, dass wir bleiben werden. Mir und meiner Mutter gefällt es hier gut. Ich habe sie, von den Streitereien mit meinem Vater einmal abgesehen, selten so zufrieden erlebt.«

»Das klingt doch ganz gut.«

»Hier können wir vielleicht eine glückliche Familie werden«, sagte Miranda. »Auch wenn es in letzter Zeit nicht so gut gelaufen ist, habe ich die Hoffnung noch nicht aufgegeben.«

Zu meiner Überraschung umrundete Miranda die Spieluhr und rutschte auf Knien auf mich zu. Sie drückte mich an sich. Ich konnte im ersten Moment ihre Geste nicht erwidern, meine Arme hingen zentnerschwer an meinen Seiten. Nachdem ich den anfänglichen Schreck überwunden hatte, legte auch ich meine Arme um sie.

»Ich muss dir was beichten«, flüsterte mir Miranda zu. »Aber du musst mir erst etwas versprechen.«

Ich nickte leicht. »Was?«

»Du darfst nicht wütend werden.«

»Ich verspreche es.«

Miranda ging zurück auf ihre vorherige Position. »Erinnerst du dich daran, dass ich von den anderen Begegnungen mit dem Diamantwesen erzählt habe?«

Erst jetzt merkte ich, dass ich die ganze Zeit über die Luft angehalten hatte. Erleichtert atmete ich aus.

»Natürlich. Hast du es noch einmal gesehen?«

»Nein. Aber es gibt da etwas, das ich damals nicht erzählt habe.«

»Noch etwas?«

Im Baumhaus wurde es langsam schattig. Es war noch nicht dunkel, aber nur wenige Sonnenstrahlen schafften es, die dichte Masse an Ästen zu durchbrechen. Hier und da tanzten ein paar helle Lichtpunkte.

»Als das Diamantwesen in meinem Zimmer war, hat es zu mir gesprochen. Ich hatte schon geschlafen, da bin ich mir sicher, und davon geträumt, mit euch im Wald zu sein, hier, im Baumhaus. Irgendetwas beunruhigte uns. Etwas Gefährliches. Es war kein richtiger Albtraum. Ich schreckte auf, schrie nicht, atmete aber sehr schnell. Dann sah ich es. Das Diamantwesen stand in einer Ecke, sein Licht war dieses Mal weniger hell. Es war eher ein Umriss. Da es nicht so stark leuchtete, konnte ich seine Haut sehen …

Sie war wie die Haut eines Krokodils. Zuerst dachte ich, das sei noch Teil des Traums, bis es zu mir sprach, mir sagte, ich sei wach. Es war anders als zuvor, Sam. Das Diamantwesen jagte mir überhaupt keine Angst ein. Im Gegenteil. Ich glaube, es war nicht dasselbe. Das aus dem Geheimgang war fordernd, wollte, dass ich meinem Vater hinterherspioniere. Und das im Garten, das vor den Augen meiner Mutter und mir posierte, war eher verspielt. Alle wollten mir auf ihre Weise etwas sagen. Das in meinem Zimmer schien mir helfen zu wollen. Deshalb bin ich aufgestanden und habe mich ihm genähert. Es sah kleiner und schlanker aus als die anderen. Als ich auf es zuging, leuchtete es etwas stärker, wie eine kleine Lampe in einem großen Raum. Es streckte seine Hand aus und ich bemerkte, dass es mir etwas mitteilen wollte.«

Miranda unterbrach ihre Erzählung, öffnete den Verschluss der Kette und ließ sie vor ihrem Gesicht baumeln.

»Was wollte es?«, fragte ich.

Miranda hielt mit zwei Fingern die Kette fest und ließ sie auf die andere Handfläche gleiten, betrachtete anerkennend das silberne Hügelchen.

»Es sagte, die Kette werde mich beschützen. Mit der Kette in der Hand schlief ich ein, seitdem habe ich keine schlechten Träume mehr gehabt. Bevor ich ins Bett zurückging, fragte ich das Diamantwesen, ob es wisse, von wem die Kette und das Gedicht stammen.«

Ein plötzliches Kribbeln stieg in mir auf, es lähmte mich. Ich traute mich nicht, den Mund zu öffnen. Versuchte, mich auf ein paar Lichtflecken an der Holzbrüstung zu konzentrieren, die wie bei einem Wimpernschlag auftauchten und wieder verschwanden.

»Es sagte, ich kenne die Antwort auf meine Frage bereits.«

Ich schaute hoch, direkt in Mirandas unergründliche blaue Augen.

»Und? Weißt du es?«, fühlte ich mich genötigt zu fragen.

Sie dachte kurz nach. »Sam, ich … gefalle ich dir?«, fragte sie schüchtern.

»Was?« Ich zwang mich zu einem Lächeln, schüttelte den Kopf, als sei diese Frage der größte Unsinn, den ich je gehört hätte. »Das ist lächerlich, du bist doch meine Freundin.« Ich versuchte, möglichst entrüstet zu klingen, aber plötzlich löste sich etwas in mir und alles Schauspiel war umsonst. Eine innere Explosion, als wenn das Tauwerk eines Schiffes reißt und die Segel unkontrolliert im Wind flattern. Ich verlor die Kontrolle.

Miranda kam zu mir und nahm mich in den Arm. Ich erstickte mein Weinen in ihren Haaren, während sie mich fest an sich drückte.

»Ich werde dich nicht noch einmal danach fragen.« Sie sprach beruhigend auf mich ein und entschuldigte sich ein ums andere Mal. »Wir müssen nie wieder darüber reden.«

Lange Zeit saßen wir dort und umarmten uns. Als meine Tränen endlich versiegten, merkte ich, wie gut ich mich in der dunklen Geborgenheit von Mirandas Umarmung fühlte. Mich weiter an sie zu schmiegen, schien mir die beste Idee der Welt zu sein. Ich dachte nicht darüber nach, was ich ihr später sagen würde, oder wie wir mit der ganzen Sache umgehen sollten. Ich ließ mich treiben, umhüllt von dem, was ich gerade am liebsten wollte, umarmt werden und selbst zu umarmen. Ich hielt den zarten Körper meiner Freundin fest umschlossen.

Alles wird gut werden, dachte ich.

Dann bemerkte ich, wie Miranda, ohne mich loszulassen, einen Arm ausstreckte und die Spieluhr ankurbelte. Leicht wiegten wir uns im Takt der Musik.

Als sie gerade die anderen Figuren bewegen wollte, hörten wir plötzlich in der Ferne das bellende Lachen von Steve Brown. Es klang wie eine Meute tollwütiger Hunde, die uns auf den Fersen war.

33

Sofort lösten wir uns aus der Umarmung. Miranda kannte Steve Brown nicht, deshalb rief sein Lachen bei ihr eher Überraschung als sonst irgendeine Regung hervor. Obwohl das Gelächter nur in der Ferne zu hören war, musste ich direkt an die Spieluhr denken, die noch immer leise vor sich hin spielte. Ich hielt mit den Fingern die Kurbel an und suchte nach einem kleinen Zweig, um den Seiltänzer zu blockieren, der sich noch bewegte.

»Wer ist das?«, fragte Miranda.

Ich gab ihr ein Zeichen, still zu sein. Sie wisperte mir die Frage erneut zu. Ich flüsterte, dass es einer der Jungen von der Lichtung war und vermutlich auch Mark Petrie nicht weit sein konnte. Mark hatte sie nicht mehr alle, weshalb Billy und er auch letztens aneinandergeraten waren.

»Was machen wir jetzt?«

»Nichts. Hier sind wir in Sicherheit. Wir warten, bis sie weg sind, das ist alles.«

Mein Plan hatte allerdings zwei Schwachstellen. Erstens war es schon halb sechs und wir mussten sobald wie möglich los, um pünktlich zu sein. Und die zweite sprach Miranda an: »Und was ist, wenn sie unsere Fahrräder sehen? Dann wissen sie, dass wir in der Nähe sind.«

Sie sind in den Büschen versteckt, dachte ich bei mir, aber sicher waren wir nicht. Die drei konnten unmöglich den gesamten Wald abgesucht haben, versuchte ich mich zu überzeugen, als mir plötzlich ein furchtbarer Gedanke kam.

»Was ist?«, fragte Miranda.

»Sie folgen uns«, antwortete ich. »Unseren Fahrradspuren. Sie wissen, dass wir hier sind.« Miranda wurde unruhig.

»Glaubst du, sie wollen uns etwas antun?«

»Wir sollten sie auf jeden Fall besser meiden. Vielleicht sind sie zur Lichtung gegangen, um uns zu finden, und haben dort stattdessen die Spur von heute Morgen entdeckt.« Ich warf der Spieluhr einen Blick zu, als sei sie Schuld an dem ganzen Schlamassel. »Die Spur endet an den Büschen. Es kann also gut sein, dass sie unsere Fahrräder finden.«

Wieder hörte man Steve Browns Gelächter, dieses Mal klang es schon viel näher.

Zwei Minuten Stille. Wir vermieden jedes Geräusch und hofften darauf, dass sich das Lachen entfernte oder ganz verschwand. Plötzlich hörten wir ganz in der Nähe gedämpfte Stimmen, unwillkürlich zuckten wir zusammen. Vorsichtig, damit das Holz nicht knirschte, näherte ich mich der Brüstung. Ich streckte mich vor, um den Boden sehen zu können, aber es war bereits zu dunkel, und die Äste versperrten mir die Sicht. War dort unten jemand oder wurde ich nur von den sich sanft bewegenden Zweigen getäuscht? Dann wurde das Gespräch wieder aufgenommen, und ich war mir sicher. Die Stimmen waren klar und deutlich zu hören, und ich erkannte sie sofort.

»Hier irgendwo müssen sie sein«, sagte Mark Petrie.

»Warum sollten sie die Räder zurücklassen und zu Fuß weitergehen?«, wandte Jonathan Howard ein.

»Woher soll ich das denn wissen? Warum stinkt Scheiße?«

Da auf Marks Witz kein Gelächter folgte, nahm ich an, dass Steve nicht bei ihnen war. Er hätte sicher seinen Spaß daran gehabt. Vielleicht war er bei den Fahrrädern geblieben.

»Ich will jetzt nach Hause«, sagte Jonathan direkt unter uns.

»Du gehst nirgendwohin, du Idiot, verstanden? Erst mal

sollen sie ihre gerechte Strafe bekommen, besonders Pompeo. Den mache ich fertig.«

»Aber … sein Fahrrad war doch gar nicht da.«

»Die sind immer zusammen. Er wird schon auftauchen.«

»Warten wir also?«

Erwartungsvoll lauschten wir.

»Natürlich«, erwiderte Mark. »Bald wird es dunkel, sie müssen also jeden Augenblick zurückkommen. Ganz sicher. Ich hätte auch nichts dagegen, seine kleine Freundin ein bisschen zu befummeln, das wär doch was, oder?«

Wir warfen uns besorgte Blicke zu. Miranda sah entsetzt aus.

Marks Stimme wurde immer leiser, sie entfernten sich.

»Lass uns zurückgehen. Wir warten besser bei den Rädern, verstecken uns da …«

Die Schatten des Waldes hatten in kürzester Zeit beinahe das ganze Tageslicht verschlungen. Wenn wir jetzt losgingen, mussten wir einen Teil des Weges in der Dunkelheit zurücklegen. Das wollte ich Miranda gerade sagen, als sie meine Hand nahm, mich mit großen Augen anschaute und mir zuflüsterte: »Ich habe Angst, Sam. Ich will da nicht runter.«

»Wir müssen los«, antwortete ich und hielt dabei fest ihre Hand. »Bald ist es ganz dunkel, und dann wird es schwierig zurückzukommen. Ich will gar nicht darüber nachdenken, was deine Eltern sich für Sorgen machen …«

»Vielleicht gehen die da unten ja doch.«

»Bestimmt nicht so schnell. Du hast Mark ja gehört. Miranda, ich kenne sie, so schlimm sind sie auch wieder nicht. Ich rede mit ihnen, sie werden uns schon nichts tun. Sie spielen sich doch nur auf.«

»Aber eben hast du gesagt …«

»Ich weiß, was ich gesagt habe. Natürlich wäre es besser, ihnen nicht zu begegnen, aber du hast es ja selbst gehört. Es geht ihnen um Billy. Wenn ich ihnen erkläre, dass Billy nicht bei uns ist, werden sie schon zur Vernunft kommen. Steve tut alles, was Mark ihm sagt. Und ich glaube, dass ich Mark umstimmen kann. Und der andere, Jonathan, ist eigentlich ganz nett. Keine Ahnung, warum der mit den beiden zusammen ist.«

»Und wenn wir einfach in die andere Richtung laufen?«

»Zu Fuß? Das dauert ewig. Wir brauchen die Fahrräder. Mach dir keine Sorgen, ich rede mit ihnen. In weniger als zehn Minuten sind wir schon auf dem Weg nach Hause, versprochen.«

Miranda nickte.

Ich klappte die Spieluhr zu. Eigentlich hatte ich sie auf dem Fahrrad mitnehmen wollen, da sie ganz schön schwer war. Unter diesen Umständen schien es mir jedoch besser, sie über Nacht hierzulassen und erst am nächsten Tag abzuholen.

Der Abstieg dauerte länger als gewöhnlich, Dunkelheit und Nervosität taten das ihre. Ich bat Miranda, meine Bewegungen genau nachzumachen. Es war schwer, die Äste und Seile zu erkennen, an denen man sich entlanghangeln musste, um die Leiter zu erreichen. Auf halbem Weg hörten wir erneut Gelächter, am lautesten das von Steve. Auf einmal rutschte Miranda aus und klammerte sich an mir fest. Ich erschreckte mich zu Tode und konnte gerade noch einen Schrei unterdrücken.

Als wir schließlich unten ankamen und unsere Füße den Boden berührten, fühlten wir uns schrecklich verwundbar. Miranda schloss beide Hände fest um meinen Arm. Ich war mir selbst nicht sicher, ob ich meinen eigenen Worten Glauben schenken konnte. Würde ich die drei wirklich überreden können, uns in Ruhe zu lassen? Ich musste es versuchen. Zuerst jedoch versteckte ich die Leiter. Behutsam fragte ich

Miranda, ob sie mich kurz loslassen könne, um mir dabei zu helfen. Nachdem wir alles erledigt hatten, kam sie zu mir und klammerte sich erneut an mich.

»Ich bin ein Angsthase«, flüsterte sie mir zu. »Wie gerne wäre ich so mutig wie du.«

»Ich bin doch gar nicht mutig«, antwortete ich. »Ich tu nur so.«

Das entlockte ihr zumindest ein Lächeln.

Wir versuchten, uns möglichst leise zu bewegen. Sie sollten uns schließlich nicht früher als unbedingt nötig bemerken. Vielleicht konnten wir sie sogar noch ein wenig belauschen und mehr über ihre Absichten erfahren. Hinter den dicken Tannenstämmen versteckt, pirschten wir uns langsam Baum für Baum an sie heran, wie Soldaten bei einem Angriffsmanöver.

Schließlich erreichten wir einen der letzten Bäume. Danach kamen nur noch die Büsche und ein paar Felsformationen, die bis zum Bach reichten. Nun konnten wir nicht mehr weiter, ohne gesehen zu werden. Nichts war zu hören, was mich beunruhigte. Die Sonne war fast vollständig verschwunden.

»Ich gehe nachsehen«, sagte ich zu Miranda.

Sie nickte, hielt jedoch meinen Arm so fest, dass es schmerzte.

Da erklang eine Stimme auf der anderen Seite des Baumstamms. Nicht besonders nah, vielleicht zehn Meter entfernt. Sie gehörte weder Mark noch Steve oder Jonathan. Vorsichtig streckte ich meinen Kopf vor.

Es war Orson.

34

Wie Orson aus Fairfax entkommen war, ließ sich nie endgültig aufklären. Um acht Uhr morgens hatte Grayson Wylie wie üblich die Lebensmittel für die Woche geliefert. Er hatte sich an der Pförtnerloge angemeldet und seinen Kleintransporter zwischen den Häuserblöcken des Internats hindurchgesteuert, bis er an dem Gebäude angekommen war, das Küche und Speisesaal beherbergte. Hier wurden jeden Tag mehr als zweihundert Personen versorgt. Er hatte seine Waren gemeinsam mit dem Küchenpersonal ausgeladen und war sich sicher, so seine eigenen Worte gegenüber der Polizei, dass niemand sich hinten in seinem Wagen versteckte, als er die Tür verschloss. Wenn man bedenkt, was danach geschah, muss Orson eine Unaufmerksamkeit des Fahrers genutzt haben, der aber beharrte darauf, dass dies unmöglich sei. Dass man den Wagen mit geschlossenen Türen gefunden hatte, unterstrich Wylies Aussage.

Um acht Uhr dreißig fuhr der Zusteller wieder. Eine der Sicherheitskameras hatte aufgezeichnet, wie er auf das Okay der Sicherheitsbeamten wartete und dann das Grundstück verließ. Die Bildbeweise belegten auch, dass Orson sich nicht etwa auf dem Dach des Transporters befand. Es ist ungeklärt, wie er ungesehen das Gelände verlassen konnte. Vielleicht im Stile Indiana Jones unterhalb des Wagens, was jedoch mehr als unwahrscheinlich ist. Zwei Kilometer weiter hielt Wylie zum ersten Mal an, um eine öffentliche Toilette aufzusuchen. Er stieg aus und wurde im selben Augenblick von Orson, den er aufgrund seiner Größe überhaupt nicht mit Fairfax in Verbindung brachte, angegriffen. Orson stürzte sich auf den überraschten Fahrer und schlug ihm mit einem stumpfen Gegenstand auf den Kopf. Wylie, noch keine vierzig und gut in Form, wurde von dem aggressiven Angreifer so überrascht, dass er zusammensackte und beinahe das Bewusstsein verlor. Als er bereits auf dem Boden lag, trat Orson auf seinen Bauch und seinen Kopf ein. Bevor Wylie ohnmächtig wurde, hörte er noch, wie der Wagen gestartet wurde und wegfuhr.

Als ich Miranda sagte, dass Orson bei den anderen war, hielt sie sich die Hände vor den Mund und sah mich aus weit aufgerissenen Augen an. Ich weiß nicht, wie ich die Fassung bewahrte. Miranda so verschreckt zu sehen schien mir Kraft zu verleihen.

»Wir müssen zurück ins Baumhaus«, flüsterte ich ihr ins Ohr.

Das war die sicherste Möglichkeit. Tagsüber das Baumhaus zu finden war schwierig, in der Dunkelheit war es beinahe unmöglich. Sobald wir oben waren, mussten wir uns mucksmäuschenstill verhalten. Wenn es hart auf hart kam, könnten wir dort sogar übernachten. Mirandas Familie wäre außer sich und auch Amanda und Randall wären in Sorge, aber durch Orsons Anwesenheit mussten wir anders vorgehen. Die Bedingungen hatten sich von Grund auf verändert. Keiner würde uns unseren Ungehorsam übel nehmen. Niemand würde unsere Worte anzweifeln, und selbst wenn wir Orson entkommen sollten, war da immer noch seine Flucht aus Fairfax.

Eine weitere Möglichkeit war es, in die andere Richtung zu laufen, aber nachts lauerten im Wald jede Menge Gefahren.

Miranda drückte sich an mich, und auch ich war froh, mich an sie klammern zu können. Ihre Beine hatten Wurzeln geschlagen. Sie zitterte vor Angst. Ich verspürte den Drang, sie hinter mir herzuziehen, wollte aber nicht alles noch schlimmer machen. Ich nahm ihr Gesicht zwischen meine Hände und sprach beruhigend auf sie ein, fast berührten sich unsere Lippen.

»Miranda, wir müssen nur bis zum Baumhaus zurück.«

»Ich kann nicht.«

»Natürlich kannst du.«

»Nein.«

»Lass uns erst mal zu dem Baum hier gehen. Ein Schritt nach dem anderen.«

Ich zeigte auf den nächsten Baum. Schon hatte ich geglaubt, ihre Angst besiegen zu können, da hörten wir wieder die Stimmen.

»Ich gucke mal hinter den Büschen«, sagte Orson. »Es macht keinen Sinn, dass wir zu viert hier warten.«

»Das stimmt, Orson, wollte ich auch gerade vorschlagen«, antwortete Mark.

»Dann geh du!«

Nur ein Baumstamm trennte uns von Mark. Ich konnte seine Schritte auf der anderen Seite hören. Wenn er nicht stehen geblieben wäre, um Jonathan aufzufordern, ihn zu begleiten, hätten wir keine Chance gehabt, zum nächsten Baum zu laufen. Diese zusätzlichen Sekunden reichten, um Mirandas Starre zu überwinden. Wir gingen schnell, trauten uns aber nicht zu rennen, um nicht zu laut zu sein. Wir kamen bis zum dritten Baum, einer riesigen Silbertanne, vermutlich die dickste der ganzen Gruppe. Miranda stand mit dem Rücken zum Baum, während ich daran vorbeischaute, um Mark und Jonathan zu beobachten. Sie liefen parallel zu der Reihe aus neun Bäumen. Noch sechs lagen vor uns. Aber viel schwerer als von einem Stamm zum nächsten zu laufen, würde es sein, in der Dunkelheit die Leiter wiederzufinden und auf den Baum zu klettern.

Ungefähr sechs oder sieben Meter neben uns liefen Mark und Jonathan, wir hörten sie schnaufen. Langsam umrundete ich unter Mirandas wachsamen Blicken den Baumstamm, sie folgte meinen Anweisungen. Sie schlotterte, in ihren Augen spiegelte sich abgrundtiefe Furcht.

Es kam mir verrückt vor, dass wir uns Baum für Baum unseren Verfolgern näherten, aber es gab keinen Ausweg. Als mir die Luft rein schien, gab ich Miranda ein Zeichen weiterzulaufen. Es war zu gefährlich zu sprechen, selbst wenn wir flüsterten. Miranda verstand sofort. Wir bewegten uns langsam auf Zehenspitzen vorwärts. Der Boden war kaum zu erkennen, wir versuchten, Ästen und allem anderen, was laute Geräusche machen könnte, auszuweichen. Die immer dichtere, uns einhüllende Dunkelheit war unsere Verbündete.

Wir kamen am siebten Baum an. Der achte Stamm war so dünn, dass wir uns nicht dahinter verstecken konnten. Mark und Jonathan standen genau dort, wo sie auch zuvor angehalten hatten. Direkt bei unserem Baum. Ich fluchte leise vor mich hin. Wir waren so nah am Ziel! Und konnten doch nicht weiter, wenn wir nicht auffliegen wollten. Wir mussten warten, bis die beiden gingen.

Von unserem Standort aus konnten wir Jonathan, der nicht besonders laut sprach, klar und deutlich verstehen.

»Ich finde Orson ein bisschen unheimlich«, sagte er.

Mark lachte kurz auf. »Gut so.«

»Woher kennst du ihn? Ich habe ihn noch nie hier gesehen.«

»Du kannst ihm vertrauen, keine Sorge.«

»Glaubst du, es macht ihm was aus, wenn ich gehe?«

»Jonathan, hör jetzt auf mit dem Unsinn. Du bist doch kein Mädchen! Wenn du gehen willst, geh und sag es ihm!«

»Meinst du, er erlaubt es mir?«

Wieder lachte Mark verächtlich auf.

»Natürlich nicht. Er prügelt dich windelweich. Wir sind hier, um Jackson und Pompeo zu finden. Vorher geht keiner von uns.«

Dann plötzlich Stille, was beinahe noch angsteinflößender war. Selbst ihre gedämpften Schritte waren nicht mehr zu hören. Vorsichtig lugte ich um den Baumstamm herum, erwartete fast schon, genau in das aufgedunsene, picklige Gesicht Mark Petries zu schauen. Die beiden hatten sich mit dem Rücken zu uns auf den Boden gesetzt.

Das war unsere Chance. Wir könnten warten, aber wer wusste schon, ob nicht die anderen hinzukämen. Ich zeigte auf den nächsten Baum, Miranda sah mich zweifelnd an. Der Stamm war wirklich sehr dünn und der nächste Baum ein ganzes Stück entfernt. Ich legte meine Lippen auf ihr Ohr und flüsterte, dass Mark und Jonathan mit dem Rücken zu uns saßen. Wir mussten die Gelegenheit beim Schopf packen. Miranda nickte.

Auf Zehenspitzen gingen wir los, unsere Augen starr auf die beiden grauen Umrisse gerichtet, die aussahen wie Grabsteine. Die beiden sprachen kein Wort. Kein gutes Zeichen, wir mussten auf alles vorbereitet sein. Wir erreichten den achten Baum. Der letzte war näher als gedacht. Miranda schien meine Hand loslassen zu wollen, ich drückte fester zu, gab ihr zu verstehen, dass wir weiter mussten. Es waren nur noch vier Meter.

Drei. Zwei.

Plötzlich stand Jonathan auf. Seine Bewegung kam so unerwartet, dass wir panikartig vorwärts stolperten, wobei uns das Knacken eines Zweiges unter unseren Füßen verriet. Kurz bevor wir den Stamm erreichten, sah ich, wie Jonathan überrascht in unsere Richtung blickte, sein Gesicht sah aus wie ein weißer Mond.

Er hat uns gesehen!

Mein Herz raste. Hatte Miranda es auch bemerkt?

»Was ist?«, fragte Mark.

Eine Schrecksekunde. Jonathan war ruhig geblieben, ein gutes Zeichen. Dass seine Antwort auf sich warten ließ, wertete ich auch als positiv.

»Nichts«, antwortete er schließlich.

Ich wagte es nicht, zu ihnen zu schauen.

»Hast du was gesehen?«, fragte Mark.

»Nein«, antwortete Jonathan. Seine Stimme zitterte leicht. Er hatte uns also gesehen.

Mark schien das jedoch nicht zu bemerken.

»Warum stehst du dann auf?«, fragte Mark. »Du weißt doch, was dich erwartet, wenn du jetzt gehst.«

»Ich gehe nirgendwo hin, ich muss nur mal pissen.«

Jonathan summte vor sich hin. Er kam in unsere Richtung, ich konnte ihn immer besser hören. Ich legte einen Finger auf die Lippen.

Als Jonathan den Baumstamm umrundete und vor uns stand, sah er uns mit unverändertem Gesichtsausdruck an und summte weiter sein Liedchen. Er stützte sich mit einem Arm an dem Baum ab und spreizte die Beine, als wolle er pinkeln. Mark konnte nur eins von Jonathans Beinen sehen. Jonathan beugte sich zu mir.

»Hallo Sam«, flüsterte er.

»Hallo Jonathan.«

»Da hinten ist ein Junge, der nach dir sucht. Er heißt …«

»Orson. Ich weiß.«

Jonathan sah mich erstaunt an. »Ich überrede Mark in ein paar Minuten wegzugehen«, flüsterte er mir ins Ohr. »Lauft in diese Richtung.«

Mit seinem Kinn machte er eine Bewegung in die entgegengesetzte Richtung, weg von Orson und Steve. Dann sang er weiter. Er lächelte uns zu und setzte sich wieder zu Mark.

Ich kam nicht auf die Idee, dass Jonathan uns verraten könnte. In seinen Augen lag der Wunsch, dem eigenen Gefängnis zu entfliehen, diese nächtliche Jagd ein für allemal zu beenden, und das würde nicht geschehen, wenn sie uns entdecken sollten.

Kurze Zeit später sagte Jonathan plötzlich: »Hast du das gesehen, Mark?«

»Was?«

»Dahinten auf dem Weg, ich glaube da war ein Schatten, Pompeo vielleicht.«

»Lass uns nachsehen. Wir müssen uns anpirschen, damit sie uns nicht entdecken.«

Ihre Stimmen wurden leiser.

»Sollen wir Orson rufen?«, fragte Jonathan.

Die Antwort konnte ich nicht hören, aber vermutlich wollte Mark seine Beute alleine fangen und seinem neuen Herrn vor die Füße legen. Jonathans Ablenkungsplan war aufgegangen.

»Los geht's«, sagte ich zu Miranda. »Lass uns die Leiter suchen.«

Ohne den Stress durch die Anwesenheit der beiden, fand ich die Leiter problemlos. Ich erinnerte mich gut an den Ort, an dem wir sie abgestellt hatten und konnte trotz der schlechten Lichtverhältnisse ihre Umrisse erkennen. Wir hielten jeder ein Ende fest und trugen sie zu unserem Baum. Dann lehnten wir sie an den Stamm.

»Klettere du zuerst.«

Miranda nickte.

Mark und Jonathan waren noch nicht wiedergekommen. Jonathan hätte uns möglicherweise auch gewarnt, wenn sein Partner die Suche zu schnell leid gewesen wäre. Wir mussten nur noch hochklettern.

»Sei vorsichtig«, sagte ich. »Selbst wenn sie jetzt kommen, können sie uns nicht so einfach sehen. Aber wenn wir ausrutschen und runterfallen, bemerkten sie uns sofort.«

»Falls wir uns nicht direkt das Genick brechen.«

Ich lächelte und wurde immer ruhiger.

Als wir auf der Holzplattform ankamen, legten wir uns auf den Rücken und schauten in den Himmel aus dunklen, ineinander verwobenen Ästen. Der Ruf eines Uhus war zu hören und dann auch die gedämpften Stimmen am Fuße unseres schützenden Baumes. Auch wenn unser Baumhaus nur eine Brüstung von gerade einmal fünfzig Zentimetern umrundete, fühlte ich mich so sicher wie in einem Panzerschrank. Ich drehte mich zu Miranda um.

»Jetzt müssen wir uns keine Sorgen mehr machen, hier werden sie uns nicht finden.«

Trotz ihrer Furcht sah sie wunderschön aus. Auf ihren Lippen lag ein Lächeln.

»Billy wird uns das alles nicht glauben«, sagte Miranda.

»Er wird sicher grün und gelb vor Neid.«

Miranda konnte sich ein Lachen nicht verkneifen, und dann spürte ich ihre Finger an meinen. Ich hielt ihre Hand und sah in die Dunkelheit um uns herum. Meine Beine entspannten sich. Ich war froh, dass wir es geschafft hatten. Orson würde vor Wut toben, aber ihm blieb nichts anderes übrig, als sich an meinem Fahrrad auszutoben, es vielleicht in den Bach zu schmeißen.

Es vergingen ungefähr zehn Minuten, bis Mark unter uns etwas sagte. Ich spitzte die Ohren. Er erklärte, dass Jonathan kurz zuvor geglaubt hatte, etwas gesehen zu haben. Also musste Orson bei ihnen sein. Da hörte ich auch schon seine tiefe, mürrische Stimme, gefolgt von Steves Gelächter.

»Was willst du gesehen haben, du Idiot?«, fragte Orson.

Damit war wohl Jonathan gemeint. Vielleicht ahnte

Orson, dass an der Sache etwas faul war. Wenn er Jonathan zum Reden bringen würde …

Er weiß nicht, dass wir im Baumhaus sind. Er kann höchstens verraten, dass wir geflüchtet sind.

Ich ließ Mirandas Hand los. Um alles Gesprochene mitzubekommen, musste ich mich etwas vorbeugen. Ich richtete mich auf und stieß dabei mit dem Fuß gegen Collettes Spieluhr. Es war nur ein kleiner Stupser, das sollte unten nicht zu hören sein.

Da begann die Zirkusmusik zu spielen.

Der Ast, mit dem ich den Seiltänzer angehalten hatte, musste sich gelöst haben.

Ich erstarrte. Die Melodie klang in meinen Ohren schrill und laut.

Ich warf mich auf den schwarzen Kasten. Nahm den Deckel ab und tastete nach der sich bewegenden Figur. Als ich sie endlich ausfindig gemacht hatte, hielt ich sie mit zwei zitternden Fingern fest. Am liebsten hätte ich sie herausgerissen, doch geistesgegenwärtig suchte ich nach dem Zweig und klemmte ihn wieder in die Spur.

Die Musik verstummte.

»Was war das denn?«, brüllte Orson.

35

Wie Bluthunde drängten sich die vier um den Baumstamm.

»Sie sind da oben!«, rief Mark.

»Wo?«, fragte Jonathan. »Ich kann nichts sehen.«

»Natürlich nicht. Du hast sie ja auch in die andere Richtung laufen sehen.«

»Ruhe jetzt!« Orson war aufgebracht. »Lasst mich mal hören.«

Miranda kniete jetzt und drückte mich fest. Ich erwiderte ihre Umarmung, aber mich hatte die Panik bisher noch nicht erfasst. Ich war wütend. Wütend auf mich selbst, auf meine Ungeschicktheit, durch die eine kontrollierte Situation aus dem Ruder gelaufen war. Wir waren ausgeliefert. Je mehr ich darüber nachdachte, desto wütender wurde ich. Besonders um Miranda tat es mir leid. Ich hatte sie in etwas hineingezogen, mit dem sie nichts zu tun hatte.

Verdammt!

Alles meine Schuld.

»Hör mir gut zu, Miranda«, sagte ich, aber sie sah mich nur entgeistert an. »Du musst weiter rauf klettern, verstanden? Auf den Ast hier und dann einmal um den Stamm herum. Wenn sie heraufkommen, dürfen sie dich nicht finden.«

Ich hörte Orson schreien: »Jackson! Ich weiß, dass du da oben bist. Ich bring dich um, hörst du mich!«

Ich beachtete ihn nicht.

»Miranda, du musst jetzt klettern«, wiederholte ich.

Sie sah mich besorgt an.

»Und du? Was machst du?«, fragte sie und klammerte sich noch enger an mich.

»Ich werde versuchen, sie vom Baum abzulenken.« Es hatte keinen Sinn, sie anzulügen.

Auch wenn es mich innerlich zerriss, ich musste sie loslassen und sanft in die richtige Richtung schieben.

»Es ist nicht schwer«, ermutigte ich sie. »Nur ein paar Äste. Denk daran, dass du auf der anderen Seite bleibst. Hinter dem Baumstamm.«

Miranda stellte einen Fuß auf die Brüstung und sah mich flehend an.

»Lass mich hier nicht alleine, Sam. Bitte!« Dann kletterte sie los.

»Das werde ich nicht.«

Miranda zögerte. Sie nahm sich die Halskette ab und hielt sie mir hin.

»Verlier sie nicht«, sagte sie ernst. »Die Diamantwesen werden uns beschützen.«

Ich streckte die Hand aus, und Miranda ließ die Kette hineingleiten. Ich umschloss sie fest.

»Ich werde Orson von dem Baum weglotsen«, erklärte ich ihr. »Wenn ich das geschafft habe, musst du runterklettern und Hilfe holen.«

Miranda nickte.

Eine weitere Drohung kam bei uns an. »Ich fackle diesen verdammten Baum ab, wenn es sein muss!«

Mark und Steve lachten und johlten. Kurz überlegte ich, darauf zu antworten. Mir fiel jedoch nichts ein. Orson anzustacheln war sicher keine gute Idee. Langsam überkam mich lähmende Angst, das durfte ich nicht zulassen. Ich musste mich zusammenreißen, klar denken. Auch wenn es vermutlich nicht viele Alternativen gab.

»Helft mir da rauf«, befahl Orson seinen Untergebenen.

Miranda war immer noch nicht weit genug hinaufgeklettert.

Was unten geschah, konnte ich nicht erkennen. Vermutlich versuchten Mark und die anderen gerade, Orson so weit zu stützen, dass er den ersten Ast erreichen konnte. Dann bräuchte er keine Leiter mehr. Mir lief es kalt den Rücken hinunter, als ich mir vorstellte, wie Orson Powell sich wie ein Orang-Utan von Ast zu Ast schwang. Ich beugte mich über die Öffnung im Boden und versuchte, in der Dunkelheit etwas zu erkennen. Mir blieb beinahe das Herz stehen. Orson hatte es nicht nur geschafft, den untersten Ast zu erreichen, er war sogar schon auf halber Höhe. Mit seinen kräftigen Armen umfasste er gerade den Baumstamm und zog seinen massigen Körper mit sagenhafter Geschicklichkeit hoch. Miranda hatte das erste größere Hindernis überwunden und kam langsam vorwärts. Fast war sie auf der anderen Seite des Baumstamms angekommen, wo sie von Orson nicht entdeckt werden würde. Er war beinahe da.

Resigniert setzte ich mich in eine Ecke, legte die Arme um die Knie und wartete. Kurze Zeit später tauchte Orsons dunkler Umriss auf.

»He Jackson, wo ist deine kleine Freundin?«

»Welche Freundin?«

Die Antwort war ein Fußtritt. Orson machte einen großen Schritt und war bei mir. Er versetzte mir einen Schlag gegen den linken Oberschenkel. Es schmerzte, aber ich wusste, dass das erst der Anfang war. Ich hob den Kopf, wollte ihm in die Augen sehen, um abschätzen zu können, was er vorhatte. Vielleicht war es nur meine Verzweiflung, aber es schien, als sei Orson im letzten Monat zwanzig Zentimeter gewachsen. Er trug eine weite Hose und ein zu großes T-Shirt, wodurch er noch breiter wirkte.

»Miranda ist los, um Hilfe zu holen.«

Orson hatte unsere Fahrräder gesehen, er wusste also, dass wir nur zu zweit waren. Diese Notlüge konnte ich riskieren.

»Zu Fuß?«, fragte er und musterte mich von oben herab.

»Ja.«

»Und warum bist du nicht mit?«

Ich spielte die einzige Karte, die ich in der Hinterhand hatte.

»Ohne mein Fahrrad konnte ich die hier nicht mitnehmen«, sagte ich und zeigte dabei auf die Spieluhr. Meine Stimme zitterte nicht. Bisher ertrug ich Orsons Anwesenheit besser als erwartet.

»Was soll das denn sein?« Mit derselben Fußspitze, die mich eben noch getroffen hatte, trat er gegen den Kasten.

»Eine Spieluhr.«

Orson stieß sie an. Es war kein fester Tritt, aber trotzdem waren ein paar Akkorde zu hören. Hatte meine Erklärung ihn überzeugt? Zumindest schien ihn die Spieluhr nicht weiter zu interessieren. Er beugte sich über mich, hielt mein Kinn umfasst und zwang mich so, ihn anzusehen.

»Du kletterst jetzt sofort von diesem bescheuerten Baum. Ich will mich da unten in Ruhe mit dir unterhalten, verstanden?« Er bewegte meinen Kopf auf und ab. »So gefällst du mir«, sagte er zufrieden.

Beim Abstieg verspürte ich eine Mischung aus Erleichterung und Furcht. Erleichterung, weil Orson Miranda nicht entdeckt hatte, die nur wenige Meter weiter oben mucksmäuschenstill in ihrem Versteck saß. Furcht, weil mir, obwohl ich die Äste des Baumes in- und auswendig kannte, mein Körper nicht gehorchen wollte. Meine Füße fanden keinen Halt, und meine Hände rutschten an den Seilen ab. Es lag nicht nur an der Dunkelheit, nein, das wirkliche Problem folgte mir, schubste mich und forderte mich auf, schneller zu machen. Hasserfüllt murmelte Orson vor sich hin. Dann war ich auf dem untersten Ast, von wo aus es noch mindestens zwei Meter bis zum Boden waren. Ich drehte mich zu Orson um, wollte ihn bitten, mir mit der Leiter zu helfen, als er mich anschnauzte.

»Spring schon!«

Ich wollte ihm erklären, dass ich das auf keinen Fall machen würde, wir normalerweise …

Da stieß er mich. Er legte mir die Hand auf die Schulter und schob mich langsam, aber gezielt vorwärts, als bediene er eine Müllpresse. Ich nahm kurz die Gesichter der drei anderen unter mir wahr, die sofort auseinanderliefen, als sie bemerkten, was Orson vorhatte. Verzweifelt schlug ich um mich, versuchte, mich aufrecht zu halten und den Aufprall mit den Füßen abzumildern. Es gelang mir nicht.

Kurz hatte ich die Hoffnung, unversehrt unten anzukommen, stellte mir vor, es sei nur ein Stuhl und nicht ein Baum, von dem ich gerade fiel. Aber das Bild löste sich schnell auf, als ich den Boden berührte und es mir die Beine auseinanderzog. Ich spürte einen reißenden Schmerz zwischen den Beinen und landete mit dem Knie mitten im Gesicht. Ich blieb auf der Seite liegen und kämpfte gegen die Schmerzen an Kopf und Bauch. Meine Lippen schmeckten nach Blut. Die Unterlippe war von der Wucht des Aufpralls geplatzt und schwoll bereits an.

Ich öffnete die Augen und sah, wie Orson an dem Ast hing, von dem er mich gerade gestoßen hatte, und sich dann fallen ließ. Er war in den letzten Wochen deutlich gewachsen, dachte ich, während sich die Verletzung zwischen meinen Beinen immer deutlicher bemerkbar machte. Ein pochender, rot glühender Schmerz.

Was für ein Schmerz!

36

Dann folgte eine Diskussion zwischen Orson und den anderen. Er redete, und ab und zu wurden zaghaft Einwände geäußert. Ich war froh, nicht im Zentrum der Aufmerksamkeit zu stehen, und kroch langsam auf den Baumstamm zu. Das war sicher keine Provokation, der Gedanke aufzustehen und loszurennen, kam mir erst gar nicht. Mein Körper schmerzte und ich konnte mich kaum bewegen.

»Und wo ist Pompeo?«, fragte Mark.

»Was interessiert mich Pompeo?«, schnauzte ihn Orson an. »Haut endlich ab.«

»Orson, ich hab mit ihm noch eine Rechnung offen«, ließ sich Mark nicht beirren.

»Hast du mich nicht verstanden, du Arschloch? Haut ab!«

Ich öffnete ein Auge, um mir ein Bild von der Situation zu machen. Orson hatte mir den Rücken zugewandt, die anderen sah ich von vorne. Jonathan schaute besorgt in meine Richtung. Mark schien verdutzt über Orsons plötzlichen Gemütswechsel.

Willkommen im Klub.

»Orson, wir sind doch Freunde und …«, sagte Mark, der nicht gerade als Schnelldenker bekannt war.

»Ruhe jetzt!« Orson machte einen drohenden Schritt auf ihn zu, die Hand zur Faust geballt. Jonathan sah beinahe komisch aus, als er versuchte, in Deckung zu gehen.

»Hör mir zu, Mark.« Orsons Stimme war jetzt weicher, konnte mich jedoch nicht täuschen. Ich kannte diesen manipulativen Tonfall nur zu gut. »Ich muss mit Jackson ein paar

Dinge klären. Allein. Ich weiß, dass du mit Pompeo noch alte Rechnungen offen hast, aber er ist nicht hier.«

»Okay«, sagte Mark.

»Also geht ihr jetzt am besten, in Ordnung?«

»Was hast du vor?«, traute sich Jonathan zu fragen.

Orson drehte sich zu ihm, und ich konnte mir seinen Gesichtsausdruck vorstellen, da Jonathan ängstlich zurückwich.

»Was geht dich das an, Arschloch? Oder willst du hier bleiben, damit ich dich auch hart rannehmen kann?«

Auch.

Steve lachte hämisch auf.

Orson konzentrierte sich jedoch auf Mark Petrie, der von der plötzlichen Veränderung seines *Freundes* noch immer irritiert war. Ich fragte mich, ob er wusste, weshalb Orson in Fairfax einsaß. Ich versuchte, Blickkontakt mit Jonathan herzustellen, doch der sah verängstigt ins Leere. Sollten alle gehen, hatte ich kaum eine Chance, unversehrt aus der Sache herauszukommen. Orson hatte sicher viel Zeit gehabt, sich auszumalen, was er mit mir anstellen wollte.

»Mark, hör mir mal zu.« Orson ging auf ihn zu und sprach in einem vertraulichen Tonfall auf ihn ein, dabei legte er freundschaftlich eine Hand auf seine Schulter. »Es wäre gut, wenn ihr in diese Richtung verschwinden könntet.«

Er zeigte auf die entgegengesetzte Richtung zum Bach.

»Bei der Dunkelheit wird das aber kein Spaß«, beschwerte sich Mark.

»Ich weiß, mein Freund. Aber die verdammte Millionärstochter ist in diese Richtung abgehauen. Sucht sie doch und jagt ihr einen gehörigen Schreck ein.«

Er lachte auf.

»Woher weißt du das?«

»Ich weiß es eben, Mark. Das reicht.« Orson nahm die Hand von Marks Schulter.

»Dann los, hinter ihr her«, rief Steve.

Mitten in der Nacht zu Fuß in die Stadt zurückzukehren, ohne sich am Bach orientieren zu können, würde im besten Fall vierzig Minuten dauern. Wenn das Glück nicht auf ihrer Seite war, konnten sie ewig im Wald umherirren. Orson wusste das.

Mark hatte sich schließlich durchgerungen zu gehen. Jonathan warf mir einen letzten durchdringenden Blick zu, den ich zu verstehen glaubte.

Halte durch!

»Pass auf die Schwuchtel auf, Mark!«, rief Orson ihnen hinterher. Es bestand kein Zweifel, dass er Jonathan damit meinte. »Er hat eben bestimmt gesehen, wie die Schlampe losgerannt ist, und versucht, dich in die falsche Richtung zu locken. Du kannst ihm nicht trauen.«

Mark warf ihm einen letzten Blick über die Schulter hinweg zu und nickte. Orsons Scharfsinn verursachte bei mir eine Gänsehaut. Es war unglaublich, wie unter einer so unansehnlichen Schale so ein teuflischer Verstand stecken konnte. Als er sich zu mir umdrehte, entdeckte ich in seinen Augen diesen erbarmungslosen Ausdruck, den ich schon einmal zu sehen bekommen hatte.

»Jetzt sind wir endlich alleine«, sagte er und kam auf mich zu, baute sich direkt vor mir auf.

Einer seiner Stiefel mit Stahlkappen berührte fast meine Nase. Der Geruch des Leders mischte sich mit dem von Gras und dem Blut meiner aufgeplatzten Lippe. Ich leckte zum x-ten Mal innerhalb der letzten Minuten mit der Zunge darüber.

Wollte er erneut zutreten? Nein. Er entfernte sich, wich langsam zurück. Vier, fünf Meter.

Was hatte er vor?

Er ließ sich auf dem Boden nieder, die Beine ausgestreckt,

die Arme hinter dem Rücken abgestützt. Wollte er mir die Möglichkeit geben abzuhauen? Sich daran ergötzen, wie ich versuchte, mich aufzurichten, und mir sogar Vorsprung geben? Ich versuchte tatsächlich, mich aufzusetzen, aber die Schmerzen waren zu stark. Zwischen meinen Beinen fühlte es sich an, als fließe glühende Lava hindurch. Und auch an der Stelle, an der mich Orsons Fußtritt getroffen hatte, pochte es jetzt unaufhörlich.

»Vorher will ich noch etwas wissen«, sagte Orson plötzlich.

Frag bloß nicht, wovor. Das will er nur provozieren.

»Wovor?«

Sein Körper war nur ein dunkler Umriss. Sein Gesicht wurde teilweise vom Mond beleuchtet, ich konnte sein unheimliches Grinsen sehen.

»Was willst du wissen?«, fragte ich leise.

»Die ganze Zeit, während ich in diesem Rattennest in Fairfax saß, habe ich mich das gefragt. Es hat mich nicht mehr losgelassen, weil ich es einfach nicht verstehe.«

Sein Tonfall wurde immer ernster. In seiner Stimme lag ein Groll, den ich noch nie zuvor wahrgenommen hatte. Er lehnte sich leicht zur Seite und streckte einen Arm aus.

Er schien irgendetwas auf dem Boden zu suchen, bis sein Arm plötzlich hervorschnellte. Ich sah einen schwarzen Schatten und schon landete der von ihm geworfene Tannenzapfen mitten in meinem Gesicht.

Überrascht schrie ich auf.

Der Zapfen traf meine Lippe, und es brannte, als hätte jemand ein Feuerzeug daran gehalten.

»In Fairfax war ich mit Abstand der beste Werfer«, prahlte Orson. »Wie du dir vorstellen kannst, gibt es nicht viel zu tun, wenn man den ganzen Tag über eingesperrt ist. Unendlich viel Zeit zum Nachdenken. Dann stellt man sich vor, wie es wohl ist, wieder frei zu sein, und man denkt darüber nach, womit man sich geirrt hat. Man will dieselben Fehler schließlich nicht noch einmal machen. Verstehst du?«

»Kann ich mich setzen?«

»Kannst du?«

»Zumindest versuchen.«

»Dann versuch es.«

Mit den Armen stützte ich mich auf dem Boden ab und richtete mich langsam auf. Orson suchte derweil nach einem weiteren Tannenzapfen, und ich hielt mir instinktiv die Hände vors Gesicht.

Aber dieses Mal passierte natürlich nichts. Orson spielte mit dem Zapfen, warf ihn immer wieder hoch und fing ihn dann wieder auf. Er wollte seine Macht ausspielen, mich wissen lassen, dass er jederzeit werfen konnte. Dann bemerkte ich es. Bei dem Sturz hatte ich Mirandas Kette verloren. Ich suchte mit Blicken den Boden ab. Nichts.

»Was suchst du?«

»Nichts.«

»Hast du einen Zahn verloren?« Orson lachte über seinen eigenen Witz, fast so wie Steve.

Vergiss die Kette.

Ich musste versuchen, von dem Baum wegzukommen. Nur so hatte Miranda eine Chance zu entkommen.

»Was willst du wissen?«

»Wie habt ihr den Film von Marvin French gefunden?«, fragte Orson ohne Umschweife.

»Er war auf einem Regal in einem unbenutzten Zimmer.«

»Ich will nicht wissen, wo er war, sondern wie ihr auf die Idee gekommen seid, danach zu suchen. Ich habe keine vernünftige Erklärung dafür.«

Was würde das für einen Unterschied machen?, fragte ich mich, aber Orsons Gesichtsausdruck verriet mir, dass es für ihn sehr wohl einen machte. Jemand, der die Manipulation zur Perfektion beherrscht, musste daran verzweifeln, sie am eigenen Leib zu erfahren.

»Mein Freund Billy ist auf die Idee gekommen, er hat in der Bibliothek nach Verbindungen zwischen euch beiden gesucht.«

»Aber warum?«, schrie Orson.

Jetzt verstand ich. Orson beschäftigte genau diese Verbindung zwischen French und ihm.

»Wir kannten den Namen deiner Adoptivfamilie«, antwortete ich.

Orson reagierte nicht. Sein Hass war greifbar.

Dann verdunkelte sich die Welt.

Ich stieß einen Schrei aus.

»Du Dreckskerl«, rief ich. Der Tannenzapfen hatte mich schon wieder mitten im Gesicht getroffen. Ich hatte ihn nicht kommen sehen.

»Halt dein dummes Maul oder ich steck dir den nächsten in den Arsch«, brüllte er. »Ihr hättet euch nicht einmischen sollen. Heute musst du dafür bezahlen. Pompeo ist auch noch dran, den schlag ich zu Brei. Wollen wir mal sehen, ob er dann immer noch so schlaue Sprüche klopft.«

Ich nahm seine Worte nur benommen war. Mein Gesicht fühlte sich an, als würde es von einer unsichtbaren Saugglocke bearbeitet. An meinem rechten Augenlid bemerkte ich eine blutende Wunde.

Orson sprang auf.

Ich hatte Angst vor weiteren Fußtritten. So klein wie möglich rollte ich mich zusammen, das Gesicht zwischen den Beinen.

Ein paar Sekunden lang geschah nichts. Er musste schon längst die Distanz überwunden haben, denn ich konnte ihn hören. Ganz nah. Ich sah kurz auf, da öffnete er seinen Gürtel und ließ die Hose runter.

Sein steifer Penis war nur wenige Zentimeter von meinem Gesicht entfernt.

Ich war so verängstigt, dass mir nichts anderes einfiel, als den Kopf wieder zwischen den Knien zu verstecken.

Lauf los! Mit runtergelassener Hose kann er dich nicht so schnell einholen.

Der Gedanke war da, aber ich war wie gelähmt. Trotz der angeschwollenen Lippe drückte ich meinen Kopf fest gegen meine Beine, bis der Schmerz unerträglich wurde. Lieber Schmerz als Angst. So intensiv hatte ich noch nie in meinem Leben gefühlt. Orsons Pranke griff meine Haare und zog erst nach oben, dann nach hinten. Ich öffnete die Augen und sah, wie Orson etwas aus seiner Tasche nahm. Ein Messer. Mit einem metallischen Geräusch sprang die lange Klinge auf. Ich versuchte auszuweichen, aber er hielt mich an den Haaren fest.

»Wenn du zubeißt, ramm ich dir das Messer ins Auge, verstanden?«

Ich stammelte irgendeine bestätigende Antwort vor mich hin, während mir die Tränen über die Wangen liefen. Orson hielt mit einer Hand meinen Kopf und mit der anderen das Messer fest. Sein steifes Glied zeigte sich unter seinem T-Shirt, riesig, lebendig und beängstigend. Er stieß zu. Die jähe Bewegung überraschte mich, ich wollte schreien, was jedoch durch das Eindringen Orsons in meinen Mund erstickt wurde. Ein Brechreiz überkam mich, ich zog mich zusammen. Orson riss meinen Kopf zurück, genau in dem Augenblick, als ein Strom aus warmem Erbrochenen in meinen Mund schoss wie Lava in einen Vulkan. Ich versuchte, es zurückzuhalten, indem ich den Kopf beugte, was mir Orson erlaubte. Er ließ mich jedoch nicht los, und so gelang es mir nur zum Teil. Die übelriechende Brühe war in meinem ganzen Mund und lief an den Seiten heraus. Ich beugte mich nach vorne und das Erbrochene rann auf die Erde. Etwas lief jedoch in meinen Rachen zurück und glitt nur schwerfällig wieder hinunter. Die Stücke aus unverdautem Essen und die bittere Flüssigkeit ließen mich schaudern.

Ich riss den Mund auf, wollte frische Luft atmen, dachte, dass dieser unglückliche Zwischenfall die unbändige Wut Orsons beschwichtigt haben könnte. Aber nein. Kaum konnte ich den Geruch des Waldes in mir aufnehmen, als Orson weitermachte und dieses Mal auch meinen Kopf bewegte. Es ging so schnell, dass mir keine Zeit zum Überlegen blieb, wie oder ob ich diesen Wahnsinn stoppen könnte. Meine Zunge fand keinen Platz, während sein unerbittliches Gerät weiter meinen Gaumen zertrümmerte. Das Messer schwebte kurz vor meinem Gesicht, ab und an spiegelte sich darin hoffnungslos der Mond. Das Erbrochene brannte in meiner Kehle und immer wieder verspürte ich neuen Brechreiz. Orson murmelte obszönes Zeug vor sich hin, wenn er nicht gerade erregt schnaufte. In diesem Augenblick der Ohnmacht und des Wahnsinns dachte ich nur an Miranda.

Bitte, lass sie das nicht mit ansehen. Hoffentlich hält sie sich versteckt oder konnte fliehen. Bitte, bitte, bitte …

Als sich die zweite große Erschütterung ankündigte, zog sich Orson auch dieses Mal gerade noch rechtzeitig zurück. Dieses Mal spuckte ich einen braunen Schwall aus, flüssiger als der erste. Ich versuchte, frische Luft einzuatmen, und wusste, dass Orsons Zorn so nur weiter angestachelt wurde. In seinem kranken Hirn schien er wütend über seinen Triumph zu sein. Ich sah ihn verzweifelt an. In seinen Augen lag dieser brennende Drang, stärker denn je.

Nach ein paar Minuten heftiger Stöße wich er zurück, ließ jedoch nie meine Haare los. Sein steifer Schwanz stand ab, er lachte und schluckte hörbar Speichel, grunzte wie ein wildes

Tier. Ich sah zur Seite, erwartete, dass es jeden Augenblick weitergehen würde, als plötzlich etwas im Mondlicht ganz in meiner Nähe glitzerte.

Die Kette.

Ich wollte sie wiederhaben, alles andere war mir egal. Vielleicht konnte ich sie erreichen, wenn ich mich nur ein bisschen streckte. Aber ich konnte es nicht riskieren, so lange Orson mich mit seinen lüsternen Blicken taxierte, aufmerksam jeder meiner Bewegungen folgte.

Als es in die dritte Runde ging, ebenso oder ein bisschen weniger gewaltsam als die letzte, tastete ich mit der Hand den Boden neben mir ab. Erst konnte ich sie nicht erspüren, dabei war ich mir sicher, dass sie genau dort sein musste, dann jedoch fanden meine Finger die feinen Kettenglieder und hielten sie fest. Mein Glücksbringer.

Die Diamantwesen werden uns beschützen.

Eine innere Ruhe breitete sich in mir aus. Orson schien sie wahrzunehmen, seine Bewegungen wurden immer heftiger. Er wird mich nicht kleinkriegen, fuhr es mir durch den Kopf. Auch wenn er so kräftig war wie Goliath, ich hatte die Kette.

Ich weinte nicht mehr.

»Was ist los mit dir?«, brüllte er und trat einen Schritt zurück.

Herausfordernd sah ich ihn an, stellte mir vor, wie irre ich wirken musste, lächelnd, Reste von Erbrochenem in den Mundwinkeln.

»Hose runter!«, befahl er mir nun.

Ich ballte meine Faust noch fester.

Orson zog blitzschnell seine Hose aus.

»Mach schon!«, schrie er mich an und schwang bedrohlich das Messer.

Ich begann, meine Hose abzustreifen, ganz langsam –

nicht, um ihn noch mehr zu reizen, sondern weil mein linkes Bein so schmerzte. Orson ging noch ein paar Meter zurück und beobachtete mich.

Ein Geräusch in der Baumkrone ließ ihn aufhorchen.

»Was war das …?«

Er sank in sich zusammen.

Die schwere Spieluhr war ihm wie eine Kanonenkugel auf den Kopf gefallen, begleitet von ein paar krönenden Zirkusakkorden. Orsons Körper sackte mit verdrehten Augen zur Seite. Das Messer glitt ihm aus der Hand und landete nur einen halben Meter von mir entfernt auf dem Boden. Blindlings griff ich zu, Orson bewegte sich nicht. Sein Gesicht war mir zugewandt. Von seiner Stirn lief ein dünner Faden Blut über sein Augenlid und seine Wange.

Ich sah nach oben.

In der dunklen Baumkrone konnte ich Miranda ausmachen. Sie stand auf einem dicken Ast, direkt über Orson. Erneut sah ich den besiegten und noch immer bewegungslosen Riesen an.

Er wird aufstehen. Wie im Film.

Ich konnte meinen Blick nicht abwenden. In der einen Hand hielt ich das Messer, in der anderen die Kette, unentschieden, wovon ich mich trennen sollte, um meine Hose wieder hochzuziehen.

Wenn Orson sich plötzlich aufrichten und über mich herfallen sollte, würde ich mit dem Messer auf ihn einstechen. Ohne zu zögern.

Beweg dich!

Doch er rührte sich nicht.

Einen Augenblick später kam Miranda auf mich zu. Ich versuchte, mir mit meinem T-Shirt das Erbrochene aus dem Gesicht zu wischen, bevor sie bei mir war.

»Ich konnte sie nicht früher fallen lassen«, sagte Miranda.

»Gar nicht einfach, mit dem Gewicht zu klettern, und ihr wart zu weit weg. Bist du okay?«

Ich nickte.

Ich konnte den Blick kaum von Orson lösen, doch einen Moment lang sah ich Miranda verzweifelt an. Ich streckte meinen Arm aus und öffnete die Hand. Sie lächelte beim Anblick der Kette von Les Enfants.

Vierter Teil

Heute (II)

2010

1

In jener Nacht rettete Miranda mir das Leben, was uns für immer miteinander verband, auch wenn viele von Billys und meinen Vorhersagen über unsere Freundschaft sich tatsächlich erfüllten.

An der Bishop, der Privatschule in Carnival Falls, fand Miranda schnell Anschluss. Auch wenn sie versuchte, unsere Freundschaft aufrechtzuerhalten, wurden unsere Treffen doch immer sporadischer, und wir hatten uns nicht mehr viel zu erzählen. Unsere Welten entfernten sich immer weiter voneinander, wie Planeten, deren Umlaufbahnen sich nicht kreuzen. Gleichzeitig erlag Billy der Faszination von Computern, nichts war mehr wie zuvor. Zwei oder drei Jahre lang ging Miranda mir aus dem Weg, was ich jedoch geradezu als Erleichterung empfand. Es war, als würden wir uns – wie wir später gemeinsam herausfanden – nicht mehr erkennen, als habe sich der Sommer 1985, die furchtbaren Erlebnisse im Wald eingeschlossen, in etwas Unwirkliches verwandelt, das Produkt eines Traumes oder eines erfundenen Ereignisses. Der Zauber, der es zuvor möglich gemacht hatte, einander fast alles anzuvertrauen, uns in die Augen zu schauen und uns gegenseitig unsere Herzen auszuschütten, war verschwunden. Wir hatten die Kindheit hinter uns gelassen, uns gehäutet wie Schlangen, und waren in die Pubertät und die brutale Wirklichkeit eingetreten. Jeder ging seinen Weg. Ich weiß nicht, wann genau ich aufhörte, Miranda zu lieben – denn geliebt habe ich sie, daran besteht kein Zweifel.

In jener Zeit wurde auch mein Unvermögen deutlich,

meine Gefühle auszudrücken. Ich war siebzehn Jahre alt und war noch nie mit jemandem ausgegangen. Mehr und mehr zog ich mich in eine Welt zurück, die nur in meinem Kopf existierte. Ich schrieb fast ausschließlich über mich, auch wenn ich mir dessen damals nicht bewusst war: über Frauen, die gezwungen wurden, furchtbare Prinzen zu heiraten; über Königreiche, die von machtbesessenen und wohlhabenden Herrschern unterdrückt wurden, solche Dinge.

Irgendwann im Lauf des Jahres 1986 ließ sich Preston Matheson von Sara scheiden und ging zurück nach Montreal. Damals trafen wir Miranda noch ab und zu, sodass wir durch sie davon erfuhren. Allerdings verschwieg sie uns die Einzelheiten, wenngleich wir sie uns vorstellen konnten. Preston heiratete Adrianna und sie bekamen zwei Kinder. Miranda fuhr sie manchmal besuchen, er jedoch kam nie zu ihr nach Carnival Falls. Dieses Ereignis hauchte dem Haus an der Maple Street neues Leben ein. Miranda konnte nun ohne die ständigen Streitereien ihrer Eltern aufwachsen, und Sara gliederte sich immer besser in das Sozialleben der Stadt ein, kümmerte sich um ihre Pflanzen, die zahlreichen Verpflichtungen und die Erziehung von Brian. Zum Jahrtausendwechsel lernte sie einen anderen wohlhabenden Mann kennen und heiratete ihn.

Mit fünfzehn war Billy bereits fast einen Meter achtzig groß, hatte breite Schultern und einen muskulösen Körperbau. Langsam legte er das ungestüme Wesen seiner Kindheit ab und ließ die ruhige und überlegte Art erkennen, die ihn als Erwachsenen prägen würde. Er war selbstbewusst, überdurchschnittlich klug, sah gut aus und wusste genau, was er wollte. Zum Beispiel Miranda. Um sie zu erobern, verließ er gerne das Haus und trennte sich von seinen Computern. Das Problem waren jedoch ihre Freunde, die Billy allesamt für verzogene Hohlköpfe hielt. Und eins hatte sich nicht geändert: Billy hielt mit seinen Ansichten nicht gerne hinterm Berg. Die Anwesenheit Billys im ausgewählten Kreis der Privatschüler verlief nicht gerade reibungslos. Das Problem hatte auch einen Namen: Alex Cuthbert. Ein eingebildeter Schnösel, der gerne auf dicken Motorrädern spazieren fuhr, teure Jacken trug und eine allen Gesetzen der Schwerkraft trotzende, unglaubliche Haartolle hatte. Er sah gut aus und war ständig von einem Gefolge aus treu ergebenen Freunden umgeben, die ihm wie ein Schwarm Tauben überallhin folgten. Miranda verliebte sich unsterblich in ihn. So verlor Billy die Liebesschlacht, auch wenn er nicht aufhörte, Miranda davon überzeugen zu wollen, dass sie etwas Besseres verdient hatte und der verwöhnte Alex sie nicht wirklich liebte. Nichts half. Wie hatte jemand einmal so schön geschrieben: *Die Vernunft kann das Herz nicht täuschen.* Und anscheinend kann sie einen auch nicht davon abhalten, Dummheiten zu begehen. Billy legte sich mit Alex an, was sie für immer zu Feinden machte, aber Miranda hatte sich bereits entschieden. Sie war blind.

Zu Beginn der neunziger Jahre sprachen Billy und ich kaum über Miranda oder den Jason-Priestley-Klon, mit dem sie ausging. Ich weiß kaum etwas über ihr Leben während dieser Jahre. Einmal traf ich sie auf dem Weg zur Schule. Sie war alleine und wir unterhielten uns. Wenn wir die schwierigen Themen außen vor ließen, klappte das ganz gut. Es war Halloween, und an der Kreuzung zwischen Main Street und Kennedy Street trafen wir auf eine Gruppe verkleideter Kinder. Die Hälfte von ihnen trug Alienkostüme. Ich fragte Miranda, ob sie die Diamantwesen noch immer sehen würde, was sich als keine gute Idee herausstellte. Sie warf mir einen hasserfüllten Blick zu, sog verächtlich Luft durch die Nase ein und biss die Zähne zusammen. Wortlos ließ sie mich stehen, inmitten einer Horde von einen Meter großen Außerirdischen, die mich mit ihren Plastikpistolen beschossen.

Miranda und Alex waren in den darauffolgenden Jahren offiziell ein Paar. Sie gehörten zu den beliebtesten Pärchen der Schule, weshalb sich Neuigkeiten über sie schnell verbreiteten. Manchmal wurde ich wütend, wenn mir Gerüchte über Alex' Eroberungen zu Ohren kamen, aber normalerweise versuchte ich, sie zu ignorieren. Ich stand kurz vor dem Schulabschluss und musste einige wichtige Entscheidungen für die Zukunft treffen. Für Tratsch hatte ich keinen Kopf.

Als ich nach New York ging, eröffnete sich mir ein völlig neues Universum. Auch wenn ich weiterhin mit Billy und den Carrolls in Kontakt blieb, wusste ich von Miranda so gut wie nichts. Nur die wenigen Dinge, die Billy mir am Telefon erzählte, der sich jedoch auch nicht übermäßig für ihr Leben interessierte. So erfuhr ich, dass Miranda und Alex irgendwann 1998 geheiratet hatten, in dem Jahr, in dem sie sechsundzwanzig wurde. Da waren sie schon mehr als ein Jahrzehnt zusammen.

Das Leben hatte für uns unterschiedliche Wege vorgesehen, aber ich vergaß nie, was Miranda in jener Nacht für mich getan hatte, auch nicht ihre tröstenden Worte. Ich freute mich, als ich von ihrer Hochzeit erfuhr, und wünschte ihr und ihrem Ehemann von Herzen alles Gute. Vielleicht hatte Alex sich die Hörner mit der Zeit abgestoßen und sein egoistisches und schamloses Benehmen abgelegt.

Im Dezember 2004 rief mich Sara Matheson in New York an. Als ich ihre Stimme vernahm, wusste ich, dass etwas Schreckliches vorgefallen sein musste. Seit Jahren hatte ich nichts mehr von ihr gehört. Ich umklammerte das Telefon und machte mich auf das Schlimmste gefasst.

2

Sara erzählte mir nicht die ganze Wahrheit, aber es reichte aus. An diesem kalten Wintertag sagte ich die weihnachtlichen Buchpräsentationen für meinen dritten Roman ab. Ich nahm den ersten Flug zum Skyhaven Airport in Rochester.

Miranda war vor Kurzem Mutter geworden. Diese Neuigkeit rief mir in Erinnerung, wie sehr wir uns in den letzten Jahren voneinander entfernt hatten. Selbst Sara, so gestand sie mir, besuchte ihre Tochter nicht sehr häufig. Miranda hatte ernsthafte Eheprobleme, wollte jedoch keine Hilfe annehmen, verweigerte sich der Realität und betäubte sich mit Medikamenten. Sara sorgte sich um ihr kleines Enkelkind, Blue, und baute sich eines Tages vor Cuthbert auf, der mittlerweile keine Haartolle mehr trug, sondern langsam kahl wurde, nur um festzustellen, dass ihn Mirandas Gesundheit scheinbar kaltließ. Der Vorschlag Saras, seine Ehefrau einweisen zu lassen, ließ ihn bloß fürchten, was die Leute dann denken würden. Verzweifelt wandte Sara sich an Preston. Eins musste man ihrem Exmann lassen, er liebte seine Kinder und nahm im Zweifelsfall die Dinge selbst in die Hand. Er kam mit ein paar Anwälten aus Montreal angereist und gab Sara zu verstehen, dass er sich ab jetzt der Angelegenheit annehmen werde. Er traf sich mit Cuthbert, und zwei Tage später waren alle nötigen Dokumente unterschrieben, um Miranda in eine Spezialklinik in Boston zu bringen. Sie wurde gegen ihren eigenen Willen eingewiesen. Zwei Monate blieb sie dort, bis die letzten Untersuchungen abgeschlossen waren und eine Behandlung begonnen hatte.

Miranda litt an Schizophrenie.

Deshalb hatte Sara mich angerufen. Ihre Tochter brauchte Menschen um sich herum, die sie liebten. Der erste Monat war der schlimmste, erzählte Miranda mir später, weil sie die Antidepressiva und Beruhigungsmittel absetzen musste, an die sie sich so gewöhnt hatte.

Miranda hatte einen langen Prozess vor sich. Zwei Jahre später war sie jedoch wieder so lebhaft wie das Mädchen, das ich damals im Wald kennengelernt hatte. Die Unterstützung und Liebe ihrer Familie waren unersetzlich in ihrem Genesungsprozess. Preston besuchte sie häufig, bis er durch ein Krebsleiden daran gehindert wurde. Brian, mittlerweile ein gut aussehender junger Mann, entschied im Alter von achtzehn Jahren, dass er nicht zum Studieren in eine andere Stadt gehen würde. Er blieb in Carnival Falls und war eine große Stütze für seine Schwester. Brians Zuneigung zu Miranda hat mich immer fasziniert. Auch Billy näherte sich Miranda wieder an. Damals stand die Entscheidung, seine Firma zu verkaufen und nach Carnival Falls zurückzukehren, schon im Raum. Mirandas Situation trug sicher dazu bei, dass er diese Veränderungen auch endlich anging.

Miranda und die kleine Blue zogen zurück in das Haus in der Maple Street. Sara und ihr zweiter Ehemann Richard kümmerten sich ebenso um sie wie Brian. Die Rahmenbedingungen hätten nicht besser sein können. In den letzten vier Jahren konnte ich voller Freude beobachten, wie es ihr von Jahr zu Jahr besser ging. Durch die fortlaufende Behandlung und die regelmäßigen medizinischen Kontrollen konnte sie ihre Krankheit in Schach halten und zur Normalität zurückkehren.

2010, bei meinem jährlichen Besuch in Carnival Falls, folgte ich dem Ritual vorheriger Reisen. Ich blieb ohne zu Klingeln am Eingangstor stehen, betrachtete die Fassade des gut gepflegten Anwesens, die Gartenanlage und die steinernen Brunnen. Die Zeit war spurlos an dem Haus vorübergegangen. Mir war, als läge dort noch immer das Päckchen mit der Kette und dem Gedicht für Miranda, das ich vor fünfundzwanzig Jahren geschrieben hatte, oder als käme sie in einem ihrer weißen Kleider auf ihrem rosa Fahrrad gleich um die Ecke gefahren. Mehr als einmal dachte ich darüber nach, auf die Ulme zu klettern und nach dem Herz in der Rinde zu suchen. Ich tat es nie.

»Hallo!«

Ich wusste, wem die Stimme gehörte, konnte aber niemanden entdecken.

Zwei oder drei Mal rief sie meinen Namen und gluckste vor Lachen.

»Wer ruft mich denn da?«, fragte ich.

Wieder hörte ich Gekicher. Dann sah ich an einer der steinernen Säulen neben dem Eingangstor ein blaues Band auftauchen, gefolgt von ein paar blonden Locken und schließlich dem runden, rotwangigen Gesicht von Blue. Ein molliges sechsjähriges Mädchen voller Abenteuerlust. Sie näherte sich den Eisenstangen und steckte ihr Gesicht hindurch.

»Mein Kopf passt nicht mehr.«

Ich bückte mich zu ihr und gab ihr einen Kuss auf die Stirn.

»Hallo Blue. Gut siehst du aus.«

»Ich habe zwei Verlobte.«

»Zwei?«

»Ja, in der Schule. Ich gehe schon in die erste Klasse.«

»Wie heißen sie?«

Während ich mich mit ihr unterhielt, sah ich Sara und Richard auf uns zukommen, um mich wie immer willkommen zu heißen.

»Peter und Tommy«, antwortete Blue.

»Tommy Pompeo?«

»Ja! Mama sagt, ich soll ihn nehmen. Aber er ist ziemlich klein, noch habe ich mich nicht entschieden.«

Sara öffnete das Tor. Fest drückte sie mich an sich. Sie hatte gerade ihren sechzigsten Geburtstag gefeiert, sah aber mindestens fünfzehn Jahre jünger aus. Richard hielt mir die Hand hin und lächelte wohlwollend durch seinen grauen Bart. Wir gingen zum Haus, Blue schwirrte, hopste und tänzelte um uns herum. Ich musste an Miranda denken, wie sie im Wintergarten zwischen den Regalen getanzt hatte, während ich in der Ulme saß und sie heimlich beobachtete.

In den letzten vier Jahren hatte ich mich immer auf den Besuch in der Maple Street gefreut. Auch wenn ich ab und zu mit Miranda telefonierte und sie mich sogar schon in New York besucht hatte, war es doch etwas Besonderes, die Zimmer dieses Hauses zu durchlaufen und die ganze Familie zu treffen. Kindheitserinnerungen wurden geweckt. Das Haus sah innen mittlerweile ganz anders aus, die alten Möbel waren durch modernere ersetzt worden, die Ölgemälde hatten abstrakten Bildern weichen müssen. Ansonsten hatte sich jedoch nichts verändert. Auch die Masken gab es noch, und ich musste sie immerzu anstarren, auch wenn ich wusste, dass der Geheimgang schon lange entdeckt und dann verschlossen worden war.

Miranda winkte uns aus dem Wintergarten erfreut zu. Als wir das Wohnzimmer betraten, kam sie uns schon entgegengeeilt. Sie zog sich auf dem Weg die Gartenhandschuhe und die Plastikschürze aus und fiel mir um den Hals. Ihr Haar sah anders aus, es war kürzer, reichte nur noch knapp bis auf die Schultern und glänzte rötlich, was ihre Augen noch mehr betonte. Als ich sie sah, wusste ich sofort wieder, warum ich mich damals auf den ersten Blick in sie verliebt hatte. Am wichtigsten war jedoch, dass sie ihre Lebensenergie wiedergefunden hatte. Sie hatte zwar noch schlechte Tage, erzählte sie mir, aber es wurden immer weniger. Heute strahlte sie über das ganze Gesicht, und sofort entdeckte ich, dass sie unsere Kette trug, die immer noch glänzte.

»Was hast du da?«, fragte sie mich. »Ist es das, was ich vermute?«

»Ach, das hier.« Ich hielt das Päckchen hoch, das ich unter dem Arm getragen hatte. »Ich wette, das errätst du nie.«

Sara und Richard sahen zu, wie Miranda mir das Paket abnahm und es neugierig öffnete. Sie sah mich prüfend an, während sie das Papier aufriss, zusammenknäulte und neben die Handschuhe und die Schürze legte. Es war mein jüngster Roman, das hatte Miranda schon an der Form erkannt. Sie bestaunte den Umschlag, auf dem eine besorgt dreinschauende Frau sich hinter einem Duschvorhang versteckte. Miranda öffnete das Buch und las die Widmung, die ich mit Kugelschreiber auf die erste Seite geschrieben hatte.

Unser Gedicht.

»Danke!« Sie hielt das Buch vor die Brust und drückte es fest an sich, als wolle sie Energie daraus ziehen. Sie umarmte mich erneut. »Wie wäre es, wenn wir uns jetzt um den leckeren Kuchen im Esszimmer kümmern?«

»Au ja!«, rief Blue. Dann wandte sie sich mir zu. »Ich hab den gemacht, Sam.«

»Wirklich?«

»Ja, mit der Oma.«

»Super, was für einer ist es denn?«

Blue dachte kurz nach. Sie lief zu Sara, die ihr etwas ins Ohr flüsterte.

»Schokolade.«

»Oh, mein Lieblingskuchen.«

Der Tisch war schon für uns gedeckt. Brian fehlte, er hatte sich schließlich doch entschlossen, an die Uni zu gehen.

Wir ließen uns Kuchen und Tee schmecken, während Blue ein paar Bilder malte. Sie kniete auf ihrem Stuhl und war versunken in die Formen, die sie mit ihren Buntstiften aufs Papier zauberte. Sie schenkte mir eins der Kunstwerke. Sie hatte mich inmitten eines Waldes aus kleinen Bäumen und riesigen Pilzen gemalt. Um mich herum sah man große Tiere, verschiedene Planeten schwebten am Himmel. Als wir fragten, wo ich mich da befand, sagte sie vollkommen überzeugt, das sei in einem meiner Bücher. Ich versprach ihr, das Bild in meinem Arbeitszimmer aufzuhängen, was ich auch tat. Wenn ich ehrlich bin, habe ich es genau jetzt, bevor ich diesen Satz schrieb, noch einmal angesehen.

Als wir fertig waren, gingen Miranda und ich in den Wintergarten. Blue wollte mit uns kommen, aber Sara überredete sie, mit ihr und Richard ins Einkaufszentrum zu fahren, wo sie ein Geschenk für den Geburtstag von Onkel Brian in der nächsten Woche aussuchen wollten. Blue dachte nach und ließ sich schließlich überzeugen.

»Deine Haare sehen toll aus«, sagte ich zu Miranda.

»Danke, sie sind ein bisschen dunkler.«

»Das betont deine Augen.«

Vom Wintergarten aus betrachte ich wie immer die große Ulme hinter der Mauer.

»Wenn dieser Baum irgendwann gefällt wird, kommst du uns nicht mehr besuchen«, sagte Miranda spöttisch.

»Das wird hoffentlich nie passieren«, antwortete ich mit Blick auf den dicht belaubten Baum, auf dem ich so viele Stunden verbracht hatte.

»Ich sehe auch gerne zu ihm hinüber.«

Als Miranda und ich wieder mehr miteinander sprachen, hatte ich ihr anvertraut, wie ich sie fast ein halbes Jahr lang von der Ulme aus beobachtet hatte. Nach so langer Zeit schämte ich mich nicht mehr dafür.

»Schöne Grüße von Billy«, sagte ich. »Ich war gerade erst bei ihm.«

»Danke. Anna und er waren letzte Woche hier. Sie ist eine tolle Frau.«

»Das stimmt. Und wie geht es dir?«

Wir setzten uns an den runden Tisch.

»Eigentlich gut. So gut, dass ich mich manchmal frage, ob ich nicht auch ohne die Zauberpillen von Dr. Freeman und die wöchentlichen Sitzungen mit meinem Analytiker auskommen könnte. Aber vielleicht bin ich auch zu übermütig. Alle helfen, wo sie können. Brian ruft mich jeden Tag an. Ich bin zehn Jahre älter, aber er kommt mir vor wie ein großer Bruder.«

»Ich bin froh, dass es dir besser geht. Du siehst wirklich toll aus.«

»Du bist auch nicht übel.«

»Erzähl mir was Neues.«

Miranda lachte. Sie beugte sich vor und streckte die Arme aus. Ich drückte ihre Hände. Die Kette hing kurz über dem Tisch.

»Und wie ich sehe, trägst du noch immer diese Kostbarkeit.«

»Natürlich!« Sie ließ eine meiner Hände los und griff nach dem Halbmond, sah ihn an, als wäre es das erste Mal. »Dieses Stückchen Blech hilft mir, mich an die wichtigen Dinge im Leben zu erinnern. Wenn man mit so jemandem wie Alex sechzehn Jahre verbracht hat, sechs davon im gemeinsamen Haus, dann hält man sich an allem fest, was einen auf den Boden der Tatsachen bringt.«

»Hat er Blue in letzter Zeit gesehen?«

»Man sieht ihm an, dass er sich zwingen muss, seiner Verantwortung als Vater nachzukommen, aber er liebt Blue, da bin ich mir sicher. In den letzten Monaten ist er regelmäßig jede Woche erschienen. Hoffentlich bleibt es so, zumindest bis sie größer ist.«

»Sie ist ein Sonnenschein.«

Ich küsste Mirandas Handrücken. Es machte mir Spaß, mit ihr zu flirten, wenn wir unter uns waren. Sie schaute schnell zu allen Seiten, aber auch ihr gefiel unser Spiel.

»Wie läuft es mit Jenny?«, fragte sie mich.

»Es gibt Höhen und Tiefen, du weißt ja, dass bei mir der erste Jahrestag der kritische Punkt ist.«

»Ja, das weiß ich. Vielleicht solltest du nicht zu viel darüber nachdenken.«

Jetzt musste ich lachen.

»Entschuldigen Sie, Frau Therapeutin, dass ich in Beziehungsfragen so chaotisch bin.«

Miranda zog ihre linke Hand zurück und schüttelte den Kopf. Sie sah mich streng an.

»Ich meine es wirklich ernst, Sam. Jenny ist wundervoll. Lass nicht zu, dass deine Arbeitswut euch auseinander bringt.«

Jenny, das war Jenny Capshaw, meine neue Freundin aus der Verlagswelt. Wir hatten vor ein paar Monaten unsere Schlüssel ausgetauscht. Es sah ganz so aus, als bräuchten wir bald nur noch eine der Wohnungen.

»Ich glaube auch, dass Jenny die Richtige ist. Aber das habe ich von Heather und dann von Clarice auch gedacht. Aber keine Sorge, ich werde sie nicht mehr gehen lassen. Schöne Grüße von ihr, du sollst uns bald wieder besuchen kommen. Sie geht scheinbar sehr viel lieber mit dir einkaufen als mit mir. Diese harte Wirklichkeit muss ich wohl akzeptieren.«

»Zweifellos.«

»Vorsicht, Mrs Matheson! Jenny verzeihe ich solche Aussagen, wenn ich dafür ein paar Streicheleinheiten bekomme …«

Miranda brach in Gelächter aus.

»Und du?«, fragte ich sie.

»Ich was?«

»Irgendetwas Neues? Was ist aus diesem Mann geworden, den du in der Schule kennengelernt hast?«

Miranda schaute zur Decke hinauf.

»Kiefer spricht mich immer noch manchmal an, wenn er seinen Sohn abholt. Er hat mir schon auf die unterschiedlichsten Arten zu verstehen gegeben, dass er geschieden ist. Aber er hat noch nie gefragt, ob ich mit ihm ausgehen möchte.«

»Das kommt bestimmt noch.«

»Ich glaube, ich gefalle ihm.« Miranda strich ihr Haar hinter das Ohr, eine neue Angewohnheit, seit sie ihre Frisur verändert hatte. »Aber er traut sich nicht. Ist viel zu schüchtern.«

»Gib ihm noch ein bisschen Zeit. Und sonst lädst du ihn einfach ein.«

»Nein!«

»Wie du meinst. Ich glaube sowieso, dass es nicht mehr lange dauert, bis er dich fragt.«

»Du hast ja schließlich auch sechs Monate gebraucht, um mir die Kette zu schenken.«

»Ich war aber auch noch sehr jung. Kiefer wird deiner Verführungskunst sicher nicht mehr lange widerstehen können.«

Wir schwiegen. Solche Pausen gab es auch während unserer langen Telefongespräche.

»Du darfst auf keinen Fall an dir selbst zweifeln«, sagte ich plötzlich. »Dein Zauber hat mir das Leben gerettet.«

Miranda sah mich verständnislos an.

»Was damals im Wald passiert ist, mit Orson …« Ich hielt inne, suchte nach den passenden Worten. »Wenn ich dich nicht vorher gekannt, dich nicht Tag für Tag vom Baum aus beobachtet hätte« – ich zeigte in Richtung Ulme – »wäre ich mein ganzes Leben lang im Unklaren darüber gewesen, wie sehr mich diese Ereignisse verändert haben, zu dem gemacht haben, was ich heute bin. Orson hat mich beschmutzt, daran besteht kein Zweifel. Aber dich habe ich schon vorher geliebt.«

»Sam, du bringst mich noch zum Weinen.«

»Weinen verboten.« Ich lächelte. »Niemals hätte ich gedacht, wie wichtig es werden könnte, dass ich mich in diesem Sommer in dich verliebt habe.«

Ich beugte mich vor und umfasste ihre Hände. Sie ließ die Geste dankbar zu und erwiderte mein Lächeln.

»Du bist eine umwerfende Frau, das weißt du, nicht wahr?«

Miranda stand auf und schaute in den Garten hinaus. Sie wandte mir den Rücken zu, aber ich sah ihr Gesicht, das sich in der Scheibe spiegelte.

»Dieser Tag war wie … wie eine Art Wendepunkt«, sagte Miranda. »Nach der ganzen Sache … du weißt schon, lernte ich Alex kennen und … ich weiß auch nicht. Es fällt mir schwer, mich selbst wiederzuerkennen in diesen Jahren. Alles schien mir genau andersherum. Ich war überzeugt davon, dass Billy und du mich zu Dingen überredet habt, die ich gar nicht wollte. Ich machte euch sogar für meine eigenen Probleme verantwortlich. Aber das weißt du ja …«

Sie drehte sich um.

»Es hat sich doch alles ganz gut entwickelt«, versuchte ich sie aufzuheitern.

»Ja.«

Nach einer langen Pause fügte sie leise hinzu: »Ich sehe sie immer noch, Sam.«

Ich nickte.

»Die restlichen Symptome sind abgeklungen, aber sie sehe ich immer noch.«

»Komm her.« Ich machte ihr ein Zeichen, sich neben mich zu setzen. Sie kam um den Tisch herum und nahm Platz, ich umarmte sie.

»Hast du den Ärzten davon erzählt?«

»Nein.« Mirandas Kopf lag auf meiner Schulter, und sie klammerte sich fest an mich. »Ich habe sie ungefähr zwei oder drei Mal pro Jahr gesehen, immer nur aus der Ferne. Sie sagen nichts, machen nichts. Dieses Jahr war es nur einmal, vor Blues Schule. Als meine Tochter und ich Hand in Hand herauskamen, stand es auf der anderen Straßenseite. Ein Bus fuhr vorbei, und dann war es nicht mehr da.«

Miranda sah mich fragend an. »Glaubst du mir?«

Ich wollte Sicherheit ausstrahlen, nicht an ihr zweifeln, deshalb sagte ich nach einer kurzen Pause.

»Natürlich glaube ich dir. Und weißt du, was ich denke?«

»Was?«

»Sie werden bald aufhören, dich zu besuchen. Du hast gesagt, dieses Jahr ist es erst einmal vorgekommen, oder? Im nächsten Jahr ist es bestimmt vorbei.«

Miranda umarmte mich erneut.

3

Die katholische St. James Kirche lag auf einer Anhöhe über der Landstraße 16, nicht weit entfernt von dem Ort, an dem die Brüder Duvall die Filmaufnahmen der drei Lichter am Himmel gemacht hatten. Seit dieser Zeit war nur der Zaun erneuert worden. Hinter der Kirche gab es einen verlassenen Friedhof. Zugänglich war er von der Kirche aus oder über eine immer verschlossene Seitentür. Pfarrer Pegram hatte mir einmal einen Schlüssel dafür angeboten, den ich jedoch ablehnte. Ich besuchte ihn gerne und unterhielt mich jedes Mal eine Weile mit ihm. Er kannte mich schon, seitdem ich mit dreizehn Jahren zufällig herausgefunden hatte, wo das Foto mit Helen P. aufgenommen worden war.

Ich mochte Michael Pegram auch wegen seiner Diskretion. Er fragte mich nie danach, warum ich den Friedhof besuchen wollte, obwohl ich anfänglich einfach, ohne ihn um Erlaubnis zu bitten, dorthin geschlichen war. Zwei oder drei Mal habe ich gesehen, wie er mich von einem der hinteren Kirchenfenster aus beobachtete, mehr nicht. Als er mich zum ersten Mal ansprach, war ich bereits fünfzehn Jahre alt. Mit der Zeit wurden wir Freunde. Wenn es gerade nichts anderes zu tun gab, lud er mich auf eine heiße Schokolade ein, um sich mit mir zu unterhalten, oder er blieb einfach eine Weile neben mir stehen.

Helen P. war Helen Peterson. Ein paar Monate nachdem ich das Gespräch zwischen Preston und Patrick vom Geheimgang aus belauscht hatte, fand ich ihr Grab. Damals erschien es mir einfach, zumindest hörte es sich bei den beiden so an. Aber das war es ganz und gar nicht. Ich wusste nichts von dem alten Friedhof, also suchte ich nur auf dem städtischen. Dort die Gräber abzulaufen war alles andere als lustig, und irgendwann gab ich auf. Zufällig erfuhr ich von dem Friedhof hinter Pfarrer Pegrams Kirche, und als ich dort ankam, wusste ich, dass ich richtig war. Die Bäume am Rande des Grundstücks waren dieselben wie auf Patricks Foto, das ich noch immer in meiner geblümten Kiste aufbewahrte.

Helen Petersons Grab war, verglichen mit den anderen marmornen und verschnörkelten Ruhestätten, sehr einfach. Ein karges Holzkreuz markierte es. In der Kirche gab es zwar Aufzeichnungen, die aber alles andere als vollständig waren. Einige der Gräber tauchten in den Registern nicht auf. Dass Helen Petersons nicht darunter war, überraschte mich allerdings nicht.

Auch für den Schatten auf dem Foto fand ich dort eine Erklärung. Nur wenige Meter von dem Kreuz entfernt stand eine der schönsten Statuen des Friedhofs. Sie gehörte zu dem Grab einer gewissen Mary Ellen McBridge, gestorben am 19. Juni 1880, die gerade einmal sieben Jahre alt geworden war. Die Skulptur war beeindruckend detailreich, die Falten des Kleides, die Haube auf ihrem Kopf, die Locken, die über ihre Schultern und ihren Rücken hinabfielen. In einer Hand hielt sie ein kleines Körbchen, in dem fast immer Blumen lagen. Ihre gemeißelten Augen hatten alles mitangesehen, was am Grab nebenan geschehen war.

Sooft ich kann, komme ich am 10. April auf den Friedhof. Ich bringe Blumen zu dem Ort, an dem ich mich meiner Mutter am nächsten fühle. Hier habe ich ihr von meinem ersten Buch erzählt, wie auch von allen darauffolgenden, von den Frauen, die ich geliebt, den Zielen, die ich erreicht oder noch vor mir hatte. Hier habe ich gelacht und geweint. Und irgendwann habe ich aufgehört, mich zu fragen, ob wirklich Christina Jackson unter diesem Kreuz begraben liegt. Ich habe immer wieder denselben Traum gehabt. Darin sehe ich ihr Gesicht zwischen den beiden Vordersitzen, bis ihr Körper aus dem Wagen gezogen wird. So fing alles an.

Nachwort

Auf meinen Reisen nach Carnival Falls gab es noch ein weiteres obligatorisches Ziel. Ich parkte mein Auto am Ufer des Union Lake und lief von dort aus durch den Wald zum Schmetterlingssumpf.

Beim ersten Mal wusste ich nicht so genau, was ich dort eigentlich wollte. Mit der Zeit verstand ich, dass der Sumpf, genau wie die einzelnen Personen, die ich jedes Mal aufsuchte, für ein Stück meiner Vergangenheit stand. Es war ein vertrauter Platz, zu dem ich gerne alleine ging.

Wenn man sich alle Wünsche im Laufe der Jahre erfüllt hat, hilft es manchmal zurückzusehen, sich wieder verletzlich zu fühlen.

Ich setzte mich auf einen Baumstamm und beobachtete gedankenversunken die Schmetterlinge. Jede Wegkreuzung, jeder unerbittliche Abgrund war nötig gewesen. Meine Liebe zu Miranda war der Beginn, mein Fels. Es war ein steiniger Weg, den ich gehen musste. Selbst Jahre später in New York fielen mir die kleinsten Dinge schwer, etwa meine Freundin an der Hand zu halten. Heather sagte, dort seien die Menschen anders, offener, und ich wusste, dass sie recht hatte. Wenn mich jedoch jemand zu lange anschaute, ließ ich sie sofort los.

Bis zu diesem Augenblick hatte ich alle getäuscht, sogar beinahe mich selbst.

Carnival Falls war mein eigener Sumpf. Das klingt beinahe poetisch. Ich musste fortgehen, um einen neuen Zyklus zu beginnen, genau wie die Schmetterlinge, die durch den Wald flattern und nur zum Paaren zurückkommen. Von meinen Vertrauenspersonen bin ich immer unterstützt worden. Die Carrolls nahmen es gelassen, als ich mich endlich traute, es ihnen zu sagen, und Collette war wundervoll. Mein Freund und Beschützer Billy akzeptierte mich immer bedingungslos und tut es bis heute. Ich war es, die eine andere Umgebung brauchte, um meine Identität annehmen und für meine Träume kämpfen zu können.

Meine Mutter hätte allen Grund gehabt, stolz auf mich zu sein.

Meldung aus der Literaturzeitschrift *Panorama,* Juni 2010

Während der Vorstellung ihres letzten Romans gab die renommierte Schriftstellerin Samantha Jackson vor ausverkauftem Haus bekannt, dass sie gerade die Verschriftlichung ihrer Kindheitserinnerungen vollendet habe. Diese werden unter dem Titel *Die Verwandlung des Schmetterlings* erscheinen. »Ein sehr persönliches Buch, in dem ich meine eigenen Erfahrungen verarbeite, die mich tief geprägt haben. Es erzählt von Freundschaft, Liebe und den Lehren, die mich zu dem Menschen und zu der Frau gemacht haben, die ich heute bin.«

Mein Dank gilt

Patricia Sánchez, Agentin und Geburtshelferin dieses Romans, für ihre Arbeit, ihren Optimismus und den nötigen Druck. Ohne sie gäbe es dieses Buch nicht.
Anna Soler-Pont, die mich in ihre fantastische Agentur aufgenommen hat.
Silvia Sesé und Sandra Oñate, für die sorgfältige und unermüdliche Bearbeitung und den Willen, jede Einzelheit hervorzuheben.
Meinen Eltern, Luz Di Pirro und Raúl Axat, für ihre Bereitschaft, alles zu lesen, zu besprechen und erneut durchzusehen. Meine Mutter ist zu einer unersetzlichen Korrektorin geworden.
Meinen Geschwistern, Ana Laura Axat und Gerónimo Axat, auf die ich immer zählen kann, für ihre Unterstützung und dafür, dass ich sie habe.
Montse de Paz, Kollegin und Freundin, für die genaue Prüfung des ersten Manuskripts.
Raúl Ansola, Kollege und Freund, für seine kritische Lektüre und die wertvollen Vorschläge für den Epilog. Der ein oder andere Satz von ihm ist ganz geblieben – es ist mir eine Ehre.
Ariel Bosi, Freund und erster Leser aller meiner Romane, für das Erfassen des Wesens dieser Geschichte von Anfang an.